元史演绎系列

李治安 主编

冯苓植 著

宫闱秘史

蒙元帝国的后妃轶事

上

读史随笔

内蒙古出版集团
远方出版社

图书在版编目(CIP)数据

宫闱秘史：蒙元帝国的后妃轶事/冯苓植著. - 呼和浩特：远方出版社，2016.1
（元史演绎系列）
ISBN 978-7-5555-0589-1

Ⅰ. ①宫… Ⅱ. ①冯… Ⅲ. ①长篇历史小说 - 中国 - 当代 Ⅳ. ①I247.5

中国版本图书馆CIP数据核字(2015)第316888号

宫闱秘史——蒙元帝国的后妃轶事

作　　者	冯苓植
总 策 划	苏那嘎
责任编辑	董美鲜
责任校对	张　旭
装帧设计	晓　乔　韩　芳
出版发行	内蒙古出版集团　远方出版社
社　　址	呼和浩特市乌兰察布东路666号　邮编 010010
电　　话	（0471）2236471 总编室　2236460 发行部
经　　销	新华书店
印　　刷	北京振兴源印刷有限公司
开　　本	710mm × 1000mm　1/16
字　　数	440千
印　　张	29
版　　次	2016年5月第1版
印　　次	2016年5月第1次印刷
印　　数	1—5 000册
标准书号	ISBN 978-7-5555-0589-1
定　　价	58.80元（全二册）

总序

◎ 李治安

冯苓植先生的四部大作《震撼崛起——成吉思汗及其英武儿孙》（读史随笔）、《一统华夏——忽必烈大帝之文韬武略》（长篇历史小说）、《宫闱秘史——蒙元帝国的后妃轶事》（读史随笔）及《重振北元——草原传奇皇后满都海》（长篇历史小说），即将汇编为《元史演绎系列》由远方出版社付梓面世。这的确是蒙元文化传播的一件幸事！嘱我作序，我欣然命笔，说几句自己的体会与感受吧。

我和冯先生是五年前在呼和浩特市的一次学术会议上认识的。他长我十岁，是兄长，也是小说家前辈。我们又都曾在山西太原读书和生活，所以那次谈得很投缘。之后，冯先生莅临津门，约定再次会见，面叙旧情。不凑巧，我因兄长突然病故，只得临时取消约定，急匆匆回太原奔丧。错过与冯先生的天津会面，我深感遗憾。

冯先生退休后，离群索居，当起了“游牧作家”，尽情遨游在七八百年前的蒙古游牧世界。初次见面时他已写完《忽必烈大帝与察苾皇后》和《大话元王朝》等，让我非常感动。于是，我对他说：“历史的传承向来是靠双翼的，一翼是靠专家学者的探索和研究，一翼是靠通俗演义和野史笔记的普及和传播。如陈寿的《三国志》以及罗贯中的《三国演义》就是很好的例证。元史所欠缺的正是后者。”我这样说，也是有依据的。蒙元帝国是空前绝后的世界帝国，对中国和世界的影响巨大，乃至人们把13、14世纪视为蒙古世界。虽然元朝统治不足百年，但所留下的历史遗产丰厚而重要，随便就能举出几例，如行省制的实行和西藏归入中国版图，这是对我们统一的多民族国家发展壮大的不可磨灭的贡献。近九十年来，特别是改革开放以来，经过几代学者的不懈努力，中国的蒙元史研究后来居上，取得了许多引人瞩目的成绩，改变了“元王朝在中国，元史学在国外”的窘况。这诚然令人欣喜。另一方面，以通俗文艺方式写作的大众传播作品相对较少，除了20世纪蔡东藩的《元史通俗演义》和黎东方的《细说元朝》及电视剧《成吉思汗》影响较大外，其他蒙元题材的文艺作品寥若晨星，与蒙元帝国的显赫地位很不相称。目前国人对清朝史事相当熟悉，对清朝认同度较高，甚至略强于宋、明，而对元朝史事大多知之甚少，认同度颇低。虽然有多种原因，但以通俗文艺方式写作的大众传播作品偏少，面向亿万百姓同胞的文化熏染欠缺，恐怕也难辞其咎。冯先生以耄耋之年，撰写《元史演绎系列》这一皇皇巨著，可谓“及时雨”。该系列图书艺术地再现了被常年封存的蒙元精彩历史画卷，弥补了这方面的不足，难能可贵，值得称道喝彩！

冯先生之所以退休后老骥伏枥，知难而进，花费十六七年时光，全力以赴地完成《元史演绎系列》，主要动机就是回报草原。他大学毕业后，因为“家庭出身”，不得不“走西口”，长期生活在茫茫的大漠草原上。是蒙古族兄弟姐妹伸出温情的手，给予他许多照料和帮助，伴随他度过那段辛酸而又难以忘怀的岁月。冯先生由衷地感谢多年来无私帮助过他的那些蒙古族朋友们，也感谢蒙古草原！于是，回报草原，准确地传承和普及蒙元历史文化，就成为他人生的一大心愿。他还想得更多、更远：民族的团结，祖国的统一……“谁言寸草心，报得三春晖”，懂得感恩，是人类共同的文化取向。昔日草原恩惠，今朝回报草原。倘若我们都能如此行事，都能做到感恩奉献，那就能够超越自我，造福社会，携手铸成美好的明天。在这方面，耄耋之年的冯先生，已做先驱榜样，吾侪后辈理当效法追随。但愿我们能展开弘扬优秀传统文化的接力，以此回报祖国、回报社会，让未来充满大爱，充满光明！

（作者系中国元史研究会会长、南开大学历史学院院长）

序 独具匠心，从后妃角度看元朝历代帝王

◎ 包明德

读完冯兄《宫闱秘史——蒙元帝国的后妃轶事》的手稿，夜不能寐，披衣远眺星空，感慨颇多。据我所知，这或许是近六十多年来第一部展现元王朝全过程的“读史随笔”。如果不是对蒙古族和茫茫的大草原充满了深挚的感情，那是很难从浩如烟海的中外史籍之中梳理出这样一部极具文学和历史价值的“蒙元史话”的。

冯兄是我极为敬重的作家，他那执拗而又极为认真的性格也是我颇了解的。有的评论家称他“不媚俗、不趋时、不爱扎堆凑热闹，是一个自甘寂寞的文坛游牧作家”。他却自我解释说那是因为“先天不足，生性怯懦，似也只配做个文坛的拾荒者”。事实上，他好像也确实是如此，数十年来似乎一直是在文学的边缘地带拾着“荒”。时而写动物小说，时而写市井小说，时而写荒野小说，时而写草原小说。而且洋能洋到连外国人都说“没想到”，土能土到掉渣儿，只是永远超脱于名利是非以外，从来不去追逐时髦。难怪我国著名的文艺理论大师钱谷融老先生如此评论他说：“这就是冯苓植，一个典型的行者式作家!”日本早稻田大学的著名汉学家杉本达夫教授，不但亲自翻译了他的中篇小说《虬龙爪》，而且在日本的《文艺春秋》专门著文介绍了他的追求和探索。故而，也有的同行曾经问过他，为什么在全国和各地屡屡获奖却不见“为官为宦”红起来?他竟然总结道：“先天不足!要怪也只能怪我那与生俱来的莫名‘恐高症’!”总之，他似乎很“享受”这种默默无闻，刚一到退休年龄就迫不及待地退了，而且退得如此彻底，退还了一切奖状还退出了作协，仅靠着一点微薄的工资当起了“退休养老金领取者”。据说还过得颇为闲适自在，自觉得很，从未给任何一位领导找过一点麻烦，充分展现了一个小老百姓的传统美德。

那么他为什么又研读起了蒙古史和元史呢?有一次在北京偶遇，他告诉我说：纯属是因为惭愧!在内蒙古生活了大半辈子，却对蒙古史知之甚少。除了略知成吉思汗、忽必烈、拔都等极少数历史人物一二外，竟对有关大元王朝的来龙去脉不甚了了。这不但常被外来旅游的作家问得面红耳赤，也愧对和自己相处了几十年的蒙古族哥们儿啊!更何况!自己也不能白喝了豪迈牧人供给自己的牛奶、羊奶、马奶，以至于骆驼奶，再继续糊涂下去可有愧于抚育自己五十多年的茫茫草原啊……最后，他还对我说：好在现在自己已经退休了，也不准备再舞文弄墨地去掺和什么文学创作了，那是年轻人施展才华的天地。老年人应该寻找一种适合自己的方式来安度晚年。对他来说，这种方式就是补上一课：身为内蒙古人，当知蒙古史!但我却深深知道，元史和蒙古史均是难啃的“骨头”……

又是好几年过去了，竟久久没有再听到他的任何消息。我还以为他很可能在大体弄通后就“适可而止”了，谁料就在这时却收到了他一部长达四五十万字的长篇小说，并请我作序。这就是后来由上海文艺出版社出版的长篇历史小说《忽必烈大帝与察苾皇后》。他在电话中这样对我说：“我既不懂电脑，更不会上网，就连用手机发短信至今也没学会，似乎是依旧生活于上世纪的人。不是我食言，而是历史的故纸堆中有些东西太诱人了。既然丝毫不会影响年轻人引领文学潮流，故而我又不由自主地在历史故纸堆中干起了‘拾荒者’的老本行……”我很理解我的这位汉族老大哥，从骨子里讲他还是个颇为传统的爱国主义者。而他这次在历史的故纸堆中重作“拾荒者”，也绝非像他自己说的那样“轻描淡写”，虽未听他喊过一句标语口号，显然他是把“国家的统一、民族的团结”作为自己“发挥余热”的奋斗目标了。果然，不久之后传来的消息说，他为读“史”读得好苦，每遇到一个重要的史实或相关话语，均抄于纸块贴于墙上，反复凝视相互对应，日久天长竟贴得“满屋皆元史，四壁尽纸张”。搞得妻儿叫苦不迭，他却穿梭于其间而“乐此不疲”。后来更听说他靠着自己那微薄的退休金或好友之相助，竟亲自北上到呼伦贝尔大草原去考察成吉思汗的发祥地，亲自南下云南大理考察忽必烈大帝平定南诏的功德碑，真可谓“读万卷书，行万里路”。他却从未向组织上宣示过，更未向组织上伸过手，当地作协和相关单位甚至都不知有这回事。天性使然!他似乎只顾默默无闻地为民族团结埋头苦干了……

读史随笔《震撼崛起——成吉思汗及其英武儿孙》出版后，《宫闱秘史——蒙元帝国的后妃轶事》的手稿又摆在了我的案头。他在附信中这样说道：“我深知自己先天不足、功力浅薄，故而绝不敢厕身于史学界，更不敢涉足于文学领域。说到底我的作品是沾了‘读史随笔’这个文学小分支的光，充其量也只能算作一些置身圈外的‘通俗史话’。但为什么我还要一而再、再而三地在继续研读《元史》，以至于又完成了这部以后妃传为架构而窥探元王朝全过程的‘札记’呢?说白了，那就是华夏这块神奇的土地，似乎从历史上来说就有着一股‘宿命’般的向心力和凝聚力。”

我为冯兄这种“见地”感到高兴，因为这也是我正在研究和探索的一个新的课题，即“具有中国特色的民族史观”!要知道，仅以内蒙古自治区而论，它比新中国还要早成立两年。六十多年来的和谐相处，早已在各民族间形成了“你中有我，我中有你”的大好局面。当然，民族政策是“功不可没”的，历经近两千多年的历史交融与磨合的作用也是不容否定的。难怪1957年内蒙古自治区在欢庆成立十周年之时，我国著名的史学大师翦伯赞先生，应乌兰夫主席之邀考察呼伦贝尔大草原时，曾这样说过：“这里曾经是中国历史的大后台，古代北方的各少数民族一经在这里演练成熟，便纷纷冲向中原大地演出了一幕又一幕波澜壮阔的历史剧。北魏之鲜卑、辽之契丹、金之女真、元之蒙古、清之满族，莫不如此……”依我之理解，翦老的这段话意在向世人宣示：我国各民族之间从古至今无论是交融还是磨砺，从历史的角度来看向来就是“一家子之内”的事儿，就连整个华夏的历史也是由各民族共同推进并发展的，若不然翦老也不会将其称为“一幕又一幕波澜壮阔的历史剧”。

拿我们蒙古民族来说，就在元王朝期间，在我们伟大祖国的疆域版图以至于文化艺术等诸多方面做出过卓绝的贡献。以近代而论，他们对祖国的赤胆忠心也是有目共睹的。文有杰出的文学家英湛纳希，同曹雪芹一样，为打破传统文化的桎梏和沉闷，他创作长篇小说《一层楼》《泣红亭》等，在蒙古民族中也发挥着如《红楼梦》一般的作用。武有忠勇的蒙古族统帅僧格林沁，他曾在保卫大沽口抗击英法联军第一次入侵时，率领科尔沁骑兵，依仗有利地形，成功地击退了侵略者的进攻。而在随后八国联军利用现代化的洋枪洋炮逼近京畿重地时，他明知自己率领的骑兵只有原始的弓马战刀，却仍然奋不顾身地在枪林弹雨中于八里桥一带展开了殊死的阻击战，虽败犹荣……为此，我认为史学大师翦伯赞先生在呼伦贝尔大草原所发感慨，即“具有中国特色民族史观”的发端。而冯兄之所谓的“宿命”，似很可能乃他对于这种历经数千年所形成的特殊的民族关系史的一种直感。

并非掌握了正确的民族史观，就可以写出一部简明易懂、引人入胜的“元朝史话”。而作为主要参考的史籍——明代宋濂等主撰的《元史》，又因用时较短（仅331天），加之出于众多编撰官之手，故后代学者多称其“荒芜杂乱”。比如，人物译名常常一名多译，令人不知所指或不知所云。尤其是元代乃由少数民族入主华夏统一全国所建立的第一个封建王朝，没有前例可循，一切均处于草创和摸索阶段，而《元史》的编撰者们又对游牧文明与农耕文明之磨砺和交融的复杂性欠缺了解，如此草率成书必然会造成晦涩难懂满篇皆谜的结果。故而除古今中外的相关学者仍在不断地探索外，一般读者大多对《元史》“敬而远之”。据我了解，除民国初年蔡东藩先生写有一部简介元代全过程的《元史演义》外，至今尚无一部让人一目了然的“简明元史”。而蔡之演义明显是带有歧视性的，加之浓缩得更加“荒芜杂乱”，因而不仅有“颠倒黑白”之嫌，而且仍然是让人“难以卒读，知之甚少”。虽说在“具有中国特色的民族史观”确立以后，蒙古史、蒙古学以及有关《元史》的研究均得到了蓬勃发展，但大多集中于对成吉思汗、忽必烈大帝、拔都汗等英雄人物的探索，似对元宫其他帝王均极少涉及，致使人们对中国历史上盛极一时的元王朝之全貌竟不甚了了。

为回报草原近五十年的养育之恩，冯兄退出文坛之后尝试着来填补这项缺憾了。而且作为一个颇有成就的作家，他选择了一条虽能引人入胜却又颇为艰难之路，即以一代代后妃传为架构，充分展现大元王朝的全过程。其实早在长篇历史小说《忽必烈大帝与察苾皇后》中，他就早已重视起这种蒙古民族中特有的“双图腾”政治结构。图腾崇拜是世界上每个民族都曾有过的原始崇拜，但像蒙古民族古代这样的“双图腾”崇拜在世界上还是极为罕见的。苍狼和白鹿的组合反差极大，对比又极其鲜明。冯兄的《宫闱秘史——蒙元帝国的后妃轶事》是想说明蒙古民族的“双图腾”绝非是“徒有虚名”的，的确在历史上产生过一批非凡杰出的女性：比如说，成吉思汗伟大的母亲诃额伦和他那佐夫统一蒙古的妻子孛儿帖，被波斯史学家拉施德赞誉为“高过举世妇女之上”的忽必烈大帝的母亲索鲁禾帖妮，还有史称具有“经天纬地之才”的忽必烈的妻子、大元王朝开国第一后——察苾；再比如，真金太子的遗孀阔阔真在忽必烈死后竟仍坚持“鼎新革故”，辅佐儿子元成宗实现了“元贞治平”的盛世景象……但也不可否认，在一代代杰出的蒙古族后妃出现的同时，一代代弄权成瘾的后妃也出现了。除前期草原汗国时的乃马真与海迷失外，在元王朝中后期一些擅权乱政的后妃也开始出现了。如元成宗的遗后卜鲁罕就曾篡改遗诏，勾结安西王阿难达，几乎导致了全国大乱，而随后上台并“历临三朝”的答吉皇太后，更进而利用“以孝治天下”迫使两个颇有抱负的儿子（元武宗与元仁宗）难以施展才略，竟眼看着她为迷情所困擅权乱政而郁郁夭亡。即使在她死了之后，她那大有作为的孙子元英宗年仅二十岁还是被她留下的爪牙们血腥地弑杀了。还有一个混入“鹿图腾”中的“异类”高丽奇皇后，竟暗中出谋划策怂恿元顺帝的独子凭借军阀势力与其父亲争夺皇位……

难能可贵的是，冯兄不仅没有以传统的“红颜祸水”之说来写，更没有像蔡东藩先生那样以大量的色情描述来吸引读者眼球，而是在这种“双图腾”的架构中对“鹿”的一方做了更深层次的文化探索。比如，他认为这是一种反复轮回近亲婚姻造成的结果。详查事实，也确实如此。在那样严酷的自然条件下，成吉思汗活了六十七岁，忽必烈大帝活了八十岁，这本应是个具有长寿基因的家族。但在元太宗窝阔台时为报母后孛儿帖养育之恩，即和母亲家族定下了“生女当为后，生男尚公主”的规约。“圣命难违”，由此这种近亲联姻便成了一种定制。查元宫十四帝，除乃马真与海迷失外，几乎有十位皇后均来自孛儿帖的家族（元顺帝有一位皇后也源于此），剩下的两位虽娶的是公主之女，但仍同出一源更属近亲联姻。恶果很快便显现了，至忽必烈之后，元朝历代帝王平均年龄尚不到三十岁。每位君主执政时间也极其短暂，尚来不及施展才华往往就夭折了。造成忽必烈之后的元宫十帝执政的时间，竟不如清朝乾隆一人在位的时间长。这样就给大内的后妃们造成了擅权、弄权、操控皇权的机会。而随后这些“嗜权成瘾”的后妃们资质又极其平庸甚至昏聩，最终导致了权臣迭出、奸相乱政、皇权式微、军阀崛起等种种社会乱象。

更为难能可贵的还在于，即便如此，冯兄也没有将不可一世的大元王朝急骤地由盛到衰完全归咎于“鹿图腾”们，而是从翔实的史料中探索其间的真正原因。他认为，元王朝毕竟是中国历史上第一个由少数民族统一天下所建立的封建王朝，既为伟大的祖国建立过不朽的功勋，也留下了农耕文明与游牧文明一时间难以弥合的冲突和矛盾。而忽必烈死后就再没有产生过如此雄才大略的帝王，故而面对着一个个短寿的君主，后妃们往往也在两种文化间“左右为难”。况且权欲的诱惑并不分男女，后妃们一旦擅权成瘾似也只顾得逞“一时之快”。故而顽固的复旧势利趁乱而起，最终导致了历史的大倒退。加之元王朝中后期又出现了两次骇人听闻的天灾：泰定帝时，巨大的地震曾引发沿海地区的滔天海啸；而元顺帝时，不仅发生过地震海啸、旱涝风灾，更发生了黄河流域溃堤而使黄泛区形成了民不聊生的“泽国”。天灾人祸!问题越积累越严重，民族矛盾和社会矛盾越积累越尖锐。饿殍遍野、饥民号乞，而忽必烈大帝“重农桑”被权相奸臣“破坏殆尽”，最后的结果必然是引发全国的农民大起义。

尤为值得称道的是，冯兄在写这部元代简明史话时，既不失作家风采而又秉承严谨的治学精神。他不仅对蒙元历史上大有作为的“鹿图腾”正面代表性人物，比如大元开国第一后察苾有着极其细微和历史性的多角度展现，而且对那些擅权乱政的“鹿图腾”反面代表性人物，比如“历临三朝”为迷情所困的答吉皇太后，也不乏根据大量史实而进行人性化的剖析。一反历代史学家对她“恣淫日甚，擅权乱国”之“盖棺论定”，而是从她青年时即因无“权”所遭遇的种种不幸来探索她人性异化的原因。再比如，众多史者曾把“贤德太后”阔阔真在五台山修庙视为“劳民伤财”，乃其贤德一生之一大“污点”，而冯兄却从历史的高度认为，这是一项增进民族向心力的“壮举”。更值得一提的是，冯兄敢于对一些被污名化的后妃重新定位和评价。比如，对历代史学家均当作“淫娃荡妇”典型的泰定后，他就依据史实彻底恢复了她的历史原貌，并认为她之所以“堕落”为一代权奸的“性奴”，乃皇室内斗、皇权式微的悲剧性必然结果……总之，冯兄在这部以“鹿图腾”为架构的简明元史里，对每个历史人物和历史事件的描述均是严格以“具有中国特色的民族史观”为出发点的。故而最终他才有了这样的结论：元王朝是我国历史上极为重要的一环，存在的历史虽相对短暂，但对中华民族这个多民族大家庭所做出的贡献是巨大而不可磨灭的。时至今日，元代大画家黄公望的《富春山居图》在台北“合璧”展出，为“祖国的统一、民族的团结”仍继续发挥着潜移默化的作用。

我敬重冯兄，也敬重他这种“衰年变法”的治学精神。以厚重两大卷有关元史的随笔以回报草原，其本身就是在加深内蒙古各民族间的友谊。多么好的一位老学长，多么难得的一位学者型作家!受其委托反复阅读其稿之后，心潮澎湃，夜不能寐，遂披衣写作此文，权代序!

（作者系全国政协委员、中国社科院研究员、著名文学评论家）

目录

目录

目录

目录

目录

目录

开篇

[illegible]

神奇的组合——远古草原的“绝配”

蒙古民族，一个至今仍保持着自己鲜明特色的优秀民族。不但在历史上曾为我们伟大祖国的大一统做出过卓越的贡献，而且现在依然是我们多民族大家庭团结的重要基石。从多个角度回顾七百多年前他们入继华夏大统所缔造的大元王朝，似更有助于我们展现具有中国特色的民族史观。但由于诸多的历史原因，世人却对这个曾为我们伟大祖国创造过辉煌历史的王朝知之甚少。就连长期生活在内蒙古自治区的许多人，似除了成吉思汗与忽必烈大帝等个别杰出的历史人物之外，对大元王朝由始至终的全过程均不甚了了。而元朝又是我国历史上历代王朝中极为重要的一环，尤其是联系到近代史似更需加深对它的了解。作为一个耄耋之年的作家，自知功力太浅，绝对无心涉足史学界或相关学术领域，仅仅是为了回报近六十年来内蒙古各族朋友们的关爱，遂将暮年“近水楼台先得月”所积累的“读史随笔”缀连成了这部“通俗史话”。纯属是草根性的，又沾了文学随笔之光，尝试以蒙古女性为主角，换一个全新的角度再次展现这段历史。为此，就必须专门为这些蒙元时期的后妃们先后登场“搭建舞台”，这首先应从那古老神话中的“双图腾”说起！

远古的荒原，野性的呼唤……

一、迷幻的丛莽——双图腾的探源与揭秘

苍色的狼，惨白色的鹿……

据民族学家考证，世界上几乎所有的民族都有自己所崇奉的图腾。比如中国的龙、俄罗斯的熊、英国的约翰牛、法国的高卢雄鸡、日耳曼民族的双头鹰等。追根溯源，似都颇带有远古时期的某种神话色彩。有的只不过因为一个美丽的传说，由此把它作为自己民族的标志；有的只不过因为它能突显自己的民族性格，而把它作为自己的民族象征；更有甚者，有的竟由于远古的蒙昧，则把它视为自己民族的人种来源……完全可以这样说，由于世界上各民族在远古生存的自然环境的不同、生存方式的不同，故而所崇奉的图腾也是千奇百怪的。为此，在世界范围内竟突起了一门学科——图腾学。探索人类这份特殊的历史文化遗产，目的在于破译人类学中之种种原始谜团。

但再怪也莫怪于蒙古民族的双图腾。据考证，这在世界上诸多民族间或许也是独一无二的。须知，在一般情况下，每个民族只崇奉一个图腾，即使是日耳曼的双头鹰最终也属于鹰。但蒙古民族所崇奉的图腾不仅成双成对，而且反差是如此巨大，对比是如此强烈。苍狼和白鹿，如果说单纯把其中某一种单独作为图腾来崇奉，似乎还可理解。比如说苍狼，由于它的强悍和凶猛，尤其是它们那配合极佳的群体性捕杀，在远古时代的蛮荒草原上往往是所向披靡的。推崇它百战不殆的群体性，作为游牧民族的图腾

苍狼与白鹿

似乎还是可以理解的。世界上崇奉狼的民族并非只有草原上的游牧民族，在意大利都城罗马就有一座颇具标志性的青铜雕塑，即一只母狼正在哺育着几个婴幼儿。古罗马人一直认为他们是喝狼奶长大的，是狼的强悍基因造就了古罗马帝国的所向无敌。再比如说鹿，它那娇柔的身姿，善良的天性，敏捷跳跃时划出的优美弧线，早在远古时期世界各地的岩画中均有所展现，故而也不排除有的民族把它当作美的图腾来顶礼膜拜。单独作为个体被崇奉似乎是可以的，但非要把这两类天性相反的个体硬“捏”到一块儿就有点特别了，不仅极不“般配”，而且还极可能引发血腥的“弱肉强食”。为此，对有关蒙古民族狼图腾和鹿图腾共存之说，有些学者竟认为很可能具有后人恶意炒作之嫌。

其实不然！马背民族对于双图腾的说法古而有之。早在七百多年前，一部记述成吉思汗征服伟业的鸿篇巨制就完成了。此书蒙名为《心豁仑脱卜察安》，汉译名为《蒙古秘史》，现已被联合国教科文组织评选为“世界非物质文化遗产”，被称为蒙古民族的文学瑰宝和大百科全书。而早在元王朝入继华夏大统后，也曾把此书简称为《脱卜赤颜》（即《秘史》），作为“金匮秘籍”深藏于深宫大内尊为“镇国之宝”。官职再大，非“国族”（即蒙古族）不得窥阅。在这部马背民族奉为“至宝”的秘籍中，就有狼图腾和鹿图腾并存的记载，而且还是一开篇就在以“成吉思合罕纳忽札兀儿”（汉译：成吉思汗之根源）的前提下，便首先坦然提到了狼图腾与鹿图腾以及关于祖先的神话传说。当代著名的蒙古史学家道润梯步先生，在其所译释的《蒙古秘史》中开卷就曾这样写道——

成吉思合罕之根源：

奉天命而生的孛儿帖赤那，其妻豁埃马阑勒。渡腾汲思而来，营于斡难河之不峏罕哈勒敦，而生者巴塔赤罕也。

这是什么意思？似乎和狼图腾与鹿图腾并没有什么关系。尤其对内地的农耕民族来说，这很可能简直就是一头雾水。但如果仔细研读了道润梯步先生的注释后，便会恍然大悟，原来这正是在追述马背民族的源与流。须知，“孛儿帖赤那”即苍色的狼，“豁埃马阑勒”即白色的鹿。而如果再加上古代其他相关蒙古史料加以阐述，那么将会引出这样一个极具传奇色彩的故事——

从成吉思汗出生上溯到12世纪之前，原始的草原林莽间尚蒸腾着一片恶煞煞的野性气息。只有野兽出没，依旧是罕见人迹。多亏长生天见怜，遂命生了一只苍色的狼——孛儿帖赤那，与一只惨白色的鹿——豁埃马阑勒。他们受“天命”而生，并且又受“天命”而结为夫妻。随之，便渡过了“腾汲思”滔滔的急流，来到了红日高照的“不峏罕哈勒敦”的山脚下。依偎斡难河，选择茫茫的大草原为自己的游牧营地。不久便生下了第一个儿子：巴塔赤罕！下传二十二代，遂有了成吉思汗所诞生的民族——乞颜部落。这便是秘史所称“成吉思合罕之根源”。

鹿神面具

对于上述神话传说，在学术界有着不同的解释：道润梯步先生就认为，苍狼和白鹿只不过是两个人名，再做其他方面的引申纯属无稽之谈；也有的学者认为，这只不过是崇奉狼图腾部落与崇奉鹿图腾部落的一次联姻，完全不必大惊小怪做过多揣测；

更有的专家考证，有关狼、鹿图腾的传说早在古匈奴就存在了，并有实物为证。这不仅反映了我国北方少数民族历经数千年的磨砺和交融，也反映了由母系社会向父系社会转化的历史遗存……故这几种说法均有各自可取之处。尤其是著名的蒙古学学者官布扎布先生在其大作《蒙古密码》中的探索和阐述，似更加具有说服力。对双图腾是不能加以歪曲甚至诬名化的理解，但“双图腾”之说似也并不矛盾。因为在远古的荒蛮时代，北方草原上只有苍狼凭借群体性的勇猛配合成为黑丛莽间的主体，而白鹿则由于它的优美和敏捷，也能在严酷的自然环境中生生不息。故而早期的人类便有了向往，有了将动物作为自己民族标志的现象发生，只是作为一种象征而已。但不管怎样，随着时代的发展，人类终于认识到动物并没有什么善恶正邪之分，和我们一样，均为生物链上平等的一环。为此，再毋庸解释，双图腾的说法似乎已经逐渐被人接受了。

苍狼和白鹿，权且把它们只当作一次“天作之合”。显然，狼图腾代表蒙古族男性，鹿图腾代表蒙古族女性。而这种独特的“成双成对”，似也更突显了一种力与美、刚与柔、强悍与善良、勇猛与智慧的结合。正因为双图腾并存，或许有些人就会认为在古代的大草原上男女是平权的。“天苍苍，野茫茫，风吹草低见牛羊”这种宁静的画面，正是他们和谐生活的写照。然而如果永远是这样一片“祥和安谧”，那古代波澜壮阔的蒙古史也必将跟着消失了。而且双图腾的存在好像也没有什么必要，或许早就融合异化为一种突显祥和的动物图腾了。难怪有的学者这样剖析，图腾的崇奉也在某种程度上展示着民族的性格。而双图腾的出现，则更为全面地诠释了古代马背民族的崛起史。

蒙古，《蒙古秘史》中将其读为“忙豁勒”。其实早在盛唐时期，这个名字就曾以不同的汉字读音记录在诸多汉字文献上。比如，蒙兀室韦、蒙瓦室韦、梅古悉、谟葛失、萌古子、蒙古斯、萌古、朦骨等。直到一代天骄成吉思汗统一漠北各游牧部落之后，方用“蒙古”二字将民族的称呼固定下来。这个崇奉双图腾的古老民族曾经被历史忽略过，似乎谁也没想到他们会突然核聚变似的爆发并震撼了世界。对这段七百多年前的往事，现代人仿佛只记住了蒙古男儿那金戈铁马，却忘却了蒙古妇女的柔情和机敏。只提狼图腾而不提鹿图腾，这样叙述历史往往是片面的。

好在我们已在长篇读史随笔《震憾崛起——成吉思汗及其英武儿孙》中，依据史实初步展现了诸多蒙古男儿的雄姿：从震撼世界的一代天骄成吉思汗，到一统华夏的中国少数民族第一帝忽必烈；从马踏欧亚的盖世武功，到定都燕京的杰出文治；从平云南、定西藏、抚西域，到对中华民族的版图所做出的历史性贡献。除此之外，尚有诸如窝阔台大汗、蒙哥大汗，开辟伊利汗国的旭烈兀汗，威镇钦察汗国的拔都汗等，均在血雨腥风中展示过狼图腾之强悍雄风……似乎应当换个角度说说鹿图腾了，不然马背民族双图腾的架构当形同虚设了。但历史上蒙古族女人的命运又是那样不堪回首……

二、远古的婚制——鹿图腾为何是惨白色的

或许是因为游牧民族已由母系社会彻底转入了父系社会，或许是由于当时的游牧部族已跨入奴隶制时代，更或许是由于当时的宗主国，如北魏、辽、金等为防止“后院起火”强征大批女奴造成的人口比例失调，总之茫茫的大草原上女人们变得既“稀缺”而又命运堪忧。从此，鹿图腾似乎变成了“听天由命”和“逆来顺受”的代名词。除温顺善良之外，好像机敏智慧等均要隐没于历史的阴影之中了。随之，古代的草原上便产生了独特的婚制和婚俗……

须知，除上述原因外，独特的生存环境和独特的生产方式，也是造就这种独特婚制和独特婚俗的重要原因之一。更值得一提的是，历代宗主国不但为防止“后院起火”大量强征女奴，而且还恶意挑动起游牧民族间各氏族部落的相互掠杀和恶斗。再加上当事者天生的淳厚质朴竟不知是计，反而颇为较真地火拼起来。因而女性势必成为这期间最大的受害者，故造就了那种极具蛮荒色彩、婚俗婚制滋长的土壤。在《蒙古秘史》中就曾这样记述道——

有星的天，旋转着，众百姓反了。不进自己的卧儿内，互相抢劫

财物。有草皮的地，翻转着，全部百姓反了。不卧自己的被儿里，互相攻打……

而且这“相互攻打”“抢劫财物”的重要目标之一，便是占有女人。正如著名元史专家李治安先生所说，这就是12世纪蒙古草原的写照。鹿图腾只剩下了战战兢兢，主宰那独特婚制婚俗者似乎只剩下了狼图腾。特定的历史环境、特定的生存条件，遂逐渐使“白鹿”成了“苍狼”的虏获品。为繁衍人口、壮大氏族，女人们似乎也只能听凭命运的摆布“沦为他人妇”了。

大约有下述三种情况——

其一，抢婚制。据人类学家考证，漠北的游牧民族自从由母系社会转入奴隶制的父系社会后，草原丛莽间的抢婚现象已“应运而生”了。不仅在部族间相互攻掠时屡见不鲜，就连在相对平和时也经常发生。比如成吉思汗的母亲诃额伦，就是其父也速该趁人家娶亲时强行“抢”来的。而在也速该因此而被仇家毒害后，成吉思汗也因父死族衰正处于人生的低谷时期，自己那年轻美貌的新婚妻子孛儿帖也曾被其他部族掳走过。好在古代的马背民族尚未受到过中原传统“贞操节烈观”的影响，从来就把性和忠诚看成是截然的两码事。胸怀坦荡犹如辽阔草原一般，被掳走的妻子夺回来照样是恩爱夫妻。更难能可贵的是，等孛儿帖被夺回后在被掳期间所怀婴儿即将临产时，成吉思汗竟手扶毡包门框探视，还哈哈大笑而言道：“嗬嗬！终于把我的小客人盼来了！”故成吉思汗的长子名为术赤，亦可延伸译之为客人。世所罕见，颇显男子汉的雄性魄力。在他崛起之后征伐其他部族时也曾如法炮制。比如，在最强大的对手王罕部族被击溃之后，所有被俘获的女人当即便被分配给了随自己征伐的部族勇士们。当然，层级不同的女人也当归层级不同的男人享用。王罕有三个侄女个个貌美如花，最终都被成吉思汗留在自己的宫帐里了：老大阿必合成了他的妃子，老二必里图迷失赏赐给了长子术赤，老三索鲁禾帖妮（原译为唆鲁和帖尼）赏赐给了幼子拖雷。这似乎也在讲“门当户对”，故多年后老二、老三均有机会一展“神鹿的风采”。总之，“弱肉强食”的法则竟使得抢婚在古代游牧民族间变得理所当然，日久天长便潜移默化地形成了“抢婚制”。这甚至影响到民间少男少女的婚恋也必须经过这道程序，不然女方父母反而会觉得很没面子。惨白色的鹿，随之便绝大多数沦为繁衍后代的工具……

其二，继婚制。这或许是和儒家文化最相抵触的一种草原古俗，曾被一些道学家们斥责为“有悖人伦”“有悖天理”。具体说来，系指古代北方少数民族所沿袭下来的有关婚嫁的祖风祖俗，比如“父死，子可纳父妾”，“兄亡，弟可娶兄嫂”等，均可归纳为“继婚制”。其实，早在汉代王昭君“和亲”时就曾遇到过这类问题：老单于死了她该怎么办？汉廷的回答是：“从胡俗！”言下之意便是继续嫁给老单于的儿子小单于。由此看来，这绝非是蒙古民族之独创，而是古代北方游牧民族共有的一种民俗现象。究其原因，还应归咎于严酷的自然条件和动荡不安的历史环境：时而狂风暴雨，时而冰雪袭

鹿岩画

击，时而野兽出没，时而畜群惊散，还有那时而突发的部族间掠杀……似乎一切均处于一种神秘的不可知中，难以预测，难以抗拒。尤其是女人们在这种状况下的命运，更常常引起随时准备赴死的男人们的忧虑和关注。在历经种种天灾与战祸之后，他们终于明白了：男人们只是表面强悍，而女人们才是繁衍后代、壮大部族的根本。男人们会死，女人们能生！随之一种适应游牧和攻伐生活的古老婚俗便形成了。为了把更多的女人永远凝聚在自己的部族内，“继婚制”也就“因袭成俗”并一直延续下来。儿子在老子死了之后娶除生母之外父亲所有的妻妾，兄弟在兄长亡后娶兄长所有的老婆，这在古代的游牧民族看来并不算什么“有悖人伦”，反倒认为是男子汉“天经地义”的责任，颇带某种“狼图腾”的哲理意味、群体性的强悍与敢作敢当。在七百多年前部族纷争的血腥氛围里，继婚制起码有三大好处：第一是绝对有助于增强家族和部族间的凝聚力，使马上健儿在厮杀间尽量减少后顾之忧；第二是继续维护家族血缘亲情的联系，不使部族里的孤儿寡母再次面临生离死别的困境；第三是最重要的一条，即避免家族财产随之外流，部族子孙随之他去，而那些失去丈夫的遗孀们也更需为家族或部族的壮大继续“添丁进口”。女人们绝没有任何选择的余地，只有服从古代的婚俗，再次听任命运的摆布。难怪圈养的鹿群总是战战兢兢的……

其三，一夫多妻制。由上不难看出，在当时茫茫的大草原上是由“苍狼”主宰着一切，“白鹿”仅为从属的另一表征便是：在恶煞煞的丛莽中，各部族间均奉行的是“一夫多妻制”。《蒙古秘史》关于这方面有诸多记载：“其时，每一个男人能供养多少个妻子，他便可娶多少妻子。有的人有一百个妻子，有的人有五十个……”但其中只有一个为正妻，相当于汉族地区的“嫡正”。不仅绝不允许她有任何妒意，而且还受命“掌管其他众多妻子，进而分配她们各司其职：或放牧羊群，或放牧牛群，或专司挤奶制酪，或专司缝制皮裘，甚至还要安排该轮到谁去为丈夫陪寝……”完全可以这样说，女人们早沦为男人们财产的重要组成部分。多一个妻子便多了一份生产力。在辛苦劳作之余，还得充当男人们泄欲和生儿育女的工具。但话又说回来了，其时的男人们也颇不容易。他们的主要职责便是征战。凭自己的马上战功去为众多的妻子掠夺回更多的荣誉和财富。为此，他们几乎终生都跨在战马上，只顾在金戈铁马的撞击声中展现男性的雄风。13世纪中叶，一位欧洲传教士在向罗马教廷的汇报中，就曾这样记述过这些马上健儿的剽悍形象——

他们大头，小眼睛，肩膀出奇地宽。他们吃在马上，睡在马上，开会也在马上。他们大概有几个月没下马，皮革质的衣服已经腐烂并和皮肤粘在一起……

是的！在欧洲人的笔下明显地对东方人有些丑化，但也可从另一个角度说明为生存需付出多么大的代价。再加上草原妇女们自小就崇拜马背英雄，随之“一夫多妻制”竟变得“理所当然”了。男人们在马背上越战越勇，而女人们也在畜群旁越变越温顺。发展到后来，竟会出现这样的现象——嫡正的妻子常常会望着又该分群的牛羊说：“人手又不够了，该给他再娶个老婆了！”而另一方面，一些父母也常常会为女儿择婿议论道：“他已经有了十八个妻子，而他至今连一个也没有，又穷又懦弱，还是选老婆多的吧！”榜样的力量是无穷的！须知，若与他们的伟大统帅成吉思汗相比，就连这些多妻的男子汉们也只能自愧弗如了。这位一代天骄不但用兵如神震撼过世界，而且还以其超凡的雄性魅力征服过无数的女人。他的后妃到底有多少？好像除了孛儿帖等十数位有名有姓者之外，就连史学家也难以一一统计了。致使七百多年后，还有科学家换了一个角度加以探索。《参考消息》曾全文转载过这项“科研成果”，现特将这篇相关报道照录于后——

[英国《每日电讯报》网站5月12日报道]成吉思汗是勇士……和性神……

曾经建立了世界上最大帝国的蒙古首领成吉思汗不仅热衷于攻城略地，还擅长征服女人。研究发现，他征服女人的本领是如此厉害，他的后代竟多达一千六百万人。

俄罗斯和波兰的科学家三年前开始对成吉思汗后裔的染色体进行跟踪研究。通过对Y染色体的分析，发现他的后代多达一千六百万人。

虽然这仅仅是个小插曲，而且也被国内外学者据理驳斥，但已足可反映古代蒙古族妇女那种任人摆布的可悲命运。难怪鹿图腾中的鹿是惨白色的。没有真正的爱情，没有终身的厮守，剩下的只有眼望空寂的草原唱起那凄婉的长调。绵延多少年的古老婚俗婚制啊！从抢婚制，到继婚制，再到一夫多妻制，埋没了多少草原上杰出女性的聪明和智慧？彪悍的男子汉们一生追逐着女人，却又眼里从未有过女人。在他们看来，女人甚至还不如自己胯下的骏马和手中的战刀。因为一匹好马和一把锋利的战刀难求，而女人则在被征服的土地上处处都有。更何况他们在远征中还常常带着部分妻子和儿女，在杀气腾腾的千万铁骑中还有一个专门为家属组成的方阵——“奥鲁”营。似乎他们把战争也当作一次大游牧，每占领一个地方便再留下部分妻室儿女放牧畜群。流动的家庭，听任男人们摆布的女人们！命运变得似乎更不可知。除了要承受大自然的种种严酷考验之外，尚需在战争中经受血雨腥风的洗礼！双图腾仿佛“形同虚设”，只剩下了“苍狼”纵横天下。女人们绝无施展抱负的机会，只能辛勤劳作和生儿育女。“惨白色的鹿”越来越显弱势，眼看就要被铁蹄踏起的烟尘隐没了。难道这就是古代蒙古族妇女注定的命运？女人啊！枉有鹿图腾的护佑了……

三、流动的宫帐——“斡耳朵”里特殊的女人们

综合上述，显然看出鹿图腾是徒有虚名了。既在古代蒙古民族闪电般的崛起中无功可录，又对后来大元王朝的兴衰无责可承。除了温顺、善良、勤劳和

蒙古族婚礼

淳朴，仿佛也只剩下默默无闻了。其实不然！是金子总会发光的……

综观从草原汗国到大元王朝这段历史，如果从成吉思汗统一全蒙古算起到元顺帝败亡重返漠北，共计一百六十三年；如果从忽必烈缔造大元王朝算起到朱元璋攻破元大都，则共计九十八年。大元王朝的出现历史意义重大，如平云南、纳西藏、抚定新疆诸部、初步奠定我国现今版图等。但相对存在的时间却过短了，充其量也只不过短短的一百余年。仿佛只是经历了一次空前绝后的历史大游牧，然后便为伟大的祖国留下一份沉甸甸的历史遗产而“顺其自然”地又北归草原了。然而就在这短短的一百余年间，“白鹿”的身影却从未离开过当时的历史舞台。巾帼不让须眉，甚至还左右过历史的进程。当然，有的展现的是神鹿的风采，有的跃出的是诡异的弧线，有的野心勃勃异想天开，有的天性怯懦任人摆布，有的自相残杀下场可悲，有的尚是幼鹿即成皇后，更有甚者，有的竟是混入鹿群居心叵测的异类……完全可以这样说，一部《元史》的字里行间中总闪现着鹿图腾的身影。

但也有一个前提，这些女人必须能进入权力核心，因而绝大多数被称为“芸芸众生”的女人们被淘汰了，只有那些被命运安排为“哈敦”的女人们才“百里挑一”地有这种机会。哈敦？提到这个词就必须首先讲讲古代北方少数民族的称谓了。有史可考，蒙元一代的君主们及其后宫，对外均很喜欢“皇帝”或“皇后”这种尊贵的汉式称谓，但对内却始终习惯沿用“合罕”或“哈敦”这样的民族叫法。据查，“合罕”或“哈敦”，均源于古突厥语系。“合罕”在一些汉文史籍中被译为“可汗”，和单独称“罕”或“汗”又有极大区别。据著名的蒙古史学者道润梯步先生考证：“罕”或“汗”系诸侯级，“合罕”或“可汗”系帝王级。而成吉思汗也本应读作成吉思合罕，只缘于汉地读顺口了才出现了这种偏差。“成吉思”也并非本名，乃含有“普天下最强大”之意。如此加以延伸解释，成吉思汗之称谓多一个字少一个字也就无所谓了。但关于“哈敦”这一叫法，似乎就没那么严格的区分了。无论是诸侯级的还是帝王级的，均统称为“哈敦”。女人跟着丈夫的地位“水涨船高”，或成为

“后”或成为“妃”。其中还当以嫡正为大为尊，往往由她受命管辖其他众多的嫔妃。当然，成了“哈敦”级的女人已不同于一般草原上的女人们，早已摆脱了辛勤的操劳而只顾取悦“主子”了。

一列身为“哈敦”便可有自己的“斡耳朵”。斡耳朵，蒙语，可译为“可流动的宫帐，可拆迁的妃帐”。在古代的茫茫大草原上尚未无宫阙城池，游牧民族习惯于“逐水草而居”，只住蒙古包或毡房。“斡耳朵”也是如此，只不过比一般牧民的要更高大、更豪华罢了。这是女人高贵身份的象征，没有下述的特点是极难享受这份殊荣的：一要绝代地美丽娇艳，二要绝顶地聪慧温柔，三要出身于绝对的名门望族。（古代游牧民族部落间的战争也讲联横合纵，联姻即主要方式之一）故在古代民间即有如此说法：只有住在“斡耳朵”里的女人才称得上“神鹿”，她们才算得上真正代表蒙古妇女的鹿图腾。

高不可攀，如生活在祥云瑞雾中一般。不仅仅是“斡耳朵”要比普通的蒙古包更加高大华丽，而且一成为“哈敦”，身旁侍奉的人也多了：有当职的家臣，有护卫的家将，还有众多的男侍女仆。因而“斡耳朵”并不孤立，往往在它的四周形成一片帐篷区。随时准备大汗前来“临幸”，故驿使往来不断，消息特别灵通。再加上大汗前来时往往还带着重要的谋臣和武将，狂欢纵饮间也不忘研究核心的机密和下一步战略部署。毫不回避拥在怀里的小哈敦，甚至在戏谑间还鼓励她们畅所欲言。故日久天长，一些极具政治智慧的哈敦便逐渐进入了核心的权力中心。如成吉思汗时期的孛儿帖大哈敦，窝阔台大汗时期的六皇后乃马真等。看来，鹿图腾又像绝非形同虚设。

依据古代北方少数民族流传下来的遗俗遗风，哈敦们似乎仅仅依靠美艳、聪慧、柔顺还是远远不够的。其间还有一个必备条件，那就是为“罕”或“合罕”生育儿子。生得越多地位越高，目的在于充实或加强王族和皇族。母随子贵，这无形中也就增添了这位哈敦问政的权力。如果不能生儿育女，即使是“嫡正”也很可能被贬被废。如元太宗窝阔台大汗的嫡正妻子的命运就是这样，被六皇后乃马真一连生了三个儿子“后来居上，取而代之”。她权倾朝野，后来竟成为草原汗国的第一位女监国。但如果嫡正的哈敦也能生儿育女，她在王室或汗廷的崇高地位便是铁定的了。因为依据古代草原的遗制，也只有嫡正生的儿子才有权继承王位或皇位，故她才称得上“权重位高”，统领后宫众多的“斡耳朵”，名副其实地成为哈敦之中最大的哈敦。当然，其他哈敦的儿子也不会甘于落后，长大成人后也会纷纷英勇奋战为自己的母亲争得更多的问政权。

也许还有人会问，古代草原上的历代君王们有如此众多的哈敦，而且还可以在血腥的攻城略地中继续去夺、去取、去尽情占有，那么他们除了性还会有爱情吗？应该说：有！而且颇具草原特色。就以成吉思汗为例，前面我们已经捎带讲过他的正妻孛儿帖被掳的故事。惊天地、泣鬼神，其豁达大度是任何一个汉族帝王也难以比拟的。这难道不叫爱情吗？难怪孛儿帖一心辅佐他终成伟业。再比如他的嫡孙忽必烈大帝，头一个妻子帖木古伦新婚不久便妙龄早逝了。但后来他即使续娶了“美貌绝伦、智慧超凡”的察苾为皇后，却仍对帖木古伦念念不忘。就是在多年后一统华夏定都北京（即元大都）后，他仍在汉式的宫闱内按原样复制了她的寝居。帖木古伦超越察苾皇后的排位，从始至终被称为“第一斡耳朵”。更值得一提的是：无论是成吉思汗还是他的嫡孙忽必烈大帝，他们这种游牧民族的襟怀坦荡或天性流露，无疑均激发了女性的忠贞与政治智慧。杰出女性多多，后面还要一一讲到。

还有一个别具草原特色的重要制度，这就是别具一格的游牧民族宫廷制度：绝不排斥后妃们的出现，似乎还在有意识地让她们扩大眼界而参政议政，这与历朝历代中原宫廷制度截然相反。有意大利古代旅行家马可·波罗的《马可·波罗游记》为证——

> 大汗朝见群臣、赐宴时候，仪式如下：
>
> 皇帝的席是比别人的高好些。他坐在北面，面朝南向。靠他的左边坐的，是他的第一个妻子

在中原宫廷体制里，这种现象是根本不可能出现的，皇后与皇帝并排高坐朝堂绝对是犯大忌的。别看皇后高居“六宫之首”，并号称“母仪天下”，但却从来就没有这种“露脸”的机会。而在草原帝国的金帐宫廷里却不一样了，大哈敦不仅可以和大汗并坐，高高在上地接受文臣武将的朝见，而且可以居高临下地赐宴予诸王与勋贵。据史载，除此之外，诸如接受外国使臣的觐见，接受亡国之君的来降，接受从属国主的进贡，接受各大封国的朝贺等，均少不了大哈敦与大汗同时出现在金帐的宝座之上。抛头露面的机会很多，或许正突显了双图腾那种独特的架构。同时出现在万众眼前，寓示着乃“苍狼”和“白鹿”共同统治着茫茫的草原。与中原历代帝王严控后宫相比，谁开明谁保守还很难说。这种野性的大环境反倒造就了女性脱颖而出，难怪从草原汗国到大元王朝前期竟先后出现了诃额伦、孛儿帖、索鲁禾帖妮、察苾、阔阔真等诸多的贤能女政治家。苍狼、白鹿相得益彰。

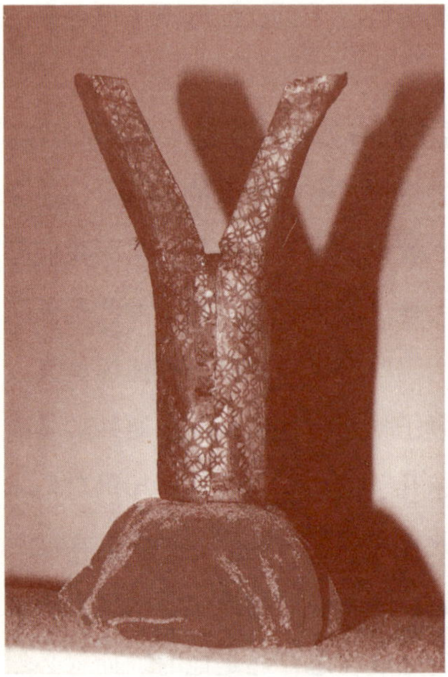

元代“顾姑”冠

掐丝花形饰

这些杰出的女人们不但具有天赋极高的政治智慧，同时也是一个个心灵手巧的美学大师。须知，缺少了美也就离权力圈子越来越远了，因为没有美就没有宠幸，而没有宠幸便难得常伴草原君王周围。故她们几乎终其一生都在这个“美”字上下功夫。比如蒙古族妇女的“头饰”，就曾以它的高耸和瑰丽而闻名于世。早在远古时期，她们就懂了用牛角和兽骨雕刻染色，再加上多彩的羽毛装饰发髻，以吸引男人们的目光，使他们流连忘返。这种耀人眼目的头饰，被称为“顾姑”，也有人译为“罟罟”。到了草原汗国的极盛时期，后妃们头上的“顾姑”当然就更突显“珠光宝气”了。欧亚大陆掠夺来的金饰玉佩、珊瑚玛瑙、珍珠翡翠等，均可能轮番地在发髻上流光溢彩地得以展现。至于说到她们身穿的蒙古袍子，除了改用绫罗绸缎使其更加绚丽多彩外，好像形制依然，没有什么改变。其实不然，蒙古族妇女在追求美上从来绝不缺乏创意，而且颇具民族特色。一条条长长的丝绸腰带，经缠经绕便可使“三围”尽现，从而突显浑身的曲线美。拥有自己“斡耳朵”的女人们啊，总在想以美使自己的宫帐也变为流动的权力中心。但又有几位哈敦能因此达到目的呢？从这一点上来说，或许女人们追求的只能算鹿图腾的外形包装了。但有些后妃却凭着她们的政治智慧达到了目的。区别只在于：是纯正的鹿，还是异化的鹿。

四、兴衰的转化——元王朝末期双图腾的异变

按说忽必烈大帝所缔造的元王朝地域辽阔、国力强大、兵备精良、财税富足，为什么在他死后短短几十年便由盛到衰以致败亡？很多元史专家均认为大体有下列原因：其一，农耕文化与游牧文化的冲突，始终未能实现成功的转型；其二，四等人制等高压政策，在中原地区所造成的民族矛盾；其三，继续穷兵黩武，却再没有出现过成吉思汗和忽必烈大帝那样杰出的统帅和君主。而笔者则认为，忽必烈确曾矫枉过正，但除上述种种问题外，还有一个极重要的原因便是皇室婚姻的规范化和固定化。据史载，此事始作俑者为草原帝国第二代大汗元太宗窝阔台。或许是出于对母后孛儿帖的感念和追思，或许是出于对母后孛儿帖的忏悔和赎罪（原因后面还将详细讲到），总之，在他稳坐大位之

后，便对母亲的故乡弘吉拉草原给予特殊的眷顾，并和国舅爷按陈王（孛儿帖之幼弟）相约，钦定母后家族从此“生女当为后，生男尚公主”。难怪之后不久，草原行吟诗人便这样唱道：“弘吉拉！神鹿的故乡，美女的摇篮……”这是对母亲报恩，但几代过后副作用也日益显现了：

其一，古代的游牧民族尚且不懂，但按现代科学来说这确实是典型的近亲结婚。代代因袭，很快便出现了不可逆转的恶果。由于血缘越来越近，子孙短寿的现象即在忽必烈时期已经突显了。先是太子真金先他而亡，年仅四十岁出头。随后便是皇孙达拉玛八喇又先他而去，年仅二十九岁。他的另一个儿子芒哥喇死得更早，年仅三十二岁。再详查史料，在忽必烈大帝逝世之后更是如此。短短五六十年，竟换了十几位皇帝（当然还有其他原因），平均寿命也顶多不过三十岁左右，执政时间平均不过三五年。而元明宗和世琜在位仅半年，元宁宗懿璘质班才短短两个月。这显然不如另一个也由少数民族缔造的大清王朝：康熙在位六十年，乾隆在位六十年，二者相加就是一百二十年，绝对有足够的时间施展他们的抱负与稳固他们的江山。究其长寿的原因，他们祖先那种跨种族的联姻或许就是因素之一。原本只是为了扩大实力应对明王朝之举，谁料跨种族的优秀基因结合还使他们得到这种“意外之福”。据史载，清宫十三帝竟迎娶回五位蒙古族皇后。来自科尔沁的孝庄皇后便是颇具代表性的人物之一，故他们大约竟维持了近三百年的统治。而元王朝后期的帝王们却很少有这种“福分”。

其二，“生女当为后，生男尚公主”的固定婚姻模式，其副作用不仅仅表现为后代的寿命渐短，而且也表现为宫闱生活的逐渐扭曲。既然弘吉拉部族已成为“神鹿的故乡”，那从这里走出的后妃们不论贤愚也大多开始“当仁不让”了。综观大元王朝后期，除了太子真金的遗妃阔阔真辅佐其子元成宗治理天下大见成效外，随后那些权欲熏心、自不量力的后妃们也开始公然干政了。把“生女当为后”当作一种“天命神授”的特权，竟然将鹿图腾的形象毁损殆尽。比如说，于元成宗之后历临三朝的皇后答吉，便是一位弄权的高手。她任用情夫铁木迭儿为权相，逼得两位相继登上皇位的儿子束手无策、苦不堪言。两个儿子在颓废中先后夭亡之后，她又企图操控年幼的孙子元英宗而不顾其死活。再比如，“同类相残”之悲剧也曾在后宫屡见不鲜。就拿元文宗的皇后卜答失里来说，为剪除后患竟狠下毒手杀害了先皇遗后八不莎。她们都来自于弘吉拉草原，当是具有血脉亲情的一家人。还有乔装打扮冒充神鹿的异类，例如出身奴婢的高丽女子奇皇后。因为在众多的嫔妃中只有她为元顺帝生下了唯一的儿子，故被钦改为蒙古贵族并得以混入高端的白鹿系列。但她在高居皇后的宝座之后却心怀叵测，拉拢部分武将拥立太子与老子争夺皇位。只搞得内斗不止天下大乱，最终导致了大元王朝的覆灭。

当然，这绝不是在重复道学家“红颜祸水”的说法，更不是将元王朝过早衰亡的责任推卸给她们。在雄才大略的忽必烈大帝“驾崩”后，那些拥有重兵的草原守旧势力又在蠢蠢欲动了，与以儒臣为主的文官体制日渐对立，梦寐以求恢复游牧民族以武力征服一切的古老传统。其间皇室必然成为他们与儒臣斗法的舞台，随着君王之短命，一代代皇后便成了他们操控的工具。再加上元王朝后期的皇位传承制度颇为特殊，竟是“兄终弟及、叔侄相承”。这就促使那些为保住儿子稳登皇位的新任太后们，只能投靠那些拥有重兵的草原守旧派了。为此，落下骂名的是这些弄权的“白鹿”，实质上她们却早被那些欲复古的“苍狼”耍弄利用了。双图腾架构的实质意义显然被颠覆了……

茫茫无垠的大草原啊！一只又一只白鹿沿着历史的轨迹在蓝天下跃过。如前所说：她们有的划出了优美的弧线；有的闪烁着圣洁的银光；有的突显着迷人的慧眼；有的则已经开始异化；有的更在诡异地突奔；有的早不顾一切地跃入了权欲的深渊；当然，也有的任人摆布空留骂名；也有的尚未成年即被摧折；更有甚者，还有那混入鹿群的异类……颇具民族特点，颇具草原特色。完全可以这样说，把这一个个女人的故事串联在一起，即是一部蒙元王朝的盛衰史。

好在于读史随笔《震撼崛起——成吉思汗及其英武儿孙》中，我们已全方位地展示了一代代“苍狼”的男性雄风。现在我们将以蒙元王朝的历代后妃们为主，尝试着重新再现这段风云激荡的历史。蒙古民族既然崇奉双图腾，也就为我们留下了这样的余地：历史总不能历朝历代专门只为男人们来撰写吧？

此书就让我们从鹿图腾说起，蒙元时代的后妃们啊……

大汗军队出发

正篇

上

草原汗国的哈敦们

舞台是搭建好了，但似乎仍缺一通开场锣鼓。其实早有了，那就是蒙古民族的迅猛崛起。金戈铁马，所向无敌，前无古人，震撼世界，很快便打出一个地跨欧亚的庞大的草原帝国。当然，在狼图腾的彪悍身影铁旋风般地闪过之后，那些头顶鹿图腾光环的女主角们也该登场了。然而仍需划为两个阶段：一是前期的草原汗国——“也客蒙古兀鲁斯”（汉译为大蒙古国，汉文史籍也称大朝）；二是转型后的大元王朝——我国历史上第一个由少数民族入继华夏大统所建的新王朝，开国年号便为“中统”（取自汉文古籍之语“中华开统”，后定都北京）。为此，在两个阶段里鹿图腾所展现的风采又各有差异。故而，我们又将分为两个时期道来。

综述：前期草原汗国的政治生态

茫茫无际的漠北大草原啊，乃蒙古民族迅猛崛起的发祥之地。从1206年成吉思汗以武力统一各游牧部族立国以来，前后历经了成吉思汗、窝阔台大汗、贵由大汗、蒙哥大汗四位大汗。粗略一算，到1260年的“转型”前夕共计五十四年。在此期间，虽然汗国的疆域早已地跨欧亚大陆，但统治的核心却从未离开过草原母地。以成吉思汗为例，无论征战有多么遥远，一旦胜利总是要义无反顾地凯旋，从不留恋西方那些被占领的拜占庭式或古罗马与哥特式的豪华城池，而只顾急匆匆地重新投入大草原的怀抱。到了他的儿子窝阔台继位之后，则更进而破天荒地在茫茫旷野中大兴土木。为了突显征服者的“草原中心”主义，竟修筑起一座宫殿巍峨、城池稳固的宏伟都城——哈尔和林（也有译为哈剌和林或哈拉和林的）。

这一切难道仅仅是由于“草原中心”主义所致吗？详细考证种种史实，起码说这种论点是不够全面的。就以成吉思汗为例，称其深深挚爱和眷恋着草原祖地那是没错的，但如果仅仅把他的目光局限于草原那就明摆着有失偏颇了。作为一个曾经震撼过世界的军事家和政治家，他的每次回归均预示着他下一步更宏伟的战略部署。请想想看：他为什么突然停止了西征，而以六十七岁的高龄偏要去剿灭那个早已纳贡称臣偏安中原的西夏王朝？即使在“天不假年”死于贺兰山麓后，他又为什么留下了“借道潼关，联宋灭金”的遗嘱？历史学家早有定论：他显然是为了荡涤残存于长江以北的两个王朝，凭借中原之力一举问鼎华夏。这是他个人一生的追求，也是一种历史的宿命。正如我国当代杰出的史学大家翦伯赞先生于1957年视察呼伦贝尔大草原时所说：“这里曾是我国北方少数民族演兵的大后台。一经在这里演练成熟，便冲向中原大地演出一幕幕波澜壮阔的历史剧。北魏之鲜卑、辽之契丹、金之女真、元之蒙古、清之满族，莫不如此。”翦老之说，切中要害，只可叹成吉思汗的宏伟遗愿推迟了近四十年才终得实现。

究其缘由，或许最重要的一点还在于那至高无上的汗位。正如13世纪波斯杰出的史学家拉施德（也译为拉施都丁）在其传世巨作《史集》中所言：“合罕为其后代留下了旷世的历史功业，也为子孙们留下了后患无穷的权力之争。”权欲似要比海洛因毒瘾还要可怕千百倍，极易使人变得六亲不认，完全忘却了先人的宏图大业。比如“也客蒙古兀鲁思”的第二代大汗窝阔台，原本是一位颇有作为的草原君主，继位之后也曾遵循父汗遗志相继灭后金、图西藏、定西域、一统黄河流域中原大地。眼看跨长江、攻南宋、入主华夏的宏誓大愿已指日可待，但他却突然放缓以致最后干脆止步不前，整日里只顾琢磨那祖制“幼子守灶”可能带来的危及汗位的可怕后果。最终，还是借萨满巫师之手“杯弓蛇影”地灭掉了嫡幼弟拖雷——一位杰出的军事统帅，并使其整个家族几乎陷于万劫不复之灾中。晚年窝阔台大汗是在纵酒中一直忏悔着，甚至醉生梦死地为异化的白鹿让出了政治舞台。据史载，他确系在茫茫的大草原上修筑了一座巍峨的都城：汉式的宫殿群落、汉式城垣宫墙、汉式的亭榭楼阁、汉式的雕梁画栋，并且是由燕京汉人大工匠刘敏设计并任大总管完成的。对此，有的史学家称，他只不过想借这处汉式的宫殿城池的出现，以宣示他谨遵父汗的遗愿“一统长江南北，入继华夏大统”之雄心从未改变；而有的史学家则称，他这只不过是仍然为了稳固汗权！地处草原腹地中央，绝对有助于掌控两翼封国的东西道诸王。贸然南下，就得小心后院起火！权欲曾使一个强悍的民族变得裹足不前……

在窝阔台大汗死后，靠母亲一手扶持上台的贵由大汗则更显得资质平庸心胸狭窄。为雪第二次西征“受辱”之耻，竟要挑起内战去讨伐当年的西征统帅拔都。哪还有圣祖成吉思汗的宏伟遗愿？只剩下了东西道诸王人人自危，各大封国间纷纷自保，一个偌大的“也客蒙古兀鲁思”眼看就要分崩离析了。这时多亏有成吉思汗孙辈中最有威望的拔都统帅挺身而出。在贵由大汗莫名其妙地死后，全凭他力挽狂澜，最终促使汗位由窝阔台家系转到了拖雷家系。拖雷的长子蒙哥得以登上大位成为草原汗国的第四任大汗，并且很快便以“严于律己，励精图治”的精神凝聚了众心。不但避免了庞大的汗国免遭分裂，而且就连他那伟大祖父的宏伟遗愿也被重新提及了。只不该他是个真正的“草原中心主义”者，竟公然宣称“唯崇祖制，绝不蹈袭他国所为”。这激发起了马背民族的强烈民族自豪感，却似乎同时也印证了他缺少其伟大祖父“与时俱进、海纳百川”的博大胸怀。“入继华夏大统”绝非只靠一个仅凭硬实力的征服者就能完成的，故他的下场也是很令人惋惜的。

这就是前期的草原汗国。虽然前后历经四位大汗，但国号一直未改，始终是“也客蒙古兀鲁思”；政治中心一直未动，始终是在漠北草原腹地；国君与后妃的称谓一直未变，始终被称为大汗和哈敦；国家的体制也一直未变，始终是“大汗直辖与诸子诸弟分领的复合体”……离转型后的大元王朝尚且遥远，故这时期出现的头顶鹿图腾光环的汗廷哈敦们，似更具异域情调的古风古韵，甚至还带有几分颇具草原特色的野性。将时间向古远推移，先行讲述一个更加遥远的女人的故事，是她首先使神鹿闪现出圣洁的光辉。若没有她，一切将无从说起……

伟大的母亲诃额伦

诃额伦，生卒年月不详，弘吉拉部人。乞颜部族首领也速该之嫡妻，成吉思汗之生母。一生颇为坎坷，曾面临夫死、子幼、氏族败落等种种灭顶之灾。多亏她教子有方、治族有术，才终使成吉思汗历尽磨难成为震撼世界的一代伟人。而她生前即被尊称为蒙古民族的“伟大母亲”，在她死后更被大元王朝追谥为宣懿皇后。她是鹿图腾最为真实的写照……

美貌绝伦　迎亲途中遭抢婚

早在古代，弘吉拉便是一个盛出美女的草原部族。就连意大利旅行家马可·波罗在他那部著名的《马可·波罗游记》中，也曾这样评价这里的女孩子：“其人甚美！”只不过在孛儿帖成为哈敦前，弘吉拉部族的地位并不如后来那么显赫，也尚不是大汗和贵戚婚配的“专属区”。那时候附近部族的小伙子们均可到这里自由求亲，只要两家投缘便可“迎得美人归”。这一天，蔑儿乞部族的一位名叫也客赤列都的青年，正小心谨慎地从弘吉拉迎接回自己新婚的妻子。他为了不引人注目，只带了一骑一车专挑部族之间荒僻的草原走。天似穹庐，四野茫茫，战战兢兢地行进……

但谁料意外的事情还是发生了！恰好就在这一天，乞颜部族最拔尖的青年勇士也速该弟兄三人正好外出狩猎。跨着骏马、架着猎鹰、背着强弓，抖缰扬鞭，猎获颇丰。而更出乎意料的是像有天意指点，偏偏就在此刻，也速该的猎鹰盘旋着竟向丛莽深处俯冲而去。无奈，也速该也只有纵马只身跟上。蔑儿乞部的也客赤列都和他的新娘最终被发现了，他们突然看到了一位虎背熊腰、英姿勃发的青年正勒马拦住了去路。但眼里似乎根本没有骑在马上的新郎，而只顾如醉如痴地盯着勒勒车上的新娘。也难怪！正如《蒙古秘史》中所言：诃额伦“长得如明月一般秀美，眸子里除了胆怯还闪着智慧之光”。这位新娘便是后来被称颂为“伟大母亲”的诃额伦。

片刻，乞颜部族的英武青年也速该终于活动了，但只给也客赤列都留下了一句话：“你好生等着，我还有话要对你说！”说毕竟飞马而去了。留下的新郎一时傻了眼，还多亏了新娘诃额伦深为了解草原“抢婚”的习俗，含着眼泪提醒他说：“来者不善，必害了你的性命！我坐的车子慢，你就舍我赶快逃走吧！草原上好女人有的是，你若再娶了妻子，就把她唤作我的名字，也算得曾经夫妻一场！”说完又脱下衣衫给新郎留作纪念，并含泪一再催促也客赤列都逃命。此时英武强悍的也速该带着一兄一弟张弓搭箭地呼啸着赶来了，只可悲那新郎果真抛下新婚的妻子不顾一切地逃命去了。虽是诃额伦主动提议，但真要这样做了，她的心里还是难免留下

成吉思汗的母亲诃额仑

成吉思汗

了深深的遗憾，古代的蒙古族妇女也是崇尚勇士的。

诃额伦是含悲带怨地被掳回乞颜部族王帐的，没想到时任部族首领的忽都喇哈汗竟对这次“抢婚”大加赞赏，并声称自己死后将由也速该继承其位，英雄配美人必使部族增光。萨满巫师也当场占卜说，此乃受长生天指引，系神示的“天作之合”！再加上“抢婚”早成为古代草原的一种普遍现象，见怪不怪，故大多数女人也都“听天由命”了。更何况也速该身材魁梧、面目英俊，通体焕发出一种令女人倾倒的雄性魅力，因而诃额伦也就只好半推半就地接受了这份“天作之合”。谁让前夫过于怯懦，处处不如人呢。

这可以说在蒙古史上是第一对苍狼和白鹿的绝配，但也留下了无穷的后患。当时蔑乞儿部族相对弱小，无法与较强大的乞颜部族抗衡，似也只能含恨不了了之。但当后来乞颜部族突然遭受灾变四分五裂时，蔑儿乞部族人便趁势起兵以报“抢婚”之仇。而当时的成吉思汗还很年轻，尚未成气候。故在强敌的疯狂掠杀下，他那新婚不久的美丽的妻子孛儿帖也被仇家掳走了。蔑儿乞人做得真绝，竟把她专门赏赐给了也客赤列都的弟弟赤勒格尔为妻。冤冤相报，何时是了？好在这都是后话，而眼下诃额伦已逐渐安于现状……

喜得贵子　草原生辉家族兴

前面我们早已说过，古代的游牧民族尚未受过儒家“贞操节烈观”的侵蚀，在严酷的自然环境和历史条件下大多数妇女似也只能奉行“随遇而安”的法则。诃额伦也不例外，况且她已被也速该那男子汉的魅力深深所吸引，渐渐对他产生了炽热的爱。不久，她发现自己已经怀孕了……

而此时的也速该果不负忽都喇哈汗所望，为部族越战越勇，已被公认为第一条好汉。尤其在听说妻子怀孕之后，更激发起他高昂的斗志而东拼西杀所向无敌。而对于诃额伦来说，怀着即将做母亲的喜悦更为丈夫深感骄傲。只不该临产期就要到了，也速该却在远方与世仇塔塔儿部族激战正酣。要知道，塔塔儿人曾配合金王朝讨伐过乞颜部族，并将他们的老祖宗俺巴亥骗到金上都，钉在木驴上游街示众，活活折磨致死。多少年过去了，乞颜部族好不容易才从灾难中恢复过来，而此时的塔塔儿人却又要举众来掠杀灭族。是可忍孰不可忍？也速该能不受命率众奋起迎敌于部族之外吗？而且此一役绝对突显了他的统帅才能，刚一交锋也速该便凭过人的武功生擒了塔塔儿人的主帅铁木真（请记住这个名字——铁木真）。随后又击败了对手的两员主将，直把塔塔儿人打得溃不成军，望风逃窜。也速该大获全胜后奉命火速班师返回后方，诃额伦与部族的亲人们也奉命远道出迎。却不料刚刚来到迭里温盘陀山前，她就感到阵阵腹痛，即将临产了，无奈只好在山脚下搭起帐篷等候分娩。恰好此时，也速该率部众凯旋，尚未走进帐篷便听到一声婴儿洪亮的初啼。顿时，天地为之生辉，草原山川为之肃穆。据史载，此婴儿初生时确系“体格硕壮，头角峥嵘”，给人以一种“不同凡响”之感。更出奇的是，此婴儿出生时手握一块“赤血”，视之竟是“其色如肝，其坚若石”，突显神异，众人由不得肃然起敬。只可惜后来却不知所终，皆因时人尚不知把它能雕饰成一块“通灵宝玉”，鲜红通透，肯定引来“万寿无疆”（另类联想，姑妄听之）。也速该早闻声迫不及待地跨进帐篷，见娇妻幼婴俱都无恙更喜不自禁，竟纵声大笑曰：“我此番出击塔塔儿人，首战便生擒了敌酋铁木真，好不快哉！今得此儿，也不妨起名铁木真，以做纪念！”游牧民族行事多无拘无束，由此起名已可见一斑。至此原铁木真是死是活早淹没于历史之中了，唯剩下这初生的婴儿长大后以铁木真之名震撼了世界。请记住：成吉思汗是尊号，铁木真才是本名！

而有了小铁木真，从此也速该也对诃额伦更宠爱了。随后，忽都喇哈汗果不负前言，临终前把乞颜部族的统领权特意传给了也速该。不仅使也速该成了“汗”一级的人物（诸侯王），而且无形中诃额伦也跟着成了部族里的“哈敦”。完全可以这样说，这是她被抢婚以来最幸福的一段时光。既以她的美貌和才华赢得了丈夫的宠爱，又以她的柔顺和善良赢得了部众的尊重。紧接着，她又先后为也速该生了次子合撒儿、三子合赤温、四子特木格、幼女帖木仑，还亲自抚养了妻妾所生的五子别勒古台，很快地使整个家族人丁兴旺起来，为乞颜部族的更加强大带来了新的希望。而这一切对于古代的游牧民族来说，就算得展现了一个妇女最崇高的美德。

转眼间，小铁木真已经九岁了。此时的乞颜部族在也速该的统领下也越来越强大，附近部族都畏惧他的勇猛强悍，大多“退避三舍”了。就连逞凶一时的塔塔儿人也再不敢来犯，甚至主动求和对乞颜部人“以礼相待”。而古代的少数民族大多均天性率真坦荡，尤其是也速该在踌躇满志之余更放松了警惕。再加上诃额伦又一再提醒他小铁木真已经九岁了，依照古俗是该到订下一门亲事的时候了。并且指出弘吉拉草原的小女孩“甚美”，可在她的家族间选一位以便“亲上加亲”。也速该闻听后也颇为兴奋，遂经萨满占卜便带着小铁木真出行了。只不该他过于自信自己的“臂力过人，武功超群”，竟只背着一张强弓，腰挎着一把战刀，带着几匹骏马，便和儿子并驾踏上求亲路了。

阳光明媚，草原宁静，但也危机四伏……

飞来横祸　诃额伦突陷灭顶之灾

留在家里的诃额伦安详地守候着，满脑子充满了幸福的遐想。她对丈夫是深信不疑的，一直把他视为自己这个美满家庭的可依赖的坚挺靠山。而对小铁木真更是充满了骄傲，早坚信这次回母家的求亲一定成功。多好啊！自己有五个儿子一个女儿，还有一个尚在中年勇武的丈夫。再等十年孩子们都长大了，那自己这个家族将会在茫茫的大草原上永远立于不败之地。更何况！不久便传来消息：早在父子俩到达她的母地前，便被弘吉拉另一位颇具权势的贵族德薛禅拦下了。见小铁木真长相不凡，便托言有梦非要把小女孛儿帖许配给小铁木真不可。而两个小家伙一见也两小无猜地难舍难分，也速该也只好答应这门亲事，并将儿子暂留在他未来的岳父家中。青梅竹马，更加般配，且放在后面详述……

诃额伦闻讯后更加欣喜万分，知道也速该也就在这一两天该回来了。谁曾想等来等去竟等来了祸从天降，迎回的却只有俯身马上奄奄一息的丈夫。诃额伦大惊失色，忙将也速该搀进毡包询问，这才知道丈夫是上了狡诈的塔塔儿人的奸计。原来，也速该告别德薛禅一家后便跨马急匆匆地踏上了归家的路，他知道就在自己强力统领的乞颜部族内部也不时出现异动。只不该在茫茫的大草原上刚刚驰骋了半天便有些饿，偏这时又只见在远处的绿野里有人搭帐设宴。驰近一看竟是一些塔塔儿人，似正在为亲人重逢纵酒欢聚。这些人不但都手无寸铁，而且一见他的到来均恭顺谦卑地欢迎他入席。也速该依据“来人即是客”的草原古俗，也就应邀入座大啖起鲜美的烤羊肉了。急于归家，只待填饱了肚子即告辞匆匆上路了。却绝没想到刚刚纵马驰出不远，就觉得腹中阵阵剧痛只搞得浑身冷汗淋漓。他顿时明白了，狡诈的塔塔儿人在酒肉中均下了毒。但凭着他那天生强悍的体魄，虽已被剧痛折磨得栽俯在马鞍上却还能咬牙赶了回来。只可惜倒在诃额伦的臂弯里已无法挽救，唯差遣总管家臣蒙力克火速去接回小铁木真以求最后见上一面。而等九岁的铁木真一连几天几夜赶了回来，一代英豪也速该已在失望中撒手而去了！

晴朗的草原，霎时泪飞顿作倾盆雨……但悲痛欲绝的诃额伦必须面对现实：横祸飞来，使背靠的大山崩塌。有也速该在，他们就是乞颜部族最尊贵、最兴旺的家族；没有也速该在，他们就变成乞颜部族里最倒霉、最衰败的家族。想想看！除了一个孤苦伶仃的女人外，留下的五个孩子：一个才九岁，一个七岁，一个五岁，一个三岁，一个仅刚满周岁……毫无疑问，诃额伦面对着这致命的打击已陷入了灭顶之灾。更可怕的是，犹如树倒猢狲散一般，由于失掉主心骨，整个部族也顿时陷入了一片混乱。早有异心者也趁机煽动部众转投泰赤乌兄弟——同一曾祖父的子孙分化出的另一支人马，声称跟着弱小的孤儿寡母必被塔塔儿人赶尽杀绝呀！其中也速该当日的亲信呼尔察竟当众喊出："水已干了，石已碎了，再留此又有何用？"说毕，便忘恩负义地首先率部下投奔泰赤乌兄弟去了。四处作鸟兽散，诃额伦似已身陷绝境不可自拔了……

群龙无首　诃额伦挺身而出挽狂澜

人慌马乱，眼看着乞颜部族就要不攻自溃了。就连那些忠诚的家臣和战将似乎也均束手无策，仿佛也只能听任叛将呼尔察煽动起一批又一批族人改投泰赤乌兄弟。犹疑的人们好像也只能同情孤儿寡母了，但此时的诃额伦却一反平时贤顺的常态，在众目睽睽下，径直走向帐外，拔起了那杆插在门前的大旄纛。这可是部族的象征，号令部族的大旗。有它在部族即在，谁要胆敢违反它的指挥，谁就成了全部族的罪人！诃额伦高高地举起了它，就等于高高举起了权柄……

大出人们意料，刹那间便在她的帐前也聚集起一些臣民。听她一声号令，就纷纷跨马去追赶那些被呼尔察带走的大批部众。更令人没有想到的是，她竟亲自高举那杆大旄纛和小铁木真一起跨马前来压阵。而且一追上背离的族众，便遥指呼尔察质问道："你是部族的尊长，也速该生前也待你不薄。我们母子本来还要仰仗于你，为何也速该刚死你便要做此毁族灭部之事？"大义凛然，有理有据，只问得呼尔察无言以对，似唯有拨马率众强行离去。这时，诃额伦更显女中豪杰本色，干脆换拿一杆长枪纵马飞驰于背离部众之前，勒马横枪义正词严地说："倘若你们这些叔伯子弟们尚有忠心，不愿向我还手，我诃额伦深深感念你们！大家休与呼尔察一般见识，须知片瓦尚有翻身的日子！你们不念先夫也速该的旧情，也该怜悯我们孤儿寡母现在的处境。若能救困扶危，我的儿子们长大后必定会知恩图报。如反之，也必定会衔恨报仇。话就说到这儿，请诸位叔伯子弟酌量。来去任便，我再不会加以劝阻了。"说毕，又令紧跟而来的小铁木真下马跪在地上，向众哭拜。总之，诃额伦这一系列举措均尽显神鹿风采，难怪《元史》称其此举"颇具媲婳将军之风"。最终，在诃额伦喻之以威、动之以情的言辞感召下，在小铁木真跪拜泪流满面之中，大多数准备背离的部众不由得下马拜倒在地，发誓今后当永远效忠于乞颜部族。但呼尔察还是带着很多部众叛投泰赤乌兄弟去了……

折箭训子

从此，乞颜部族的实力显然大大削弱了，与也速该生前是绝对今非昔比。再无力威震四方，却时时需要东躲西避。要知道，同祖的泰赤乌兄弟时刻想着独吞整个部族，而世仇塔塔儿人也时刻想着进而斩草除根。打蛇打七寸！由于小铁木真从小就突显出非凡的天赋，两方仇家均欲先除之而后快。为此诃额伦便经常告诫其他四个儿子，一定要紧紧团结在长兄的周围，做大哥的另一双眼睛，做大哥的另一对耳朵，做大哥最忠诚的护卫和亲信。诃额伦还经常引用古老的草原谚语对孩子们说："除影儿外无伴当，除尾子外无鞭子！"据史学家考证此话意为：影不离形，尾不离身！以此教育儿子们：兄弟同心，合力断金！还有的国外相关史书记载：那个传诵极广的"一支箭一折就断，十支箭百折不断"的故事，也是发生在这个处于极度危难的家庭里的。伟大的母亲总在不失时机地教导着五个儿子，千方百计地引导他们继承父亲的勇气和魄力，以便长大后同心协力地重振整个乞颜部族。

躲灾避难！孩子们的童年似乎就是在不断迁徙中度过的。但伟大的母亲不是总把孩子们护佑在羽翼下，而是教导他们以英雄父亲也速该为榜样：学会勇敢，学会坚强，学会机警，学会敢于承担重任！因而在少年时期铁木真的历次遇险中，他总能机智勇敢地对待而化险为夷。比如说，他曾被同祖的泰赤乌兄弟设计抓获，并被戴枷欲献给塔塔儿部以借刀杀人。而他却能说服善良的人们趁机逃脱，并且在一个小姑娘合答安的帮助下藏进闷热的羊毛车上最终得以躲过一劫。但更重要的还在于，刚待铁木真十七八岁的时候，伟大的母亲已经把乞颜部族的统领权逐渐交给他了。诃额伦放手放得很彻底，只在幕后率领蒙力克等忠诚的家臣家将默默地支持着他。而铁木真也果不负母亲的期望，不仅初显统帅的才华，而且也展现出领袖的魅力。故而史载，"归附者日众，乞颜部日渐兴旺"，十九岁时终于迎娶回已定亲十年的孛儿帖。

又一代神鹿出现了，母亲似乎更自觉地彻底隐退了。从此，《元史》和《蒙古秘史》便很少提到她的名字，仿佛她已心甘情愿地让孛儿帖取代了她的地位。即使在铁木真又受挫折妻子孛儿帖竟被蔑儿乞人偷袭掳走之后，史书上也对这位伟大母亲的事迹很少有记载。直到大约历经二十年，在铁木真统一蒙古各部被尊奉为“成吉思汗”之后，《蒙古秘史》中才又出现了这样一段相关伟大母亲的记述。事关重大，现简明扼要综述于下——

草原汗国开创初期，似乎四处仍隐伏着危机……

成吉思汗刚刚登上大位不久，便接到一位通天萨满的神秘检举，声称他的二弟合撒儿依仗勇力过人、战功卓绝正在聚众图谋不轨。而合撒儿本来就有点恃功自傲、不服管教，这就促使了成吉思汗为防后院起火连夜亲自来捉拿这个“叛逆”。多亏了母亲诃额伦不久也得了家臣的暗报，一听便知大事不好，即连夜快马驾车跟踪而来。但毕竟慢了一步，黎明来临时，见合撒儿已经被五花大绑押在他自己的毡帐里了。诃额伦怒不可遏，当即袒露双乳对成吉思汗指着说：“你看见了吗？这边的是你吃过的乳，这边的是你三弟四弟吃过的乳！唯有你二弟合撒儿将我的两个乳都吃遍了，使我心里无比畅快！你们都是喝着我的乳水长大的，一母同胞的兄弟竟然闹到这个地步是为哪般呢？我本来想你有智谋，合撒儿有力气，若有反叛，你们会一致对外！谁料现在却是这样的结果？莫非敌手和仇家都已尽绝，你再不用合撒儿了？！”成吉思汗见母亲竟如此义正词严，顿时心中若有所悟。随之便用怀疑的目光看了那萨满巫师一眼，当即亲自为合撒儿松绑以使母亲息怒。伟大的母亲啊，关键的教诲。其后，成吉思汗还曾在妻子孛儿帖那里得到类似的提醒。这起码说明两个问题：其一，婆媳是心灵相通的，关系是和谐融洽的；其二，初登大位的成吉思汗也终于意识到，这是神权对汗权的图谋不轨。

伟大的母亲是多会儿辞世的？史无详载。但民间却留下了一个永恒的传说：那一天，许多人都看见一只闪着银光的白鹿跃上了蓝天。

多少年后，忽必烈追谥自己的曾祖父也速该为烈祖神元皇帝，追谥自己的曾祖母诃额伦为宣懿皇后。

或许她在天际对这一切根本不懂，或者觉得根本无所谓。她只关心马背上那些后辈儿孙……

草原帝国的首位大哈敦孛儿帖

孛儿帖，全称孛儿帖旭真，弘吉拉部人。成吉思汗之正妻，忽必烈大帝之嫡祖母，至元二年被追谥为光献翼圣皇后。册文中赞她“尊祖宗，致诚孝，实王政之攸先；法天地，建鸿名，亦母仪之克称”。这似并不过分。综观成吉思汗一生，大部分时间均在外忙于征服扩张事业。而在草原母地主持内政的，却大多是这位杰出的蒙古族女政治家。多部《后妃传》中均称她为“历史上少有的既明淑而又深明大义的大皇后”，而国外史学家则把她称为“草原帝国第一位真正意义上的大哈敦”。她是鹿图腾最典型的化身。

青梅竹马　童稚定亲

七百多年前，在朔北的茫茫大草原上仍充斥着一片血雨腥风的内斗。但这又绝不妨碍每个部族均各有所长：比如说有的盛产名马，有的盛出勇士，有的善制强弓，有的善锻弯刀，还有的专以盛出美女而闻名于天下。有史可考，弘吉拉就是这样一个盛出美女的部族。

这天，在弘吉拉草原的扯克彻儿山和赤呼尔呼两山之间，有一位彪悍的男子汉正面带迷惘地在毡帐外久久远眺着。按说，他可是个诸事如意的勇士，刚过三十岁便成了部族一支的小首领。不仅如此，他还有个令人羡慕的家庭。

除了温柔的妻子朔坛以贤能闻名部族外，尚有一个十岁的女儿和一个两岁的儿子使家庭显得格外温馨。尤其是十岁的女儿孛儿帖，那更是这美女之乡百里挑一的美女好苗子。长得有多好就不必细说了。据说，只要是这小姑娘一走出毡包，“云雀就会围着她欢唱，彩蝶就会绕着她飞舞”。那为什么这个汉子还在一直只顾迷茫地远眺四野呢？原来是他昨夜里做了一个颇为奇特的梦，经萨满解析，今日必有贵人路经此地，绝不能失之交臂，错过将失去百年好运！但红日高照，等来等去茫茫的大草原上就是不见一个人影……

这位彪悍的汉子名叫德薛禅。久久不闻马蹄声，他还以为萨满卜算有误，也只能叹息白做好梦，悻悻然就打算返回毡包忘了这份期盼。但就在此时，便见得远方的碧野里似有马踏卷起的烟尘。再看时，风驰电掣般两骑快马已飞驰到自己眼前。德薛禅不由得一阵暗喜，忙迎了上去，一眼便认出这是乞颜部族的首领也速该和他的儿子小铁木真。背景故事在诃额伦相关章节已经详述过了，这正是父子俩寻亲途经这里。德薛禅一见忙问父子俩欲去何方，也速该也忙有礼貌地回答：欲往儿子母舅家族为小铁木真定下一门亲事。德薛禅一听就联想起昨夜那梦，立马便端详起眼前这气宇不凡的小男孩。只见他生得“方面大耳，英气勃发”，虽尚且年幼仍显稚嫩，却令人心生一种敬畏感。德薛禅越看越喜爱，竟马上联想起自己的女儿孛儿帖。也速该正感到他莫名其妙地有点热情得过分，德薛禅只好和盘托出缘由。他说：“我昨夜梦见一只‘白海青’（即白色的雄鹰），两爪抓着日月，盘旋飞落在我的臂上。萨满占卜称，日月同现，实属罕见，白海青又带着日月落在你的臂上，必主好运！”但也速该还是不明白他的意思，而德薛禅只好直说道：“原来是这孩子的到来应验了我的梦。他不但是你乞颜部族强大的希望，而且必定也会给我弘吉拉部族带来红运。我有一个女儿，相貌倒也颇受众人赞美，不如在这里你我就结为亲家吧！”

去母舅家说亲未见分晓，倒被人家拦在这里。也速该尚在犹疑之中，人家已在毡帐里摆开了丰盛的酒肉大宴。无奈，父子俩只好应邀进帐了。谁料也速该刚跨入门来，便被一个小女孩的容貌所惊呆了：天哪！最多也不过十岁，但却已长得明眸皓齿、姿容秀美、亭亭玉立，宛若山野里一株挺拔的小白桦。况且又是那么彬彬有礼、落落大方，小小年纪竟懂得垂首屈膝恭迎客人。也速该激动不已，早把那去母舅家求亲之事抛之脑后了。再看一边那两个小家伙，也正在四目久久对视，仿佛上一辈子就相熟相知了。就连小孛儿帖的母亲朔坛也喜极欢呼道："真是天造的一双，地配的一对！无心插柳柳成行，这门亲事竟就这样定下了。"

似有天意，再加上马背民族那天生的无拘无束，这一夜两个亲家就在欢歌纵饮中晕晕乎乎度过去了。直到第二天日上三竿，也速该方醒了过来，这才想到乞颜部族尚有许多事务急需他这位首领亲自处理，遂忙叫起小铁木真欲尽快返回。谁料德薛禅却非要把自己那未来的女婿多留几天，再看那两个小家伙更

迎接送新人（布林特古斯提供）

是两小无猜依依不舍。盛情难却，也速该只好把儿子暂时留下了。随之，也速该便留下一匹最好的骏马作为聘礼，自己就策马调头疾驰先回乞颜草原去了。这一年，小铁木真九岁，小孛儿帖十岁，似乎尚不懂“婚姻”是怎么回事儿，却已产生了一种相互深深吸引的磁石效应。他们白天在一起嬉戏，夜晚在一块儿睡眠。正如史诗所说：“好似火红的太阳与明媚的月亮相配。”这不仅使德薛禅两口子视之心中“如吃蜜一般甜美”，而且这一段两小无猜、青梅竹马的幸福时光令成吉思汗终生难忘。但好景不长，飞来的横祸却突然降临了……

十年苦等　劫后完婚

前面已经说过，一代豪杰也速该突遭暗算中毒身亡。小铁木真被家臣蒙力克匆匆带走了，只留下小孛儿帖长达十年的久久守候。好在德薛禅是一位天性淳厚、一诺千金的真汉子，而全家人也均坚信“暴风雨过后必见彩虹”。只不该苦苦等候的时间是如此漫长……

小孛儿帖渐渐长大了，也越长越娇美动人了。不久便引来无数的倾慕者来追求，炽热的情歌围绕毡帐始终不绝于耳。但少女孛儿帖的心中却始终只有一个人，即少年铁木真。而德薛禅做得就更绝，为了绝不食言，竟干脆带着女儿和全家隐居于两山之间的峡谷深处。很多人以为那娇美的姑娘或是远嫁了，或是被掳走了，总之再没盼头了。

虽天各一方，但孛儿帖对铁木真的遭遇却了如指掌。比如，当闻听铁木真突逢灾难举家就要垮塌衰败时，没有人再比她那样悲痛万分了；当闻听诃额伦高举大纛率子纵马截拦散众时，没有人比她更为这个家族骄傲的了；当闻听铁木真被泰赤乌兄弟偷袭围捕命悬一线时，更没有人比她焦急万分心如刀绞了……孛儿帖的这颗心近十年来似乎一直就牵挂在铁木真的身上。年复一年，直到闻听铁木真历经劫难终成部族首领，现已力挽狂澜初见成效，终使乞颜部族又显振兴之势时，她的那颗悬着的心才总算放了下来……

孛儿帖对未来又充满幸福的遐想，但是他呢？却不料铁木真对童年时那段“两小无猜、青梅竹马”的回忆更加刻骨铭心，刚待乞颜部族恢复了元气，便亲自率众前来弘吉拉草原迎娶孛儿帖了。德薛禅提前得到消息更是欣喜万分，也率众亲属激动不已地迎出了峡谷。这一年铁木真十九岁，孛儿帖二十岁。四目久久地凝视着，她只觉得他更加英武挺拔，他只觉得她更加光彩照人。随之，德薛禅夫妇便召集了所有的亲朋好友，就在茫茫的大草原上为他们举行了隆重而盛大的婚礼。一对有情人历尽磨难终成眷属，正是双图腾结合的生动再现。但铁木真却似乎难得有新婚蜜月，乞颜部族尚不够强大，急需他回去应对不测。德薛禅通情达理并不阻拦，还向自己的爱婿赠送了一件极其珍贵的黑貂皮大氅作为嫁妆。十分罕见！一般来说其他色泽的貂皮衣饰尚能重金求得，而像这样绵如锦缎、漆黑闪光、绝无一根杂毛的黑貂皮衣就百金难求了。最终，德薛禅不但亲自把一对新人远送到克鲁连河旁，而且还干脆让妻子朔坛把女儿亲自送到婆婆家。马背民族的淳朴与忠厚等诸多美德尽显无遗。

再说留在家中的诃额伦，早得到庶生小儿子别勒古台快马驰归的报讯，竟激动得一夜没合眼，只顾等候远方娶亲归来的马蹄声。第二天当红日高照时，在乞颜部众的欢呼声中，一对新人终于归来了。只见铁木真携新娘进帐，首先双双跪倒在母亲膝下，而孛儿帖又进而高举双手，把那件珍贵的黑貂皮嫁妆呈献到母亲的眼前。诃额伦喜极而泣，忙扶起孛儿帖，向着新媳妇再次望去：天哪！身姿越显婀娜，面容更显娇美！遂不由得含泪而语：“多亏长生天庇佑！十年苦熬，才迎娶回这么好的儿媳妇！好兆头啊，乞颜部族必更加兴旺！”随之，便命摆开酒肉大宴招待亲家母朔坛，感谢她为乞颜部生了这么个好女儿！而作为新娘的孛儿帖，望着英气勃发的铁木真，就更感到心头如灌满了甜香的蜜。

满目阳光，一切均显得那么美好……

励精图治　却又遭劫

初为人妇，孛儿帖很快便发现铁木真绝非是那种沉湎于安乐之人。即使拥娇妻在怀，他也常常瞪大眼睛彻夜在沉思着。孛儿帖知道，比女人更重要的是他那远大的志向。要爱他就必须先爱他那宏伟的追求，无怨无悔地和他共同奋斗一生。孛儿帖爱铁木真极深，她自觉自愿地这样做了……

最好的老师便是婆婆诃额伦。她不但反复向她讲述家族辉煌的过去，而且还向她讲述眼前必须面对的现实。她告诉孛儿帖说，铁木真自从担上这副重担起，就无时无刻不在想着这一切。她还向孛儿帖分析乞颜部族面临的形势，告诉她现在虽然总算保住部族不至于溃灭，但面临的却仍然是困难重重、危机四伏。四周尚有世仇塔塔儿人、蔑儿乞人、泰赤乌兄弟等强大的部族，一不小心便可能陷于灭顶之灾！她还告诉孛儿帖说，然而这并不是说已无可求助之处，有！比如说威名远扬的克烈部首领王罕——一位敢于在草原公然称“王”又称“罕”的人物——曾和也速该因互有相助而义结金兰，互称“安答”（也可译为挚友或兄弟），并还曾认童年的铁木真为“义子”。另一位则是札只喇部族的年轻统领札木合，他在十一二岁时也曾和小铁木真结拜为“安答”，现已初显雄才大略，和铁木真一起被众人公认为后起的“草原双雄”……总之，通过诃额伦不厌其烦的开导与介绍，孛儿帖终于明白了婆母这是在“交班”，不仅要求她成为一个温顺的好妻子，而且尚要求她尽快成为一位睿智的贤内助。不久，她就面临了第一次“考验”……

前面已经说过，与历史上的春秋战国一样，古代草原上的各部族间也充满着血腥的纷争，他们也讲突袭和强攻，也讲合纵和连横。这一天，正在新婚宴尔之际的铁木真似已顾不上再安享幸福了，“居安思危”的忧虑终使他要迈出重要的一步。大丈夫能屈能伸，现实迫使他还要暂时求得更强大部族的庇护。铁木真首先想到的是克烈部的王罕，而出发点正是孛儿帖带来的那件黑貂皮珍稀嫁妆。不是过去没想到，而是过去根本没有拿得出手的“见面礼”。古今一个理儿，没叫绝的玩意儿就别来套近乎！铁木真向母亲说了，当然得到了老人家的大力支持。只不过在交给他那件黑貂皮衣物时，特别又叮咛他必须征得孛儿帖的同意。是尊重，也是一种考验。

而此时的孛儿帖已初显女性那种特有的政治智慧，一见铁木真捧着那件珍稀衣物归来就说：“它是珍贵无比，但放在弱势的部族里反而容易招祸，就先把它送到它该去的地方吧！我相信你的雄才大略，将来这件宝物必定能物归原主！”顿时，铁木真便感到孛儿帖那颗心和自己贴得更紧了。再没多说什么，随之便当即纵马去完成自己“合纵连横”之策去了。果然，王罕一见这件珍稀宝物便喜笑颜开抚弄不已了。只见它色如黑漆，油光闪亮，通体竟无一根杂毛，这不等于铁木真把乞颜部的一半财富献给自己了吗？顿时，不仅往日间的“安答亲情”恢复，而且结盟也就此完成。同时王罕还以“义父”的身份慷慨地应允道：“你背离了的部众，我与你收拾；你流落四方的百姓，我与你完聚。我心里一定会好生记着！”这可以说是铁木真下出的一步关键性的好棋。

归来后，孛儿帖只感到丈夫对自己更恩爱无比了，一遇到部族内的重要情况竟开始与她商量。只可惜茫茫草原是如此辽阔无边，各部族驻地又如此相距遥远、讯息不通，故日益强大的蔑儿乞人尚不知王罕已与铁木真结盟，只记得二十年前也速该那“夺妻之恨”，随之经长期策划一场偷袭乞颜部族的行动便悄然开始了。他们昼伏夜出，分散潜行，只待一声令下，便聚众突然发起猛攻。与马背民族光明磊落的战法大相径庭，但却得到了意外的成功。这一夜，乌云压顶、夜色如漆，乞颜部族的营地在酣睡中正沉浸于一片黑暗里。还多亏了铁木真习惯于铺毡席地而眠，蓦地便被远方草原上传来的阵阵马蹄声惊醒。他感知大事不好，便立即跳起来唤醒四个兄弟带领部众撤离。营地四周一片漆黑，在伸手不见五指中只能听到人的惊叫声、马的惊嘶声，还有车、马、人、畜的碰撞声。后来总算在铁木真横刀立马指挥下免于灭族之灾，但第二天凌晨一清点人马却发现偏偏少了五弟别勒古台的生母，更重要的还在于就连新婚的妻子孛儿帖也不见了。铁木真顿时心如刀绞自责不已。

关于孛儿帖之所以被掳走，中外相关史料均有不同的记载。但多种说法中似乎只有这种符合她的个性：据说在那个漆黑而又混乱的夜晚，孛儿帖为了不干扰铁木真为挽救整个部族的指挥，便主动先去帮助婆母驾车突出重围。但在此时她胯下的烈马在金戈铁马的撞击中被惊蹿了，她一下子摔在马下被踏晕了。等到黎明时，她终于被蔑儿乞人在河谷的草丛中搜索到了。不但依然昏迷，而且伤势也不轻。这时，这帮狡诈的复仇者已俘获了别勒古台的生母（即也速该的庶妻），随之又发现眼前这受伤的美丽少妇原来正是铁木真新婚之妻。拿父子两代的老婆以雪二十年前的“夺妻之耻”，足矣！再说也根本找不到铁木真和他所率铁骑的踪迹了，优势再大似也只能班师回到自己的草原母地。是夜，他们不仅把乞颜部族的营地抢掠一空，而且当即把仍在昏迷之中的孛儿帖分配给了一位部众，此人即婆母诃额伦那怯懦前夫之弟赤勒格尔。一报还一报，加倍羞辱。

多日后，铁木真方才得知孛儿帖的确切消息。史载，他闻听之后犹如“万箭穿心”，悲愤间竟能“把七石强弓拉折”。但铁木真又绝非那种只会长吁短叹怯懦的小男人。为了那刻骨铭心的爱，面对比自己部族强大数倍的仇敌，他已经开始行动了。首先，他激发起了部族内马上健儿的同仇敌忾。但他并不贸然行事，而是亲自或派兄弟前去求助于“义父”王罕和“安答”札木合。显然是此前所献的珍稀的黑貂皮衣物起作用了，颇具声威的王罕一见铁木真亲自来求，果然声称“义父当为义子尽雪前耻”，马上答应借兵两万。而“安答”札木合也早有灭掉蔑儿乞部族之志，一听铁木真的两个兄弟前来说明详情，也立即答应为“安答”两肋插刀借兵两万。

铁木真当时才不过二十岁，就要统率千军万马。但令人惊讶的是，他却没有表现出丝毫的欣喜若狂，更没有表现出丝毫的轻举妄动，其沉着冷静的大将风度似乎与他的年龄极不相符。铁木真的目的非常明确：绝不能大肆张扬，激起蔑儿乞人挟持着孛儿帖东蹿西避，那样在茫茫的大草原上就犹如大海捞针了。战线拖长，时间拖久，这样夺回爱妻的行动将变得遥遥无期。而大多数骑兵是借来的，日久必会人心涣散。为此，铁木真采用了“以其人之道还治其人之身”之法，统率各部施展了奔袭、突袭、奇袭等多种战术。最后，终于无声无息地逼近了蔑儿乞的祖营地，只要渡过勤豁河便可一举形成对其首领“瓮中捉鳖”之势。

铁木真初展军事天才，已足令“义父”与“安答”目瞪口呆。只可惜在大军渡河时，还是被一个蔑儿乞人看到了，忙弃舟飞奔报告了部族首领脱脱阿。谁料这位头头一听四万大军突然奇袭而至，竟吓得首先落荒而逃了，致使留下的部众和营地顿时乱作一团，只顾惊呼乱撞却不知是何方袭来神兵。这也在铁木真的意料之中，故任“义父”与“安答”的部卒在营地劫掠财物与珍宝，自己却带着四位弟弟冲入四散的落难人群去寻找孛儿帖。更可悲的当属这位落难的美丽少妇，那曾得到她的赤勒格尔似比他的哥哥更怯懦，早抛弃了她而只顾

作战图

自己逃之夭夭了。孛儿帖竟也不知这支奇袭的铁骑是何方神圣，故也只跟着惊恐的人群落荒而逃。这时，还多亏了铁木真怀着深挚的爱及时发出了那声若洪钟的呐喊：“孛儿帖——孛儿帖——孛儿帖——”真情毕露，回荡四野，果然感天动地似的让孛儿帖听到了。她大感意外，喜极而泣，随之便是一阵激动无比的狂奔，而后便当着众人的面不顾一切地扑入铁木真宽阔的胸怀里了。久久相拥，这才算得上真正意义上的“破镜重圆”。

当然，王罕与札木合之“借兵”也算没白借，他们借此大肆烧杀抢掠，掳获了许多财宝、骏马、战奴，还有诸多妇女。更重要的是，他们把一个曾经强大的部族打得从此一蹶不振，岂不快哉！但与此同时，他们也为铁木真杰出的军事才能隐隐感到不安了。仅仅二十岁出头便能统率四万铁骑，布阵有方，指挥自若，已突显出一位军事统帅应有的天赋素质，今后堪忧啊！而铁木真却仍然是那么光明磊落、襟怀坦荡，竟亲自登门向“义父”与“安答”真挚地致谢，并献上了自己矢志不渝的敬意和忠诚。被掳走近一年的爱妻终于又“失而复得”了，他已懂得珍惜这份爱，故而当然不会忘却危难时这份“借兵”之恩了。

然而孛儿帖那意外怀孕这时已开始突显了……

破镜重圆　机智避险

孛儿帖重回铁木真的怀抱不久，身子便日渐变得沉重起来。这如果发生在中原农耕地区肯定会引发种种猜忌，而在茫茫的大草原上却恰恰相反。没有一个人去“追根溯源”，有的只是人人送来的祝福。尤其是铁木真表现得更加豁达大度，似乎因此对失而复得的妻子更加珍惜和关爱了。这或许和七百多年前马背民族尚未受到儒家的“贞操节烈观”侵蚀有关，他们均认为能生育就是一个女人最大的美德。

孛儿帖是幸福的，她正骄傲地等待去做母亲。而在这个阶段，铁木真也正忙于和自己的结义“安答”札木合共图大计。两个部族经常合在一起共同倒场、共同游牧、共同对付外敌，似根本看不出札木合曾为“借兵”心有所悔。而作为旁观者的孛儿帖却渐渐发现这位“安答”似要比忠诚的铁木真多几个心眼儿，明里一套暗里一套，还背着铁木真总和部下密谋什么。尤其值得一提的是，在大败蔑儿乞之役后铁木真的声名远扬，不仅背离的部众纷纷回归旧主，而且远方的有志者也纷纷投奔于他的麾下。而孛儿帖偷偷看到，每当遇到这种情况札木合的面孔总会痛苦地抽搐起来，两眼还会下意识地射出嫉恨的邪光。襟怀坦荡的铁木真对此却仍毫无察觉，依然对“心怀叵测”的札木合情同手足以诚相待。

孛儿帖准备挺身而出，提醒铁木真当有防范之策了。但就在此时，她却要分娩了。铁木真闻讯赶来，焦急地在毡帐外来回踱步等候着。终于盼来了那降生婴儿的初啼声，而这位“一代天骄”竟早迫不及待地推开门扉，手扶门框便激动地纵声大笑向内说：“总算把我的小客人盼来了……”并当即给这个婴儿起了个名字——术赤（也可引申译为客人或朋友）。欣喜之情溢于言表，致使孛儿帖立马感到心头涌上一股幸福的暖流。难怪国外有的史学家称，仅凭此点便可看出此人他日必成大气候！而孛儿帖就更感动了，当夜便把对札木合的种种怀疑告知铁木真。但铁木真没有回应，只有久久的沉思……

就在孛儿帖身体有所恢复之后，按原计划一次两个部族的共同大迁徙就开始了。由铁木真和札木合并驾齐驱在前头率领，后面便是浩浩荡荡随之“逐水草而居”的部众。本来这对游牧民族来说是件极为寻常的事儿，但札木合所引的道儿却蓦地使铁木真想起了妻子的提示。果然，黄昏时来到一座险恶的山峰下，札木合竟指着一处峡谷说：这里马群得吃、羊群得喝、人群得安营扎寨，今晚就在这儿歇了吧……而铁木真放眼望去，却只见峡谷环山易进难出恰似一张天网。因怕引发冲突，故借口天色已晚而称先去接来母亲再议。因札木合这张“网”要网的是整个乞颜部，故而也就乐得让铁木真去接他那老母亲。天色越来越暗，铁木真终于和母亲妻儿会合了。母亲诃额伦听到儿子所说，颇感意外。孛儿帖则一针见血地指出：札木合也可算得一代豪杰，只可悲心胸过于狭窄。即使是亲兄弟，也绝见不得有谁超过自己。肯定是眼见铁木真比自己声望大了，想布罗网图谋咱们。铁木真的四个弟弟一听竟一起呐喊：那还不如咱们先追上前去灭了他！谁料孛儿帖却这样说：不！总算好朋友了一场，绝不能搞得两败俱伤！还是好聚好散为上，乞颜部族绝不能落个小人部族的坏名声……铁木真绝没想到自己的妻子会有这么高的政治智慧，似句句都说出了自己的心声，遂决定不再与札木合通气，而下令自己的部众借夜色马不停蹄地直穿茫茫的旷野地。史载“不顾疲劳、日夜兼程，终迁徙至克鲁伦河上游建起部族之营地”，从而达到了“远避是非，休养生息，招兵买马，壮大部族”之目的。

谁料这次“避让”，却反而使铁木真更加声名远扬。事后证明，孛儿帖的判断是完全正确的。札木合早有预谋，经过精心策划，想在峡谷中一举吞并乞颜部族。而在阴谋暴露后还不思铁木真“避让”之情，竟从此和自幼结义的“安答”反目成仇。后来竟勾结“义父”王罕，几乎将铁木真置于死地。但眼前的一切总算躲过了，首功当归孛儿帖。从此，她更公开参与议政了。

破除禁忌　维护汗权

在随后的岁月里，孛儿帖不仅成了铁木真不可或缺的重要助手，而且先后为这位“战神”生下了四个杰出的嫡子——术赤、察合台、窝阔台、拖雷。随后她的父亲德薛禅、长大成人的幼弟按陈，均率弘吉拉部的诸多勇士投奔于铁木真麾下，奋力地为一统草原汗国英勇拼杀。为此，孛儿帖在马背民族间的声望也越来越高，渐渐被公认为丈夫最贤能的妻子、儿子最慈爱的母亲、父母最得意的女儿、部族最核心的凝聚力量、一统草原最重要的胜利推进者！

夫妻合力，整整拼搏了近二十年啊。有多少次险遭暗算？有多少次陷入绝境？有多少次几近覆灭？又有多少次九死一生？而总是她和铁木真在一起历经磨难，共同饱受着血雨腥风的考验。是她，目睹了铁木真如何施展雄才大略。更是她，目睹了他如何展现出统帅的风采。最终，强大的塔塔儿部被击溃了，他终于为父亲也速该报了血仇；狡诈的札木合的阴谋一次次破产了，致使札只喇部也同他一起败亡；不可一世的王罕似也难逃覆灭的命运，他和札木合自称不可战胜的联军也被打得溃不成军……割据草原的最强大部族，诸如蔑儿乞部、塔塔儿部、札只喇部、克烈部等均先后被消灭了，而剩下的诸多弱小部族似也只能投诚甘愿俯首称臣。故而到1189年，铁木真已被草原各部族共举为

萨满作法图

"联盟首领"。到1205年底，在凭借卓越的军事天才进一步征服和统一广袤的草原之后，他实际上已成为马背民族心目中至高无上的"王中之王"。

看来，一切条件均已成熟了。当时的宗主国已经在中原腐朽颓败到无力干预，也只能听任草原征服者凭借武功自行其是了。但也有阻力，那就是依旧潜藏于心灵深处的部族意识。北方少数民族大多生性强悍无拘无束惯了，要把他们捏到一块彻底改变旧制尚有一定的难度。依照马背民族的古老传统，各种重大事件的确认都必须经过"忽里台"议决。参加者多为原各部族之权贵政要，故也可译为"首领聚会"或"政要会议"。眼下召开的规模空前的"忽里台"大会慑于铁木真的威望，原草原的各路诸侯是都来了，但如果只以强力压制弄不好便会有一种傲然的逆反心理。即使不至于正面交锋起来，就是"沉默以对"，也会使局面难以收拾。据史载，为此孛儿帖和铁木真曾多次私下相商，如何才能使这些甘拜下风却又桀骜不驯的权贵们心服口服。这时，却猛见得有一个异类人物挺身而出了……

孛儿帖很熟悉，这就是当年托孤老臣蒙力克的第四子——阔阔出。他从小就不屑于在金戈铁马中建功立业，而偏偏另类地选中了以巫师为职业攫取尊荣。而萨满教在古代也确实是北方少数民族共同信仰的一种原始宗教，以崇奉"长生天主宰一切"并坚信"万物皆有神"为基本教义。一般来说，萨满巫师在各部族间均具有颇为特殊的地位，因为他不但能在平时咒舞施法驱凶辟邪，而且在必要时还可以上达天庭带回长生天的旨意。故而就连一般部族首领均敬畏他三分，日久天长竟把他当作神祇的代言人。而阔阔出又是其中尤为别具眼光的一个，行事风格似更显得神秘莫测。就在满怀狐疑的大大小小各部族权贵到达后不久，这一天傍晚，阔阔出竟骑着白马赤膊赤脚出发了，声称受上苍的召唤要去远山接受长生天的旨意。而眼下时节虽已入春，但漠北草原却依然是寒冷彻骨滴水成冰。再加上他又是赤脚赤膊连夜远赴天际，故大多数人均认为这小子必冻死于荒野再难返回。谁料第二天早上向远处一望，却见得阔阔出迎着朝霞大汗淋漓，浑身冒着热气，策马归来了。令众人目瞪口呆，远远望去就仿佛腾云驾雾重降人间一般。顿时，人们均惊悚地匍匐在地相迎，而阔阔出也不失时机地当众宣布了“长生天的旨意”：上天已把普天下赐给了铁木真及其子孙，有违铁木真指令者即为违背天意……至此，一切均变得顺理成章，桀骜不驯的权贵们也变得更加服服帖帖。从此，孛儿帖也就更关注这位萨满巫师了……

1206年初春，在万事俱备的情况下，“忽里台”大会终于在斡难河畔（今之海拉尔河一带）隆重召开了。各部族首领共同推举铁木真为“大汗”，号“成吉思”，即“普天下最强大之合罕”。从此再无人敢直呼其名，而唯知恭敬地尊称他为“成吉思汗”了。成吉思汗登上大位之后，当即取消了昔日林立的各部族名号，凡自己麾下的臣民不分贵贱一律统称蒙古人！据当代著名蒙古史学家道润梯步先生考证，此乃沿袭自盛唐以来之民族称谓，且含有萨满教的一些用词，故也可译为“长生（永恒）之民族”。这样的称呼当然可以消弭歧

萨满作法的场所

见、凝聚众心，因而当即便迎来了响彻草原的欢呼。在此基础上，成吉思汗当机立断，就势竖起了自己的旗帜——九尾白旄纛，并建国号“也客蒙古兀鲁思”，即大蒙古国，汉文史籍也称之为大朝。从此，不但成吉思汗成了广袤草原至高无上的主宰者，而且就连其家族也成了“也客蒙古兀鲁思”的最高统治集团，史称黄金家族。

孛儿帖却仍在暗中观察着阔阔出的一举一动，因为她与铁木真共患难已经近二十年了，深知眼前这一切有多么来之不易。但这又仅仅是立国之初，百废待兴，尚且需要重振山河方能迈出下一步。而如果现在就发生内争，一统草原的二十年心血必将付诸东流了。事实也证明，这绝非是孛儿帖多虑。阔阔出在成吉思汗登上大位之后，便以全蒙古的首席萨满大巫师自居。但碍于他既是劳苦功高托孤老臣蒙力克的儿子，又碍于他在拥立之时确实功不可没，似仅靠一

苏鲁锭

些怀疑便去惊动重任在身的成吉思汗，仿佛尚且证据不足反倒会加重对他的困扰。此时的阔阔出一见众人竟都似予以默认，便利令智昏地更加嚣张了。目空一切、日渐专横，更进而常假借“长生天意旨”为所欲为。为突显自己有“通天之能”，随后竟公然开始挑衅“黄金家族”。在上述有关伟大母亲诃额伦的章节里，其中成吉思汗突袭捆绑大弟合撒儿之事件，就是这位萨满巫师假借“长生天之口”挑拨离间造成的。孛儿帖更加警惕，也更加焦虑不安了。

此时的成吉思汗或无暇他顾，或出于更长远的考量，故对这位自诩能够通天的巫师依旧听之任之。而阔阔出却更加肆无忌惮，竟欲图与成吉思汗平起平坐了。据史载，一些趋炎附势的人均聚集在他的毡帐里，致使成吉思汗的营地也不如他这里“红火”。更令孛儿帖忧心忡忡的是，就连“黄金家族”成员的一些部下也纷纷投靠于他。成吉思汗的幼弟斡赤斤就遭逢了这种羞辱：他派部下去讨还自己叛主的部众，而阔阔出不但不还反将来人一顿痛打。斡赤斤忍无可忍，亲自前去要人并进行质问，谁料阔阔出这回却更加张狂，竟公然率七个兄弟将成吉思汗的幼弟拿下，不仅迫使他“当服罪”，而且还罚他跪在帐后百般凌辱。连续将成吉思汗两个弟弟均不放在眼里，足可见这位“通天人物”野心之大也！

第二天凌晨，成吉思汗和孛儿帖尚在睡梦中，幼弟斡赤斤便跌跌撞撞地扑进了大汗的寝帐。刚等兄嫂惊醒，便泣诉了阔阔出对自己的所作所为。成吉思汗听后久久地沉思，而孛儿帖这时却拥被而坐突然放声大哭起来，似根本不顾冒犯不冒犯神祇，开口便气愤地说：“他是如何通天的一个巫师？好像他就是天！在前把大弟合撒儿打了，如今又将幼弟斡赤斤罚跪羞辱，这是何道理？你今健在，他尚将你桧柏般成长的兄弟们残害！以后你老了，如乱麻群雀般的百姓，又如何肯服你又小又不如你的儿子们管？”说毕，似忘了长生天可能的惩罚，竟更进而捶胸号啕不止。而在成吉思汗听来，爱妻的啼号就像声声急促的警报，使得他顿时便大彻大悟痛下了决心。但他毕竟是位杰出的政治家，故而绝不会去伤及马背民族古老的宗教信仰。只是沉稳大度地对幼弟斡赤斤说：

“今日阔阔出到来时，由你随便处置！”仿佛只是年轻人间的一件小事，说毕便不屑一顾地起身去大汗的金帐了。至于斡赤斤和嫂嫂孛儿帖说了些什么，史无详载，只记述了在大汗金帐觐见成吉思汗时，斡赤斤一把便揪住阔阔出说：“你昨日令我服罪，我如今要与你比试！”似乎只是一场摔跤，成吉思汗也就只好同意了。阔阔出根本没把斡赤斤放在眼里，谁料刚一出金帐便遇上了三位早潜伏好的强悍大力士一拥而上。尚不待阔阔出明白过来，在斡赤斤率领下已经三下五除二将其脊骨折断，使其当即便瘫作一堆，不久就死去了。起初，人们还以为巫师夭折必引来天谴，但随后看到的却是“黄金家族”更加兴旺。从此，成吉思汗的权威更变得不可动摇，人们竟把他也开始视为“神”！

孛儿帖在其间居功至伟。说白了，这场斗争实际上是汗权与神权之争。多亏了孛儿帖及时觉察，也多亏了成吉思汗果断处置，不然“养痈成患”，后果将不堪设想。正如我国当代杰出的哲学家任继愈先生所概括的那样：“中国自古以来就是政教合一的。”当然广袤的草原也不会例外。也就是说，从此成吉思汗才可称为“也客蒙古兀鲁思”至高无上、唯我独尊的统治者。再无人敢于向他的权威发出挑战，从而才有了以后那段震撼世界的征服史。理所当然，孛儿帖也就成了草原汗国的开国大哈敦。

坐镇后宫　助夫辉煌

有史可考，在孛儿帖的辅佐下，随后成吉思汗便采取了一系列改革旧制的断然举措。比如：改部族制为“千户制”，使汗国上下人人皆“亦兵亦民”；组建上万人的强悍大中军，亲自统率，即史称的“怯薛”禁卫军；以亲信将领为核心行施汗廷职权，一切均以军事优先；颁布了草原汗国的第一部“札撒”（即法令），并任命养弟失吉呼图呼为首任“扎鲁忽赤”（即大断事官）……总之，在一切准备就绪并演练成熟之后，成吉思汗便又金戈铁马地开始了他后半生的征服事业。

成吉思汗马踏欧亚，但一直是孛儿帖坐镇草原。支援前线、稳固后方、安定民心、操持政务等就不用说了，仅仅是随着征服的步伐而越来越多的后宫佳丽也够孛儿帖忙乎的。草原自古就奉行“一夫多妻制”，似不应大惊小怪，但真要做到不嫉不妒去“母仪天下”可就难了。这些后妃们不仅部族不同，而且国别也不同，当然禀性、语言、出身、生活习惯等也大为不同。绝不是一人分给一顶“斡耳朵”就可了事那么简单，弄不好很可能首先“后院起火”呢。为了更证实孛儿帖的难处，现仅从明代大学者宋濂主纂的《元史》中抄录一份成吉思汗后妃们的名单。尚须指出，当时的马背民族似很蔑视中原后宫只有一位皇后的体制，大汗想封几个就有几个，完全依据个人喜爱和政治需要，故下列名单中之皇后才如此之多：

成吉思汗八白室

金帐“斡耳朵”——

孛儿帖大皇后（嫡正）

忽鲁浑皇后

洞里沽丹皇后

脱忽思皇后

帖木伦皇后

亦怜真巴皇后

不颜浑图皇后

忽胜海妃子

右第一“斡耳朵”——

忽兰皇后

哈尔八真皇后

亦乞拉真皇后

脱忽茶儿皇后

也真妃子

也里呼图妃子

察真妃子

哈喇真妃子

右第二“斡耳朵”——

也速皇后

忽鲁哈拉皇后

阿失伦皇后

图尔哈拉皇后

察儿皇后

阿昔迷失皇后
完泽忽都皇后
浑鲁忽台妃子
忽鲁会妃子
拉孛妃子

右第三“斡耳朵”——

也速干皇后
忽答罕皇后
哈答皇后
斡里忽思皇后
燕里皇后
图干妃子
完泽妃子
金莲妃子
完者台妃子
奴伦妃子
卯真妃子

右第四“斡耳朵”——

巴不别吉妃子
……

据考证，以上后妃之名乃系元宫廷佚失的《岁赐录》中所查到的。虽足以令人眼花缭乱，但事实上远远不止此数。而作为成吉思汗二十余年来共患难的结发妻子，孛儿帖首先便要应对丈夫此类源源不断交付的“任务”。对于一个女人来说是显得有点可悲，但对于她而言，似乎驾驭这些后妃却显得游刃有余。她的端庄、她的高贵、她的优雅，尤其是她的忠诚和包容，竟使得大“斡耳朵”下的一座座小“斡耳朵”内的主人们均个个学会了“等待”。

难怪在毡帐宫闱中有数不清的美女娇娃，竟没有一个人能在成吉思汗心目中取代孛儿帖的地位。这或许是因为在过去的每一个关键时刻，总是她帮助自己逢凶化吉，更或许是因为一直到现在，她依然是自己的坚强后盾，早已密不可分了——从身体到精神直至事业均已密不可分。既是贤惠的妻子，又是超级智囊，还是无人可取代的政治助手。更重要的是，马背民族早已把她看作天降的圣洁神鹿，并把她和成吉思汗的结合称为双图腾的绝配。

作为“也客蒙古兀鲁思”的开国大哈敦，她的卒年不详，但她的子子孙孙却永远不会忘记她。至元二年，她的嫡孙忽必烈大帝在追谥成吉思汗为太祖神武皇帝之同时，也追谥她为光献翼圣皇后，尊他们为大元王朝的创始者。

至今，她仍被蒙古民族视为永远的骄傲。

啊！流芳千古的孛儿帖……

擅权乱政的乃马真大哈敦

乃马真，本名脱列格那，后因其氏族名号而得此名。原为草原汗国第二代大汗窝阔台众多后妃之一，故《元史》论排序也将其称为“六皇后”。由于她先于其他后妃连生三子，遂后来居上，成为嫡正大哈敦。史载其“性妖冶，善权谋”，竟逐渐成为黄金家族权力之争的幕后操盘手。借窝阔台大汗晚年嗜酒宽纵，更擅权乱政，将其前期功业毁之殆尽。夫死，则更进而出任执政的女监国，从而成为草原汗国第一位吕后式的人物。

史多为其讳，至元二年仍被配飨元太宗，并追谥为昭慈皇后。

她是一只异化了的“白鹿”……

初现狡黠　助夫成功登上汗位

再伟大的人物也难逃自然规律。1227年，一代天骄成吉思汗最终逝世于贺兰山麓。全族震惊。而当时乃马真只不过是黄金家族的一位默默无闻的小媳妇，但似乎有天赐弄权的资本，她的丈夫竟是早已钦定的汗位继承人。生前的指定，突显了成吉思汗的深谋远虑……

前面交代过，这位曾震撼世界的征服者有四位可继承汗位的嫡子——术赤、察合台、窝阔台、拖雷。若按马背民族的“幼子守灶”的古制，拖雷应当优先继承汗位。但成吉思汗似有更宏远的打算，偏偏钦定了三子窝阔台为汗位继承人。据史载，这不仅是因为看中了他的“睿智和政治谋略”，而且也看中了他的“忠恕和宽厚”。但智者千虑必有一失，却忘了钦定接班人背后已有一头“异化的白鹿”。乃马真从此就开始偷窥事态的发展了……

果然，成吉思汗行事处处不同凡响。就在钦定三子窝阔台为汗位继承人的同事，又对幼子拖雷进行了引人注目的特殊的封赏。除将他留在身边永远掌管四大“斡耳朵”外，还将百分之九十以上的军队均分赐予他的名下。正如当代著名蒙古史学家道润梯步先生所说：实际上这等于是“窝阔台继承了汗位，拖雷继承了汗权”。有关这种特殊的安排和做法，后世史学家众说纷纭解读不一：有的称此乃对游牧民族古制的尊崇，乃在变相地实施“幼子守灶”权；有的称这是力求权位的平衡，以达到相互制约从而保证自己的遗志得到忠实地履行。而还有一种说法别具新意，声称皆因成吉思汗早已有入继华夏大统之雄心壮志。此举意味着拖雷将成为新王朝的大皇帝，而窝阔台则成为坐镇母地的草原大可汗。兄弟齐心，合力断金，永葆黄金家族的权威绵延万世！

宴饮图

当然，无论哪种均是乃马真不愿看到的。为此，在因成吉思汗辞世举国上下均陷入巨大悲痛之中时，乃马真已经悄然开始活动了。她首先看中了一位对成吉思汗晚年深有影响的贴身文臣，此人即辽代贵族后裔之契丹大儒耶律楚材。仅从这一点便可看出，这个女人还真不简单，似乎颇具政治头脑。她已知现在就急于去买通几个武帅必将适得其反，所以竟然“无师自通”地懂得了利用“软实力”。当时，尚没有这类名词儿，但老头子平时那套让人听烦了的“君君、臣臣、父父、子子”的唠叨却在她的心目中骤然大放异彩。她遂放下未来大哈敦的架子，持谦恭有礼之柔姿，一有机会便不耻下问地求教于这位契丹大儒，最终套出了耶律楚材“国不可一日无君”以及“天无二日，国无二君”等种种丧主后的忧虑。典型的儒家思想！似该回头说说这位文侍重臣了……

耶律楚材，契丹族，但在辽王朝被金王朝取代后，一直作为亡国之民随寡母定居燕京。自幼饱读经史子集，深通儒家学说。又因避难曾入佛门苦修三年，故才有了他日后那座右铭：“修身以佛法，从政以儒教。”1215年，成吉思汗为报世仇攻破金中都后，闻其博学多才遂召至麾下，从此不离左右，日渐成为贴身近臣。显然他对成吉思汗了解中原、拓宽视野、通晓华夏历代帝王史等多方面均有过重要的影响，因而后人也将其称为“深入漠北第一儒”。

至于乃马真，她根本搞不懂儒家不儒家，只是狡黠地听出了“天无二日，国无二君”正可大加利用。尤其是“国不可一日无君”这句话，更似对自己早日成为草原汗国名副其实的大哈敦大有助益。她竟把光明磊落的拖雷设想为主要政敌……

正如中外史学家所言：“成吉思汗为儿孙们留下了不朽的丰功伟业，而同时也为黄金家族留下了无休止的权位之争。”也难怪乃马真把拖雷设想为主要敌手，事实上也确实是没有他的同意，窝阔台就很难登上汗位。须知，他不仅掌控着四大“斡耳朵”，掌控着汗国绝大多数的精锐部队，掌控着“幼子守灶”的先天特权，而且在追随成吉思汗的征服事业中，也是他攻下的城池最多，扩充的疆域最广，立下的战功最重。故而他不仅是草原铁骑公认的天才统帅，而且在居丧期间已被共同推举为监国。只是他现在尚且年轻，仍沉浸在巨大的悲痛中，尚未醒过神儿来。“以小人之心度君子之腹”是弄权者的常态，故这才有了乃马真搬出耶律楚材之举。歪打正着，这位契丹大儒也正欲借此汗位交替之际，实现自己那“从政以儒教”的多年夙愿。在他看来，这并非没有可能，因为他和拖雷乃成吉思汗身畔最贴近的一文一武。据他长久观察，这位少帅不仅天性忠诚、襟怀坦荡，而且视父汗遗志重如泰山，不会有丝毫倒行逆施。就这样，这位契丹大儒竟被乃马真牵着鼻子走进了未来大汗之王帐。

这位“异化的白鹿”的幕后活动却从未消停。且让耶律楚材先去对拖雷“晓以大义”，自己则继续搞私密的“合纵连横”的勾当。据史载，她一方面是针对那些对拖雷“因妒生隙”的一母同胞兄长们，比如说心胸狭窄的老二察合台。这样，即使老大术赤不受拉拢，但下属四大封国已有一半倒向了自己一边。另一方面，她还秘派使者携厚礼向叔父级的东道诸王频频慰问，礼下之意不言而喻。更重要的是，她还广施财宝，私下结交萨满巫师，最终竟潜移默化地暗中掌控了神权……她何以有如此大的能量？除了她那超人的狡黠外，似乎还在于她那出众的容颜。据外史载，她“身姿娇美，面带笑靥，眉目传情，极具风韵”，而且她还“颇为谦恭，从不施威，待人有礼，广结善缘”。但就是这种深藏不露的温顺风格，为她铺就了多年之后成为草原吕后式人物之路。

眼下至关重要的还是先把丈夫推上大汗之宝座，而她一年多来的处心积虑似乎也没有白费，尤其是把那耶律楚材可利用的价值更发挥到了极致。也不知是从哪里搜罗来的词儿，她竟别出心裁地将老头子尊称为“托孤老臣”。这位契丹大儒一受这种“激励”，也立马甘愿舍身再做个“扶主的忠良”。但他却不准备先去和拖雷交锋，而是利用自身影响在汗廷上下广为宣扬他那“国不可一日无君”以及“天无二日，国无二君”等儒家教义，意在形成“大势所趋”以迫使拖雷就范。却不料他刚挺身而出，人家已亲自登门致谢来了。原来拖雷一直并未因权力的诱惑而失去天性淳厚，窝阔台迟迟未登汗位的根源乃在于东西道诸王和各大封国均心怀异志，“忽里台”大会很难召集起来。拖雷见父汗生前重臣能率先力排歧见，当然他更愿竭力配合以早日结束这种“群龙无首”的政治局面……看来，拖雷为人确实以父汗遗志为重。要知道，成吉思汗逝世后他即被推举为监国，要想攫取汗位早就攫取在手了。耶律楚材见此情景大为感动，随之在这一文一武的鼎力合作下，“忽里台”大会终于召开了。1229年，窝阔台顺利地登上了大汗的宝座，从而成为“也客蒙古兀鲁思”第二代大汗。当然，乃马真也随之成为草原汗国的第二代大哈敦。

前面已经提过：依游牧民族古制，每逢汗国的重大节日与庆典，当由大汗和大哈敦共同接受诸王和文武百官的觐见与朝贺。而在窝阔台大汗的登基大典上，乃马真就初次感受到了这种权力给她带来的无比尊荣。尤其当她看到昔日的王兄、王弟、王子、王孙、文臣武将等，均依照蒙古族古典式的跪拜大礼匍匐在自己的脚下时，顿时产生了一种飘然若仙之感。但她并不知这是耶律楚材为使游牧汗国转型为“礼仪之邦”而特意安排的，为此他还曾多次以“君君、臣臣、父父、子子”之说力劝拖雷带头行“君臣大礼”……她并不知道，而只顾享受着那种权力带给她的特殊快感。有史可证，似乎就从这一天起，她脸上那温顺的笑容日渐收敛，代之而来的却是日渐增多的满脸威严。从此，再没有人敢直呼她的名字脱列格那。当众，人们均尊称她为乃马真大哈敦（以示她为乃马真氏族争光），背后却仍叫她那个汉式称谓——六皇后。

所幸当时她的权欲尚未膨胀，暂时还很满足……

韬光养晦　只待新汗大树权威

至于说到窝阔台大汗此前是否知道乃马真私下里这一系列活动，无史可查。但确有史可证，在未登上大汗宝座这段岁月里，他等得特别有耐心，等得特别守规矩，而且对荣任监国之职的幼弟拖雷更是特别尊重，果不愧《元史》

中称他“帝有宽宏之量、忠恕之心”。故后世史学家也有这样的评论：窝阔台能以劣势登上汗位，全凭的是这股精神。

事实证明，成吉思汗选定的接班人还是极具慧眼的。果然窝阔台大汗一登上汗位，便突显了他的“政治谋略”是要比“统帅型”的拖雷略高一筹。首先，对父汗遗臣耶律楚材更加重用，登基不久便擢升其为汗廷“中书令”，并依中原政体当“丞相”用，而且还当着众臣公然宣示：“今后凡遇军国要务，必须先交贤相议处之。”襟怀坦荡，由此可见一斑。难怪耶律楚材从此以后便“不用扬鞭自奋蹄”了。其次，对幼弟拖雷似更加信赖和倚重，兄弟俩常彻夜促膝长谈如何实现父汗的宏伟遗愿。而只要有这一君一帅亲密无间、齐心协力，那这地跨欧亚的庞大草原帝国便肯定会固若金汤。详查《元史》，这阶段累见这君臣三人兴邦治国的故事，但身为大哈敦的乃马真的“出镜率”却非常低。有的史者解释曰，此乃皆因她的权欲已得到了暂时的满足，而只顾了统领后宫尽享大哈敦的尊荣。而有的学者则不以为然，他们认为此乃耶律楚材为推行儒家治国理念坚决反对“后妃干政”的结果。并引史说明，若不然日后乃马真也不会恩将仇报，对这位一代贤臣下手时如此之狠！

在很长一个阶段里，君臣均合力同心，似乎只有一个奋斗目标，那就是实现圣祖成吉思汗的遗愿——入继华夏大统。而窝阔台的统筹安排就更突显雄才大略：先安抚黄河

窝阔台

蒙哥

以北所占领的中原之地，再控制云南、西藏以求对金政权形成合围之势，最终饮马长江直指南宋王朝。比如，他对中原汉地就曾实行过改赋税、轻民负、崇儒学，甚至开科选拔儒生等诸多怀柔政策。再比如，他对西藏也并不急于武力征服，而是将藏传佛教圣僧萨迦班智达及其侄八思巴“请”到凉州并加以遥控利用等。总之，窝阔台大汗已不是草原传统意义上的军事统帅，而更像一个从草原脱颖而出的政治领袖。与时俱进，海纳百川，稳扎稳打，出手不凡。常令唯崇武力的征服派目瞪口呆，却使幼弟拖雷越看越心生敬畏，不久便在耶律楚材的授意下，按古制将长子蒙哥送进后宫请大汗“代为抚养”（质子），随后又为体现“天无二日”而主动放弃了对四大“斡耳朵”的“幼子守灶”权，并依祖制“请准”撤回到自己的封地吉里吉思大草原……有史可证，这一幕幕背后似都隐约可见乃马真的身影。当大汗的绝对权威树立起来之后，她就再也用不着韬光养晦了。

可怕的“天无二日，国无二君”……

手足相残　将星陨落家族濒危

但在当时却看不出一丝迹象，人们似乎只看到了皇室之间的一片和谐与安详。就连现身频率日渐增多的乃马真，在此后复出呈现在众人眼前的依然是谦恭的微笑。更重要的还在于，她竟突然转化为“精诚团结”的象征。比如说，对待拖雷的长子蒙哥，她就从未依祖制当作“质子”对待，而是养在深宫“视如己出”，精心照护，宠爱有加，竟使得三个亲生儿子大为嫉妒。再比如，拖雷闻讯后又要将自己所受封的精锐部众悉数上交大汗，而又是她挺身劝谏“万万不可”。不但称赞拖雷为“国之栋梁”与“蒙古第一巴图鲁”（即马背民族之第一英雄），而且还特别指出“灭金时机业已成熟”，“统率千军万马”舍其还有谁人？见识不让须眉，足令人刮目相看。不露一丝的痕迹，所创造的氛围相当好……

当时确实正处于欲对后金动兵的前夕，以图尽早实现成吉思汗“借道潼关，联宋抗金”之遗言。故拖雷“上交部众”之举虽略显得单纯和轻率，但目的却在于尽表忠诚以促使窝阔台大汗放心地统兵南下。然而这又是绝不可能的，因为马背民族从来就把成吉思汗生前的封赐及决定视为不可更改的。如果窝阔台大汗接受了幼弟这份“尽献忠心”，必将被看作“大逆不道”，从而引发各大封国的连锁猜忌，造成惶恐与不安。难怪后人评价拖雷“忠勇有余，知军不知政”，还多亏了乃马真及时地挺身而出狡黠地“化解”了。从此，窝阔台大汗对幼弟的忠诚徒增了几分怀疑，而乃马真却成了他最私密的高级顾问。由此可见，乃马真绝非仅仅只有几分“政治头脑”，而且也是一位女性之中罕见的“弄权高手”。

大举南下！彻底灭金之役终于开始了。拖雷至此依然对窝阔台对他的猜疑没有一丝察觉，反而因受大哈敦的激励和褒奖更加奋勇当先了。据史载，原宗主国的后金政权，虽然被成吉思汗早打得由燕京偏安于黄河之南的汴梁（即古都开封），但凭借山川河网的地理优势仍旧具有一定的实力。而远离了一望无垠的茫茫大草原，数万铁骑要突破层层险阻攻城拔寨，非有杰出统帅不可。这时拖雷那天才的军事指挥艺术便用上了，他接受了窝阔台大汗的安排，成了“御驾亲征”的先锋。果然是“山关阻隔，危难重重”，多次面临“粮草断绝”的困境，尚需“杀马啖肉”而奋力前行。但拖雷果不愧成吉思汗生前最看重的幼子，最终还是过关斩将地率先一举围困了后金都城汴梁。他本可轻而易举地趁势攻下夺得首功，然而却顾及大汗的权威只是“围而不攻”，单等兄长“御驾亲征”的到来。结果是可想而知的，在窝阔台大汗的一声令下之后，这个由女真民族入主中原的大金王朝便就此覆灭了。至此，成吉思汗的遗愿实现了一大半，长江以北的广袤中原已尽在草原汗国的治理之下。是当该纵酒欢呼，却不该尚武的马上健儿们只顾向心目中的英雄拖雷举杯欢呼了。顿时，窝阔台大汗陷入了沉思……

史无详载，不知乃马真是否伴驾亲征就在身旁，但确有史载，随征的萨满巫师是始终伴随在大汗的驾前。前面已提到，乃马真早已暗中操控了神权，而似乎这就够了。谁料，攻破汴梁的窝阔台大汗在久久沉思之后，展现在众人面前的却又是“英明睿智”：当即接受了儒相耶律楚材的建议，严令禁止为报世仇大肆屠城。有史为证，使得一百多万会聚于汴梁的难民免于“生灵涂炭”。就这样，拖雷受到了数万铁骑的欢呼，而窝阔台大汗却受到了无数庶民的“刮目相看”。

至此，拖雷这位少帅却仍毫无防范，仍沉浸在为父汗的遗愿已实现一半的喜悦之中，甚至畅想着重振军备后如何再来与南宋对决江南。故在班师凯旋北归的途中，他还时时不忘向窝阔台大汗倾诉来年跨长江一统华夏的战略设想，致使“帝听之动容”，并“亲抚其背曰：有吾弟在，先帝之宏图何愁不得展现？”谁料随后所发生的一切竟令人如此震惊和错愕……

《元史·睿宗传》只用了寥寥二十余字称，拖雷乃替窝阔台大汗饮“巫觋祓除衅涤之水”而后“遇疾身亡”。不明不白，一代将星就此陨落。同时期的波斯史学家拉施德在其巨著《史集》中的记载倒是比较详细，但大体上也只是说窝阔台大汗在北返草原时首先病了，由巫师祈告长生天赐予法力无边的神水。神水到了，拖雷却抢先捧碗对上苍虔诚地祈祷道：“长生天啊！草原汗国离不开我的兄长，有灾有难就让我拖雷代替吧！”说毕，竟义无反顾地一饮而下。最终，窝阔台不久便痊愈了，而拖雷也感天动地地果真代兄而死了……总之，满篇忠义，查不出有任何蛛丝马迹以供后人判断：是单人所为？多人合谋？还是凑巧的自然现象？是有怀疑，却无实据。倒是对乃马真的反应史有实载，称“后闻之大恸，悲啼至泣血”。还是今人之叹息值得深思：谁让你名下受封的千户最多？谁让你名下受封的铁骑最多？谁让你曾掌控“怯薛”大军的亲信将领也最多……就这样，拖雷年仅四十岁便莫名其妙地“英年早逝”了。留下了“万古忠义”的美名，但也留下了孤儿寡母，还有上述那些在他名下的诸多政治和军事遗产。

历史证明：权力面前无亲情，任何民族都不例外。但据史载，至此唯我独尊的窝阔台大汗却有些反常，在回归到草原母地之后便显得有些恍惚。他雄心顿减，开始在后宫借酒解忧，为此诸多政务也需要由乃马真出面协助处理。是思念起自幼的手足情深，还是对这场突发的悲剧大感意外？随之乃马真的黑手便伸向了遥远的吉里吉思，伸向了孤儿寡母所承继的那份政治和军事遗产。前面已经说过，拖雷除长子蒙哥已入质汗廷外，吉里吉思尚留有拖雷三位嫡子——忽必烈、旭烈兀、阿里不哥。但均为少年，不足为患。唯一令人担忧的却是拖雷那极有主见的嫡正王妃——索鲁禾帖妮。这又是一位出类拔萃的“鹿图腾”化身，后面我们还会另辟章节专门讲到。这里只能略点一二，以示乃马真那种攫权的阴柔手段是多么可怕。比如，假大汗之名先将拖雷数千部卒划归自己儿子统辖，以试探索鲁禾帖妮将如何反应。再比如，一计不成，便另生一更阴毒之计：假大汗之名借口体谅“遗孀之苦”，下旨令索鲁禾帖妮“从祖俗下嫁皇长子贵由”。若从，则侄子变成了孙子从而拖雷家系彻底被吞噬；若不从，则必将成为不知圣恩别有图谋之铁证。似已将孤儿寡母逼入死角，只看索鲁禾帖妮何去何从。

多亏后来又有更严重的问题困扰了汗廷。据史载，在窝阔台大汗日渐登上权力顶峰的时刻，即使终日纵酒却仍发现基础开始摇晃了。那些唯崇武力的“草原中心主义”派，早已对窝阔台大汗在中原的一些做法不满了。比如，在汉地改行的轻徭役、改赋税、重儒学、赦士人等怀柔政策，显然影响了皇室权贵在中原邑地“杀鸡取卵”式的任意掠夺。再加上他们对母地和祖制的依恋和崇奉，故一听拖雷家业即将转化到贵由名下便联想到自己的未来而愤愤不平了。最终迫使窝阔台大汗立即掷杯，又恢复了昔日的“英明睿智”，当即叫停了乃马真的“穷追不舍”，果断地下令继续扩建汗国都城哈尔和林，以示自己也是个坚定的“草原中心主义”者。但新都的皇宫大殿等诸多建筑均依照典型的中原模式，似乎是对父汗“入继华夏大统”的遗愿有个交代。随之，他又雷厉风行地组织了第二次西征（史称“长子从征”），并慧眼识珠地以拔都为统帅，大败日耳曼与波兰联军于多瑙河畔。不仅彻底转移了皇室权贵们的注意力，而且使他作为新一代的征服者更加声威日隆。

拖雷的遗族暂时逃过了一劫。而且必须指出，契丹大儒在其间也功不可没。早在成吉思汗生前，他就和拖雷朝夕相处。而在窝阔台大汗时，为实现故主遗愿，他更加和拖雷配合默契。见挚友无辜而亡并祸及妻儿，当然不能袖手旁观，但因涉及皇威也只能借用自己那“修身以佛法”了，遂收敛讲说儒家教义，而若有所指地大讲佛陀的“因果报应”。史有详载，草原都城竟专建有十二座佛教寺庙便是旁证之一。要知道，窝阔台大汗此时尚离皈依藏传佛教很遥远，而广大庶众更只信仰原始萨满教。为何佛教寺院突然如此之多？有些学者提出此“皆为超度拖雷之亡灵”也。此仅为一家之言，姑妄听之。

好像乃马真也颇受“因果报应”之影响，似也“乐观其成”……

急速递令牌

窝阔台汗国银币

架空大汗　暗中公然擅权乱政

1236年，窝阔台大汗似又想到了先父遗愿，特命自己最宠爱、最看重的嫡三子阔出率兵南下伐宋。而在此前，他已经把阔出当众钦定为自己的继承人，此次南征只不过是为了给这位皇储积累更雄厚的政治资本。谁料“出师未捷身先死”，阔出竟在南征途中莫名其妙地“夭折”了。史无详载，也未说明其死因，但这对窝阔台大汗的打击却是毁灭性的。

或许是联想到了因果报应，或许是联想到了拖雷。总之，在闻听阔出死去的噩耗之后，详见于史的只有以下两件尚为清醒之事：其一，窝阔台似已知自己来日无多，当众抱小孙孙失烈门于膝（即阔出之子），正式宣称立其为汗位继承人。其二，他似在对母后做深切的忏悔，又当众宣布与弘吉拉草原的母后家族世代联姻，即《元史》所载“生女当为后，生男尚公主”。随后，令举世称奇的汗国都城便建成了，一座典型的汉式宏伟城池亘古未有地出现在茫茫大草原的腹地。其中建有高耸的皇城，巍峨的宫殿群落，富丽堂皇的亭台楼榭，巧夺天空的液池和猎苑……但从此满朝的文武们却难得再见上这位至高无上的大汗一面了，即使是如耶律楚材这样的首席谋臣也不例外。一开始群臣还以为这是中外历代功成名就的帝王们的通病，在自己的权威已无可撼动后便隐没于后宫纵情声色。难道不是这样吗？窝阔台大汗不仅重复过前辈功业马踏欧亚，而且还完成了先父遗愿灭掉后金直指长江对岸。因此，他从此很少露面的另一重要原因，很可能是在为入继华夏大统在独自沉思。总之，再没有人敢随便惊动“天威”。依照祖制，有事均要经执掌六宫的大哈敦传达。就这样，乃马真的宫帐日渐成了汗廷的另类权力中心。

知夫莫如妻，其实此时只有她最了解窝阔台大汗的内心苦楚：从小一起长大的幼弟拖雷之死曾使他悔之不迭，随后皇储阔出之死更使他陷入了沉痛的内疚之中。生死轮回，因果报应，因此更被他所深信不疑，致使他对权欲产生了一种莫名的深切恐惧感。据史载，从此他便绝少再提及“圣祖的遗愿”，忌讳提及“母后的期待”，更严禁当面提及拖雷与阔出的名字……看来，窝阔台大汗还是个天性善良的人物，若不然他也不会陷入这种悲绝的自责情绪之中。绝不像近代一些帝王级人物，至死仍坚持着自己那一贯的“出类拔萃”。何以解忧，唯有杜康！其实窝阔台大汗从来就没有去过那些豪华的亭台楼阁，而是一直蜗居在万安宫里由喜酒、好酒、纵酒，一直到嗜酒而狂饮不止。他彻底放弃了施政，似乎求的就是在醉生梦死中尽快了此一生。

而在施政这方面，乃马真又绝对称得上是位“贤内助”。难怪近代有的学者称：权欲甚至要比海洛因引发的毒瘾还可怕千百倍。它不但可使你无视手足之情、母子之情、夫妻之情，甚至还可以改变你的性别特征……乃马真就是这样，她竟然为了权欲失掉了女人本能的妒忌。据史载，她为了使窝阔台大汗彻底不理朝政，又“火上浇油”地引进了一位被俘的呼罗珊少女法蒂玛。法蒂玛年方十七岁，婀娜多姿，不分昼夜，以轻歌曼舞陪大汗纵酒尽欢。随后，更把西域商人奥都拉合蛮引入深宫大内，不断进贡世界各地的名酒佳酿以祝贺大汗“酒”福齐天。波斯史学家拉施德在《史集》中说：“合罕（即指窝阔台）很喜欢喝酒，经常喝得酩酊大醉，并且在这方面无所节制。（这）使得他身体日渐虚弱，无论近臣们和好心肠的人们如何阻拦，（都）未能成功。相反地，他喝得（更）多了。”而《元史》中也有如下记载：“耶律楚材常持已锈蚀的铁酒槽进谏曰：铁尚如此，何况人之五脏乎？帝笑而不纳。”不久乃马真便把这位一代贤相逐出了汗廷，而任用色目佞人奥都拉合蛮取而代之。而这位色目权奸又以“两倍之价”买断了中原的税收权，致使窝阔台大汗初期的一些改革措施俱付诸东流了。一时间人们似乎忘却了还有什么“圣祖之遗愿”，茫茫的草原更像在一步步地历史大倒退。

如此的擅权乱政！但乃马真似乎觉得“意犹未尽”，像毒瘾越来越重那样，权欲最终竟使她渐渐感到窝阔台大汗也仿佛多余了。虽然他已沉醉于梦幻之中，却依然如一座大山般阻挡她“横空出世，独领风骚”。也难怪她有了这样疯狂的想法，除了有同样疯狂的权欲作祟外，她现在已经凭她那阴柔的权谋取得了大批顽固守旧派的大力支持。他们要唯崇祖制，她就大力推崇祖制；他们要延续武力征服，她就大力奖赏悍将雄兵。况且，由于为赎罪，窝阔台大汗晚年的“宽纵滥赏”也被她充分利用了，无数的珍宝被用于收买各封国的权势人物。故她的权力基础日固，拥戴她执掌汗权的“草原中心主义”者也大有人在。眼见得大权在握，时机业已成熟，却只可惜只要那座“巍峨的大山”在，自己就难以在朝堂上“唯我独尊”。最终万安宫内爆出了一个令臣民震惊的噩耗：窝阔台大汗“驾崩”了。在位十三年，卒年尚不到五十七岁。史载：“后大恸不起，昏厥数日。”

虽有的外史将窝阔台大汗称为“淹死于酒海孽澜之君主”，但他的丰功伟业还是难以因此抹杀的。史载他是草原汗国将“武功与文治并举之第一人”，他在中原的诸多建树“实为向大元王朝转型迈出了第一步”。故当代元史专家李治安先生这样评价他说：“在对待中原文明和改变汉地统治方式上，窝阔台大汗比起乃父有了较明显的进步”，“有条件地保留了中原农耕文明”。这说明他不仅是个坚定继承父汗遗志的人，也说明了他是个“海纳百川，与时俱进”之人，而他的可悲之处也在于一时被权欲所左右，竟把忠心耿耿的幼弟看作危险的对头，却忘了自己身边还睡着个真正的柔情杀手。总之，虽乃马真呼天抢地，但她最终还是“万般无奈”地由幕后走向了前台，成为草原汗国第一位君临天下的女主。

权欲，使她成了一个真正的“孤家寡人”……

出任监国　翻云覆雨乱政五年

在复古守旧派等传统势力的拥戴下，乃马真最终成了草原汗国的首位女监国。大权独揽，实际上成了庞大帝国的第一位女皇！悲戚之色一扫而光，顿时又只剩下了君临天下的威严。

为何能出现这种“异化”现象？大多数学者均认为这纯属一种母系社会“回光返照”的个例。由于漠北所处之地自然环境严酷，生产方式单一，故社会的发展也稍显滞后。如“双图腾”的出现就反映了母系社会虽然已向父系社会发展，但仍相对是平衡的。在彻底转向父系社会后，也不能不留点滴痕迹，随之乃马真这样的女性也就“应运而生”了。

时过不久，乃马真便发现自己严重失策了，因为这毕竟是个由强悍男性主宰着的世界，原来自己的丈夫再醉生梦死从不露面，他也是一座无法逾越的高山。仓促地让他死，显然是自己的巨大损失，因为手中没有了大汗的旗号，也就会失去了权贵们的效忠和拥戴。他们并不相信一个女人，而只会在“忽里台”大会上推举出新汗前大肆扩张各自的实力。比如说，东西道诸王各自为政

敖包

的意识越来越严重，竟擅自颁发自己的牌符命令；而各地权贵们更拥兵自重，无视汗廷的权威而肆意地横征暴敛；就连参加第二次西征的拖雷的长子蒙哥，由于成为西征英雄，竟也敢公然抛弃质子的身份重归母亲身旁……但乃马真也绝非是一个平常的女人，疯狂的权欲会激发出她疯狂的权谋：她不惜一切地拉拢收买，她挖空心思地挑拨离间，她合纵连横地各个击破，她甚至不惜动用大中军和手中的神权，向诸侯们发出胁迫。总之，乃马真是不乏政治才干的，只不该她把这一切都用在了祸国殃民上。为所欲为，两代大汗的丰功伟业眼看就要前功尽弃了……

她的权欲越来越膨胀，胡作非为更越来越不择手段。假“监国”之名倒行逆施，竟把成吉思汗与窝阔台大汗生前所重用的忠贞老臣悉数赶出了汗廷，而是代之以色目商人奥都拉合蛮与妖姬法蒂玛。他们关系暧昧，中外史籍均曾用曲笔点出。更令人发指的是，曾侍奉两代大汗的耶律楚材被逐出汗廷孤寂去世后，乃马真仍听信奥都拉合蛮的谗言：“此人前后为相三十年，天下半数财富尽在其家矣！”遂下令趁耶律楚材尸骨未殓即大肆搜查和抄没其家。虽最后只在其陋宅里得“阮琴及残书若干卷”，但她却又称此皆因其在诸王食邑“偷行汉地汉法”只顾“惠及汉人”也。翻云覆雨，竟意外使得“草原中心主义”者为之一振！

弄权之瘾越来越大，最后竟波及了她的家族。乃马真有三个嫡生的儿子——贵由、阔端、阔出。前面已说过：窝阔台大汗生前曾指定三子阔出为皇储，但他在征南宋途中意外地死去了。后来悲痛的大汗又抱其子失烈门于膝上，又特别指定这个小皇孙为汗位继承人。依古制这种具体到人的传承关系是相当明确的，而有史可证，乃马真能登上监国之位也是借力于“皇储尚且幼小”之口实。但现在失烈门已年近九岁，依古制他已可在“忽里台”大会上被拥戴为大汗了。面对这样的现实，弄权成瘾的乃马真一想到此便会有一种惶恐的失落感。每当她想到有一天总会痛失“大权在握”，便会感到像万箭穿心般痛苦难熬……必须防患于未然！即使退一万步隐居于幕后，那也必须在台前安排好个傀儡由自己任意操弄。

乃马真选中的是一臂痉挛的长子贵由。据史载，在大汗驾崩之后，贵由“事母最孝”，阔端“敬母远之”，而阔出的遗孀似也只能守着失烈门“唯母命是从”。但若说到乃马真选中贵由为傀儡，那的确是有些“权迷心窍”。须知，贵由乃兄弟三人中智商最低的一个，不但心胸狭窄而且野心勃勃。他那“事母最孝”纯属于投机讨好的表面文章，其目的乃在于取代侄子失烈门以登上汗位。他在黄金家族里为弟兄们所不齿，因为他在“长子从征”中表现得既无勇又无谋，毫无战功可言，并且还和统帅拔都耍大牌几乎贻误了战机，最后总算老子“英明”，责其“有过”并交拔都“全权处置”才算了事。身为皇长子能咽下这口窝囊气吗？从此他便和拔都及其辽阔的封国结下了不共戴天之仇。贵由迫不及待地谋取汗位也有这方面的原因，故一直在母亲面前扮演摇尾乞怜、百般顺从的孝子。而乃马真也无视窝阔台大汗传位于皇孙失烈门的遗诏，偏要把自己那身心俱残的皇长子贵由扶上大汗的宝座。从中不难看出，这位弄权的“瘾君子”早已毒入骨髓来日无多了，似乎平时那狡诈的机智也日渐在退化。

乃马真已监国五年，再继续下去必将引发民怨沸腾，最终不得不把她精心炮制的“提线木偶”推向了前台。为能顺利地操控“忽里台”按计划进行，她还首先广赐奇珍异宝对各地封王权贵大肆拉拢。比如，对率兵不辞而别的质子蒙哥，她竟“不计前嫌”地封赐继承父亲的王号，以示她对拖雷家系的“另眼相待”。再比如对与贵由积怨甚深的原统帅拔都，她也特意派出专使多方抚慰，并封赏高爵以示“特殊恩宠”。明眼人一看便知这只不过是暂时的利用，但又恐惧她手中掌控的那数万“怯薛”大中军和她为人的老辣阴毒，最终还是舍弃了正统的失烈门而把身心俱残的贵由推上了大汗之宝座。

如果照此推演，乃马真的独享权瘾将绵延不绝，没有国家，没有牧众，有的只是自己永恒的唯我独尊。只不该“螳螂捕蝉，黄雀在后”，早又有一个女人在其身后窥视她的动向了。这个女人学得“颇具其风”，这位就是随着贵由大汗新升格的大哈敦海迷失。

不久，曾不可一世的草原汗国第一位女监国就突然神秘地死了。为尊者讳，似乎就连史学家也懒得去追索她的死因。倒是忽必烈尚给乃马真留点面子，至元二年仍让她配飨元太宗（即窝阔台大汗），并追谥她为昭慈皇后。

现在依序该说到海迷失大哈敦了。不过面对乃马真留下的这个烂摊子，却必须先去说另一个女人，不然危机四伏的草原汗国也就只剩下分崩离析了。这是一位真正圣洁神鹿的化身。她在生前根本没有当过一天汗国的大哈敦，却亲手抚育出四个名垂史册的大汗级的儿子。她历经的苦难是常人难以想象的，但展现的贤能和睿智也是常人无法超越的。她在死后才被她的儿子追谥为庄圣皇后。她的名字叫：索鲁禾帖妮！

又一位伟大的母亲……

大汗军队中的长毛手

不是大哈敦胜似大哈敦之索鲁禾帖妮王妃

索鲁禾帖妮，原系强大的克烈部族人。出身高贵，为部族首领王罕之侄女。接触中原文化较多，并受过儒家教义的习染。1203年，克烈部族最终被成吉思汗一举击溃，王罕逃窜，她和全家都沦为“战利品”。后多亏成吉思汗将她分赐予幼子拖雷，才避免为奴反而进入黄金家族。但谁料成为王妃后命运却更加悲惨，先后历经质子、丧夫、削权、逼婚、灭族等种种人生磨难。但她却能凭高尚的人格，超人的智慧，不仅使自己的儿子登上大汗宝座，而且凭借她的凝聚力从而避免了草原汗国的进一步分裂和衰败。同时期的波斯史学家拉施德称赞她“高出于举世妇女之上”。至元二年，被追谥为庄圣皇后。

一位力挽狂澜的伟大女性……

劫后重生

按说，像索鲁禾帖妮所在的部族，似乎是不应遭遇这种家破族灭的悲剧的。要知道，克烈部近百年来一直是漠北草原最强大的部族，只有它敢轻易地吞并弱小者，而绝没有谁敢轻易动它一根毫毛。到王罕称汗时，更达到了克烈部兴旺强大的高峰。不仅宗主国金王朝因其战功封他为“王”，草原各部也称他为“罕”（即汗，王也），因而才有了这半蒙半汉的称谓——王罕。为此，就连一些史学家对他的本名也有所忽略了。有史详载，在王罕鼎盛时期，就连年轻的成吉思汗也曾称他为“义父”以求得他的“庇护”。

索鲁禾帖妮姐妹三人是整个部族的骄傲。据史载，这是王罕之弟扎合敢嫡生的三个女儿，长女名叫阿必合，次女名叫必里图迷失，三女就是索鲁禾帖妮。她们个个长得貌美如花、娇艳无比。不但被父母视为心肝宝贝，而且就连王罕也视她们为掌上明珠。再加之或许是因为宗主国金王朝曾对克烈部特别倚重，所以中原的农耕文明对这里的草原王族影响也颇大。史载，索鲁禾帖妮三姐妹均通晓历朝历代不少典故，故才一个个均显得聪颖过人、通晓事理。又因为她们均是王族出类拔萃、才华出众的绝世美人，故整个部族均认为她们肯定会“前程似锦”：或者南下中原成为大金王朝的金殿贵妃，或者挑一个强大部族成为尽享荣华富贵的哈敦。总而言之，她们均被当成克烈部手中的一张张王牌。

只可悲王罕越到老年便越昏聩跋扈，恣意妄为处处树敌，而且偏听偏信，动辄大动干戈以势凌人。比如说，仅仅听了札木合的谗言挑唆，就不顾“义父”的身份将年轻的成吉思汗视为死敌，不但暗中设计欲加以谋害，而且和札木合的部族组成“联军”公然对其发动讨伐。多亏成吉思汗采取了“避其锋芒，以柔克刚”的战略战术，才在王罕大失人心的状况下竟又得以集聚兵力最终东山再起。1203年，王罕再次亲率万千铁骑与成吉思汗的部众对决于合兰真山下。这时的王罕显然依旧是踌躇满志的，根本无视年轻一代的崛起和非凡的智谋。他竟然老迈昏聩到率领家族齐来观阵，看他如何在“莺歌燕舞”间一举拿下这“小小的蟊贼”。似也有部将委婉相劝，却谁料他竟当众怒斥人家“不许放屁”！结果是可想而知的，成吉思汗充分展示了他的军事天才。

奇袭、突袭、奔袭，突然间像倾泻的钢铁洪流一般席卷了克烈部的整个营地。这时，原本踌躇满志的王罕转眼竟又变得只剩下了惊慌失措。他老泪纵横，唯顾自保，最后总算在几个亲信的护卫下抛亲弃族地只身逃跑了。而被他抛弃的弟弟扎合敢和他那三个貌美如花的侄女，却早已在四处被围的烽火连营中无路可逃了。扎合敢面如死灰只待束手就擒，老大老二两个女儿也身临绝境只顾哀啼，唯独三女儿索鲁禾帖妮似在惊恐中尚留有几分冷静，仿佛还在窥视着有无可夺路而逃之处。但似乎一切均已晚了，这时便见得一位少年将领已在众铁骑的簇拥下出现在他们面前。只见他头戴革盔，身穿铠甲，面目英俊，双目炯炯有神。虽然尚且年少，但在强悍的众武士中却颇显得“鹤立鸡群”。见他们父女也并未施暴，竟然是颇为有礼有节地命部众将他们带到王帐中。随之，这位英俊的少年将军便又风驰电掣般奔向了远方……

最终，索鲁禾帖妮一家还是难逃厄运，父女均作为重要的“战利品”被先后送到了成吉思汗的驾前。按说，若论王罕给他的屈辱和迫害，从古制，其弟扎合敢当杀，但成吉思汗却未杀，反而命其招抚克烈部残众以归附之。而对王罕那三位貌美如花的侄女，若论古制也将分赐予“奴”以示对其羞辱，但成吉

破晓时的进击

思汗也未如此而为之，而是“尚念旧情”地做出颇讲“门当户对”之安排：长女阿必合就留在自己帐内，次女必里图迷失赐予长子术赤，小女索鲁禾帖妮赐予幼子拖雷。以现代人的眼光来看这确实有些“违背人伦”且“侵犯人权”，但在古代那攻杀掳掠的荒蛮草原上还是“难能可贵”的。

这一夜，索鲁禾帖妮一直在毡帐里战战兢兢地等待着……

她现在已经不是昔日强大部族里的超级小主子了，而沦为战败者似也只能成为一个任人摆布的“玩物”。她根本不识拖雷是何许人也，只听说他骁勇善战，跨在马上就犹如凶神恶煞一般。既然他又是强大征服者的宠儿，那肯定会更加骄横放纵，喜新厌旧，阅女无数，自己被百般蹂躏之后只会如破靴子一般而被弃之不顾。难道长生天就赐给自己这样一个悲惨的下场吗？而就在这时，毡包的木门却被突然推开了。先是涌进了一股浓烈而又刺鼻的酒气，随后便跟进了一个魁梧挺拔的身影。她吓得赶忙低下头来蜷缩成一团，一动也不敢动，似只顾等待着那“暴风骤雨”顷刻间向她席卷而来。但没有，似只在戏弄一只小鹿那样，他久久地凝视着她。她更恐惧了，浑身都在颤抖。蓦地，他才终于又开了口：“抬起头来，看着我……”她被迫无奈，作为人家的俘虏也只能含泪抬起了头。但这一看不要紧，她几乎失口惊呼了：天哪！竟是白天亲眼所见的那位英武的少年将领。她身不由己地开始凝视对方了，这时只听得对方又开口对她说：“大家正在王帐里纵酒欢庆胜利，我等不及了，跑回来只想告诉你，既然父汗把你赐给了我，从今天起你就是我的妻子，我的哈敦，我未来孩子们的嫡正母亲……”突然，大出意料的事情发生了！像受到了特殊的磁力吸引一般，这位敌对王族的少女竟猛地投入了他的怀抱痛哭起来。是夜，他们最终完成了灵与肉的彻底结合。

这一年，他十九岁，她十六岁……

苦尽甘来

有史可证，拖雷虽然地位显赫，却似乎并不是个贪恋女色、喜新厌旧的人。从相关史料中可以查看到，在兄弟中他的妃妾最少。故同时期的汉族史者，竟常常把他比作三国时的赵子龙。这对一个妻子来说，无疑就是最大的幸福。

最难能可贵的是，索鲁禾帖妮由于配上了这么一位少年英俊的重量级人物，她在黄金家族中的地位也随之“水涨船高”。须知，拖雷是嫡幼子，依照古制“幼子守灶”，他享有其他兄长无法享受的诸多特权。比如说，其他兄长均受封为王都到遥远的封国去了，而唯有拖雷以幼子的身份永伴在父母身旁。这对于索鲁禾帖妮来说，相随丈夫一起侍奉公婆更是受益匪浅。她得以亲耳聆听成吉思汗及大哈敦的许多教诲……

就在索鲁禾帖妮逐步了解统一草原各部族伟大意义的同时，她和拖雷的儿子也一个接一个地出生了。先是蒙哥，继之是忽必烈，随后又是旭烈兀和阿里不哥。其中，尤以忽必烈的出生最富有神话色彩。据《元朝秘史》载，索鲁禾帖妮即将分娩时，就有一只雄鹰守候在毡房旁的马厩旁。一听婴儿呱呱坠地便展翅高飞前去大汗金帐报讯，而此时的成吉思汗也恰好远征胜利归来正在帐中。故闻之大喜，竟亲自策马来看这个新出生的小孙孙。史载，成吉思汗双手托起婴儿说：“我们的孩子都是火红色的，这个孩子却生得黑黝黝的，真像他的舅舅克烈部人！”难得的伟人胸怀！不仅对小孙孙的喜爱溢于言表，而且尚借此对昔日的部族矛盾也“相逢一笑泯恩仇”了。索鲁禾帖妮一听尊称克烈部人为孩子的舅舅，心中残存的一点部族意识顿时全然化解掉了。从此之后，成吉思汗对这个黝黑的小孙孙特别喜欢，常令其陪伴左右尽享天伦之乐。不仅亲自教他娴熟弓马，同时也常命契丹大儒耶律楚材教他些做人的道理。总之在众多的嫡孙中，忽必烈是最受祖父宠爱的一个。索鲁禾帖妮看在眼中，作为母亲她能不为此深深感到骄傲吗？到后来金帐之内竟又传出祖父对这个黝黑的孙儿有过这样的预言：“彼将有一日据吾之宝座，使汝辈将来获见一种命运，灿烂有如我在生之时！”（原文照录）这对于一个做母亲的人来说，无疑是人生的最高奖赏。从此索鲁禾帖妮便下定了决心：为了报恩，她的一生全部奉献给成吉思汗所开创的伟业。

从此，她也变得更加谨慎小心，教子也更严了。因为她知道，拖雷还有三位各怀心思的封王兄长，自己尚有三位各有后台的王妃兄嫂。虽然现沾了“幼子守灶”这古制的光，得以暂居在汗廷的中心，但这里在众目睽睽之下也是人多口杂招惹是非之地啊！稍不注意，说不定就会给丈夫和孩子们带来什么麻烦。为此，她对着刚正的拖雷从来不吹什么枕旁风，她对着至尊的公婆也从来不知什么阿谀奉承，她对着家臣部将更从来就不议及军情政事，就连近在大汗后帐的长姊阿必合她也极少与其来往……似乎根本不懂什么叫“近水楼台先得月”，成天忙忙碌碌好像只顾围着孩子转了，绝不显山露水，却又散发着一种亲和的特殊魅力。难怪不久之后，在大哈敦孛儿帖的谕示下，她就被拖雷扶立为嫡正，在大汗的钦封下她又成为拖雷的首席王妃，而且在丈夫随父远征时她更成了拖雷家系事实上的掌门人。

她甘愿默默无闻，却换来了一家人的安宁与祥和。但储位之争似乎就在统一蒙古各部后便开始了，有一次四兄弟竟然当着成吉思汗的面就几乎为此大打出手。据史载，乃老二察合台带头攻击老大术赤为“蔑儿乞种”所引发，由此可见汉民族的传统意识已影响到了汗位继承问题。为此，成吉思汗已不得不考虑提前妥善地处理这个难题了。正如前面所提到的那样，出人意料，竟舍“幼子守灶”而选定了三子窝阔台为汗位继承人。这令汗廷上下均大为震惊，而唯独索鲁禾帖妮深深理解了成吉思汗的良苦用心。为此她破例苦口婆心地吹了一夜的“枕旁风”，故这才有了《元史》所载的拖雷那光明磊落之表态：“兄跟前忘了的提说，睡着时唤醒；差去征战时，即行！”（原文照录）意思是说坚决听从父汗之安排，从即日起将“唯父兄命是从”。

好一个唯命是从，终于换来了更大的惊喜。前面已经提到过，就在成吉思汗立窝阔台为汗位继承人不久之后，他似乎又重新回归到了“幼子守灶”的古风祖制上去了，把封王的诸子均分封到西部新征服的广袤疆域内，把封王的诸弟也均分封到东部原辽金的辽阔故土上。而照原样依旧把幼子拖雷留在自己身边，协助掌控中央汗廷的一切军政事务。不仅如此，成吉思汗不但把自己的四大“斡耳朵”的统辖权先期交给了幼子拖雷，而且把“怯薛”大中军的统帅权也先期交给了他，同时还把众多的“千户”（由原部族改造而来的军民合一体）以及绝大多数精锐的铁骑也封赐到了幼子名下。据史载，汗位继承人窝阔台顶多也才封得四千，而幼子拖雷竟受封十万余众。难怪跟随少帅征战多年的家臣家将似又看到了“时来运转”的希望，竟纷纷前来向索鲁禾帖妮报喜。有的竟预测自己的主子才是大汗真正的继承人，而有的则确定无疑地声称他们的王妃就是未来的大哈敦！

但她却感到“苦尽甘来”的好日子要结束了……

经磨历劫

1227年，一代天骄成吉思汗与孛儿帖大哈敦均先后辞世了，只留下意蕴深远的遗言看四位嫡子如何执行。此时的拖雷实力最为雄厚，正执掌着草原汗国的权力中枢。但日夜陪伴在他身旁的索鲁禾帖妮却看出了，年轻的拖雷在居丧期间是如何行事艰难。显然，他能继承父汗封赏给的雄厚实力，却无法继承父汗那前无古人的绝对权威和非凡魅力。更具体地来说，他尚不具备政治领袖的潜能，而充其量只不过是一个杰出的军事统帅。索鲁禾帖妮很快便看到了，悲痛欲绝的拖雷果然不久就陷入了王兄与王叔们的困扰中不可自拔。关键的问题便是：汗位继承权……

对成吉思汗生前关于“汗位”与“汗权”的安排的什么解释都有，有些人甚至想趁乱谋私别有所图。但索鲁禾帖妮心里明白，只要有一丝差错就会引发群情激愤。须知，成吉思汗的威望早已被蒙古民族神化了，他的每个指示、每个安排，甚至每句话都被视为至高无上不可更改的“金科玉律”。谁要敢于篡改，便会被视为大逆不道，等同于对长生天的亵渎。而现在？年轻的拖雷似乎已经被王兄与王叔们的困扰搞糊涂了，竟被一些传统的“草原中心主义”者推举为监国。但几乎与此同时，索鲁禾帖妮也看到了，身为钦定汗位继承人的窝阔台却表现得格外的忠恕和淡定。帐前冷落车马稀，似只有一个手无缚鸡之力的文弱老臣耶律楚材与他来往。果然不久之后，窝阔台就当众谦逊地表态说：“按照蒙古人的规矩和习惯，幼子乃家中之长……他在规定和非规定时刻日夜都在父亲左右，闻之规矩和‘札撒’（也最多）……（因而我认为）特别是幼弟拖雷汗，比我更配胜任大汗之位！”（原文照录，仅顺序略有调整）语中玄

母亲公园群雕

妙之处颇令人费解，但随后发生的一件事情似乎就在点名主题了：窝阔台那后来居上的乃马真哈敦竟亲自派人给她送来了一系列珍宝，并当众宣称这是献给“大哈敦”的！明显的是指自己，索鲁禾帖妮顿时警惕了起来……

当然，索鲁禾帖妮尚不知乃马真在幕后已做了许多手脚，但仅从这件事上她已经看出了“来者不善”。这不是明摆着“以退为进”吗？目的乃在于说明“圣祖尸骨未寒，遗嘱已被篡改”。这可是天人共怒，必将造成草原汗国大乱啊！索鲁禾帖妮毕竟伴随公婆多年，从旁也早知了成吉思汗毕生的最大心愿。尤其当她得知贺兰山麓那临终的战略部署“借道潼关，联宋灭金”之后，更发誓必将这一伟大遗愿倾毕生之力而付之实现！而现在华夏遥未实现大一统，却已隐约初现同室操戈内乱即起的端倪。为此，她不顾拖雷仍沉浸于难解的悲痛和烦乱之中，第一次舍温柔妻子的身姿而一本正经地开始公然“干政”了。开头拖雷见她竟敢“多嘴”差点震怒，但很快他就被索鲁禾帖妮的娓娓道来所深深打动了。似只能刮目相看，继续听着妻子那“孰轻孰重、孰是孰非、孰缓孰急、孰进孰退”等种种分析。尤其是她那最后一句话“悠悠万事，唯此为大”更具有振聋发聩的作用。拖雷顿时大彻大悟：这是指父汗入继华夏大统的宏伟遗愿。

故有的史书载，拖雷的转变皆因耶律楚材以儒家学说“君君、臣臣、父父、子子”开导之结果，这种说法起码不够全面。假若索鲁禾帖妮也是另一个弄权的乃马真，那契丹大儒再如何“苦口婆心”也算白搭。好在索鲁禾帖妮自幼即生长在和中原文明有接触的王族之家，潜移默化间或多或少也受过儒家学说的影响。再加上她对成吉思汗的忘我敬仰和崇拜，因而无形中她和耶律楚材的观点便不谋而合了。按现在的话来说，似乎二人均产生了一种幻想：“汗帅兄弟如一人，试看天下谁能敌？”而对于拖雷这也可称得上是一种“解脱”。随之，于1229年窝阔台便在幼弟的鼎力扶助下终于登上了汗位，是为“也客蒙古兀鲁思”的第二代大汗。索鲁禾帖妮感到，可以初步告慰公婆在天之灵了……

果然，一切看起来均还算是顺利的，窝阔台大汗明显要比幼弟沉稳和老练。一登基就文用耶律楚材，武用拖雷，并以“实现圣祖的遗愿”来号令天下。尤其是手足情深就更令人感动，竟促使幼弟自动将“怯薛”大中军的掌控权交给兄长以示回报。随之，新近成为大哈敦的乃马真也频频出现在索鲁禾帖妮的营帐里，不但满脸带着永远的微笑，而且还亲切地也把她称为大哈敦。这是个充满柔情的讯号，似乎在变相地提示一切有关“天无二日、国无二君”的现象均该结束了。最终，在弥漫着一派皇族亲情的“其乐融融”中，质子、交还父汗遗留的象征皇权的四大“斡耳朵”，以及撤离汗廷中心命家族人等先回归到遥远的吉里吉思封地上等，均在“自觉自愿，独尊大汗”的基础上先后完成了。

为了实现父汗的遗愿，再大的委屈也甘愿承受。从此，索鲁禾帖妮带着剩余的三个孩子在荒远的草原上静静地等待着。远离了乃马真那永远的微笑似获得了相对的自由，但却依然听不到大权在握的窝阔台大汗有任何行动的打算。索鲁禾帖妮这才更加深刻地体会到：权力面前无亲情，大汗似乎还在等待着什么……果然，不久就传来了这样的消息：为尽早实现父汗遗愿，拖雷当众表态愿将所有受封的“千户”和部众统统上交大汗。索鲁禾帖妮在吉里吉思闻知后，便为丈夫这种急于求成欠考虑之举预感到不祥了。而事后传来的消息也证实，拖雷这份“轻举妄动”竟引发了各大封国的一片混乱。过去你想献什么就献什么都没人管，而现在你要献出分封的“千户”和军队，那可等于要毁了各大封国的基础。于是便纷纷上书质问大汗，更进而声称如公然篡改圣祖遗封即大逆不道，这是大出拖雷意料的，还多亏了窝阔台大汗断然拒绝了幼弟的请求才平息了这场风波。但已种下了祸根，好在也促使为实现成吉思汗遗志终于迈出了第一步：借道潼关，联宋灭金，再图一举统一华夏……

望穿秋水，对于索鲁禾帖妮来说，显然等待的日子是凄苦和漫长的。虽然说吉里吉思封地的治理已初见成效：王帐坚实，牛肥马壮，家臣尽职，部卒忠勇，孩子向上，四邻和睦，但只要缺少了战功卓绝的男主人，茫茫无垠的大草原还是显得那么空旷和寂寥。人们都不会忘记这位杰出的少帅曾率领他们马踏欧亚立下不朽战功，而现在更翘首以待他能凯旋给部众带来更大的荣誉。但索鲁禾帖妮的不祥预感似乎也在影响着人们的情绪，不久整个吉里吉思大草原也仿佛变得战战兢兢了……然而捷报却证明了他们所爱戴的聪慧王妃这回错了，传回的消息竟一个比一个鼓舞人心：是自己部族的少帅借道潼关第一个取得开局性的胜利，是自己部族的少帅不避艰险第一个突破重重防线令敌闻风丧胆，是自己部族的少帅发动奇袭第一个飞跨黄河直逼古都汴梁城下，是自己部族的少帅排兵布阵第一个迫使后金王朝难逃覆灭的命运。只不该，当部众皆为自己部族的少帅骄傲自豪激动时，索鲁禾帖妮的内心却不知为什么越听便越充满了恐惧。尤其当听到窝阔台大汗在凯旋北返途中突然发病……

随后所发生的一切前面已经说过了，草原上也就此多了一个“杯弓蛇影”

古老的勒勒车

的历史之谜。一代将星就这样不明不白地陨落了，似远方的法鼓声声地闪现着萨满巫师的身影。为此，窝阔台大汗病愈后仍悲痛异常并钦赐幼弟“忠义千古”之美名，但大哈敦乃马真虽眼含热泪却把那双弄权的手也同时伸向了孤儿寡母。这就是政治！据史载，索鲁禾帖妮在闻听拖雷死讯后，竟“三日未进点滴饮食，三日未曾迈出毡帐一步，三日未发只言片语，三日未曾合眼，一直泪流满面痴痴而坐”。当时除长子蒙哥尚入质于汗廷，而次子忽必烈也只不过十八岁，剩下的两个就更时值年少，其中尤以十二岁的阿里不哥由于从小的娇宠更表现得幼稚放纵。没有一个成年的男子在场做主，那些忠诚于旧主拖雷的家臣、部将、千户、诺颜们似也只有寄希望于自己部族善良贤能的王妃了。随着追随拖雷南征的将领和部众的含悲返回，一种要为旧主申冤雪恨的激愤情绪已弥漫了整个吉里吉思。十二岁的阿里不哥却幻想以“幼子守灶”的身份露上一手，竟颇为幼稚地要率众“替父报仇”。在这关键时刻，索鲁禾帖妮终于走出毡帐露面了。她深知这样莽撞行事的后果：授人以柄，自取毁灭。随之便面如冰霜地当众冷冷地质问：“谁敢！”这时，众人才惊诧地恍若看到了从极度悲哀中蜕变而出的一位全新王妃，竟均下意识地跪伏在地听命。茫茫的草原静穆得没有一丝声响，好半天才听得她威严地说出最终的决定：继续忠于大汗！

但树欲静，风不止。原本拖雷忠诚的家臣和部将们已渐渐理解了王妃此令的深刻用意：轻举妄动只会破坏实现成吉思汗之宏伟遗愿，而且也会使自己部族的少帅反倒变成了“死有余辜”。但对于那些别有用心的人来说，见到吉里吉思竟提出“继续忠于大汗”却只觉得那孤儿寡母好欺负，便更打起了昔日拖雷所受封众多千户和铁骑的主意。有史可证，窝阔台大汗在幼弟突然死去之后似饱受良心折磨已日渐嗜酒，但这项计划还是按部就班地在实施之中。先是下诏命将拖雷遗部两千众赐予自己的次子阔端，如遇到反抗则以“反叛大汗，图谋篡逆”之罪名彻底剪除之，明显地蔑视圣祖的生前决定。面对着汗廷派来的使臣，拖雷的部将和家臣均纷纷义愤填膺了。却谁料索鲁禾帖妮明知是“计”，却能“力排众议”当着汗廷使者对部众说：“军队和我们，本该就是同属大汗的。大汗知道他在做什么，我们要服从大汗的命令。”谦卑的回答，竟使得汗廷使臣犹如挨了几个软耳光。尤其是那句“大汗知道他在做什么”，就更使得使臣无地自容，也只好赶忙回到汗廷复命。据传，窝阔台大汗闻听之后竟痛苦地连醉数日。

但道高一尺，魔高一丈！更阴毒的“柔性吞噬”还是开始了。前面已经提过，身为大汗即使再灭掉金王朝的余威，在这种事上弄不好还是会遭到“人神共谴”的。须知，东西道诸王均是由成吉思汗分封的军队而建立起自己的封国的，而拖雷如此有功又是“代主而死”却遭到夺兵削权，这能不使各大封王联想到自己而极力反对吗？史载，阔端为此终未来吉里吉思亲领那两千骑。但这并不表明就此善罢甘休了，而是说明为此已经有一条更加高明之策：既严格遵循祖制，又充分体现皇族亲情，还能绝对让东西道诸王哑口无言。随之，在窝阔台大汗的醉生梦死中，一位汗廷的使臣竟捧着一道诏旨又出现在了吉里吉思茫茫的大草原上。这次绝没有上回那狐假虎威的颐指气使，而是又突显了登位之前那种手足情深的家族式关怀。诏旨中声称：幼弟拖雷忠义千秋，应当使其在天之灵永无后顾之忧。为解除遗孀之凄苦，为妥善照顾诸皇侄之成长，故特下此诏以示抚慰，并严遵祖制告谕索鲁禾帖妮王妃再嫁予皇长子贵由……此仅原文大意，从中似已可以看出平添了几分阴柔的脂粉气。难怪索鲁禾帖妮接过这份不阴不阳的诏旨后，顿时双手颤抖脸色变得似撒上了一层冷霜。可怕的“关怀”，险恶的“亲情”！她深知如若抗拒，那就会被扣上“不尊祖制”“违背圣恩”“狂悖抗上”“阴谋不轨”等种种十恶不赦的罪名；而如若被迫认命，那整个拖雷家族也就随之永劫不存了。因为她不但要进入汗廷重新给过去的兄嫂当儿媳，而且“子随母走”，孩子们也只能给人家当孙子去了……而即使自己为了拖雷能以死相抗，但他的那些共生共死的将领与部众的下场如何呢？尚未成年的三个孩子如何呢？况且长子蒙哥尚在人家手里当人质，自己之死又会给他造成什么后果呢？典型的柔性吞噬！索鲁禾帖妮眼看着被逼入了死角……

梅花香自苦寒来！或许正是由于来自这种步步紧逼，她那原本潜在的政治智慧、组织才能、应对手段等，似也在一步步地被激活。她现在已不仅仅是个温顺的妻子和慈爱的母亲，面对一道道诏旨，她无形中早已成了拖雷家族中最具权威的领袖。为此，众多的家臣家将们都聚集在她的四周，齐看她如何应对这张用心险恶的诏旨。群情激愤，战马怒嘶，似只要她一声令下，便可将来使剁成肉泥。却谁料，她当即制止了部众的喧嚣，举着诏旨对使臣俯首而言道："我怎能违背大汗的诏旨呢？"此言一出，部众大惊，使臣喜极。但再等她一抬起头来，便见得已是两眼泪光、一脸正气，竟把那张诏旨断然退回到使臣手中说："但我有一个愿望，要抚养（拖雷）这些孩子，把他们带到成年和自立之时！"说毕，便颇为自尊地返回了自己的毡帐。没有破口怒斥，已算是给窝阔台大汗留足了面子；没有留下丝毫把柄，故使臣也只能把诏旨原封不动地捧回复命去了。据说，乃马真闻听此事后相当尴尬，竟要亲自前来以权逼她就范。谁料索鲁禾帖妮闻讯后，更先发制人地派家臣前往宣示说："不劳大驾！我对拖雷的忠诚和责任是不可更改的。为了圣祖成吉思汗这几个亲嫡孙，我将会把皇族的荣誉看得比自己的生命还重！"有礼有节，致使乃马真权力再大也难成行。而东西道诸王得知消息后，也将索鲁禾帖妮视为维护封国特权的代言人，敬佩之余也纷纷派密使前来，以示支持。但乃马真却因为权瘾受挫而更加疯狂以致变态，竟由埋怨窝阔台大汗的"儿女情长"变为偷窥起他屁股底下的大汗宝座。

索鲁禾帖妮面对威逼也不仅是文质彬彬。以上所引索鲁禾帖妮之用语，均采自于同期波斯史学家拉施德的《史集》，且多为原文照录。其中尚有一次"非文质彬彬的交锋"，现也将原文转述于后："又一次（当着众多封王），索鲁禾帖妮向窝阔台大汗（故意）索要一名商人，遭到拒绝，索鲁禾帖妮便（当众）哭诉道：'我的心爱的人为谁做了牺牲？他替谁死了？'（诸王均随声齐赞拖雷之'忠义千秋'）窝阔台大汗听到后，立即满足了索鲁禾帖妮的要求，并表示歉意……"这说明了什么？一是说明了变相吞噬拖雷遗族的阴谋已彻底失败；二是说明了索鲁禾帖妮由于出色的政治谋略，已成为吉里吉思公认的部族领袖；三是说明了窝阔台大汗尚且不失善良，而且耶律楚材那“因果报应”之说似乎也起作用了。

总之，拖雷遗族总算逃过了被吞噬的命运……

教子有方

据史载，索鲁禾帖妮回到遥远的封地之后，除处处为部众造福之外，依然对家臣部将还是那句话：继续忠于大汗……后面的潜台词没有说出来，但次子忽必烈首先理解了，那就是忍耐、等待……而最难能可贵的是，在得到暂时自保之后她似乎看得更加长远，竟破天荒地从中原之地为草原请回了“教书先生”。其实，这在古代的北方少数民族中并不鲜见，鲜卑、契丹、女真等在入主中原前均大量地汲取过农耕地区的先进文明。而作为索鲁禾帖妮所在的原克烈部，因受原宗主国金王朝的封赐，部族首领才成为“王”，故使臣往来频繁，其间也不乏来自金上都（即今北京）的儒者。但均因伯父骄横自负而先后离去，并留有感叹曰：“不知仁术，王者之气将殆尽矣！”后果然不幸俱被言中，从此索鲁禾帖妮便将“仁术”二字深深印入脑中。现趁乃马真大哈敦在汗廷只顾擅权乱政之时，正好做“恭顺状”，以抽暇为在身边的三个儿子补上“仁术”这一课。第一位请来的先生是来自汉地的真定名士李槃，乃专为教化年少轻狂的幼子阿里不哥的；再请来的便是中原食邑值宿的汉臣儒将，乃专为尚武的三子旭烈兀讲述历朝历代名帅名将如何用兵的；而对次子忽必烈则更加放手，不但任其自己择师习儒，并且同意他任用汉人赵璧以广纳中原名士。到窝阔台大汗纵酒而亡时，忽必烈帐下已会聚了亡金状元王鹗，理学大师许衡，北方名儒姚枢、窦默、刘秉忠等一代才俊。但因他们均为“手无缚鸡之力”的一些落魄文人，故并未引起那位“唯崇武功”的大哈敦的重视，甚至还对索鲁禾帖妮的所作所为“嗤之以鼻”。谁是鹿图腾的真正化身，由此可见一斑。

也就在吉里吉思暗中补充“仁术”的同时，身为长子的蒙哥却被乃马真“特例恩准”放回到吉里吉思封地了。据史载，乃马真不仅口头上将他“视为己出”，而且确实也对他“宠爱有加”。不仅专为他在新都哈尔和林修建了豪华的王府，而且还遵从窝阔台大汗之令专门从弘吉拉的王族内挑选了一位绝代少女与之成婚，致使他“乐不思蜀”极少来见生身之母，为此三个兄弟对他也多有怨言。故当家臣家将们闻得此讯后，还以为这是乃马真又在变相打拖雷遗部的主意……但索鲁禾帖妮并不这样看，倒仿佛被深深的母爱和久久的思念蒙住了眼睛。等蒙哥刚一回到吉里吉思，诸子和家臣家将当众宣布：自己已经老了！从此拖雷家族所有将领和部众均交由长子蒙哥统领和管辖。说毕，竟下令诸子和诸将均拜倒在蒙哥脚下，以示从今以后对他矢志不渝地衷心拥戴。如此做法，似乎就连蒙哥本人也绝难想到，为此他也当即跪伏在母亲膝下泣不成声……

蒙古军队出征

原来，第二次西征中之“长子从征”系乃马真之又一项“擅权乱政”的阴谋，不但可“借刀杀人”，而且可借此消耗各大封国的武力。自己的长子贵由虽也去了，但暗中早派人严加保护。而这位皇长子偏偏不是个省油的灯，竟要大牌非要指挥西征统帅拔都。蒙哥原本不想招惹这个“刺儿头”，但在决战的关键时刻最终还是支持了拔都统帅。谁料竟遭到了贵由的声声怒骂，不但斥其为“卑贱的质子”，而且还称他为“吾母手下之玩物”。蒙哥听后悲痛不已，再联想起父亲之死终于大彻大悟。好在他和统帅拔都齐心合力大破波兰和日耳曼联军于多瑙河畔，最终成了战争英雄而一时也无人敢将他奈何。再加上蒙哥还在乱军之中救过仓皇逃窜的贵由一命，为此凯旋后乃马真为掩饰贵由的劣迹便决定让蒙哥远离汗廷。在她看来，索鲁禾帖妮身旁留有三子肯定早已分掌兵马，若蒙哥突然归去势必又会打破平衡引发新一轮权力之争。到时候只要稍稍支持蒙哥一下，那蒙哥就必然会为独霸吉里吉思重新投入自己的怀抱。谁料她刚一出手，就被圣洁的母亲轻而易举地化解掉了。

要知道，儿行千里母担忧，从蒙哥一开始入质汗廷索鲁禾帖妮就早有防备了。她派出了拖雷最忠诚的部将兀良合台（《元史》载，后被封为河南王）作为蒙哥的贴身侍卫，从而一直伴随他长大，以至在“长子从征”中助其成为英雄。兀良合台的忠诚是青史有名的，故索鲁禾帖妮这里从来就不缺少有关蒙哥的种种讯息。在听到他即将归来之后，经过深思熟虑最终做出了这样一项令汗廷大感错愕的决定：自己果断退居幕后，让蒙哥就势名正言顺地成为拖雷家族的最高统辖者！从此吉里吉思再没有了“遗孀的凄苦”，而有的只是成吉思汗皇嫡孙“称雄一方”。同时，索鲁禾帖妮心里也明白，某些家臣与部将的怀疑和反感也是暂时的，其实他们也早渴望有一位见多识广、久经沙场的战争英雄来率领部族重塑昔日的辉煌。至于说到其他三个儿子，也在自己提前的“仁术”开导下，均能以大局为重而“唯母命是从”。不久之后，茫茫的吉里吉思大草原便尽显阳刚之气，致使乃马真大哈敦再也不敢对其轻举妄动。母亲的超凡政治智慧，终使拖雷家族重又崛起。

随后所发生的一切在前一章已说过了：乃马真的权瘾大发，已达到了丧失人性的地步。不仅终于把悔恨交加的窝阔台大汗淹死在了酒海孽澜之中，而且还利用奥都拉合蛮与法蒂玛继续擅权乱政。汗廷上下再没人敢提及圣祖成吉思汗的遗愿，地跨欧亚的庞大草原帝国已隐伏着崩溃的危机。但身任监国五年的乃马真却仍“意犹未尽”，竟又想把身心俱残的长子贵由当作提线木偶推上大汗之位。为所欲为到了无法无天的地步，竟敢公然把窝阔台大汗钦定的继承人皇孙失烈门也弃之不顾。消息很快地传到了遥远的吉里吉思。

已初具威望的长子蒙哥曾向母亲请示：可借“护幼主”为名起兵为先父复仇！谁料索鲁禾帖妮竟意外地仍然以那两句话回答：“继续忠于大汗，忍耐、等待……”不久之后，蒙哥便从母亲的告诫中受益匪浅。原来乃马真推贵由称汗时，先遇到了拔都统帅及其封国的强烈抵制，而她为了彻底孤立拔都并离间昔日将帅的关系，便开始动用手中的皇权。眼见得拖雷家族已壮大得再难被吞噬，遂“一箭双雕”地晋封蒙哥为吉里吉思封地的“汗”（诸侯级）。一方面以示自己永远将他“视如己出”，另一方面盼他能劝说拔都“回心转意”。蒙哥接诏后又去请示母亲，没想到索鲁禾帖妮回答的还是那两句话：“继续忠于大汗，忍耐、等待……”脸上不见丝毫喜悦，只有眼望远方的深深思索。蒙哥经过苦思冥想，才算理解了这两句话的内涵：伟大的母亲啊！她只是永远铭记着圣祖成吉思汗的遗愿，绝不愿尚未功成便在子孙间引发内战。而随后的那“忍耐、等待”，就更使四个儿子受益终身，他们均先后成为大汗和帝王级人物。

索鲁禾帖妮名垂千古，查遍中国历史上后妃级人物或仅此一人！但她生前却没当过一天的大哈敦。

草原汗国名正言顺地又有了第三代大哈敦，即汉文史籍中所提到的海迷失皇后。她全是凭借母后乃马真依仗权势在幕后操纵，才得以和她那一臂痉挛的丈夫贵由同登大位。随之又发生了一次震惊朝野的神秘事件，即不可一世的乃马真尚来不及掌控木偶的提线，便在深宫大内莫名其妙地“寿终正寝”了！是否“螳螂捕蝉，黄雀在后”，已无史可查，但有一点是可以肯定的：依照《元史·后妃传》的体例，第二代大哈敦死了，就该全力以赴展现第三代大哈敦了。索鲁禾帖妮的故事也只能暂时打住，且看海迷失将如何展现自己的“另类风采”。

伟大的母亲又要隐去了，让我们引用波斯史学家拉施德的一段话作为本章的结语：“她极为聪明能干，高出举世妇女之上！她具有最充分的坚定、谦逊、羞耻心和贞洁！”

历史上一位杰出的蒙古族女政治家！

她的一生均在为儿子们铺路搭桥！

圣洁的神鹿啊……

蒙古式摔跤

昏聩而又贪权的海迷失大哈敦

海迷失（？—1252），全称为斡兀立·海迷失。斡亦喇部首领忽都华之女，后因“美貌出众”而被选入宫中成为贵由的王妃。1241年，窝阔台大汗逝世五年后，在母后乃马真的幕后操纵下与夫同登大位，成为草原汗国的第三任大哈敦。史载其“资质平庸，见识短浅”，但其野心却绝不亚于其婆母乃马真。贵由大汗生前，她即助夫为泄私愤挑起内战；贵由大汗死后，她更自任监国，政出多门误国乱政。最终因阴谋败露，成为草原汗国被残酷处死的第一位大哈敦。至元二年，为配飨定宗皇帝（即贵由），曾被追谥为钦淑皇后。

一只堪称拙劣的害群之“鹿”……

初试锋芒

不可一世的乃马真终因权瘾太深而送了命，当然会有新一代的大哈敦“应运而生”了。她就是斡兀立·海迷失，草原汗国名正言顺的第三代大哈敦。

当然，人们也几乎与此同时把怀疑的目光集中到了她的身上。怎么会这样凑巧呢？她刚一“修成正果”，那位久陷权瘾不可自拔的老哈敦就会自觉地“寿终正寝”了呢？而且人人皆知，乃马真向来就看不起这位儿媳，认为她除了嘴尖毛长心狠手辣之外绝无智慧可言，曾三番五次地想为自己的长子贵由换个王妃，比如假大汗之名下诏迫使索鲁禾帖妮下嫁贵由便是一例。故汗廷上下的怀疑并不是没有一点道理，只不过“查无实据”，而海迷失已登上后位，早成为汗国名副其实的大哈敦了。况且，新登大位的贵由大汗也绝对地站在自己的老婆这一边。

这真可算得一对“同病相怜”的绝佳组合，正因素质低下倒也配合得相当恩爱默契。比如，他暴怒，她必然火上浇油；他冲动，她必然煽风点火。在兄弟三人间，至今唯独这一对儿尚离不开母后的庇护，故这位掌控汗廷多年的女监国才把这对“活宝”当成自己继续弄权的“提线木偶”。只不该她忘了对权欲这玩意儿谁都能上瘾，无论是智者还是浑人。而且往往是浑人上瘾后干出的事儿更绝，极少有智者上瘾后仍瞻前顾后那种优柔寡断的劲头儿。瞧瞧！这不刚刚登了基，便对不可一世的母后乃马真来了个“过河拆桥”式的“一了百了”。当然，既已登上大汗宝座，就再用不着为了欲盖弥彰而为自己操心了。须知，史者向来为尊者讳，而新汗面前也从来不缺挺身而出的“护驾功臣”。此刻便有一文一武，搭配齐全，所献“安邦定国”之策也颇出手不凡。海迷失马上怂恿贵由大汗“照单全收”……

这一文一武均详见于史，但切莫脸谱化地简单用“忠奸”二字加以归类。文的名叫巴拉，为先帝托孤老臣，一直以“汗位永传于窝阔台家系”为己任。武的名叫野知吉代，曾追随贵由参加过“长子从征”，并代主子受责，被统帅拔都当众鞭笞五十。故不仅因此和贵由大汗结下“血肉之谊”，而且共同与拔都结下“不共戴天”之仇。现身为大中军高级“怯薛台”，主要职责便是统率禁卫军，保卫深宫大内。还必须指出，这一文一武的智商均不低，都深知只顾围着老哈敦之死打转转只会越描越黑。与其忙于应对这种“此地无银三百两”的蠢事，还不如就势转移目标将众人的怒火迅速引到乃马真仍深藏宫内的那两个异类心腹身上。此乃系指权相奥都拉合蛮与呼罗珊美少女法蒂玛。

当然，这一提议更得新任大哈敦海迷失的大力支持了，尤其当听说矛头要对准乃马真的女宠更是激动不已。也难怪！这位擅权乱政多年的老哈敦也太无法无天了。掌权之后不但把成吉思汗父子所倚重的契丹大儒耶律楚材撵出了朝堂，而且把镇海等诸多蒙古族忠良也一并逐出汗廷。除了起用一批奸佞的外戚之外，便是和这一男一女两位内宠组成了“铁三角”的权力核心。就连海迷失这样具有太子妃身份的人欲见婆母一面，也必须先低声下气地去买通了法蒂玛才可。况且尚有传言，即使海迷失自己情愿做提线木偶，乃马真也必将以法蒂玛“取而代之”。当然，对于其他的文武大臣，她和奥都拉合蛮就更不放在眼里，气焰嚣张、骄横跋扈甚至敢私下动用生杀大权。总而言之，这两位异类权宠也太无视马背民族传统的祖风祖制、宗教信仰、生活习俗等，仿佛他们倒成了马背民族所缔造的草原汗国的外来主宰者。民怒已深，朝野共愤。故巴拉与野知吉代这一文一武的建议一被采纳，刹那间积蓄的怒火便燃向了这两位异类权臣的身上。果然，乃马真之死因再也无人过问，而海迷失却伴随贵由大汗日显“英明伟大”。为此，奥都拉合蛮与法蒂玛都被推上了汗国的审判台。

贵由

如果说仅对敛财的色目权相严加审问是完全有必要的，那么对呼罗珊被俘美少女的血腥处置似乎就有些过头了，充其量她只不过是个被掳来的异族女奴，而且初来时仅仅才满十七岁。至于后来因相继成为男主人和女主人的“宠物”而嚣张一时，那也只能说明她的幼稚、浅薄和愚蠢——甚至还包含几分可悲和可怜。而史载，海迷失却亲自过问对法蒂玛的审讯，下令用棍棒逼其承认一切罪行。最终以“秽乱宫闱、离间皇族、诬陷忠良、祸国殃民”等诸多罪名将其处以极刑，并为“大快人心”特将其裹入毡内当众抛之于波涛汹涌的大河之中。但海迷失对于男性的仇恨不如对女性大，有关奥都拉合蛮的审讯她竟不屑一顾，任凭贵由大汗率巴拉与野知吉代轮番审讯，她却保持着一种后妃式高雅的“绝不干政”之态度。但奥都拉合蛮的下场更惨，不仅在重刑威逼之下只好承认了“安插爪牙、勾结外敌、祸乱朝政、掏空国库、蔑视皇室、阴谋篡位”之种种罪名而等死，而且株连九族，其手下爪牙约二百余人均被判处“杀无赦”。尤其对他本人的“待遇”更加特殊，史载，“行刑之后，任庶众唾弃践踏，后弃尸荒郊，纵野狗撕咬分食之”。而与此同时，海迷失在大内也并未闲着，又在为大汗清点由奥都拉合蛮家抄没来的那些琳琅满目的金银珠宝。数目之巨，史书用“富可敌国”四字概言之。这使海迷失眼花缭乱地初尝到了权力的甜头。

贵由大汗“名利双收”后，那兴奋不已的劲头儿却莫名其妙地没有持续多久。这倒不是因为他立马就想“再创辉煌”，而是首先感到“英明伟大”，时间一长也真让人受不了。比如说，除去奸佞后总得找几个忠直的老臣装点装点门面吧？可这些老梆子一露脸儿便这也谏那也谏，烦死人了！好像要用“英明”“伟大”这两条绳儿把他束缚得像一尊镏金的泥胎似的，比给老娘当提线木偶还难受，真不知身为大汗的乐子到底在哪里？总之，没过多久，贵由大汗便再也装不下去而眼看着要原形毕露了。无奈，巴拉与野知吉代只能来向海迷失求助。知夫莫如妻！谁料这位大哈敦竟回答：好办！海迷失跟随婆母乃马真多年，也算深得真传学有所成。丈夫不就是想开怀放纵地大过一把大汗瘾吗，那就为他在碧草如茵的草原上搭建一处传统式的华丽夏宫供他“恣意享受”：有充足的美女供他纵欲，有充足的美酒供他豪饮，有充足的奴仆供他发号施令，还有充足的囚徒供他任宰任杀……你还别说，此计效果奇佳！文武众臣越见不到大汗便越觉得大汗神秘，越觉得大汗神秘便越发现大汗深不可测。而到了深不可测的这个份儿上，自然大汗那特有的“英明伟大”也就得到了延续。水涨船高！大哈敦海迷失的威望也势必在随着看涨。

说来也怪！没有贵由大汗临朝，有的只是海迷失大哈敦偶然出现时乱用御玺。而据史载，在此期间竟出现了两件颇得人心的“仁政”：其一，一些官复原职的忠贞老臣如镇海等，为恢复成吉思汗的遗制竟借机收回诸王擅发的牌符命令，并斥之为不法，以维护汗廷的最高权威。其二，由巴拉和野知吉代等暗中操纵，为更进一步掌控“怯薛”军权又重审了“斡赤斤起兵夺位案”。斡赤斤·铁木哥乃成吉思汗之幼弟，系爷爷辈人物，窝阔台大汗死后曾借“幼子守灶”之祖制图谋也过几天“大汗之瘾”。纯属老糊涂了，刚一起兵便被识破，只能龟缩回去。现在巴拉和野知吉代重翻这本旧账，明显的是想杀斡赤斤这只“鸡”给诸王这群“猴”看。你还别说，这两件事均歪打正着。敢于六亲不认专整权贵当然会引得万众欢呼，故就连东西道诸王一时间也目瞪口呆。其实，贵由大汗正在夏宫只顾纵欲寻欢呢！如果他知道自己现在已“圣明”到如此地步，那肯定也会莫名其妙地大感诧异。

初露锋芒！只有海迷失在偷着乐……

祸国裂族

古今中外有多少历史事件可以证明，某些帝王你是不能轻易夸的。比如说，听称颂自己“圣明”听多了，日久天长他就果真认为自己“圣明”了，而且特别偏执，即使自己干的是罪恶滔天的祸事，也会坚持到底并深信不疑地宣称自己永远“圣明”！贵由大汗便是此类颇具代表性的“圣明帝王”之一。

如果说，他一直安于在夏宫玩玩女人、喝喝美酒、打打猎物，甚至杀几个人消遣消遣，虽略显平庸倒还不至于发展到祸国殃民的地步，而问题是日日闻听“圣明圣明”的，最后竟把“过大汗瘾”的范畴渐渐由美女、美酒、狩猎等逐步扩展到要“亲自问政”。据史载，按成吉思汗遗制，各大封国的王位传承均有相对的自主权，而他却非要把手由夏宫伸向了察合台封国。察合台生前已将王位传给了自己的孙子，但他可好，硬是借口“传子不传孙”，等察合台一死就下诏非要把王位传给与自己关系良好的王五子。一时间便把下面一个好端端的偌大封国弄得混乱不堪，两大派对立严重，明争暗斗几乎火并起来。而他却又“圣明”地突然提出一项令人震惊的决定：既然自己的“圣明”已天下皆知，那就得不失时机地展开一项“清污”运动——讨伐拔都，以雪当年的“奇耻大辱”！

刚刚祸乱了一个封国，现在又想讨伐另一个封国。看来这位一臂痉挛的大汗不但对自己圣祖的遗愿毫无顾忌，甚至还敢对成吉思汗所缔造的庞大草原帝国进行肆无忌惮的分裂和毁灭。这就是高颂“圣明”造成的可怕后果。好在作为“最高机密”尚且只在夏宫里秘密地策划进行，而首先接触这项机密的便是一文一武两位重臣：野知吉代受命立即调遣全国兵马，巴拉受命立即督办战争给养。三月为期，届时贵由大汗将亲自统率十数万铁骑擒杀拔都以“尽雪前耻”！二人闻之大惊！却谁料野知吉代只是提出个可否不要这样“明目张胆”而行，便被贵由大汗斥为不相信他的“圣明”和“用兵如神”！

多亏了还有一位更愿卖弄“圣明”的大哈敦海迷失。这位大哈敦抱着御玺坐镇汗廷虽然风光无限，但日子久了也难免产生了一种惶惶然不可终日的孤独感。因为久在婆母的压抑下当“应声虫”当惯了，故一离开从旁的激发就空空落落地缺乏“灵感”。故而后人评说她道：有其婆母贪婪之心，无其婆母弄权之术，充其量只不过是“为虎作伥”罢了！再加上已为贵由大汗生下二子——忽察与脑忽，二人不但均继承了父母双方之昏聩贪婪等诸多“基因”，而且现在就成天缠着海迷失争当汗位继承人。没有老子在身旁暴力施威，忽察和脑忽已多次当着她的面甚至互动拳脚。烦死了！还不如回到夏宫去给贵由大汗当条咬人的狗。

恰巧巴拉和野知吉代也来搬“救兵”了。当然，免不了要先歌功颂德一番，两人轮番夸赞生怕激发不出这位大哈敦的积极性。随之便由野知吉代做主题陈述，因为他也受过拔都杖责的屈辱而似乎可减少怀疑。据史载，野知吉代陈述的内容主要是：现在就公然找拔都报仇雪耻时机尚不成熟，因为在整个广袤的草原汗国人们都在思念昔日的辉煌。而拔都所承袭的封国不但面积最广、实力最强、铁骑最精、良将最多、财富最丰，同时拔都的统帅才能也在各大封国间最具威望！如果仓促间举兵“清污”，那将尽失人心，后果不堪设想……巴拉也趁机补充说，大汗倒不如继续“圣明”下去积聚实力，暗中拉拢东西道诸王以使其彻底孤立。而拔都现已足疾多发呈年迈状，若大汗再能遣密使持重金收买其兄弟间欲谋王位者，便可借刀杀人不动一兵一卒尽雪前耻从而更加“圣明”……海迷失越听便越明白，显然这一文一武两位重臣是万般无奈才来求助于自己。这使她飘飘然竟产生了一种骄傲的自豪感：这不明摆着吗，自己已成为草原帝国新一代乃马真式的大哈敦！有的人死了，她还活着，遂起驾赶往夏宫……

前面已经说过，这一帝一后真可谓一对素质低下的“绝佳组合”。果然，这一相见竟也产生了那种“久别胜似新婚”的感觉，老夫老妻还整整折腾了一个晚上。这难免使一文一武两位重臣大失所望，唯恐这位大哈敦一兴奋反而又犯了从旁煽风点火的老毛病。却谁料，第二日大汗夫妇再一升座夏宫，便又给

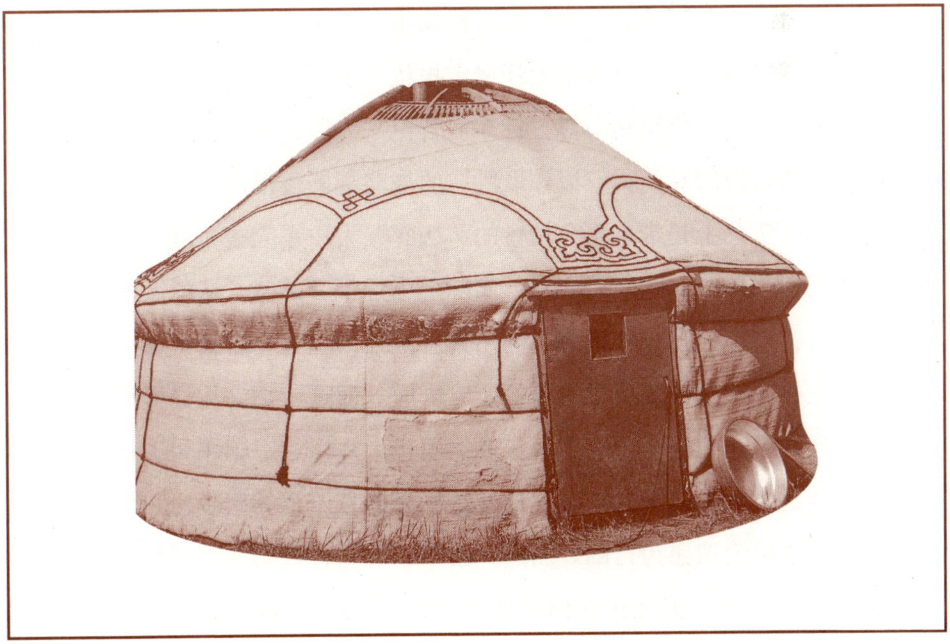

有顶饰的蒙古包

人一种“玉宇澄清”再现“圣明”之感。不仅不再“偏执”和“冲动”，而且更不再重提什么“报仇雪耻”之事，只是颇具“仁君之风”地宣称：因日夜操劳国事，朕体欠安已感难堪重负。故纳大哈敦之谏，欲往幼时封地叶密立（今新疆诺敏）进行长期疗养。临行前特做如下安排：其一，特任命忠良巴拉与镇海为首辅，严格遵循圣祖遗制治理内政；其二，特任命野知吉代为驻波斯“探马赤军”（即归降的地方部队）之统帅，以彰圣祖之威望防外患于未然。托长生天庇佑！待朕之身体稍有恢复，即统率东西道诸王誓死实现圣祖之宏伟遗愿……总之，“圣明”到家了，就连巴拉和野知吉代闻后均伏地感动得泣涕不已。看来，海迷失归来那一夜折腾还算折腾到点子上了……

在此，似乎还必须提到一个历史人物，即契丹大儒耶律楚材之次子耶律铸。为收买人心，贵由大汗登位即又将他召回到身边做御用“必阇赤”（书记官）。他曾奉密旨书写此篇“深明大义”的诏文，故颇能猜度出其中几分险恶的用心。原来，海迷失大哈敦一回到夏宫就忙于大展风姿，一整夜就顾了边折腾边吹枕旁风。先是用从巴拉和野知吉代那里学来的话来吓唬贵由大汗，随后又以百折不挠的精神来鼓励贵由大汗坚定报仇雪耻的“清污”。两面都讨好，最终才端出了“诡”字诀的应对方针。而若论“诡”，贵由大汗也绝非等闲之辈，故三折腾两折腾竟使得“以诈取胜”的战略部署逐渐成形：名为自己是去叶密立疗养，实际上是带着部分精锐的“怯薛”大中军先去布阵；名为派野知吉代去波斯任“探马赤军”的统帅，实际上也是带着部分“怯薛”精锐到另一翼先行埋伏；名为任巴拉和镇海（利用其忠直之声望）为首辅坐镇汗廷，实际上也是让巴拉掌控钱粮装备等给养的及时供应。而这一切又均显得那么“名正言顺”：谁能阻止大汗自选疗养地？谁能阻止大汗保家卫国调兵遣将？谁能阻止大汗的汗廷中枢任用贤良？况且处处还均高扬着圣祖的旗号，并罕见地重又提及以实现圣祖的遗愿为目的。当然，巴拉和野知吉代均从大汗私下的密嘱中得知了真实的用意，但无论如何总要比和拔都统帅“明目张胆”对着干强多了。只是保密程度之严格也更加提高，贵由大汗亲下口谕：胆敢泄密者杀无赦！巴拉与野知吉代似也只能先赞颂大哈敦“扭转乾坤”之功……

两个女人

贵由大汗不久之后便由夏宫返回到了汗都哈尔和林。人们看到的他果然是面色憔悴、身体瘦弱、病歪歪的确实有一种不堪重负之感。（而《元史》则称其乃“纵情酒色”所致）为此，传闻他即将赴幼时封地叶密立疗养，臣众们并不感到奇怪反而还多了一份祝福。须知，蒙古民族一贯就把草原看作最佳的疗养地，那敞亮的蓝天，灿烂的阳光，纯净的空气，尤其是那独特的马奶疗法，肯定是能包治百病的。随之，在百官的恭送下，贵由大汗终于起程西去叶密立了……

当然海迷失也必须亲自陪同前往调养了，故一时间汗都哈尔和林竟出现了相对冷清的局面。好在首辅之一的巴拉鬼鬼祟祟地并不贪权，由颇具声望的忠直大臣镇海执掌汗廷倒也相安无事。不久野知吉代赴波斯就任“探马赤军”统帅，也并未引起什么反应，皆因庞大的草原帝国从不乏这种军事调动。总而言之，保密工作搞得极好，一切均显得天衣无缝毫无破绽。但如若就这样长此下去，倒霉的肯定会是第二次西征的英雄拔都统帅。也难怪！就连史书均称他“天性豪放坦荡，不谙工于心计”，再加上现在正犯足疾行动不便，更无暇顾及防范万一。毕竟血缘兄弟，过去因公事闹下的那点小矛盾他早忘了。只是觉得贵由当大汗素质差了些，除此之外竟别无他虑。拔都也在准备疗养，甚至根本没有想到大祸就要临头。

还多亏前面提到过的那位契丹大儒之子耶律铸。恰好就在即将跟随大汗赴叶密立的前一晚，他在哈尔和林的长街上遇到了时任轮值大臣（相当于各省市驻京办事处的主任）的忽必烈。由于父子两代相交且又皆爱儒学，故在酒场对酌中耶律铸忧心忡忡地道出了自己内心的种种疑虑。而忽必烈又是何许人也！得知消息后便连夜纵马疾驰返回了吉里吉思。随之，另一个女人便又罕见地挺身而出了，这便是前面已讲过的“不是大哈敦，胜似大哈敦”的索鲁禾帖妮。凭着她敏锐的政治智慧，她早判断出这是贵由大汗和另一个女人策划的一场阴谋。如果让他们的计划得逞，那必将使成吉思汗毕生心血毁于一旦，“也客蒙古兀鲁思”也必然会跟着分崩离析。随之，她便又出人意料地重新戴上了王妃的“顾姑”，穿上了象征王权的王妃盛装，但却没有再重复那句话：“继续忠于大汗！忍耐、等待……”而四个儿子从来就是最敬佩自己的母亲的，见状立即跪伏在她的脚下听候吩咐。谁料，索鲁禾帖妮只说了一句话：“不能愧对你们的圣祖成吉思汗啊！”随之便命长子蒙哥携快马三匹，宁可累得马毙人吐血，也必须抢先一步把讯息告知拔都！又命次子忽必烈连夜返回汗廷，联络忠直首辅镇海，以求设法力挽危局。再命三子旭烈兀统率部族铁骑，万不得已时，将火速赶往前线以战止战（即兵谏）……孩子们受命后铁旋风般离她而去了，而此时的索鲁禾帖妮的心也似随之驰向了远方。这一天，她似乎忘却了头顶那沉重的王妃“顾姑”，身上那烦琐的王妃盛装。始终没让人帮她卸去，而是支撑着穿戴齐整似要在自己的毡帐中“坐化”了。没有谁敢打扰这位慈祥的母亲，她到底在痴痴地想什么？

而几乎与此同时，在西去的茫茫大草原上却有一辆巨大的皇车靠数百头牦牛拉动着缓缓前进。车上还耸立着一顶硕大而华丽的皇帐，在里面也有一位衣饰更加高贵的女人在痴痴作想。任车帐外千军万马欢呼簇拥着向前她也不为所动，似只顾趁丈夫酣睡间如痴如醉般地畅想。这就是野心勃勃的海迷失，同样是女人的她却和索鲁禾帖妮想得完全相反。她不仅为自己首先提出“诡”字诀仍在沾沾自喜，而且也在为能左右丈夫而颇为自傲，甚至还为自己仅借一个“病”字便把天下骗得团团乱转而激动不已。完全可以这样说，她或许是根本不懂或许是在所不惜：只要这次内战一起，无论孰胜孰负，成吉思汗所缔造的地跨欧亚的游牧大帝国必然会分崩离析，他那“入继华夏大统”的宏伟遗愿也必将随之灰飞烟灭！但海迷失却仍不知她将因此遗臭万年，竟依旧痴痴想着自己布下的两翼奇兵正在对拔都突然发起了夹击；如神兵天降般杀其人、灭其族、荡平其封地……到那时就连贵由大汗也会变成自己手中的玩物，自己也可以像婆母乃马真一样有男宠，有女宠，甚至还可以有外宠！

这里正在想入非非，而远方的另一位却有些支撑不住了。索鲁禾帖妮几天来一直戴着“顾姑”、身着王妃盛装等待着。因为这不仅代表着她是在为草原汗国虔诚地祈福，而且也代表着她恪守祖制仅以王妃之身份关心着时局的变动。她始终在想长子蒙哥是否到达了拔都的封国？她更不时在想次子忽必烈是否和忠直老臣镇海达成了共识？要知道这一切必须冒极大的风险，稍有疏忽或许就有可能搭上儿子们的两条命。但为了圣祖的大业还有退路吗？不闻不问绝对有愧于拖雷的在天之灵，况且下一个被讨伐的很可能便是自己……但就在这位伟大母亲焦躁不安的时刻，擅长武功的三子旭烈兀却突然纵马传来了一个事关重大的消息：既令人大感震惊，又令人大感意外——贵由大汗竟突然莫名其妙地死于途中了。

蒙古族头饰

索鲁禾帖妮开始还有点怀疑，但很快便又接到了忽必烈从汗都派家臣送来的急报：贵由大汗的确死了！巴拉代表汗廷已公然宣称：“大汗为国积劳成疾，不幸驾崩于疗养途中。”索鲁禾帖妮听后这才卸掉了头饰和盛装，终于放心地躺下休息了。死了死了，一死百了，这场祸国殃民的“报仇雪耻”也就跟着灰飞烟灭了。有关贵由大汗的死因，古今中外相关史籍的说法却各有不同：有的史者称，系纵欲而死；有的史者说，系中毒而亡；有的史者称，系一位荆轲式的蒙古义士行刺并与之同归于尽；有的史者说，系被误传的拔都大军将突然杀至而吓破了胆子……总之，使忠直的人们枉担了一场虚惊。虽属爆炸性新闻，却既没金戈铁马惨烈的交锋，又没有悍将凶兵的恶斗厮杀，似乎死得也太有点糊里糊涂和平淡无奇了。只知时间是1248年3月，地点是横相依尔（今新疆青海东南）之草原上。真可谓：“出师未捷身先死，空留寡妇泪满襟？”

没错儿！海迷失这才真正体会到一种莫名的“失落感”。多亏了巴拉和野知吉代这一文一武两位宠臣还算“忠诚”，而这一皇一后那以“诡诈”挑起内战的阴谋也并未完全暴露。故绝大多数臣民一听当今大汗乃“为国操劳”而死也就不再刨根问底了。正好使巴拉和野知吉代借用庶众的“哀悼和同情”又把这位大哈敦推上了监国之位，为筹组下一届“忽里台”大会推举新汗，这还有谁敢反对吗？而索鲁禾帖妮和拔都等好似也尚且蒙在鼓里，除了在“国丧”期间尽表哀悼外，还向海迷失频致慰问。也不知是出于怜悯同情，还是故意装聋作哑，反倒成全了资质平庸、人格低下的海迷失，她竟迷迷糊糊地成了草原汗国的又一任女监国。

两个女人斗智，谁胜谁负呢？……

蠹国乱权

“也客蒙古兀鲁思”的历史就这样掀过了危机重重的一页……

完全可以这样说，就因为这次诡诈的行动使整个草原汗国几乎陷入崩溃之战乱中。而在此期间能力挽狂澜者，仍然是成吉思汗那些杰出而又顾全大局的子孙们。比如拔都，本来他在接到蒙哥报讯后便可一鼓作气给予对方毁灭性的打击，但他却接受了长辈索鲁禾帖妮“圣祖子孙不打圣祖子孙”的劝谕，只做了一些虚张声势“以战止战”的安排。更难能可贵的还在于，在贵由大汗不明不白地死去之后他也不趁机发难，而是为整个草原汗国的声誉甚至连自己险遭灭族之灾也只字未提。反而当听说海迷失在汗都又被一些朝臣推上监国之位后，竟又分遣使者告诉皇室宗亲们做好她的辅弼，以圣祖的基业为重，一定要助她召开好“忽台里”大会，尽早推举出新的大汗。而这一切也正是索鲁禾帖妮所主张的。

只可悲的是，海迷失竟昏头涨脑地不知大家这片良苦用心，反倒认为是靠自己的聪明才智方登上了现如今这显赫的监国高位。为此，她就连一文一武两位亲信大臣也开始疏远了，若论原因也只不过是因为巴拉和野知吉代劝谏她能够稍微“收敛”一些。而前面已提到过，充其量她也只能算个“狈”式人物，缺了某种“精神力量”的支撑便会显得“六神无主”。故而随后便出现了史书中所记载的那种情况：她改为大部分时间都与宫廷御用的萨满巫师混在一起，借助神权靠占卜和作法以维护自己的“绝对权威”。这些心怀叵测的萨满巫师不仅很快填补了她身心两方面的空虚，而且也激发了她“称制摄政”的妄念和狂想。“摄政”？这可要比她婆母乃马真还要胆大妄为，即使不靠提线木偶也可永远大过权瘾。难怪原先那一文一武两位近臣主动疏远了：野知吉代一听干脆为避祸真的远赴波斯就任“探马赤军”的挂名统帅去了，而老臣巴拉一听也干脆为躲灾称病再不上朝了。

皇宫大内一片乌烟瘴气，绝对有助海迷失大做“摄政”之梦。却谁料尚有两个儿子让这位女监国难得安心，成天势不两立地闯入母亲的寝宫誓死争当汗位继承人。而且忽察与脑忽均非“善茬”，父汗尸骨未寒便已结党营私、自立卫队、威胁朝臣，使汗廷几乎无法施政。前面已经提到过，海迷失是有超越其婆母乃马真弄权的野心，但却绝没有她那种女人里极其罕见的政治谋略、政治手段、政治魅力，以及政治的冷酷无情！史无详载，很可能是海迷失对两个儿子均有不舍，故在虚以应对忽察与脑忽时都曾留下过把柄。为此，《元史》确有所载，忽察与脑忽均先后于汗都哈尔和林建立起了自己巍峨豪华的“潜邸”（准备称汗的豪宅），竟与母亲海迷失的皇宫大内形成“三足鼎立”之势。不是对抗，胜似对抗，致使朝野上下出现了异常混乱的情况。一座都城竟出现了三位统治者，弄得黎民百姓无所适从不知该听谁的指令是好。而别有用心的诸王贵胄又开始趁机横行敛财，一些朝臣达官们也开始以私欲投靠于其中某一党。朝纲混乱，国将不国。唯一被留下“装点门面”的忠直老臣镇海再也看不下去了，几次挺身而出向海迷失进谏，建议她要以汗国为重，选贤抑奸，扶正祛邪，严遵祖制，但这位高高在上的女监国却把老臣的这番苦心劝谏视作儿戏。史载，她不仅“屏而不纳”，反以“抑沮贤良为乐”。随后，便是更倚重宫廷的萨满巫师继续胡作非为，把一个庞大的游牧帝国一步步拖向了灾难的深渊。

但成吉思汗毕竟也不乏维护祖宗基业的子孙，其中首先提到的还应是圣洁的母亲索鲁禾帖妮。其时，成吉思汗的四位嫡子均已先后去世，作为黄金家族第二代尚存的长辈人物，她对汗国的未来更加忧虑。完全可以这样说，从窝阔台大汗晚年的弃权纵酒、乃马真的擅权乱政、贵由大汗的挑起内乱，一直到海迷失和她两个儿子的蠹国害民，她已经对这个自称专有汗位继承权的家族彻底失望了。而她那两个已经可以独当一面的儿子，蒙哥和忽必烈就说得更加明白：我们伟大的父亲绝不能白死，不能让窝阔台家族再这样毁坏圣祖所开创的基业了。目的十分清楚：夺过汗位继承权，绝不能让海迷失和她的两个儿子再继续为非作歹了。但圣洁的母亲想得却更加深远，她绝不愿看到因“汗位更替”而引发成吉思汗子孙们的兵戎相见，她只把“扭转乾坤”的大任寄期望于一个人——这就是黄金家族第三代封王中人人都敬重的老大哥拔都统帅！

拔部是个极重信义的人，在整个马背民族间享有极高的威望。为人坦荡，个性豪放，又是一位极具人格魅力的杰出军事统帅，而且绝无一点政治野心，否则他早就借口贵由大汗暗算已经“直捣黄龙”了。如果海迷失稍有点头脑的话，正应该感激和倚重的是他而不是宫廷的萨满巫师。但她却把人家的“顾全大局、宽宏大量”视作软弱可欺，不仅没有“改恶从善”，反而让宫廷巫师作法诅咒人家。后来闻听拔都果真足疾复发，疼痛得难以举步更难以骑马，似只好被牛车拉到他的夏季牧场阿拉豁里玛草原（即今之伊犁河畔阿拉套山下）去疗养。从此，海迷失更加崇信宫廷萨满巫师，并赐予大笔金银令其继续作法诅咒。而忽察与脑忽这两位逆子似也不甘落后，两处“潜邸”也均纷纷下诏威胁诸王不得与拔都接近，并买通一批亡命之徒充当刺客，密谋行刺拔都和敢于接触他的诸王贵胄，还美其名曰：此乃为报“杀父之仇”。

阿拉豁里玛草原似被“坚壁清野”了。一时间人心惶惶无人敢近，只看着有谁敢“突破禁忌”先行一步。而此刻又是圣洁的母亲挺身而出了，她偏要自己的长子蒙哥以宗王身份前去探视拔都的足疾。临行前母亲曾对蒙哥做了彻夜的告诫，意在告诉他甘冒这种风险即等于蔑视海迷失母子的恐吓离间。不仅可重叙昔日的将帅旧情，而且也可敞开心怀地与老大哥合议如何拯救濒危的草原帝国。蒙哥严遵母命出发了，或许是出其不意地竟把汗廷的爪牙们搞了个措手不及。这里必须着重指出，这不仅仅是一次简单的将帅重逢，而更应被视为草原汗国的伟大历史转折点。拔都听着转述圣洁母亲的看法本来就若有所思了，再一看蒙哥在谈话间所展现的英姿勃发的形象更坚定了自己的决心。

惊天动地之举，只有感天动地的人才能完成。随之，他那严重的足疾似乎不影响他的行动了，他当即便打发快马使者分赴东西道各大封国，以长兄的身份邀请诸王贵胄前来阿拉豁里玛大草原参加“忽里台”宗亲大会。这简直像一颗重磅炸弹投向了汗都哈尔和林，顿时“炸”得海迷失母子惊慌失措。连续请宫廷巫师占卜也算不出他到底要干什么，反倒是激发了母子三人的矛盾而吵闹不休。两个“活宝”都认为这是讨好拔都的机会而争着要去，而海迷失则生怕一离开汗都就失掉宝座却拒绝前往。最后闹到只能把那位因失宠而隐退的老臣巴拉又请出山，命他陪同两位皇子前往一探拔都这位老爷子的葫芦里到底卖的是什么药。谁料海迷失的这对“活宝”刚刚一到阿拉套山下，便各自心怀鬼胎地带着大批奇珍异宝背着对方先后前去拜见拔都，鬼鬼祟祟，都想争得这位最具威望的长辈宗王能支持自己登上大汗宝座。史载，拔都对二人均热忱以待之，笑纳珍宝仿佛一切尽在不言中。而忽察与脑忽也均觉得这位长辈宗王对自己“情有独钟”，故为防止“后院起火”，又急匆匆地返回汗都哈尔和林去了。只留下了又应召而出的老臣巴拉应付场面，谁让他一贯标榜自己愿为维护“窝阔台家系的汗位正统性”而肝脑涂地呢？

阿拉豁里玛大草原顿时热闹起来。由于两位皇子和托孤大臣巴拉先后来临，原先那威胁性的种种禁忌似乎又自动失效了。这就使得远离汗廷的“忽里台”宗亲聚会更突显出一片神秘性，因而很大一部分宗室贵胄均应邀赶来了。即使有部分人仍有所顾虑，但慑于拔都的威望也均派出代表出席了。一时间夏季牧场上王帐四起，人欢马叫，似在阿拉套山下形成了一座绵延数里的毡帐城市。但宗亲贵胄们最关心的还是这到底是要干什么？要知道依照祖制这“忽里台”可不是哪个人想开就能召开的。但这第二次西征马踏欧亚的军事统帅就有这种胆略，就在自己那豪华王帐里的第一次大聚会上，他便坦坦荡荡地道出了自己满腹的忧虑。王帐里顿时悄无声息，宗室贵胄们个个目瞪口呆……

拔都一开口便毫不避讳地直言，“也客蒙古兀鲁思”再也不能这样混乱衰败下去了！如果我们再这样熟视无睹地看着祖宗开创的基业毁于我们这一代手中，那我们就没有人配称为圣祖成吉思汗的子孙！随之，他又从海迷失的唯宠萨满巫师，两位皇子为争汗位暗送奇珍异宝，最终大胆直言地总结道，为摆脱草原汗国险恶的危境，唯此一途——“汗权更替”。此言一出，四座哗然。也有人以为此乃拔都欲自己谋取汗位，竟当即讨好地应声而起曰：“若论汗位更替，非拔都统帅莫属！他不仅为宗王之中唯一硕果仅存之兄长，而且也数他随圣祖南征北战最早立下战功也最为卓越！”没想到话音刚落，便受到了拔都的当众驳斥：“差矣！我已多次说过，作为诸王之兄我年事已高，且体力更加不济，老而昏聩，尚患着严重足疾。在座诸弟如若再有此议者，乃陷我拔都于大不义！”正义凛然，真情感人。而此时巴拉却觉得有机可乘，便当即站起宣扬起自己那“忠君正统论”：“汗位更替，万万不可！窝阔台大汗生前已钦定皇孙失烈门为嗣君。现皇孙犹在，就敢妄议汗位更替！祖制何在？又将嗣君置于何地？”声嘶力竭，也算一理！但谁料拔都却更显统帅的沉稳风度，见巴拉竟也公然跳出，便哈哈一笑后有礼有节地反问道：“大人曾为先帝托孤之臣，往事应当历历在目。是谁违背了窝阔台大汗的遗命？是谁违背了祖宗的遗制？罢黜皇孙，篡立贵由，离间皇室，挑动内乱！大人在此期间曾任首辅，哪件祸事不曾参与？唯不见为皇孙嗣位有过只言片语。今日之强词夺理，令我拔都也为大人汗颜！”巴拉被批驳得一时哑了口，但在场的宗亲贵胄们却一时间只关心起拔都心目中所属意的大汗人选到底是谁？这位军事统帅是个直性子人，稍停片刻便庄重严肃地指出：“在我看来，在所有的宗王之中，只有蒙哥具备一个大汗所必需的禀赋和才能。因为他见过世界上的善恶，尝过一切事情的甘苦，

汗都哈尔和林遗址

不止一次地统率军队到各地作战，并且才智出众，在大汗和将领战士的心目中，都受到了最充分的尊重。按照蒙古人的习惯，父位是传给幼子的。而蒙哥正是圣祖幼子拖雷之子，因此他具备登临大统的全部条件！”只见在座者听后个个惊得瞠目结舌，但他竟还要特别补充说：“我已向圣祖成吉思汗的后妃、窝阔台大汗的后妃和儿子们、索鲁禾帖妮王妃及其他宗王和将领们，派出了紧急使者加以说明：在所有的宗王之中，只有蒙哥耳闻目睹过圣祖成吉思汗的‘札撒’和诏敕。为今之计，要重振大蒙古国声威，大汗之位非蒙哥莫属！”（以上均详见于史，皆为原文照录）句句言辞都反映出拔都的博大胸怀与正直无私，也声声道出重新振兴汗国除了“汗位更替”别无他途。当然，作为政治就免不了有幕后交易，但最终大多数宗亲贵胄还是达成了一致：在来年草原母地举行的汗国“忽里台”会议上，共同推举圣祖幼子拖雷之子蒙哥为“也客蒙古兀鲁思”新一任大汗！

消息传回哈尔和林，皇宫大内顿时陷入一片混乱。前面已经说过，身为监国的海迷失本来就是个极其平庸甚至带点昏聩的女人，虽有极强的政治野心却又没有丝毫政治头脑。一听说拔都统帅率先提出了“汗位更替”，早犹如五雷轰顶似的没了主张，竟愚昧到下令那几个御用的萨满巫师加紧舞咒作法，以尽快让长生天将拔都和蒙哥弄死。而她那两个“活宝”儿子则做得更绝，力逼萨满巫师必须七日内达到将二人祈法致死之目的，不然将砍下他们的脑袋示问，最终萨满巫师们为保活命竟都潜逃于拔都或蒙哥的封地。后来还多亏了那托孤老臣巴拉的跋涉而归，这乱了方寸的母子三人才总算又有了主心骨。依据这位老臣的分析，拔都和蒙哥两个封国的兵力如合在一起势必天下无敌，即使所有的精锐“怯薛”大中军奋力讨伐也绝非他们的对手。再加上拔都所言蛊惑性极强，汗廷台阁闻风早已“名存实亡”。文的不愿议政，武的不愿言武，似只待来年“忽里台”一见分晓……海迷失听后几乎吓晕了过去，而巴拉却说现尚有挽救的一策。母子三人忙问何策，巴拉这才回答：“立即诏告天下，谨遵窝阔台大汗遗诏，现奉皇孙失烈门为皇嗣，如有胆敢妄议者，均以大不敬论处！如此一来，不仅可保汗位永传先皇家系，而且大哈敦或‘监国’或‘摄政’也更加名正言顺！”虽然两个“活宝”听后颇为丧气，但海迷失却像抓住了一根救命稻草。她立即以巴拉取代镇海为首辅，权且填补萨满巫师留下的空白……

1251年初春，在汗国母地的阔帖乌阿兰大草原上，拖延了三年之久的“忽里台”大会终于召开了。显然，这是海迷失在各方压力下才万般无奈被迫同意举行的，但如果因此你便认为她已甘认失败那就大错特错了。事实上，在她采用老臣巴拉之策后，果然在推出皇孙失烈门作为嗣君的幌子下情势便有所好转。再加上巴拉又继续向她献上了一计，即不惜重金进而拉拢察合台封国，而其国君又是贵由大汗强行任命的，故为报恩也就一拍即合。依祖制唯有成吉思汗的嫡系子孙才有继承汗位的权力，故其他宗亲贵胄也只能眼巴巴地看着这二比二难以定夺。只不该！海迷失尚未见分出胜负便又“原形毕露”了，自鸣得意地带着她那对“活宝”在阔帖乌阿兰大草原上好不嚣张。这显然是又在“自毁长城”，而且偏偏又和另一位圣洁的前辈王妃形成了鲜明的对比。这说的就是伟大的母亲索鲁禾帖妮。因为她的儿子蒙哥也是热门汗位候选人之一，故应邀而来的她地位并不显得比海迷失低。但她却依旧显得那么谦恭有礼，除了去问候那些孤寂的老太后、老太妃，或者同辈的王妃之外，从来就严遵祖制绝不议政，对于自己的儿子蒙哥更是只字不提。更值得一提的是，她从来不送什么奇珍异宝作为见面礼，带去的似乎只有诚挚的问候和温馨的亲情。但她所起的作用却要比海迷失的张扬不知要大上多少倍。难怪当代著名元史学者李治安先生这样评论她——

索鲁禾帖妮以其智慧聪颖，巧妙地运用了拖雷系的实力和诸王之间的派系矛盾，从而使自己的儿子们在新一轮汗位争夺中处于比较有利的地位，为汗位最终向拖雷系转移铺平了道路。

有史可考，其时这位圣洁的母亲早已“病入膏肓”，但她却一直强忍着瞒过了四个儿子。她之所以能够挣扎着出现在“忽里台”贵胄大会上，完全是为了完成丈夫拖雷的遗愿。随后她便带着几个随从悄然离开了喧嚣的阔帖乌阿兰大草原，借口想小孙孙们回到了宁静的吉里吉思。好像胜负已成定局，再用不着她这个老太婆留在这里瞎操心了。其实汗位之争，激战正酣……

从表面上看来，似乎海迷失还略占上风。她既身为监国，又掌控着汗廷，还有大量的金银珠宝可供她收买宗亲贵胄。为此，她又采纳了巴拉“擒贼先擒王”之策，特请出一位老一辈的宗室贵戚先去收买拔都。谁料“话不投机半句多”，刚等长者开了个头便被拔都及时制止道：“感谢前辈提醒！但我有言在先，绝不能就此收回！我之拥立蒙哥，并非一时感情之冲动，而是考虑到要统率领土如此广袤的大蒙古汗国，并不是贵由汗所留下的那几个不懂事的孩子能担当得了的。考虑再三，也只有蒙哥才能担起这个重任！敢问前辈，国与家孰重孰轻？”好在这位皇室长者尚且知趣，听后立马收拾所携珍宝退将出来。而这样的结果必然招来海迷失的羞辱和怒斥，但反作用便是促使这位长者四处宣扬拔都的忧国忧民和正直无私。但海迷失却仍是那样昏聩愚顽，凭着自己的地位、权力以及手中的两张“王牌”，即先皇孙失烈门、察合台封国新王的支持，依旧嚣张地为自己那持久弄权的“摄政梦”拼搏着。见对手似乎也不敢轻易动武，她甚至越来越变得更加有恃无恐了。

这个弄权的女人并不知软实力更可怕。比如说，圣洁的母亲仅仅是去探望了一下那些孤寂的老太后、老太妃、老王妃，便立即使她们想起了窝阔台家族两代女监国的专横跋扈，竟然一致督促子孙一定要支持“汗位更替”。而忽必烈联络御用“必阇赤”耶律铸也特别善于搞“内部分化”，比如说，被贵由汗赶下台的察合台之王孙，对兄嫂早心怀不满的窝阔台大汗之次子阔端等，就均在与他们“私交甚笃”之列。还应提到的便是“善于用兵”的旭烈兀，似乎更愿意结交的是各大封国的统兵将领。而这些将领们大多均参加过拔都统率的第二次西征，故纷纷均宣扬拔都的“天下无敌”，力劝各自主子一定要顺从其意。总之，伟大母亲这几个杰出的儿子，均为大哥能早日登上大汗之位竭尽了全力。果然不久之后窝阔台和察合台家系已从内部分裂，东西道诸王也在各自将领警告下争相表态支持拔都统帅。等海迷失从“摄政梦”中清醒过来为时已晚，似也只能拉着察合台封国新主以“拒绝参加”来迫使“忽里台”选汗大会难以开成。史载，拔都闻其弟别尔戈来报，第一次拔刀在手突显悍帅本色，厉声曰：“你尽管与忽必烈安排蒙哥即位之大事，那些胆敢违背‘札撒’的人都得掉脑袋。”这也可看作古代的一次“文攻武卫”。结果是可想而知的，这次具有历史意义的“忽里台”宗亲贵胄大会开得非常成功，大汗之位最终彻底由窝阔台家系移交给拖雷家系——蒙哥即将成为新一任大汗。

但权力之争到此并未结束，海迷失还在做最后的挣扎……

垂死挣扎

应当说，在汗位移祚之后，拔都与蒙哥对于窝阔台家族还是颇念亲情相当包容的：既充分肯定窝阔台大汗的历史功业，又不深究两代女监国之擅权乱政，同时还为其子孙们保留了原有的丰饶而又广袤的封国。不仅依旧享有皇族的种种特别待遇，而且在自己的封国范围内还享有一定的自主权。但海迷失面对这种大仁大义，内心却依然充满了仇恨……

依照祖制，两天后在阔帖乌阿兰大草原阔大而豪华的汗帐里，将大摆酒宴以庆祝这次历史性的“忽里台”大会取得成功。届时所有的宗王贵胄、皇亲国戚都会前来把酒尽欢，肯定会为汗国之“重生”喝个一醉方休。但令众人大感意外的是，海迷失第一个遣使表示祝贺，态度极为谦逊恭顺，并声称若非将率领整个窝阔台家族诸王回归原先封国，势必亲自前来向新汗效忠。当然，蒙哥与拔都等也均有些大惑不解，但很快便以为这是“大势所趋”而释然了。只觉得“好不快哉”！成吉思汗的嫡系子孙终于又齐心合力了。毫无防备！蒙古民族赤诚坦荡的性格展露无遗……

谁料海迷失表面恭顺，似唯拔都与蒙哥之命是从。她竟率先从皇宫大内搬出，暂居于次子脑忽的王府，似只待欢庆大宴参加完之后就立即迁徙于怯绿连河以西的封国地区。效果相当不错，更让蒙哥和拔都越加放松了警惕。其实，这位貌似谦卑的昔日大哈敦，从来就没想过让出“权”坛的“金腰带”。眼见得巴拉也弃她而去，故更变得六亲不认越发心狠手辣。她深知因受窝阔台大汗临终托孤之故仍有一些将领和宿卫死忠于皇孙失烈门，为此竟不惜诈称今后将彻底把汗权交由皇孙母子掌控，并言之凿凿做出保证，一旦事成她必定远离汗廷。而皇孙失烈门的母亲合答合赤也是一位想过权瘾的愚蠢女人，一听说海迷失要交权便立马动员仍忠于皇孙的将领和宿卫，参与策划了一场叛乱的阴谋。采用的方式是绝对够阴险歹毒的，即“人械分离”化装后发动的突然包剿袭击。具体地说，就是部将和宿卫皆改扮成一般的牧民以空手躲过检查而潜藏于金顶大帐附近的草莽之中，至于兵器则装上一辆辆大车严加遮掩伪装成献给新汗的贡品并选人另行送往。早有约定，呼啸为号。单等蒙哥与拔都以及诸王贵戚在盛宴上喝得酩酊大醉，即一声呼啸，人刀合一冲进汗帐杀他个片甲不留。行动刚一开始，海迷失却又隐于幕后，重新策划着如何“摘桃子”了……

与此同时，在“忽里台”会址的营帐里人们却对这一切一无所知，忙忙碌碌只顾着筹备丰盛的欢庆大宴了。如果不是被一个名叫薛力克的鹰夫意外发现，说不定某一夜那豪华的汗帐里就很可能血流成河。恰好这一天，鹰夫薛力克正在初春苍黄的大草原上寻找一只飞失的鹰。犹如现代阿拉伯世界的王族一样，古代的蒙古贵胄也把“玩鹰”视如一种象征身份的“时髦”。一只名贵的“海冬青”，往往能换回上百个俘获的美女。而鹰夫丢失了鹰是要丢命的，故薛力克凭着多年的经验正在跟踪寻找。偏好就在这时，他在荒野上遇上了一辆辆由专人护送装满贡品（一说美酒佳肴）的大车。当时鹰夫也顾不上理会，只忙着目送他们远去而继续寻鹰。谁料刚走了不远便又遇到了一辆因坏了而落在后头的“贡车”，一位押车的少年正在车下忙乎，一见他还以为他也是化了装的士兵，便忙呼唤他下马来帮助修车。这车上车下一帮忙不要紧，这才发现车篷下不是贡品或美食而是暗藏的兵刃武器。又与这少年一聊，没想到他竟把自己当作同伙，无意间暴露了动武的企图。薛力克听后大吃一惊：这不是连自己主人的命也要了吗？随之，这位鹰夫便借口家里有急事告别了那少年车夫。史载，他差点累死，拼命地快马扬鞭，竟然三天的路程他一天就赶到了，并当面向蒙哥新汗揭发了这一场已经启动的叛乱阴谋，致使汗帐里即将举办的欢庆大宴顿时变得“五味杂陈”。当然，这也说明考验新汗功力的关键时刻到了……

事实证明，蒙哥果然没有辜负拔都统帅的期望，处理应急事务颇具乃祖成吉思汗坚定、果断、沉着、冷静而又绝不手软之种种遗风。拖雷临终前的托孤家将芒哥撒尔，也在这危机时刻发挥了重要作用。史载，这员猛将曾追随拖雷转战欧亚，所立战功颇多。后不顾乃马真与海迷失两代女监国的高压，始终对拖雷家族忠贞不渝誓死维护。其性格刚烈，却又稍显严酷。此次事件发生

毡帐车及女佣

之后，就是他奉命很快地查明了真相，还是他率军迅速地搜捕了潜藏的部将和宿卫，以及叛乱的主谋脑忽与失烈门等。不仅为蒙哥大汗赢得了时间，而且也保证了“忽里台”欢庆盛宴得以按原计划继续进行。史载，蒙哥大汗“刚明雄毅”，果然在处理这件大案上别具一格。首先他在盛宴上为不干扰大家的酒兴只字未提这场叛乱阴谋，其次他还仍将皇孙失烈门及脑忽等主谋均作为皇族成员奉为上宾。大块吃肉，大碗喝酒，完全体现了这次盛宴的原有宗旨：热烈祝贺这次“忽里台”盛会的圆满成功。

在此期间，最忐忑不安的当数海迷失了。这位前任的大哈敦暂时躲在次子脑忽的王府里，随时等候着阔帖乌阿兰草原传来的每一个消息，也随时准备再搬回皇城里那金碧辉煌的宫殿群落。但随着如泥牛入海般地久无消息，现在唯一让她深深后悔的是，刚等皇孙失烈门和脑忽等化装一出发，她就曾对另一个愚蠢的女人发出过严重的警告：“汗位可以交给你们母子，但汗国的摄政王永远是我！窝阔台大汗早死得连尸骨都沤了，只要灭了拔都和蒙哥之后天下大事还是我说了算。谁要敢依仗儿子就去想入非非，我想要谁什么时候‘驾崩’就‘驾崩’！”为此，八字还没一撇，双方已搞得势不两立。各据各自儿子的王府，已准备为汗权拼个你死我活。更不该的是，她还曾面对着皇孙失烈门的母亲撕破脸皮叫嚣过：“出谋划策的是我，指点全盘的是我，当然重新夺回的皇宫大内也应归我……”然而当预定之时一过，竟然仍不见一点动静时，就连她自己也咒骂自己太愚蠢了。要是万一出了事，这不等于是自己就是主谋和首犯吗？不行！必须还得“重修旧好”，为自己留一条后路。但为时已晚，派出的亲信根本出不了大门，脑忽的王府已被重兵围困了。而皇孙失烈门和脑忽却还在酒宴上心存侥幸……

要知道，欢庆“忽里台”贵胄大会圆满结束的盛宴一连大摆了三天，蒙哥新汗与拔都统帅竟仍然对这场阴谋从不涉及，好像已经被他们编造的谎言和托词蒙混过去了，在这三天的酒宴上一直把他们当作窝阔台大汗的代表尊崇着。但就在最后一次盛宴行将结束时，他们怀着庆幸的心情返回王帐后即被立刻逮捕了。而几乎与此同时，前来赴会的宗亲贵胄这才知道自己差点成了海迷失的刀下鬼。群情激愤是可想而知的，但拔都统帅为了突显对新汗裁决的尊重却率先离开了。而蒙哥也果不负老大哥的期望：一方面应诸王宗亲的要求立即下令斩杀了七十多位带头叛乱的将领和宿卫，另一方面却依照“圣祖子孙不杀圣祖孙子”的遗制保全了失烈门和脑忽的性命。先将他们发配到前线去征战，而后视其战功再定夺何时可恢复他们的身份和地位。这里还必须再插叙一笔，海迷失的另一个“宝贝”儿子忽察却难得地逃过了这一劫。史载，皆因他有一位悍直的王妃而他又怕老婆，在悍妃严格的控制下，这回他竟称病没参与母亲策划的这场闹剧。

最终轮到想做女皇的海迷失了。1251年2月中旬，蒙哥于万安宫内接受百官朝贺正式登基，是为大蒙古游牧帝国第四任大汗，汗位彻底由成吉思汗第三子家系转归为幼子家系。稳固汗位随之便成为拖雷诸子的当务之急。海迷失在东西道诸王中“尽失人心”：此前曾“助纣为虐”与贵由汗阴谋讨伐拔都几致手足相残，随后又利用皇孙失烈门策划叛乱要取诸王项上人头。故诸王在辞君返回各自封国前，竟纷纷向蒙哥大汗建言：除恶务尽，斩草除根！其实诸王虽未明言，但一听便知是指海迷失而言。而蒙哥大汗行事果然颇具“内敛之风”，自己先不表态，却交与“百官议处”。而百官议处的结果便是先行拘捕审讯，然后交主审官依“札撒”量刑处置。而众人推举的主审官正是“生性严酷”的芒哥撒尔……

这位忠直的新任首辅非常了解大汗的心思，一经审讯大权在握，便派悍将分别将海迷失和失烈门之母立即抓捕归案。对后者还算客气并未加刑具，而对海迷失则将其双手缝裹于湿牛皮里。这在古代草原也算得一种残酷的刑法，要知道湿牛皮越晒越干缩越紧箍双手，即使江洋大盗也受不了。而此时海迷失虽知阴谋败露厄运难逃却仍在狡辩，竟然还敢声嘶力竭地大叫道：“大汗之位是圣祖钦封的，就该永远属于窝阔台家族！”而芒哥撒尔也自有办法：既然你死到临头还不说真话，便命侍卫剥光了她的衣服令其裸体当众接受审判。海迷失闻之失声惊叫道："我的身体只能裸露在已死的贵由大汗面前，怎能让我在大庭广众之下出丑？"（原文照录）而在此时，芒哥撒尔才将失烈门之母传唤上庭。由于阴谋尚未成功海迷失便曾对她发出过种种威胁，因而她一出庭便将海迷失叛乱欲当女皇之罪恶一一托出。而海迷失毕竟只不过是个昏庸且又软骨头的女人，最终还是反咬了失烈门的母亲一通之后赤裸裸伏地全盘招供了。

蒙哥大汗天生威严寡语，只留下"依法惩处"四字。随后芒哥撒尔便以成吉思汗钦定的"札撒"之中"构乱皇室者处死"而论罪，下令将海迷失和那个愚蠢的女人一同裹入一张大毡之内投入波涛汹涌的大河之中。

可怕的权欲之瘾啊！海迷失这个曾贵为王妃、后又曾贵为大哈敦，顶峰时还曾贵为"也客蒙古兀鲁思"的监国和摄政，但最终还是因弄权而悲惨地成就了这场草原版的"恰似一江春水向东流"。而最可怜的还当属那个愚昧的女人！如果她不上海迷失的当染上权瘾，或许她的儿子失烈门早成为窝阔台封国最名正言顺的王位继承人。而现在儿子被毁了，自己也白白搭上了一条命。

好在这一页杂乱无章的历史终于被掀过去了，草原汗国将不可抗拒地一步步迈向大元王朝。

为强调马背民族入继华夏大统的正统性，人们又从儒家那里学会了"为尊者讳"。多少年过后，为配飨元定宗（即贵由汗），海迷失竟又被追谥为钦淑皇后。

有史可考，她确系一头拙劣的"害群之鹿"……

忠厚善良从不问政的忽都台大哈敦

忽都台，弘吉拉氏族生人，特薛禅（即成吉思汗之岳父）之孙忙哥陈之女。蒙哥大汗少年在作为“质子”期间，乃马真因其貌美且又平庸而代择为妃。蒙哥大汗登基之后，她也随之成为草原汗国的第四任大哈敦。因其从不干政，故史书相关她的事迹记载极少。唯近代学者试总结她的一生曰：“温顺的妻子，慈祥的母亲。”其死于蒙哥大汗之前，由其妹也速尔继之为皇妃。至元二年，被追谥为贞节皇后，升祔宪宗庙（即配飨蒙哥大汗）。

一只永怀平常心的“高贵之鹿”……

听凭命运摆布

1251年，对地跨欧亚的庞大草原帝国来说，绝对可称得上是天翻地覆的一年。在杰出军事统帅拔都公正无私力排众议的主持下，最终结束了两代女监国擅权乱政的濒危局面。为实现成吉思汗的宏伟遗愿，汗位彻底由窝阔台家系转归了拖雷家系，其长子蒙哥成为草原汗国的第四任大汗。即使到了这个时候，忽都台这个名字在汗廷上下却依然鲜有人理会。因为那时圣洁的母亲尚在，朝堂内外，似乎都只顾了传颂她那些充满智慧的美好故事。甚至还把振兴草原汗国的殷切期待，也寄托在这位圣洁母亲贤能的指点上。

其实，此时的索鲁禾帖妮已步入人生的终点，再也难以“若无其事”下去，现在已需要最亲近的人们日夜不离左右了。除了她最亲信的儿媳察苾（忽必烈之妻）外，最尽心尽力的便是这位最忠厚老实的长媳忽都台了。在忽都台看来，做不做大哈敦并没有什么意思，只要慈祥的婆母能“长生”下去，她心甘情愿地永远侍奉老人一辈子。但就在海迷失最终“恰似一江春水向东流”之后不久，老人长长地松了一口气，也要“随之而去”了。而当四个儿子闻讯都匍匐在母亲身边泣别时，索鲁禾帖妮在回光返照时只为儿子们留下两段话：其一，绝不允许兄弟间手足相残，违者即不是母亲的儿子。其二，立即册立忽都台为大哈敦，拖雷家族需要一个新的女主人。说毕，即面带微笑地永远离去了。与海迷失的“恰似一江春水向东流”形成了鲜明的对比，闻者莫不为伟大母亲之去世掩面而泣，致使汗都哈尔和林一时间竟“泪飞顿作倾盆雨”。

就这样，忽都台含悲忍痛终于成了汗国第四任大哈敦。这纯属侥幸！从一些史料的字里行间便可判断出，她似乎从小就缺乏这方面的追求。虽然说她也可算得天生丽质，又出生在皇亲国戚之家，但从小就不懂得什么叫“依娇恃宠”。没有兄弟姐妹中的那份机灵活泼，对父母就更只懂得感恩顺从。总而言之一句话：脾气好极了，似乎就缺少点生为贵胄的悟性。为此，忙哥陈曾对这个温顺且又不开窍的女儿的未来充满忧虑，谁曾料想到人家现在反倒成了草原汗国新一任的大哈敦。

国母级的人物，而且口碑极好。这并不奇怪！因为此前的各位大哈敦就因过分的机灵和狡诈可把汗国百姓害苦了，而眼前这位新哈敦竟对弄权一点也不开窍儿，这就算长生天赐福草原了。而她又显得那么质朴和可爱！依照祖制，在第一次以大哈敦的身份与蒙哥大汗接受群臣觐见时，她竟紧张慌乱得不知眼睛往哪里瞧，手往哪里放。是有点儿大煞风景，却无形中反衬了大汗的威严兼或有对“鹿图腾”的尊重。而更为重要的还在于，自从她主持后宫以来皇室间便尽显一片祥和，似乎从此就再没有什么宫闱秽闻传了出来。十多年来丑事、祸事、怪事不断的状况结束了，故而仅从深宫大内的变化就可以看出“汗位更

娶亲的新郎（布林特古斯提供）

替”有多么必要。

忽都台一生都认为这是命运的安排，并且每个人一生下来就应该听凭命运的摆布。难道不是吗？比如乃马真假惺惺地来弘吉拉为“质子”蒙哥选妃时，就曾把父亲忙哥陈吓了个半死。显然他深知乃马真心狠手辣，故千方百计地想为女儿们推脱掉这门亲事。实在万不得已，他才把忽都台这个最欠机敏的女儿推出来应付应付。果然，一问三不知还手脚失措地差点把奶茶锅踢倒。这使忙哥陈大为高兴，还以为躲过了这一劫，却谁料乃马真却哈哈大笑一下子便搂紧了这个“傻”姑娘。忙哥陈一见差点惊晕了过去，却不料忽都台竟对着父亲突然开了口：“我愿意……”语出惊人！忙哥陈顿时便意识到，她才是自己最聪明的女儿。厄运难逃，她这是在舍身解救弘吉拉其他的姐妹们呢。而她却继续听任着命运的摆布……

婚礼是盛大的，但人们却已私下传说蒙哥将娶回个貌美如花的傻女孩。这正是乃马真险恶用心之所在，只要他少年气盛胆敢反抗，就将以忤逆圣恩严惩。却不料洞房花烛夜的氛围竟变得那么美好！他要的就是她那一问三不知，她要的就是他那深藏不露的男子气。故而新婚过后，在乃马真面前他们总是表现得服服帖帖、凑凑合合，在私下里却也过得和和美美、恩恩爱爱。没政治智慧反倒有没政治智慧的好处，忽都台特别容易知足，极少有什么烦恼，还非常愿意为了丈夫逆来顺受。尤其在为拖雷家族接二连三地生下第三代后，她似乎为孩子更“平庸”到再不能“平庸”了，致使乃马真想找碴儿，也往往犹如

"狗咬刺猬"极难找到下口处。谁料"听从命运的摆布"，一切灾灾难难总算熬过去了，却没有想到眼下又来了个丈夫的"以身作则"。蒙哥大汗的"严于律己"是史上有名的……

唯丈夫之命是从

忽都台大哈敦，也可说是草原汗国有史以来最自觉也是最窝囊的一位大哈敦。可能由于他们从少年时期便是结发夫妻，相知甚深，为此在她成为大哈敦之后蒙哥大汗竟对她要求越来越严，而她也对蒙哥大汗俯首帖耳越来越顺从。最后竟发展到她这位大哈敦十天半个月也难得见上丈夫一面，似乎后宫那些新秀佳丽早已使大汗"乐不思蜀"。其实不然！在这方面只有身为大哈敦的她最为了解……

在中外相关史籍中，有关蒙哥大汗"励精图治"的记载相当多。比如说，《元史》中就称他"不乐燕饮，不好侈靡"，而且还常常"日理万机，通宵达旦"等，而这些就是"其实不然"的最好证明。当然，忽都台还了解得更具体：大汗深夜未归大多会留在窝阔台大汗的原御书房内，和亲信重臣彻夜畅谈如何重现草原汗国的昔日雄风。作为妻子为此难免会心疼，但又绝对没有勇气出面干预。须知，对家人他也是习惯性的"寡语"，致使深宫大内一见大汗出现，也会顿时变得鸦雀无声。

蒙哥大汗果不愧成吉思汗杰出的皇嫡孙。史载其"刚明雄毅"，首先他便从两代监国留下的种种祸端入手，雷厉风行地开始彻底整顿草原汗国的朝纲。任命忠直旧臣镇海与亲信家将芒哥撒尔统领大臣，一切均依祖制反其道而行之：废"宽纵滥赏"行"严控财赋"，停"政出多门"行"集权一身"，禁"群臣乱权"行"唯遵汗令"，废"后妃监国"行"恢复祖制"等。并言必称"札撒"，行必称"必力克"（成吉思汗之语录），将一切均借圣祖之口，使施政均变得有法可依。同时还为成吉思汗之幼弟斡赤斤·铁木哥以“敬长之礼”予以平反，并召其孙塔察儿承袭了其封王之位。这更得到了东西道诸王的欢呼和拥戴，为此成吉思汗后裔所形成的黄金家族竟又出现了久久未见的团结兴旺局面。故而，登上大汗之位尚不到一年的工夫，蒙哥大汗便将宗室大权、汗廷阁权、“怯薛”军权集为一体，牢牢掌控于自己手中。总算结束了十几年来的动乱，当然会大快人心。其重要标志之一，便是马上健儿们又开始充满了民族自豪感。

短时期内如何能取得这样辉煌的成就？除了蒙哥大汗那超凡的政治魄力之外，史载其“严于律己”也是重要原因之一。他不仅“不乐燕饮，不好侈靡”，是个颇为“节俭”的帝王，而且也是个“事必躬亲”的典型工作狂，难怪就连结发的妻子也难和他亲热上一会儿。据《元史·宪宗纪》记载：“凡有诏旨，必亲起草，更易数回，然后行之！”而草原帝国是如此庞大，事务又是如此繁多，除了“日理万机，通宵达旦”之外，哪还有工夫顾及老婆的情绪呢？故后世的史学家就曾这样评论他说：“与始皇帝（指秦始皇）之躬决大政相比，有过之无不及！”（以上两段引语，均为原文照录）他不仅仅是“以身作则”，而且如《元史》所言是“驭臣甚严”。史载，不仅每日命史官常伴左右，以将百官功过分记入册作为奖惩用，而且对有功之臣也专门下旨训诫曰：“如果汝辈得到朕之奖谕之言，从此就得意忘形志气骄逸，那么灾祸能不随之而至乎？汝等诫之！”（原文照录）虽就连忽都台都觉得自己的丈夫似乎有点越来越偏执，但对整个草原汗国来说这种矫枉过正的“励精图治”精神还是震撼了朝野。随之便是“朝纲大振”，“也客蒙古兀鲁思”又迅速再现了昔日的雄风。

蒙哥大汗还将这把火烧入了深宫大内。按说，忽都台也够老实的了，但他却非要把她和后宫的嫔妃们端出来“约法三章”给诸弟那些王妃们看：一不许干政，二不许敛财，三不许勾结外戚，违者当以海迷失之下场自思之。严厉得实在出格儿，致使弟媳们也纷纷为这位善良的大嫂叫屈。但忽都台却一点儿也无所谓，反倒认为这是自己那大汗丈夫在给自己找台阶下。什么朝政啊，什么国事啊，似乎她一想就脑子疼。那平庸的劲头儿实在令人惋惜，好像心甘情愿只当个挂名的大哈敦。除了依照祖制陪同大汗走走过场外，仿佛一门心思就只能装下儿呀、女呀、小孙孙呀，以及丈夫的吃呀、喝呀、加不加衣服呀之类家务琐事。实在是看不出有点滴的政治智慧，反倒更像个任劳任怨的家庭主妇。典型的唯丈夫之命是从。

平庸之中见不凡

又过了四五年，不仅蒙哥大汗的威望越来越高，而且整个草原帝国也越来越兴旺。尤其是随后所采取的两项举措，更在骁勇的马上健儿间激发出一种狂热的民族主义豪情。金戈闪光，战马嘶鸣，似万千铁骑早变得迫不及待了——再现昔日雄风，争做伟大的征服者！

蒙哥大汗的两项举措是：其一，公开诏示百官向全国宣称曰：“唯崇祖制，绝不蹈袭他国所为。”据相关学者研究称，这很可能是因为父亲拖雷的死，便是受了耶律楚材那套“君君、臣臣、父父、子子”说教之害，故蒙哥对儒家学说本能地产生了一种厌恶情绪。而漠北历代少数民族对华夏有一种难解的宿命情结，因而所指“绝不蹈袭他国所为”大多即指中原历代王朝的尊儒敬儒。当然，此诏旨一经宣布，顿时便获得了众多的“草原中心主义”者之欢呼和拥戴。其二，便是大力宣扬“征服建功”论。蒙哥大汗就有这样一段著名的言论，曾对着三个亲兄弟及诸多宗亲贵胄多次讲过——

吾等的父兄们，过去的君主们，每一个均建立了自己的功业，攻下了某个地区，在人们中间提高了自己的名声！没有战争哪有大蒙古，没有大蒙古又何来吾等？成吉思汗的每一个子孙都应是天生的征服者，为大蒙古继续开疆拓土将是吾等永远的天职！

显然，蒙哥大汗是成吉思汗最忠诚而又最杰出的子孙，自继位以来一直在思考着如何实现伟大祖父的临终遗愿：背后包抄、正面交锋，跨长江直捣南宋小朝廷，一举实现一统南北入主华夏之雄心壮志。俱往矣！匈奴未能实现，突厥未能实现，而鲜卑、契丹、女真只实现了一半。壮哉！唯我蒙古民族势必“大功告成”！为此，蒙哥大汗又特向所有臣民下发了一道诏旨——

每一个蒙古人一出生就是：战士！终生的职业就是：战争！

明摆着这就是一道蛊惑人心的战争动员令，果然不久之后他便开始调兵遣将并跨漠亲自巡视中原之河朔等地。而此时的忽都台却一病不起了，似再不用大汗那“约法三章”，她躺在寝宫内变得比任何时候都服服帖帖。而且她严禁他人去告知大汗，只是命人召唤来两个嫡亲的儿子阿忽岱和玉龙答失有话要说。这两个儿子均特别敬爱自己这个平庸的母亲，竟常为她受窝囊气抱屈。现见母亲病成这个样子更心疼不已，均跪伏在病榻之旁听她到底想说什么。刚待母亲开口不久，两个儿子便惊讶得目瞪口呆，原来母亲并非平庸，言谈间充满了远见卓识和政治智慧。鸟之将死其鸣也哀，人之将死其言也善……

忽都台一开始并未语出惊人，只是由衷地夸赞着蒙哥大汗。称他不但是好父亲、好丈夫、好大汗，而且也是成吉思汗最忠实的好嫡孙！为实现圣祖的宏伟遗愿，真可谓殚精竭虑几近忘我，为再现草原汗国昔日的辉煌更可称呕心沥血全然无私。但随后话锋一转，她那话题就让儿子们深感错愕了，谁都没想到平凡的母亲竟然能说出这样不平凡的话。她说：“汗位这张宝座也挺可怕的，一坐上它便会使人变得自尊、偏执、独断专行，甚至只知其一而不知其二。比如说，眼前所颁布的诏旨‘唯崇祖制，绝不蹈袭他国所为’就很可能会遗患无穷。‘唯崇祖制’极有可能引发皇室间新一轮汗位之争，要知道你们的四叔阿里不哥才算得上圣祖真正的幼子之幼子。而且‘绝不蹈袭他国所为’就更欠长远的考量，怎么能为了‘武功’就抛弃了‘文治’呢？千万别忘了正是你们那圣洁的祖母首先为拖雷家族引进了汉儒李槃，而你们的二叔忽必烈也正是由于在吉里吉思就开始习儒纳儒才被汗廷上下称为‘贤王’的。如果只想靠着悍将雄兵就去入继华夏大统，那不等于雄鹰仅凭一只翅膀就想凌空翱翔吗？”

说到此，母亲已上气不接下气，儿子们更加心疼不已。但忽都台却仍不让他们离开，似还有什么更重大的事情嘱咐他们。果然，在倒了半天气儿后，她又紧紧地握住两个儿子的手说：“你们的母亲可能不久于人世了，但就是躺在深宫病榻上也深知大战在即。你们的父汗肯定会奋勇当先统率千军万马亲临前线，以武力实现圣祖一统华夏的遗愿。阿忽岱！你是你父汗最忠厚老实的长子，到时候不论胜负你都要亲自去把他接回来！我无论是死是活都永远离不开你们的父亲……”两个儿子听后不由得倒吸了一口凉气，但母亲却又在嘱咐另一个儿子：“玉龙答失！你是你父汗最看重也是最寄予厚望的儿子，但是你必须记住你还有三位年富力强的皇叔。只要汗位能留在咱们拖雷家系就好，又何必非要父位子承呢？听母亲的话，那大汗宝座只会给你和咱们全家招灾惹祸……”随之，忽都台只问了一句“记下了吗”便再不讲话了，两个儿子含泪跪伏病榻之旁久久不起——母亲啊！为什么迟迟才突显睿智和远见呢？

又过了好长时间，蒙哥大汗终于从河朔一带巡视归来了。显然，他还是特别看重这位相伴半生的温顺妻子的，闻讯后便立即赶到寝宫探视。但令他没想到的是，她虽然一见了他便眼含热泪，却破天荒地敢于和他公开“议政”了。恋恋不舍之情溢于言表，而唯唯诺诺之状却一扫而去。起初蒙哥大汗似为念夫妻之情只能听她唠叨，而随后却越听越感兴趣竟三日未出寝宫。忽都台有违“约法三章”建言的主要内容是：大汗欲统率大军决战江南，必须首安皇室善用诸弟。如若不然，内讧必起，前线有忧。皇太弟忽必烈既然早年习儒纳儒，已有背于大汗之“唯崇祖制”。与其兄弟间因此生隙，倒不如干脆命他到漠南汉地主政以为大汗一统华夏先行铺路。皇三弟旭烈兀天性独立自强，又欲统兵于波斯一带另辟封国，倒不如全力以赴成全其壮志，既可免于兄弟内讧又可声东击西麻痹南宋。至于皇幼弟阿里不哥从小就自命不凡，挟“幼子守灶”之古俗而藐视一切，既然大汗已称“唯崇祖制”，倒不如任其自称“少汗”而执掌中枢加以历练……蒙哥大汗听后也同样大感惊讶，他也绝没有想到平时那么驯顺平庸的妻子竟有如此不凡的见识。要知道，这一切自己有的已经想到了，而有的正苦于没有办法，而她竟然在病中替自己梳理得这么清晰，这么有条不紊。唉！看来自己那“约法三章”是明显地“因噎废食”了，她要不是“死到临头”也不敢冒这个“大不韪”说出啊！为此，蒙哥大汗首次破了自己那“唯崇祖制”的老规矩，除萨满巫师外，他还特请了汉地的中医、传教士中的洋医、草原上的土医前来为自己的大哈敦治病，而且对三位皇弟的安排，他也大

钓鱼城古战场遗址——蒙哥大汗命丧于此

体上是按她的建言而行事的。

但忽都台的病体大约拖延了一年还是不行了。当蒙哥大汗闻讯急忙赶来探视她时，在回光返照中她似乎又变成了一个平庸的主妇大哈敦。她提出的人生最后的要求竟是：儿孙们难离亲人的关照，最好还是知根知底具有血脉亲缘之人，故她特请大汗恩准将其妹也速尔诏进宫来以继其位……蒙哥大汗点头答应了，随之她也安详地咽下了最后一口气。而后来这位大汗果真把也速尔召进了宫，却始终没有册封她为大哈敦而仅以“皇妃”待之。这倒不是蒙哥大汗食言，而是自从这位时而平庸时而睿智的大哈敦去世后，宫内就没再立过大哈敦。难得糊涂！却享得一世尊荣……

但蒙哥大汗的后半生还是大都被忽都台不幸言中了：自尊、偏执、目空一切、独断专行，最终导致了猝死于四川钓鱼城下，而且果然是长子阿忽岱肩负母亲的遗命将他的遗体接回草原。然而也必须指出：蒙哥大汗虽“出师未捷身先死”，但他仍不失为一位重振草原雄风的杰出帝王。如果没有他那些“律己甚严、日理万机、励精图治、重振朝纲”之种种举措，很可能一统天下的大元王朝尚不知何时才能实现。国外的史学家对他评价更高，比如费志尼就在《世界征服者史》中这样说：“游牧君主和蒙古大汗的属性，始终在蒙哥身上得到了完美的体现和延续。”同时期的波斯史学家拉施德也在他的《史集》中这样论述道，“他具有强烈的蒙古中心主义和骄傲感”，乃“成吉思汗之后又一代杰出的蒙古君王”。

不以胜败论英雄是对的，但只不该有关这位大哈敦的史料却少之又少。以《元史·后妃传》记述而论也仅数十字，为诸后妃中最短者。

至元二年，她被追谥为“贞节皇后”，升祔宪宗庙（即配飨蒙哥大汗）。

一个强势男人身旁听凭命运摆布的弱势女人！

一个大智若愚之“鹿图腾”的典型……

正篇

下

大元宫闱里的后妃们

近代史学家常把蒙哥大汗称为“大元王朝的开路人”，事实也确实如此。如果没有他以实际行动率先完成成吉思汗的遗愿，如果没有他以生命为代价为忽必烈换回来正反两方面的经验和教训，那中国历史上第一个由少数民族入继华夏大统的新王朝就很难如此迅速出现。故他既是历史的分水岭，又是历史的联结点。当然，如若说到大元王朝的缔造者，那还似应首先归功于其弟忽必烈大帝。因为他不仅主动地汲取了父兄正反两方面的经验和教训，而且自身又经历过猜忌、屈辱、无端打击等种种常人难以忍受的磨难。故才能海纳百川、与时俱进，广纳除蒙古族之外的汉、藏、回、契丹、畏兀儿等多民族的贤能人才，最终使游牧汗国成功地转型为以农耕文明为主的封建王朝。而在此期间“双图腾”似乎也搭配得相当默契，竟又出现了像察苾这样杰出的蒙古族女政治家。只不过对外再不叫大哈敦了，而是顺应中原传统习俗改称为皇后。但若想为这些中原汉地的一代代蒙古族皇后立传，却似乎仍须先说明几个问题。

改换了环境的各色各样的鹿啊……

分述：进入大元王朝后之极盛与突衰

一、后妃称谓，转型漫长

后妃的称谓就是要预先说明的主要问题之一。详查《元史》，自1260年忽必烈于元上都开平（今内蒙古正蓝旗闪电河一带）“中统建元”以来，一直到1273年初依照华夏历朝历代的体制才册立了大元王朝的第一位皇后，即中国历史上杰出的蒙古族女政治家“佐夫终成帝业”的察苾！并依儒家传统，册封尊号为贞懿昭圣顺天睿文光应皇后。

在深宫大内，哈敦之类称谓仍叫声不绝。由此也不难看出，从草原汗国转型为大元王朝是个颇为复杂和艰辛的过程。仅仅是把“大哈敦”转型为“皇后”，竟用了漫长的十三年时间。其实，在此之前，忽必烈为了证实不论在草原汗国还是中原王朝均兼有正统性，他在这方面早就做过必要的铺垫了。比如，在将帝国中心进一步南迁至汉地元大都（即今之北京）之前，即在元上都开平立蒙古族的“太庙”——八顶巨大的蒙古包即史称的“八白屋”。为证实草原汗国与大元王朝乃“一脉相承”，故除了依汉制追谥三代外，还将历代大汗与大哈敦分别追谥以帝后封号。具体情况如下——

曾祖父也速该被追谥为元烈祖，曾祖母诃额伦被追谥为宣懿皇后。

祖父成吉思汗被追谥为元太祖，祖母孛儿帖被追谥为光献翼圣皇后。

父亲拖雷被追谥为元睿宗，母亲索鲁禾帖妮被追谥为庄圣皇后。

窝阔台大汗被追谥为元太宗，其妻乃马真被追谥为昭慈皇后。

贵由大汗被追谥为元定宗，其妻海迷失被追谥为钦淑皇后。

蒙哥大汗被追谥为元宪宗，其妻忽都台被追谥为贞节皇后。

总之，这位中国历史上入主华夏的少数民族第一帝，从一开始便把自己的年号定为“中统”（即“中华开统”之意）。不但从多方面以证明自己入主华夏的正统性，而且也从多方面力图和历朝历代的传统体制尽早接轨。比如，将大汗和大哈敦从祖宗起就改称为皇帝和皇后，就是最明显之一例。当然，还必须提到，忽必烈大帝也是个民族自豪感极强的少数民族君主。以“八白屋”中所供奉的牌位为例，也均以蒙汉两种文字描金写就。只有汉文的才用追谥之名号以见大元王朝的一贯性与正统性，而蒙古文的却仍充满着游牧文化的古典色彩以示“不忘祖制”。这就是忽必烈大帝为避免重蹈北魏（鲜卑族）、辽（契丹族）、金（女真族）等的覆辙，为永葆蒙古民族的特性而采取的“外汉内蒙”之国策。“外汉”，即面对上百倍于自己的汉地臣民提倡尊儒学、重农桑、沿用华夏历朝历代的行政体制及称谓，以示自己是符合正统的各民族共主。“内蒙”，即要求已入主华夏的蒙古健儿牢记本民族的特性，从语言文字到祖俗祖制，以至到治国的方略，对内均不得违背成吉思汗之“札撒”与“必力克”，以求永葆民族雄风。为此，当代著名的元史专家李治安曾把它称为“蒙汉杂糅”的“二元模式”。而将大哈敦对外改称为皇后，只不过是其中一个小小的插曲而已。然而这对大元王朝的后期却影响巨大……

详查元史便可得知，除了大元王朝第一后——历史上蒙古族杰出的女政治家察苾，以及贤能的太子妃阔阔出之外，大元王朝的后妃们大多只能在深宫大内制造混乱。像一群改变了生存环境和生存条件异化了的鹿，有些后妃们的所作所为竟比乃马真与海迷失有过之而无不及。究其原因，在漠北草原乃马真与海迷失等尚须受"忽里台"宗室贵胄会议的制约，而在入主华夏成为后妃之后却用不着了。须知，儒家学说对"孝道"极为推崇，以至于影响到历朝历代均提出"以孝治天下"。这回可好了！对于这些蒙古族皇后来说，就再用不着在那什么"忽里台"宗亲大会上等推举呀，听议政呀！只要儿子一登基，自己就自动成了皇太后。垂帘听政是常有的事儿，谁敢反对就是违抗"以孝治天下"。比如"历临三朝"的皇太后答吉就是如此：不但敢于在深宫包养情夫，而且公然还使他"位极人臣"。致使两个儿子（武宗与仁宗）均郁郁不得志而先后"英年早逝"，最终就连她的孙子元英宗也是死在其情夫爪牙手下的，而且还连带死了一头无辜的幼"鹿"，即元英宗的小皇后速哥芭拉。

总之，在忽必烈大帝"驾崩"之后不久，"双图腾"的架构就似乎开始向"鹿"的一方倾斜了。但如果把一切过错均归咎于女人，那肯定又会有失偏颇……

二、由盛到衰，主因何在？

这就是预先必须说明的另一个重要的议题，即有史可考，大元王朝曾在历史上对我们伟大祖国这个多民族大家庭贡献多多：武的方面诸如平云南、定西藏、捍卫西域疆土等；文的方面诸如元曲、元历法、元青花瓷、元海上丝绸之路等。如此重要，却为何存在时间又如此短暂呢？

据有关史学家统计：如果从元太祖在斡难河源头被拥立为"成吉思汗"算起，至元顺帝北归，共计一百六十三年。如果从元世祖忽必烈在元上都称帝算起，至元顺帝败亡，则只有九十八年。而且还必须指出，在这九十八年里，仅忽必烈一人就在位三十五年。有史为证，他死后留下的大元帝国，疆域是前无古人的，国力是空前强大的，军备是举世无双的，财富是震惊世界的！为什么仅仅才过了五十余年，大元王朝就由盛到衰、由兴到败了呢？这显然不是由几个皇后级的女人所承担得了的，必须找出真正内在的原因。

以现代人的眼光来看，大约有以下几点：

其一，这是第一个由少数民族入继华夏大统所建立的封建王朝。虽然就连明代所编撰的《元史》也不得不承认："世祖（即忽必烈）度量弘广，知人善任，信用儒术，用能以夏变夷，立经成纪，所以为一代之制，规模宏远矣！"但其能量与寿命毕竟均有限，故不可能在其一代即解决游牧文明和农耕文明的冲突问题。而其后继者又多平庸，并缺少他那种平衡的政治手段和人格魅力。随后就更致使矛盾日渐加剧，施政越发混乱，最终导致了忽必烈的"前功尽弃"和大元王朝步步陷入危机。

其二，作为一统华夏的少数民族第一帝，忽必烈面对着多出本民族人口百余倍的中原庶众当然会有一定的对策。有史可查，在"中统建元"的初期，忽必烈所推行的那套"内蒙外汉"的政策还是颇为大度的。比如，尊儒办学、重视农桑、推行汉地汉法，在中书内阁中大批起用汉族和其他各民族的贤能人士为同僚，尤其是在派往各地的十路宣抚使中则更多的是他"金莲川幕府"中久蓄之儒臣。故当时的士人均称其"能行中国事，当为中国主"。但就在"李璮叛乱"事件发生后，一切均改观了。李璮，原为汉世侯，为示恩宠，塔察儿宗王竟将其妹下嫁给他，元廷也将驻守其封地的蒙古族将士均交由他统辖。特殊的宠信，由此可见一斑。但他却在忽必烈与其弟阿里不哥于漠北争夺汗位时，突然从背后捅刀子发动了大规模的叛乱。逼死了王妹，惨杀了其封地驻守的所有蒙古族将士。而马背民族天性赤诚坦荡，信得过你时可为你舍生忘死，一旦遭到背叛时也会走向另一个极端。因而忽必烈在北伐与平叛双双取得胜利后，不仅在中原汉地进行了扩大化的清查，而且也对中书内阁及十路宣抚司中的汉臣和儒僚进行了大量的排除。尤为令人震惊的是，一反常态开始推行"四等人制”，即蒙古人、色目人、汉人和南人之间歧视性的等级制度与民族高压政策。忽必烈的出发点可能只为严加防范，但下面的蒙古贵族却借此变本加厉更加横行不法，致使民族矛盾越积越深，最终导致了元末的农民大起义。

其三，由少数民族入主华夏所建立的大元王朝的后期君主们，似乎比起他们那叱咤风云的祖先已一代不如一代了。大多既缺乏成吉思汗那种震撼世界的统帅魄力，又缺乏忽必烈大帝那种扭转乾坤的雄才大略。故当人们提到元朝历史时，除了对成吉思汗与忽必烈大帝的“丰功伟业”略知一二外，就连相关史者也对其后一代代帝王的名字知之甚少。为此，近代学者竟把这种现象称为：“伟大的祖先，渺小的子孙！”其实不然，比如元仁宗与元英宗就都曾想“有所作为”，但均因太后专权或奸佞当道等原因皆“半途而废”。再加上前面已提到过的“近亲婚姻”所造成的历代帝王均短寿，尚不等显现才华便一命呜呼，似又只能任太后“垂帘听政”继续说了算。总而言之，太后们在深宫大内充分利用儒家学说之“以孝治天下”大肆敛权，而蒙古贵胄们则在外充分利用“唯祟祖制”日渐成为拥兵自重的军阀。这是民族交融史上典型的“各取所需”，难怪当代元史专家李治安将其称为“蒙汉杂糅梦”。其中有许多经验教训可供后世参考。

但有一个问题尚须尝试着解决……

三、译名繁杂、重叠难记

随着大元王朝后期一位位擅权的皇后或皇太后接连出场，似乎一些历史人物的名字便越来越重叠难记了。甚至对一些不通蒙古风俗的读者来说，还会造成前后颠倒“张冠李戴”的混乱现象。比如说，自察苾和阔阔真两位贤能的皇后之后，出现的皇帝、太子，以至权臣武将名字带“帖木儿”的就比比皆是。只不过音译为“铁穆耳”“铁木儿”“帖睦儿”“贴睦儿”等以示区别。当然尚有其他组成部分，如“妥欢贴睦尔”“伊逊铁木儿”“图贴睦尔”“燕贴木儿”“铁木迭儿”等，但仍然会稍不留意就会弄“混”或弄“串”了。其实这并不奇怪，据专家考证，这上述由不同汉字组成的“帖木儿”均源自于成吉思汗的本名——铁木真。犹如在“文革”中千千万万的孩子均起名卫东、向东、敬东、尊东、东东那样，这也是七百多年前马背民族对自己战无不胜的圣祖的一种追思和纪念的方式。这一做法绝对无可非议，要怪也只能怪明代在编撰《元史》时对人名死译、硬译、不懂蒙古风俗地强行择字音译。

除此之外，历史人物的蒙古名字硬译还造成了诸多问题。比如，很多人名读起来就很拗口。就拿阔阔真的三个儿子来说，除小儿子铁穆耳尚且简洁明了外，其他两个儿子的名字就容易混淆或者读来拗口。例如，长子叫甘麻剌，次子叫答剌麻八剌，不但读起来极为别扭，而且从字面上看就更易造成混乱和错觉。其中尤以“剌”（lá）字，编撰者更使用得似“爱不释手”。而对“剌”字，现今已经用之极少了，很易与“刺”（cì）混为一谈。但《元史》在音译人名地名时偏偏多用这“剌”字，什么“麻剌”，什么“八剌”，什么“弘吉剌”种种。而且在人名上更是男女通用，“剌”来“剌”去，极易使读者从字面上“雌雄莫辨”。而更有甚者，乃音译人名之时尚有污名化之嫌，选用汉字时相当轻率。如巴图音译为“巴秃”，托呼图译为“秃兀秃”等。就连后妃名也选择了极不雅的音译，如“不颜浑秃皇后”“阔里桀提皇后”（均为太祖朝后）等。就连波斯史学家拉施德盛赞为“高过举世妇女之上”的忽必烈母亲之名，也颇含贬义地音译为“唆鲁禾帖尼”。弄得不僧不俗，就连个女字旁也舍不得加上。故《元史》难以卒读的原因之一，便是音译人名造成的混乱。

有些学者认为，明朝宋濂主撰的《元史》已成为经典的二十四史之一，哪怕是人名也绝不能轻易换字，甚至所有相关学术著作中的人名也只能向《元史》靠拢。现在笔者所完成的这部《宫闱秘史——蒙元帝国的后妃轶事》，只不过是一部“身为内蒙古人，当学蒙古史”而整理出的“读史随笔”。无心跻身学术圈，只求理顺容易懂。况且，又沾了“随笔”现仍属文学小分支这个光，故而就大胆尝试着对元代一小部分历史人物之名字稍有改动。皆因对元代后期读者知之更少，再要人名搞糊涂了就更难使此书成为一部名副其实的“通俗史话”。

在尊重历史的前提下，小小的改动如下——

第一，将人名或地名中普遍用的“剌”（lá），因其今已生僻少用而又极易与“刺”（cì）混淆，现改用“拉”“腊”或“喇”替代。

第二，一些拗口或污名化的人名，试用同音字表达。比如“答剌麻八剌”改为“达拉玛八喇”，“唆鲁禾帖尼”改为“索鲁禾帖妮”等。但在括号内仍按《元史》以注明原字音译名。

第三，因元代后期名字带“帖木儿”的历史人物极多，虽《元史》多易它字以示区分，但因为音同还是极易混淆。故除同为历临三朝的权相“铁木迭儿”“燕帖木儿”等不改外，其他的众多带有“帖木儿”的历史人物均取其名字的一部分。如元代末期的军阀“孛罗铁木儿”与“扩廓帖木儿”，均以“孛罗”或“扩廓”以代全称。而帝王或太子的名字如遇到此类情况，均以帝号或太子名号以代之，如“妥欢贴睦尔”则称“元顺帝”，“伊逊铁木儿”则称“泰定帝”。当然，括号内一定会按《元史》注明的。

第四，还须特别声明，历史人物的音译名字混乱拗口是实，但却又似乎和大元王朝走向没落无关。关键还在于那些来去匆匆的帝王一代比一代更平庸和孱弱。

既然“双图腾”已开始向“鹿”倾斜了，那我们就开始从这方面概述一下元王朝由盛到衰的历史。其中有形形色色的“鹿”，甚至还包括被疑为妓女身怀异种的“鹿”，以及最终导致亡国的冒充之“鹿”。当然，在大元王朝鼎盛时出现的也必然是最圣洁的“鹿”。这就是大元开国第一后——察苾……

大元王朝开国第一后——察苾皇后

察苾，出生于弘吉拉氏族，为济宁忠武王按陈之女。出身高贵，当属“生女当为后”之列。据史载，她不但“艳绝一时、倾倒朝野”，而且“聪慧过人、见识非凡”。自少女时代起，各大宗室后裔求亲者便络绎不绝，但她却偏偏独具慧眼选中了正处于人生低谷时期的忽必烈。婚后，两情相悦，夫唱妇随，共同高瞻远瞩地开始了“纳儒习儒”，并从中深得孔孟之道的精髓。完全可以这样说，她不仅按儒家传统是位“贤德”的皇后，而且以现代人的眼光来看也是一位极为杰出的蒙古族女政治家。加之她的个性谦恭柔顺，更使她极具人格魅力，史书也称赞她“具有经天纬地之才，佐夫终成帝业”。只可叹这位在大元王朝最辉煌时期最具代表性的杰出女性，晚年却因政治歧见备受冷落。而忽必烈直到她死后方才痛悟她对自己的重要性，致使史书才有“帝一夜间须发全白”的记载。

察苾皇后比忽必烈小十余岁，却比忽必烈早逝近二十年。但子孙后代却永难忘其开国立朝之功，就连明代主撰的《元史·后妃传》中也数记述她的篇幅最长。

至元三十一年，在原有的封号贞懿昭圣顺天睿文光应皇后的基础上，她又被加谥为昭睿顺圣皇后，并祔世祖庙（即配飨忽必烈大帝）。

真正圣洁的神鹿，堪称“鹿图腾”的象征……

别具慧眼

弘吉拉，由于它是“也客蒙古兀鲁思”开国大哈敦孛儿帖的出生氏族，故在茫茫无垠的草原汗国间颇具特殊地位。尤其在窝阔台大汗登基后，为怀念母亲，他更进而将母弟按陈赐号“国舅”，并晋封为忠武济王。史书所载“生女当为后，生男尚公主”，就是在此期间窝阔台大汗对他之约定。真可谓地位显赫，独具世袭罔替之荣耀。而察苾即按陈王最疼爱的小女儿……

更值得一提的是，由于弘吉拉被称为“神鹿的故乡”，特殊的地位就决定了它的相对开放。比如说，马可·波罗就曾亲自游历过这里，并盛赞过这儿的妇女“其人甚美”。据史书记载，基督教的聂思脱里派也曾在这里传播过。因而下面一则民间传说，也好像绝非仅仅是“空穴来风”。据史载，金元时期的

忽必烈大帝

察苾皇后

文学大家元好问作为亡金官员在被俘掳往草原后，曾被按陈王留下设塾以教育子女。这在当时也可算作一种宿命的时髦，故很可能这就是察苾接受儒家教育的发端。若不然，在多年后元好问还会北上汗廷专门寻找已成为王妃的察苾，与张德辉等儒者共同尊奉忽必烈为“漠北儒教大宗师”。由此可见，察苾不但是“天生丽质，美貌绝伦”，而且是“名师出高徒”极具文化教养的。

终于到了待嫁的年龄了。在古代的茫茫大草原上，一般女孩十六七岁再不出嫁父母就该急得挠头了。对于察苾来说，虽贵为“生女当为后”之列，但大汗早有了大哈敦，总不能有多少女儿都再往里填吧？况且察苾是个“心比天高”颇为挑剔的女孩子，不但对此不屑一顾，而且对王孙公子、宗亲贵胄也大多嗤之以鼻。献上的奇珍异宝越耀眼炫目，她便越轻视鄙弃。多亏了按陈王爱女心切思想也相对开放，这才任她百般挑选自作主张。却不料！她挑来挑去所挑中的人儿，竟使得整个弘吉拉草原上的人为之“大跌眼镜”。天哪！竟会是他……

宗王倒是个宗王，但那可是倒霉透顶的宗王啊！谁让他是具有“幼子守灶”权拖雷的儿子呢？从小便历经了质兄、丧父、辱母、家族几近被吞噬等种种常人难以忍受的劫难。缓过气儿来好不容易才娶了一个美好的妻子帖木古伦，谁料又因难产母子二人均双双离他而去了。而更为人所不齿的是，作为圣祖的皇嫡孙，竟未统率过一次成百上千的铁骑，更未在开疆拓土中立过寸尺之战功。这样的皇族后裔不提也罢。在悍帅如云、猛将如雨的草原汗国中，显然是个被人瞧不起的弱势宗王。更何况现在他仍“不思上进”，更进而在自己的封地里专门收罗了一批专靠耍嘴皮子混吃混喝的“废物”。典型的“不务正业”，还美其名曰为“习儒纳儒”。却不料弘吉拉草原最拔尖的少女却偏选中了这么个没出息的宗王，这难道不让族人感到痛心疾首吗？

更大出意料的还是，唯有按陈王称赞女儿“别具慧眼”。这并不奇怪！综合各种史料可分析出两点原因：其一，这位国舅爷是对“灶主”拖雷之死颇有看法的，并对他几乎被吞噬的家族是充满了殷切的同情。其二，亲耳聆听过成吉思汗对忽必烈的预言，并深知少年忽必烈最崇拜的历史人物便是身兼“天可汗”与“大皇帝”的唐王李世民（详见于史）……为此，按陈王不仅赞赏察苾“别具慧眼”，而且对于这桩婚姻也是推波助澜的。据史载，倒是忽必烈显得并不十分积极，显然把这当作了一场长兄蒙哥操纵的“政治联姻”。也难怪！忽必烈可算得历代帝王中少有的“情种”，直到他八十岁去世时仍为头一个妻子在元大都的后宫立有“第一斡耳朵”。况且眼下是帖木古伦刚刚去世啊，尚不满十九岁便母子俩均死于难产之中，尸骨未寒实在难以忘怀啊！你让他哪来那份新婚的冲动和激情？但这对于察苾来说，反倒产生了一种“磁石效应”……

这样有情有义的男人，在一夫多妻制的茫茫大草原上并不多见，在宗室贵胄间更是稀有。随之，在黄金家族间所传说的那些忽必烈为亡妻而失态的种种没出息的事儿，反倒件件被察苾视为“难能可贵”。而此时窝阔台大汗业已“驾崩”，乃马真也正面临着权力重组。在汗廷上下一片混乱之中，这桩不是“政治联姻”而又胜似“政治联姻”的婚姻总算依照祖制走完了过场。要知道，此时的质子蒙哥已终得重归吉里吉思，拖雷家族又得到了振兴，致使乃马真也不敢再对她轻举妄动了。

唯一令人没有想到的是，忽必烈的情绪竟变化得这么快。史载，这绝非仅因为察苾“美貌绝伦”，或仅因为察苾“温柔可人”，而全在于她那“谈吐不俗”。新婚之夜似变成了“纵论天下”之夜，一扫忽必烈浑身颓丧之气。第二天，他便跃身马上再现了往日的神采。难怪后人这样评价说：这是蒙元历史上最佳的一对“志同道合”之帝与后。仅以“习儒纳儒”为例，最早来到忽必烈身旁的乃晋地年轻汉儒赵璧。他不但与忽必烈常常议论儒家学说通宵达旦，而且也不时为忽必烈招募天下名士驰马于大漠南北。《元史》有载，每逢他们彻夜长谈时察苾忘我倾听，而赵璧寒冬外出邀纳名士时察苾又亲手为他缝制皮裘。夫妻俩最多谈及的便是唐王李世民，只不过对“天可汗”与“大皇帝”从不涉及而“心照不宣”罢了。

说到忽必烈，他也无愧于察苾的“别具慧眼”。随着乃马真大哈敦不明不白地猝死，随着贵由大汗与海迷失组合之新一代统治者登基，作为黄金家族“独树一帜”的另类宗王，忽必烈仅凭他的政治才能已逐渐崭露头角了。虽仍因未统率过“一兵一卒”而使他表面呈于弱势，但正由于宗王们并不把他当成对手，故很少遭到猜忌。树敌甚少，见识极广，竟然在朝野上下有了“贤王”之称号。在此期间，他甚至还在汗都哈尔和林“不露声色”地完成了第一件大事，此即利用应召大臣的身份（类似各省驻京办事处主任）和封地与汗廷两难管辖的优势，继续以“习儒”为名广罗天下人才，如亡金状元王鹗、理学大师许衡、北方大儒姚枢、畏兀儿族之未来儒帅廉希宪，以及旷世奇才刘秉忠、郝经、商挺、窦默、张易、赵良弼、新德光等文人儒士。其实，自唐末乱世以来，长江以北已历经北魏、辽、金等多个少数民族王朝统治已达二三百年，故民族意识相对已很模糊。倒是以长江为界两地之人互有不同称呼：南方人称北

草原上的豪华巨帐

方人为北鞑子，北方人称南方人为南蛮子。故中原人士也早就“择主而不择族”了，谁崇奉孔孟之道就投靠谁。这可让忽必烈捡了个“大便宜”，为此这些人日后均成了大元王朝的开国功臣。当然，在汗都王府主持接待的必定是察苾。

第二件大事便是，忽必烈奉母命在汗都极力阻止贵由大汗对拔都封国的阴谋讨伐，防止“也客蒙古兀鲁思”陷入四分五裂的内战之中。而忽必烈也果然成功地利用了自己三不管的“贤王”身份，广交东西道诸王驻汗都的应召大臣，分别对忠直的首辅镇海等施加影响，致使贵由大汗安插的另一亲信首辅巴拉“孤掌难鸣”。采用“能拖就拖、能慢就慢”的战术，终使贵由大汗“壮志未酬”，不明不白地神秘死于横相依尔（今新疆青海东南）。

而最重要和最根本的大事还当属：汗位更替！即以和平的方式，严格遵循祖制，彻底地将汗位由窝阔台家系更替到拖雷家系。从表面看来，这似乎只不过是一场权位之争。其实不然，这仿佛更是一场有关草原汗国未来命运的博弈。贵由大汗死后，海迷失监国也实在太不像话了，与两个儿子为争权竟在汗都搞出了三个“政府”，致使窝阔台家系早已在汗廷内外“人心尽失”。史载，首先公然提出“汗位更替”的乃成吉思汗最具威名的嫡孙拔都统帅，是他重提“幼子守灶”的祖制力推蒙哥登上大汗之位。但也有许多史料证实，这也绝非是仅仅单靠一位军事才能出众的统帅所能完成的，似乎更需要一位政治高手助其幕后“制造舆论”。有史可考，奉母命在汗都被称为“贤王”的忽必烈便是主要的操盘手。广纳儒僚建言，充分利用一切政治资源，首先便使以维护“正统”而结盟的窝阔台与察合台两大家系内部产生分裂，竟纷纷倒戈转而站到了拔都统帅一边。难怪这位悍帅在关键时刻也曾对其弟别儿戈这样说：“你尽管与忽必烈安排蒙哥即位之大事，那些胆敢违背‘札撒’的人都得掉脑袋！”（原文照录）听听！“与忽必烈安排蒙哥即位之大事”，足可见忽必烈在这次汗位更替为拖雷家族中的重要作用。当然，察苾更会利用“国舅”与诸位宗王的特殊关系……

总而言之，按陈王对女儿“别具慧眼”的赞赏也是“别具慧眼”的。在他看来，忽必烈在依然“故步自封”的黄金家族间似属“异类宗王”。异就异在他似乎首先懂得了利用一个“贤”字，除了“只识弯弓射大雕”之外，似已经深谙如何征服人心了。

察苾的“别具慧眼”，为她换来了“志同道合”的幸福……

出镇漠南

1251年，忽必烈的长兄蒙哥最终登上了大汗之位，史称元宪宗，是为草原汗国之第四任大汗。因忽必烈为其大弟，故朝野上下均尊称其为“皇太弟”。为此，察苾在皇室间的地位自然也跟着“水涨船高”了……

但汗位彻底转归拖雷家系后，原本同心协力的四兄弟由于个性和追求的不同矛盾也就突显了。比如说，蒙哥大汗对本民族充满着一种骄傲的自豪感，除了唯遵成吉思汗的“札撒”与“必力克”之外，竟公然声称“绝不蹈袭他国所为”。而忽必烈却早就开始“纳儒习儒”，在藩邸内养了一批“耍嘴皮子的废物”，实在“有碍观瞻”，并与诏旨“格格不入”。再加上幼弟阿里不哥早就别有所图，总以“灶主”的身份从中挑拨离间，恨不得把老二老三早早赶出汗都哈尔和林，大汗宝座旁只留下他一个人守候着。好在蒙哥大汗当时尚颇为清醒，虽“唯崇祖制”偏爱幼弟，但还是按自己总体的战略部署重用了两个弟弟：其一，支持旭烈兀西征中南亚，以转移南宋的注意力；其二，任命忽必烈统领漠南汉地（相当于今日内蒙古全境，并延伸至宁、甘、陕、晋沿长城内一带），一方面防止窝阔台家系死灰复燃，一方面为自己跨江一统华夏先行“铺路搭桥”。这是察苾跟随忽必烈头一次走出茫茫的大草原……

其实，忽必烈作为成吉思汗的皇嫡孙，自从一出生就具备了宗王的资格。但在此之前，他却从未带过一兵一卒，也未掌过寸尺之权。就连此前所谓的

“封地”，也只不过是母亲在吉里吉思赏给他的一片安身立命的大草原。故诸儒闻知诏令“凡军民在赤老温山南（即漠南汉地）者，听皇太弟忽必烈统辖领治”皆欣喜若狂，甚至摆酒相庆，宗王总算有了可以“施展身手”的天地了。而史载，唯察苾王妃却怎么也乐不起来。因她深知赤老温山南乃草原汗国之粮仓、银库、军备物资之制造地，而将这里的军政大权均交与忽必烈统辖，似颇不合既“励精图治”而又“偏执多疑”的蒙哥大汗的性格。但她也深知忽必烈眼下兴头正高，自己很难面对兄弟亲情提出质疑。为此，她特向极受忽必烈信任的儒僚姚枢请教，没想到姚枢听后竟大为赞叹察苾所见，遂在夜宴上直面向忽必烈反问：“今天下土地之广，人民之殷，财富之阜，有如汉地者乎？军民吾尽有之，天子何为？异时廷臣间之，心悔见夺，不若唯掌兵权，供亿之须，取之有司，则势顺理安。”致使忽必烈顿时大悟，次日即奏请“唯领军务”。蒙哥大汗闻奏请后果然喜不自禁，竟认为忽必烈弃所长之“政”而改从“武”乃忠心可鉴。考验到此为止，忽必烈“皇太弟”之美名就是因此而更加远播的。如若没有察苾借姚枢之口的提醒，你就“照单全收”试试？

忽必烈刚一来到漠南便又“犹豫不决”了。耳闻不如眼见，历经两代女监国治理下的横征暴敛，漠南汉地早变得满目疮痍。就连昔日的城池也早成为一片残垣断壁，被逼无奈，忽必烈只能在滦河以北筑起一座毡帐连城以代之。环境艰苦尚可对付，而更怕的是摆在眼前时才发现此处绝对是块“是非之地”：其一，这里距汗廷仅相隔一道大漠，蒙哥大汗易于掌控而自己也很难有所作为；其二，虽地处幽燕，近临燕京，但这座亡金故都全由大汗亲信出任重臣，一举一动尽在监视范围之内，稍有不慎必被密报汗廷；其三，东西道诸王均受封有汉地“食邑”，来往敛财的使者络绎不绝，再何谈什么“思大有为于天下”？而首先看透忽必烈“心灰意冷”的正是察苾，她从他的惘然目光中似早已看出他“无心恋战”漠南了。但这正是她所不愿见到的，为此她竟私下派使者请来了一位身份颇为特殊的客人——霸突鲁。从公的一方面来说，此人系成吉思汗钦封“中原国主”木华黎之孙，现仍为掌控中原蒙古铁骑的主要将领。从私的一方面来说，他娶的妻子是察苾的亲姐姐，和忽必烈也可算作地道的“连襟”。果然二人一见面，忽必烈便忧心忡忡地向对方说出了自己的打算：“今天下稍定，我欲劝主上（同意我）驻跸回鹘（即西域畏兀儿族游牧之地），以休兵息民，如何？”这显然是闪烁其词地征求意见，谁料霸突鲁当即回应曰：“幽燕之地，龙盘虎踞，形势雄伟，南控江淮，北连朔漠，且天子必居中以受四方朝觐。大王果欲经营天下，驻跸之所，非（幽）燕不可！”而察苾所想也正是这些，故急看忽必烈之反应。这虽均为忠直坦荡之言，但面对着一位颇为自尊的圣祖嫡孙也可算作一次不留情面的“揭老底”了。察苾有点不安，却谁料忽必烈似反被激发出满怀的豪情壮志，竟然慨然击桌而言道：“非卿言，我几失之！”（以上对话均为原文照录）

试想若忽必烈去了回鹘，大元王朝还能有乎？故《元史·后妃传》中称察苾“曩事龙潜之邸”，其中似就包含了这段故事。“龙潜之邸”，乃指帝王登基前之居所，古又称“潜邸”。而忽必烈能在十余年后登上皇位，发祥之地也正是在幽燕之北这片毡包王城内。有察苾的悉心辅佐，借霸突鲁的坦荡直言，忽必烈才最终下定了“脚踏幽燕、一统华夏”的决心，从此开始了“思大有为于天下”的艰难历程。而中外相关史料证实，察苾在此时之“曩事”也日益显示出非凡的政治智慧。比如说，她深知蒙哥大汗命忽必烈统领漠南乃为自己未来南征搭桥铺路，因而会在相当长一段时间内容忍忽必烈“不择手段”。为此，只要能“言必称大汗，行必尊大汗”是完全可以借“皇太弟”之名从中有所作为的。再比如说，为此她又力谏忽必烈要敢于大胆“引进来、走出去”。“引进来”，即继续引进天下有识之士。“走出去”，即认真去抓并确实掌控漠南从东到西的一切军务……而忽必烈又是一位极具雄才大略的宗王，焉能不知其中奥秘？一经推行，便更展示了超人的政治魄力。将“引进来”的一切事务均放手交与王妃察苾处理，而自己则以皇太弟身份“走出去”，再不受漠南范围的限制了。以联络军务为名，突然出现在汗廷在中原的税政中心燕京（今北京）。谁敢阻挡皇太弟大驾光临啊？似也只能听任他在这里广为结交留在中原的蒙古将领、汉世侯以及幽燕的诸多大儒等。并且“言必称大汗，行必尊大汗”，竟使燕京之主要执政者开始怀疑他是否为钦差大臣？然而就在这稀里糊涂中，竟让忽必烈将他们“滥杀无辜、贪赃枉法”之种种把柄尽都掌握。作为一种默契的交换，他们似乎均“自觉”地不敢再监视和告密忽必烈了。反响极大，幽燕之地均传：“草原贤王来中原矣！”

而在金莲川上的毡包王城里，前来投奔的中原名人也越聚越多。史载：“亡金进士数十，举子秀才更不知凡几。”蒙哥大汗果然睁一只眼闭一只眼未加过问，遂成就了名噪一时的金莲川幕府的出现。

对察苾之政治才干，士人儒生无不赞叹……

双翼齐展

由于这对政治伉俪志同道合、善于用人、审时度势、广结善缘，尚不到一年，便在漠南站稳了脚跟，其影响遍及整个幽燕大地。弱势的宗王一经走出草原，顿时在汉地转化为超级宗王……

而奇怪的是，一直坚称自己“唯崇祖制，绝不蹈袭他国所为”的蒙哥大汗却对忽必烈颇为“放任自流”，似乎已被他那套“言必称大汗，行必尊大汗”所蒙蔽，从而只顾了手足亲情竟对他在漠南之所作所为一概“听之任之”。这好像很不符合蒙哥大汗“刚明雄毅”的个性，但对待自己的皇太弟确实如此，不但不及时“纠偏”，反倒像在“创造条件”任他“自行其是”。举例来说，中原之邢州地区已被蒙古世袭贵胄搜刮得“十室九空，赤野千里”，蒙哥大汗竟亲批“交皇太弟托管”。而河南沿长江一带因属两国交兵地区故在相互骚扰中更是“流民四散，遍地荒芜”，而蒙哥大汗却又接受了忽必烈命蒙古铁骑“屯田戍边”之建议，还御批了“交皇太弟处置”。除此之外，不但钦准了忽必烈的亲信家臣孟速思升任燕京的大断事官（行政首长之一），而且还特别御批“可在金莲川一带新筑王城”……真可谓对忽必烈“大度”到没边没沿了，使其权力范围早突破了漠南广袤的地域。掌燕京、控幽燕、跨中原、直指长江北岸，而且是任你想怎么干就怎么干。什么“汉法治汉”，甚至“汉人治汉”，权当我远在汗都哈尔和林之深宫大内什么都没看见。而金莲川幕府绝大多儒者并不了解皇室内幕，竟纷纷称颂起当今大汗还算“圣明”。

察苾却对如此之“皇恩浩荡”只感到忧心忡忡。在她看来，这对政治见解有着极大差异的君臣间突然变得如此“默契”，即使是一母同胞的亲兄弟也是让人极难理解的。似乎只有两种解释：其一，蒙哥大汗也难逃北方少数民族的那种历史的宿命，继匈奴、鲜卑、羯、狄、羌、契丹、女真等之后也想尽早实现“入继华夏大统”之宏愿，故而这才睁一只眼闭一只眼只顾发挥忽必烈的

忽必烈的大帐幕

“潜能”。其二，偏见依旧根深蒂固，前一阶段的“皇恩浩荡”仅能算作开场的序曲。而当你铺开这一个又一个烂摊子之后，突显大汗主见的“皇恩浩荡”才会真正到来。果然，正当忽必烈忙于布局中原大计之时，蒙哥大汗却有一道加急御旨突然下达到了漠南毡包王城。声称为实现圣祖遗愿，彻底断绝南宋逃往大西南的退路。为实现“包抄”之总体战略部署，特命皇太弟亲率大军南下远征云南（古称大理国或南诏国）。察苾的忧虑变成了现实，忽必烈似要“前功尽弃”了……

应当说，蒙哥大汗的包抄之策还是极具战略眼光的，而起用忽必烈也并非出于歹意。他似乎更愿自己这个兄弟在血雨腥风的战争中变得和自己更加“志同道合”，为此他竟派出自己的亲信“常胜将军”兀良合台作为他的搭档。看来，蒙哥大汗只想让他早离开汉人汉地，摆脱汉法汉治，以使他也像自己一样充满着那种“草原中心主义”的民族骄傲感。当然，自己过去为调动积极性那些“金口玉言”之允诺也是不能改的，但“人一走，茶就凉”，就让它们“自生自灭”去吧！显然，蒙哥大汗低估了察苾的作用和能力……

据史载，忽必烈在赴汗都哈尔和林见驾领命前，即与金莲川幕府主要儒僚姚枢、许衡、廉希宪、王鹗、郝经等彻夜商谈。谁料众口一词皆曰：“圣命难违，然王之‘思大有为于天下’也不可弃也！王妃既贤且能，我等均愿悉心以助宗王后顾无忧。”听听！均把察苾当成了忽必烈南征后的主心骨，可见她在群儒间威望之高。有史可考，其实忽必烈在私下早已开始这样做了。一方面日夜与妻子相商提前将中原汉地这副重担交托给了她，一方面缜密地进行了人事安排，已准备为察苾向大汗“讨价还价”。同时还必须指出，他本身也对这次南平云南“跃跃欲试”。须知，他浑身激荡着的就是成吉思汗的血液基因，他早就想改变人们对他“能文不能武”的扭曲印象了。就这样，在众蒙古将领儒僚的拥戴和忽必烈的有意安排下，察苾最终成了漠南毡包王城的主宰者。为了能使忽必烈辉煌而出色地完成这次“战争的洗礼”，用现代话来说，她似也只能扮演起他的组织部长、联络部长、参谋总长，以至于代总理等种种角色。这次“战争洗礼”对忽必烈来说太重要了，不经过这一次次的血雨腥风，即使你是“皇太弟”，也难得到草原铁骑的认可。

但这似乎又是一个“圈套”。察苾又为此隐隐地感到不安了，因为她深知过去蒙古大军所到之处往往留下的是“血流成河，横尸遍野”，而这次忽必烈远征云南如果也留下了这样一片惨景，那么这些年来之习儒敬儒之种种追求也必将“前功尽弃”了。再要传回中原汉地，更会将“贤王”之名“毁之殆尽”。顾此失彼，很难两全。据史载，察苾似也只能求教于忽必烈的首席谋士姚枢，而这位中原名儒也因“王妃之仁”答应择机劝谏。随之，忽必烈便奉诏北上组军准备出发，为避嫌仅带了姚枢、刘秉忠、廉希宪、张文谦等极少的几个重要儒僚。而察苾一直在漠南等待姚枢劝谏的消息，谁料竟先等来大汗对邢州与河南等地人事安排“件件照准”的回复。似乎忽必烈“讨价还价”的成果还不仅于此，随后又传来了大汗对其“有求必应”“有奏必准”，甚至御批“漠南诸地唯皇太弟之命是从”等种种喜讯。察苾早看出来了，蒙哥大汗显然这是“不惜血本”，要把自己的亲兄弟改造成为一位典型的嗜血宗王。察苾为此更加焦急万分，而就在此时有关姚枢劝谏成功的消息也传来了。《元文类》卷六十《中书左丞相姚公神道碑》有详载：原来忽必烈是在漠北曲先淖尔觐见蒙哥大汗时“授钺专征”的，当晚忽必烈便作为主帅宴请部将侍从以示将帅同心。而姚枢见众人酒兴正浓时机已到，便绘声绘色地大讲起宋太祖遣名将曹彬跨江取南唐的故事：未曾枉杀一人却促使南唐后主李煜出城请降，因此曹彬所率大军被称为“仁义之师”而青史留名……然忽必烈又是何许人也？翌日清晨上路时，即跨在马上向着姚枢兴奋地呼喊道：“汝昨夕言曹彬不杀者，吾能为之！吾能为之！”难怪察苾在毡包王城闻知后竟“喜极而泣”了。

须知，忽必烈这一声呐喊绝对不同凡响。就连后世有关学者也这样评价说：此一声呐喊不但彻底改写了马背民族的征战史，也使忽必烈跳出了蒙哥大汗为他所设的圈套。据考证，虽大汗还曾追授他“生杀大权”，但在漫漫的远征路上他所率的大军还真学出点“仁义之师”的模样儿。有亲信赵璧所率驿马往来快速传递讯息，贤王之名不但在中原未减，反倒更有助于察苾掌握漠南等诸地。然而不知是蒙哥大汗尚不知儒文化的厉害，还是睁一只眼闭一只眼只顾了完成灭宋的总体战略部署，就在忽必烈的行军途中似乎为了激励斗志，又将“厥田上上”的关中京兆地区（即今陕西西安一带）作为“食邑”封赏给忽必烈。这对从未有过“食邑”的这位宗王有一定的激励作用，但他毕竟尚在远征途中，这副重担又必将落在察苾肩上。要知道，下属有十余个县，人口达三万一千余户，既然成了你家在中原的食邑，那就必须由你家派出家臣前去治理，绝对让你顾东顾不了西。

忽必烈越走越远，察苾肩上的担子越来越重。虽然说蒙哥大汗对这位弟妃的政治才能明显地估计不足，但金莲川上的群儒们还是为自己的贤妃如何应对这位大汗深感不安。当今圣上偏执多疑，为防止再现乃马真与海迷失之类女人乱政现象，早已首先严禁自己的后妃干政。而如果察苾王妃公然代宗王出面施政，那将会引来什么后果呢？却谁料察苾王妃却稳坐自己那毡帐“斡耳朵”相当镇定自若，几经深思熟虑，最终设计出一种应对汗廷之构想：自己退居幕后，而行“小王代父升帐”之策。小王系指忽必烈与察苾尚不到十一岁的长子真金而言。他虽年龄还小，但“秤砣虽小能压千斤”。论祖系，他是圣祖成吉思汗的嫡重孙；论家族，他是当今大汗的“皇太侄”。仅凭这两点，各地官绅贵胄若敢不尊依“札撒”就犯了“大不敬”。更何况他的成长也颇具特点。史载，在他之前忽必烈已先后夭折两子，当察苾生下真金之后便请萨满卜算此子如何求得长生。谁料巫师卜后竟称曰：当交他族抚养，当起他族之名，鬼神难辨，自可生长！故小真金一出生便交由一位汉族乳母哺育，自幼便接触汉文化较多，会说话时即蒙汉语皆懂，稍长先拜在姚枢门下学习儒家基础知识，姚枢随征南下后又拜窦默为师继续精读“四书五经”。更值得一提的是，就连他的名字也是汉族式的：真金！有史可查，乃亡金状元王鹗、理学大师许衡、北方名儒姚枢等几经研究共同给他起的。为此，在这种特定文化氛围的熏陶下，他自幼便自然而然地记住了许多中原历朝历代明君贤王的故事。现虽仍属童稚，却已朦朦胧胧地似已有所追求……察苾有如此设想，足见其政治见解之高。对上，蒙哥大汗再偏执多疑，他也不能对自己的“皇太侄”这么个孩子暗下狠手吧？对下，汉地的儒家传统似乎也很忌讳后宫主政，而推出真金“小王代父升帐”似更能为儒僚们面子上增光。果然，一经宣布，金莲川上留守的无论是蒙将和汉儒均为之一振。仅此一点，就使他们对自己贤能的王妃更加敬服了。但察苾却觉得似乎“隐退”得还不够，随之便又在突显“量才使用”的基础上，依据新的形势彻底改组了毡包王城里文武两套班子。她还特意为小王组成了一个“智囊团”，诸如王鹗、许衡、窦默等一代名儒均在其中。小王真金因此号召力日渐扩大，而察苾却仿佛在有意地淡出朝野的视线。

但就在她隐退的同时，蒙哥大汗却最终发现了她的不凡。只可悲！为时已晚。自己原本设想，只要将忽必烈调往远天远地的血雨腥风中去加以改造，那他在中原汉地铺开的一个又一个“汉法治汉”的烂摊子也就会自生自灭了。却不料忽必烈的王城中尚留有这么一位智慧超群的王妃，仅仅推出个“小王代

铁马金帐

父升帐”便又代忽必烈支撑起中原这半壁天下。而自己已“有言在前”，且更不能与“皇太侄”这么个小孩子去“一争高下”。罢！罢！罢！还是以总的战略部署断了南宋的后路为重，等待忽必烈凯旋再算总账吧！况且尚可借察苾的才干为自己理通民情，囤积粮草，搭桥铺路，以备自己将来马踏汉地、直逼长江，早日实现一统华夏的宏图大略。蒙哥大汗的放手，最终促成了忽必烈与察苾的“双翼齐展”。

从忽必烈一方面来说，他彻底改变了原始的征战方式，善于借助以八思巴为首的藏区宗教的影响。更为巧合的是，从六盘山开始他似乎率军倒走了一次“长征路”。为躲过宋军的阻截而借道藏区，几乎爬雪山、过草地、强渡大渡河、智越金沙江等全都经过，直至到达云南大理国境内王城之下。是曾遭遇大理国奸相高祥摆开“象阵”的顽强抵抗，但忽必烈却在象与马的搏杀中充分发挥了马的快捷和弓矢远射之作用，仅一日便大破象阵，迫使奸相高祥“弃主而逃”（后被追杀）。随之，便以“攻心为上”说动国主段兴智开城请降，并在马背民族征战史上第一次严禁士兵入城。同时还“裂帛分赐予庶众”挂在门上以示保护，为此国主在感激之余竟主动说服邻国其他民族也来归顺……总之，忽必烈此次远征意义重大、影响深远，不仅仅是平定了云南及黔康等多处少数民族地区，而且也为日后的西藏各部纳入祖国版图奠定了极好的基础，同时也突显了忽必烈祖传天赋的军事才能，从而使他的形象由弱势宗王转换为强势统帅。要知道，在马背民族征战史上第一次征战这么遥远的南方，这在宗室贵胄间不能不引来刮目相看。

或许会有人这样说，远征肯定和察苾没有什么关系。否！虽未曾随军直接南征，但间接作用却非同一般。据《元史·后妃传》中记述，早期的蒙古革盔并不遮阳，战袍也相当原始。有一次，忽必烈随大汗狩猎归来，察苾见其战袍扭乱撕裂，眼睛被烈日灼得通红流泪，想到未来必将远征便若有所思，历时数日终于想出个解决的办法。即“为革盔上加制前檐，以遮阳而利于骑射”，后又制一衣，“前有裳无衽，后长倍于前，亦无领袖，缀以两襻，名曰‘比甲’，以便弓马”。故“时皆仿之”，逐渐成为时髦的军事装备。据国外军史专家考评，此即现代钢盔和马甲之“初源”。试想，若无察苾这番“军备改造”，忽必烈所率大军由高寒的北方至炎热的南方，将备受多少熬煎？况且忽必烈在翻雪山时，察苾尚遣驿使及时为他送去亲手缝制的皮裘大氅和风帽，助他成为不败的军事统帅。这难道能说是没有关系吗？战争让女人走开，而女人的心却永远追随着征战中的丈夫……

再从察苾“汉法治法”来说，《元史》也均有极为详尽的记载。仅以漠南之外的邢州、河南、京兆三地为例，便可见这位杰出的蒙古族女政治家确实“身手不凡”。借“小王代父升帐”的举措强力推行仁政，到忽必烈三年后凯旋时三地已均“深得民心，大有改观”。其一，邢州治绩：史载“流亡者复归，户口增至十倍，诸路州考课时，邢州为最”。又载“新政大兴，邢乃大治”。其二，河南政绩：《元史》载，“分屯要地，且战且耕；修筑城堡，保全边民；整肃吏治，诛杀奸恶”，最终达到了“河南大治，流民复归”之目的。其三，京兆治绩：《元史》也曾详述“提拔贤良，锄暴黜贪，整顿吏治，薄税惠农”等诸策，并特别提到为“多重教化”，竟举荐理学大师许衡为“京兆提学”（类似今日之省教育厅厅长）。由此可见，在农耕地区推行汉法之彻底。当然，上述治理大多在忽必烈远征之前已经开始，人事安排和施政之策也大多出自他手。但远征云南前前后后将近三年，如果没有察苾在后方坐镇毡包王城奋力推行，或许早就半途而废了。尤其是身处金莲川幕府的儒僚们体会更深，如果没有贤能的王妃甘愿在幕后默默无闻地力排万难，忽必烈是很难完成他那“思大有为于天下”之追求的，更难在草原汗廷与中原汉地威望俱得以空前的提高，影响也在迅速扩大。难怪诸儒均对察苾王妃敬佩得五体投地，进而有感于她的人格魅力而追随她一生。有的甚至为了完成她的遗愿，甘心为她“以身试法、肝脑涂地”。相关的故事后面还会讲到，现在还是且先展示一下后人对这对“政治伉俪”的评价——

难得的志同道合，罕见的双翼齐展！

自请入质

忽必烈凯旋，曾给皇室带来一段相对平静与和谐的时光。要知道，马背民族的古老传统一贯是以“战功”论英雄的。而忽必烈南征云南，旭烈兀西征波斯，所带来的胜利的最大受益者还当属蒙哥大汗。因为，这不但再次证明了汗位转归拖雷家系的正确性，而且更证明了自己这位大汗果然指挥有方且超级地“英明伟大”，甚至可藐视前人。俱往矣！数风流人物还看今朝……

但察苾却对这种甚至稍带温馨的平静与和谐本能地感到忐忑不安了。她似乎从儒家经典中早知道了“功高震主”的可怕后果，故在忽必烈归来前即开始撤销种种可能成为他人口实的举措了。比如说“小王代父升帐”有可能影响到大汗诸皇子的“天资聪慧”，刚等忽必烈一回到金莲川，便严禁真金再踏进王帐一步了。而此时小真金那好奇爱玩的劲头儿也早消磨殆尽了，只觉得每日天刚亮就得升帐“照本宣科”真是苦不堪言。忽必烈归来免了这份折腾实在太好了，自己还能天天得以睡个好觉……除此之外，察苾还做了许多避免引起汗廷猜忌的事情。而忽必烈却似乎对未来的形势估计不足，终于促使察苾这一天向他提出这样一个建议：还不如主动让她带着真金回到汗都哈尔和林的王府。蕴涵颇深，但被忽必烈断然否定了。

在忽必烈看来，自己之所作所为均“严遵圣命，问心无愧”。为实现圣祖“入继华夏大统”之宏伟遗愿，在中原诸地推行“汉法治汉”乃为将来“一统天下”搭桥铺路。而平定云南并留下兀良合台老将所率部众继续扩大战果，也是为将来两面夹击彻底消灭南宋。何罪有之？何患有之？况且“思大有为于天下”者绝不能“瞻前顾后”，而身为兄长的大汗也应理解为弟者之“用心良苦”……果然，面对着中原食邑因“汉法治汉”受损的诸王贵胄之控告，面对着尚须下马种地的“屯田戍边”蒙古将士之投诉，蒙哥大汗似尚念“手足情深”未加理睬，反倒又将怀孟之地（今河南沁阳一带）及下属一万余户再加封赐予他为“食邑”。皇恩浩荡，并于1256年更进而钦准他动工修筑开平王城。而察苾却认为，这是大汗亲自在“点火”……

不幸被察苾言中了，这两把火果真很快便在汗都哈尔和林燃烧起来。利益受损的宗室贵胄、重臣悍将莫不“造谣惑主”火上浇油，其中幼弟阿里不哥更恨不得借这场火把忽必烈烧个灰飞烟灭。从“违背祖制”到“勾结汉人”，从“暗图不轨”到“阴谋篡逆”，什么罪名都敢往上加，足够把忽必烈处死成百上千次。好在蒙哥大汗还算“心中有数”，也不愿有违母亲遗命手上沾上兄弟之鲜血。他只想借这场火把这位最有能力的“皇太弟”烧成个“遭人唾弃”的“光杆废王”，重点是在烧枝、烧叶、烧根，将其党羽“一网打尽”。谁说蒙哥大汗只会阳刚行事，而此次这位蒙古君王就用的是阴柔之策。他竟下诏称：“皇太弟天性仁厚，所有贪赃枉法之事皆奸佞之徒背其而行之。现特遣重臣前往钩考，以还皇太弟清白。钦此！”钩考即今日所称之审计。专从查贪反腐入

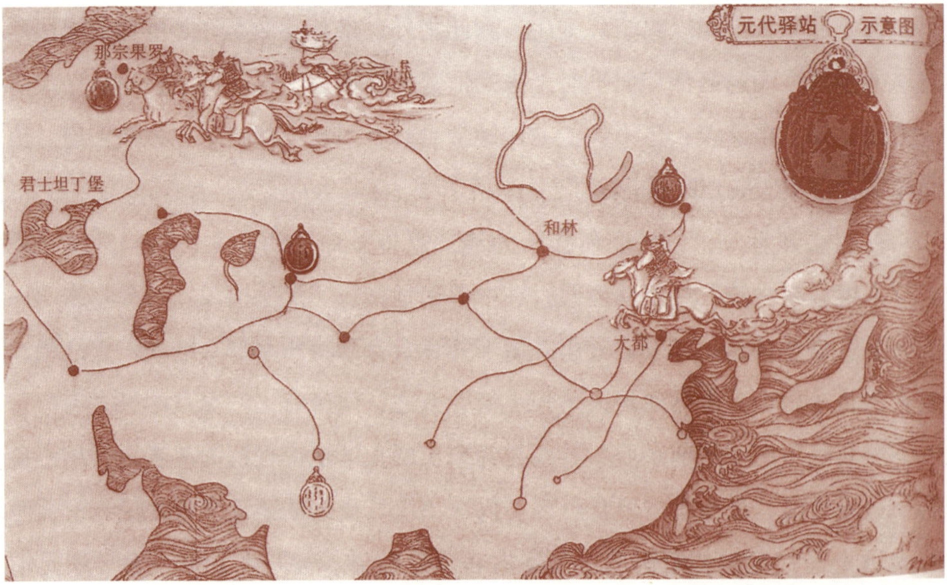

元代驿站示意图

手，明摆着是当着汉地百姓专为恶心忽必烈的。而所派的两位重臣也颇值得一提：阿兰答儿与刘太平。后者乃一员蒙化的亡金降将，以凶悍著称逐步升为重臣。更值得一提的是前者阿兰答儿，也可算得一位旁系远支的小宗王。史载其“天性严苛，擅作威福”，乃汗廷中有名的悍臣酷吏。尚有野史笔记还透露，其当年也曾暗恋和热追过察苾，就因人家不屑于一顾竟迁怒于忽必烈，并莫名其妙地和人家结下了不共戴天之仇。此次奉命南下汉地钩考，似天赐予他复仇良机，故肯定不会手软。果然，当他和刘太平带了一批仇儒的爪牙来到陕西后，就偏要拿大汗封给忽必烈的京兆食邑当“钩考”的大本营，而且火速派出爪牙分赴汴梁、邢州、怀孟等忽必烈分管的诸地，以迅雷不及掩耳之势将所有官员尽皆逮捕下狱。罗织罪名，严刑拷问，似乎要的就是把金莲川幕府所有的能臣儒吏“一网打尽”。一时间，漠南之毡包王城陷入了凄风苦雨之中……

这是一种兵不血刃的无形封锁，致使忽必烈所拥有的皇族特权及军政大权顿时被剥夺殆尽。这时他才理解到为什么平定云南初归时，察苾即惴惴不安地向他自荐欲携王子真金北归汗廷。看来她早就料到会有今日之事，这是自请充当人质以解大汗后顾之忧啊！但面临这场突发的危机她却没有一丝埋怨，反倒格外平静地安抚着忽必烈这颗暴躁的心……却谁知随后发生的一切，还是使“度量弘广”的忽必烈也几度“忍无可忍”了：其一，阿兰答儿竟公然派人冲进毡包王城将主管财税的家臣马亨拘走；其二，京兆又传来消息，阿兰答儿竟将所有被钩考官吏“尽皆械系于烈日之下”，仅一日之内“被威逼折腾至死者，即多达二十余人”。忽必烈闻之心头滴血了，为救这批与自己生死与共的儒僚几欲“拔刀而起”。但每次均被察苾及时地劝阻了，并委婉地告知忽必烈，这正是阿兰答儿所设的“圈套”：欲激宗王“怒不可遏”，而再以“反叛”之名进而“斩尽杀绝”。上上策乃“留得青山在，不怕没柴烧”！为救群僚与保存实力，当务之急乃尽快面见大汗“解其心结”。忽必烈为此再次垂询首席谋臣姚枢，谁料他也应答道：“帝，君也，兄也！吾，臣且弟！事难与较，远将受祸！未若尽是邸妃主以行之（不如打发察苾先去汗廷），为久居谋，疑将自释。”（原文照录）这令忽必烈对察苾的“先见之明”大感惊讶，遂决定为救人先照此议而行。史载，蒙哥大汗闻察苾将“自请入质”汗廷，当即放心一半，竟认为这是忽必烈将一臂与半个脑瓜子交予自己手中。只不该是忽必烈亲自去送又引起了大汗的怀疑，竟认为这是打马虎眼想“图谋不轨”。遂下旨察苾可以留下“随朕同返汗廷”，而忽必烈则必须退回原地放弃卫队侍从，只准带一奴仆由驿站转送而来方可见驾，待遇尚不如一般封国的小使者。但多亏有年轻能儒郝经甘愿扮作奴仆随行开导，最终总算历尽千辛万苦在汗都之外一处偏地见到了大汗。史载，在此之前察苾已在汗廷为“兄弟和解”做了多方铺垫与解释，故才有了《元史》中之所叙兄弟间“相对无语，潸然泪下”。但兄弟亲情是兄弟亲情，权力之争中依然难逃“弱肉强食”的法则。兄弟俩相对泪下的结果便是：忽必烈“自觉”地交出了所有军政大权重回草原当“闲王”去了，而蒙哥大汗则及时地叫停了“钩考”，召回了阿兰答儿与刘太平。

察苾的“自请入质”，为忽必烈保存了大批人才与实力……

洞识时机

1258年阴历二月，蒙哥大汗历经数年的策划和准备，终于拉开了亲征南宋一统天下的历史大幕。但对忽必烈的军事才能视而不见，仍然“弃置不用”。

对蒙哥大汗这种做法，后人有两种观点：其一，认为这是想“贪天之功据为己有”，有意抹杀忽必烈前期所有备战之功。其二，则认为只不过是追求不同而已，蒙哥大汗唯恐他“尊儒习汉”那套老毛病再犯，让他领兵必然会影响三军“唯崇祖制”那种凶猛强悍群狼扑杀式的气势。而无论孰是孰非，似乎结果只有一个：这就是如若这次南征一统华夏成功，那创造并改写这段历史的伟大草原英雄必将只有一个人——蒙哥大汗。

忽必烈被彻底冷落了，像一只失群的孤雁。作为圣祖成吉思汗的亲嫡孙，却不能亲身上阵去实现圣祖成吉思汗的宏伟遗愿，这需要内心忍受多么大的悲哀和痛苦，忍受多么大的屈辱和熬煎。况且一直把他视为对手的幼弟阿里不哥也以“灶主”的身份留在汗廷，和皇子玉龙答失一起负责“监国”。这对他来说也是一个颇为不祥的消息，不知何时这位自命为“少汗”的亲兄弟就会趁大汗远征对自己暗下毒手啊！前途渺茫，危机四伏，致使忽必烈一时间灰心丧气到了极点。这时，又多亏了贤能的察苾及时给予了抚慰……

察苾是在“自请入质”汗廷一年之后，才和被夺去军政大权贬回草原的忽必烈相聚的。表面看来，大汗对他们尚念“手足情深”，并特赐一片有温泉的草原以供忽必烈“疗养足疾”，实际上是为了使“贤王”彻底转化为“闲王”，故形同另类“软禁”。而也就在此时，察苾发现了化装成仆从而来的年轻儒臣郝经之智谋绝不在姚枢之下。这是因为郝经对此次南征的看法与自己完全相同，都认为“灭宋时机极不成熟”便“逞一时之勇，空国而出”，其结果尚“吉凶难卜”，故“宗王未被授命焉知非福”？而察苾一方面以此经常劝慰忽必烈，一方面又命郝经尽量详加分析书写成文以解宗王郁闷之苦。谁料色目家臣康里人燕真却又提出：“主上素有疑志，今乘舆远涉危难之地，殿下以皇弟独处安全，可乎？”（原文照录）察苾闻之“以为然”，遂与忽必烈紧急相商应对之策。随后便决定由郝经立即写成一道呈文，经驿使加急呈送到前线请求蒙哥大汗恩准自己出征南宋。这才是：去也难，留也难，进退两难处处隐祸患。有蒙哥大汗在，尚可震慑阿里不哥的“恣意骄横”，而现在蒙哥大汗已“空国南征”，谁知这位“监国”又能做出什么“手足相残”的事情？察苾对这位“少汗”实在是太了解了……

若论智商，阿里不哥在拖雷的四个嫡子中是最低的了；但若论野心，他却凭着“灶主”的身份在四兄弟间当属最大的了。皆因蒙哥大汗那“唯崇祖制”的宣示被他抓住了把柄，竟狂妄地认为就连今日大汗之位是他让的他日必还！为“以防万一”，对其他两位兄长更是百般诬陷和排挤，已把旭烈兀逼得远避波斯从不返国，又岂容已被搞倒搞臭的忽必烈再有机会“东山再起”？如若由忽必烈亲自出面化解矛盾很可能等于“自投罗网”，为此似也只能由察苾亲自出面来“委曲求全”了。这个“全”系指“内忧外患”，当然现在主要是指“内忧”而言。其实，察苾早就看出蒙哥大汗对这位“灶主”也颇不放心，所以才在行前把留守的禁卫军权交给他自己的儿子玉龙答失并设了“双监国制”。这也可算作对阿里不哥自奉为“少汗”的一种警告，故而察苾有求似也能只求这位皇子了。虽身为长辈，但对于这位年轻的皇侄“监国”却极尽“人臣之礼”。没有说另一位“监国”一个不字，似只有透过泪光欲言又止的乞告的眼神。而玉龙答失从小就对这位“美貌绝伦、智慧超凡”的王婶佩服得五体投地，果然立马心领神会地向温泉草场派去一支卫队。后又进而遣驿使快马请示征途中的父汗，最终使忽必烈获准召回自己王府原有的部分家臣和卫队。却谁料还没消停几日，就又面临着意外的突发事变……

原来，似乎正应了察苾和郝经的预言，蒙哥大汗显然对南宋军民的顽强抵抗估计不足。三路大军之中，除他亲率的西路军已势如破竹般攻入川蜀外，其他各路大军均前后受阻。兀良合台老将所率的南路军本来就兵力不足尚可原谅，而宗王塔察儿所率东道封国十几万铁骑直逼长江竟被打退就预示着不祥了。一时间军心颇为混乱，有人竟公然喊出了攻打汉地汉城“非皇太弟莫属”！好在忽必烈已经有请战的奏章，蒙哥大汗为求必胜也只能借这个台阶“一改初衷”了。紧急诏告忽必烈取代塔察儿宗王，命其火速上任统率东路军战长江向南宋发起正面进攻。消息传来，忽必烈尚在猜度大汗之“用心”，察苾已开始力谏“机不可失，时不再来”。而郝经则说得更彻底：与其在草海中没顶，还不如借此冲出樊笼。一飞冲天，以求浴火重生！史载，忽必烈“从之”，而皇子玉龙答失为父汗的“功成名就”，当然会以“监国”身份力助其“尽快成行”。由于幼弟阿里不哥尚在“从中刁难”，故也只能留下另外两位王妃（皆政治联姻之产物）为“人质”，仅带察苾与真金等少数眷从急返漠南故地。此时开平王城以大汗“冬宫”之名也已在金莲川尤岗之上建成，而这回忽必烈居然胆敢“当仁不让”地置帅府于其中。号召力极强，果然仅仅才几天，保存下来的旧部实力人物及金莲川幕府儒僚均纷纷投奔而来。

主持开平王城一切的却仍是察苾王妃，因为忽必烈次日即带着郝经急赴鄂州接管十余万草原铁骑去了。有平定云南时的“双翼齐展”，这回他对察苾的政治才干更加充满了信心。果然，这次贤能的王妃早看出了开平王城重要的中枢地位：北连汗廷、东临燕京、西控秦陇、南对战区。既可随时与“监国”皇子进行联络，又可借燕京掌控幽燕的动向，同时尚可借秦陇随时了解大汗在川蜀的战况，而更重要的还在于能够及时地向忽必烈输送人才，提供充足的粮秣和战略物资。

独当四面！这种政治重担似绝非仅凭一个“贤”字能担当了的，但察苾却坐镇开平王城依然显得十分从容。首先，她仍然请许衡、窦默等四位德高望重的大儒常护卫在真金的身旁，以突显圣祖成吉思汗嫡重孙的权威性。但已一改例行的“小王代父升帐”，现在若想在王城见上小王一面除宿旧之外已难上加难了，只为突显神圣性，对外均由重要家臣传话。而且她在还真金“自在”的

押送图

同时，却仍借小王之口下令赵璧组成王府的快马驿使队，主要是为保持和忽必烈的畅通联络。（蒙古马虽貌不惊人却常常可以“日行千里”）除此之外，便是为保持和在燕京为官的色目家臣孟速思、汗都留守的总管燕真、京兆原有的故吏旧臣等的联系不断，故而也可称“王妃不出门，便知天下闻”。不但了解汗廷动态、东路军的进展，甚至就连蒙哥大汗远在川蜀的战况等均了如指掌。更难能可贵的是，她绝不仅仅是及时地向忽必烈提供各方面的情况，而且尚有她自己独到的分析和建言。详查历史，在中国历朝历代的所谓“贤后”之中，能如此干练地涉足政治、经济、军事等多项事务的，似唯察苾一人！难怪后人尊之为“蒙古族杰出的女政治家”。

忽必烈也是一位极具雄才大略的蒙古族宗王，为早日实现圣祖成吉思汗“入继华夏大统”的遗愿，这次南征他早把一切均豁出去了。为解除汉地庶众的恐惧，他更进而采取察苾的建言，重又高扬起“仁义之师”的大旗。不仅三令五申将士们“严禁妄自杀戮”，而且事先还派出习儒的能臣干吏为“江淮荆湘”宣抚使前往各地安抚百姓。再加上忽必烈天生威严，又在东部诸王中具有极高的人气，并曾下令将一名胆敢违法的部下“戮之以号市”，故而无人再敢违抗军纪帅令。长话短说，仅数月之内他已彻底扭转了战局，并统率东路军十余万铁骑成功地逼近长江，矛头直指天堑屏障鄂州（今武昌）。但就在这秣马厉兵操练准备突破长江天堑之际，却突然由庶弟末哥（非嫡正生子，但其母曾是忽必烈乳母）私下传来一个令人震惊而又极其机密的消息。虽尚无他人知晓，但已足以打乱忽必烈总体的战略部署。原来，蒙哥大汗竟意外地猝死于川蜀钓鱼城下……

后代史学家是这样评价这件事的，称其“抛弃蒙古军灵活机动的野战特长，违背蒙古骑兵喜寒恶热的习性。聚数万之众，冒盛暑强攻防御坚固而范围有限的钓鱼城。累月不下，兵疲帅钝，不改陈规，不思变通，逞匹夫之勇，以身殉阵”。偏执、自尊，绝不允许在节节胜利中留下即使是小小的一个“污点”，最终才导致了这样惨烈的“功亏一篑”……而在末哥的密报中还提到了另一件大事，即建议他“速反漠北，以定大位”。这才是渡江战略部署陷于混乱的真正原因，致使忽必烈尚在悲痛中举棋难定。多亏快马驿使带着察苾的密信也及时赶到了……

显然她也通过其他渠道得知了大汗猝死的消息，但密信中却只有简单的几个字：当以蒙古心思之！这是什么意思？正当在汉地隔江与汉兵对峙时，她却一反常态地提出“当以蒙古心思之”，这不是与她一贯倡导的“仁义之师”背道而驰吗？但忽必烈拆开信后却顿觉“豁然开朗”，当即便下令全军“渡江夺鄂”的战争部署“全面启动”。在长时间的配合默契中，只有他才能深知这简单几个字的内涵。在这特定的背景下不“当以蒙古心思之”能成吗？要知道，此次南征之三路大军全由拖雷之子或家臣统率，眼下蒙哥大汗猝死，兀良合台的南路军受阻，如果自己再要撤兵北返问鼎汗位，这一切看在崇尚“武功”的马背民族眼里，那就等于是拖雷家族的全线溃败，必然会导致新一轮的“汗位更替”，必然会面临各大宗王的纷纷挑战。再何谈拖雷家族的荣誉？再何谈早日实现圣祖的宏伟遗愿？忽必烈从察苾之议，最终决定跨越长江力挽狂澜了……

首先，他不再向全军将士隐瞒蒙哥大汗业已猝死了，而是将他塑造成一位“顶天立地、跃马横刀、为国捐躯、前无古人”的英雄大汗而宣示于众。一个“神话”足可激发起十万铁骑的同仇敌忾，随之在风雨交加的一个早上终于突破了南宋舰船的拦截，胜利踏上了长江南岸。这在成吉思汗征战以来也当属第一次，故消息传回漠北政局才稍显稳定。此后忽必烈又采取了“围困鄂州（今武汉）、吸引敌方主要兵力”之策，却暗中派重将率铁骑插入南宋腹地佯装攻取临安（今杭州，南宋国都）。其实，忽必烈心里明白，在“汗亡国乱”的大背景下，此时灭宋绝不可能。他只是想借此接应回兀良合台所率的南路军、末哥所率领的西路军残部，先图个“三军会师”，重返漠北也好彻底洗刷“全线溃败”之耻。谁料接应兀良合台与末哥尚处于重重困难之际，竟会有人主动给他送上一个“凯旋”的绝佳机会。此人即南宋亡国之相贾似道……

南宋从赵构与秦桧开始，一贯以昏君与奸相搭配而闻名。贾似道便是颇具代表性的奸相之一，史载其“荒淫无耻，贪腐成性，蒙蔽圣躬，尤善弄权”。见忽必烈举兵跨江而来，北围鄂州，南扰腹背，两面夹击，似已将临安陷于“四面楚歌”之中。他终于再难支撑下去，唯恐“恶行暴露，举家受诛”。故派爪牙宋京为使，秘密与忽必烈议和，主动答应“称臣纳贡”，并“岁贡银二十万两，绢二十万匹”。这是多么好的“台阶”啊！帅帐的儒僚武将们均认为可借此高扬胜利的旗帜凯旋。须知，阿里不哥身在漠北借此“大好形势”已经为争夺汗位开始下手，现已派出亲信分赴燕京与京兆分别掌控幽燕与川陕了。悍臣阿兰答儿已经带兵在开平王城附近出现过，多亏王妃遣使以“成吉思汗嫡重孙在此”为由方将其严词逐走……但忽必烈毕竟是个极具蒙古特质的血性男子汉，他既舍不下庶弟末哥，又舍不下老帅兀良合台，更不愿这样鬼鬼祟祟就此而下“台阶”。故任众谋士磨破了嘴皮子，他却非要坚持起码要光明磊落地先拿鄂州再说。群臣众将焦急万分却又束手无策，好在此时开平王城又传来一封加急快报。史有详载，而上面竟似乎只写了“不痛不痒”的几行字——

大鱼的头被砍断了，在小鱼中除了你和阿里不哥之外，还剩下谁呢？你回来好不好？

这是用夫妻间蒙古族密语写成的，显然是出自察苾王妃之手。表面看仿佛是“轻描淡写”，但实际上却对忽必烈起到了“振聋发聩”的巨大作用。须知，她不仅代自己掌控着幽燕秦陇川蜀的风云变幻，而且还代自己了解着草原汗国的政局动向。为此，口吻虽极尽“委婉恭顺”之能事，但还是令忽必烈顿感“事态严重”，当即做出如下决断：其一，立即接受贾似道的“称臣议和”之所有请求；其二，继续遣重将接应末哥与兀良合台；其三，十万铁骑暂时撤至江北“按兵不动”，从而同时威慑南宋与汗廷双方。而更重要的还在于，忽必烈当晚便仅带廉希宪等几位谋臣勇将连夜潜行北归。尚不待透露出一点风声，他已突然犹如“从天而降”一般现身于古都燕京了。当然，这一切均少不了察苾的细致安排和接应。

由于忽必烈久为拖雷家系汗位的合法性进行打拼，此时阿里不哥已在草原汗廷“尽得先机”。再加之蒙哥大汗的嫡子们均严遵母后遗命退出了这场汗位之争，故阿里不哥便以“灶主”和“监国”的双重身份已在汗廷掌控了一切行政资源和军政大权。忽必烈如若想再回到草原就等于自投罗网，也只能在幽燕大地上与这位欲将他置于死地的幼弟一决高下了。所幸一到燕京便得到孟速思等旧臣故吏的鼎力支持，刹那间便掌控了阿里不哥的爪牙与同党，但不押不杀反倒好吃好喝让他们向监国日日奏报“诸事如意，顺利推展”。而几乎与此同时，忽必烈已命霸突鲁等亲信将领将数万铁骑调往居庸关长城一线以防万一。总而言之，在坐镇开平王城的察苾的密切配合下，终于说服了以塔察儿为首的所有东道诸王与以哈丹为首的西道部分宗王，并于1260年1月，于开平王府之外的滦河岸边大草原上成功召开了“忽里台”大会，忽必烈抢先一步登上了大汗宝座。

忽必烈依汉制按历朝历代的传统有了自己的年号——中统。切莫小看此事！有史可查，“中统”即“中华开统”之意，故后代历史学家多把1260年视为大元王朝开国之年。更何况忽必烈尚将汉地之开平定为都城，这更说明了他“入继华夏大统”的决心。

察苾功不可没，但阿里不哥依然实力强大……

主政开平

据史载，1260年3月，阿里不哥在漠北闻讯之后也在汗都哈尔和林随后匆匆登上汗位。虽比忽必烈整整晚了两个月，但他却仍占着天时、地利、人和等诸多方面的优势。而忽必烈也绝非处于劣势，依仗着中原汉地丰沛的物力和人力似也并不示弱。就这样，大漠南北遂形成了“兄弟阋墙，两汗对峙”的罕见局面。随之，察苾又被留在新都开平主政了。

综合各种史料便可看出，对峙的初期忽必烈主要是留守在燕京，甚至进而将帅帐设在居庸关下，以便及时应对阿里不哥随时都可能发起的南下突然袭击。此时的这位“灶主”早气急败坏，似恨不得亲手宰了抢先称汗的忽必烈。面对着六亲不认的阿里不哥，忽必烈似也只能“严阵以待”。但他绝不是仅顾离汗廷距离最近的北线，对于秦陇一带的西线也有所防范。虽兵力不足，但已有畏兀儿名将廉希宪与汉儒商挺等自愿请命前往。廉希宪曾任京兆宣抚使，因行仁政故在川陕极受诸多汉世侯敬重，而商挺也在此交结极广，为此才敢向忽必烈提出“遍地可兵”之保证。虽北西两线均有布防，但这位大元王朝的缔造者还极具远见卓识地认准了一个道理：自己眼下的唯一优势便是占有汉地的物力、人力资源，如果不能顺应民心进一步依儒法施政，后果将不堪设想。为

忽必烈登基

此，在开平登位之后，便与察苾数日相商已有了个总体的构想，交与察苾全权推行之，随后才到居庸关下设起了帅帐。

《元史》载，察苾“上都践祚，居多辅佐之谋”。确实如此！在忽必烈留守燕京“唯掌军事”期间，察苾在开平充分利用儒臣汉僚的集体智慧，首先对原汗廷的权力架构进行了彻底改造，初步废除了“武将领政”的旧习，而广为推行中原历朝历代及辽金之初期“文官治国”的体制。首设“中书省”（即中枢内阁），再设“枢密院”（类似军队总参）及“御史台”（监察机构），全面地与华夏的历代王朝从政治体制根本上接了轨。此举足以初步解除中原士人的忧虑，均认为这是“新朝”欲继续推行“汉法治汉”之重要表态。

史载，就连忽必烈闻奏也赞曰：“天下国家，譬犹一人之身，中书省是吾之右手，枢密院是吾之左手，御史台吾可用来医治左右两手也！”而更令中原庶众欣喜的是，中枢内阁之用人更突显“不拘一格”起用人才。从民族成分上来讲，除了蒙、汉两族之外尚有畏兀儿族、契丹族、回族，甚至还有伊斯兰什叶派之圣裔等。而其间汉族入阁者竟多达十名，远远高于蒙古族入阁者之五名。显然要比辽（契丹）、金（女真）大度多了，突显了忽必烈这位“新皇”之尊重儒家传统的“选贤用能”。故曾广受历届大汗统治压榨之苦的中土士民，当然会在两汗对峙中力挺忽必烈而死反阿里不哥了。察苾却认为这还远远不够，奏请忽必烈设十路宣抚使将各项“仁政”尽快推向长江以北中原各地。而这十大宣抚使中除赛典赤·赡思丁之外，其余九人更均是“藩邸旧臣、幕府儒僚”的汉族士人。察苾并亲促众使尽快下到各自负责的路、州、府、县，大力宣示并推行忽必烈的诏告：“国以民为本，民以衣食为本，衣食者以农桑为本！”此诏在农耕地区很快便产生了极大的影响力和凝聚力，致使忽必烈不但在前沿阵地毫无后顾之忧，而且得到了汉地汉众从战略物资和人力的及时支援。最终迫使阿里不哥跨漠南下“讨逆伐篡”之战役部署难以施展，似也只好改命阿兰答儿率军与仍忠于他的浑都海部会师转为西线讨伐。谁料廉希宪与商挺等人在秦陇川蜀一带果真实现了“遍地可兵”，充分调动倒向忽必烈汉世侯的兵力竟以少胜多大败来犯联军于甘川东山耀碑谷。时间为1260年5月，并将主帅阿兰答儿与浑都海均枭首示众。

随之，便彻底扭转了战局，忽必烈开始转守为攻了。仅仅在西线大胜两个月之后，他便趁阿里不哥一方尚处于混乱之机即乘胜向汗都哈尔和林发动了突袭。兄弟双方决战于漠北草原之巴昔乞，最终是以阿里不哥全军溃败落荒远逃而宣告结束。从而忽必烈得以胜利者身份进入旧都哈尔和林，进而初步实现了少年时即要的追求——效法唐王李世民，也做“天可汗”兼“大皇帝”之初步设想！但他却能仍不忘母亲遗嘱“绝不允许‘手沾兄弟鲜血’”，故这才放阿里不哥远遁于吉里吉思封地反思去了。为什么阿里不哥占有强大的优势而又如此不堪一击？史学家除归功于忽必烈的杰出军事才能外，还特别指出了察苾坐镇开平“善用人才”。比如，曾是汉世侯李璮首席谋臣之王文统，在转投在忽必烈帐下之后便突显了“理财施政”之奇才。察苾即充分发挥他的才能，及时阻断了对草原汗廷粮秣、弓矢、刀枪以及酒类与奢侈品的供应。因草原和汉地早密为一体而汗廷这一切又均取自中原，故一阻断便使得已习惯于奢侈生活的宗亲贵胄叫苦不迭。随之汗都哈尔和林“百业萧条”陷入了一片混乱，加上阿里不哥又从未带过兵且政治智商极低，那不“一触即溃”才怪了。而王文统对忽必烈的北伐却是供应调度有方的，竟能使忽必烈一踏入旧都就能使物资供应充足，立马使哈尔和林又兴旺起来。这绝对有助于忽必烈在草原威望的提升，彻底解决了“两汗对峙”的局面，而被公认为唯一的大汗。王文统是功不可没，但察苾已暗暗注意起他的“过人机敏”了。忽必烈凯旋后对他大加赞赏，竟把他擢用为主管财政的“平章政事”（相当于副总理）。

总之，在北、西两线的战争均取得决定性的胜利后，忽必烈的“大汗”兼“皇帝”的地位已确定无疑。依照儒家传统，察苾当“还政于主”，自觉地退出政治舞台。史载，察苾果然这样做了，但忽必烈却依照蒙古旧制遇事则依然垂询这位大哈敦。完全可以这样说，这阶段绝对可称为二人的“政治蜜月”期。他们均切身体会到“汉法治汉”的好处，便更协力地促进民族交融。《元史》所载一系列“重农桑”之举措，似大多在此阶段广为推行。比如说，除前面已经说过的诏书“衣食者以农桑为本”外，凯旋后便又立即设立了“劝农司”，分遣“劝农使”前往各地督促农业生产。与此同时，还曾下令“禁止诸道戍兵及权势人家放纵牲畜侵害桑枣禾稼”（主要指蒙古权贵），而且还特别强调“所损田禾分数赔偿”。其他举措尚有：奖励“开荒垦田”，严禁“妨夺农时”，大兴水利“扩大灌区”，以农为本“奖惩官吏”，村屯立“社”以求互助等。更值得一提的是，他还下令集古今之大成编成一部《农桑辑要》大加推广，在七百多年前就知“科技务农”之重要性。为此，后世史学家曾这样总结此系列仁政道：短短时间内，黄河流域被久经战乱破坏的农业生产之恢复已初见成效。

当然，察苾隐没于后宫却依然是他施政的重要推手。这绝非信口而言，确实有史为证，在《元史·后妃传》中就曾记述了这样一个小故事：有一次，在燕京的行宫之内，忽必烈正与四大亲信的“怯薛台”（即大中军四大将领）举杯议事。酒酣兴浓之际，四大亲信将领均请求将燕京郊外的一片农田划为牧场，以便放牧居唐关下战马所用。忽必烈一听乃为“防卫京畿”之需，遂置杯随口答应了。此时察苾恰好路过闻之颇觉不妥，这不等于背信弃义自毁“重农桑”吗？但碍于帝王之尊严又不好进去当着诸将面谏，正犹豫间偏巧近臣刘秉忠前来有章要奏，察苾马上将他拦在门外责之曰：“汝乃汉臣中最明达事理者，圣上把汝倚为朝堂重臣，汝之所言，圣上均极为重视，而为何唯独在此事上不加谏阻？如若在定都之前尚可规划战马牧场，而现今百姓在其农田上已安居乐业，又岂可让其众弃农桑流离失所耶？”刘秉忠也立马心领神会对答道：“请皇后息怒，此确系臣下未尽到职守之故。”忽必烈听到二人在帐外之一责一答，谁料竟也“顺水推舟”地立即罢酒对诸亲信将领改口称应当“从长计议”了……这个小故事起码说明了两点：其一，忽必烈身上仍顽强地保留着马背民族的思维方式和性格特质，而察苾却在接受儒家学说和农耕文明上似乎比较彻底。其二，这已预示着这一皇一后难以永远“志同道合”下去，一遇考验分歧也会随时产生。

果真考验降临了——李璮之乱……

因乱生歧

中统二年（即1261年），是祸乱频发的一年……

阴历八月，因求饶才得以逃归吉里吉思大草原的阿里不哥，经过一年的休养生息终又纠集旧部复叛了。以诈降之术重又夺回了汗都哈尔和林，并在守旧的强兵悍将拥戴下再次登上了大汗宝座。

气势汹汹，对定都开平的新王朝形成了严重的威胁……

而作为兄长的忽必烈也绝不手软，趁这位桀骜不驯的幼弟立足未稳当即决定再次“御驾亲征”。所统率大军除东部诸王及中原贵胄的蒙古铁骑外，更多的却是忠于自己的汉世侯部下之数万精兵。行事风格如旧，再一次留察苾于后方主持一切政务，而自己则统率千军万马深入茫茫草原进行北伐。用现代话来说，似乎也可算作另类的“女主内、男主外”，故大多臣民均预言必定凯旋。

却谁料，竟还会出现令人震惊的突发性“后院起火”。此即史称的“李璮之乱”。李璮，乃以山东益州为中心长期盘踞鲁南与淮北的汉世侯。虽已投靠汗廷，却又背靠南宋，故因其地理位置之重要双方均极力拉拢。其实说白了，汉世侯也只不过归降汗廷的地方军阀，被利用来“以汉制汉”镇压反叛抵御南宋。因而所享特权颇多，如执掌地方军民税政大权并可世袭罔替。当然像李璮这样地理位置更为重要的汉世侯，受到蒙古朝廷的“恩宠”和优待也就更多。比如塔察儿宗王就把其妹下嫁给了李璮，而忽必烈更赏金赐银并进而将当地蒙古驻军交由他节制，真可谓“用心良苦，恩重如山”。却谁曾想，越宠便越宠出了李璮的“自命不凡”和“暗蓄异志”，最终趁忽必烈的“空国而出”漠北平叛而突然“联宋谋反”了。

消息传到新都开平，察苾当然深知问题的严重性了。阿里不哥漠北的反叛如可称“前庭起火”，那李璮背信弃义的“联宋谋反”就可算得上“趁火打劫”了。这等于是“南北夹击，腹背受敌”，而忽必烈正率主要兵力激战于草原母地，显然是远水解不了近渴，中原形势已岌岌可危啊！但察苾毕竟是一位极具胆识的蒙古族女政治家，面对种种来自东南的叛乱奏报还是相当从容镇定的。一方面急报于漠北的忽必烈，一方面密诏张易等初显战略才能的金莲川幕府儒臣相商。随即决定先采取“不动声色，静观其变”之策略，以给他造成朝廷早“心中有底，不屑一顾”的感觉。其实暗中还有另一手，早遣能臣与镇守燕京的真金取得联系。此时的真金也只不过十六七岁，却已被忽必烈封为燕王。虽未明说，但在汉臣看来“已当太子用”。母子心灵相通，真金早知母后

乍马宴

用意所在。他立即下令留守居庸关的蒙汉将士分批下城轮换现身于燕京（其实随后又返回长城），给人以一种“兵强马壮，蓄势待发”的感觉（却又显极其保密状）。同时，还放出风来声称：“奉圣上之命，不日太子将代父皇赴山东曲阜朝圣……”总之，这一通虚虚实实的宣示，竟使得“善变多疑”的李璮改变了战术：仅攻占济南而号召所有汉世侯“共同起事”，这显然为忽必烈争取到了更多的时间。故而，后代史学家虽对李璮之举评价不一甚至极为对立，但有一点却是相同的，那就是他之“志大才疏”。这或许还有另一原因，即曾嫁女予李璮而曾成为他主要谋士的王文统后来转投忽必烈了。

而现在王文统正掌控在察苾手中。由于作为“质子”的李璮之子突然在燕京失踪，早使她注意起正在此地执行公务的王文统。是察苾太了解儒者“忠臣不忘旧主”那一套了，深知若无王文统这位“平章政事”的暗助，质子是很难潜逃的。故尚未待李璮“起事”即已将王文统急召回上都开平，但就在叛乱事发之后也未对其拘押立即追究。而是佯装不知只是向他询问有关李璮的为人、行事、才略、智谋以及性格等诸方面特点，最终逼得王文统只好“两面示忠”地托出了李璮“自命不凡，志大才疏”之种种致命弱点。最终还进而特别指出，但若其帐中有高人指点，“鲁南近海，如举精兵乘舰船北上，一举攻下居庸关，阻圣上于漠北，则众世侯必应，中原乃不知谁家天下矣”。而朝廷现有种种应对举措，皆为察苾闻王文统之言“知其人”之后所做出的决断。在燕王真金心领神会的配合下，李璮显然只敢攻占济南尽显其“自命不凡，志大才疏”之真面目。更值得一提的是，忽必烈听开平传来的奏报之后更加心中有底，集中精力在漠北草原昔木土淖尔一举全歼阿里不哥所有的精锐，迫使这位“灶主”只能逃往更加遥远的西北草原而从此一蹶不振。这就是历史上有名的“昔木土之役”，胜利捷报传回中原李璮似也只能加固城防龟缩于济南了。

其实，此时忽必烈已带谋臣姚枢先行潜归开平……

但察苾看到，昔日“度量弘广”的君王现在却似乎变成了一触即发的“炸药桶”。满腹狐疑，似看着朝堂上的每一位儒臣汉将都不可信任。察苾知道，这是受“李璮之乱”的刺激太深了。付出了多少封赏，给予了多少恩宠，没想到换回的竟是这样一副背信弃义的狼子野心。这对坦荡率真、深重信义的蒙古民族来说，矛盾已够尖锐和严重的了。尤让这位蒙古族大皇帝“心头滴血”的是，这位恶人竟为了向南宋表达“矢志不渝”，不但亲自逼死了下嫁给他的黄金家族高贵的蒙古族公主，而且还亲自动手屠杀了他节制下的近二百名的蒙古族铁骑。这不仅是趁阿里不哥之“死灰复燃”在自己背后捅刀子，而且这也是公然亵渎圣祖和挑衅马背民族啊！况且还听说李璮曾遣使和各地汉世侯串联，但为何至今也没有一家敢于到自己面前坦承其事？长生天在上！还有多少汉臣汉将值得信任？……察苾心里明白，在这种特定的“义愤填膺”的情绪下，忽必烈不但早忘了燕王真金等臣众为他争取时间之功，甚至连他自己扫平漠北之大胜也早抛之于脑后。

心中似只剩下了愤怒、暴怒，以及被怒火燃起的强烈民族自尊心……

察苾头一次置身于忽必烈的身旁而无法“进言”了，似只能成天任着那些守旧的宗室贵胄与蒙古臣将哭号着对他“施压”。忽必烈也果真仓促间出重兵去讨伐李璮之乱了，却因疑心重重竟在蒙军与汉兵中接连派出三帅，并一一密嘱相互监视。幸亏李璮龟缩于济南既无汉世侯响应也未得到南宋的任何支援，故大军一到很快便破城活捉了投大明湖自溺未死的李璮。蒙军统帅哈必赤为尽快查清其在汉地的“同党余孽”，便与汉军统帅史天泽在济南城外的帅帐里立即予以严审。却不料李璮“谁审咬谁”，不仅“咬”出了绝大多数的朝廷汉臣与汉世侯，而且还反咬哈必赤因大量受贿曾与自己“结盟”。而作为最早追随忽必烈并曾任中书省丞相的汉世侯史天泽来说，深知如长此下去忽必烈肯定会“逢汉必疑”，中原必将大乱，甚至还会株连一些“知汉”的蒙古上层。也可称“侠肝义胆”，多亏史天泽竟将个人安危置之度外并以“宜即诛之，以安人心”为由，当即下令将李璮肢解后“枭首军门”。消息传回上都开平之后，察苾称史天泽“忠义可嘉”，而忽必烈却认为此乃“杀人灭口”。

歧见初显，最终蒙元初期的“扩大化”还是开始了。多亏史天泽继续率军直捣李璮鲁南的益州老巢，并将其所占领的淮北鲁南等地尽皆收复，方获准回京“待罪职”。但对汉臣与汉世侯的怀疑并未因此解除，反而搞得人人自危株连者越来越众。就连追随他数十年的贴身近臣畏兀儿儒将廉希宪与商挺等人，虽秦陇之战居功至伟却也因小人诬告被召回或下狱或软禁。此时，在守旧的蒙古族贵胄和悍臣悍将的强大压力下，似乎“汉地汉法”“重农劝耕”“尊儒重教”等种种施政举措也被怀疑起来。

在此时，汉臣儒僚似乎也只能寄期望于察苾了。而这位大哈敦（其时尚未来得及封后）其实也早在开平后宫委婉地加以开导了，力图说明真相助忽必烈“重启圣明”。但谁料强悍的蒙古族上层的守旧集团竟把矛头暗指向了她，有的悍将竟公然暧昧地指出：这一切均发生在大汗外出他人主政期间！据野史笔记载，这一天，察苾终于在后宫恭顺地跪倒在忽必烈脚下，含泪“坦承”自己确系史天泽、廉希宪、商挺以及诸多汉臣汉世侯的“总后台”，他们之所作所为均系“我之指使”，并恳请圣上“杀臣妾一人以谢天下，而留众臣再谋宏图大业”。忽必烈闻之大吃一惊，并从中猛悟其言之深刻内涵。作为一位具有雄才大略的帝王能不知察苾的暗示：再如此偏执下去汉臣必逃、汉世侯必反、汉法必废、天下必乱，一统华夏之种种努力也必将“前功尽弃”……再加上汉臣儒僚闻讯后均在感动之余竭力配合，比如随同北伐的首席谋臣姚枢次日“面圣”时，便带头“愿以身家性命百余口为廉希宪等担保，称其绝无反意”，并且私下向忽必烈献上一策，即借此“罢黜世侯，收揽权纲”。而作为头号汉世侯的史天泽竟也“顾全大局”地竭力配合，随之更主动面圣请求：“兵民之权，不可并居一门，行之请自臣家起！”（原文照录）也有近代史学家称：乃有感于察苾的“自我牺牲”而做出的“带头牺牲”。但不管怎样，忽必烈毕竟是一位“志向弘远”的蒙古族君王，有察苾为他灭火，有汉臣与汉世侯给他台阶下，又有“罢黜世侯，收揽权纲”这样不需动一兵一卒的罕见“战果”，故也就立即“见好就收”，仅杀了王文统父子便停止了“扩大化”。

但从此汉臣儒僚们却再难见到察苾了……

当然，绝对不会出现什么“罢黜皇后”的事件，但确实是忽必烈对她也“收揽朝纲”了。从此，除重大的节庆或外事活动需陪同皇上接受觐见外，听说绝大部分时间均受命深居大内而“统领后宫”去了。而几乎与此同时，忽必烈却将她在“两汗对峙”时期经请示所做的人事安排，为化解心头未消的余怒也重新进行了调整。中书省、枢密院、御史台，以及十路宣抚使之内的汉臣儒僚均大为锐减，竟采取了“突显蒙古人、借重色目人，压抑和牵制汉人”之用人策略。随后又进而推行了民族歧视的高压政策，竟严禁汉人私有刀枪或可用作击打之铁器。更有甚者，为防范弓矢流入民间而严禁猎户狩猎。并已开始将蒙古人称为“国人”或“国族”（当政党用），同时钦定由“国族”担任中原各地之“达鲁花赤”。此称系与“扎鲁忽赤”（大断事官），概念不同的两类官职，“达鲁花赤”乃汉译之“镇守者”、“监临官”或“宣差”的蒙古称谓。虽不掌管具体政务，却又享有各地的最高施政决策权。至此，“四等人制”已初显轮廓，似只等着灭宋后的“南人”了。

毡庐

察苾似乎就要被淡忘了，却渐渐突显出一个“家奴”来。此人即色目权臣阿合马，也确实曾是察苾由弘吉拉带过来的一个陪嫁家奴，为西域商人之后，故极善理财。在“两汗对峙”时初显身手，到“李璮之乱”后因“尤善钻营”而已由“家奴”渐渐成为忽必烈的“贴身重臣”了。察苾虽久已隐退于深宫大内，却对这个家奴飞速擢升的原因特别明白：显然是忽必烈既对汉臣儒僚仍充斥着疑虑，又对蒙古臣将凭“国族”身份曾屡屡向他施压也极为不满，故而急需一位既听任他摆布而又能替他挨骂的“敛财奴才”。就这样，阿合马最终取代王文统爬进了中枢内阁的高层……察苾虽已知这个刁钻贪婪的昔日家奴给自己的声誉造成了极大的伤害，但对忽必烈的所作所为采取了理解和从不过问的态度。因为她太了解自己的丈夫了，他不仅是个极具雄才大略的帝王，而且是个罕见的平衡术大师。时而偏激，时而又恢复理性；时而矫枉过正，时而又认真纠偏。蒙汉臣将均慑服于他那雄浑的政治魄力下，故他那“入继华夏大统”的宏誓大愿始终在顺利推行着。这不，幼弟阿里不哥走投无路终于前来归降了，中原仍然坚持“汉地汉法”的政治架构并未改变；燕京业已改筑完成使政治中心南迁；派赛典赤·赡思丁治滇奉圣僧八思巴治藏最终奠定大西南的疆域版图；并于1264年改年号为“至元”作为一种前期铺垫；1271年更进而将国号“也客蒙古兀鲁思”正式改称为“元”（取自《易经》大之至也），公然宣示自己已跻身于夏、商、周、秦、汉、晋、隋、唐、宋之华夏历代王朝的序列……而眼下最重要的任务便是跨江消灭南宋小朝廷，不然虽有“大元”国号也尚难称“南北大一统”。但内库几近耗尽为达灭宋的最终目的尚须大量的物力财力，为此这位大元皇帝才睁一只眼闭一只眼任阿合马不择手段地去敛财。忽必烈的“如此用人”是被察苾甘担“家主”的污名而理解了，却不料阿合马却“得意忘形”地越来越无法无天。

这时燕王真金已受命“领中书省事”。这一天，阿合马更“狂”到了极点，下朝后竟当众指责深孚众望的一代大儒许衡说：“公实反耳！人所嗜好者，势利爵禄声色，公一切不好，欲得人心，非反而何？”（原文照录）消息传到主持中书省的燕王真金耳内“遂大怒”。须知，自幼习儒的真金从小就在许衡身旁长大对这位长者“感情甚深”，而且本能地对母后这个“家奴”也早十分反感。故闻讯后急召阿合马来到中书内阁，并当着众阁僚义愤填膺地痛斥他的“无法无天”与“颠倒黑白”。似仍难解心头之恨，竟又“掷物击打之”。故史载，阿合马“最惮太子”。但经阿合马“面圣泣告”后，忽必烈竟认为此乃察苾“为保清誉”挑唆之结果。故踏入后宫欲寻衅质问，谁料偏巧察苾从太府监支领了“缯帛表里各一”欲为孙儿缝制衣服，忽必烈见之即借机责其曰：“此军国所需，非私家物，后何可得支？”（原文照录）明显的找碴儿，意在诬察苾这也属“贪”。故《元史》将此事列入帝后之“节俭持国”，似也太有点牵强附会了。请想想！一位大皇后竟无权向主管后宫供应的太府监领取一点衣料？而“缯帛表里各一”竟能和“军国所需”挂上钩也似乎太过于“上纲上线”了吧？但察苾凭着她敏锐的政治感觉，很快就判断出这是真金触怒了老子而把她当挑唆者了。故为了儿子她一句也没有辩解，而是急命宫女送还缯帛并自己也垂首默认了。这才叫一拳打在羊绒堆上，忽必烈擦不出交锋的火花似也只好悻悻而去了。但察苾觉得事还不算完，为了消除父子间矛盾她竟带头真的开始“勤俭为国”了。《元史》详有记载，即率领众多宫女收集尽多废弃弓弦“缉捻为线，织布成衣，共坚韧细密，可与绫绮比美”，并将御膳房弃之无用的羊前肢碎毛皮“精心构思，缝合成地毯，图案精美，后竟成圣上奖掖百官之赏赐物，群臣争藏之”。果然不久之后，忽必烈查明了真金怒斥阿合马之事确与察苾无关，乃因阿合马颠倒黑白诬陷许衡所引发。而察苾为保持皇室尊严沉默顺受的所作所为，也使忽必烈由不得“心生敬佩”。

史载，阿合马也因此有一阶段“渐失恩宠”。

1273年3月，忽必烈最终放弃了“大哈敦”之蒙古式称号，遵华夏历朝历代遗制察苾正式“受册封”，上尊号为贞懿昭圣顺天睿文光应皇后。而在1273年2月，已先期将燕王真金册封为太子。这一切均反映了这位蒙古大皇帝高超的政治平衡术，绝不是仅为了妻儿的委屈，应当被视作一次极具战略眼光地向汉地汉法彻底之有意倾斜。因为统一南北灭宋之战已拉开帷幕，他急需的是以此凝聚起中原汉地的广大民心。

但察苾却仍然隐没于后宫，而阿合马竟突然又火了起来……

神鹿归天

1276年初，忽必烈的三路大军先后跨越长江，几经奋战后会师于临安（南宋国都，今之杭州）。充分利用“软实力”而采用了“围而不打，攻心为上”之策，最终迫使南宋四岁的小皇帝赵㬎率文武百官出城“请降”。至此，忽必烈终于实现了成吉思汗“入继华夏大统”之遗愿，成为中国历史上第一个“一统南北”的少数民族大皇帝。

而察苾远在燕京的后宫却似乎早“无所作为”了。这就出现了一种特别令人深思的历史现象：胜者，竟把一位“佐夫终成帝业”的贤能皇后“弃置不用”；而败者，却非要把一个“虚有其名”的无能女人推出来承担历史罪名：这就是史称的“亡国之后”谢道清。这是一个相貌与资质均特别平庸的女人，甚至连皇帝的边儿沾过没有也颇值得怀疑。但就因为她这份儿平庸老实和好摆弄，竟先后成为皇后、皇太后、太皇太后。而察苾却因多了份儿智慧与才干，就没了这份儿“福气”。史载，南宋亡于腐败！故这个平庸女人的封号越来越高，就象征着南宋越来越走下坡路。而此时前面所提到的那位“集贪腐大成”的奸相贾似道，虽因“贪功误国”之种种罪恶暴露而下台已被义士杀于流放途中，但乱了阵脚的南宋小朝廷却依旧不肯放手使用民族英雄文天祥、陆秀夫、张世杰等“抗敌救国”之中坚力量。最后，昏庸的老太太似也只能抱着个四岁的小皇帝任权臣昏官的摆布。而在此期间最可怕的当数那些古今皆有的无耻文人，比如曾为南宋状元的留梦炎就“竭力劝降”旧主，准备北上为新主“歌功颂德”去了。果然，这样的机会来了，忽必烈下令老太后与小皇帝必须北上燕京“面圣请降”，故“诗词实臭”的留梦炎也终得以跟随北上“谄媚取宠”去了。

显然，察苾是亲历了这场旷世的“受降大典”。

必须指出，忽必烈对待南宋之“一老一小”明显的是要比金之女真人对待北宋的被俘皇帝“大度”多了。据史载，金曾将被俘的宋徽宗囚禁于阴冷潮暗的枯井中“垂食以伺之”，死后还“燃其尸，取滴之膏油点灯用”。而忽必烈这位蒙古大皇帝却和女真人大为相反，不但有极其隆重的“受降仪典”，而且还专门为来降的南宋皇族摆开了豪华的“接风”盛宴。从而，或许是为了对应来降的谢道清老太后，或许是为了突显蒙古民族的自豪感，或许是为了再现草原母地的祖风祖俗，总之忽必烈这次又把久久隐没于深宫的察苾也“请”出来

宫廷宴会

了。有史为证，这位大元王朝的蒙古大皇后刚一踏进金碧辉煌的大殿，她那高贵典雅的风姿便令南宋的降后降臣们个个“自惭形秽”了。忽必烈为此颇为得意，而她即使在盛宴上也一直表现得“郁郁寡欢”。问之，则答曰：“自古无千岁之国，毋使吾子孙及此则幸矣！”忽必烈是感到有点扫兴，但又难以对她这种“提醒”加以反驳。随后，便有无耻文人留梦炎在大殿之上精心布置好亡宋所进贡之种种“传国珍宝”，忽必烈特召察苾前来观看，并钦准她可“任意挑选”。却谁料察苾竟匆匆看了一下便空手离去，并深有感触地叹息曰：“宋人贮蓄以遗其子孙，子孙不能守，而归于我，我何忍取一物耶？”故当代元史专家李治安为此这样评价她道：“察苾皇后居安思危，以南宋（包括北宋）三百年基业毁于一旦为殷鉴，其远见卓识，不让须眉，也给忽必烈以难得的警示。”

从此，察苾似乎隐没后宫更深了。金莲川幕府曾朝夕相处的那些汉臣儒僚们也大多都退出要害部门了，就连姚枢、许衡、刘秉忠等一批开国元勋也被打发到诸如昭文馆等机构里去干“闲差”，比如荣誉性的“大学士”等。朝中最红的人物依旧是阿合马，因其为平定江南继续“敛财有功”，竟由“家奴”最终更被擢升为位极人臣的左丞相。虽说蒙古族“以右为大”尚有蒙古族的右丞相，但也对他奈何不得似也只能任他结党营私无法无天了。为此，人们均很惋惜察苾大皇后的“徒有虚名”，甚至还为她的“备受冷落”而“扼腕叹息”。

其实，多数臣众还是了解这位“智慧超凡”的大皇后。深宫中的她并不感到孤单，也不感到失落。因为她那颗心始终紧紧地和忽必烈连在一起，此时似也只有她能理解他处于事业辉煌顶峰那种“高处不胜寒”的感觉。须知，草原母地又起火了：窝阔台家系的后裔海都、蒙哥大汗的庶子昔里吉，甚至还包括不沾边儿的东道宗王乃颜，或起兵谋夺汗位或暗中蠢蠢欲动。而且江南更不平静，此起彼伏地出现反叛。再加上忽必烈又不是那种“墨守成规”的“守成之主”，他尚一直想用“征服战争”永葆马背民族的强悍特性……故而，察苾从未感到什么“冷落”，却始终为大元王朝的未来忧心忡忡。

察苾和忽必烈共生有三子一女，似乎没有一个能令她“省心”。小儿子那木罕不仅在漠北镇守时曾受诈骗被海都长期扣留，而且归来后又因争“太子之位”和父皇闹翻了；二儿子芒哥喇从小入质于蒙哥汗膝下本来接触就少，现在更被封为安西王镇守京兆就更难得见上一面；大儿子即太子真金倒也天性仁厚，却又因忽必烈不同意“开科取士”屡屡进谏也引发了矛盾；而唯一的宝贝女儿昂家真就更命运多舛，出嫁后不久驸马即“染疾而亡”，依蒙古风俗再嫁其弟不幸竟又随后夭折。多亏了“继婚制”中的“义不容辞”，现正准备再嫁驸马爷其弟之其弟……总之，除了细致入微地照料忽必烈的饮食起居之外，在此种种“内忧外患”困扰之心境下，似乎尚需寻找一种精神寄托。据藏文史料所载，随后察苾便请雪域圣僧八思巴为她举行了灌顶的神秘宗教仪式，彻底皈依了藏传佛教。受她的影响，忽必烈及其儿孙和众多的蒙古上层均也先后皈依，致使在不长的时间，藏传佛教便取代原始宗教萨满教成为马背民族的主要

汗都哈尔和林宫殿根基

宗教信仰。

对此，中外学者均争相表述过自己的解读。有的学者认为，其实早在窝阔台大汗时期佛教的影响已逐渐深入到草原汗国了，汗都哈尔和林筑有“十二座佛寺、两座清真寺及一座基督教堂”，其比例便是有力的证明。还有的学者认为，是从忽必烈平云南结识八思巴开始，这才最终导致了“忽必烈彻底皈依了藏传佛教，西藏地区也彻底皈依了伟大的祖国”之结果。而更多的学者则认为，察苾的皈依藏传佛教，绝不能仅把此事简单地归结为寻找“精神寄托”。而是她早已看清，代表农耕民族的儒家文化，不经长时间的磨砺是难在短时间内融入尚武的游牧民族的。而藏传佛教却源自游牧地区，比较容易被同属游牧民族的蒙古人所接受。更重要的还在于，察苾似乎还看出了，藏传佛教的“六道轮回，善恶有报”的因果之说尚可补足儒家单纯说教的种种不足，似对“唯崇祖制”的民族性改造更有助益。还应指出，似乎是受了成吉思汗近臣耶律楚材那“修身以佛法，从政以儒教”之影响，故绝不仅仅是因为备受冷落而去寻找什么“精神寄托”……总之，察苾的皈依藏传佛教对后代的蒙古民族影响深远。君不闻！至今仍流传着那首古老的民谚：挥着战刀出，捧得藏经归。

但这位历史上最杰出的蒙古族女政治家此时已步入人生的尽头……

进入至元十七年（1280年）底，察苾的身体早衰弱得再难支撑下去了。而此时的忽必烈虽已六十六岁，却依然老当益壮地整日操控着事无巨细的军国要务。察苾显然是不愿让他再为自己多操一份心，故而严禁侍女与仆从去“面禀圣上”。然忽必烈却总认为察苾要比自己还小上十余岁，常常百事缠身对妻子的身体也有所忽略了。谁料躺在卧榻上的这位大元王朝的开国大皇后，此时已悄然安排起自己的后事了：比如说，谁来代替自己将来掌控后宫？谁来代替自己为太子除掉阿合马这个心腹大患？……似乎一切均心中有了底，只在安详中等着死亡。没想到支撑着竟又熬过了年关，好像借着初春的气息似又有了生的希望。只不该那致命的噩耗还是传来了：二儿子安西王芒哥喇竟突然先她而“英年早逝”。察苾受这沉痛的一击最终导致了“病入膏肓”，就连想瞒忽必烈也难再瞒下去了。

痛彻心扉的大皇帝终于来到了病危的大皇后身旁。据史载，察苾即使在病榻上仍然显得那么圣洁高雅，只是热泪盈眶地凝视着忽必烈仿佛再看一万年也看不够。而后，这才缓缓地提出三个临终心愿：一是愿“善待太子，毋轻言易储”；二是愿“南苾代己入主后宫”；三是愿“一见昔日金莲川幕府之故旧”。忽必烈闻之后“肝肠寸断”竟含泪一一答应，随之便有了“遗老余臣”们之应传觐见。史载“皆伏地饮泣不止”，唯时任枢密副使之张易有言曰：“臣愿为大皇后肝脑涂地……”不久，这位大元王朝的开国大皇后便病逝于燕京大安宫，时间为至元十八年（1281年）三月。或许失去后方知其珍贵，《元史》曾这样记述忽必烈之反应，称“帝大恸，一夜间须发全白”。

神鹿归天！满朝文武与黎民百姓莫不为之痛心疾首……

逝后余波

一般来说，察苾皇后能如此的“生荣死哀”，在历朝历代的后妃中已属极其少见的了。而死后尚能以其高尚的人格魅力和潜在的政治影响发挥历史作用的，更似乎除了察苾皇后之外绝无他人了。例如，《元史》中所提到的“南苾干政”与“阿合马之死”，有些史学家早就开始怀疑与她生前提早的“安排后事”大有关系。

现先说“南苾干政”——

南苾，弘吉拉又一位绝代美女，犹如少女时期的察苾的克隆体。论辈分，当属这位病中皇后的内侄女。且天资聪慧，善解人意，故察苾即以“亲情侍奉”为名将她召入宫中为后事做准备。要知道，元王朝虽已“入继华夏大统”，但未必事事都按“大统”办。比如忽必烈一封皇后就是四个，而且对内仍把皇后们所住的寝宫称为“斡耳朵”。第一“斡耳朵”是为怀念早逝的帖木古伦大皇后而设的，而第二“斡耳朵”才由察苾掌管，好在忽必烈独宠于她，而第三、第四“斡耳朵”似形同虚设，故实际上总领后宫的还是第二“斡耳朵”之皇后。为此，察苾既然选定了“接班人”，就必须为她分析内外形势加紧“言传身教”。好在南苾悟性极高，不仅在察苾去世后竭尽全力维护着太子真金，而且还为老年的忽必烈又生一子：铁蔑赤。但《元史》却因她“参与朝政”多贬，其实这似乎有点冤枉她了。须知，当时的忽必烈年事已高，再加上足疾频发已行动不便。由南苾从中接受群臣的奏闻和下达皇上的旨意已成必然，再说截留一些可令父子矛盾激化的奏章等也是完全可以理解的。更何况！如果没有人来扮演这种中间人的角色，下面的事情也很可能难以发生，这就是

毡庐的搭建

一代权奸阿合马之死。

对照中外相关史料来看，这次突发的“恶性事件”其中确实存在着种种疑点。据《元史》记载：1282年，忽必烈足疾稍愈照例北上巡幸至察罕淖尔。太子真金从行，令左丞相阿合马与枢密副使张易留守大都。而趁此空隙，王著与高和尚率领燕赵众多慷慨悲歌之士，竟能趁夜色假扮太子及其侍从诈骗开皇城南门。在灯火通明的情况下，王著面对着上当出迎的众官更公然敢将为首的阿合马以铜锤击毙……目标之明确、策划之周密，若无高人之指点，仅凭一群乌合之众是绝对难以完成的。请想想看！为何假太子的衣饰、銮驾、侍卫及仪仗序列竟如此的“以假乱真”？为何假太子对皇城的布防及行进路线竟如此“了如指掌”？为何尚有真番僧敢于先行归来公然面禀大都官员“太子奉命即将返回诵经”？为何忽必烈刚一离开燕京便“怪象丛生”而禁卫军竟“置若罔闻”？多了！多了！这样的“为何”尚且多的是了！难怪忽必烈惊闻后起先是怒砍了像王著与高和尚这样的数百“燕赵壮士”之头颅，而随后却又改称绝非“汉人造反”，突然收手转为对阿合马“掘墓戳尸”了。对负责大都戍卫的张易也是如此：起先忽必烈就认定了他已“直接参与”便准备杀之而“传首四方”，但随后又改称乃因“失职获斩”从而使张易避免了让人家提着脑袋在汉人汉地传来传去示众……总之，其中之蹊跷大了去了，竟使得忽必烈的政治平衡术似变成了“玩杂耍”。但这并不奇怪！因为这位老谋深算的蒙古大皇帝重返现由南苾掌控的第二“斡耳朵”之后，睹物思人当即便联想起察苾临终前那三个请求：善待太子，南苾代已为后，想见金莲川幕府故旧……三者一经联系起来，忽必烈顿时便大彻大悟了。他知道不能再追查下去了，如若再要追查下去很可能会立即追查到自己钦命“上传下达”的南苾新后头上，最终甚至还会牵连出与自己相濡以沫数十年助他终成帝业的察苾大皇后。故而，忽必烈这才老谋深算地及时调转了矛头，将追查之熊熊怒火反倒彻底引向被锤击而死的阿合马身上。

但忽必烈的内心却仍对察苾充满了怨愤和不解。他甚至认为，这是她因长期备受冷落心中已没有了他，临终竟把最后的一点聪明才智完全用来确保儿子将来当皇帝上去了。但随着对阿合马的彻查深入，他竟又发现或许察苾更多的还是为了他自己。原来，随着阿合马种种罪恶的彻底暴露，忽必烈这才发现这个“忠驯的奴才”并不忠驯。不但贪婪成性私吞财税已“富可敌国”，而且还敢截留各大封国进贡给自己的珍奇贡品据为己有。尚公然娶妻纳妾多达四百余名，且以授官作为交换条件多方“奸人妻女”。同时两个儿子也俱成为“省军级”大员而“无恶不作”，竟然活剥人皮两张献给其父宠姬。更加严重的是，阿合马尚假皇帝之名结党营私屡屡挑衅蒙古上层，无法无天到早已引起蒙、汉，甚至包括色目人的“各族共愤”（以上均详见于《元史》）。总而言之，忽必烈详知后不由得倒吸了一口凉气，既震惊又感到后怕。看来阿合马似要比南宋“亡国之相”贾似道更善于“蒙蔽圣躬”，如果自己长此被他捆绑在一起那势必也会留下“千古昏君”的骂名。多亏了察苾临终前尚不忘为自己除掉祸国大患。

但也必须指出，阿合马的暴毙至今仍是个“历史谜团”。历代学者尚有不同的解读，而“死皇后诛杀活奸相”也只是其中一说。姑妄从之，仅供探究。但不管怎样，作为大元王朝的开国大皇后，察苾的历史功绩也还是有目共睹的。有史为证，现仅将其孙元成宗追谥她的册文照录于后——

奉先思孝，臣子之至情；节惠易名，古今之大典。唯殷娥有明德之号，而周任著《思齐》之称。爰考旧章，式崇尊谥。（以上为序言，下为正文）恭唯先皇后，厚德载物，正位承天。隆内治于公宫，纲大伦于天下。曩事龙潜之邸，及乘虎变之秋。鄂渚班师，洞识事机之会；上都践祚，居多辅佐之谋。先物之明，独断于衷；进贤之志，允叶于上。左右我圣祖，建帝王之极功；抚育我前人，嗣社稷之重托。臣下之勤劳灼见，生民之疾苦周知。俪宸极二十年，垂慈范千万世。唯全美圣而尊圣，宜显册书而屡书。（下为结语）不胜惓藐恳恳之诚，敬展尊尊亲亲之义，以扬盛烈，以对耿光。谨遣某官某奉玉册玉宝，上尊谥曰昭睿顺圣皇后。钦唯淑灵在天，明鉴逮下。增辉炜管，茂扬徽懿之音；合飨太宫，益衍寿昌之福。（升祔世祖庙）

从元成宗铁穆耳为追谥其祖母的册书之正文部分，便可见证这位大元王朝开国大皇后确实具有“经天纬地”之才：从漠北蕃邸的纳儒习儒，到坐镇漠南的推行汉地汉法；从鄂渚班师的洞识时机，到“中统建元”的辅佐之谋；从“上都践祚”后的力推转型，到“一统华夏”后的居安思危……也难怪！就连元成宗也得感佩她“左右我圣祖（此处系指忽必烈而言），建帝王之极功”。而明代所编撰的《元史》更盛赞她“后性明敏，达于事机，国家初政，左右匡正，当时与有力焉”。故而，她不是那种传统意义上的“贤德皇后”，而是一位极具远见卓识且又“生民疾苦周知”的杰出蒙古族女政治家，也是位“多民族国家发展的有力推动者”。

可惜察苾比忽必烈早死了十三年……

而这位失去“左膀右臂”的蒙古族大皇帝是曾有过反复。比如，对汉臣的猜忌，民族高压政策的更加严酷，还曾不顾老迈年高乘象舆讨伐乃颜的叛乱等。（详见《大话元王朝》相关篇章）但察苾对他的影响力却久久难以消失，最终导致了忽必烈晚年自觉走下“神坛”又重归“仁政”。

难怪蒙古族人民一直把察苾当作“鹿图腾”的象征、化身，标志性的代表人物。

“神鹿”最终跃向了天际，留下了灿烂的历史功绩。

贤德善良的阔阔真皇后

阔阔真，又名伯兰也怯赤，为忽必烈与察苾在弘吉拉草原偶遇的一位彬彬有礼的美少女。虽出身并非名门望族，但因印象深刻成年后仍被钦定为“太子妃”。其实，由于太子真金早逝于忽必烈之前，故她并未“名正言顺”地当过一天皇后。只是在其子元成宗继位后为追封父母才有了皇后之名号。深受臣众推崇，故继而又成为坐镇后宫的皇太后。在她的一生中，既没有婆母察苾那种雄才大略，也没有像乃马真那样去擅权乱政。似只懂得兢兢业业为儿子辅政纠偏，竟促使成宗朝出现过史称“元贞治平”的盛世景象。

阔阔真于大德四年（1300年）2月病逝，配飨裕宗（即太子真金）庙，尊谥号为裕圣皇后。

大元王朝最后一位配称“神鹿”的皇后……

一次偶遇使她成了太子妃

在前一章用了数倍其他哈敦和后妃的篇幅，详述了大元王朝开国皇后察苾传奇的一生。由于她那史称的“经天纬地之才”涉及政治、经济、文化，甚至军事等诸多方面，肯定会有人问此后还会有这样杰出的蒙古族女政治家出现吗？答案是元代再无，但却有以贤良美德列居于华夏贤后名录的——

这便是逝后被追谥为裕圣皇后的阔阔真！

从中外相关史料提供的情况来看，她虽生于弘吉拉部落，却又绝非是名门望族之后。如果没有那次传奇式的“意外邂逅”，她是很难当上王妃、太子妃、皇后、皇太后的。多亏了那时候忽必烈被贬回草原正“弃置不用”，似也只能眼巴巴地看着蒙哥大汗统率三路大军南征灭宋。这一天，为发泄心中的郁闷，便带着随从以察苾探亲为名驰骋狩猎于茫茫的弘吉拉草原上。中午汗流浃背的忽必烈已深感口渴，便欲到附近的蒙古包讨碗马奶喝。恰好不远处就有一顶洁白的毡房，随之忽必烈和察苾就放马走过去了。谁料大人们都出去放牧不在家，门外只留下个十一二岁的小女孩在边捻绒线边看门。察苾一见这小姑娘就对忽必烈惊呼了：天哪！弘吉拉又一棵美少女的好苗苗！忽必烈也有同感，却只顾了先下马讨碗马奶以解口渴。谁料这小女孩竟彬彬有礼地回答道：“马奶有！不过我的父母和兄长都不在，依照礼节一个女孩子是不便接待客人的，请您原谅！”忽必烈一听便觉得这小姑娘更可爱了，但为不使小女孩为难也就打算策马另觅他处了。而这小姑娘却又有礼貌地拦住了他们说：“请稍候！我已听到羊群的声音了，我的父母须臾可归！”

忽必烈狩猎图

果然，不久女孩的父母就回来了，见是宗王和郡主当即便迎进了自家的蒙古包奉马奶热情款待。到这时忽必烈和察苾才知道，这个既可爱又懂礼貌的美丽小姑娘的名字叫：阔阔真！

也算一种缘分，同时也留下了深刻的印象……

忽必烈随后竟意外得到大汗的急诏，奉命跨漠南下统率遇敌受阻的东路军。随着渡江围鄂的鏖战，蒙哥大汗的猝死，两汗对峙的争位，中统建元的登基，兄弟阋墙的激战，天下初定的文治……一切均来的是这么突然和疲于应对，谁还顾得上再想那个天各一方偶遇的小女孩啊！忘了！忘了！几乎忘了个干干净净。一直到汗位稳固，真金早被封为“燕王”（汉臣认为“已当太子用”）到了成婚年龄之后，皇室在弘吉拉名门望族间百般挑选“王妃”未果时，忽必烈和察苾这才猛然想起了那个昔日偶遇的小女孩。随之，便派人前去寻找打探。谁料探回的消息竟是：这小女孩至今未嫁却出挑得更加“亭亭玉立、贤惠动人”了。忽必烈闻之大喜并认为“此乃天意”，即立刻遣重臣隆重地以彩车仪仗迎阔阔真来到宫中，并择日为真金和她举办了盛大的完婚大典。以史料推算，真金时年刚过十九岁，阔阔真时年约十七岁。史载，二人似“相见恨晚”，故完婚后“两情相悦、相敬如宾”。

一次偶遇，竟然使一位牧羊姑娘意外成了王妃。当然，让她一下子就适应宫廷生活，尤其是面对这样一位在儒文化熏陶下长大的丈夫，她还是有些手忙脚乱、举止失措的。有史可考，真金不仅“素以仁孝著称宫中”，而且常常是“口不离经、手不释卷”。并在以“燕王”身份坐镇燕京时，尚经常同属下臣僚议论国事。虽博采众长并也累有上奏却又从不干预朝政，故这阶段深得父皇忽必烈的欢心。而阔阔真面对这些她完全陌生或不懂的情况，她也凭着自己天性淳朴善良竟渐渐有了一套应对的办法：那就是依照草原上古老的民俗，去老老实实、勤勤恳恳、本本分分地做一个孝顺儿媳和温柔妻子，再要能来年为皇室及时生一个胖孙孙就更好了……果然，就凭着这份本色的爱心和孝心，尚不到一年她便博得公婆和丈夫的欢心，而且还为忽必烈和察苾果真生下了第一个大胖孙子：甘麻拉（原译：甘麻剌）。

龙颜大悦！她当即便被正式册封为燕王王妃。但阔阔真却似乎并不懂得这次册封对她的重要性，还是那么老实本分地恪尽着一个妻子的职责。直到有一天真金发现，她除了温柔恭顺地在无微不至关怀自己的生活起居外，竟莫名其妙地认识了经史子集中的好些字。再一仔细打听，原来她为了能听懂自己和臣僚的谈话，竟已开始向自己的老师窦默等学着读书认字了。只是怕自己分心或犯忌，才没敢对自己当面说。看来她不仅善良贤惠，而且也可称“聪慧过人”。故真金闻之后大喜，竟常常亲自为娇妻指指点点“说文解字”。果然，在第二个儿子达拉玛八喇（也译为答喇麻八剌）、第三个儿子铁穆耳（也译铁木耳）相继出生后，阔阔真已经由汉字不识达到了粗通一些儒家经典的水平。这使得崇儒的真金颇为高兴，据说就连忽必烈与察苾得知后也对这位贤德儿媳颇多赞扬。但阔阔真并未为此而沾沾自喜，而只是感到纳闷儿：这汉人书上所写的怎么和草原上所说的有些差不离呢？比如说对女人的要求：“孝敬长辈”“相夫教子”“恪尽妇道”等，就仿佛“如出一辙”。

她仍很朦胧，但国家的彻底转型已经加速了。1271年11月，随着元大都（燕京）的改筑完工和国都的进一步南迁，忽必烈一步步地最终将原草原汗国改称为大元王朝，以示已“入继华夏大统”，从而跻身于中原历代王朝的序列。更令阔阔真没有想到的是，1273年2月，真金似比母后还要早一个月被正式册立为皇太子，而察苾是在1273年3月才正式受册封的。其中原委阔阔真当然不知道，但在一片欢庆的祝贺声中她竟也跟着“水涨船高”地成了太子妃。故有些史书的记述是有些失实的。比如说，有的竟称“真金成太子之后为其选妃”就显然是不可能的。要知道如果真是这样，其时真金已年近三十，阔阔真也起码是二十六七岁了。古代的皇室绝不会这么晚才谈婚论嫁的，故从现说。总之，一次偶然的“意外邂逅”，竟使这位草原姑娘一夜间便成了女人中的“一人之下，万人之上”，似就等着将来接班当皇后了。

但这个太子妃却不好当啊……

皇家也有一本难念的“经”

确实如此！在外人看来当太子妃必定享尽了人间的荣华富贵，其实每家都有一本难念的“经”，皇室也不例外。阔阔真就有这种切身的体会：草原上虽没有这种尊荣富贵，却“日出而牧，日落而息”没那么多烦心的事儿。而皇宫里可好！不但规矩极多，而且总还时不时发生些莫名其妙的情况令人措手不及。多亏了真金及时地暗示和指点，她才最终弄清了其中的奥秘——

那就是大皇帝越来越变幻无常了……

在阔阔真的印象之中，起初她的这位皇上老公公可不是这样的。不仅对母后察苾是言听计从的，而且就连对年纪尚不过二十的真金也十分信任。比如说，在真金被封燕王不久，他就放手任命他“领中书省，兼判枢密院事”。那就是说中枢内阁与军机要务均先交与真金执掌，最后经与群臣商讨出结果再交“圣上面裁”。更重要的是，那时的父皇也的确是“度量弘广”，对各民族臣众也均能一视同仁“选贤用能”……但自从那震惊朝野的“李璮之乱”发生之后，他像心头滴着血一般突然性格就大变了。不但“满腹狐疑”地重新审视着那一位位汉族的开国功臣，甚至就连对悉心辅佐他的妻儿也因劝谏处处充满了猜忌。这不，前不久才因“一缯一帛”找碴儿训斥了母后察苾，随后终于又来到儿子的寝宫挑毛病以责其过于“仁儒”了。

恰好那几天真金因操劳过度病倒了，而偏偏这时这位父皇也闻知后竟“圣驾光临”亲自来探视了。明显地对儿子的“病”也充满了猜疑，碰巧又让他发现了真金的病榻上铺着一条织金卧褥。总算挑出了毛病，随之便“指桑骂槐”地对着她大肆训斥道：“朕常称道你是个贤德节俭的好媳妇，没想到你们如此这般奢侈！”看来真金心里明白这是冲着谁来的，但因自幼便体弱多病实在挣扎难起。而这时也只有她能为护夫跪下谢罪，并把一切过错都揽到自己头上谦卑地说：“父皇息怒，儿媳怎敢奢侈？这条织金卧褥我们从未动过。只是如今皇子病卧在榻，怕有湿气上潮浸入肌肤。儿媳这才擅自拿出铺于病榻，请父皇恕罪！”故而后世曾有伟人论及历代帝王的“虎气”和“猴气”，但在几百年前阔阔真确实是弄不懂父皇这是算哪门子气？好在他老人家最终总算看出儿子果真是病了，但在心疼之余却仍免不了又是一通教训道：“皇子是朕看着长大的，你是朕亲自选中的儿媳妇，你们要俭朴生活，体贴天下百姓之苦，日后才好安邦治国！”（原文今译）这算哪儿和哪儿啊？一条皇宫里常见的织金卧褥竟能引发出这样一番可上史册的“宏论”（后来确实上了），实在堪与母后因那“一缯一帛”所受之“训示”配称“双绝”。

变，还在变！尤其是在重用“家奴”阿合马之后。但就在阔阔真战战兢兢随时准备应对“天有不测风云”时，却又发现这位越来越“天威难测”的父皇也有不变之处：那就是“独揽朝纲”后依旧没有废止“汉地汉法”，而是“雄才大略”地继续推行着他“一统南北，入继华夏大统”的计划。不但经十年的努力最终将国号转型为“大元王朝”，而且又相继将文弱的儿子和隐退的妻子正式册立为太子和皇后。随后，父皇还专门为太子修筑了东宫，并任命太子童年的“侍读”（即辅导老师）王恂为“太子善赞”主管东宫事务。还任命了太子自幼之“陪读”（即儿时伙伴）不忽木为“东宫襄务”协助太子履行职责。为此，阔阔真因移居东宫又有亲信随臣而大大松了一口气，谁料当即便受到母后的警示今后更需“谨慎事君”。总算一时间相安无事，好像大家只关注着“跨江灭宋”了。果然，在至元十三年（1276年）正月，三路大军便会师于临安（今杭州），南宋“亡国之后”谢道清似也只能抱着四岁的小皇帝赵㬎“北上请降”。史载，太子妃与察苾皇后一样，也未动南宋一件珍稀的贡品。此乃因为阔阔真最敬佩和最崇拜的人便是这位圣洁的母后。

这不仅是因为察苾一直待她如亲女儿，两人亲密的关系早已超越了一般的婆媳关系。似早已将儿孙俱都放心地交给了她，一直在手把手地教她如何将来辅佐出一位又一位好皇帝。而阔阔真更在少女时期就把察苾皇后当作政治偶像，竟也在不知不觉中也对皇室事务及军国大政逐渐地开了窍儿。当然师从母后，学到更多的也是儒家仁政那一套。故而，阔阔真早就从中认识到：虽然察苾皇后早已自动隐退甘居后宫“含饴弄孙”，但她的政治影响力却仍对大皇帝及儒臣们（不论民族）有着很大的作用。只要有这位贤能的大皇后在，太子真金就可在与家奴阿合马等奸佞斗争中永无后顾之忧。但天不假年！谁料刚进入至元十八年初（1281年），这位比大皇帝尚小十多岁的大皇后却已病入膏肓了。阔阔真闻知后肝肠寸断恨不得以己“代母后而死”，但她和太子得到的后宫诏令却是“母后传言，当以国事为重”！因而她始终未能守在母后身旁尽孝，就连太子真金也因公在外未能守在母亲病榻之侧。1281年农历二月，大元王朝的开国皇后察苾最终病逝于元大都燕京。史载，太子妃阔阔真闻知噩耗深感意外，竟内疚得直至“悲恸泣血”。而太子真金在外得知了母亲的死讯更是哀痛欲绝，三天没吃一口饭日夜兼程地赶回宫中为母亲守灵。他们均对母后临终前不让靠近的做法“大惑不解”。直到一年后（1282年）那又一次震惊朝野的“锤杀阿合马”的事件发生后，阔阔真才在太子真金的点示下恍然大悟。多么伟大的母亲啊！临终前仍不忘为儿子除去“心腹大患”。生怕疑及真金，使他的太子地位难保。

玉玺印文

但圣洁的母后毕竟走了，今后似也只能依靠自己。在阔阔真的记忆之中，父皇忽必烈这回所受刺激似乎绝不亚于“李璮之乱”。但在狂怒中似仍不失为一位雄才大略的皇帝：一会儿为泄愤血腥地镇压“燕赵义士”，一会儿为划清界限又对阿合马“开棺戮尸”，到头来总算平息了众怒，保住了圣明，迎来了山呼万岁！万岁！万万岁！但阔阔真心里也特别明白，经过这一而再再而三地轮番折腾，“中统建元”期间那“度量弘广”“性格豪放”的父皇似再不见了。尤其在母后察苾逝世之后，他在那巍峨宏大的宫苑里却显得那么寂寞和孤独。虽然有母后早已安派好的“接班人”南苾皇后侍奉在侧，但他老人家却变得越来越偏执，越来越狐疑，越来越不甘心，越来越事必躬亲，越来越唯我独尊！

甚至还越来越殃及到了战战兢兢的太子。阔阔真深知，太子真金青少年时期也曾是个胸怀雄心壮志之人。口不离经，手不释卷，还常常慷慨激昂地与臣僚谈论国事。虽自幼多病体弱，却永不忘助父皇实现和唐王李世民那“大皇帝”兼“天可汗”之理想。但自从“李璮之乱”与“阿合马被杀”事件发生之后，由于一些施政歧见父皇也对他越来越猜忌和怀疑了。虽碍于母后的临终遗言太子之位沿且无虞，但已开始任用卢世荣与桑哥等权相继续敛财以再现“昔日辉煌”。好在阔阔真与太子真金早已追随母后皈依了藏传佛教，似尚可借诵经拜佛以消除心头压抑的苦恼和郁闷。只不该！阔阔真眼看着太子的身体越来越衰弱，而权臣奸相却在外头传说太子越来越不像蒙古人了。

的确！皇家也有一本难念的“经”……

致命的一击与太子妃之命运

屋漏偏逢连阴雨！就在太子真金拖着多病之身面对父皇的偏执和猜忌之时，一群“唯崇儒法”的迂腐汉族臣僚却又不知趣地来火上浇油了。明摆着，他们对那位“好大喜功、穷兵黩武”的蒙古族老皇帝已失去了信心，似也只能寄期望于另一位“深通儒术、仁德爱民”的未来的蒙古族小皇帝身上了。

阔阔真看到，太子真金已为此惶惶然不可终日了。其实，忽必烈还是很钟爱和看重这个嫡长子的，年纪刚过十七岁就把他封为最重要的“燕王”，十八岁就又任命他“领中书省，兼判枢密院事”。后又废“幼子守灶”旧制正式册封他为太子，而1280年又钦命他统领中书省、枢密院、御史台而成为大元王朝之首位“监国”。浓浓的父爱，由此可见一斑。虽说是在“李璮之乱”后因偏袒汉臣也曾受斥，但忽必烈也只不过认为“此子过于仁儒”。而在“阿合马事件”突发不久，父子间的关系或因是察苾皇后的辞世而无人从中沟通，已显得别扭了。忽必烈似乎现时只看到这个儿子更多的缺点：仁儒、文弱、欠缺胆略、胸无大志、没有追求、只知守成、言必称孔孟，却难见老祖宗传的那股强悍的冲天豪气……尤其在卢世荣与桑哥前后为相，并在暗中勾结阿合马残党余孽之后，随之一股谣言便在朝野之间广为流传，竟将父子俩人为地对立起来分为：以太子为首的“仁政”派，以皇上为首的“崇武”派。而开头所说的那些迂腐的汉臣儒僚，偏又在这种别有用心制造的氛围下上当了。至元二十二年（1285年），御史台一位江南监察御史就曾进而“不识时务”地上奏忽必烈：“春秋高，宜禅位于皇太子，皇后不宜预外事。”（原文照录）

阔阔真看到，此奏一出东宫就更疲于应对陷入一片混乱了。就连她这样从不问政的太子妃也早已看出：父皇虽已年届七十，腿脚已不太灵便，但却依然“龙骧虎视，壮心不已”。无论是对镇压草原母地的叛王，还是对扩大先祖的征服伟业，他均“视为己任”雄心壮志丝毫未减。而此奏章所提之“宜禅位于皇太子”，分明是在藐视老子的皇权而又陷儿子于大不义。显然是迂臣腐儒的好心办坏事。难怪太子东宫闻之诸臣疲于应对陷入一片混乱了。所幸大都御史台不乏明白之人，如掌牍大臣尚文见此奏章“非同一般”，当即便秘密扣压下来未予转奏。却谁料阿合马之余孽答即古阿散等人闻风后，竟借钩考“诸司钱谷”之名非要彻查御史台的文牍档案。目的非常明确：是太子彻查的阿合马之案，他们要借此为阿合马复仇！

阔阔真记得，太子真金病恹恹的似只剩下仰天长叹了。后来，虽说忠贞的尚文据理不肯交出，但答即古阿散竟添油加醋地向皇上控告。果然，圣上“龙颜震怒”，立即命御史大夫玉昔帖木儿等下来彻查奏章之下落。又多亏了尚文抢先一步与玉昔帖木儿私谈曰：“此乃上危太子，下陷大臣，流毒天下民众之阴毒计谋也！”并建议自己的顶头上司说：答即古阿散乃阿合马余党，赃罪狼藉，应抢先揭露他，以戳穿其阴谋！

阔阔真忆及，太子真金闻知奸党上告后竟由此“一病不起”。而此时的玉昔帖木儿听尚文言后也觉有理，便急忙前往中书省与安童丞相密商。虽二人均为蒙古族重臣，但因习儒知汉多年都认为太子将来必将是个安邦治国的好皇帝。故置个人安危于度外，二人主动进宫将原委“面禀圣上”。忽必烈显然“余怒未消”，随即质问二人曰：“汝等无罪耶？”谁料安童竟能回答道：“臣等无所逃罪，但此辈名载刑书，此举动摇人心，宜选重臣为之长，庶靖纷扰！”言下之意似说，你治臣不治臣之罪事小，而动摇国本事大！这些人本来就是罪恶昭彰之辈，如要再让他们借此祸乱皇室必然人心大乱！还不如尽早选忠直重臣严审此案，以消除那件南台御史奏章所造成的纷扰……而忽必烈虽已年迈却并不昏聩，听后竟不由得倒吸一口凉气“怒气稍减”。最终批准了安童

饮茶

和玉昔帖木儿的上奏，将答即古阿散及其他阿合马党羽以奸赃罪处死，震慑朝野。南台御史之“禅位奏章”事件也就不了了之。

当然，阔阔真并不了解上述全过程，因为太子已病得更加严重了。而还必须提到的是南苾新后，虽然她也在南台御史的奏章中受到了贬损，但她为不辜负察苾皇后的遗托努力化解着父子间的种种矛盾。比如说，皇上看太子身上的弱点越多，她就越瞅准时机从旁巧妙地加以解释。反而将真金描述成为“上代父皇操劳，下领群臣施政”忠孝两全而不可或缺的好太子。在她看来，人们所说太子的“仁儒、文弱、胸无大志”等，那只不过表达了太子对父皇大业的“小心谨慎”和对父皇决断的“高度尊重”。至于说到似少了先祖那份“魄力和豪气”也不尽然，比如他曾率兵不远万里送帝师八思巴返藏时所展现的智慧和胆识，就不是多次被帝师称道过吗？故忽必烈在听到太子因“积劳成疾”又病倒了之后，便更觉得南苾所言也不无道理。再加上安童和玉昔帖木儿的舍身直谏，这才使得这场父子间的“危机”悄然化解了。

但此时的阔阔真已顾不上感激南苾的一片良苦用心了。遗憾的是：为时已晚！在东宫的一片绝望的悲戚哀恸声中，太子真金最终还是因代父理政、日夜操劳、积劳成疾，“驾薨”于忧愤之中。史载，“惊悸而亡”，终年仅四十三岁。这对于身为太子妃的阔阔真来说，当然是无暇顾及南苾新后的良苦用心了。如山陵突然崩塌一般，使她顿时觉得朦胧中似只剩下白茫茫的一片。二十多年的恩爱夫妻就此生死永诀，其情其景之凄惨悲凉更令侍臣仆从“痛彻心扉”。史载，文武百官闻知太子病逝莫不“泣血顿首”，庶民百姓闻知竟然“长街设祭，沿道跪号”。中书左丞相耶律铸更痛心疾首地赋诗曰——

象辂长归在再朝，痛心监抚事徒劳。
一生戚德乾坤重，万左英明日月高。
兰殿好风谁领略，桂宫愁雨自萧骚。
如何龙武楼中月，空照丹霞旧佩刀。

的确，真金的一生似只留下了“仁儒”之名，其为大元王朝的诸多建树却鲜有人知。后代史者就有人称，皆因乃父忽必烈身影过于巨大，遮其作为难尽显矣！故元人耶律铸才在“痛心监抚事徒劳”之后，更进而有了“兰殿好风谁领略，桂宫愁雨自萧骚”之不平之语。其实，进入忽必烈的五十岁之后多倾向于“武功”，而“文治”方面已多由真金治理了。应当说是父子的相互配合，才把大元王朝推向了一时之鼎盛。至于说到对我国这个多民族大家庭的贡献，真金也是功不可没的。1274年，为进一步使西藏成为伟大祖国不可分割的一部分，已身为太子的真金受命率军不远万里地护送帝师八思巴返藏。八思巴曾在曲弥举办七万人的大法会，真金即代表忽必烈大皇帝充任“施主”。不但主动承担大法会的一切费用，而且更为尊重藏地民俗民风，对僧众广泛进行布施，影响深远，从而成为历史上第一个代表中央赴西藏最高层级的历史人物。

而阔阔真却似乎只剩下了两眼迷惘中那无尽的哀思……

三个儿子与皇祖父之抉择

的确！“中年丧夫”本来就是人生一大不幸。而失掉“太子名号”的依托后，阔阔真在很长一段时间内竟不知自己该扮演怎样的角色。

应当说，时人称真金已完全被“儒化”似稍显过分，但阔阔真受他的影响已粗通了儒家治国的理念却是事实。然而，为此她却又不知怎么办才好了，首要的问题便是自己该不该自觉搬出东宫。须知，大皇帝尚有许多儿子，依照草原古俗他还可另择某子为太子……多亏了南苾奉圣上之命前来东宫进行“哀悼”与“抚慰”，并当着诸臣宣读诏旨曰：太子者国之储君也，虽薨，国祚不可轻移。着令太子妃继续主掌东宫，严教诸皇孙以备来日克承大统！看得出，忽必烈虽因老年失子悲痛万分，但头脑仍相当清醒。因为他深知“移祚”（即换太子）必然会引发皇室新一轮权位之争。自己已老迈年高，后果将不堪设想。而皇位只传太子一系不但可免除内乱后顾之忧，尚可借太子“仁儒”之名以安天下。再加上继续让忠厚贤惠的太子妃主掌东宫，更促使朝堂儒臣及汉地士人对自己心服口服。

阔阔真和太子真金共生有三个儿子——

长子甘麻拉：自幼即由祖母察苾皇后抚养长大，稍长即又伴随在祖父世祖忽必烈身旁。侍奉左右，出入护卫，深得祖父母喜爱。史载，甘麻拉既继承了父母的仁德忠厚，又继承了祖父忽必烈的英勇善战。加之为人谦和，故被众臣看好。

次子达拉玛八喇：从小与父母生活在一起，成长在一个儒臣众多的环境里。稍长，无论太子真金巡视、朝贺、参与重大礼仪活动，他均随父同行不离左右，深受太子真金钟爱。因其施政有方，疾恶如仇，故也被众臣看好。

三子铁穆耳：最受太子妃阔阔真宠爱，但从小就是个调皮捣蛋的小酒鬼。中外相关史籍均有详载，就连忽必烈也曾为这个小孙孙的酗酒伤透了脑筋。不但曾多次好言规劝，甚至还为此“杖责”过他三次。但铁穆耳却受坏人诱惑，依然躲进澡堂里伪装沐浴通过吸管偷着喝酒。老祖父闻知大怒，这回不仅亲手鞭笞了他，还将引诱者以“构乱皇室罪”砍了头，同时还特派护卫严加监视。史载，忽必烈为何仍对这个小酒鬼“不弃不舍”，乃皆因他同时也发现这个小孙孙颇值得看重的另一面：比如既“忠直坦荡”而又“思维敏捷”，既“敢作敢为”却又绝非“有勇无谋”等。总而言之一句话，似数他最具备那种与生俱来的“草原遗风”。但正因为如此，诸臣并不看好他。

阔阔真能为三个儿子代守东宫，当然是感恩不尽了。

但令这位太子妃绝没想到的是，自己的皇上老公公从来就不乏“惊人之举”。竟借口“虽均为太子嫡子，但嗣位尚未议定，故皆不可入住东宫”。就这样，太子妃名分虽然犹存，却似乎也只能孤零零的一人在东宫守着太子真金的“神主牌位”。但阔阔真明白老公公的用意，是生怕重蹈覆辙让那些腐儒们再把自己的孙儿们给“毁”了。还是把他们一个个推在风口浪尖上，以每个人展现出的统帅天赋和政治才能再决定谁是自己的接班人。多亏阔阔真经过了儒家学说的习染，早就从一个草原女孩蜕变为一位“深明大义”的太子妃了。总是“理解的要执行，不理解的也要执行”，永远在甘于寂寞中虔诚地“叩谢龙恩”。故忽必烈对这位儿媳妇极为满意，而儒臣们也认为她具有真金太子的遗风更加敬佩。

而更重要的是：三个儿子均很争气——

长子甘麻拉：1286年即被祖父忽必烈大帝派往漠北镇守草原母地。当时，窝阔台大汗的嫡孙海都已在漠北时起时伏叛乱近二十年，目的仍在于将汗权重新夺回窝阔台家系。此人狡诈多谋，犹善联横合纵，如昔里吉之乱、乃颜之乱等均与他策动有关，实乃忽必烈大帝之心腹大患。但年轻的甘麻拉也并不含糊，曾出兵平定了其重要党羽岳木忽儿之乱。加之甘麻拉为人“仁德忠厚、治军有方”，故在漠北草原深得民心。然而，忽必烈考虑到他尚且稚嫩，难以对付海都的阴险狡诈，故将他封为“梁王”，改命他统兵镇守云南。而或命灭宋统帅伯颜或自己亲征加以讨伐，直至把海都打得从此一蹶不振亡命天涯之后，忽必烈才又重新将长孙甘麻拉调回草原母地，任命他统领成吉思汗名下的四大“斡耳朵”及鞑靼（原突厥统治下的一个部落）之国土，并又改封他为“晋王”。

次子达拉玛八喇：父死之后便似接了他的班，曾被留在祖父身边代为处理过中书省、枢密院、御史台一些军政要务。与其兄相反，他的主要任务似乎是在于“镇守中原”。至元二十八年（1291年），忽必烈为监控江南，又命他出镇怀州（今河南沁阴），并晋封为王。

三子铁穆耳：这位从小嗜酒如命的小酒鬼，除了母亲格外宠爱之外，并没有几个人看好他的未来。但谁料离开母亲独自受老祖父的亲手调教之后，不久便突显才略胆识进而“一鸣惊人”了。史载，铁穆耳登上政治舞台是从平定“乃颜之乱”开始的。1287年，忽必烈虽然老迈年高、关节肿痛竟还能乘象舆亲征乃颜大胜而还。不仅生擒了叛王用皇族方式特殊处死以绝后患，而且俘获甚众取得了降臣降将永不复叛的保证。却谁料刚等忽必烈精疲力竭地返回大都，乃颜的宗亲和部众又高举复仇大旗死灰复燃。乘虚而起，气焰相当嚣张。其时，铁穆耳虽年仅二十四岁，却作为三军统帅受命回师再次进行讨伐。大出众人意料，这小子一经杀上战场，便尽现先祖遗传下来的杰出军事才能。不但身先士卒，而且布阵有方，先后于哈拉温山、兀鲁灰河（今内蒙古东乌珠穆沁旗）、贵烈河（今洮河上游支流），势如破竹地追击和攻杀，尽将一个个重要的叛酋都击败或诛灭，并收降了其众多部众。战功卓绝，令朝野上下莫不对这小子“刮目相看”。而更令人叹服的是，铁穆耳还能听从灭宋统帅伯颜举起酒杯的劝诫：“王可慎者，唯此与女色耳！”谁料这小子听后竟然在短时间内便彻底戒断了酒瘾。为此，他在忽必烈大帝心目中的地位已渐渐超越了两位兄长，1293年又取代灭宋统帅伯颜而“总兵漠北”。

阔阔真能不为有这样三个儿子感到充实和骄傲吗？但总是“天有不测风云，人有旦夕祸福”，也就正在为三个儿子诵经祈福时，二儿子达拉玛八喇却在受封出镇怀州途中突然病倒了。虽经忽必烈闻讯紧急召回留在大都百般医治，但还是不久便“不治而薨”了。这对太子妃阔阔真来说真可谓又是致命的一击，“中年丧夫”与“老年丧子”全让她赶上了。但毕竟还有比她遭受打击更大的人，那便是已年近八十的老祖父忽必烈了。既然太子真金生前一直教导她要“深明大义，孝道为先”，那她也只能强压悲痛首先恳请“面见圣上”了。谁料这次难得的恩准近距离一见。她这才发现这位曾叱咤风云、威震天下的大皇帝，现在竟变得如此老态龙钟、耳聋眼花、动作迟缓、容易落泪、痰多气喘。而且尚不等她叩拜，这位恩准她而来的大皇帝自己却坐在龙榻上竟然睡着了。

岁月不饶人！犹如“风中残烛”一般，但阔阔真更深知即便是如此，那“风中残烛”最后的光亮却仍然在牢牢掌控着大元王朝的一切大权。阔阔真一时进退两难，这时还多亏了南苾私下对她讲，大皇帝已有多时经常处于这种昏昏欲睡的状态之中，但只要一睁开眼睛便对举国的情况又能了如指掌。而在果

蒙古汗王猎鹰图

断处理后又是沉沉入睡，并在睡梦中还常常和一些死去的人对话。其中似有真金太子、安西王芒哥喇，还有刚刚逝去的皇孙达拉玛八喇，以及姚枢、郝经、廉希宪等金莲川老臣。但更多相与对话的还好像是察苾皇后，虽永别已经十好几年了，但在这位年迈大皇帝的喃喃呓语中仍可听出他在不停地呼唤着：察苾……察苾……除此以外，他似乎已经绝口不再提什么“征服”和“武功”，甚至就连出镇漠北面对东西两面反叛势力的皇嫡孙都快要忘却了……总之，行为举止特别反常，莫非他就要这样在睡梦中扔下大元王朝而去了？

阔阔真回到东宫后更感到悲痛和绝望了。

但忽必烈似从来就不乏“惊世骇俗”之举。就在这位累遭不幸的太子妃整日以泪洗面之时，深宫大内却又传来个惊人的消息：大皇帝又从久久的昏昏欲睡中突然地清醒了！虽依然老态龙钟，却又变得超常的神采奕奕。所办的第一件大事便是召色目儒臣不忽木“入值”，而一改“唯国族宗亲方可伴驾”的旧制。这一点或许尚可令群臣理解：不忽木乃忽必烈贴身近臣燕真之子，从小就养于藩邸与幼年真金一起相伴长大。稍长又成为真金“伴读”，成年后又成为入值太子东宫的重要辅臣。据说察苾生前已早把他“视若己出”，故忽必烈把他召至身旁作为“入值大臣”也就不足为怪了。但阔阔真闻知之后却再不“以泪洗面”了，恍惚间竟突然悟察到“清醒”后的大皇帝将又要有惊天动地之举。果然，在此后不长的时间内他便相继下令诛杀了祸国殃民的奸相卢世荣和桑哥，从此除为确保草原母地永无后患之外便极少再提“武功”了。随之，他又进而要以色目儒臣不忽木为相，向朝野上下公然宣示今后将“重施仁政”。其间尚有一个小插曲，即不忽木尚颇有“自知之明”，认为自己既非“国族”且又“根基尚浅”，故而力推同样“崇尚仁政”的蒙古族元老儒臣完泽为相。忽必烈从之，此即《元史》中所载的“完泽、不忽木为相”。其实，不忽木仅任中书省“平章政事”，但由于大皇帝事事仍多倚重于他，故也常常引起“心胸窄小”“倚老卖老”的完泽的嫉妒。已伏矛盾，此是后话。但不管怎样，忽必烈这一系列感天动地重归仁政之举，还是引来了庶众士人的一片欢呼和称颂。故而当代某些学者也将他称为：中国历史上自觉走下神坛的第一帝！

但此时的阔阔真更关心的却是两个儿子的命运。史载，太子妃偏爱小儿子铁穆耳，一心只想把他扶上皇位，其实也不尽然。在大皇帝突然“清醒”后的一系列“拨乱反正”的举措中，阔阔真恍然感到两个儿子谁来继承大位的问题已经迫在眉睫了。大政已定，说不定哪天皇上就会为此“垂询”自己之所见。在她看来，太子真金一生“仁德贤能”无所不备，所欠缺者唯圣上之“胆略”与“魄力”。而长子甘麻拉却仿佛是其父的翻版，若遇到“突发乱象”似也缺乏那种“该出手时就出手”的英勇气概。但这一切若放到铁穆耳身上似乎就不算什么问题了。如遇到突发事变他不但会“该出手时就出手”，而且还会“毫不留情，绝不手软”！更何况，虽说已依汉制汉法改称大元王朝这么多年了，但那祖传的“幼子守灶”权却仍然在众多的蒙古臣将及宗亲贵胄中有着极为深远的影响。如若由小儿子铁穆耳继承大位，似起码有助于草原母地及各大封国暂时保持稳定……但这一切似乎只是阔阔真独自在东宫内的思忖。大皇帝好像从未想到过要对她进行“垂询”，而自己不奉诏又绝不敢“轻举妄动”。她只是在猜想：或许由于长子甘麻拉从小就是由察苾抚育长大的，成年后又常伴在皇祖父身旁从不离左右，现如今大皇帝可能心中早已有数，留给自己的仿佛就是将来如何开导小儿子铁穆耳了。

但即使生命垂危，忽必烈大帝也绝不乏惊人之举。谁曾想就在阔阔真思前顾后之际，这位已“来日无多”的大皇帝竟又钦命南苾索走了东宫“镇宫之宝”——太子真金之册立玉玺。这使阔阔真一时间为此更加心灰意冷，还以为大皇帝另有人选而自己过去之所虑也只不过是“自作多情”罢了。但就在她“贤德以对”准备认命之时，却又传来了一个令人大出意料的消息：大皇帝已命亲信大臣将这方刻有“太子之宝”的玉玺，日夜兼程快马加鞭地送交给“总兵漠北”的皇孙铁穆耳。含义深远，却又似仅此而已。说是已钦定小皇孙为皇位继承人，但除此而外又无任何册立诏书。为此也有人认为这仅仅是对他小时“酗酒荒唐”的一种平反，以加重他的政治分量从而与皇长孙保持一定的政治均势。故而大皇帝这种“高深莫测”的权谋运用，仍很难使阔阔真彻底放心。这时，又多亏了南苾皇后亲来传旨，大皇帝竟称她“贤德仁厚，所见极是”。显然是东宫臣僚有人已将她对两子的想法密告于圣上，故才有了这道圣旨和随后她在皇室中的地位“骤然提升”。虽仍很朦胧，但阔阔真却又从中看到了希望。

进入至元三十一年（1294年）正月初，忽必烈病情恶化已步入了人生的尽头，但仍很从容镇定，特诏命中书省“平章政事”不忽木、主掌枢密院的平南统帅伯颜、负责御史台的御史大夫玉昔帖木儿三人为“顾命大臣”，并在临终前于御榻上向三人“面授机宜”，秘而不宣，就连阔阔真去问三位顾命大臣也碰了钉子。玉昔帖木儿竟代之而言道：“臣受顾命，太后但观臣等为之。臣若误国，即甘伏诛。宗社大事，非宫中所当预知也！”（原文照录）但不管怎样，“太后”这顶帽子还是从此总算戴在头上了。

而几乎与此同时，那震惊朝野的噩耗还是传来了……

1294年正月二十二日夜，一统华夏的少数民族第一帝忽必烈，于大都紫檀殿“溘然长逝”。在位三十五年，享年八十岁。明史称他“度量弘广，志向高远”，蒙古史称他为“薛禅合罕”，即“集大智慧之皇帝”，外史则更称他为“真正的千古一帝”（见《瓦撒夫书》）。最终，他留下了历史性的丰功伟绩（包括争议），仍是被运返自己的故乡茫茫大草原的深处，依祖制被安葬于肯特山下的起辇谷。

阔阔真悲恸欲绝，最终送别了这位曾彻底改变了她人生命运的历史巨人。

尤其是四十多年前在弘吉拉草原上的那次偶遇……

身为太后与定策立君

有史可考，忽必烈临终前虽已将“太子之宝”之玉印命人交与小皇孙铁穆耳，但这又绝不等于大皇帝的御玺或传位诏书，故长皇孙甘麻拉“克承大统”

的可能性依然存在。那忽必烈临终前对三位“顾命大臣”到底说了些什么，随之成了一个谜。而御史大夫玉昔帖木儿对阔阔真的回答“非宫中所当预知也”，也颇为蹊跷。既然已经把人家尊称为“太后”，又不让人家过问两个亲生儿子该由谁来当皇帝之事，实在于理于法都说不过去。

故虽身为皇太后，但阔阔真的处境却一时颇为被动。据近代史者分析可能有下列原因：其一，忽必烈觉得传“太子之宝”已足以表达“圣意”，故只顾言后事之安排了。其二，忽必烈临终已言语困难似唯有手势比画，故三大臣因“早有心仪”便更进而“各取所需”了。其三，确实忽必烈尚在两位小皇孙间犹疑徘徊，未及言明便一命呜呼了。但不管怎样，三位顾命大臣确实分为“拥长”与“拥幼”两派。绝非虚言，有史为证。比如御史大夫玉昔帖木儿刚等忽必烈“驾崩”不久便急往草原迎接皇长孙甘麻拉去了，而主掌枢密院的平

猎鹰

南统帅伯颜却秘密在燕京为皇幼孙铁穆耳筹划登基。必须指出，此处之“幼”绝非是指年龄幼小，而是与“幼子守灶”权之“幼”字相关。故而上述两位重臣似对这位昔日默默无闻的太子妃均有所忽略，唯一能以“太后身份”对待阔阔真的顾命大臣，似也只剩下与太子真金自幼相伴一起长大的东宫旧臣不忽木了。但她却仍然突显“不偏不倚”的“贤后本色”，似对三位“顾命大臣”均保持着高度的信任和尊重。而如果将阔阔真这种“低调行事”只当作“任人摆布”，那似乎就大错特错了。须知，她毕竟是忽必烈大帝亲自选中的好儿媳，又曾经过贤能的察苾皇后多少年来的“传、帮、代”，再加上真金太子生前的“言传身教”，故而她那不俗的政治智慧早已绝非是常人可比了。

果然不久之后，她那特有的政治影响力便开始展现了。应当指出，阔阔真对三位顾命大臣的宽容和尊重，那是因为她深知这三人均为朝中难得的忠直大臣。他们之“拥长”或“拥幼”均不带个人杂念，而皆为“国之未来”所做出的不同解读。但阔阔真也并非不知长子甘麻拉的“仁德忠厚”，而是她只想着如何忠实地履行忽必烈的临终遗愿。在她看来，儒者的最高境界便是“忠君”，故为此即使自己遭人误解也在所不惜。因而，她在专门请教了自动隐退的南苾遗后，确凿地证实了传“太子之宝”即传先帝之皇嗣所指。由此不难看出，《元史》称南苾皇后“累干朝政”是有失偏颇的，否则以她的特殊身份能去辅佐一个太子妃吗？随之，阔阔真便在御史大夫玉昔帖木儿去迎甘麻拉不久之后，竟立即召见另两位顾命大臣伯颜与不忽木，罕见地义正词严地说：“为臣者当以忠君为先，视完成先帝遗愿为己任！现御史大夫玉昔帖木儿已去亲迎皇长孙，老身认为也当速迎皇幼孙归来。既然对先帝遗嘱理解不同，当尽速依祖制召开‘忽里台’议处之！”（大意）伯颜与不忽木闻之“深感惊诧”，竟没有想到一向以“仁德贤孝”而闻名的这位太子妃，今日竟提出了这样与儒家传统背道而驰的“复古”主张。但又不得不感佩于这位今日“皇太后”的政治智慧之突现，眼下在这多事之秋似乎也只有这样才能避免引发宫廷内乱了。伯颜与不忽木似也只有“遵命而行”，从此阔阔真便开始专心致力于先让三位顾命大臣“合力齐心”了。

随之“忽里台”大会便紧锣密鼓地开始筹开了……

但更难能可贵的还在于，阔阔真竟然深知这不过是仅仅可以安抚蒙古臣众民心之一小步，而若想真正实现“先帝遗愿”以博取汉地汉众的广泛支持似尚需一个更大的“奇迹”。但此时的这位新任皇太后已似乎“想什么就有什么”，不久便有一位名叫崔彧的大臣（曾为故太子的东宫近侍）在民间搜奇以重金买回了一方古代玉玺。经秘书监重臣辨认，才知上面镌刻有“受命于天，既寿永昌”八个篆字。再经众多老儒与资深汉臣传看，均认为此乃始皇帝之“传国秦玺”。似为天意，得此者将克承大位！而更为凑巧的是，当崔彧抱着这方至宝欲献与太后时，偏又遇皇幼孙铁穆耳正好奉诏而归。秦玺如见其主竟突然熠熠生辉，崔彧似也只好诚惶诚恐叩首献上。（多少带有野史传闻之嫌疑，但也有正史记述为“乃右相张九龄奉太后懿旨送呈之”）但不管怎样，秦玺的出现绝对有助于在汉地营造谁是“真命天子”的氛围。

然而，孰帝孰臣，弟兄俩仍需在“忽里台”大会上一见高低。本来与会的皇室宗亲贵胄各怀心思是分为几派的，但由于御史大夫玉昔帖木儿之态度骤变竟打破了这种格局。据野史笔记载：皆因皇太后在其归来后之紧急召见，竟引其语直言曰：先帝遗嘱是“非宫中所预知也”，然“忽里台”大会召开在即而三“顾命”仍各持己见也当属“愧对皇恩”。故特请御史大人亲率诸顾命大臣于紫檀殿觐见南必遗后，先辨明先帝遗嘱之真谛再同心协力以尽臣子之“天职”（大意）……玉昔帖木儿一听当即跪伏于地久久不起，他绝没有想到昔日那位老实平庸的太子妃今日竟变得如此有胆有识。而采取的手段也不可谓不绝，自己如真遵命率伯颜与不忽木去觐见南必遗后那后果将不堪设想。个人生死事小，累及仁德的皇长孙那才是“罪莫大焉”……而此时阔阔真见其伏地不起似也并不勉强，只垂泪而言道：“太子生前常赞大人‘学富五车，宅心仁厚’，然老身也绝非因偏幼子而宁舍仁政而不顾！问题所在，乃吾辈之中有何人可及先帝之‘深谋远虑’？不忠其遗嘱，必有近忧矣！”（大意）玉昔帖木儿听后唯顿首泣告曰："臣茅塞顿开，今后将以太后之命是从！"（大意）至此，阔阔真才总算彻底掌控了顾命三大臣。虽然随后又尊儒家之道依然隐没于原太子东宫（她从未搬进过帝宫）诵经礼佛，却已在幕后主宰了"忽里台"大会的进程。

这次唯有"国族"方可参加的盛会是在元上都召开的。虽然参与者均为蒙古族的上层宗亲贵胄，但奇怪的是支持深受儒化之皇长孙甘麻拉的仍大有人在。而玉昔帖木儿虽已彻底转向支持皇幼孙铁穆耳，却也并未见有多少人买他这位顾命大臣的账。近代就曾有人评说道：此并非说明"中原体制"已深入人心，实乃有感于甘麻拉沿"仁儒之风"可利用以便"讨价还价"。而铁穆耳倒是一身"先祖遗风"，但如若让他登上大位那很可能就只剩下"唯命是从"了（大意）……形势相当复杂，还多亏了太后有先见之明，而伯颜与玉昔帖木儿也配合得相当默契。但另一位顾命大臣不忽木只因并非"国族"乃"二等公民"色目人，故而好像是失掉了"发言权"似也只能暗中发力。《元史》对此次"忽里台"大会的紧张对峙有相当生动的记载：原来此次"忽里台"大会上是以成吉思汗的"宝训"为中心，先由两位皇孙展开辩论以决高低。但铁穆耳无论怎样信口开河均无人打断，而仁厚木讷的甘麻拉所受"待遇"却不一样了。史载，当甘麻拉有"违言"异议时，顾命大臣伯颜手握宝剑立于宫殿台阶之上，当众陈述祖宗宝训，宣扬顾命，阐明先皇立皇幼孙之旨意，而且"辞色俱厉"重又再现当年统帅威严，致使甘麻拉"双腿战栗，（被迫）趋殿下拜"。这真可谓"得之于仁儒，失之也在于仁儒"！几乎与此同时，玉昔帖木儿也趁势站起来对甘麻拉而言道："宫车远驾（指忽必烈之灵车），已逾三月。神器不可久虚，宗祧不可乏主。畴昔储闱符玺，既有所归，王（指甘麻拉）为宗盟之长，奚俟而弗言？"甘麻拉被逼无奈，似也只能当场表态道："皇帝践祚，愿北面事之！"（以上对话均为原文照录）总之，这位皇长孙一表示"甘拜下风、愿为人臣"，这次"忽里台"大会也就算"圆满"完成了它的"历史任务"。依照惯例，众宗亲贵胄"合辞拥戴"皇幼孙铁穆耳继承皇位。原太子东宫内，阔阔真闻知后这才长长松了一口气……

据《元史》载，因“皇位久旷”，致使“人心惶惶，随时皆可能发生变乱”。而铁穆耳已被册立为帝的消息一经传出，顿时便“易天下之岌岌为泰山之安”（原文）。究其原因，很可能是因为这位皇幼孙颇具其先祖之“胆识”与“魄力”，弄不好反会招来他那千军万马的“该出手来就出手”！故不久之后，果然不论蒙汉臣众均为之“心服口服”。令蒙古大臣心服的是，太后施行的乃严遵祖制之“幼子守灶”权，即使有歧见也无话可说。而令汉众心服的却在于，即便新皇有些“生冷”，但背后辅佐他的却有早已以“贤德仁厚”闻名的昔日太子妃啊！

1294年农历四月十四日，铁穆耳于上都大安阁正式登上皇位，即史称的元成宗，并追谥其父真金太子为元裕宗。

当然，他更会牢牢记住伟大母亲的恩情与企盼……

太后之辅政与“元贞治平”之出现

有关忽必烈两个嫡孙争位之事最终以铁穆耳称帝而告一段落，但余波荡漾，后世仍有很多人为仁儒的甘麻拉打抱不平。有人称，这样的结果完全是由于太后“偏爱幼子”所致。而明人所主撰的《元史》则更指出阔阔真仅生过两个儿子，言外之意乃暗示甘麻拉并非她所亲生。姑且存疑，但这又能说明什么问题呢?

有史可考，阔阔真确系一位不可多得的“一代贤后”。

再从另一个侧面来看，元成宗铁穆耳登上大位之后，他的种种举措显然首先是为了感念伟大的祖父忽必烈。一般来说，但凡新皇登基必定更换“年号”。比如说，清代的顺治、康熙、雍正、乾隆就莫不如此。而元成宗铁穆耳却公开宣示不仅祖父“重归仁政”的遗诏不得有违，而且就连祖父的年号“至元”也不得轻易更动。这在中国历代王朝史上是极为罕见的，更足以说明是谁将他送上帝位他还是心中有数的。当然，他更感恩于母亲的排除万难忠实履行“先皇遗嘱”，并对母亲突显的政治才能也由衷地深感敬佩。

为此，刚一登基铁穆耳便将母亲正式册立为皇太后。如果说，过去被人提出称之为“太后”那只不过是出于尊重，而现在一经儿子叩首之册立便更显得“名正言顺”了。虽仍坚守着故太子的“神主牌位”依然住在东宫，但已足可以光明正大地辅佐儿子“以安天下”了。况且，铁穆耳一直在出镇漠北草原，对中原朝政确实不太了解。再加之初登帝位故早巴不得借母亲的政治智慧排解眼前的纷乱。而群臣也早已企盼借太后的“仁德贤良”，以约束新皇的“故态复萌”。而阔阔真虽然对这一切均了如指掌，却依然遵从儒家传统隐于幕后行事只为突显新皇。多亏了这位新皇每日均有“觐见母后”之仪，故而对母亲所教诸策均一一心领神会了。

随之，便有了元成宗登基后的“三把火”——

其一，迅速完成了中枢组阁。似特别了解原右相完泽之性格特点（如未被任命为顾命大臣之愤愤不平），但因其实施“重归仁政”仍忠心不改，故这次组阁竟只提了“以完泽为相”执掌中书省。而顾命大臣不忽木却只任“平章政事”，当然太后与皇帝均对他“心中有数”故更加信任。这样安排既可满足“倚老卖老”之完泽的虚荣心，又可暂时缓解二人的矛盾以合力推进中枢内阁的运转。再加上其他内阁成员均按忽必烈生前的安排基本未变，果然施政依旧运转正常足令臣民长长松了一口气。

其二，奖赏功臣，布局全国。因“顾命有功”，随后不久，伯颜便被加爵为“太傅”仍然执掌枢密院，玉昔帖木儿则被晋封为“太师”继续执掌御史台。就这样，主持政务的中书省，分管军事的枢密院、主管监察的御史台，到此就算配置齐全，各司职守、相互协调，运转从未因帝位承继而出现过中断。深得民心，绝对有助于大局的稳定。而铁穆耳初登帝位似对皇族宗王也很了解，紧接着便是为地方的安定而布局于全国：如任命安西王阿难达继续统管秦陇京兆等地，任命宁远王廓廓出（又译阔阔出）总兵漠北临海（地名），任命镇南王脱欢继续镇戍扬州以掌控江南等。总之，用人得当，颇显祖风，故全国均显如“泰山之安”也！

其三，重建“母慈子孝、兄仁弟贤”的皇室架构。据史载，虽说在“忽里台”上兄弟俩曾互为对手，但在大位议定后元成宗却对长兄甘麻拉仍极为尊重。不但将祖父忽必烈大帝所遗留财宝尽量多地分赐予这位仁儒的兄长（等待分赐的皇室成员尚很多），而且让其继续统领漠北圣祖成吉思汗之四大“斡耳朵”、原鞑靼国土以及所有兵马，使他成为草原母地实际上的最高统治者，除了在大皇帝一人之下外似要的就是突出他“王中之王”的地位。史载，非一母同胞难以获此殊荣，故此前之“存疑”又似不攻自破了。而更为重要的还在于，这次阔阔真皇太后亲自出面了。不但多次召见长子甘麻拉百般抚慰，而且还鼓励他当以先祖为“弘模远范”，以学古今之“善行美德”（所引均为原文）。最后，还特派自己的亲信近侍送他远赴漠北“守藩”。临别时母子含泪无语而元成宗也来亲自送行，故足以营造出一种“母慈子孝、兄仁弟贤”令臣众均随之泪下的感人氛围。

“三把火”过后，铁穆耳的皇位也就算

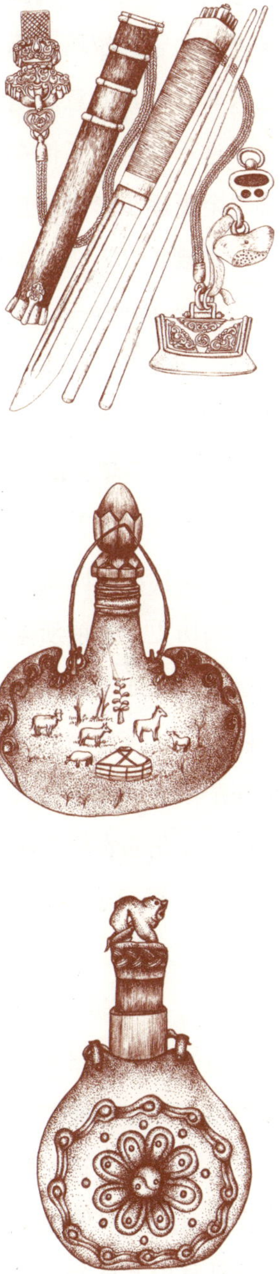

蒙古刀、皮质酒壶

坐稳当了。从此，阔阔真皇太后便彻底放手任元成宗去处理朝政，自己又代为早逝的次子达拉玛八喇抚育起两个孙儿了。因为在她看来，能听谏即戒断酒瘾之人非有超凡的意志是难以完成的，而小儿子却能说戒就戒实在是绝非常人可比。这不仅说明了他在总兵漠北后思想已日趋成熟，也同时说明了他在统率诸将之余更逐步形成了自己“安邦治国”的理念。据载，凡祖父忽必烈喜读的诸如《贞观治要》等史籍他都夜夜俱听汉臣讲述，尤其在得“太子之宝”玉玺之后更是苦读儒家经典以补“己之不足”。再加上他既“天生威严、双目慑人”，却又“坦荡率真、从容纳谏”。故在伯颜、不忽木、玉昔帖木儿等忠直之臣辅佐下，倒也高居大位干得颇为有声有色。虽尚未见他开疆拓土再次震撼世界，但这位年轻的新皇帝却已被公认为一位称职的“守成之主”了。

能够“守成”，已足以令阔阔真心满意足而深居简出了。但历经几代均未出现这类情况，阔阔真竟成了大元王朝第一位被正式册立的皇太后。这在蒙古民族的历史上是前所未有的，故而她越隐居地位便越加显赫，越放手贤名就越加远扬。比如她过惯了淡泊宁静的生活，臣民们却赞扬她从不“恃势而骄”。她隐居于东宫含饴弄孙，臣民们又赞扬她从不“坐享荣华富贵”。总之，她从小在茫茫的草原上长大，成亲后又深受太子真金仁儒思想的影响。似乎她早成了游牧文化和农耕文明交融的结合体，在她身上充分体现了蒙汉民族传统的优良美德。而至于说到她曾“一举定乾坤”时，就连她自己也不相信自己有什么“政治才能”。她只觉得那只不过是一种爱、一种忠诚、一种身不由己的本能。

但她甘愿重归平平淡淡，儿子却于心不忍了。元成宗铁穆耳登基之后，为报答母亲养育和辅佐之恩，除了依汉制册立老人家为皇太后外，还特命工部大臣在皇城之内另筑太后宫邸，并命宣徽院（总管后宫生活起居的机构）悉心奉养不得有误，以便他就近可与母后日日相会以“恪尽孝道”。正好江南浙西恰有所献官田七百余顷，元成宗又立即将其划为“太后食邑”以供母亲所需。谁料阔阔真并不领情，不但以坚守太子“神主牌位”为由拒不迁出东宫，而且特指着这七百余顷“太后食邑”对元成宗而言道：“我寡居妇人，衣食自有余，况江南率土，皆国家所有，我曷敢私之？”即命儿子“撤此封赐”，并传告中书省查办幕后“献媚取宠”之献官田者。元成宗虽受到了“当头一棒”，但对母后却更加由衷地敬佩。等传至于朝野那影响就更大了，除人人莫不称“贤”之外，就连皇室贵胄也少有人再敢向朝廷“狮子大张口”了。

查阅中国历朝历代的史籍便可得知，外戚乱政始终是个令皇帝们头痛的问题。所谓“外戚”系指皇后的父兄或皇太后的弟侄等等，而且为此所引发的篡权事件也屡见不鲜。比如，汉高祖刘邦死后操控政权的便是以吕后为首的吕姓诸侄，而汉武帝刘彻为彻底解决“外戚乱政”临终时竟干脆灭掉了幼太子亲生之母钩弋夫人。但综观汉朝一代该发生的还是发生了，西汉末年所出现的“王莽称帝”就是由于老太后重用内侄造成的结果。而现今这位大元王朝首任蒙古族皇太后，刚等处理完“建宫赐田”事件此类问题也摆在眼前了。史载，阔阔真在弘吉拉草原尚留有一位兄弟（史书因尊太后而讳其名），因没有什么本事故一直老老实实在家乡经营放牧。而现见姐姐越来越红竟成了受万人敬仰的皇太后，为此便按捺不住来到大都欲借国舅身份求个一官半职（要求倒也不高）。阔阔真还是在故太子东宫亲切地接待了这位久别未见的亲兄弟，但一涉及“求官”的主题她的态度就变严肃了。《元史》中有关她的回答是这样记载的：“若欲求官耶？汝自为之，勿以（连）累我也！”而外史中则记载得更为详细，她恳切地对弟弟而言道：“你并非是那种做官的人，况且我虽为皇太后，也应以社稷为重，不能过多地考虑自己的私事，请你以后别再来找我。”劝毕，便派人将弟弟送出东宫。此事一经在朝野传开，上下群臣对阔阔真这种以“国事为重，不徇私情”的高尚品德更是称颂有加。但《元史》中尚有如下之述：“其后弟果被黜，人皆服后之先见。”从中也不难看出，背着皇太后朝廷也曾给过其弟一官半职，但终因有悖于其“先见之明”而被罢黜了。

然而，阔阔真对朝政的干预也有“当仁不让”的时候。前面已有过断断续续之提叙，完泽其人虽“施政有方、忠心可嘉”，但又兼有“倚老卖老、心胸窄小”等种种毛病。比如说和“平章政事”不忽木的关系，竟经伯颜等重臣累累劝解却至今仍耿耿于怀。说白了不就是那点事儿吗？不忽木曾被先帝临终前钦命为“贴身近侍”，不忽木曾在先帝临终前被授命重组中枢内阁（虽然推荐自己为相），不忽木仅为“平章政事”却被先帝临危授命为三顾命大臣之一等。尤其在新皇登基自己被钦命为内阁首辅之后，不忽木这小子却仍不知高低深浅，竟然敢绕过自己直接向皇上或太后“进言”。更令人难堪的是，对于自己的奏章也敢当着众臣“直抒己见”甚至“予以批驳”。一个二等人之色目大臣竟敢对一等人的“国族首辅”如此的“狂妄藐视”，那当然是可忍孰不可忍！但完泽也深知，不忽木自幼就与已故太子真金一起长大，在皇室心目中地位非同一般。为此，在一帮早已看不惯不忽木“崭露头角”的蒙古大臣怂恿下，最终想出个将其逐出中枢内阁使其远离皇宫的办法：向元成宗一再上书强调京兆乃“先帝封邑”，秦陕乃西部“防患于未然之门户”，民性刁悍，非常人能治，特举荐股肱重臣不忽木为“陕西平章政事”（即省长），以解我主西线后顾之忧……元成宗铁穆耳乃一位生性坦荡的新君，综观奏章似也觉得“言之有理”便也就御批钦准了。这当然使以完泽为首的这批“自作聪明”之蒙古大臣高兴异常了，但消息一传进东宫还是立马让皇太后看出了其中的“猫腻”。这回她一反“从不干政”的常态，而是“当仁不让”地立即将元成宗召至身边对他说：“不忽木系朝廷忠直之臣，也是先帝久经考验之托孤大臣。有他立于朝堂，方可使先帝遗诏不至走偏。你怎么能仅听一面之词随便就将他外放？我实在不能理解！”（大意）就差质问你的“圣明”哪里去了。但元成宗听后却早已恍然大悟。第二日便单独召见完泽冷眼逼视而言道：“堂堂一国首辅，竟容不得一位色目朝臣。心胸如此窄小，又焉能容下我大元王朝？何去何从，卿当自处之！”（大意）言毕拂袖而去，留下跪伏在地的完泽处境颇为尴尬。而谁又能舍下这“位极人臣”的官位？故随之便是完泽之收回奏章和谢罪，而元成宗也就此收回了成命，将不忽木仍留在大都任“平章政事”。据野史记载，阔阔真皇太后却并未“到此而止”，而是又将完泽与不忽木俱召进东宫听她“娓娓道来”。史载，两人从此“相处甚洽、配合默契”，而元成宗也就此有了一套同心协力的施政班子。

最终，导致了“元贞治平”盛世景象的出现。

应当指出，这与忽必烈大帝暮年之自觉走下“神坛”有着极大的关系，而阔阔真又奉行其“重施仁政”之遗诏更起了决定性的作用。在她看来，要想超越圣祖成吉思汗的“武功”和忽必烈大帝的“文治”根本没有可能，后辈儿孙若能守住祖宗开创的这份基业就已可算“功德无量”了。她也明白，“守成之主”这个称谓似乎除了褒奖尚带有点“平庸”的意味，但她却宁可平庸也不愿再让儿子冲进血雨腥风中去了。为此，她经常开导初登帝位之铁穆耳的一句话便是：创业难，守成更难！而元成宗也绝非等闲之辈，焉能不知母亲一片良苦用心。故从即位开始，便表示将秉承先祖“重施仁政”之遗训，依旧沿用先祖之年号“至元”，继续任用先祖选定的文武百官，严格遵循先祖所立的各种典章制度，并除了防止内患之外更暂停了对外的几乎所有的战争，进而一心用于恢复“重农桑”诸策以利“国计民生”……由于“母慈子孝”的相互配合，因而使这一时期朝政相对稳定，生产和经济也相应有所发展。而历朝历代的中国老百姓总是极容易满足的，故而才有了史书上“元贞治平”之说。元贞，乃元成宗所采用的第一个属于自己的年号。你不能总借用老祖父的年号吧，万一出了漏子该算在祖孙俩谁的头上？史载，乃经过诸臣多次劝谏才改用的，这不恰好在“元贞治平”中用上了。可别小看了这件事情，这可是汉文史籍中第一次对少数民族帝王治国的肯定，要比随后满族皇帝中出现的“康乾盛世”还早好几百年。只可惜！元成宗后来又把自己的年号改为：大德！致使“元贞治平”这个历史性评价倒让人有些不知所指了。

“元贞治平”，皇太后阔阔真功不可没。但后世的史学家对她也并非没有争议，那就是——

在五台山上的修建藏传佛教寺庙……

是“远见卓识”还是“平庸迷信”

详查史籍便可看出，大元王朝果不愧“大哉至元”，它对世界上几乎所有重要的宗教均是包容的。尤其在忽必烈一统华夏之后，这种多元文化的现象在中原大地上就更加突出。比如说，当时盛行的不仅有早已在汉地扎根的佛教、道教，而且还有从西方传入的伊斯兰教、基督教、犹太教等，甚至各大教派的分支也尽皆容纳，其中藏传佛教的兴起便是最著名的一例。

而蒙古民族最初信仰的却是原始宗教萨满教。草原的萨满教崇信万物有灵，尤其崇奉“天”，认为“天”是至高无上、永恒不灭、力量无穷的。这就是从草原汗国到大元王朝诏敕中总是写在最前面的“长生天”。有史可考，成吉思汗及其随后的继承者窝阔台大汗、贵由大汗、蒙哥大汗等均为萨满教的忠实信徒。到了忽必烈受命主掌漠南汉地又兼远征大理之后，由于雪域圣僧八思巴的出现情况就发生了极大的变化。而等到“中统建元”草原汗国转型为大元王朝时，八思巴已被钦封为“国师”而藏传佛教也在蒙古族上层得以广泛流传。据《元史》记载，皇室中第一个接受神秘的“灌顶”仪式而成为虔诚藏传佛教徒的便是“开国之后”察苾。随之忽必烈以及太子真金与众多的皇族成员也均先后接受了“灌顶”而皈依了藏传佛教，致使广袤的西藏地区从此也彻底皈依了伟大的祖国。影响深远，到了忽必烈晚年藏传佛教已深入到茫茫大草原的各个角落，成了蒙古民族主要的宗教信仰。然而，萨满教也并未被完全排除，只不过是或“各司其职”或交融于藏传佛教的仪式之中。

至于说到皇太后阔阔真，她对藏传佛教的信仰就更加虔诚了。而虔诚的重要标志之一，便是宁舍万贯家产也要“修庙礼佛”。皇室尤其如此，比如，大都城郊的西镇国寺，即察苾皇后“施舍功德之寺”。但令人不解的是选中的庙址却是远离大都的五台山。

或许也可这样理解，五台山自古便是华夏四大佛教圣地之一，在此修建寺庙似更可显示虔诚。但毕竟不在“天子脚下”而且皇太后也日渐老迈年高，这又如何解决老人家就近在自己所建寺院“施舍功德”？实在让众臣不知这位平时贤德仁厚的皇太后这是“居心何在”。但元成宗却似乎对母亲的用意深为理解，竟力排众议下诏在五台山“饰建佛寺”，并命工部大臣陆信等亲率工役并征调各地民夫立即进山动工。显然，这在一般臣众看来是颇为“不合时宜”的：一方面是因五台山本来就是汉传佛教的圣地，而现在却偏要多建一座豪华的藏传佛教寺庙，实在是显得有点“格格不入”；另一方面也因工部及地方官员为“讨功邀赏，擅诈威福，驱使民工，枉顾死活”，确实也造成了“土木既兴，劳民数万，沿路州县，供役繁重，男女废耕弃织，百物涌贵，民不聊生”等不争事实，甚至还有的史籍称“冒险入山，伐木运石，悬崖崩塌，死伤无数”等。总之，不知是阔阔真皇太后身处深宫因受蒙蔽而全然不知，还是她日渐老而昏庸只顾做那西行的“礼佛梦”了。但有一点是毋庸置疑的，那就是她那长期积累下的“贤德仁厚”形象是被大打折扣了。而她却似乎更加固执了！五台山上那宏伟的藏传佛教寺院建成之后，她进而还要亲自率众前往参加开光大典“为民祈福”。

仿佛已昏聩到“错上加错，执迷不悟”的地步了。果然，一路上前呼后拥声势浩大，所经之地“百官跪迎，铺张浩繁”。阿谀奉承者莫不称颂“太后仁慈，为民祈福，不辞劳苦，功德无量”，唯有河东廉访使王忱敢于冒犯“直言进谏”，跪地坦陈建寺所受之损害，并直言指出“建寺原本意在为民祈福，而民福未及，害已先受”。史载，阔阔真闻听后也“颇为动容”。久久沉思后，不但未有一言指责王忱“犯上”，反而下令彻查是何人如此“草菅人命”？并令有司动用东宫所蓄，尽力抚恤工役家属……王忱听后还以为太后又恢复了往日的“圣明”，竟为之“跪泣不起”。谁料老太后却依然“我行我素”，照样按原计划西行五台山礼佛。王忱到此才若有所悟：似乎皇太后远在五台山的建寺和礼佛并没有那么简单。然而，负面影响却仍然在继续扩展，由于她向新建的寺院布施了自己毕生所积攒的珍宝和钱财（也有史载为“数万公帑”），故当时就有人称其为“劳民伤财，得不偿失”。更有甚者，竟有史者也将此事称之为“使阔阔真贤德与质朴的一生沾上了一个污点”。

那到底是“远见卓识”还是“平庸迷信”呢?

详看明人所修《元史》，大体从“劳民伤财，得不偿失”之说。

但如果换一个角度来思考这个问题呢?似乎又当得出另一种结论。当然绝不能任意地拔高任何一个历史人物，但随后所发生的一切却颇能说明问题。从此，五台山上就不仅仅是汉传佛教的圣地，而且也成为藏传佛教在内地的中心。有史可考，因拉萨路途过于遥远，居于漠北草原的历代蒙古王公贵胄和善男信女均渐渐习惯于来五台山朝圣礼佛。除了明代稍有间断外，到了清代又继承了阔阔真这份“遗产”并将其更加“发扬光大”。五台山脊上的金顶藏传佛教寺院越来越名扬天下，故而才在藏传佛教各族信徒中有了“南有布达拉，北有五台山”之说。一座元代皇太后择地修筑的寺院，竟能拉近各民族心灵的距离。从客观上讲，假以“远见卓识”之名似也并不过分。

当然，我们也不能妄加猜测阔阔真皇太后的初衷。但有两点却是可肯定的：其一，她的一生均是师从大元王朝“开国母后”的，难道具有“经天纬地之才”的察苾皇后信仰藏传佛教仅仅是为了个人信仰吗?其二，阔阔真辅佐其子元成宗时宁可让他“守成”也不愿让他“重启战争”，难道这不是她常常劝诫儿子当“另谋高策”之一种尝试吗?

总之，她是带着那令人遗憾的“污点”走的，大德四年（1300年）二月病逝于大都。

满朝文武及市井庶民似这才重新忆起她的“贤德仁厚”，似这才重新忆起她曾助国家有了很长时间的相对安宁。举国悲恸，哀思绵绵。

但她却还是永别了臣民，追随早逝的真金太子去了。元成宗铁穆耳似很理解母亲的心愿，终使她“祔葬裕陵，尊谥号裕圣皇后”。

在“鹿图腾”的传说中，她当属那种本真的“鹿”、善良的“鹿”，一生都在追求美好的“鹿”。

但她也是大元王朝的最后一位贤德皇后。

元史演绎系列

李治安　主编

冯苓植　著

宫闱秘史

蒙元帝国的后妃轶事

读史随笔

下

内蒙古出版集团
远方出版社

图书在版编目(CIP)数据

宫闱秘史：蒙元帝国的后妃轶事/冯苓植著. – 呼和浩特：远方出版社，2016.1
（元史演绎系列）
ISBN 978-7-5555-0589-1

Ⅰ.①宫… Ⅱ.①冯… Ⅲ.①长篇历史小说 – 中国 – 当代 Ⅳ.①I247.5

中国版本图书馆CIP数据核字(2015)第316888号

元史演绎系列

主　编：李治安
副主编：包明德　苏那嘎
民俗顾问：托　娅
蒙语顾问：巴拉吉
史学顾问：阿拉腾巴根

宫闱秘史——蒙元帝国的后妃轶事

作　　者	冯苓植
总 策 划	苏那嘎
责任编辑	董美鲜
责任校对	张　旭
装帧设计	晓　乔　韩　芳
出版发行	内蒙古出版集团　远方出版社
社　　址	呼和浩特市乌兰察布东路666号　邮编 010010
电　　话	（0471）2236471 总编室　2236460 发行部
经　　销	新华书店
印　　刷	北京振兴源印刷有限公司
开　　本	710mm × 1000mm　1/16
字　　数	440千
印　　张	29
版　　次	2016年5月第1版
印　　次	2016年5月第1次印刷
印　　数	1—5 000册
标准书号	ISBN 978-7-5555-0589-1
定　　价	58.80元（全二册）

如发现印装质量问题，请与出版社联系调换

伺机而动久蓄异志的卜鲁罕皇后

卜鲁罕，伯岳吾氏族人，驸马脱里思之女。表面看来，她似和弘吉拉氏族罕见的无关。其实她的血缘却更加相近，她和元成宗的结合属典型的表兄妹近亲婚姻。史书对她的容貌绝少提及，很可能实属平常。元成宗铁穆耳即位后，由于上有阔阔真皇太后，中有正后实怜答丽（又译失怜答里），故她在宫中地位并不高，也无弄权的机会。而后因皇太后与正后相继病逝，元成宗也悲伤成疾，她才升为正后代为传达“圣意”，尤其在元成宗“驾崩”后，她更开始了一系列蓄谋已久的擅权乱政活动，最终败亡。

她是大元一代于死后鲜见的没有追谥封号，也未升祔帝庙的皇后。一只令人鄙弃的“昏鹿”……

公主之女 重回皇家

在元朝一代，由于受“双图腾”崇拜之影响，公主们的地位还是相当高的。这不仅仅反映在物质生活上，而且在政治待遇上也往往不比皇子皇孙差。如果能详读《元史》便可得知，在历届议决重大国事的“忽里台”会议上均有驸马代公主出席。和汉地的驸马爷仅属一种“荣誉”不同，他们的倾向往往也和诸王一样在议决中起着“举足轻重”的作用。

当然，由于公主经常出入内廷，他们的“倾向”也大多很准……

况且，蒙古驸马大多均出身于贵胄豪门，并且大多均“擅长弓马、英勇善战”。若不然，不仅皇上相不中，就连公主也瞧不上眼。但一经被“挑”中了，那他的身价地位也就“不同凡响”了。因为在元朝一代，公主也可以和皇子皇孙一样有自己的封地、食邑、“怯薛”卫队，而且驸马也随之成了自己氏族或家族的“当然首领”并掌控了下属所有兵马。但也必须指出，皇权至上！蒙古驸马对外是“地位显赫”，但一回藩邸见到公主就“相形见绌，甘拜下风”了。是有些“女尊男卑”的意味儿，却似乎又绝对有助于这些驸马们更进而“青云直上”。

须知，大元王朝的历代公主大多绝非等闲之辈……

绝非杜撰，有史可考，难怪就连国外的一些蒙古史学家在研究成吉思汗方方面面之余，不仅早就分专题研究起他那些也曾同样震撼过欧亚的子子孙孙。如拔都、忽必烈、旭烈兀、海都等。而且有的国外学者似乎已不满足于只研究这些“男性的嫡系后裔”了，他们的笔触似已深入到成吉思汗的女儿、孙女儿、重孙女儿等“女性后裔”领域了。最近在美国与欧洲同时出版的《成吉思汗和他的嫡系公主们》（暂译名），便是有力的证明之一。而即使仅以汉文史料为例，这些蒙古族的公主们大多也颇为“见识不凡”。比如说，忽必烈之女忽都鲁坚迷失公主嫁予高丽国主中宗大椹，其孙女卜答实丽公主嫁予高丽国主宪宗王璋，其重孙女亦怜只班公主嫁给高丽国主太宗王焘等，史载“俱能不辱和亲使命，行睦邻交好之策”。故两国从未“兵戎相见”，传为“一时佳话”。

而卜鲁罕之母似稍显有些“另类”……

这或许是因为她并非“嫡出”（即并非察苾亲生），而只是忽必烈某位“庶弟”的女儿，故查遍《元史》均未得其名。只知她从小在豪华的王府里娇生惯养长大，十六岁那年即被册封为公主而下嫁给脱里思驸马。因为不管怎样她都带有皇族的血脉乃忽必烈的亲侄女，故一来到驸马爷所在的伯岳吾氏族便成了真正意义上的主宰者。说白了，到了公主这一级的婚事，大多均为事实上的“政治联姻”。说难听点似等于代皇室“监视外藩，谨防异动”，说好听点也可称之为“保境安民，以示皇恩浩荡”。而卜鲁罕之母确实属于公主中的“另类”，她似对“监视外藩”没多大兴趣，而只顾了两眼紧盯着皇宫大内的风云变幻。一直耿耿于怀，颇为遗憾自己竟未能在其间“大放异彩”。后来多亏有了女儿卜鲁罕，她这才似乎又从绝望中看到了希望。虽然说，小女儿相貌平平，还略带几分蒙古小男孩的强悍气质，但她还是一有机会就把她带进深宫大内“增长见识，开阔眼界”。

这一天，难得的机遇终于让她恰巧碰上了……

前面早提过，元成宗铁穆耳少年时曾是个“屡教不改”的小酒鬼。这一天，正是史书上所记载的他又“躲进浴池借进水管偷吸狂饮”事发之后，忽必烈闻知后也正在怒不可遏地亲自鞭笞教训这个小孙孙。而皇帝盛怒又有谁敢拦啊？而这时这位前来觐见的公主却猛地灵机一动推了自己女儿一下，没想到十四五岁的小卜鲁罕竟也能心领神会。她像小豹子一般突然就扑到了小表哥身上，似心甘情愿地代替他忍受千百次鞭笞。这令在场之人莫不“大感惊诧”，就连忽必烈也停下了鞭子也对她“若有所思”了。

来得勤不如来得巧，卜鲁罕从此就令人刮目相看了……

其实，早在此事发生之前，皇室已为小铁穆耳在操办婚事了。他们也认为，要想让这匹“生骡子马”稍加安分，似乎应该在他的身旁尽早有个“拴马桩”了。为此，皇室依据元太宗窝阔台的遗规，早已在弘吉拉草原订下一门亲事。此人即太祖大皇后孛儿帖之亲族斡罗陈之女实怜答丽。史载，她“美貌绝伦，天性柔顺”，却又明显地欠缺力度，要想羁绊住这匹“生骡子马”似尚稍显“仁弱”。恰好此时竟意外地出现了卜鲁罕那小豹子似的一扑，这能不令人浮想联翩吗？加之，卜鲁罕之母又以公主之身份“乘胜追击”四处游说于深宫大内之中，最终为羁绊“生骡子马”而使用“双拴马桩”制便形成了定论。

皇天不负有心人，驸马爷的女儿终得返回皇宫。虽仅仅成为两王妃之一，但父母在皇族中的地位显然已今非昔比了。

卜鲁罕初为人妇，也开始尝试宫廷生活……

苦乐兼有　意外邂逅

母亲初步的愿望是得以实现了，但卜鲁罕却觉得自己似一下由天上自由的云雀变成笼中之鸟了。金碧辉煌的皇宫大内是要比自家那驸马藩邸富丽豪华千百倍，可那皇家数不清的条条框框和种种规矩也实在让人受不了啊！

往日那骄纵任性的日子看来已经一去不返了……

况且自己还有一个“对手”，那就是来自弘吉拉草原的另一位王妃实怜答丽。人家的家庭地位并不比公主驸马低，乃太祖大皇后孛儿帖的家族后裔。典型的世袭皇亲国戚，而且太宗皇帝还亲自遗规这个家族“生女当为后”。再看人家的身段和长相，就连自己也深感“自愧弗如”。就像从画上飘下来的小仙女似的，而自己在人家的衬托下反倒更像个陪嫁的粗使丫头。实在令人扫兴，卜鲁罕开始埋怨起自己的那位只想着攀高枝儿的公主母亲了。

这时，还多亏了小铁穆耳牢记着她那“代受鞭笞”之恩……

前面有关章节已经提过，元成宗少年时因嗜酒曾受过忽必烈的多次鞭笞，其实很多重臣早已看出此乃爱之至深“恨铁不成钢”也。千方百计不择手段地力逼他戒酒，那正说明了这位老皇帝对这个小孙孙尚抱有极大的期待。须知，这小子从小就和两位兄长个性大不相同。不但“襟胸坦荡，不拘小节”，而且“忠直无私，敢作敢当”。与两个哥哥的“唯唯诺诺”大相径庭，却又似乎仍保留了列祖列宗的某种“潜质”。故而忽必烈对这桩“双拴马桩”制的婚姻还是默许的，只是他绝没料想到小孙孙会放下美若天仙的娇娥反倒立马就想到去“报恩”。

这对于卜鲁罕来说也绝对是大出意料的……

她本来“自惭形秽”地在自己的喜房内偷偷落泪，还以为自己今后也就是个“聋子的耳朵——配的”。没想到正当她感到冷冷清清、孤孤单单、万分凄苦时，铁穆耳这小子偏偏就在这时却“大驾亲征”了。刚刚问了一句：“鞭笞疼否？”随之便猛虎扑食般把她压在身下要“报恩”。雄性的魅力尽显无遗，加倍的“报答”很快便把生性同样强悍的卜鲁罕给征服了。从此，她便把身为公主与驸马的父母当成了个“屁”，为博取丈夫一次次的“征服”也甘愿受宫廷生活那条条框框和种种规矩的约束了。

只可惜！新婚不久便突发了那可怕的“禅位事件”……

前面早已说过，此乃江南一位极其迂腐的御史所为，他竟亲上奏章建言老迈年高的忽必烈应“禅位”于太子真金。这父子俩本来就政见有些不合，这么一来不就更等于在“火上浇油”吗？多亏了一些忠直的大臣力压这本奏章甚至舍身化解矛盾，而忽必烈也果不负察苾临终那“绝不轻言易储”之嘱。但个性仁儒的太子真金还是受不了这番折腾，最终还是如《元史》所说那样“惧惮而薨”了。年仅四十三岁，似乎还没来得及享受小儿子娶媳妇给他带来的喜悦。“皇储之家”的这个“储”没了，就连卜鲁罕这样一个十六七岁的小媳妇也似乎意识到自己那位公主母亲的一片苦心算白费了。还不知将来谁再当这个“储”呢？昔日的太子东宫眼瞅着就要“树倒猢狲散”了。

果然，卜鲁罕那公主母亲不久就借“奔丧”

成宗铁穆耳

卜鲁罕皇后

实怜答丽皇后

之名来密会女儿……

但完全大出卜鲁罕的意料，这位公主母亲不像是来“奔丧”倒像是前来“道喜”的。据她说，老皇帝对太子感情之深就连她都深感惊讶。不但悲恸万分，而且当即下诏宣示大元王朝皇位传承“永归太子真金家系”。更令卜鲁罕没想到的是，自己这位公主母亲说着说着竟叫起好来，私下还悄然对她耳语道：太子死得及时死得好，省得让他再当上个二三十年皇帝才能一见分晓。现如今是三个嫡孙中选一个，她此次前来“奔丧”的主要目的便是教女儿如何首先夺得未来皇后的大位，并且以昔日的老祖宗乃马真为楷模，向卜鲁罕讲述了她如何“后来居上”独掌朝纲十数年之久的故事。

总之，是要将女儿的“性趣”彻底扭转向“权瘾”……

而有其母必有其女！十六七岁的小王妃本来就不乏这方面的天赋，经公主母亲这么一指点果然便更“日渐精进”了。比如说，酒瘾就是那么容易彻底戒断的吗？每当遇到这种情况，那位来自弘吉拉的美貌小王妃总是及时向婆母阔阔真禀报。但卜鲁罕却从来不这样做，而总是怀里偷偷揣着一革囊酒，既让小铁穆耳喝不醉却又能解了馋。故很快便以“相貌平平”战胜了“貌若天仙”而成为“专宠”，既满足了“性趣”又初享到了“权欲”。

在诸王前来“奔丧”期间还有一次“邂逅”也颇值得一提……

对于随后的历史发展有着极大的关系，故在这儿先行简略提示几句。察苾共为忽必烈生下有继承权的三位嫡子：真金、芒哥喇、那木罕。其中，芒哥喇生下后不久便作为“质子”（草原的一种古制）在蒙哥大汗夫妇身畔抚育长大。颇受宠爱，故和生身父母关系并不亲密。加之从小受的是传统的蒙式教育，不但对儒学知之甚少就连汉字也不识几个。但天性随和，人缘儿极佳，又无任何“雄心壮志”，故竟被人送了个“喜皇子”的称号。忽必烈称帝后，为补报对他过去的照顾不足，特封他为安西王坐镇自己的“食邑”京兆（即今之西安市），并任命真定名儒李槃为他的“讲读”，以便于他了解中原的历史和汉地的情况。而更重要的是，还为他特别任命了文武兼备的儒家能臣商挺为其王府“相”，以辅佐他掌控陕甘一带的军政大权。最令人难以想到的是，这位一直在草原长大的“喜皇子”在秦川一带竟没心没肺干得颇为出色，而且还颇为“安分守己”，从不给皇帝老爸“添乱”。忽必烈似这才看出了这个儿子的“大智若愚”，便当即又把他晋封为“秦王”，干脆把中原西半壁江山通通交给他辖治了。这位二皇子倒也“一切行动听指挥”，只不该年纪轻轻的仅仅三十二岁就给突然“薨”了。当然，现如今前来为太子真金“奔丧”的似也只能是他的儿子——也就是卜鲁罕初次“邂逅”的安西王之子阿难达。

虽然未曾谋过面，她却早听过好些有关他的传说……

据说，这位皇孙从小即在汉地的京兆古都中长大，所接受的也大多都是中原汉地的文化。但却与其生长于草原的父母性格截然相反，既不和和顺顺，又不大大咧咧，反倒无视父王的遗规而只顾追求“独树一帜”。比如说，他就拒绝在京兆等地修建寺庙（有关祖父信仰），而偏偏要大肆兴建一座座伊斯兰教堂。这在元代也并不为过，而忽必烈对这位小孙孙的古怪做法也并未在意。直至阿难达发展到过多结交或重用来自西域与中亚的多方“异人”，仿佛是想“另起炉灶”与祖父的“入继华夏大统”分庭抗礼，这才引起了从地方到中央的广泛注意。多亏了忽必烈念及他是次子芒哥喇唯一的儿子，尚属年少无知，在召回严加训斥之后，才将他由秦王重新降为安西王仍留西线只掌军务（当然尚有监军在侧）。谁料从此有关他的传说竟然和军务毫无关系了，只听说他那王府的后宫里充塞着各色各样的女人。有蒙古佳丽、汉族美人、阿拉伯美妇、俄罗斯少女，甚至还有非洲转运来的公主……显然他驾驭女人的能力要比驾驭军事的才能高过一百倍，随之便传来了他令女人们为他疯、为他狂、为他自相残杀、为他殉情而死等种种离奇故事。似为了让朝野放心，从一个极端走向了另一个极端。从此竟撒手不管军政要务，仿佛改行专门去从事“征服女人”了。

卜鲁罕久居深宫，早就想有机会能得以一见这位迷倒一片女人的情圣了。恰好为奔丧这位“花花太岁”也终于现身于皇亲国戚之中，卜鲁罕偷偷望了一眼便由不得暗暗惊呼了：天哪！果然与众不同啊！一般的宗王贵胄突显的是自己

元代歌舞图

的威武彪悍，而他却反其道而行之似专门突显自己的潇洒飘逸。更何况！用现代话来说，这小子也的确长得足够“帅”了，再加上即使在丧仪上他也不忘使用他所擅长的“目光流盼”，致使许多到场的年轻女眷也由不得边号啕边偷眼扫瞄他。更令卜鲁罕没想到的是丧仪散过之后，这位年轻的安西王还恭而敬之地叫了她一声“大皇后”！寓意颇深，但卜鲁罕听后还是吓得赶忙躲开了。可见这小子不但对女人出手不凡，一声“大皇后”也道出了他的“见识不凡”。

他的出现，使卜鲁罕不由得又想起了母亲叮嘱的话……

好在祭奠太子的一系列超度法事终于结束了，年轻的安西王也只留下那声没头没脑的“尊称”便又回归京兆了。忘了，该忘的都应该忘了！一切均应由至高无上的忽必烈大帝重新安排。果然不久之后，这位老迈年高的大皇帝便做出一个“颇为英明”的决断：再不能让三位有皇位继承权的皇嫡孙只在腐儒教导下死读书了，而是应当让他们到实际中去“各显其能”。随之，老大甘麻拉便先后被派去出镇漠北和云南，老二达拉玛八喇也被派去督察中枢内阁及兼管中原事务。只有小铁穆耳因尚不到二十岁没有外放，但也被老祖父钦命召入宫中亲自严加教诲。这可苦了卜鲁罕了，她和另一位王妃实怜答丽奉命留在原太子东宫侍奉婆婆阔阔真太子妃。这曾使卜鲁罕大失所望，两位兄长都已在外大施才华竞比高下以争皇位呢，而自己的丈夫却还像个小孩子似的被老祖父带在身边。明摆着只能“甘拜下风”了，怪只怪实怜答丽还一个劲儿讨好婆婆呢！

大皇后？安西王阿难达的话也只能当个屁……

谁料卜鲁罕对婆婆的懈怠和疏忽，竟被深宫中的小铁穆耳得知了。别看这小子从小调皮捣蛋，但却天性“事母至孝”。自从得知卜鲁罕怠慢母亲之后，便宁舍她怀中为自己偷偷揣着的美酒也不愿再见到她了。深宫自有“侍寝”内制，小铁穆耳几乎夜夜召见的均是“事母至孝”的实怜答丽。卜鲁罕一见便有点慌了神儿，她突然发现小铁穆耳在老祖父的亲自调教下已经“出手不凡”了。为此，她赶忙“回心转意”，与美貌绝伦的实怜答丽竟比起谁更“事母至孝”了。她似乎也从中看到了小铁穆耳的大有长进，竟估计他之被重用而参与角逐皇位已指日可待了。

有了追求，便自然有了动力……

风云乍变 偶露峥嵘

但随之而来的又是沉重的一击。至元二十四年（1287年）四月，继西部封国之海都、昔里吉等诸王相继叛乱之后，东部封国最具实力的宗王乃颜也公然聚兵反叛了。应当说这正是铁穆耳“出头露脸”的好机会，当由他以皇嫡孙的身份统率千军万马前去讨伐。既可不辜负老祖父几年来手把手的教导，又可争取个最精彩的亮相。但谁料最终的结果却又使卜鲁罕大失所望，老祖父不知是心疼小孙孙还是信不过小孙孙，竟不顾七十三岁高龄并且腿脚关节都有病，而依然决定乘“象舆”（即几头大象背负驮载的坚固阁舍）“御驾亲征”。卜鲁罕不理解其中的重大意义，只有此一役取得决定性的胜利才能使东西道的反叛势力从此一蹶不振。卜鲁罕根本不懂得这是老人家为给嫡孙留下个“专心治国”好环境的最后一搏，却只顾埋怨老祖父不但不带上小孙孙却只给了他一份“留守皇宫”丢人的闲差。有史为证，忽必烈果不愧中外史学家公认的天才统帅，七十三岁的高龄仍大败东部联军并生擒了叛酋乃颜宗王。扬大元王朝之声威，致使草原其他叛王也都闻风丧胆逃之夭夭。

凯旋，举国欢呼，只有卜鲁罕的怨气未消……

真可谓“灰心丧气”到了极点，似乎对丈夫的“性趣”也跟着大受影响了。随之便借口公主母亲有病，经善良的婆婆太子妃阔阔真同意，绕道京兆（史无详载她与安西王会没会过面）而返家“探亲”去了。却谁料公主一见女儿竟如此“坐失良机”一气之下还真病了，是一连两天骂着她“愚蠢！愚蠢！”而“气绝身亡”的。果然不出母亲所料，她刚刚一离开沉闷的东宫，小铁穆耳便在元大都燕京精彩亮相了。原来，忽必烈凯旋之时故意给东部荒野留下个老弱不堪的身影，好让乃颜的残部还以为他老迈年高再无力亲征了，从而诱使他们再次聚集暴露，以便一网打尽彻底解决东部封国问题（即削去国号改由中央直辖统治）。再加上“老皇上快死了”的谣言一时间也传遍了东部草原，故而乃颜潜藏于各地的残余势力也就纷纷公然跳了出来汇集在一起。气焰相当嚣张，自以为得计，竟狂妄地把矛头直指元大都燕京。而在皇城里的深宫大内，忽必烈才仅仅向孙子说了两句话：“孩子！爷爷累了，这回该轮到你了！”随之，第二天大都街头便出现了“万人空巷”的景象，几乎所有黎民庶众均拥向了校兵场去一睹这位年仅二十四岁皇嫡孙的统帅风采。史载，他“英姿勃发，一身豪气，挺立马上，威严无比，目光所到，兵马敬服”！黎庶见之，莫不以为神将下凡，皆感都城无忧，一时间欢呼声响彻四野。看来，忽必烈为了这个小孙孙可谓费尽心机了。久久地“潜藏不用”，为的就是这一天的“一鸣惊人，一飞冲天”！

当然，卜鲁罕虽身在远方也很快得知了这个讯息。似乎母亲的幽灵已附在了她的身上，顿使她的“皇家意识”猛涨了几倍。随之她竟抛下了母亲那冰冷的尸体，带着随从便迫不及待地向大都疾驰而归。还是史无详载，也不知她这次是否绕道京兆，更不知她这次是否曾与安西王阿难达相会。但有一点必须肯定的，她的“政治智慧”显然又有了惊人的提升。标志之一便是当机立断地决定不返回大都皇宫了，而是调转马头要去战场。

而此时小铁穆耳所统率的数万铁骑也正在“旗开得胜、马到成功”。这或许是老祖父手把手亲传的结果，或许是这小子天赋的潜能总爆发。总之，卜鲁罕赶到的时刻也太凑巧了，恰逢小铁穆耳按照忽必烈的战略部署，已把乃颜的残部“逼入绝境”即将“一网打尽”的时刻。当然，卜鲁罕的意外到来会引起将士们一片欢呼，因为自古以来草原统帅的出征身旁就从不乏女人的侍奉。尤其当他们听到卜鲁罕跪倒在年轻统帅前的倾诉，更使得将士们莫不感动得斗志高昂。天哪！原来这位小王妃是回娘家为母亲奔丧的，可一听皇嫡孙正在“为国除害”便不顾一切地赶来也要为“皇室尽忠”了。义薄云天，正气感人！并

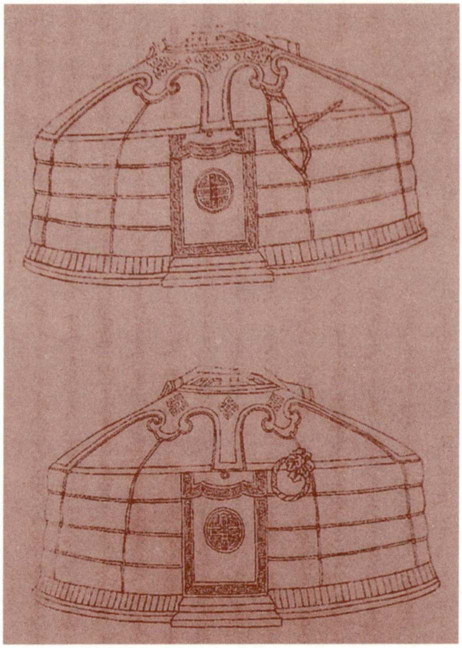

生男生女的标志（布林特古斯提供）

且不用人照料，而是一直跨在马上追随于皇嫡孙左右。英姿飒爽，作用非凡，致使乃颜残部很快便被一网打尽。不仅使铁穆耳“一战成名，后来居上”，而且也使卜鲁罕随之“水涨船高，贤名远扬”。

完全可以这样说，这回她捞取到不菲的“政治资本”。凯旋后，首先是婆婆太子妃阔阔真对她刮目相待了。她最疼爱小儿子，谁对小儿子好她就会对谁多几分偏宠。为此，貌若天仙的另一位小王妃实怜答丽，竟渐渐越来越不是她的对手。但好景不长！缺少高人指点，她那如相貌一般平庸的资质还是又“暴露无遗”了。起因是另一件令皇室俱都震惊而又悲恸的大事，即忽必烈的次嫡孙达拉玛八喇又意外英年早逝了，年仅二十九岁。这里必须插叙几句，忽必烈对这位次嫡孙也很疼爱，在他初成年时曾将一位美丽贤淑的汉族小宫女郭氏赐予了他，并为他生下一个儿子：阿木哥！后被封为魏王。而这位次嫡孙正娶的王妃也是来自弘吉拉草原的贵戚之家，名叫：答吉。又为他生了两个儿子，一个名为海山，一个名为爱育黎拔力八达。之所以提前介绍，除了想提示这些人物以后都曾发挥过重要作用外，也想说明当时这些孤儿寡母会聚于太子东宫也确实够凄惨的。铁穆耳受命为二兄长治丧，见老母亲承受着“中年丧夫、老年丧子”的巨大打击已悲恸欲绝，便有一个古老的念头，即为了不使母亲再承受家族离散的痛苦，为了具有皇位继承权的真金家系更加团结，为了防止其他皇族家支系的乘虚而入，更为了让年轻或幼小的孤儿寡母能得到更好的保护……他准备依据草原“继婚制”

的遗规，即“兄亡，弟可纳兄嫂”，将这副重担全部接收过来。这个决定一经做出，当即给了母亲阔阔真极大的安慰。而美貌绝伦的实怜答丽王妃也深表理解，并全力给予他各方面的支持。就连追随他的蒙古族文武大臣也均认为此乃上上策，当令其他宗亲“无孔可入”实属奇男子之举。但谁料此时偏偏是卜鲁罕跳了出来公然反对，甚至不择手段地设法阻拦。

宁可闹他个“前功尽弃”，也绝不愿身旁再多添一个对手。

也难怪！就连卜鲁罕也深知自己相貌平平，身旁有一个实怜答丽王妃已把自己比得像个使唤丫头了。而眼前这位死了丈夫的答吉王妃就更加美丽动人，据说二皇孙自从娶了她就不知天下还有别的女人了。再说还有个楚楚动人的汉女郭氏，那花容月貌自己就更无法与人家相比了。况且，这两个女人都先后为皇室生过“龙子龙孙”，老婆婆就是为了维护这三个小孙孙肯定也会特殊地偏袒和关照她们。而铁穆耳又是个出了名的大孝子，时间久了那自己还有什么奔头啊？想到这里，卜鲁罕干脆在太子东宫来了个一哭二闹三上吊，专门找善良的婆婆阔阔真去撒泼，还偏偏找那昔日的汉族小宫女去厮打。影响极其恶劣，很快便在其他宗族间传了开来。铁穆耳生怕再惊动了早已悲恸万分的老祖父，故而似只好把“继婚”之事暂时作罢。但此事还是被老人家知道了，很快便把答吉和郭氏接进皇宫大内给予妥善安排，并不无指责地对铁穆耳说：“大都地处汉地，当正视汉风汉俗！”

而卜鲁罕愚不可及，还自以为得计。其实，在幽深的宫闱中，她早已变得“自绝于人众”。人人唯恐“避之不及”，铁穆耳为此竟对她连续施行着“坚壁清野”之策。以现代人的眼光来看，她似乎除了“过火”并无什么不对。但对于七八百年前的元朝皇室来说，她破坏了这种游牧文化“继婚”的古制而留下了“后患无穷”。但忽必烈虽早已进入了“烈士暮年”，却为了最终的“回归仁政”仍绝不乏“大手笔”。随后便当即又把刚凯旋的铁穆耳派往草原母地“出镇漠北”，而且钦点“卜鲁罕王妃随征侍奉”。这样，不仅使种种“谣言”顿时销声匿迹，而且再次突显了这位皇嫡孙“用兵如神”的年轻统帅风采。卜鲁罕闻之还以为这回总算熬出头了，“万马群中一枝花”，丈夫还能再对她没“性趣”？却没想到铁穆耳果不愧为成吉思汗的杰出子孙！不但对她继续执行“坚壁清野”之策，而且只因听了平南统帅伯颜老前辈的告诫竟然还能彻底戒了酒。卜鲁罕这时才知道害怕了，意识到给她的这份“特有殊荣”原来就是漫漫无绝期的惩罚。再不允许她纵马随侍左右，而只让她独处于一座空旷的妃帐里不得外出。铁穆耳借口要同将士们“同甘共苦”，更绝不轻易靠近这座妃帐半步。但直至侍从们告诉她老皇帝已将“太子之宝”之玉玺命重臣送进王帐，她似乎这才知道该彻底放下公主之女那点自尊而求饶了。最终她还是不顾一切地冲进了王帐，匍匐在铁穆耳的脚下泪流满面地进行了沉痛的“忏悔”，甚至还指天发誓从今以后甘愿做一条“顺从的狗”，不但要顺从丈夫而且更要顺从贤德的婆母。

从此，卜鲁罕果然像一条断了脊梁永远夹着尾巴的狗……

至元三十一年（1294年）正月，一代历史伟人忽必烈大帝在自觉走下神坛并为嫡孙打好治国的基础后，最终于大都紫檀殿与世长辞了。同年四月十四日，铁穆耳在三位“顾命大臣”伯颜、玉昔帖木儿、不忽木的“传示遗诏”拥戴下，于上都大安阁正式登上帝位，史称元成宗。追谥其父已故太子真金为裕宗皇帝，并册立其母太子妃阔阔真为皇太后。似为突出皇太后的重要性，两位王妃实怜答丽与卜鲁罕均未被立即册封为皇后。而汉臣儒僚们却均为此乃“以孝治天下”的发端，故中原士人莫不称颂“新皇圣明”。至于说忽必烈“大丧”期间卜鲁罕是否与安西王阿难达有过接触？史无详载。但有一点是值得肯定的，即卜鲁罕在此后确实表现得更顺从、更乖巧、更能“体察圣意”。比如说，皇太后阔阔真恋旧不愿搬出原太子东宫，她就主动请求留下以代新皇“事母至孝”。细致入微，其情其景颇为感人。这不仅使皇太后阔阔真渐渐离不开她的伺候，而且就连元成宗也对她的看法大有改观并多次赐予“性趣”。

实怜答丽虽在深宫伴驾，却显然又落后了……

伪作谦顺　意在攫权

综观元成宗铁穆耳登基之后，虽也不乏先祖遗传给他的杰出的军事才能，但他却始终牢记是谁把自己送上了帝位的，而一心只为了实现忽必烈大帝的遗诏："以仁治国！"罢兵息武，专心文治，故就连明代的史官也不得不承认他是一位"善于守成之君"。

初期，卜鲁罕似乎只剩下了小心翼翼地"事君"……

好在当初她经"高人指点"留在了故太子的东宫，依仗侍奉圣母皇太后才勉强保住了皇后候选人的资格。直到这时候她才发现，自己这个往日看似善良平常甚至软弱可欺的婆婆并不简单，一旦"名正言顺"地被奉为皇太后之后便"当"了大元王朝的大半个家。不但文武大臣莫不顶礼膜拜，就连皇上似也只能事事顺从。但卜鲁罕似乎从中只看到了"身份"对"权力"的至关重要性，却没看到阔阔真多年来受真金太子习儒崇仁的熏陶，受察苾母后力推仁政的感染，受忽必烈大帝暮年变法的开导，更没看到阔阔真的所作所为和受万人尊奉的内在原因，而夹着尾巴做人之唯一目的仿佛就是为了由皇后到皇太后直至达到权力的顶峰！

但就在此时，又有一件事使她感到惶恐不安了。原来，自成亲以来，她和实怜答丽都久久没有怀孕，据御医私下对皇太后说可能与元成宗少年时"纵酒无度"有关。阔阔真皇太后对此十分焦急，忙令御医为圣上"百般调养"。所幸元成宗度量如先祖一般宏广，早在深宫大内亲自手把手地教导二兄长达拉玛八喇留下的三个孩子：阿木哥、海山、爱育黎拔力八达了。为此，卜鲁罕曾猜疑是"项庄舞剑，意在沛公"，一想到那两位貌美如花的遗孀便感到忐忑不安。所幸大内传来的消息永远是皇上"一身正气，秋毫无犯"。但还未等卜鲁罕把那颗稍安的心放回肚里去，宫内的大太监在故太子东宫已经激动地嚷遍了：大皇后有喜了！大皇后有喜了……一开始卜鲁罕尚未弄清：这是哪家子的

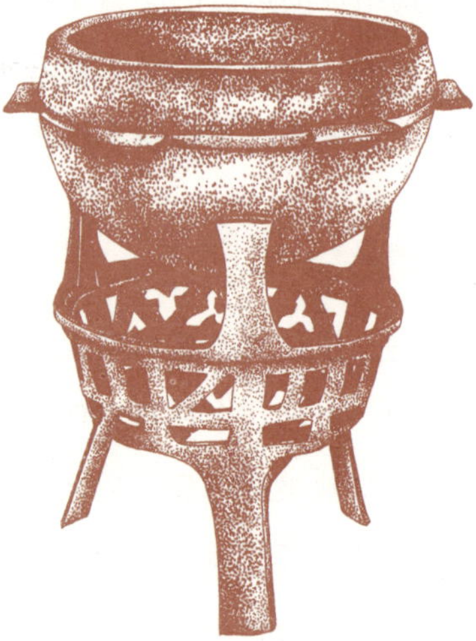

六耳铁锅、火撑

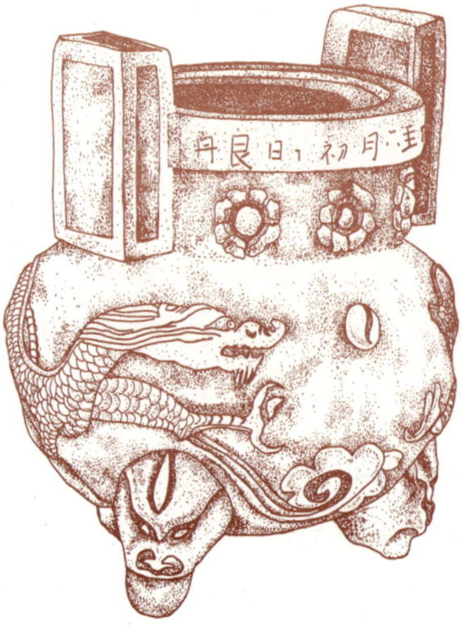

龙纹石香炉

大皇后？有的又是哪门子喜？但很快她便从阔阔真皇太后泪流满面的诵佛声中搞明白了：原来是那位与自己命运相同迟迟未被册封的实怜答丽，竟然在深宫伴驾时已经不声不响地怀上了“龙种”，而且还保密程度极高，直到身形突显确凿无疑才敢来惊动皇太后。皇上有嗣，乃国之大事，把实怜答丽提前称为“大皇后”也就不足为奇了。这一消息传开之后朝野上下莫不举杯相庆，唯有卜鲁罕心情无比的灰暗像一下子坠入了人生的谷底。多亏阔阔真皇太后目光敏锐，并且对两位儿媳均了如指掌，故闻知喜讯后便当即做出决断：命卜鲁罕进宫去轮换伴驾，而将怀孕的实怜答丽召回东宫由自己亲自护理。元成宗似还有些不舍，阔阔真皇太后竟罕见地严斥他道：历朝历代后妃间这样的故事还少见吗？

几个月后，皇嗣终于平安诞生，起名德寿。小皇子的出生，促使元成宗在母亲的辅佐下更专心于“以仁治国”了。罢兵息武，更着力于“重农桑”诸策，很快便使长江黄河流域的生产有所恢复，从而出现了大元王朝开国以来少有的“盛世景象”，即史称的“元贞治平”。虽然说，明代的文人们只用一个“平”字力求避免“彰显”，但这已是在清王朝之前对少数民族帝王难得之肯定了。总之，有了龙子就有了动力，凡是有所作为的帝王大都愿为后辈儿孙打下“万世不败”的基业。苦只苦了幽居深宫的卜鲁罕，任元成宗怎么“临幸”就是丝毫不见成果。再加上至今就连个正式的“名分”也没有，从此她就变得越来越绝望了，望着后宫深处那些无子嗣的白头宫女就像望见了未来的自己。她也曾心怀叵测，但绝对难以施展，因为阔阔真皇太后就连故太子东宫也绝不允许她轻易进入。卜鲁罕眼看就要精神崩溃了，并且似她那公主母亲的幽灵又附了她的躯体，她甚至准备不顾一切地向京兆投奔而去！

又多亏阔阔真皇太后从悬崖边上把她拽了回来……

大德三年（1299年）初秋，元成宗为奖赏实怜答丽为他生下了德寿小皇子，准备正式册封小鸟依人的她为大皇后。在请示皇太后阔阔真时，谁料老人家竟对他说：一同进门的媳妇，岂有两样对待？况且卜鲁罕是长公主之女，不封即算得罪了皇亲国戚中的皇亲国戚。当大度包容，以防变生叵测！再说了，实怜答丽虽生皇子，且又贤德温顺，但天性柔弱少有主见，同时还体弱多病很难代你主宰后宫。而卜鲁罕虽自幼骄纵有时难免糊涂，却又能敢作敢当知错就改。如能同时册封她也为皇后，只要你善于驾驭说不定她倒能成为你统领后宫的助手……元成宗听后遂谨遵母命，便于同年十月分别向实怜答丽与卜鲁罕“授册封”，同时将二人均册立为皇后（元朝一代一皇多后的现象极为普遍）。这足以说明阔阔真还是极具远见的，既避免了宫闱秽闻的发生，又挽救了心怀叵测的卜鲁罕。只可惜老人家太善良了，竟仅仅把她对权力的追逐看成了“难免糊涂”，而且是“知错就改”。也难怪！老人家的身体已开始一天不如一天了，只是不忍让儿子分心“隐而不告”罢了。

而卜鲁罕却因被立为皇后，老天也似乎对她格外垂青了。

当然，她也为自己那曾有过的冲动感到后怕，须知那后果可是“一失足成千古恨”啊！哪如现在高居皇后宝座来得保险，即使是皇帝死了自己也可凭这个“名分”照样过问“国政”。唯一稍显遗憾的是，自己未曾生育似也只能

“屈居第二”了。却不料就在她尚未想出对策之时，倒好像有老天爷在暗中给她来帮忙了。据史载，实怜答丽在被册立为大皇后不久，便于这年冬天香消玉殒了。这对整个宫廷来说，都可称为毁灭性的一击。不仅使元成宗因痛失爱侣悲恸欲绝，就连阔阔真皇太后也整日间抱着失去母亲的小皇孙以泪洗面。实怜答丽的去世对皇室祖孙三人刺激之大由此可见一斑。而其间唯一的“受益者”便当数卜鲁罕了，但她那悲痛之情也同样“感人至深”。似有感于皇帝母子不可自拔的凄戚苦楚，她这才“万不得已”而以皇后身份“初展才华”。不仅调动满朝文武以“大皇后之仪”风风光光地为实怜答丽操办丧礼，而且事后还跪伏于阔阔真脚下“咬指滴血发誓”：将把德寿皇子“视为已出，愿以贱躯确保皇脉永续”！消息传出，朝野俱称其为“贤”。

但元成宗的苦难却并未到此而止，继痛失爱妻实怜答丽之后，次年正月皇太后阔阔真也因久病不治又陷入了病危。这对于元成宗来说，更是一件痛彻心扉的大事，竟使他感到如山体崩塌自己即将面临深渊般的惶恐。而此时卜鲁罕的感觉却是，眼见得最后也是最大的对头就要一命呜呼了，竟忘恩负义地差点喊出“天助我也”！随之，便欲“尽显才华”进东宫再表演一番自己是如何“恪尽孝道”，但被老人家婉拒了。表面上看来是命她“坐守皇宫，以安人心”，实际上是老人家仍单独面对儿子有道不尽的嘱咐：从治国之道，到如何保护小皇孙，甚至还有对卜鲁罕的“防患于未然”等。但最终这位仁德善良的老太后，还是于大德四年（1300年）二月病逝于原太子东宫，去追随她那久候于天际伉俪情深的真金太子（史称元裕宗）了。

举国哀悼，卜鲁罕也终于成为后宫之首了。

对于元成宗来说，痛失慈母在他心灵上留下的创伤却是终身难以恢复的。因为他深知，没慈母对他深挚的爱也就没有自己的今天。故而群臣均发现，往日英姿勃发的大皇帝在丧母之后，不仅双目渐渐变得忧郁阴沉，而且就连面容也日渐变得瘦削和憔悴。当然，常处于身旁的卜鲁罕就更强烈地感到这种变化，即使这位大皇帝回到后宫也是沉默寡言离群独处，而且依然是“唯圣母皇太后之命是从”。比如对皇子德寿的安排便是最为突出的一例：任她再怎么对天发誓，他还是“谨遵太后遗命”交由二皇兄遗孀答吉代为抚养。理由是答吉“曾生两子、育儿有方”，由此不难看出阔阔真对小皇孙的“用心良苦”。但卜鲁罕却把这认为是元成宗母子间策划的一场“阴谋诡计”，故而“死灰复燃”地对答吉更充满了仇恨。好在此时元成宗因接连“妻死母亡”早已变得“心硬如铁”，她若敢造次不但“后位难保”而且尚有“性命之忧”。

为此，卜鲁罕还是选择了继续夹起尾巴做皇后。唯唯诺诺，恭恭顺顺，而且一坚持就又是两年。果然“皇天不负有心人”！不久卜鲁罕就发现，不但元成宗的身体从未由极度的悲伤中恢复过来，而且那小皇子德寿的身体也越来越弱渐渐成了答吉的“包袱”。只有她又成了其中的最大的受益者，竟然可以在元成宗病倒时代为下达圣旨了。其实卜鲁罕并不知道，直到这时这位挣扎于病中的皇上对她却仍有所防范，依然谨遵“太后遗嘱”布置着自己身后之事。比如说，忽必烈大帝临终时为他安排好的顾命大臣和中枢右相等，均或告老还乡或先后去世了。他便带病支开卜鲁罕单独把外放大臣哈拉哈孙（也译哈剌哈孙）召回宫来彻夜长谈。哈拉哈孙，史载其“善骑射，为人忠直，乐闻儒者言谈”，乃阔阔真临终前为元成宗亲点的丞相接班人选。为此，就连身为皇后的卜鲁罕也不知君臣二人到底谈了些什么，但不久哈拉哈孙便被任命为执掌中枢内阁的右丞相（蒙古族人以右为大，实际上的内阁主宰）。当时她并不以为然，直到后来元成宗终于支持不住彻底病倒了，她这才发现这位新相真不简单，就连自己代传的“圣意”他也能一眼就看穿。好在他尚很给自己留面子并不揭穿。

而此时元成宗的病情越来越重，但他仍坚持着完成了母亲“以防万一”的两个心愿：其一，将二兄长已成年之长子阿木哥封为魏王，出镇辽东，并派出亲信大臣辅佐，现已携其母郭氏前去封地就任；其二，久卧病榻，却仍不忘效法忽必烈大帝。常将二兄长之嫡子海山召至身边，手把手教之治国之道。刚待其能独立行事，便将其晋封为怀宁王，由亲信重臣辅佐率师出镇漠北。这一切均被二兄长的遗孀看在了眼中，答吉即使为了报答这份“手足深情”也越来越对德寿皇子尽心尽力了。无奈这小皇子天生身体素质太差，答吉越尽心尽力他便越来越弱不禁风。而这一切早已引起了卜鲁罕的警惕，遂在一次元成宗重病久久昏迷之时，竟以皇后的身份决心除掉这最后一个“死敌”。遂借“皆因虑待皇子导致圣上急火攻心”，便将答吉与其次子爱育黎拔力八达贬往怀州（今河南沁阳）。同行者仅有元成宗为爱育黎拔力八达专请的汉儒“侍读”李孟，但一个文人又如何能保证被贬王妃前途无虞？还多亏哈拉哈孙派出押送的武将乃答吉之同氏族人铁木迭儿，才保证了母子的平安抵达。由此，故太子真金的家族便彻底分崩离析了，而等元成宗历经数月的救治调养稍有恢复得知后，一切均“木已成舟”为时已晚矣。如若再想迎回，必将化为宫廷秽闻呀！

似只有仰天长叹，似只有和哈拉哈孙再次密谈。这便是《元史》所载的：“成宗多疾，后（皇后）居中用事，信任相臣哈拉哈孙。”这种复杂的“三角关系”，即后代史学家所说的：“皇帝难以亲自理政，故内事多取决于皇后，外事多依托于丞相。”貌合神离，互相牵制，哪还再有心思继续“以仁治国”？随之，下面已呈乱相，故而“元贞治平”也就此告一段落。而更可怕的是，就连这种“维护会”式的局面也难再维持下去了。大德九年（1305年），元成宗正式册封德寿为皇太子，但就在同年十二月，这位小皇太子便因久在宫闱中被折腾来折腾去竟然小小年纪便提前“驾崩”了，死时尚不到九岁。而元成宗在短短的几年内历经丧妻、丧母、丧子的重重打击以致一病不起。须知，这可是他寄予莫大期望的唯一皇子啊！故而苦苦挣扎刚熬过了一年便也“随之而去”了。“驾崩”于大德十一年（1307年）正月，死时尚不到四十岁。为此，后世史学家曾为他发出过这样的感叹：“如果他也能有个安稳的宫闱，如果他也能有诸多健康的儿孙，如果他也能尽抒壮志执掌皇权六十年，那他当仁不让康熙大帝，将给大元王朝也留下数百年的风骚。”

既然皇帝死了，唯一的皇嫡子也死了，数来数去似也只能数到身为皇后的卜鲁罕了。虽然说皇上早对她已无“性趣”，充其量他们也只不过是一对“顾

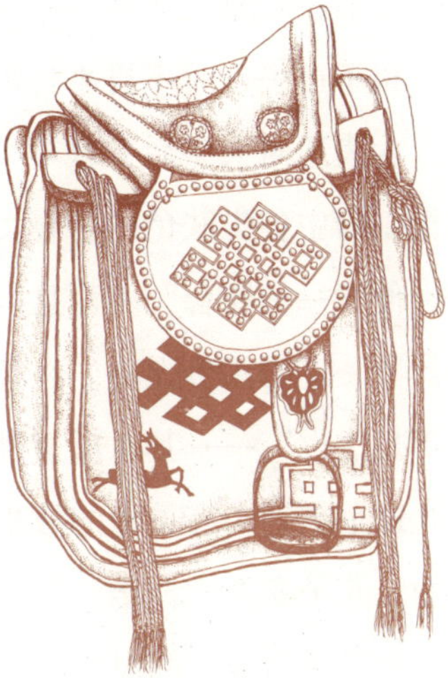

军用马鞍

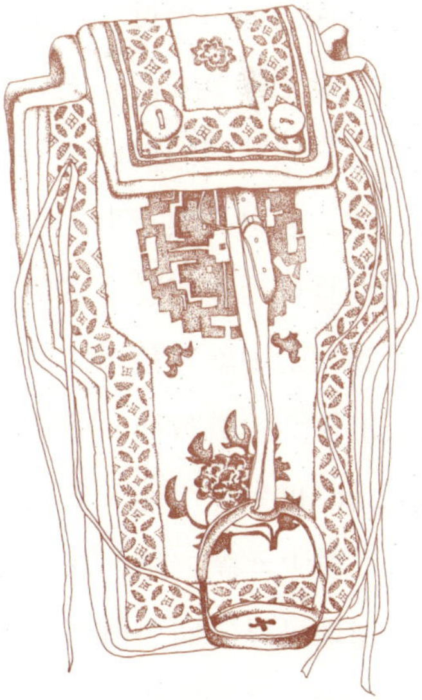

骆驼鞍

及影响”的“政治夫妻”。但到这关键时刻，还要数人家算得上皇室最具代表性的人物。

太子真金共有三个儿子，甘麻拉、达拉玛八喇、铁穆耳。后由老三最终登上帝位，而老大却因此立下誓约“甘愿为臣，永作藩镇”。现虽老三元成宗死后无嗣，但有誓约在前故老大的儿子也就被排除在外了。似乎也只留下了老二的两个儿子海山与爱育黎拔力八达有皇位继承权，但又因卜鲁罕皇后与他们的母亲答吉结下的怨恨似也无可能了。而且依蒙元祖制来看，召回阿难达也并不违规。因为他不仅是忽必烈大帝诸孙中唯一的“仅存硕果”，而且出任安西王多年显然从政经验要比子侄辈多。

果然，嫉恨哈拉哈孙的左丞相首先出面大力支持了。此人名叫阿忽台，早就不甘居右丞相之下了。现见皇帝去世皇后大权在握，遂很快便转而投靠卜鲁罕。撇开身藏元成宗遗诏的右相哈拉哈孙，二人经常各自心怀鬼胎地密谋于深宫大内。比如说，二人均深知忽必烈生前曾有“帝位唯传太子真金一系”的口谕，故乃把答吉及其两个儿子设想为主要敌手。立刻派出重兵层层封锁通往漠北和怀州的山隘和关口，意在封锁元成宗的死讯和力阻他们前来奔丧。

当然，安西王是第一个得到密报并首先带兵进入大都的……

机不可失，时不再来！阿难达怎能坐失这样“一步登天”的良机？据野史载，为表达对大皇后卜鲁罕“独一无二、至高无上”的忠诚，临告别京兆时他竟把王府中各类肤色的娇妻美妾杀了个一干二净。故而一进入皇宫大内，当夜二人便“一拍即合”。而且阿难达也绝非仅是个“弄色高手”，因掌兵多年也颇具有一定的军事谋略。在他看来，南边怀州的答吉与其次子仅靠一腐儒辅佐“不足虑也”——其时所遣押送武将铁木迭儿早已返京交差——只请记住铁木迭儿这个名字，有关他的故事在下一章还要重点讲到。而现在唯可忧者，乃答吉的二儿子海山。据传，其虽年方二十出头似已颇得先祖真传，统兵数万出镇漠北早已使叛敌“闻风丧胆”。故二人在宫闱间当即决定：安西王所率重兵次日即火速布防于北线。似已“大功告成”，二人遂又进而开始“分赃”。阿难达“谦逊”得很，竟主动提出：自己仅虚担帝名，而由大皇后实掌帝权！

前面已经提到过，这位安西王从少年时就很叛逆，尤其在因“异端”被忽必烈由秦王降至安西王之后就更加心怀不满。到元成宗多病难以理政时，更公然违背皇族共同的信仰而单独皈依了伊斯兰教，并下令他所统领的将士一律随他皈依。但也必须指出，伊斯兰教乃世界三大宗教之一，在大元王朝一代极受尊崇而且也为我们这个多民族的伟大国家做出过杰出的贡献。比如，大元王朝的开国元勋中就有独当一面的统帅廉希宪、治理云南的贤臣赛典赤·赡思丁等忠实的伊斯兰教教徒。而在科技方面又有扎马鲁丁等伊斯兰忠实教徒，曾研制出在当时世界顶级的天象仪器浑天仪与其他多种科研成果。而大元王朝开辟和扩大“海上丝绸之路”那伊斯兰教教徒就更贡献甚多，至今福建、泉州此类遗迹仍遍地可寻。而更值得一提的是，时至今日内蒙古自治区额济纳旗仍保着一支信仰伊斯兰教的蒙古族牧民，人称“哈拉哈”……故而，绝不是皈依何种宗教的问题，而是要看阿难达的追求和目的。当然，也不能回避当时的大环境。有史可考，到元成宗晚期，几乎所有皇族和宗亲贵胄均对藏传佛教的信仰越来越虔诚。唯独阿难达例外，那肯定会被当作“异类”看待了……至于说到为什么卜鲁罕在这个问题上也能和他“一拍即合”，《元史》中有一段记述颇能说明问题。其文曰：“京师创建万宁寺，中塑密宗佛像，其形丑怪，后（指卜鲁罕）以手帕覆其面，寻传旨毁之。”（未得逞）不知是她受阿难达的影响有意而为之，还是她对藏传佛教确实尽显无知？总之，文武大臣面临着皇室的剧变皆惴惴不安，似也只能等着看德高望重的右相能否有所作为了。

却不料哈拉哈孙竟对卜鲁罕毕恭毕敬，事事顺从。右相哈拉哈孙此时表面上是和左相阿忽台在卜鲁罕面前“争宠”，其实这位事实上的“顾命大臣”，早在暗中按元成宗的遗诏而行事了。一方面派出亲信武将化装涉险，冒死渡漠赴草原母地去迎接怀宁王海山；一方面又派出亲信侍从伪作行商，绕道潜行赴怀州去迎接答吉母子。由于漠北路途遥远，故而还是怀州先得知元成宗已经“驾崩”噩耗的。答吉闻听密使的详述之后，没想到竟会哭得那么悲凉，那样哀戚，那样沉痛，也那样忘情，她是在撕心裂肺地哭悼一位真正的男子汉。

且莫用现代人的思维来考量古代草原那独特的婚制文化，如果那次“继婚”真能获得成功，那后宫的很多悲剧本来是不应该或许是根本不会发生的。因为他不仅是个皇帝，而且更是个真正的蒙古男子汉。他之“继婚”绝不是为了色，而是大义凛然地为兄长担起那副留下的家庭重担。为她驱走凄苦，为孩子们带来希望。后来是被那卑劣的女人借汉地汉俗给搅黄了，但他那忍辱负重的沉默以对却博得她更深挚的爱——沉默以对更加深挚的爱！没有语言、没有交往，似只能从他关注和培养两个侄子的成长上，从他将小皇子交由自己代为抚养上，感受他那种无与伦比的帝王胸怀和雄性魅力。为此，她曾心甘情愿就这样伴他似远隔天河般地厮守一生，却谁料最终还是卜鲁罕传来一道“圣谕”将她远天远地“放逐”了。现在她倾听密使的解释终于明白了前因后果，但一切似乎都已经于事无补了。因为，她对他由于误解也有过怨，有过恨，甚至有过强烈的报复欲望。为此，在漫长的放逐途中或者是由于恐惧与凄苦，或者是为了羞辱皇室，她竟在一个冷风凄雨的晚上，半推半就地投入了那押送她的武将铁木迭儿的怀中。她现在如此怆天动地地号啕，或者也包含着某种自谴和悔恨。

而卜鲁罕在大都却不知泪水即将化成复仇的怒火。安西王阿难达在精神和肉体上的“竭力奉承”使她像瘾君子那样飘飘然了，平庸而又骄横的本性暴露无遗，竟以为再走走例行过场就即将圆了自己那“垂帘听政”的女皇梦。到那时阿难达或许只能算作自己的“首席面首”，她还需要有更多的“面首”以补偿自己那久旷的女儿身。就是因为这种自以为是，使她竟不知阿难达也正在充分利用她的愚蠢以重新构建自己那“特殊帝国”。现在卜鲁罕唯有一点还可算是清醒的，那就是她尚深知中枢主宰哈拉哈孙的分量。因为依照祖制，在新皇登基前谁也无权更改先帝的阁僚的任命，况且这位中枢丞宰又处处对自己毕恭毕敬、百依百顺。看来他似乎也怕左相阿忽台夺了其位，那就先利用他的“德高望重”先来完成新皇登基这套“例行过场”吧！

谁料偏偏此时这位中枢首辅竟消极怠工了，先是对内廷旨意拖拖拉拉不办，后来更干脆对内廷旨意搁置不理。他忙派左相阿忽台前来斥问，没想到这一下更坏了大事。哈拉哈孙借口左相篡改先帝遗命构乱皇室，遂将“京都百司符印全部收起”，并且进而还采取了“封闭府库、把守掖门、控制枢机（指部门机构）”等具体措施。外界都传说，此乃皆因阿忽台欲借国丧之机夺取内阁中枢之大权，右相才迫不得已为保京都安宁而为之。卜鲁罕闻知大骂阿忽台“办事不力，愚不可及”，忙遣内廷重臣携皇室珍宝前去对哈拉哈孙“宣示信任”并“降旨慰劳”。却谁料这位首辅竟然气得早“病”倒了，但又对阿忽台绝口不提，而只顾挣扎着“谢恩”，竟声称：“老臣一旦体力可支，愿为大皇后肝脑涂地！”卜鲁罕闻知之后似也唯有一声长叹，人家已愿肝脑涂地似也只能派出御医促其早愈。好在深宫尚有安西王花样翻新的“百般体贴”聊以解闷，颠三倒四的日子倒也过得不慢。但哈拉哈孙依然是三天好了五天又病了，京都百司衙门也是三天开张五天关门，致使内廷旨意断断续续始终难以得到完整的执行，一拖就拖了三个月。哈拉哈孙在争取宝贵的时间……

而此时身处漠北的怀宁王海山已统率三万铁骑开始向中原进发，那身处河南的答吉及次子爱育黎拔力八达此时已早以“奔丧”为名回到大都。在促使答吉母子归来中还有个关键性人物，即元成宗为爱育黎拔力八达特请的老师李孟。李孟（1255—1321），不仅为元代著名的儒家学者，而且也是一位颇具远见卓识的治国能臣。史载其为“后唐沙陀皇室后裔”，应也属少数民族中一位熟知儒家经典的“饱学之士”。当答吉母子经密使详报后，虽也对卜鲁罕仇恨满腔却又唯恐前去奔丧是“自投罗网”。而此时李孟则挺身进言曰：“怀宁王海山远在万里，等其率兵南归社稷恐已难保。若一旦卜鲁罕皇后与安西王得逞，反倒会借口未赴国丧下诏而来，届时妃主与二王均性命危矣！”答吉母子闻之有理，从之，当即随从密使潜行返回大都。刚到达郊外，李孟又建言暂勿进城而由他先去与首辅哈拉哈孙取得联系。却谁料刚等他前脚进入相府见到哈拉哈孙，后脚便有卜鲁罕派来的大内使者前来“探病”。见一陌生人竟与相爷如此近距离接触，顿时目光生疑。多亏了李孟镇定自若，就势抓过哈拉哈孙右腕“号脉”并侃侃而谈阴阳五行及如何调理。大内使者见他谈得头头是道这才放心离去，而哈拉哈孙见李孟如此从容镇定、谈吐不俗也就把自己的计划全盘托出了。（见《元史·李孟传》）

次日，答吉母子是以“奔丧”为名公然进入大都的，他们受到了沿街庶众的热烈欢呼，也当即引起了深宫大内的一片恐慌。卜鲁罕大感意外，这个

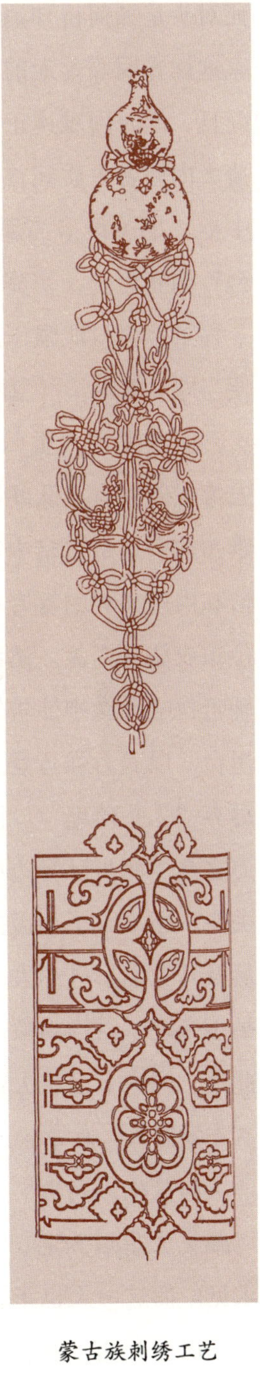

蒙古族刺绣工艺

死对头是如何得知消息又是如何突破层层关卡回来的？但她却清楚地知道，人家这样光明磊落地前来“奔丧”即使自己身为“一国之后”也是无法阻拦的。况且，此时阿难达正在金山前线与另一宗王为拥立自己讨价还价，似也只能先遣大内使者去质问首辅哈拉哈孙。谁料竟然得到这样的回答：“老臣只管内阁中枢，把关设卡当属枢密院之事。老臣建言大皇后，事已至此还当以‘忽里台’拥立为重，切莫小不忍而乱大谋！”虽略显老奸巨猾，却又颇具说服力。卜鲁罕似也只能强压怒火眼巴巴地看着答吉母子回到了人家昔日的王府，随之便当即又派出快马急驶日夜兼程地去向阿难达“告急”。

而在那主人重归的王府四周，竟出现了莫名的彪悍卫队。有人说，这是人家王府原有卫队闻旧主归来纷纷赶来护卫。也有人说，这是不满卜鲁罕和阿难达的宗亲贵胄暗中遣勇士前来保护。总之，个个高大强悍，人人勇武无比，恰和内里文弱的答吉母子形成了鲜明的对比。而王府行动的决断者，也还是那位布衣儒者李孟。然而，毕竟力量悬殊，似也仅能应付一时之不测。但此时首辅哈拉哈孙遣密使告知：阿难达和那位被收买宗王闻讯已归，正准备废止“忽里台”以武力强行登上帝位。而且登基之日初步已定，若再不当机立断必前功尽弃“人头落地”。而爱育黎拔力八达则惧大内侍卫再加上阿难达亲兵多达数万之众，而自己身边勇士仅数十人，竟仍犹疑不决，不知如何当机立断。危急关头，还多亏了李孟挺身而出直言道：“先发制人，后发人制！殿下勿忧，卜后及其党羽早已尽失人心，内卫再多也形同虚设。首辅忠于先帝遗诏，又焉能袖手旁观？臣已为殿下占卜，主吉！愿我主切莫坐失良机！”答吉母子均迷信此道，闻占卜已主大吉（其实乃李孟与哈拉哈孙早安排好的），遂决定次日即“先发制人”。

与其坐以待毙，不如拼死一搏。1307年农历三月初二，爱育黎拔力八达以觐见大皇后为名，亲率李孟及数十名侍卫（皆由拼死之士扮成）来到皇宫求见。而这一天也正好是大病初愈的哈拉哈孙捧送来一道来自怀宁王海山的檄文。情况有变，卜鲁罕似也只能急召阿难达与阿忽台等死党于深宫某殿密商对策。其中对策之一便是于明日公开发难逮捕答吉母子，以作为威慑海山俯首称臣的人质。故卜鲁罕一听请求觐见，竟认为此乃“天遂人愿”。故与阿难达等“稳坐钓鱼台”，只命文官首辅哈拉哈孙由延春门将这“一小撮”迎入宫内以便“一网打尽”。史无详载随后的厮杀场面，只称在卜鲁罕与阿难达准备对答吉母子公然“发难”的前一天，爱育黎拔力八达便“以迅雷不及掩耳之势抢先率勇士闯入内廷收捕了卜鲁罕皇后与安西王等人”。好像大内数万侍卫与阿难达的亲兵俱成了“泥人或木偶”，这显然是不符合历史真相的。应当指出，这很可能是一次“里应外合”的“宫廷政变”，其间哈拉哈孙为忠实执行元成宗遗诏尤为“功不可没”。当然，作为一名儒者的李孟也颇显“智勇双全”，难怪竟被后人称之为“安邦定国”之奇才。

但不管怎样，这一页杂乱无章的历史总算掀过去了……

有关几个制造内乱的主要人物的下场，史书上倒是有颇为详尽的记载：欲谋首辅大权的左相阿忽台当场就被杀掉了；欲登帝位的阿难达和那位卖身投靠的宗王等随后也被以“祸乱祖宗家法”之罪名全部处死了；但因顾及元成宗之“英名”，作为罪魁祸首的卜鲁罕仅被贬流放到东安州（今河北廊坊）。但也有史载，不久便被“赐死”或“毒死”了。其实，即使是她夺取皇权侥幸成功，她也很难逃脱安西王给她早已设下的“陷阱”。最终的结果完全一样：似也只能变成游魂孤鬼。

元成宗如若地下有灵，似也很可能对她唯恐“避之不及”。这位出生于公主与驸马之家的女人，自幼就是在一种扭曲的政治生态环境中长大的。既继承了公主母亲的骄纵和跋扈，又继承了驸马父亲的无知和平庸。从来就没有人教导她如何做一个贤妻良母，长大后却仅靠是公主之女便又重新嫁入皇家。似就是要终身绝不辜负母亲的教诲，刚一踏进宫门便开始了对权力的角逐。先是把王妃实怜答丽作为对手，后又把遗孀答吉皇嫂作为死敌，最终竟然把有恩于她的阔阔真皇太后也当成了自己的“拦路虎”。凡是女人她就要反，凡是同类她必视为敌。按图腾学中的诠释来说，她似乎早异化成了鹿群中的一只怪兽。

权欲熏心，不择手段，致使登基之后颇有作为的元成宗也有苦难言，最终因妻死、母亡、子夭、皇嫂被贬逐而导致精神崩溃而一病不起。不仅“元贞治平”就此结束乱象复萌，而且她还以皇后身份在暗中攫取皇权。成宗“驾崩”后她更变得肆无忌惮，私下召回安西王阿难达与她边秽乱宫闱边做她那女皇梦。眼看着就要实现其公主母亲的遗愿，却谁料竟落了个“机关算尽，反误了卿卿性命”。

之所以要概括地回顾卜鲁罕的一生，还有以下两个重要原因——

其一，卜鲁罕是一个标志性的人物，也似大元王朝的一道分水岭。在她之前虽也有曲折，但总体上一直逞兴盛上升之趋势；而在她擅权乱政之后，便在总体上似一直逞衰败下降之迹象。但也必须指出，如果不看大元王朝早已隐伏下的种种矛盾而把责任全归结于一个女人的身上，那也是极不公允甚至是违背历史真实的。

其二，从卜鲁罕的一系列作乱中尚可看出，一代代的皇族近亲婚配已造成了“双图腾”构架日渐倾斜的恶果：随后的历代君王均难以“尽展才华”便一个个年纪轻轻的就死了，代之而来的似也只能由皇太后出面“垂帘听政”或“暗控皇权”。而由于权欲的膨胀也极易使“鹿图腾”异化，故而这样的“反复轮回”最终加速了大元王朝的衰败。

据史载，这位生前身为公主之女的大皇后，死后竟未曾得到过任何“升祔”与“追谥”。这在历史上是极为罕见的，足以见后辈对她厌恶之深。倒是元成宗另外那个早逝的皇后实怜答丽，在元武宗至大三年（1310年）即被追谥为贞慈静懿皇后，并“升祔于成宗皇帝殿室”。

鲜明的对比，无言的谴责！就这样，这只已异化为怪兽的卜鲁罕终于被后人彻底唾弃了。

看来，人们还是期待着善良与美好的神鹿出现。

那即将成为皇太后的答吉又会怎样呢？

且听下回分解……

历临三朝迷情乱政的答吉皇太后

（附：元武宗、元仁宗后妃简介）

答吉，出生于弘吉拉草原最大的望族。其曾祖父为晋封王爵赫赫有名的国舅爷按陈，其父为按陈王之孙浑都帖木儿。长成后即按祖规嫁入皇家，成为忽必烈次嫡孙达拉玛八喇之王妃。史载其“光彩照人、颇受宠爱，并育有二子”。但命运多舛，好景不长，很年轻时即经历了“丧夫之痛”。后元成宗虽愿以祖制“继婚”形式接过这孤儿寡母，却谁料又遭卜鲁罕皇后的竭力反对终成泡影。更进而借成宗病重时假传圣旨将其远贬怀州。少年守寡怎禁得起冷风凄雨之苦寂，遂有同族奸佞之徒铁木迭儿乘虚而入掳取了她的身心。从此她便被迷情所困，即使在儿子们“宫廷政变”成功登上帝位后她仍难以自拔，并在宫内外奸佞的煽动下开始权欲膨胀，只因一个“情”字便开始了祸国乱政。

后世对其多贬，史载其“淫恣益甚”“浊乱朝政”。

一只被“迷情所困”之鹿，大环境使然……

宫闱惊变　骤成太后

人生变化无常，但令人竟如此目不暇接还是少见的……

而答吉就是如此，仅仅在半个月之前，她还是个早年丧夫、青年被贬、流放远地、朝不保夕、落魄凄苦、孤立无援的王妃，谁料想仅仅在一天之内，竟突然风云骤变、天翻地覆，甚至没听到大内深处有多少厮杀声，更没见到大都街上有任何刀光剑影，这场宫廷政变就这样轻而易举地完成了。她似乎只是在一夜间懵懵懂懂或提心吊胆地成为皇太后的。

为此，答吉甚至茫然失措、惊魂未定。虽然她出生于弘吉拉草原最大的豪门望族，但似乎与生俱来就没有什么野心勃勃的追求。即使随后因祖制的安排嫁入了皇室，她的追求却和每一个普通的女人并没有什么不同。她只渴望着永享丈夫的爱抚，她只渴望着永享孩子们给她带来的幸福。而且长生天也似乎总在满足一个女人的欲望，丈夫对她的宠爱有加，孩子对她的亲昵无比，使她觉得除了皇祖父赐予的这座豪华的王府外，她再不需要更加广阔的天、更加广阔的地，当然就更不会想到对皇权的角逐。

那时，作为一个沉浸在幸福中的少妇，她很知足……

而综合各种相关的史料来看，答吉能只满足于做一个贤妻良母也并不足以为奇。她既没有皇祖母察苾那种“经天纬地”的才能，也没有婆母阔阔真那种“以仁治国”的追求。她的确不具备什么政治智商，充其量只能算作是个天性善良的平常女人。而且她尚有两个致命的弱点：其一，她终生离不开一个支点，那就是男人！其二，她终生极易受人操弄，代表人物便是随她陪嫁而来的保姆亦列失八。随后所发生的一切恰恰证明了这两点：丈夫的“英年早逝”曾使她丧失了生命中的第一个“支点”，后多亏了元成宗愿依古制“继婚”才使她又找到了生命中的第二个“支点”。当一切均终归幻灭，她却又在被贬往怀州的冷风凄雨中半推半就地找到了生命中的第三个“支点”——铁木迭儿。至于《元史》中称她“淫恣益甚”，显然是一种夸大其词的诋毁。她一生只经历过三个男人，而且其中还有一个纯属是柏拉图式的。当然，进宫后就连这种事也再不用她自己操心了，有她那内务总管——随嫁而来的保姆亦列失八代她完成心愿了。

人生变幻无常！她时而成了流放者，时而又成了皇太后……

但答吉对众人为什么这样迫不及待地便把自己推上这把宝座，她却依然晕晕乎乎搞不清拥戴她的文武大臣“用心何在”。其实，这次“宫廷政变”之所以能以“迅雷不及掩耳”之势取得成功只有两个原因：其一，卜鲁罕的“尽失人心”与安西王的“异端邪行”。其二，元成宗临终前的“早有防备”与哈拉哈孙等早有布置的“奉行遗诏”。而现如今已完成了早在忽必烈生前为防“诸王之乱”之口谕：“帝位只传太子真金家系”，故在“大功告成”后必须先有一位符合条件的“真命天子”来个精彩的“亮相”。却谁料符合条件的除了直捣大内的爱育黎拔力八达外，尚有统率数万铁骑正在赶回的海山。权力面前无亲情，看来亲哥俩之间也难免有上一争了。多亏了首辅哈拉哈孙老谋深算，为了避免手足相残导致的天下大乱，他首先率众臣将答吉奉为“皇太后”并迎进大内作为“皇室之象征”，欲借母子深情和平地化解帝位承继的矛盾。

据史载，答吉并未与群臣另议对策，而是听从那老巫婆似的亦列失八之建言“以占卜而定之”。以阴阳家星相之说来决定帝位，实在是荒唐得再不能荒唐了。但如果追寻更深的内因，似乎也不难看出其间的“别有用心”：虽然两个帝位角逐者均为自己的亲生儿子，但长子海山自少年时代起就多在叔父元成宗身边“饱受教诲”，成年后又统兵数万出镇漠北而“战功卓绝”。虽表面上对自己也不乏尊重，但感情上毕竟已有所疏离。而次子爱育黎拔力八达就不一样了，虽出生在汉地，长大在汉地，知书达理也在汉地，但一天也不曾离开过自己的身边。事事顺从，人称“事母至孝”，似要比他那位“颇具祖风”的哥哥好说话多了。况且此次竟敢只率数十勇士直捣大内，就足以证明他无愧于圣祖子孙而一扫其“唯知仁儒”之名了。还是亦列失八说得对：有个孝顺的皇帝儿子，自己这个皇太后才能不白当了。随之，她竟轻率地命亲信重臣将阴阳家占卜之语转呈于海山。

内容可想而知，但也不乏有人支持。其实，爱育黎拔力八达此次在宫廷政变中的“精彩亮相”，早已博得了内地的蒙古贵胄廓廓出与牙忽都等诸多宗王的好感。而他的“饱读四书五经，深谙以仁治国”，更在朝野内外备受汉臣和儒僚的推崇。再加上明摆着皇太后也在暗中力挺他，故劝进他“早日即位”者日众。其中，尤以他的儒学师傅兼心腹谋臣李孟更为积极，曾多次跪谏面陈曰：“挟天子尚可以令诸侯，何况登上皇位御玺在手乎？”然爱育黎拔力八达却“不为所动”，仅纳哈拉哈孙之议以监国自居。除与众臣在宫廷防备事变之外，仍坚持夜宿于先父留下的那座王府之内。

李孟似也只能仰天长叹，眼看着“主子”痛失时机。但似乎只把这归咎于“犹豫”或“软弱”，那仿佛对爱育黎拔力八达也有点太小看了。事实上，他也早想当皇帝，他也早想成为“一代明君”了。而关键却在于，是他比李孟更了解自己这位兄长。自幼就极少受儒家思想的约束，天马行空般从来就无人能加以阻挡。大德三年（1299年）二十岁刚出头就统兵出镇漠北，连败海都残余势力使其再难“死灰复燃”。大德十年（1306年）又进军耶尔迪失河（也译为也儿的失河，即今日新疆的额尔齐斯河），与察合台汗国之主图瓦（也译都瓦）协同大败窝阔台汗国（即海都的老窝，其时海都已死）。战无不胜，所向披靡，故在各大蒙古族宗王间有着极高的威望。现在他正统率三万铁骑南下已抵达原故都哈尔和林，不但诛杀了与阿难达勾结的东道宗王也只里，而且尚召集过漠北的诸王勋戚大会。颇受拥戴，现正准备继续拥兵南下……李孟当然不知哈拉哈孙每日必送给皇太后的快马急报，而爱育黎拔力八达又“谨遵母命”而绝不敢轻易泄露于他人。似也只能仰天长叹、听天由命。

而此时答吉所遣亲信近臣也日夜兼程赶到了漠北。在哈尔和林的金顶大帐里，怀宁王海山见到母亲遣来的使者本来还十分激动，但一听母亲让传过来的话便刹那间面色变得凝重了。也难怪！这位皇太后传的话竟然是：“你们兄弟二人，皆我之亲生，本无亲疏之别。但阴阳家却卜算你即使登上大位，也运祚不长。为防万一，还盼你三思！”听听！作为一个母亲，这哪像在平息两个儿子之间夺位之争，更像在用阴阳家的诅咒进一步恶化矛盾。果然，海山在沉默良久之后，终于悲愤地爆发了。他对着父亲生前的侍卫长（又称“怯薛台”）说：“我捍卫边陲，辛劳十年，又是长子，祖宗的基业传给我是理所当然的事。如今母亲以星命好坏反对由我继立，实在是令人难以理解。将来的事我难以预知，但如果我即位之后所行措施，上合天心，下合民意，即使当政一天也足以名垂万年！怎么可以仅凭阴阳家的占卜，就改变祖宗的重托呢？大都肯定有人从中捣鬼，你速去代我查清此事。快马往返，急报于我！”而这位跟随他多年的侍卫长，当然和母亲也相当熟。派他前去“查清”，实为向母亲“传话”。几乎与此同时，海山竟亲率大军兵分三路直逼元上都（元代为两都制，大都燕京，上都开平）。

当然，那位当年的侍卫长快马加鞭毫不敢怠慢。身为皇太后的答吉一听这位昔日王府近臣的“禀报”当即大吃一惊，唯恐两子之间就此刀兵相见。多亏事前有贤相哈拉哈孙闻讯后之密嘱，这才当着群臣尚能如此回答：“运祚长短之说乃术家之言，我也是替海山周思远虑才有此母子间传话。既然他这样说，那就让他前来吧！”由于哈拉哈孙在暗中辅佐，答吉不但未曾当众露了“怯”，而且她的这番话还颇显“大度”，竟受到了宗王大臣们的一致拥护，为化解危机奠定了一定的基础。随后，她又单独留下那位侍卫长，特别叮嘱他说：“我儿海山天性仁孝友爱，中外瞩望。你今天所讲，怕是有人从中进馋。你快快回去劝说海山，使我们骨肉无间，欢愉地相聚。倘真如愿，你就不枉受先王的遗托了！”侍卫长也伏地顿首道：“太母（对太后之另一尊称）不必多虑，臣侍卫藩邸多年，深受两代宗王信任。火速返归之后，一定推诚竭忠向海山殿下相劝！”

而此时拥兵南下的海山却深深疑惧着一个人。自己的亲信近臣侍卫长尚未

元上都遗址

归来，但从汉地前来投奔自己的人们却均屡屡提及一个人——此人即自己一母同胞的亲兄弟爱育黎拔力八达！在他的心目中，自己这位小兄弟天性仁弱、举止文雅、只知读书、不善武功，乃一个躲在母亲身边百依百顺的乖孩子。谁料想才几年不见，这个昔日的“乖孩子”竟突变成为一个有勇有谋、力挽狂澜的英雄好汉。如果没有他，很可能卜鲁罕早就勾结安西王窃取帝位获得了成功。也正是他，竟敢于仅率数十名勇士直捣大内彻底粉碎了这场阴谋。母亲本来就是个没多少脑子的人，莫非正是他随之又掌控了母亲，这才有了“运祚不长”之类阴阳家之语？看来绝不能再小瞧这位貌似文弱的亲兄弟，说不定为夺帝位也早已陈兵数万在等待自己。

为此，怀宁王海山竟为自己的亲兄弟忐忑不安起来……所幸他那近臣侍卫长回来得及时，并向他详细转述了答吉太后的倾情相迎，以及文武百官对他的拥戴之意。而且尚针对他心中那特有猜忌，一针见血地向他指出：此次大都“宫廷政变”绝非王弟一人之功，乃哈拉哈孙等忠直大臣依据先帝的遗诏“里应外合”之结果。而王弟对兄长的尊崇更有目共睹，为此至今仍留宿于先王藩邸拒不搬进皇宫。海山闻之似这才恍然大悟，母子之情与手足之情不禁又“油然而生”。但他仍习惯性的有所防范，坚持要在元大都燕京之外的第三地相会。大德十一年（1307年）五月，母子三人终于又在元上都开平重逢了。在千万铁骑的欢呼声中，海山泣跪于母亲膝下，其情其景十分感人。同年夏初，在王弟爱育黎拔力八达与首辅哈拉哈孙的操办下，怀宁王海山即于上都碧野“大会诸王”，并在同时召开的“忽里台”大会上，被宗亲贵胄一致拥戴“即皇帝位”，是为元武宗，年号：至大。

一场由答吉所引发的皇室矛盾终于得以圆满化解。

元武宗即位之后，首先追谥自己的父亲达拉玛八喇为顺宗皇帝，并当即册立自己的母亲答吉为皇太后。对于亲兄弟爱育黎拔力八达则更展现了草原般的坦荡胸怀，不仅彻底消除了误解，而且还进而因其“平逆有功”将他立为皇太子（蒙语当译为“皇储”）。除确定他为法定继承人外，并任命他分管中书省兼枢密院事总领全国的军政要务。只可惜李孟因“劝进”过王弟，早已不辞而别远遁他乡了。

但最大的受益者还是答吉，就因为她是皇帝至高无上的母亲。

武宗继位　答吉迷情

前面已经说到过，答吉并不是一个生下来就有政治追求的女人，更不是一个权欲熏心的女人。如果另外换一个适宜于她生存的环境，她甚至还会成为一个典型的“贤妻良母”式的女人。满足于丈夫的鼾声，满足于婴儿的娇啼，本本分分、安安稳稳、默默无闻地度过属于女人的一生。

应当肯定，她的天性尚属善良……

但环境变了，地位也骤然变了。昨天还是个命运多舛、提心吊胆的女人，今天竟突然成了受普天下敬仰的圣母皇太后。即使是在她请阴阳家占卜两个儿子该当谁来称帝时，好像也不应单纯看着是她为自己弄权做铺垫。详查《元史》，似乎还有她“真情实意”的一面，她的确是怕儿子海山当了皇帝就短命了。而现在她是最终被册立为名正言顺的皇太后了，却至今仍处于一种晕晕乎乎、迷迷幻幻的境界之中。尚不知“权”为何物，也不懂“弄权”有何妙处，更无意关心儿子们那些“国家大事”。只是在这偌大的皇宫大内之中虽受着万人的敬仰，却在顶级的荣华富贵中莫名其妙地产生了一种空空荡荡的孤寞感。放心！早有人替她想到前头了，这就是她那位陪嫁而来的老保姆亦列失八。

一个典型的老巫婆，答吉“弄权乱政”的引路人。好在远水解不了近渴，暂时还不能替皇太后解“忧”。故而答吉在这阶段尚且颇听儿子的摆布，也办了一件凝聚人心的好事。比如说，由于安西王阿难达在宫廷中的“异端”干扰，在早已崇信藏传佛教的蒙古宗亲贵胄和善男信女中仍心存余悸。而宣示朝廷态度最好的办法便是：礼佛！加之元武宗海山处理此事也颇显“英明”，即

元武宗海山

随之答吉便当着众臣宣示：将亲赴五台山进香拜佛！消息传出，效果极佳。既代表了皇室的态度，又反映了蒙古民众的心愿。虽也劳民伤财，但对凝聚人心树立新皇权威有着极大的作用。作为回报，在皇太后答吉前呼后拥、热热闹闹出发之后，元武宗海山便加紧为母亲另建兴圣宫。给钞五万锭、丝二万斤，并又为母亲专门设立了“兴圣宫江淮财赋总管府”，以供太后钱粮，从而尽力使命运坎坷的母亲过上养尊处优的生活。

其实，他并不了解早年守寡的母亲真正需要什么，而真正知道的似也只有那形似老妖婆之亦列失八，她好像要比她的女主子更具有政治头脑。如果说是她从小将答吉侍奉长大并与之共同历尽磨难，那现在她已经化作一条蛔虫紧紧吸附于答吉腹内汲取着回报。尤其在礼佛归来搬入专为太后兴建的兴圣宫之后，她更进而把这处豪华无比的宫殿群落改造成一处恣意妄为之地。作为铺垫，她先是以到兴圣宫内“礼佛”为名，专召一些放荡的贵妇浪女陪着太后“忘忧”。随后更借着灯红酒绿鼓动她们放肆地大讲“淫词秽语”，直至绘声绘色地把答吉讲得“心晃神摇”也“跃跃欲试”。到此总算铺垫工程完成了，到了太后酒醉人退孤单地留在寝宫内正在“欲火中焚”之时，老妖婆这才最终把那从远天远地召回的人儿推了进去。答吉虽说醉眼蒙眬，还是一眼就认出这就是当年押送并占有了自己的那位武将铁木迭儿。但她还是立马想到自己已经是皇太后，自己的儿子已经是当今皇帝！她还想挣扎，但怎禁得住铁木迭儿的“色胆包天”？随之，又如那个冷风凄雨的晚上一样，她似乎也只能再重复一次“半推半就”了。史载，从此铁木迭儿便终日“盘桓宫中，杜门不出”。

按说，答吉即使是“私纳”了铁木迭儿，以现代人的眼光来看也无关乎她的“天性善良”。须知，她年纪轻轻的就守寡了，她现在所接纳的也只不过是丈夫死后的头一个男人，况且还在那放逐途中有过那冷风凄雨的“一夜情”。如果那自幼看她长大的老保姆也仅仅是出于同情她的凄苦才来“牵线搭桥”，那也是情有可原无可指摘的。而问题的关键却在于，亦列失八并不是一位好心的老红娘而是一位狡诈的老妖婆。她的目标非常明确：继续操控答吉，以达到其“一人得道，鸡犬飞升”之目的。后来果然如此，就连她那最无赖的小孙子也当到了“副总理”一级之高官。而要想继续操控太后，就必须充分利用其在感情上的渴求和弱点。而在这方面亦列失八又最拿手了，她曾亲耳窃听过那冷风凄雨的“一夜情”，从“半推半就”到“恋恋不舍”的全过程她均牢记于心。为此，她才敢在暗中假太后之名遣人密召铁木迭儿，作为自己手中继续操控答吉的一张“王牌”。而铁木迭儿也绝非善良之辈，乃官场的一位弄权高手。自从把答吉押送至怀州并占了她的便宜之后，竟步步高升混到了云南行省“左丞相”之高位。而闻听答吉现已

至元通行宝钞

元代纸币

“贵为太后”，作为弄权高手又焉有不动心之理？恰好亦列失八遣人前来密召，故不告知上级扔了官帽便日夜兼程火速潜行而来。当然，先和那老妖婆有一番“讨价还价”的政治交易，但最终还是“达成一致”，故这才有了前头所说的那段“半推半就”的风流故事。从此，答吉便为“迷情所困”，在两位弄权高手的操控下逐步也走上了“擅权乱政”之路。

所幸元武宗为人刚正，朝野均惮其权威。忽必烈大帝之后的两代君王均系“统帅型”的接班人，俱保留有其圣祖成吉思汗之某些遗风；行事果断，颇具魄力！比如说，就连明代史学家也得承认元成宗“守成有为”，也得承认元武宗的改革使“民不扰而国用增加”。故在武宗一朝，铁木迭儿和亦列失八等尚有所收敛，而答吉皇太后的“势力范围”也似乎仅仅局限于自己那座兴圣宫内。似可称之为蛰伏期、相安期、伺机而动期，故元武宗在皇弟爱育黎拔力八达协助下，倒也办成了几件深得民心的大事。

经“卜鲁罕之乱”，社会矛盾日渐突显。

其一，高调尊儒：元武宗深知，若想消除自己乃“一介武夫”的影响，以博取中原士人对自己推行新政的拥护，那就必须先依历朝历代的惯例，重新高举“儒家传统”这面大旗。为此，在他登基后不久，即命朝中蒙汉重臣代他前往曲阜祭孔，并史无前例地册封孔子为“大成至圣文宣王”。这从汉武帝“罢黜百家、独尊儒术”以来是从未有过的“高度”，此前顶多册封个“衍圣公”也就算到头了。效果极佳，等于再次向黎庶百姓宣示了“息兵而重归仁政”。

其二，货币改革：卜鲁罕之乱以来，物价飞涨，至元钞值大贬。元武宗为稳定民生，彻底进行了币制的改革。废止旧钞，发行至大银钞，重估币值，准予限期兑换。新钞虽名为至大银钞，但仍为纸币。银之所指乃固定为“银本位”，有利于货币的稳定。新钞面值分十三等，市农工商使用均很方便。但易混乱，元武宗又及时改用铜钱“至大通宝”而代之，效果也相当好。不仅与此前的历朝历代重又接轨，而且也开了大元王朝铸币之先河。

其三，海运漕粮：元朝一代，帝国的政治中心和文化中心均在长江以北的幽燕地带，而且大量的蒙古族铁骑也均因气候与保卫京畿驻扎于此。故北方生产的粮食难以满足需求，年年都必须从江南通过京杭运河或旱路大量调运加以补足。如因乱世“南粮北调”受阻，大都等北方重地必然人心惶惶物价飞涨。武宗即位后继世祖与成宗遗策，重启因卜鲁罕之乱停滞的“海运漕粮”。仅至大三年（1310年）就从海上北运粮食二百九十二万石，相当于至元二十年“海运漕粮”的二十倍。而且海运成本比陆运省十之七八，比河运也省十之五六。而在农耕社会里最讲究的就是，手中有粮，心中不慌！故而元武宗以极大的魄力来推展“海运漕粮”，不仅有利于平抑物价、稳定币值，而且也可缓解社会已突显的种种矛盾。

其四，其他举措：据史载，尚有增加盐引价格，开放酒禁立酒课提举司，增加江南富人收入税，追征各地拖欠钱粮等，目的在于“开辟财源，增加国入”。而大多均是针对盐商、酒商、富户人家的，故而才有史书所载的“民不忧而国用增加”之说。

一位二十多岁的蒙古族帝王就有如此施政的胆略，确实难能可贵啊！

但也必须指出，这也与元武宗之亲兄弟爱育黎拔力八达的竭力辅佐是难以分开的。须知，这位皇弟可是个典型的“以仁治国”论者，并已受命以“皇储”身份总领中书省与枢密院之军政要务。很可能其中许多大政方针均由他首先提出，元武宗也乐得扮演个“英明决策者”的角色。尤其在李孟经皇储说情得到赦免复出任“平章政事”之后，这种状况就更尤为常见了。但元武宗在此期间的作用也绝不可低估，若没有他的勇于承担和鼎力支持很可能也是一事无成的。要知道，他与生俱来的威慑力量不仅可使那些既得利益的反对者暂时收敛嚣张气焰，而且就连答吉与铁木迭儿也不敢过于明目张胆。

大约是在一年之后，云南行省的主政者终于发现铁木迭儿不见了。起先还以为他去探家、外巡，或处理边务，但一年后仍不见其踪影似也只能上报朝廷了。元武宗不知其中“猫腻”竟下旨彻查严办。这曾使答吉在兴圣宫内慌乱不已，但那老妖婆却告知她“太后懿旨同样管用”。而此时答吉已被“迷情所困，不可自拔”，遂破例动用太后大权直接下旨中书省“赦免铁木迭儿”。开“干政”之始，谁料中书省竟也乖乖从命。由此尝到了弄权的“甜头”，此后便一发不可收拾了。其实，兴圣宫的“秽闻”早流传于市井了，只不过无人敢“上达圣上”罢了。这回答吉之下旨赦免，元武宗似这才从中悟彻到铁木迭儿失踪的奥妙。但又有什么办法呢？这位能指挥千军万马的统帅型大皇帝，却对自己的母亲束手无策了。是可以杀了铁木迭儿泄愤，但他深知母亲的个性也必随之而死无疑。这不但可使“秽闻”更加扩散，而且自己也很可能落下变相“弑母”之名。罢！罢！罢！似也只能睁一只眼闭一只眼“故作不知”。除严格控制兴圣宫人员外出外，便唯有下令对“流言蜚语”从重打击了。

从此元武宗便开始变得有些消沉起来，而身为皇太后的答吉见皇帝儿子竟毫无“还手之力”，便因初尝“权瘾”更变得得寸进尺起来。儿子们越怕家丑外扬，她便越搞得乌烟瘴气。首先是奖励那“首席功臣”老妖婆，竟果然令她“一人得道，鸡犬飞升”。今天一道懿旨，明天一道懿旨，不但使亦列失八“满门皆官”，同时还令其最无赖的孙子黑驴（详见《元史》，确系此名）也得以外放成为“省部级”官员。而且还不仅如此，后来更肆无忌惮地为情夫也要起了官。只逼得两个儿子为遮掩“皇家之丑”似也只能“虚以应对”，虽均是些高位虚衔却已为铁木迭儿日后铺就了飞黄腾达之路。

而在此时，元武宗却在消沉之余身体也日渐衰弱了。当时刚到三十岁，正值壮年，因而史学家对其衰弱原因也必然有两种说法：一曰“酒色无度，纵欲而衰”；一曰“太后淫乱，幽愤所致”。但以现代人的眼光来看或许还有另一个重要的原因，那就是反复轮回亲套亲之近亲婚姻的恶果也未放过他。加之上述两种原因的作祟，最终元武宗海山还是于至大四年（1311年）正月，驾崩于大都玉德殿。在位五年，年仅三十一岁。

忽必烈大帝一代杰出的子孙就这样又含恨而去……

更可悲的还在于，权欲不仅可以败坏人性，而且还可彻底扭曲亲情。专为太后另建的兴圣宫内仅礼节性地沉寂了几天，随之便压抑不住兴奋暗暗骚动起来。铁木迭儿和老妖婆亦列失八劝慰答吉的词儿竟会是：一个令您忌惮的皇帝走了，这回该轮到您听话的儿子荣登大位了……话中有话，哪还顾得元武宗海山的遗孀们正在悲恸欲绝。

速哥失里皇后

她们才算是真正的后妃，但她们偏偏生活在答吉太后“历临三朝”的时代，由于皇太后太过于“光芒四射”，故她们似乎只被隐没于历史的阴影里。史籍中对她们的记载极少，更鲜见什么相关事迹。但毕竟这是一部大元王朝的后妃传，为此仍须在这里做个简略的插叙。

元武宗海山的后妃们情况大体如下——

其一，真哥，弘吉拉氏族名门之女。嫁海山后，初为怀宁王妃。元武宗称帝后，于至大三年（1310年）四月被正式册立为皇后。史载其“端懿诚庄，宝婺分辉”，大体是个合格的好妻子。死后被尊谥为宣慈惠圣皇后，升祔武宗庙。

真哥皇后

其二，速哥失里皇后，弘吉拉氏族名门之女，真哥之从妹。

其三，亦乞烈皇妃，奴兀伦公主之女，生子和世瓎，死后被追谥为仁献章圣皇后。

其四，唐兀皇妃，生子图帖睦尔，死后被追谥为文献昭圣皇后。

史料仅此而已，武宗后妃传似也只能到此为止。但答吉才历临了三朝中的一朝，却似乎还有必要继续说下去。

干扰仁宗　公然乱政

海山称帝时已将其弟爱育黎拔力八达立为“皇储”，当然在他“驾崩”后皇位的继承人也就无可争议了。故而，答吉的皇太后之位依然“稳若泰山”，很难有谁能够加以撼动。

为此，她又开始名正言顺地历临又一代皇帝了。在卜鲁罕之乱平定后，于1307年母子三人在元上都开平首次相会时，为平息帝位相争就曾做出这样的约定：未来的帝位将“兄终弟及、叔侄相承”。那就是说，不仅要哥俩好，而且也要后辈儿孙轮替着世世代代当皇上。这也可算作中国历朝历代中的“一大发明”，颇具鲜明的“民族特色”。

爱育黎拔力八达就是第一个“受惠者”。元武宗“英年早逝”之后，爱育黎拔力八达立即以“变乱旧章，流毒百姓”的罪名诛杀掉一批“卜鲁罕之乱”潜藏下来的余孽，也罢黜掉一批武宗朝后期只会阿谀奉承的奸佞，而选任素有声望的宿旧老臣重组中枢内阁，并将其名由“尚书省”又彻底改回为“中书省”（元朝一代改来改去已多次矣）。而他登基前所做这一切似乎并未受到母后的干扰，甚至还受到了答吉以皇太后身份给予的极大支持。一切基础均打好了，爱育黎拔力八达而后便于至大四年（1311年）三月，在元大都正式即皇帝位，是为元仁宗。年号：先为“皇庆”，后为“延祐”。

而答吉在此期间的充分放手，也显示了她之弄权的日趋老练。当然，新登基的元仁宗也自会“感恩不尽”。他自幼即生长在母亲身旁，虽历尽患难却从未有过分离。他依然将这一切认为是母亲对自己的“偏爱”，甚至还认为母亲为此将继续放手让自己也能成为名垂青史的“一代明君”。而且现在不但有皇兄为自己打下的基础，有登基时已组建好的内阁班子，尤其是还有自己那“通贯经史，善论古今治乱”的师傅李孟可以放手大胆地任用，完全可以使大唐盛世再现于大元王朝。

虽然他只不过才二十岁，眼前却展现出一幅宏伟的蓝图——

其一，他深知自忽必烈大帝“中统开元”以来，“开科取士”始终是摆在历代君王面前的一道“难题”。由于种种原因总是时而提起又时而放下，致使天下士人总是和“国族”貌合神离。种种矛盾均是由此而起，而大量人才尽皆沦落民间又不能为国之所用。为此，他即位之后便提出“修身治国，儒道为切”，决心在自己一朝开始大胆推行科举制度。重视人才选拔，促使民族交融。

其二，继续推行武宗朝所实施尊儒、币改、海运漕粮、盐酒税收诸策，并计划着手整顿田赋等，以利于国计民生。

其三，他还命“耆旧之贤、明练之士”将“中统建元”以来的典章制度分类编集，辑成《风宪宏纲》一书，从而成为大元王朝历代帝王开文风之先河者。

其他，尚有种种设想……

总之，如果元仁宗能得以施展才华，顺利实现抱负，那起码成为“一代明君”是没有什么问题的。但谁曾想尚未等他放手施政，就从后脑袋上挨了一棒。原来，就在中枢内阁组阁完毕，他正要任命自己的师傅“治国奇才”李孟为中书右丞相之际，没想到皇太后答吉已先一步降旨，将内阁首辅这个职务给了自己的情夫铁木迭儿。这才叫典型的“举亲不避嫌”，顿时便把元仁宗逼进了“死角”。你到底是听不听？不听，便是皇上带头有悖于“以孝治天下”；听之，便是从此落入母亲的掌控之中再别想当什么“一代明君”了。

可怕的从容不迫！母亲竟对儿子来了个“后发制人”。这不但说明了答吉弄权越来越老练，更说明了她早就掌握了这个皇帝小儿子的种种性格弱点。的确！元仁宗不像元武宗那样令人忌惮。他没有统率过千军万马，身上也难具有那种威慑群臣的气度。而从小就生长在中原汉地，是在饱受儒家文化熏陶下成人的。从未离开过母亲一天，也曾目睹过母亲历经的凄苦。故而从小就养成了对母亲“百依百顺”的习惯，为此甚至早在朝野中传出了他“事母至孝”的美名。而现在，母亲还是最终暴露出“偏爱”的真相：原来她老人家在自己“万事俱备”时，竟会亲自降旨送来这么一股令人心寒的“东风”。

明摆着，母亲已开始要插手操控朝政了……

这不是要自己当个名副其实的“儿皇帝”吗？元仁宗爱育黎拔力八达一时间有些进退两难了。此时，多亏有博古通今的师傅李孟从旁劝解与开导，并声称自己当不当中书右丞相是无所谓的事情，而眼下当务之急乃“皇室稳定，异端莫扬”（即暗示家丑不可外扬）。同时指出，“一代明君”也并非必须“事事英明”，只要能干出一两件深得人心的大事便可名垂千古（指开科取士等）。更何况！天年有限，而“圣上正值青春”，何愁没有时日大展宏图？此即史载“仁宗不敢抗命，只好顺从母意”之大背景。

至此，答吉完成了从“天性善良”蜕变到“擅权乱政”之全过程。

铁木迭儿窃居相位之后，初期双方表面上尚配合得颇为默契。答吉皇太后绝不干涉儿子的“开科取士”与“辑要成书”，就连铁木迭儿也还算规矩尚未敢轻举妄动。而元仁宗回报太后的也是更加“事母至孝”与大力宣扬“百善孝为先”，就连李孟也甘居“平章政事”对新任首辅“敬鬼神而远之”。

其实，各有各的打算已经自行其是了。在元仁宗这一方面，借答吉皇太后对汉文化知之甚少从不过问的情况，与李孟在一起合力推动“中统建元”以来的首次科举考试。他们均把“科举视为实现自己改造社会的理想之途”，故均在这方面下过极大的功夫。先是李孟为避嫌且远奸佞谗言，元仁宗加封他为“秦国公”竟“坚辞不就”。无奈，元仁宗只好命他兼领国子监学“亲指国子学课督诸生，整饬学政”。同时还采纳了他“擢用儒学成才者”之建议，下诏曰：“自今勿限资级，果才而贤，虽白身亦用之！”这一系列的有意铺垫，果然调动了长江南北读书人的积极性。延祐一年（1314年）八月，大元王朝立国以来第一场科举考试终于得以举行了。仁宗皇帝钦命李孟监考，但慑于宗亲贵胄的舆论似也只能分为两场：蒙古人、色目人为一榜，汉人、南人为一榜。虽不甚平等，但终因士人有了“鲤鱼跃龙门”的机遇还是引起了极大的轰动。据

史载，此次开科取士计有呼都达尔、张起岩等五十六人被赐“进士及第”等，为此李孟竟欣喜若狂赋诗云——

百年饬屋事初行，一夕文星聚帝京。
豹管敢窥天下事，鳌头谁占日边名。
宽容极口论时事，衣被终身荷厚恩。
愿得真儒佐明主，白头应不负平生。

而就在元仁宗全力推进科举，欲将各族庶众均交融于儒家思想之中时，身为中枢首辅的铁木迭儿却在暗中早已开始“大肆揽权”。表面声称“奉旨行事”，实际上是在收买爪牙而“分遣属吏，循行各省，括田增税，苛捐烦扰，庶民百姓惨遭横祸”。而各地的贪官污吏也竞相与其勾结，为大发横财竟“为增报田亩，折毁民房，挖掘坟墓，致使流民遍野，无处安身”。更有甚者，为讨好贵胄富贾，武宗朝所施行的诸多改革之策也均被他假“太后之旨”一律废止。为此，铁木迭儿很快便“富可敌国”，而庶众又重陷“水深火热”之中，故而，也就在元仁宗因“开科取士”即将取得“贤君明主”之名时，同时“江漳诸路已叛乱迭起”了。百姓造反，这在大元王前期是极为罕见的。最终迫使一批忠直之臣再顾不上什么“以孝治天下”了，竟纷纷再不给皇太后留面子而上奏章弹劾起铁木迭儿。其中最具代表性的有蒙古大臣中书省平章政事肖拜柱、御史中丞杨朵尔只、汉臣平章政事张珪等多人。其中尤以张珪最为刚烈。

答吉不但毫无收敛，反而公然为情夫向儿子发难。

正当元仁宗愁眉苦脸地想如何处理弹劾铁木迭儿这堆奏章之时，答吉却以皇太后的身份下旨加封铁木迭儿为“太师”。这不仅是位列“三公”之职，而似乎还在有意宣示其当为皇上的“长辈”，含义颇深。平章政事张珪不顾年事已高，当即挺身力阻曰：“太师论道经邦，须有才德兼全之宰辅方可当此重任。像铁木迭儿之辈，恐难当此职！”元仁宗素来十分器重张珪为人，闻此忠直之语不由得为之一振。但随后在太后的兴圣宫内不知母子之间到底发生了什么，只听说倒是皇上垂头丧气地退了出来。次日铁木迭儿果真加“太师”衔，由此也不难看出元仁宗软弱而又欠缺魄力的一面。铁木迭儿从此也变得气焰嚣张更加无法无天。这回该轮到刚正不阿的张珪倒大霉了。盛夏，元仁宗依制北上去巡幸元上都开平，而在铁木迭儿的挑唆下答吉也开始了对这位老臣的报复。命亲信爪牙石烈门传召张珪上殿，以“违抗太后谕旨”等诸多“大不敬”罪名将这位忠直老臣打得皮开肉绽气息奄奄。次日，更进而剥夺了张珪的官印，并将其及所有眷属全部赶出了大都燕京的城门。待元仁宗从元上都开平巡幸归来，一切均已“于事无补”。这可真称得上是太后名副其实的“淫威”，迫使元仁宗竟一时不敢追究。

但私下他已对铁木迭儿恨之入骨。其时大元王朝已在答吉的“内乱宫闱”与铁木迭儿的“外乱朝纲”祸害下，忽必烈大帝以来之一系列“文治”业绩均遭到了严重的损毁。比如说，放纵战马侵占耕田等引发的农牧冲突，又在日益加深着民族的矛盾。故而，也不能只把元仁宗看作就会“忍气吞声”，他也想除去母亲身边那令人蒙羞的“祸乱之源”。机会似乎终于来了！这一年，上都富豪张弼杀人下狱，铁木迭儿竟敢公然受贿万金下令放人。上都留守贺巴延不肯从命只能上奏皇上，而御史大夫杨朵尔只与平章政事肖拜柱等也早对铁木迭儿“深恶痛绝”。遂联合监察御史四十余人进行弹劾，决心“为国除奸、为民除害”。元仁宗看罢上都奏章与群臣弹劾呈文，气愤异常，似要痛下决心除掉这“心腹大患”了。难能可贵的“决断”，当即下诏逮捕铁木迭儿打入天牢“穷治其罪”。群臣为之莫不欢呼，朝堂为之顿时生辉。

谁料铁木迭儿狡诈无比，闻风早已逃入了兴圣宫。而此时的答吉虽仍很平庸甚至是愚蠢，却在权欲的侵蚀下早丧失掉了少女时期最后一丝善良的天性。为了操控皇帝儿子，为了进一步“一手遮天”，不但懂得了利用儒者所倡导的“以孝治天下”，而且从干预朝政中学会了弄权的种种狡诈手段。唯一尚保留的特质便是用情专一。过去专一于皇子皇孙的丈夫，现在专一于为人所不齿的权奸。详查史籍，尚不见她如武则天那样有诸多“面首”之说。故而，一见铁木迭儿仓皇逃进宫来并听其说明情由之后，竟连忙对跪伏在地的情夫说：“你且起来，无论有什么大事均由我做主！皇上那边有我呢，你不必害怕！”说毕，竟令宫娥侍女备酒备筵替铁木迭儿压惊，当夜即“匿宿”于兴圣宫内。

元仁宗爱育黎拔力八达

这让奉旨缉犯的御史中丞杨朵尔只不知如何是好。而这回元仁宗似已痛下决心，闻御史中丞回报当即决定亲往兴圣宫亲自捉拿这名“要犯”。答吉闻风早已把铁木迭儿藏匿于宫内另一密室，而摆出一副若无其事的架势应对元仁宗的到来。老辣得很！先逼儿子行跪拜大礼之后，方才赐座让他坐下。冷冰冰的似面对外人，倒先把元仁宗的锐气挫了三分。而到此时，元仁宗似也只好一咬牙据实启奏道：“铁木迭儿擅纳贿赂，刻剥吏民，杨朵尔只等众臣联衔奏劾，臣儿令刑部逮问，据言至今仍查无下落，不知其藏匿于何处？”这也算得给母亲留足了下台阶的余地，却谁料答吉并不领情，竟毫不遮掩不以为然地回应说：“铁木迭儿是先朝旧臣，现在身居相位，不辞劳怨。所以我下旨令你优待，任他为太师。自古忠贤治国，易遭嫉妒。你也应调查确实，方可逮问。难道仅凭片言只语，就可以

阿纳失丝丽皇后

加罪吗？”仁宗绝没想到母亲今日之语也会来一套一套的，遂也加重语气回应道：“台臣联衔上奏者多达四十余人，他们所历数铁木迭儿之罪名，想必总有所依据，绝不可能凭空捏造。”答吉绝没料到，平时文弱的儿子竟会当面顶撞她，遂怒气冲冲地指着仁宗的鼻子训斥说：“我说的话，你居然不信！却将台臣的奏章，作为真凭实据！你这明明是背母忘兄，不孝不义！恐怕祖宗的江山要被你断送了！”元仁宗看得出，母亲的“倒打一耙”显然是来自于铁木迭儿的“亲授”。而随后那撒泼似的大哭大闹，却明摆着是来自老妖婆亦列失八的“真传”。致使号啕不绝于耳，昏厥时有发生，顿时太后所居的兴圣宫便乱作一团。仁儒的元仁宗一时手足无措，似也只好跪倒“谢罪”了。

谁能想到，身为帝王也有“哑巴吃黄连”的时候。由于答吉的从中作梗，元仁宗也对铁木迭儿无可奈何了。仅仅是夺了他的绶印，罢了他的相位而已。也有史载，这实际上还可当作一种母子间的“交易”：他为她保住铁木迭儿项上的人头，她为他保住了作为皇帝应有的面子。故而在随后的时间内尚能保持相对的平静，朝政也稍稍得以恢复到正规。但弄权成瘾的人是很难支撑过久的，在铁木迭儿和那贴身老妖婆的挑唆下，为“迷情所困”的答吉很快便又犯了“权瘾”。

延祐三年（1316年）春，元仁宗因母亲的擅权乱政已日渐心灰意冷，有苦难言开始一心事佛。而正在此时，答吉却又有“惊人之举”。以皇室最高尊长之名，亲自撕毁了她主持订立的“兄终弟及、叔侄相承”之皇位继承盟约。并于同年下诏“重归正统，永巩皇权”，册立元仁宗的独子硕德八拉为皇太子。表面看来是讨好“当今圣上”，力求母子“和好如初”。其实不然！乃是她亲眼看到元武宗的两个儿子均业已长大成人，其中长子和世㻋尤为英姿勃发“颇具乃父之风”。如按“叔侄相承”之约将来继承皇位，其精明之母必成皇太后，那岂有自己的好果子吃？而硕德八拉只不过十二三岁，子幼母弱似更便于自己操纵。同时尚可借此向“当今圣上”讨价还价：你不是不愿头顶这么一位“太师”吗？那就让他降格给太子去当“太保”去吧！好在皇太子依朝制是要兼领中书省和枢密院事的，也正好借此再将铁木迭儿推上前台替自己去“攫权”。

母亲的“一箭双雕”，终使儿了又变成了“热锅上的蚂蚁”。元仁宗更加两头受压：一方面又引发了四十余名监察御史的联名弹劾，一方面又面临着母亲“一哭，二闹，三上吊”的胁迫。文武大臣均认为铁木迭儿“逞私蠹政，难居师保之任”，而答吉却坚称铁木迭儿为“三世老臣，太子太保之职非他莫属”。最终拖来拖去，仁儒的元仁宗还是不敌死搅蛮缠的皇太后。延祐六年（1319年）四月，铁木迭儿还是以“太子太保”之名改头换面而登台重新执政。同时，为永绝后患，答吉又把元武宗那英武成人的长子和世瑓册封为周王，并命其火速离开大都远赴云南去镇边守藩。这样的所作所为必然暗伏下巨大的灾祸，终于有武将不满暗自开始操控军队欲谋“政变”了。其代表人物便是追随武宗转战多年的原宫廷“怯薛台”（即侍卫长）燕帖木儿。他见少主无端放逐于远方便痛下决心将来一定要代他夺回帝位。只不该权欲的膨胀可以泯灭人性，就连他自己最终也成为一位曹操式的“挟天子以令诸侯”之一代枭雄。总之，答吉之“为情所困”与铁木迭儿相互勾结的擅权乱政，不但当时就把朝野上下搞得乌烟瘴气，而且也为大元王朝的衰败隐藏下可怕的伏笔。

屡遭母后责骂的他开始厌弃朝政，一心只迷恋起藏传佛教。他深知，有这样的母亲自己此生想做一代明君已无望了，而再要如此饱受摆布那甚至还可能留下“千古骂名”。看看！就连自己的师傅李孟也再不规劝自己了，竟也早已退掉给他的封号和赏赐准备辞官而去了。明显是“仁儒之说”那些条条框框束缚了他，谁料元仁宗竟由此想到了让位于皇太子。母后不是觉得一个十岁刚出头的娃娃好糊弄吗？那他就甘愿当个“太上皇”天天专心念佛。多亏了满朝文武力谏，他也心疼小小年纪的独子硕德八拉，这才勉勉强强地罢休。

但从此却在忧困之中落下了病，而且日渐沉重。延祐七年（1320年）正月，这位很想有所作为的一代帝王，终于在元大都光天宫含恨“驾崩”了，年仅三十六岁。或许他并不含近亲结婚的那种短寿的基因，但那也禁不起太后那种"权欲"加"情欲"给他精神上的百般折磨啊！

既然又一位皇帝死了，那后妃也该简略有个传——

元仁宗之后，名阿纳失丝丽（或译阿纳失失里），生于弘吉拉草原名门望族。皇庆二年（1313年）三月，上册宝，被元仁宗正式册立为皇后，生太子硕德八拉。元英宗即位后，上尊号皇太后。史载其"温慈惠和，淑哲端懿"，但在太皇太后答吉的阴影下却鲜见她的史迹。至治二年（1322年）"驾崩"，追谥尊号庄懿慈圣皇后，升祔仁宗庙。

总之，至此答吉皇太后已历临了两朝，一连熬死了两个儿子——元武宗与元仁宗。但她似乎意犹未尽，仍准备着升任"太皇太后"，操弄着柔弱稚嫩的小孙孙，继续在权力的顶峰上大过那令人飘飘然欲仙的"权瘾"。

策立英宗　自食其果

元仁宗爱育黎拔力八达刚死，太后的兴圣宫内便又是一片压抑不住的窃喜声。铁木迭儿与亦列失八这一男一女竟勾结阴阳家占卜讨好答吉道：太皇太后洪福齐天，寿比日月，有敢违拗者必先而亡！太后即国，国即太后，大元王朝之兴盛安危全系于太皇太后一身……马屁拍得如此精到，答吉也当即宣旨加封铁木迭儿为中书右丞相（内阁首铺），加封老妖婆亦列失八为大内总管（监控仁宗遗孀），并调她那无赖孙子黑驴进京任"平章政事"（充任打手），同时还对溜须拍马的阴阳家俱都赐予百金以贺"永庆升平"。

总之，小皇帝尚未登基，中枢内阁大权已被全部攫取。皇太子自幼受教于仁宗身旁，对父皇的感情极深。尚在少年即经此丧父的巨大悲痛，似已哭干了眼泪早已顾不得其他。史载，硕德八拉"哀毁过礼，素服寝地，每日仅食一粥"。而对于太皇太后答吉来说，这简直是太好了，她要的就是这种"孝道"。小孩儿家家的爱怎么哭就让他怎么哭去吧，越软弱就越容易听任自己的摆布。只不该！她对小孙子的政治智慧估计太低了，更没想到这少年天子目睹过父皇所历经的折磨和所受的气。尤其值得一提的是，硕德八拉此时虽只不过十六七岁，却早已熟读四书五经和通晓历代帝王的逸事。而答吉却认为“从小软弱爱哭的孩子好糊弄”，便只顾了收罗爪牙趁机“大权独揽”了。

但谁料小孙孙刚刚哭罢就“偶露峥嵘”了……

不久，答吉的亲信爪牙石烈门，奉太皇太后的旨命来请求主持中书省的太子调任他为朝官，谁料尚未登基的硕德八拉竟能回答：“大丧未毕，岂能更换朝官？况且先帝旧臣也不便随意更动。待即位后，召集宗亲元老方可议定此事！”明显的一个软钉子，使答吉不由得一怔。随后，又有一爪牙乞失坚仗势私下卖官应当处杖刑，答吉闻讯召太子入，令其赦免，硕德八拉不从。又命其改为笞刑，谁料小孙子竟教训起老祖母道：“法律为天下之公器，若自徇其私，改重从轻，如何能正天下？”最终还是把乞失坚杖责了个死去活来才宣告结案。通过这两件事，忠直的大臣们均感到大元王朝又有救了，但答吉却忧心忡忡。

但铁木迭儿却把这一切归咎于暗中“有人作祟”。一个十六七岁的小孩子哪来这么正的主意？显然还是来自于那些曾联名弹劾自己的死对头。新仇旧恨，正好借此一起清算！而此时的硕德八拉毕竟尚未登上大位，又在忙于父皇之大丧事宜。故而铁木迭儿得以钻了空子，勾结答吉以“清君侧”为名，先后血腥地屠杀了御史中丞杨朵尔只、平章政事肖拜柱、上都留守贺巴延等众多朝中高位忠正大臣。就连曾冒死使答吉登上皇太后之位的李孟也几乎难以幸免，多亏了他自退爵赏甘愿忍受降为小吏之辱方才留下了一条命。而几乎与此同时，铁木迭儿又借“太皇太后”的谕旨“大树私党”，在太子登基前即把答吉的亲信爪牙黑驴、石烈门、木八喇、赵世荣等，先后从地方调入朝中分任要职。

令答吉足以放心，小孙孙已绝对成了“孤家寡人”。延祐七年（1320年）三月，十六七岁的硕德八拉正式即位，是为元英宗，年号：至治。册立母亲为皇太后，祖母为太皇太后。

这位少年帝王出生于洛阳附近的怀州王府，自幼便接受的是典型的儒家教育。虽从未回归过自己的母地草原，但不知为什么却从骨头缝里仍流露出先祖那种帝王之雄风。闻听一批忠直大臣惨被屠戮却仍“故作不知”，在登基大典上竟表现得如此沉着与稳健。面对铁木迭儿及群奸在朝堂的耀武扬威，他更能高高在上刚毅地从容化解之。答吉回到兴圣宫后，悔恨地自语道：“我不该立此小儿！”果然，这位少年天子自即位之后便更加刚正不阿，尽管老祖母已历临三朝，但凡她下旨的事情他竟敢依律“多半不从”，从而使答吉也深深感到自己的地位和权势正在受到挑战。她绝没想到，这个平时在父亲面前温温顺顺的小男孩竟会对自己变得如此不恭，查根寻源之余她甚至为此“忧愤成疾”了。

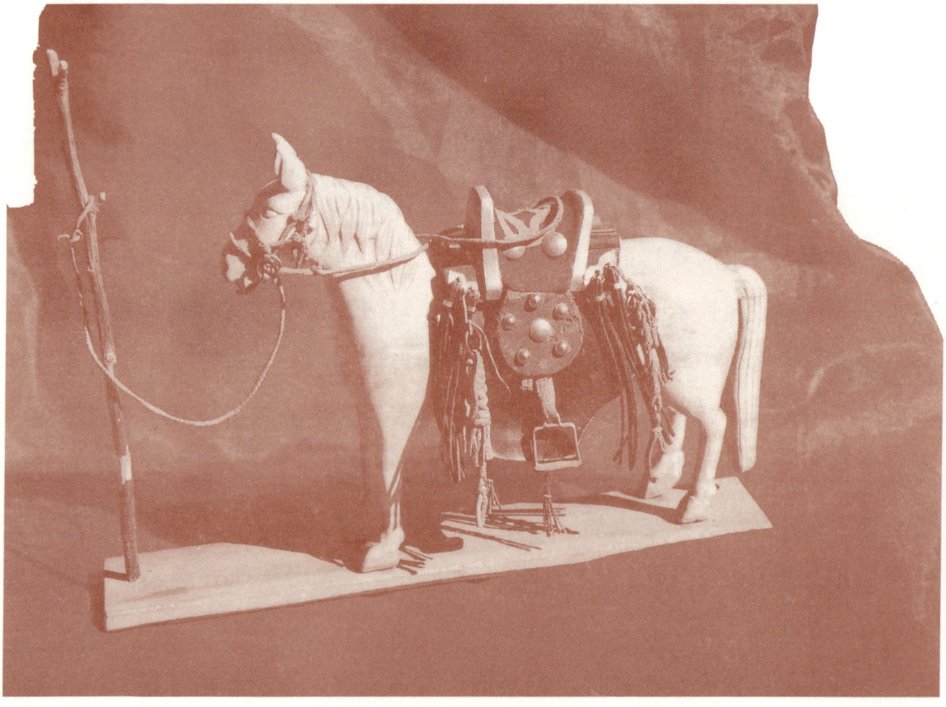

牧人雕刻的木马

她首先怀疑起了英宗的母亲阿纳失丝丽皇太后。其实不然，元仁宗在“驾崩”之前便首先想到了儿子未来的安危，而历朝历代也均不乏忠直的“托孤之臣”。好在皇宫与太后宫分在两地，使元仁宗得以不受监视地终于选中了一位亲信重臣。此人名叫拜住，乃成吉思汗开国“四杰”之一木华黎的五世玄孙。因木华黎后来又被封为“中原国主”，故代代相传他也随着一直在汉地长大成人。虽为名将勋戚之后裔，又文才武略兼备，但为人行事均极其低调，在朝堂之中并不引人注目。但却因早已对答吉擅权误国心怀不满，故而为报“托孤之恩”已在暗中多方对元英宗进行辅佐。所幸少年天子悟性极高也具有一定魄力，这才使答吉及其爪牙的势力在朝中受到了一定的削弱。

而答吉却一直怀疑这是那仁宗的遗孀从中作祟。

即使老迈病弱，躺卧在病榻之上仍不忘“跨过代沟”夺回至高无上的皇权。但偏偏这时，那老情人铁木迭儿也前来兴圣宫诉苦了。他告诉答吉说小皇帝竟把他只当个“摆设”，身为当朝首辅就连弹劾个政敌也被当众给驳了回来。这不仅是让他朝堂丢人，也是有意让太皇太后跟着现眼。谁料答吉一见多年的老情人竟产生了一种特别矛盾的状态：权欲暂时抛开了，似乎就只剩下了真情毕露地对情人的关怀。难以琢磨的女人啊！她竟然对他说：“我老了！你也该见机而退了。一朝天子一朝臣，千万别自织罗网自己投啊！”听听，有多么正确，有多么中肯，简直像个温柔的妻子在劝慰不安分的丈夫。但她对于已被自己怀疑的媳妇，却又时时准备暗下毒手。（以上故事，均详见于史）其实这并不矛盾，乃权欲与情欲交织扭曲的必然结果。

而铁木迭儿听了此话之后却顿如当头浇了一盆冷水。这是一个绝对毫无情义的奸佞之徒，一见病中的答吉似乎已“心灰意冷”，便急忙与老妖婆亦列失八等暗中密谋对策，准备趁少年天子出宿斋宫之时，将其秘密刺杀于深宫大内，对外声称乃“圣上暴崩”，对内则另“择帝而立”以重新掌控天下。由于老妖婆亦列失八身为“大内总管”对地形熟悉，故铁木迭儿建议由她率黑驴、石烈门等少数几位身为重臣的爪牙，以“议政”为名“突然举事”。而他自己即去兴圣宫尽快取得太皇太后的“亲书圣谕”，并以中枢首领的身份再来接应以确保各位的“万无一失”。

铁木迭儿之老辣与狡诈，由此可见一斑。

而此时的老妖婆也正巴不得“独揽奇功”，也好让自己的孙子平章政事黑驴“取其而代之”。也难怪！她是“大内总管”，少年天子的食宿起居她都“了如指掌”，侍卫仆从也均都听命于她。在她看来，要小皇帝的小命简直“易如反掌”。到时候铁木迭儿若敢抢功，说不定只留下那道“圣谕”连他也一刀结果了。须知，黑驴要比他更年轻力壮，肯定能填补太皇太后那永难满足的情欲。顶多再来个“半推半就”，到时候那权倾朝野的中书右丞相就当归自己的孙子了。想到这里，老妖婆也再不过多拉扯铁木迭儿，而只顾与黑驴、石烈门等少数爪牙密商，伺机发动宫廷政变，以求代答吉太皇太后既换帝孙又换情夫。

形势岌岌可危，少年天子随时有被弑的危险。这时还多亏了元仁宗生前有“先见之明”，他那忠勇双全的“托孤重臣”拜住终于发挥作用了。首先联络宫中禁卫军忠直的“怯薛台”寸步不离地保护少年天子，然后秘密查实了老妖婆等人谋弑天子的种种阴谋事实，并以迅雷不及掩耳之势将所有罪犯迅速捉拿归案，上交元英宗加以裁处。而这位少年天子果然“又显不凡”，他明知这帮图谋弑君罪犯的总后台即自己的祖母和铁木迭儿，却仍不动声色地瞒过至高无上的太皇太后和不在现场的首辅铁木迭儿，果断地将“大内总管”亦列失八、副总理级的平章政事黑驴、徽政院使石烈门等，作为“主犯”通通诛杀了事。为此，有的后代史者称，此乃元英宗不能“除恶务尽”，放过首恶铁木迭儿等似仍显稚嫩。而更多的后代史者却认为，这正显示了这位少年天子的高明与“出手不凡”。须知，由于窝阔台所订的弘吉拉氏族“生女当为后，生男尚公主”，这种反复轮回的近亲婚姻不但改变着后代的遗传基因，甚至因为宗亲贵胄均效仿着这种模式遂有了“后党”之说。双图腾的能量此消彼长，往往会产生一种“牵一发而动全身”的影响。尤其像对待答吉这样历经三代的老太后，稍一不慎，就很可能引发起草原后院与宗亲贵胄的动荡。故而，少年天子不声不响，不扩大范围，就连对首犯铁木迭儿也“故作不知”，实属上上策。因为诛杀老妖婆亦列失八，已等于断了太皇太后的一臂。而诛杀掉黑驴、石烈门等诸恶，更等于砍掉了太皇太后另一臂的数指。真让这位弄权三朝的皇祖母“有苦难言”，谁让他们要弑君呢！

从此，兴圣宫就有点儿变得冷冷清清，皆因铁木迭儿为了避嫌，竟也不敢再轻易踏进太皇太后的宫门。他一直在庆幸自己弄权之“技高一筹”，最终让老妖婆祖孙俩等人当了自己的替死鬼。但他又搞不清这位少年天子到底知不知道事实的真相，故一直战战兢兢地在夹起尾巴做人。而元英宗却总像牵着条链子耍猴似的对待他，还仍然让他戴着那顶“中枢首辅”的帽子当众出丑。到后来更把他“拴”在相府内久久不予召见，搞得他总以为要“东窗事发”，日日夜夜胆战心惊。直到听说这位少年天子只把自己最亲信的重臣拜住任命为“怯薛”军总统领，他的“右丞相”（元朝以右为大）未动才稍稍松了口气。再后来他闻知拜住将奉圣命到范阳为其先祖木华黎立碑，便甘愿低声下气借此上朝讨好皇上。谁料元英宗对他极其冷淡却又不乏礼貌，命人将他挡在宫门之外并赐酒传话说：“爱卿年纪大了，应以身体为重，等新年时入朝也不晚。”铁木迭儿碰了一鼻子灰，不久便“心怀鬼胎，暴病而亡”了。

一代奸相的死讯最终还是传进了兴圣宫。本来身为太皇太后的身体已稍有恢复，那是因为她得知被其视作“死对头”的英宗之母阿纳失丝丽皇太后，竟尚不到四十岁便先她而“驾崩”了。是不是她派人暗下毒手的？已无史可查。但一报还一报却是肯定的，不久便传来了近二十年老情人暴卒的消息。这对于一个被“迷情所困”弄权大半生的女人来说，显然是最致命的一击。先是自幼侍奉她的一只膀臂被砍下去了，随后便是她那些心腹爪牙被一个个诛杀了，万般苦楚、无从诉说。犹如雪上加霜，重病重又复发，最终在至治二年（1322年）九月的一个秋风凄雨之晚上，含悲带怨忧愤而死。

玩情累了，弄权累了，似乎也该彻底休息了。但盖棺定论，《元史》中对她的评价还是极具偏见和有失公允的。什么叫“淫恣日甚”？那简直就是封建社会对女性泯灭人性的诬蔑，为什么死了丈夫二十多岁的一个小寡妇就不能渴求异性的爱抚了呢？什么叫“浊乱朝政”？那更是替那些难有作为帝王的无力辩解。若不然为什么是同样一个答吉，她在少年天子元英宗面前就再难以“浊乱朝政”了呢？

总而言之，答吉充其量也只不过是个极其平庸的女人。甚至还可以这样说，她原本还是个天性善良对政治并没有什么追求的女人。只不该！历史的大环境使然，她最终还是被推上了这样的一个风急浪涌的政治舞台。加之“遇人不淑”，她最终还是“为情所迷、为情所困”蜕变成为一个“擅权乱政”的老手。

历临三朝，历代罕见，元王朝的衰退她难脱其咎。但她的小孙孙元英宗尚待她不薄，追谥她为昭献元圣皇后，升祔顺宗庙配飨。

似强迫她再次回到头一个男人身旁，重新为“鹿”……

加工奶酒

靓丽聪慧却又鲜为人知的速哥芭拉皇后

速哥芭拉（原译：速哥八剌），亦乞烈氏族生人，为昌国公主益丽海涯之女。虽非来自弘吉拉草原，但更属近亲婚姻。《元史》对她记载甚简，只称“至治元年，册为皇后。泰定四年六月崩，谥曰庄静懿圣皇后”。

为此，她的一生似乎也只有从她那曾为大元王朝“力挽狂澜”的丈夫元英宗身上得到反映。

少年天子，少女皇后，堪称绝配！

一头鲜为人知的“神鹿”……

初为人妻　少女为后

按说，速哥芭拉当时也只不过是个十二三岁的清纯少女。作为公主的“掌上明珠”，她本该继续在豪华的驸马藩邸内享受着无忧无虑、天真烂漫的生活，但她却在毫不知情的懵懵懂懂状态下被选中了，小小年纪就准备着要被送进皇宫“去为人妻”。

没办法！因为有个小男孩也被懵懵懂懂地推上了太子之位。这便是前面提到过的，在皇太后答吉撕毁自己所立“兄终弟及、叔侄相承”的盟约之后，元英宗十二三岁便被推上了皇太子之位的故事。由于他是病弱的元仁宗之独子，故很可能时过不久谈婚论嫁便提上了议事日程。为太子选妃即等于为未来选皇后，故而皇室之至尊答吉皇太后亲自要插手挑选是必定无疑的。不依祖制从弘吉拉择佳，而偏要选昌国公主之女为妃，足可见弄权成瘾老太后的深谋远虑与匠心独具。

又一桩典型的皇族之间的政治联姻。而元英宗却因文弱、怯懦、恭顺、好摆布等缘由，才在十二三岁被皇祖母推上太子宝座的。但一听说还要给自己配上个“卜鲁罕式”的老婆（也是公主之女），便吓得宁可再不当皇太子了。这不等于“上下夹击、内外受困”吗？即使是将来当上皇帝那也只能做个“受气包”呀！随之，这小子准备不再“仁儒”下去了，当即便打算“上表力辞”……多亏了此时昌国公主带着女儿来觐见皇嫂，而这位想“辞职不干”的小太子一见那小女孩竟顿时目瞪口呆了。天哪！只见这小姑娘不仅“靓丽清纯、光彩照人”，而且也正在怯生生地转动着一双眸子偷偷打量着他……或

定亲仪式

许，这也是皇太后答吉有意安排，但对于年方十二三岁的皇太子来说已足够了。不但再不提“上表力辞”，而且尚不由得吟诵起《诗经》中的“窈窕淑女，君子好逑”。

随之，当然更会在皇太后答吉面前表现得恭恭顺顺了，只待早日把速哥芭拉迎进宫来。他们的“大婚”无疑当属早婚。即使按元仁宗“驾崩”前一年算，这小两口的年龄若论周岁顶多也不过十五六岁（或许速哥芭拉的年龄还要更小一些）。假若不是这样，按封建礼法元英宗在父皇“驾崩”之后将守“三年之孝”是无法成婚的，故也不会在大元朝的历史上即将出现这么一对少年天子与少女皇后。

而更重要的是，元仁宗之死也在考验着这对小夫妻的感情。有史可考，少年元英宗对父亲的感情极深，尤其对父亲的内心苦楚还是极为了解的。但由于从小养成的习惯性防范，即使对速哥芭拉再爱恋也不敢对她有所流露。故而才有了史书上所载：“仁宗驾崩，太子哀毁过礼，素服寝地，每日只食一碗粥，几近痛不欲生！”据说，制止太子“哀毁过礼”的即平时从不多言多语似只知温柔顺从的速哥芭拉。她说：“孔曰成仁，孟曰取义。太子哀毁而忘仁义，父皇之遗恨将再由谁代为讨还？”一针见血，振聋发聩，竟使得年轻的太子顿时对娇妻“刮目相待”了。

延祐七年（1320年）三月，元英宗正式即位，年号：至治。除尊皇祖母答吉为太皇太后，尊生母阿纳失丝丽为皇太后，并随即册封速哥芭拉为皇后。比起历朝先帝来说，在册立皇后之事上他是最及时并毫不犹豫的。就以元成宗为例：卜鲁罕与失怜答丽两位皇妃均考验了三四年，最终才得以正式被册立为皇后的。由此更可看出，这对少年夫妻从那以后不但更加两情相悦，而且也越来越相互配合默契了。最突出的表现便是在登基大典上，往日仁儒恭顺的文弱太子，今日竟面对着满朝文武百官、宗亲贵胄突然变得意气风发和挥洒自如起来。原本安排的由首辅铁木迭儿作为提调，谁料想尚未等他开口便已被“提调”去迎候公主和驸马国丈去了。一箭双雕，拉谁贬谁早已一目了然了。对高高在上的皇祖母倒也毕恭毕敬，但该干什么依旧按着自己早有的安排照行不误。沉着稳健得很，致使满朝的文武百官和宗亲贵胄均不由得肃然起敬为之一振。苦只苦了高高在上的答吉太皇太后，她每每让太监传话“纠偏”，而这位小皇孙就是不理。刚毅果断得就像换了个人似的，难怪登基大典一完答吉刚一回到兴圣宫，便追悔不迭地连声说：“我不该立此小儿！”

但“小儿”却从这一天起成了名副其实的少年天子。这一年元英宗才刚满十七周岁，似仍称少年天子并不过分。而从此以后，那个也可称“少女皇后”的速哥芭拉却“鲜见于史”了。

原因均在于“颇为自觉”……

身为皇后　谦虚贤淑

同为公主之女，速哥芭拉似和成宗朝的卜鲁罕皇后形成了鲜明对比：一个为了权骄横跋扈，一个躲着权甘居幕后。的确如此，查遍《元史》相关档案，竟未见一件速哥芭拉以皇后身份发出过的“旨令”和“口谕”。

规矩得很！这在大元王朝一代是极其罕见的。按说，昌国公主肯定以往和答吉老太后“过从甚密”，若不然也不会偏偏选中她的女儿成为未来的皇后。但为什么速哥芭拉累经公主母亲的“谆谆教诲”却“反其道而行之”？究其原因或许有以下几点：其一，速哥芭拉生于驸马之家，即使是为了赶“时髦”，肯定多多少少从小也受过一定的儒家教育；其二，速哥芭拉生性天真烂漫，从小就很反感母亲的“钻营弄权”。尤其在被逼入皇室后又当即“一见倾心”，故“因情生爱”一门心思就剩下维护丈夫了。而更重要的一点还在于，在权力面前既没有永远的朋友也没有永远的对头。昌国公主一见女儿尚在妙龄就如此顺利地被册立为皇后，便立马转型成为坚定的“保皇派”。不但团结了众多的皇亲国戚齐诵“皇上圣明”，而且还教给了女儿多种对付“老婆子”的手段。

速哥芭拉皇后

因为她太了解这个“老妖精”了，保住了女儿就等于保住了自己在皇族中独一无二的地位。

但速哥芭拉却置若罔闻，似乎只想做个“贤后”。

而刚即帝位的少年元英宗，此时也越来越觉得离不开自己这位可爱的小皇后了。明眸流盼，温柔多情。从不干政，更不多语。但只要一张嘴，却往往能起到“茅塞顿开”的效应。比如说，由于元英宗登基后“力推仁政”，朝野间竟有了“太后党”（指答吉）与“少帝党”之说。史载“何以兼顾，帝尝忧之”。而此时速哥芭拉竟难得地进言曰：“世祖皇帝，创业艰难，当视遵其遗制为大孝！顺之则行，悖之则否，党争之说必自消也！圣上当以国事为重，皇祖母处臣妾愿代为日日尽孝。”（大意）史载，元英宗闻之一振，从此召先帝之顾命大臣拜住密议再不回避“皇后在侧”。

从此，速哥芭拉果然天天去侍奉太皇太后。

但因答吉在铁木迭儿和老妖婆亦列失八的怂恿下，想的是借皇孙的名号当事实上的一代女皇。而少年天子元英宗却以“难违祖制”为名对她想做的事情“多半不从”，为此速哥芭拉无形中竟成了太皇太后的“出气筒”。好在她总是那副天真烂漫不懂事的样子，总是诚惶诚恐地任其发火怒骂外带找碴训斥。毫无怨言，更不懂辩解。天生一副无辜相，头一天泪流满面地走出兴圣宫，第二天照样任劳任怨地前来侍奉……少年帝后的这种“默契配合”：一个为国操劳，一个全心尽孝，本来在朝野上下早已博得人们称颂。随之又听说即使小皇后再百般孝敬，那身为皇祖母的答吉还是对她横加折磨。她整日以泪洗面，又不敢对少年天子叙说。故而朝野闻之又转为“群情激愤”，均“指桑骂槐”地诅咒起那位接连“克死两子”的弄权老太后。

舆论的力量是极大的，跟着挨骂的还有她的主要爪牙。少年天子似故作不知，但对皇祖母钦命的内阁首辅铁木迭儿却明显地疏远冷淡了。有舆论支持，更对他无论是“弹劾”或“擢升”的奏章均“否决弃之”，使这位中书丞相“形同虚设”，就连在朝的爪牙也均“形同摆设”。眼看着历临三朝威风八面的“太后党”就要土崩瓦解了，而偏这时太皇太后又大失风度地犯了个重大的错误。这一天，只因铁木迭儿多次向她“倾怨诉苦”，她便把久久积压的怒火向着无辜的速哥芭拉无情地发泄了。竟然莫名其妙地动手打了她，但当即又觉得有失太皇太后的尊严有些后悔了。而在场的宫娥侍女均看清了是为谁打了当今皇后，故而刚到晚上答吉便听说昌国公主早带了一批皇亲国戚砸了铁木迭儿的丞相府。这寓示着什么？答吉心里明白。由于速哥芭拉至此仍“无怨无悔”地跪倒在她的脚下，因而她把这一切罪过均又归咎为元英宗之母——阿纳失丝丽皇太后——幕后的“阴谋策划”之结果。

再后来所发生的一切，在前一章后妃传中已经讲过了。历三朝的答吉太皇太后似在病中变得特别矛盾，比如曾真情毕露地劝过老情人“择机勇退”，也曾对速哥芭拉进行过“抚慰”。似一见她就深感某种“羞愧”，故而以“免除侍奉”为名宣示她没有诏命不必再来兴圣宫。好像又多少恢复了点人情味儿，似乎正在病中试图挣扎着戒掉“权瘾”。但好像又不是，总觉得有好些人却因此变成了“热锅上的蚂蚁”。以大内总管亦列失八为首，其中尚有平章政事黑驴、徽征院使石烈门等人，经常鬼鬼祟祟地出没于兴圣宫内。再仔细一想，速哥芭拉又感到，自己被太皇太后的“亲切辞退”似和这种种“乱象”也有一定关联。矛盾，的确矛盾！

但少年天子却如对待“凯旋英雄”一般迎着她。正是这位清纯靓丽小皇后的“忍辱负重”，才为自己争得了时间，争得了民心，争得了舆论导向，同时也维护了皇室的荣誉和尊严。正因为如此，他才得以渐渐摆脱太皇太后的掣肘，能够与父皇的“托孤大臣”拜住从容应对以铁木迭儿为首的诸奸。现在拜住已被公开任命为平章政事，实际上已代行相事与一批忠直之臣掌控了中枢大权。时光在我！眼见得父皇的遗恨可讨还，父皇的遗愿可实现。数风流人物还看今朝！谁说成吉思汗的子孙难以实施仁政？

少年得志！似尚须当头一盆冷水。

速哥芭拉果然这样做了，她首先是忧心忡忡地告知元英宗兴圣宫内的种种“异端”。恰巧拜住也前来密报，有皇宫禁卫见“大内总管”亦列失八带其孙黑驴私窥圣上斋宫。元英宗也顿时被这一盆冷水当头泼醒了，竟悲痛欲绝地叫道：天啊！果真权力之下无亲情……还多亏了速哥芭拉及时地劝阻，并力谏万万不可累及太皇太后而“因小失大，秽及宫闱”！故而，此后才有了元英宗那一系列“英明之举”：命拜住等火速于暗中查实这场阴谋，不动声色地尽快制止宫廷政变的发生。不必惊动太皇太后，只将参与者依律诛杀了事。而拜住等也颇为忠诚地完成了自己的职责：对太皇太后神圣的宫殿群落绝无一丝一毫的惊扰，但以“大内总管”老妖婆亦列失八为首的主要爪牙，如平章政事黑驴、徽宣院使石烈门等多人均已“人头落地”了。而真正的幕后策划者铁木迭儿却要比老妖婆狡诈得多！正待他们欲借元英宗“出宿斋宫”动手时，他却借口“探病”又躲进兴圣宫与太皇太后“谈情说爱”去了。“以防万一”防得非常巧妙，如若出现闪失太皇太后肯定会挺身而出为他做证。况且朝中尚有此次并未动手的众多党羽占据要害部门，只要他一个眼色便可使小皇上处处玩不转。

但少年天子元英宗却似乎比他还沉得住气。果然并未动他一根毫毛，也从未向他提及过一句宫廷政变之事，甚至连他首辅之职也一直保留未动。只不该！偏在这时又传出太皇太后患病的消息，而速哥芭拉小皇后竟又奉诏带阴阳大师及御医进入了兴圣宫。似主不祥，果然不久便借阴阳家之口传示称：太皇太后乃举国之尊，因受邪气侵入偶感风寒，现虽经太医诊治已经无恙，但为避邪秽之气，百日之内外臣与内戚均暂不得入宫探视，违者当属大不敬……铁木迭儿当然明白这是针对谁，当即也决定称病以引发众党羽的群起而“罢朝”。谁料想元英宗竟唯独对他特殊“恩准休养”，而对欲效法他之党羽也均“恩准退仕”。少年天子更显从容不迫，竟游刃有余地任命拜住为中书左丞相搭建了内阁班子。而铁木迭儿之党羽谁不怕丢官，遂纷纷与其划清界限，致使弄权三朝的铁木迭儿上不着天，下不着地，只落得个后悔不迭进退两难。几次抹下老脸求见少年天子，均被以“年纪大了，当多保养”为由拒之殿外。还挺客气地“赐酒”，致使这位一代权奸反而惶惶然“幽困成疾”。据说，少年天子还听从速哥芭拉皇后的建言，为示对首辅的尊重仍常将御笔钦批的奏章送进相府“交办”。但当铁木迭儿打开看时，竟全是对他自己的弹劾奏章。为此，更日夜心惊胆战病情越发加重，不久便在忧惧之中一命呜呼了。

以其人之道，还治其人之身，仁宗之遗恨似已可消了。据史载，一代权相死去的消息很快便“畅通无阻”地传进了兴圣宫，这对答吉太皇太后显然形成了最致命的一击。如果说，老妖婆亦列失八和那些爪牙被诛似砍掉了她的左膀右臂，那现在铁木迭儿之死更等于将她的生命“支点”也彻底抽掉了。“权瘾”不戒也得戒，往日的情仇冤孽顿时都化成了一场梦。据载，她是连呼几声：“痴儿误我！痴儿误我！”（系指铁木迭儿）然后在孙皇后速哥芭拉怀里咽下最后一口气的。临终还滴下两点泪，透过泪光始终在盯视着她的面庞，似乎在对她说：我也曾像你一样靓丽过，像你一样清纯过，像你一样善良过，只不该命运始终在捉弄着我……这不由得使速哥芭拉蓦地联想到：自己未来的命运呢？

眼前一片迷茫，她不敢再往下想了……

打草惊蛇　祸起萧墙

好在历临三朝的“答吉之乱”总算暂时告一段落了，而进入成年期的元英宗也足可以放开手脚施展自己的抱负。由于他生在中原、长在中原，受的又多是中原的儒家教育，故而他推行的也必然是“以仁治国”的相应措施。

比如说，对答吉太皇太后的葬仪就办得特别隆重。就连速哥芭拉皇后也多有不解。须知，皇上之生母阿纳失丝丽皇太后就不明不白死于太皇太后之前，甚至有人怀疑此乃答吉之爪牙暗下毒手所致。明摆着有“逼父害母”之嫌，为何尚要如此高规格以待之？不但追谥其为昭献元圣皇后，而且还将她“升祔顺宗庙”。经元英宗亲自点拨，她这才彻底明白了：抬高这位太皇太后即等于永固皇位。要知道当年曾有“兄终弟及、叔侄相承”之盟约，如否定这位老祖宗也就等于否定了自己皇位的正统性。家丑不可外扬，况且历朝历代讲究的就是“以孝治天下”。

速哥芭拉似乎明白了这份“用心良苦”，却又有所保留。应该说，元英宗尚不失为“一代明君”，在这一切“表面文章”做完了之后，即开始了“选贤用能，整顿吏治”。首先任命忠直大臣拜住为中书右丞相，并诏告天下。而左丞相一职不另设人，以免掣肘从而使他可放手施政。而拜住也果不愧为“一代贤相”，一经上任便举荐曾受答吉鞭笞并举家被逐出大都的刚正老臣张珪为

蒙古贵族下象棋

“平章政事”。同时尚为许多受铁木迭儿迫害的大臣纷纷平反并加以起用。遂一时间朝政还算清明，民怨也有所舒缓。而且有史可考，元英宗那时虽尚不满二十周岁，却确实是一个“从容纳谏、励精图治”年轻有为的好皇帝。故而多有史者称：这阶段真可谓“君明相贤”，大元王朝又现升平景象。

但速哥芭拉却总在后宫感到有一种莫名的忐忑不安。按说，仅在一年前她还头顶着太皇太后、皇太后，作为一位年轻的小皇后她并不“令人瞩目”。而现在却似头上的重压被风吹掉，她竟毫无准备地突然变成了“唯我独尊”的大皇后。实在令她感到有点儿措手不及，感到有些眼花缭乱，更感到有些忐忑不安。原因就在于，她总觉得这一切似乎来得太容易了，好像也来得过于风平浪静了。为此，她曾向元英宗流露过自己的这种直觉，谁料自己的皇上丈夫竟颇自负地安抚她道：“皇后勿忧，此乃得民心者得天下也！”

但不久，果然有一批忠直之臣也在提醒朝廷了。为首者乃刚正不阿的老臣张珪，后继者尚有监察御史盖继元、宋翼等多人。均奏言铁木迭儿“奸贪负国，生逃显戳，死有余辜！应追夺封爵，籍没家资”等。而老臣张珪更借忽必烈大帝处置“阿合马之案”的事例，力谏也当对铁木迭儿“开棺戮尸、灭其孽子、查其余党，除其羽翼”。总而言之一句话，是在力谏元英宗“除恶务尽”。这一下可好，刹那间便把“太平盛世”下隐伏的种种危机均抖搂出来了，这或许就是速哥芭拉莫名的“忐忑不安”原因之所在。而这时的元英宗却显得有些犹疑不决了：又怕牵扯出皇祖母的绯闻坏了他的“以孝治天下”，又怕牵扯出“兄终弟及、叔侄相承”之盟约毁了他的皇位正统性……瞻前顾后，终于与丞相拜住想出个应对群臣力谏“折中之策”，即在严尊皇威的基础上“顺应舆情，必究首恶，惩死儆活，震慑群奸”。随之，元英宗便开始在“死难反诬”的铁木迭儿身上大做文章：诏夺他的相位，削夺他的封爵，扬弃他的尸骨，捣毁他的墓园。而更引人注目的还在于：又派卫士大张旗鼓地查抄铁木迭儿各处家产。引万人尾随，皆追逐争观。而这位权奸所贪，确也令人目不暇接。奇珍异宝，翡翠珠玉，八方贡品，府库金银等，竟“抄之难尽，运之不绝”。一句话：简直可称“富可敌国”！真让百姓们看着解气，让众官们看着消恨。故而处处均欢呼“皇上圣明”，“万岁！万岁！万万岁！”之声不绝于耳。

唯有速哥芭拉又本能地感觉有些不对劲儿。在她看来，张珪等刚正老臣之力谏本意是在敦劝皇上“除恶务尽，永绝后患”，而现在仅对一个死人如此“轰轰烈烈”是否反会“打草惊蛇”呢？速哥芭拉也曾向自己的皇帝丈夫提出过这个问题，没想到元英宗竟然拿出许多“歌功颂德”或“宣示效忠”的奏章让她看。其中甚至还包括了铁木迭儿的干儿子铁失血写的“悔罪书”，竟沉痛地追悔了自己过去的上当从而主动请求“谢罪免职”……元英宗和速哥芭拉少有的“伉俪情深”，故又对她说：“仁者当以仁服人，况且古人尚有‘穷寇莫追’之说？然皇后之虑与老臣张珪同，朕已令丞相查清铁木迭儿余党以便日后一一处置！”为此有的后世史者称，元英宗尚不满二十周岁，毕竟年轻，故施政仍欠老练和果断。但若以现代人的眼光来看，其实不然。须知，这位年轻皇帝面对的不仅仅是铁木迭儿的几个余党，而是面对着一大批以“草原中心主义”为代表的守旧势力。农耕文明与游牧文化的矛盾始终没有解决好，总有一天冲突会爆发的。

至治三年（1323年），元英宗虚龄已二十一岁，他严遵先祖忽必烈大帝的遗愿“以仁治国”也达三年，颇见成效，国泰民安的愿望更似“指日可待”。这一年盛夏，依照元代的“两都巡幸制”，他将赴元上都开平避暑及巡视。对于元英宗来说，去年一年也太过于疲劳了：经历了那场未遂的宫廷政变，经历了母后与太皇太后的大丧，经历了重组内阁中枢力求推行仁政，经历了清算铁木迭儿并威慑群奸……累了！实在是太累了！正好借此巡幸上都再好好儿看看郊外的茫茫草原。只可惜！偏偏此时太医传报皇后有“喜”了，为此速哥芭拉也就难以陪伴自己共游塞北了。但毕竟朝制难改，随之这位年轻的皇上便在右丞相拜住的陪同下“御驾北巡”去了。史载，速哥芭拉似若有所感，竟泪流满面地向他连连呼叫着：“陛下！小心，千万要小心！”

但侍臣均未在意，还以为这只是帝后间的情意绵绵。其实，速哥芭拉一再出现的那种“惶恐不安”的直觉，还是有一定依据的。果然对铁木迭儿的死后清算，最终还是造成“打草惊蛇”之反效应。尤其当这帮昔日首辅历经近二十年培养的死党，目睹了自己过去的主子被夺官削爵、抄没家私、毁坟砸碑、永背骂名之可怕下场，便不由得“人人自危，个个如丧主之犬”一般“惶惶不可终日”。而此时正是那位写血书以向皇上“忏悔”的御史大夫铁失，却暗中勾结铁木迭儿被贬为庶民的儿子锁南。且不论是干儿子还是实儿子总不能白当了吧？很快便网罗起众多昔日很多受旧主子提携“擢身高位”的死党。由铁失首先提出：“与其提心吊胆地坐着等死，还不如灭了那小儿另立个可心的皇上呢！”而锁南也当众泣哭在地，哀求看在往日的情分上“替家父报仇”。众死党虽“心有所动”，却又不知铁失与锁南何来之如此大的胆量？也就在此时便见得从幕后闪出一人，而众死党一见竟齐声欢呼了。原来此人即主掌兵权的知枢密院事之野先铁木儿（也译：也先铁木儿。以下简称：野先）。如称他是其党羽似有所贬低，但称他是铁木迭儿的密友或铁哥们并不过分。铁失和锁南之所以选中了他，皆因早已看出他对元英宗的“重文轻武，尽施汉法”深感不满。再加上往日他和铁木迭儿相互利用所产生的“情深谊长”，故一经铁失的煽动便也同意“将此小儿拿下，是该换个草原皇帝了”。

密议已久，在元英宗巡幸上都时阴谋已经策划好了。而此时的元英宗与丞相拜住正巡幸于元上都开平，说是借此消除“积年之累”，其实处理边务比平时更加疲惫。而更不该的还在于，他竟在百忙之中对奸党谋弑之举毫无觉察，竟不知随从之中也早安插有铁木迭儿之心腹爪牙。虽梦中似不时仍闻速哥芭拉临别时那泪流满面的呼叫：“陛下！小心！千万要小心！”但他依然强忍着“不为情所动”而只顾“日理万机”。是“君子坦荡荡”突显了一代明君的广阔胸怀，但“小人常戚戚”也于暗中一切准备就绪了。至治三年（1323年）七月，元英宗终于结束了于元上都开平的巡幸，在丞相拜住陪同下起程重返元大都燕京。古代交通哪有专列或专机，即使是皇帝中途该歇脚也得歇脚。是夜，元英宗即命在名叫“南坡”的旷野之地搭建帐篷夜宿，以便次日加紧赶路尽早赶回大都与有孕在身的速哥芭拉相会。

深夜旷野静悄悄，一切均显得那么安详。突然，四周的杂草林莽中传出了一声尖厉的呼啸声，刹那间皇帐四周便闪现出一片片刀光剑影。不知为什么面对着这“突发事变”禁卫军竟变成了“土鸡木狗”，竟任铁木迭儿的干儿子铁失父子率领一支“阿克苏卫兵”肆意行凶。先是铁失之弟索诺木手起刀落，一刀便砍去丞相拜住的右臂并进而将其乱刀砍死。随之铁失竟又亲率诸凶擅闯皇帝金帐，亲手将大元王朝的“最后希望”——“一代明君”元英宗残忍地连砍数十刀而死。这位年轻有为的皇帝在位仅三年，死时年方过二十周岁。很显然手握重兵的知枢密院事野先“罪责难逃”，但也可以看出宫中早有内奸“里应外合，蓄谋已久”了。关于这段血腥的历史《元史》所记甚简，只载“铁失等杀丞相拜住，遂弑帝于行幄”。但记述“谋逆者”却颇多，涉及面也颇广。从政府要员、罢职高官、地方重臣、六部大吏，甚至还包括大司农及各路诸王等。这里就不一一详录其名了，而只想指出这些“谋逆者”并非人人均是铁木迭儿的死党。这次震动朝野的“南坡惊变”，其实是反映了“守旧”与“改新”势力长期尖锐对立的总爆发。历临三朝的答吉太皇太后之死使他们失掉了维护特权的“总后台”，当然他们会借铁木迭儿爪牙们的复仇也来一举灭掉自己的“心腹大患”了。

更何况！他们心中也早有了自己中意的人选。而对于年轻的速哥芭拉来说，却是没任何人可以取代这位意气风发的年轻天子的。有的史书就曾如此记载，在元英宗按推算即将归来时，她便天天立于寝宫门外的石级上“凭栏远望”。故当那充满血腥的噩耗传来时，她竟在惊厥之中突然滚落于高高的石级之下。不但不省人事，而且下体淌满了血。显然“祸不单行”，在失去丈夫的同时她又流产了。等她被救醒时，她只觉得刹那间眼前化成了白茫茫的一片。再没有了巍峨豪华的宫殿群落，有的只是一阵阵的血雨腥风还有飘零的自我。

速哥芭拉深知，悲恸没用，反抗更没用，留给她的似也只有无穷的追悔：

为什么没有和他同去北巡？为什么没有和他一起死在那邪恶的刀光剑影里？活着，除了漫漫无绝期的思念，就是为了看一个辉煌的王朝如何没落……确实如此！后代就有多位史学家这样评说过：被史学家视为大元王朝"最后希望"的元英宗确实是一位"志向弘远、励精图治"的好皇上，比唐之太宗、清之康熙毫不逊色。如果他也能继续"从容纳谏，任用贤良，以仁治国，尽施才干"，即使他也只像武宗与仁宗那样活到三十多岁，那大元王朝也必将出现一派盛世的景象。因为元英宗死时尚刚过二十周岁，如果再经十年民族文化的和谐交融，起码"国祚"不会如此短暂。

当然，随着"一代明君"的消逝，那"一代贤后"也必然跟着变得无声无息。但有一点是必须肯定的，那就是她对元英宗爱情的坚贞。有的野史曾有记载，泰定帝时她才初过二十岁便"自觉"搬进了白头宫女居住的冷宫，任身为公主的母亲再三恳求也未搬回父亲的驸马藩底。故历代史学家多对元朝后妃有所"挑剔"，却唯对她从未有过一句"秽语"。她的去世是那么匆忙那么早，好像在漫漫的思念中变得"迫不及待"，卒年也只不过二十三四岁。

《元史》载："泰定四年六月崩，谥曰庄静懿圣皇后。"

一只清纯、善良、美好、感人至深的"神鹿"！

任人丑化且又饱受屈辱的芭芭罕皇后

泰定皇后，名芭芭罕（原译八不罕），也为弘吉拉氏族生人。出身于最高层级的名门望族，为按陈王之孙斡留察儿之女。尚在草原时，即嫁予镇守漠北的晋王甘麻拉之子伊逊特穆尔（也译也孙铁木儿，以下简称伊逊）为妃。伊逊称帝后，泰定元年即被册立为皇后。

她之容貌很可能是“绝代”的，即使人到中年仍“姿色不衰”。由于政局动荡，后又被权臣强纳为妃。故后代史者对其多贬多讽，甚至将其视为“荡妇淫娃”。其实人家本来在草原生活得好好儿的，并不想卷入皇室权力之争从而“身败名裂”。

一位任人摆布并饱受屈辱的元代大皇后，一头被严重丑化的“平凡之鹿”……

从草原迎回个新皇帝

前一章已经提到过：在群奸“弑君谋逆”的同时，他们的心目中早就选择好一个中意的“新皇帝”，以取代这位“背弃祖宗，血染南坡”的元英宗。

此人即史称“泰定帝”的伊逊……

暂且打住！这里必须再提说一下人名问题：因蒙古族人名别具特点，而《元史》中又多死译加硬译，故造成了重名者极多，读者往往不知所指。如名为拜住、脱脱、伯颜等的就有三四个，很容易产生“张冠李戴”的现象。尤其是叫什么什么“铁木儿”的更多，虽也用“同音字”力求区别，但毕竟音同读久了还是极易混淆的。为使这部“通俗史话”真正做到易读易懂，故而特尝试下列做法：其一，重名者均用同音字加以区别，如贤相拜住、太监白柱等。其二，凡带“铁木儿”（包括字同音的）均仅保留其前一部分称谓，如伊逊特穆尔只称其为伊逊等。如前面只是一个字的，则另想他法。其三，为尊重《元史》，便于查对，凡人名减字或换字均要在括号内加以注释并标明原译名。由于元英宗之后，社会日渐陷入混乱，出没于历史舞台的政治人物也特别纷杂。

伊逊已准备在克鲁伦河畔的草原上登基了，他也是真金太子（逝后追谥为裕宗皇帝）之嫡孙，晋王甘麻拉之嫡子。遥想当年，其父与其叔元成宗也曾为帝位争雄，后“甘拜下风”并立下了“甘愿为臣，永作藩镇”的誓约。而元成宗谨遵阔阔真皇太后之母命也对这位长兄颇为大度，钦封他永镇漠北草原，管辖圣祖成吉思汗发祥的基址，统领圣祖所遗留的四大“斡耳朵”及鞑靼所有兵马，享有其他宗亲贵胄难有的种种特权，从而成为草原母地事实上的“王中王”。史载，晋王甘麻拉“忠厚仁孝”，为此也“甘居人臣，维护大统”从未违背过自己的誓言。后薨，元成宗又诏命其子伊逊承袭王位并保留所有特权。应

元代百姓生活

当说，在茫茫的大草原生活得习惯了，就连做梦他也从未想到过换个地方去当什么皇帝。故而，当铁失与野先派心腹前来与他密谋“共图大计”时，伊逊竟吓得当即把来人抓了起来关入笼车，准备即刻派兵押解至京以表对皇上的“赤胆忠心”。

但现如今却大不一样了！小皇帝已遭弑杀，皇位正空着呢……

而在此时，弑君的幕后总后台野先，仗着自己是手握兵权的知枢密院事（似总参谋长），竟带着传国的玺绶在卫队的簇拥下来“恭迎新皇”了。这简直等于天上掉馅饼，晋王伊逊终于开始心动了。而此时野先也不失时机地进言道：“小儿之亡，当属天谴！不思祖宗的蓄世武功，只行儒者那软骨之法，为重现我蒙古人之雄风，必先于草原寻我圣主遗脉！经大内萨满卜算，未来天子当属晋王之苗裔。故臣奉传国御玺特来恭迎圣上前往大都，还盼陛下应天命而行，以重振山河再展宏图为己任！”

伊逊喜不自禁，是夜即设盛宴款待野先。依蒙古风俗，即使皇帝每逢大事接受群臣觐见时，皇后往往也与君王并排高坐于殿堂之上并享尊荣。故在为野先接风的夜宴上，晋王之妃芭芭罕也伴着丈夫出现了。没想到她这一露面儿，酒宴之上所端上的山珍野味、美酒佳肴就全算白摆了。作为主要贵宾的军事高官野先首先可以说已是“目中无菜”了，一双火辣辣的眼睛只顾直勾勾地盯着这位未来的皇后。天啊！按说她已经有了个三岁的儿子似已该到色衰容减的时候了。但走近一看，她却仍像一个别具草原风韵的绝代妙龄少女。从何而来的“驻容有术”？早顾不上问了。随之便见得这位自恃有“拥戴大功”的统兵大员已忘情地举杯狂呼：“即使为了这美若天仙的嗣皇后，我野先也甘愿舍了这颗脑袋！”

晋王心中好不是滋味儿，只是为了当皇上才咬牙强忍下来。其实，在弑杀元英宗之后，这个“谋逆乱国”的罪恶集团已经因争权夺利相互开始钩心斗角了。铁失甘愿留在大都，那是为了勾结同党抢先掌控朝政，以便在新皇帝到来之前给他来个“生米做成熟饭”。就连你野先枢密院这口“锅”都给端了，那嗣皇帝来了还能不乖乖地去做“傀儡”？而野先虽属“粗人”却也不乏精明之处，冒险前来迎接嗣皇帝更是为了抢先“大权在握”：枢密院是不如中枢内阁掌管的权力广，但老子要换个身份当了中书右丞相呢？一人之下，万人之上，看谁再敢“造次”！

1323年初秋，即于圣祖成吉思汗四大“斡耳朵”附近的克鲁伦河畔的茫茫大草原上，搭起金帐设起黄幄，号令旧臣广招牧众。似一切均由手握兵权的野先安排指挥，远离大都回避朝臣便草草在此举行了“即位大典”。先是野先献上传国御玺，随后伊逊接过便算当了皇帝。当然，尚须一篇诏文，以布告天下。所幸《元史》中尚存，现特录于后：

薛禅皇帝！（蒙语尊称忽必烈为薛禅皇帝，薛禅汉译，聪明天纵之意）可怜见嫡孙裕宗皇帝之子，我仁慈甘麻拉爷爷，根底封授晋王，统领成吉思皇帝四个大斡耳朵，及军马达达（达达即鞑靼）。国土都付来，依着薛禅皇帝圣旨，小心谨慎。但凡军马人民的，不拣甚么勾当里，遵守正道行来的。上头数年之间，百姓得安业，在后完泽笃皇帝，（蒙语称成宗为完泽笃皇帝，完泽笃者，有寿之谓）教我继承位次，大斡耳朵里委付了来，已委付了的大营盘看守着。扶立了两个哥哥，曲律皇帝，（蒙语称武宗为曲律皇帝，曲律者，杰出之谓）普颜笃皇帝，（蒙语称仁宗为普颜笃皇帝，普颜笃者有福之谓）侄硕德八剌皇帝。我累朝皇帝根底，不谋异心，不图位次，依次本分，与国家出气力行来。诸王兄弟每，众百姓每，也都理会的也者。今我侄的皇帝，升天了也么，道遮南诸王大臣军士的，诸王驸马臣僚达达之百姓每，众人商量著大位次不宜久虚，惟我是薛禅皇帝嫡派，裕宗皇帝长孙，大位次里合坐体例有，其余争立的哥哥兄弟也无有。这般晏驾，其间比及整治以来，人心难测，宜安抚百姓，使天下人心得宁，早就这里即位。提说上头，从著众人的心，九月初四，于成吉思皇帝的大斡耳朵里大位次里坐了也，交众百姓每心安的，上头赦书行有。

其实，元朝到英宗一代，所有诏文均已很符合规范并不乏文采。像伊逊这样的诏文实属罕见，足以反映他即位时的准备不足和手忙脚乱。也有人认为这是由于蒙古文译成汉文所致，似应加以否定。因为如此重要诏告即使汉译也当用文言文，而绝对不会通篇以当时汉地民间所流行的大白话（俗语）译成。比如，众王兄弟每，众百姓每等，均是把“们”写成“每”。这是元代典型的民间写法，故而这篇诏文应当视为“手忙脚乱”或“有意而为”所致。但正因如此，却也同时为后人留下了研究元代语言等重要的民俗史料。

即位大典总算凑合着搞定了，伊逊即成了史称的“泰定帝”……

是日，泰定帝在登上皇位后，便“论功行赏”首封野先为中书右丞相，似求用“位极人臣”之举以换取这位统兵大员的“绝对忠诚”。随之，又任命“弑君诸奸”分别各居要职，比如说，倒拉沙（原译：倒剌沙）为中书平章政事，铁失为知枢密院事等。并当下遣使急赴上都开平“祭告天地宗庙社稷”。总之，晋王家族本已立下盟誓放弃了皇位继承权，已经在漠北草原优哉地生活了近三十年。远离是非，备受尊崇，王中王的日子过得要多自在就有多自在。这一下可好！一针强有力的“皇权海洛因”注射下去，便使伊逊“帝瘾大发”变得“六亲不认”了。亲侄子被弑不去讨逆，反而竟“狼狈为奸”地准备“君临天下”了。

晋王藩邸只有一个人例外，那就是即将成为皇后的芭芭罕。这倒并不是因为她多有远见卓识，更不是因为她多有政治头脑。其实，这位国色天香级的人物只是因为一个字：怕！怕离开这“生我养我”的美丽大草原，怕失去了这藩邸四周的“风吹草低见牛羊”的大环境，怕在那金碧辉煌的宫殿群落中分不清方向找不到家，更怕那传说中宫廷里的钩心斗角使她失掉了现在所拥有的一切……这是一个容貌极佳却资质极其平庸的女人，从来没有任何主见却又绝不乏善良。谁也没想到，她会成为丈夫赴京当皇上的一块绊脚石。多亏了野先再现武帅气魄，暂且顾不得怜香惜玉（或为更长期占有），竟强制这位毫无主见的草原佳人“随驾前行”。

泰定帝一见野先竟如此专横跋扈地对待自己的皇后，不由得便联想起自己未来的皇帝命运。

但事已至此似已“骑虎难下”，仿佛也只能“听任摆布”了。

好在背后尚有“高人”……

元上都泰定帝“偶露峥嵘”

由茫茫草原向南推进，但谁料刚刚穿越过大漠，便滞留于元代两都之一元上都开平不动了。显然是因为这帮弑君的叛臣逆贼之间因“分赃不均”日益对立严重，野先虽统率着部分亲兵也绝不敢轻易对早有布防的元大都贸然进犯。

对峙良久，似双方仍处于“讨价还价”的阶段。但毕竟还是野先暂时占据着上风，他既挟持着新皇泰定帝，又已被任命为首辅大臣中书右丞相，而且已占据了两都之一的开平皇城。挟天子以令诸侯，等的就是铁失集团前来彻底的“低头认输”。玩的就是这种让人心跳，要的就是这种让对手乖乖承认他“至高无上”的地位。

当然，泰定帝早就被他视为掌中的一个傀儡。故而野先整日间只顾了自己花天酒地，竟把自己“恭迎”来的新帝塞进了上都的皇宫就算了事。偶或也来朝觐一下，但那大多也是为了欣赏皇后芭芭罕的美貌，而不是泰定帝的愁眉苦脸。也难怪！野先虽位居高官，却是个典型的武夫。大字不识几个，更难说有什么“治国从政”的理念。现在好不容易捞到个“位极人臣”，能不骄横狂纵、目空一切吗？今天只多看两眼皇后还算小事，到时候铁失认输了说不定还能尝尝“鲜”呢！为此，就连韬光晦略的泰定帝也似忍无可忍了，而芭芭罕皇后更是如坐针毡总不时想起那荡漾着万顷碧波的茫茫草原。

好在那“幕后高人”见时机已到，终于现身进言了。此人也可算元朝“一代名臣”，名叫满努（也译为买奴）。出身贵胄，是为“王”一级重臣。元英宗“南坡被弑”时，他曾奋力救驾未果，倒于血泊之中才捡得一条性命。后为躲避野先和铁失之搜杀，只好借夜色北穿大漠躲避于晋王藩邸之内。好在泰定帝念其为宗亲“隐匿不扬”，而野先因时为暗夜也不识其“庐山真面目”。故至今还算相安无事，外来者皆以为他乃“藩邸旧臣”。史载其“才智过人”，果然不久后他便成为泰定帝躲避明枪暗箭的机密谋臣。今日一见，他开口便道：“天子者当号令天下，焉能枯坐深宫成他人掌中玩偶？”泰定帝叹曰：“畏其所率众多骁勇也！”满努却当即指出：“然其甲兵甚众，为何尚赴漠北亲迎圣驾？实天子乃万民所崇，无天子其必成独夫民贼也！现圣上已名正言顺地驾临上都，应当唯我独尊行使皇权！反之如任其张扬跋扈，不知天威，横行

元上都宫殿遗址

不法，藐视君王，日久天长必养痈成患也！况且铁失诸逆也正在与其分庭抗礼，其何敢再有篡逆之心？但愿我主，即日起行帝王事！”

泰定帝终于下定决心，首先便是起用晋王藩邸原有的忠直老臣布列台阁“以为我用”，然后便是暗中调动原王府鞑靼禁卫军“执守宫闱”，再者便是下旨命大都臣众准备“火速迎驾”，最后当然不会忘了配备大量的宫娥侍女以突显“皇后尊严”……行事极为低调，效率却颇高。当然，身为内阁首辅的野先闻知再顾不上花天酒地了，当即掷杯进宫进行质问。谁料再见不到怯生生坐在一旁的芭芭罕皇后了，泰定帝身后竟突然多了几位彪悍的鞑靼带刀武士。尚不待野先发问，泰定帝已首先开口道：“大丞相少安毋躁，且听小王（不自称皇上）解释。我在漠北当晋王当得好好儿的，汝等却非要把我拉到这里当皇上。昨日，大都的诸王们刚给我派来几个听差的，今日里大丞相便前来责问于我。小王夹在中间两头受气，终日惶惶然真不知如何是好。还不如大丞相自己来当这个皇上，小王甘愿让位重返漠北晋王府！”野先虽是一介武夫，但听后还是顿时吓出了一身冷汗。他知道如果失掉手中这张“王牌”，自己很可能霎时便成为当千刀万剐的“弑君逆首”。随之便立马跪伏在地坚决否定是来责问，乃不忘圣恩之例行请安。

从此，泰定帝这皇上才总算当出点骨气来。

恰好此时铁失也在大都坐不安稳了，群奸也均因泰定帝的迟迟未到而感到忐忑不安。虽仅借答吉太皇太后和铁木迭儿历经三朝经营的复旧势力，重新掌控了京都各大要害部门。但毕竟没有个皇帝作为金字招牌仍显得名不正言不顺，极易受到宗亲藐视并很难号令诸王。故而，诸奸之首铁失也只好在“讨价还价”中再做让步，也好骗得野先这个老粗早日兴高采烈地将皇上送到大都。而所派往上都的密使乃铁失之心腹倒拉沙，此人更为狡诈竟设法避开了弑君行动，现见“大功告成”方前来凭巧舌如簧以说服野先护驾早日进京。谁想到尚不等他动用三寸不烂之舌，野先却已自动先行“掉价”了。

显然源于泰定帝“一反常态”那一击……

好在文官要比武将鬼点子多，倒拉沙一听原委便自告奋勇去面见圣上。更出人意料的是，他那张伶牙俐齿的嘴巴还是没有派上用场。原来，芭芭罕皇后闻听泰定帝对野先所说“小王甘愿让位重返晋天府”，瞬间便勾起了她的草原情怀竟然当真了。从此她便天天和泰定帝哭闹着要返回碧野藩邸，并声称宁可去牧羊也再不愿受这份儿“皇”罪了……倒拉沙一看，皇上已被哭闹得手足无措了，自然不便进去也只好退出如实告知了野先。但更令人难以想到的是，野先闻之竟拍案叫好道：“天助我也！兖王买住罕，虽也属弘吉拉人氏，然三朝均未受圣恩眷顾。今闻新皇登基，特求助于我，愿将亲生的一对绝代姊妹花献与圣上，以示拥戴，以表忠诚！这才叫……”倒拉沙接之而曰：“以毒攻毒！”众皆大笑，其实野先心里想的是：破烂我捡！

果然，效果奇佳！一经传出芭芭罕皇后顿时安静了许多……

而新皇泰定帝却似因此又显平庸，竟重新与野先和倒拉沙打得火热。尝学世祖（即忽必烈大帝）语曰：“野先朕之右臂，铁失朕之左臂，倒拉沙可代朕居中联络也！”是就地分赃，两面讨好。唯独一点尚保留一丝“主见”：姊妹花未到，暂不赴大都！这可令群奸们喜忧参半。喜的是皇上糊涂得实在“天真可爱”，忧的是这对姊妹花的到来“尚须时日”。但总算令群臣放心了，倒拉沙竟快马加鞭返回大都向铁失急报平安。其实，泰定帝虽算不得有什么雄才大略，但作为一个历经三代君王的皇室子孙还是具有一定的政治经验的。如果说以前这帮奸党分成两派钩心斗角尚可应付，而现在已经“合而为一”自己已再无空子可钻了。再若被带到大都，那更是前途渺茫似也只能成为“弑君灭侄”的罪魁祸首了。不但会遭世人唾弃，而且伴着他们随时可能发生的内讧就连自己的身家性命也难保啊！故而，野先和铁失退下之后，泰定帝为自己当日的“一时冲动”差点儿把肠子都悔青了。

一连两日，寝食难安！在这关键时刻似也只能再去请那“高人”……

而那满努似也早有准备，不久便随内侍悄然来到上都深宫。泰定帝一见喟然便是一声长叹，满努闻之当即赞曰：“陛下忧国，乃万民之幸也！”泰定却自否道："我乃为当日之一时冲动悔之不迭！"满努却反问曰："何悔有之？陛下嗣位，顺天应人！不应有悔，当应思及化解眼下危难，以突显陛下无愧于圣祖子孙之天纵神威！"随之，便详细向泰定帝分析了当前的严峻形势：现两股奸党已"合而为一"，如圣上再被其众挟持于大都，那才真叫悔之晚矣！陛下必成傀儡，一举一动定受奸党所制。群逆尽享荣利，陛下反蒙恶名。天下后世，将视陛下篡国窃位者！如若逆贼再起党争，或还会有人以除逆为名杀陛下以取民心！即使现时我主欲弃帝位而重返漠北藩邸，那也为时已晚必招来杀身之祸。群奸将再扶陛下三岁独子为幼帝，使我主依然恶名难除并祸及子孙……泰定帝听到这里早已汗流浃背，尤其当听说独子阿速吉八还须代己受罪，并由此联想到野先那双总是望着芭芭罕皇后色迷迷的眼睛，故而更加心如火焚、汗如雨下了。但却仍只顾来回踱步自语："早知今日，何必当初？"满努见时机已成熟，便大胆启奏曰："当初未曾及时除逆是有所憾，现若果断除逆尚为时不晚！将除去我主头上污名，陛下必成为一代中兴之主！"泰定帝却又以叹息回应道："谈何容易！"而满努也不失时机地激发道："正有天赐良机相助我主！"

原来，野先自从晋升为当朝首辅以来，早视天下已归于己而四处寻欢作乐。原本打算一两天即"奉驾进京"，谁料正此时却偏在上都街头碰上一桩"好姻缘"。乃朱太医之妻女，母亲不过三十多岁，女儿年方十六七。野先一见恍若见过，仔细一想似均与芭芭罕皇后有几分相似。既然"远水解不了近渴"，那就先将这母女俩掳进上都相府先解解火吧！史载，特别"惨无人道"，将母女俩四肢捆绑吊置于一张大床上，先对母奸女，后对女奸母，一日数次，乐此不疲。似早把押送皇帝至大都的事情给忘了，仿佛只顾了从这母女俩身上寻找占有芭芭罕皇后那种"幻境"。今夕似要达到高潮，据说竟命部下诸将各掳一女与其"纵酒同欢"……泰定帝闻之怒不可遏，且又不知如何应对。此时满努最终挺身而出"毛遂自荐"曰："为报圣上隐匿不举之恩，臣愿代主前去讨逆平叛。若大功告成尽归陛下英明，若有闪失臣当自灭而绝不累及皇上！”泰定帝肯定道：“有如此贤臣，朕决心已下！何时动手？”满努对曰：“前后左右，多是逆贼心腹。陛下如决意讨逆，便在今夕！趁其正在狂醉纵淫，休使奸逆狗急跳墙！”泰定帝“一锤定音”道：“甚善！就劳汝替朕斩除逆党！”

暗夜中，在满努的策划下一场除逆灭奸的行动悄然开始了……

其实，满努早在暗中开始串联活动了。联络的人除了晋王藩邸的忠直老臣与奉命前来的鞑靼将领之外，尚且有元上都驻守的各级官吏、宗亲贵胄，以及戍守上都的“怯薛”禁卫军等。满努早看出，众人均对年轻有为的元英宗之被弑十分沉痛和惋惜，只因群奸已“挟天子以令诸侯”而无人敢带头为先帝复仇。现在好了！不但有“智勇双全”的满努王爵暗中秘密组织大家，而且他还最终说动了新皇帝亲自下诏讨逆。再加上满努向众讲述了首恶野先正在干那“猪狗不如”之事，故文臣武将闻之莫不义愤填膺。随之，都听从满努部署，各司其职，各负其责，统率鞑靼兵团与上都“怯薛”卫队借夜色出动，悄然反包围了野先那“花天酒地”的丞相府。也是这逆首恶贯满盈命当该绝！当门外传来一声“圣旨到”时，他那些部将均已烂醉如泥还大多没穿裤子。野先还算保持着几分清醒，但也只是满不

青花高足杯

青花梨形执壶

在乎地由两个侍童搀扶着到前庭来“应景”。谁料刚进得门来，便见得满努在二十余位彪悍鞑靼武士的护卫下已突现在自己眼前。野先欲喊，却见丞相府内已早变成了清一色的“怯薛”禁卫军。野先一看大事不好欲抗拒而逃，没想到尚未等他迈步武士们已将他双手反翦上了械镣。野先垂死挣扎仍在狂呼：“我要请见新皇，面呈委屈！”满努却道：“你是先帝（指元英宗）之旧臣，应在先帝前自伏，何须再见新帝！”遂令设好灵案，上供先帝（元英宗）灵牌，押野先首个跪伏于前。随着完者、锁南（铁木迭儿之子）、秃满等重要党羽的被捕与押至，也均令一字排开跪伏于元英宗灵位前。然后满努这才捧起圣旨，当众宣诏曰——

野先铁木儿、完者、锁南、秃满等，合谋弑逆，神人共愤，饬王满努带领卫卒，即夕密拿。该逆等凶恶昭彰，罪在不赦。拿住后着即斩首，以谢天下，毋须再鞫！

宣诏后，即将野先等弑君诸逆一行绑出，令刽子手一一斩首示众。同时，早命亲信禁卫军紧把上都各大城门户，禁止随便出入以严防消息外传。而泰定帝在深宫闻知大功告成，更是喜不自禁。随着满努等除逆功臣前来觐见，为应对大都尚存诸奸，君臣相见后首件事便是议及尽快“重组中枢”。因元代朝制“宗王不得兼相”，故满努首推忠直诤友宣政院使旭迈杰为中书右丞相。在得到皇上首肯后，又以藩邸旧臣、英宗旧臣、讨逆功臣为核心，重组了军机政务班子以接管大都的全部政权。最后决定由满努“伴驾”坐镇上都，而命右相旭迈杰与御史大夫纽泽以“护驾进京”为名，率上都“怯薛”禁卫军与鞑靼亲兵“即刻先行，见机行事”。果然，旭迈杰等也绝非等闲之辈，刚临近大都便派出快马驿使飞穿城门沿街高宣：圣驾即到！圣驾即到！也似铁失命当该绝，闻讯后即率主要爪牙出城相迎。也难怪！前几日倒拉沙才传回“平安喜讯”，也称圣驾“不日即到”，何疑有之？而纽泽也果不愧铁面御史中丞，早已在城门四周指挥诸军暗布下“天罗地网”。故而铁失以及主要弑君逆党成员那可真称得上有来无回了，刚刚一下马便被个个拿下，并命伏于地“倾听宣诏”。旭迈杰高声宣读曰：

> 先皇（指英宗）帝宇三年，未闻失德，而铁失、野先铁木儿等，敢行大逆，竟有南坡之变，骇人听闻！朕因诸王大臣推戴，嗣登宸极，若非首除奸恶，既无以妥先帝之灵，并无以泄天下之愤！为此甫抵上都，即将野先铁木儿等，声罪正法！唯在京逆党，如铁失辈，尚逍遥法外。特命中书右丞相旭迈杰、御史大夫纽泽，率兵到京，立即将铁失、失秃儿、赤斤铁木儿、脱火赤、章台等，拿下正法，余如逆党爪牙，亦饬令旭迈杰、纽泽，彻底查拿，毋得瞻徇，应加刑法，候复奏定议！

铁失等一听宣诏开言便提到“先帝”二字，便知“大事不好”，再当听到“拿下正法”更早吓得魂飞魄散了。随之便是御史大夫纽泽命令“就地正法”，而在一片呐喊声中铁失诸奸那几颗人头似也只能应声落地了。至此，上都开平与大都燕京的主要弑君奸党均已剪除，泰定帝也总算“既保住了面子，又保住了里（理）子”，并且顿时便由“附逆之君”转化为“除奸明主”，当然这回再“君临大都”也用不着提心吊胆了。

真够曲折艰险的！但有一位重要的人物却始终没有参与。这就是芭芭罕皇后，她至今似对事件的全过程仍惘然一无所知。或许有人会说，她不是也曾闹过返归漠北而被野先的“以毒攻毒”吓得安静规矩了吗？其实，这件事根本和政局的变幻搭不上边儿。闹是因为深宫的孤寂勾起了她的草原情结，突然的平静那是因为独子阿速吉八意外地病了。而泰定帝也似乎特别了解自己这位“艳绝天下”且又基本不具有“政治智商”的老婆，故而生怕她吓出什么毛病才没敢透露半点风声。就让她只顾当个慈祥的母亲去吧，就让她一心一意去照顾可爱的儿子去吧！直到尽除逆党大局已定这才难得地告诉她：这回可以彻底放心了！但她竟然还是弄不懂：多会儿让人不放心了？甚至当泰定帝对她表示宠爱所言："野先那奸贼促兖王所献之二女，朕已斥之不要了！"谁料她却慌忙劝阻说："她们可是我弘吉拉的小姊妹，你当皇上的答应过后又说不要了，让她们回到草原如何做人？"野史有载，芭芭罕皇后就是这样一位单纯、善良，又极其平庸的女人。

随后，便是只好听任摆布跟着泰定帝风光无限地进入大都。

一个更大的政治舞台突然在她眼前展开了……

躲进皇家苑林的新封大皇后

泰定元年（1324年），芭芭罕于大都燕京正式册立为皇后。泰定本为年号，皇上即因此而被称为泰定帝，而芭芭罕也随着常被史学家称为泰定后。

仅此而已！从此她似乎又从史籍中隐没了……

再没听到过她要重返草原，更没听到她对深宫大内之不满。也难怪！这不仅仅是因为大都的宫殿群落要比上都的更加富丽堂皇，而且也更具自己的特色。原来，始建者忽必烈大帝就是一个极具草原情结的人。他不但在皇城内修筑了各种汉式的亭台楼阁，而且尚在宫殿远方开辟了一处广阔的绿色苑林。史载，其间不但碧草如茵、林木葱茏，从莽中尚放养着山麋野鹿，甚至可纵马在其间狩猎……芭芭罕对这一切太满意了，遂把自己的"斡耳朵"扎在了这里。她根本没兴趣也没脑子去过问什么朝政，身为皇后竟带着儿子在这林苑之中养起小马驹子和小羊羔。

忙只忙坏了身为皇上的泰定帝。刚刚启驾来到大都燕京，便得"亲御大明殿受诸王百官朝贺"。礼成，还得再突显"以孝治天下"。先追谥自己的父亲甘麻拉为皇帝，庙号显宗；再追谥自己的母亲诺颜怯里迷失为皇后，并升祔显宗庙。尤其是对被弑的元英宗，虽论辈分仅是自己的侄子，但对待起来却更须特别慎重。尊之又尊、敬上加敬，为避疑忌，特将其称之为“先帝”，并尊谥其为睿圣孝文皇帝，庙号英宗。紧接着便是纳受群臣“国不可无祚”之谏，又开始了册立三四岁的爱子阿速吉八为皇太子的活动……千万别以为这一切仅仅靠下几道圣旨即可。非也！而是几乎每一件均需严遵皇室大礼：敬天告地，入祀太庙，兴师动众，百官随从，每一件事不经过十天半个月的折腾而把人累个半死是很难完成的。

更何况！还有群奸祸国所积压的急需处理的种种大事。比如说，答吉太皇太后乱政时，铁木迭儿借元英宗北巡之机，一次就惨杀了拜住、杨朵尔只等弹劾他的忠直大臣四十余人，必须昭雪，且死后加封。再比如，弑君主犯虽大多已诛除，但附逆余党如何处理却仍众说纷纭，致使砍去贤相拜住一臂然后又

赛马

将其乱刀砍死的索诺木（奸首铁失之弟）竟逃脱一死。而另一奸党倒拉沙也因“反戈一击”有功而免予制裁。后虽经诸臣力谏，索诺木最终难逃枭首示众，但倒拉沙却仍准于留职查看。尤其是对那些附逆的宗亲贵胄们更是轻描淡写，大多均是或贬远方或迁徙异地而既往不咎。而对于这种种现象又很难指出他是有意地在“包庇纵容”，他似乎也有他的难处。谏言多，献策多，终使他顾此失彼左堵右挡越勤勉便越漏洞百出。

难怪后世史者称：泰定帝“天性仁厚、才智平庸”。但如果换一个角度扯，其实未必。要知道，两代晋王均主政于漠北草原，面对的是游牧文明，面对的是马背民族。一切都像辽阔草原那般坦坦荡荡，绝没有内地农耕文明那么多条条框框。泰定帝正是这样！人家正在漠北藩邸当王当得自由自在的，竟突然被诱惑到这繁华的大都来当这个束手束脚的皇上。游牧文明和农耕文明的对立，草原施政和中原施政的对立，再加上“积弊已深”，这叫人家晕头转向地如何才能不显才智平庸呢？好在尚有很多忠直之臣尚能理解这位从草原初来乍到的新皇上，并公推深孚众望的老平章政事张珪“集众议而献策”，以助泰定帝“一臂之力”。这篇奏章在《元史》中是颇有名的，主要是针砭时弊并指出当前治国之种种当务之急。比如说：除恶惩奸，重振纲纪；减轻税负，以纾民怨；合并衙署，裁减冗员；罢兵息武，重振农桑等。其中尤有一条特别值得注意，那就是反映农牧矛盾冲突尖锐的。表面看来似并不重要，实际上却反映了答吉与铁木迭儿历临三朝擅权乱政造成的历史大倒退。民族交融的局面由此彻底遭到破坏，社会动荡引发了战乱丛生。现特将原文照录于后——

阔端赤牧养马驼，岁有常法，分布郡县，各有常数。而宿卫近侍，委之仆御，役民放牧，始至即夺其居，俾饮食之，残伤桑果，百害蜂起，其仆御四出，无所拘钤，私鬻刍豆，瘠损马驼。大德中始责州县正官监视，盖暖棚团槽枥以牧之。至治初复散之民间，其害如故。监察御史及河间路守臣屡言之。臣等谇宜如大德团槽之制，正官监临，阅视肥瘠，拘钤宿卫仆御，著为令。

阔端赤，乃草原汗国初期所设立的官职之名，意为“掌从马者”。多为成吉思汗的亲信或屡立战功者，且为世袭。地位颇高，如封侯赐爵。忽必烈大帝入继华夏大统后，日渐式微。现重又“东山再起”，似可视为一种历史的倒退。张珪之奏章其实只说了表面现象，似给皇家已留足面子了。但即使如此，众谏臣的一片苦心还是白费了。上奏已达数月，却如“泥牛入海”一般久无回音。

大失所望！大失所望！朝堂之上只剩下了一片唉声叹气。然而，若要把所有责任都归咎于泰定帝身上，那也似有欠公允。不是说他分不出个好歹，而是大元王朝的的确确地今不如昔了。经权后与奸相的轮番乱政以至弑君，整个臃肿的权力班子均指挥不灵了。即使为裁减一个小小的冗员，也很可能引发层出不穷的纷争。皇权渐渐大为削弱，诸王日益自行其是，民族矛盾逐步加深，社会乱象尤为突出……只把个来自草原的泰定帝，最终也逼进了那皇家苑林深处的“斡耳朵”。似乎只有和“两耳不闻苑外事”的芭芭罕在一起，他那纷乱的心灵方能得到片刻的宁静。怪不得岁月流逝也难改变她的“娇美动人”，原来她是一直生活在梦幻般的绿色过去啊！

泰定帝的无所作为，最终导致了老臣张珪的绝望辞官。张珪，史载其为大元王朝的最后一位大儒，他的辞官返乡象征着“推行仁政”的进一步失败。而不知为什么，泰定帝原先任命的中书右丞相旭迈杰、御史中丞纽泽等诸多能臣，也渐渐从史籍中消失了，代之而出现的却又是巧舌如簧的倒拉沙。前面早已说过，到此时藏传佛教早已成为马背民族的普遍信仰，而泰定帝更早是藏传佛教最虔诚的信徒。故而在“施政无方，心烦意乱”的情况下，经倒拉沙“循循善诱”最后终于“日夜诵经，事必求佛”了。

还必须指出，泰定帝还是个时运极为不佳的君主。有史可考，自他即位以来便“天灾不断”，几乎伴随了他的余生。从泰定元年（1324年）到致和元年（1328年）之间，先后就计有：扬州路崇明州及海门县沿海之海啸；汴梁路扶沟及兰阳之黄河决堤；建德、杭州、衢州县属的洪水泛滥；真定、晋宁、延安、河南诸路的大旱；大都河间、怀柔、奉先诸路的蝗灾；巩昌府通渲县的山崩和碉门的地震，史载“有声如雷，使天色晦暝”；几乎与此同时，天全道山亦爆裂，飞石弊人，凤怀关、兴元、成都、峡州、江陵等处“同日地震”……故《元史》载：“旱荒水荒，虫灾风灾，山崩地裂，杂沓而来，各处警报络绎不绝！”百姓报长官，长官报皇上，只弄得泰定帝天天提心吊胆六神无主，竟由平庸日渐走向了昏聩。比如说，一闻天灾即命举行佛事，严令僧俗虔诚祈福消灾。再比如，并钦命沿海各地，建造浮屠二百一十六座，以镇海妖（即海啸）。而更为荒唐的是，还认为是“泰定”这个年号起得不好，而决定来年改为“致和”以求“时来运转”。

真可谓：越迷越信，越信越迷，竟由昏聩转化为胡闹。具体的表征为，泰定帝在一片慌乱之中越来越依赖一文一武两个“别有用心”的大臣。文的便是曾为逆党的倒拉沙，因使用起来颇为“得心应手”后来竟被擢升为中书右丞相。武的则是“貌似恭顺”的元末“一代枭雄”燕帖木儿，因“大奸似忠”也被擢升为实掌兵权的“签枢密院事”（代总长）。二人各有异谋，互不来往，却又对泰定帝争表忠心。故而庙宇越建越多，道场越办越大。其实，他们这是对藏传佛教的一种玷污和亵渎，因为他们同时还蛊惑泰定帝纵情酒色“借以忘忧”。比如说，倒拉沙就曾“创造条件”在灾害频发时建议皇上带着两位少女贵妃北赴上都“避凶”。这对姊妹花均为兖王买佳罕亲生之女，一名必罕，一名速哥答里。而燕帖木儿也不甘落后，随之也建言皇上更应带上皇后与皇太子一起北上“祈福消灾”。史载“圣上以为然，谓二人忠”。

本来反复轮回的近亲结婚已促成了短寿基因，又怎禁得住外加三个女人的轮流陪伴“避凶”？白日纵酒，借以解忧。夜晚狂欢，借以忘愁。忧愁未除，反促病重。遂于致和元年（1328年）七月新秋，驾崩于上都开平。若论周岁，寿仅三十五岁。故后世大多史者均这样评价他：“在位五年，乏善可陈。”但这能怪人家吗？回顾他这段短暂的“称帝”历史，真可谓是“有苦难言”啊！权后奸相的祸国乱政，严重天灾的接踵而至，凭一个长期生活于游牧地区临时“抓”来的草原君主，怎么可能让人家一下就收拾起这个腐朽的烂摊子呢？

泰定帝的“驾崩”彻底粉碎了芭芭罕皇后那绿色的梦幻，她只感到像被抽掉主心骨似的没着没落了。人们均把她视为大元王朝最至高无上的女人，而现在她哭干了眼泪却觉得自己更像一只被抛弃的惨白之孤“鹿”。

无情的政治风暴正向她席卷而来，令她难躲难藏！

即将把她变为一个“荡妇淫娃”……

芭芭罕皇后最终的悲剧命运

这里必须首先交代一下泰定帝生前死后的政治格局：前面已经说过，有一文一武两位大臣最受泰定帝宠信。文的即中书右丞相倒拉沙，正捧着“传国御玺”随驾北幸上都“避凶”；武的即主掌枢密院事的燕帖木儿，奉命保卫“京畿重地”仍统兵镇守在大都燕京。泰定帝活着还好说，而这一驾崩就都原形毕露了。文的在上都欲挟持四岁小天子“以令诸侯”，武的在大都借口“帝位当重归正统”竟欲“另立新皇”。一时间出现了大元王朝从未有过的“两都对峙”的严峻局面，一触即发随时可能爆发惨烈的内战。

而在上都，新寡的芭芭罕皇后却又被当作“图腾”供奉起来了。

奸相倒拉沙有御玺在手，泰定帝死后本来以为从此大权“独掌天下”了。故“擅权自恣，独断专行”，根本就没把留在上都皇宫那孤儿寡母放在眼中。但谁料突然京畿重地“后院起火”，那平时他根本不放在眼里的燕帖木儿竟“另起炉灶”公然和自己唱起“对台戏”了。而且手握重兵来势汹汹，看来自己若不赶紧供起“图腾”已很难再号令诸侯了。但对于芭芭罕来说，这简直就是一种残酷的精神折磨。要知道，她和泰定帝还算得上是伉俪情深的，她总是受着他的庇护从没有人敢指令她做这做那的。况且，她根本就不懂什么叫“朝政”，头脑单纯到竟搞不清何为“国家大事”……而现在却似乎不行了！狡诈犹如一只老狐狸的倒拉沙，突然逼迫起她天天背记他所教的一段又一段的话，逼迫起她天天去会见大臣下达他写好的一道又一道“圣旨”，甚至还逼迫她天天升坐大殿当着群臣公布他那一篇又一篇“讨逆诏谕”。这个阴险的老东西，当着文武百官对她总是“奉若神明，恭敬有加”。但在背后，只要稍有差池便是“凶相毕露，恶语诅咒”。而更令她胆战心惊的还在于，只要她稍不顺从，她就会一连几天见不到死了父皇年仅四岁的皇太子。就连那两个也来自弘吉拉的小贵妃也会消失得“无影无踪”，只留下她一个人在怪影幢幢的空旷深宫里“自省”……纯属是“赶着鸭子上架”，但效果奇佳！这正是燕帖木儿手中所欠缺的一张“王牌”，故一时间号召起众多草原宗王统兵前来“勤王效忠”！

然而，占据大都的燕帖木儿也绝非等闲之辈。他出身于世代武将之家，稍长即被元武宗看中留在身边作为贴身宿卫。深受宠信，为此他一直将元武宗称为“故主”。元武宗死后，他的两子之一本当依据“兄终弟及、叔侄相承”的盟约“被立为帝”。但答吉毁约了，却非要把元仁宗那弱幼可控的儿子扶上帝位。为防反叛，甚至将武宗的两个儿子分别远贬于云南和海南琼州。而燕帖木儿对随后从漠北迎回的泰定帝也暗怀不满，认为他也是背弃“甘愿为臣，永作藩镇”之盟约“并非正统”。总之，为掩饰自己的“野心勃勃”，这位“代总长”一直是在借“正统”之名大做文章。更应指出的是，燕帖木儿绝非像野先那样“单凭野心”，而同时也是一位“别具胆识”与“组织才干”的杰出军事将领。既“冷酷无情”，又以“善于用人”闻名，故史者早将他称为“元代之曹孟德”。当然，闻倒拉沙在上都最终打出了芭芭罕皇后这张“王牌”，肯定他也绝不会等闲视之了。他忙派出自己的死党博彦（原译为伯颜，为区别于平南统帅伯颜，改用此二字）密赴江南“行事”，自己则统兵于大都来防不测。

而在上都，倒拉沙却对倒霉的孤儿寡母又“别有安排”了。主要是因为对芭芭罕皇后的表现不满：背词儿丢三落四，下诏时语无伦次，接见大臣时前言不搭后语，升殿时呆若木鸡显示不出一点儿皇家气魄等。还常使人在一旁为她提心吊胆捏着一把汗，且尚得替她“收拾残局，弥补失误”。罢！罢！罢！还不如把那四岁的小儿直接扶上皇位，也省得自己多费一道手续多一层麻烦。总而言之一句话，诸王统兵已会聚上都，芭芭罕那点哭哭啼啼的作用也就算发挥完了。随之，便于致和元年（1328年）八月，于上都开平奉皇太子阿速吉八即皇帝位，也称“天顺帝”，尊芭芭罕皇后为皇太后。史载：“朝贺时统由倒拉沙护持，方得终礼。”可想而知，作为皇太后的芭芭罕能不为自己四岁的独生子心疼吗？但身为首辅的倒拉沙感觉却特别良好，因有传国御玺和小皇帝在手就更不把燕帖木儿放在眼里了。厉兵秣马，矛锋直指元大都燕京。

但燕帖木儿却更显得从容镇定，面对数万“保皇军”杀气腾腾而来似早已成竹在胸。也难怪！此时他的死党博彦已从江南历经艰难，终于接回了元武宗的次子——怀王图帖睦尔。这才叫：你有你的新皇帝，我有我的老正统！其实，无论是“新”和“旧”全是一家子——皆为真金太子（后追谥为裕宗皇

元上都东城墙

帝）的嫡亲子子孙孙。难怪史载泰定帝“天性仁厚”，在他即帝位之后就曾为了这份儿“血脉亲情”，将元武宗这两个远贬的儿子分别重新做了安排：老大周王和世㻋调往草原母地接了自己的“班”，也贵为“王中王”；老二图帖睦尔更内迁至江南富庶之地江陵，并加封为怀王。但谁料还是被两方权奸所利用竟然顿时变得反目成仇“形同水火，势不两立”。据史载，几乎就在四岁的小皇子阿速吉八在上都登基的同时，怀王图帖睦尔也在燕帖木儿和博彦的扶持下于大都正式称帝。谁还再记得圣祖成吉思汗与忽必烈大帝创业之艰辛与临终的遗愿，随之便是居庸关内外狼烟顿起只打了个天昏地暗。

苦只苦了已身为皇太后的芭芭罕和那四岁的小皇帝。

因为掌控他们的中书右丞相倒拉沙，虽狡诈多变、阴险老辣但毕竟只是个文臣。而远在大都执掌枢密院事的燕帖木儿，虽收敛锋芒、深藏不露却是个地道的武将。起先倒拉沙占着天时、地利、人和的优势，倒也打得顺风顺水竟能直逼到居庸关下。却谁料燕帖木儿采用的是“诱敌深入，后发制人”之策，随之便突然展现了他那别具胆略的军事才华。声东击西，左冲右突，曾先后斩辽王、灭梁王，略施小计便击溃了来自草原的数万铁骑。然后更进而一步步逼近元上都，直到把整座城池围了个水泄不通。上都皇宫顿时陷入了一片前所未有的混乱：侍臣们不见了，宫女们逃散了，就连那两个新升为皇太妃的姊妹花也不知躲到哪里去了。而更可怕的还在于，芭芭罕那唯一相依为命的小儿子也被倒拉沙强行带走了。她从来就未把四岁的阿速吉八当作皇帝看待，只觉他尚是个离不开母亲怀抱的孩童。故一经倒拉沙的强行架走，在孩子凄惨的哭声中她感到仿佛就像摘走了自己的心肝。

只有哀痛的泣求，却没想到这会是母子间最后的永诀。原来，是老奸巨猾的奸相倒拉沙促成了这场悲剧。反复无常、见风使舵是他人生最大的特点，故而一见大势已去便立即决定捧着传国御玺挟持着小皇帝“弃暗投明”。欲以这两件“至宝”换得“将功抵罪”，也好再有机会到大都去“献媚取宠，重登高位”。但不知为什么，出城请降时却只见传国御玺而又不见了小皇帝。有人说，乃倒拉沙唯恐小儿“口吐真言”，为遮掩自己的万千罪恶临时决定“杀人灭口”；也有人说，是有不忘旧主的侍从见其啼哭不断幼弱可怜，便舍身带他逃出虎口混迹民间以为泰定帝保留一线血脉。后人多从前说，但却又生不见人死不见尸，就连《元史》中也写得相当含糊，故至今仍是历史上的一大谜团。

但有一点却是肯定的，芭芭罕从此既失掉了丈夫又失去了儿子……

当然，作为“一代枭雄”的燕帖木儿，也绝不会将一介小童的生与死放在心中。夺回“传国御玺”已经可算大功告成了，足可以使自己扶持起的怀王当皇上当得更加正统也更加名正言顺。至于对待亲自出城“请降邀功”的倒拉沙处置问题上，燕帖木儿由于更为了解此人之“卑劣无耻”已早有一套办法。于是便命侍卫严加把守上都皇宫，随之自己却捧着传国御玺及押着倒拉沙及其死党返回大都报捷去了。只把个曾贵为王妃、皇后、皇太后的芭芭罕幽困于深宫大内之中，似也只能忍受着夫死子亡、吉凶未卜、前景难测、惶恐不安、战战兢兢、度日如年的“百般熬煎”。

芭芭罕确实不知道自己犯下了什么罪，唯有夜夜悲泣。而此时燕帖木儿却似乎早成了大元王朝的“再造功臣”，刚一返回大都便受到了已经称帝的怀王几近狂热的欢迎。不仅当即为他兴造大都督府，论功行赏推他为“首功”，而且赐号“答拉罕”，即因救主有功而受封的异姓王或异姓诸侯之封号，而且“世袭罔替”子孙皆成为代代相传的异姓贵族。除此之外，尚赏赐了无数只有皇室才享有的奇珍异宝，其中那特殊赏赐佩饰的“第一等降虎伏”，尤为意义重大，似乎已将本朝的生死存亡均交在了他一人手中……也难怪！从小在汉地儒文化圈长大的已称帝之怀王图帖睦尔本来就可称得上是一位“光杆司令”。况且就依“正统论”来说，他的上头尚有一位拥兵坐镇草原的长兄和世㻋。和世㻋英姿勃发，就连皇祖母答吉也忌惮他几分。要不是因长兄相距遥远一时难以赶到，这个皇上怎么也轮不到自己来做。完全是因为燕帖木儿和倒拉沙两都对峙“打擂台”之急需，方才“就地取材”把自己匆匆推上了大都的皇帝宝座。史载怀王“性阴柔、善笼络”，故他要不抱着燕帖木儿这条大腿反而才怪呢！

随之，便是为扬天威，对“叛臣逆贼”的严加惩处。其实平心而论，倒拉沙是居心险恶，但真正的叛臣逆贼是谁还很难说。难怪古人即云“成者王侯败者寇”，即使是一家子之事也已难免先来个“杀鸡给猴看”。随之，凡是追随八岁天顺帝的能臣干将全都被押赴刑场砍了头，当然依附倒拉沙的死党门徒就更无一幸免。尤其对首恶奸相更绝不手软，已称帝的怀王更亲自下令将倒拉沙“磔死”：古代酷刑，“五马分尸”或“车裂肢体”。

看来，幽禁于上都的芭芭罕之命运岌岌可危了。

其实不然！因为到此晋王甘麻拉这一支已经可以算“皇族”了，除了三个大小寡妇之外早无男性后裔可防。故而已称帝的怀王正欲借此展示“皇族亲情”，而仅把芭芭罕和一对姊妹花均放逐于东安州（今河北廊坊一带）。很可能也如被贬的前卜鲁罕一般，再不老老实实便被“鸩死”。多亏了此时元上都又显动乱迹象，已称帝的怀王只好再钦命燕帖木儿“辛苦一趟”，并令其再捎带处理一下这件“皇室内务”，以突显新帝内涵丰富的“皇恩浩荡”。怀王的“阴柔”由此可见一斑，而从此芭芭罕也开始向“荡妇淫娃”转型了。

真可谓天大的冤枉，难怪有人称“史笔可以杀人”。

蔡东藩，也可称民国初颇有影响的史学家兼文学家，以通俗演义的形式介绍我国历朝历代的历史也可算卓有成就。但在其写《元史演义》时却带着偏见的，甚至还死抱着程朱理学的“贞烈观”来写少数民族妇女。本来《元史·后妃传》中对芭芭罕和那对姊妹花的下场仅有“俱安置于东安州”七字，而他竟能挥挥洒洒下笔数千言尽写其中“细节”：从“泪眼求助”到“英雄救美”，从“四目传情”到“枕席淫乱”，从“三女轮侍”到“皆尽欢喜”……道学先生本意是在责难芭芭罕为何“贱不殉节”，却不知蔡东藩先生竟如亲历一般写得如此“春意荡漾”。

但确有史为证，芭芭罕最终是被权相强行霸占了。面对“一代枭雄”燕帖木儿，就连暂为皇上的怀王似也只得抱着他这条大粗腿。况且芭芭罕只是个丧夫失子的被贬的弱女子，她不听任人家的强暴和摆布又能怎样呢？草原上自古就从没有什么《孝女经》和《烈女传》，又从来不强行灌输什么“贞节”观念。或许正是因为没受到封建礼教的影响，故而芭芭罕和两位小贵妃虽饱受凌辱却在流放途中免予被“鸩死”。

绝不仅仅是为了美！显然燕帖木儿拿她尚另有打算。前面早说过，“一代枭雄”或“一代奸雄”那可不是好当的，尤其被称之为“元代曹操”就更难上加难。要知道！这不仅需要有胆有识、有谋有略，有骄人的战功、有定天下的气概，还尚需一种与生俱来的领袖气质和威慑群雄的魄力。而燕帖木儿在诸多方面似乎已经做到了：是他用果断的出击或加官晋爵使全国各地恢复了稳定；是他用严酷的打压或柔性的收买使诸王贵胄听命于他的掌控；是他带头毕恭毕敬和俯首帖耳地将新皇的地位重新推向了至高无上的境界，但也正是他此后“大奸似忠”或“大伪似真”地一连操纵了三个皇帝……而此刻他抛下“驻容有术、美貌长存”的芭芭罕及那对姊妹花确系另有打算，因为确实有一件大事即将发生势必影响他对过去这位皇后的长期占有。

这就是漠北的周王和世㻋也欲南下问鼎帝位。难怪怀王图帖睦尔称帝后总是“犹抱琵琶半遮面”，作为亲弟弟的他太了解自己这位长兄了。绝不像自己这样没有带过一天兵，而是文韬武略俱佳尚统率着数万铁骑。阳光得很！就是自己十个也顶不住他一个，但这皇帝的位子又是这么诱惑人。多亏燕帖木儿此时归来了，竟建议他先效法“仁宗和武宗的故事，遣使北迎周王南下称帝”。而朝野俱不知二人尚密谋了些什么，臣众与百姓已改称二人为“贤王”与“贤相”了。但贤王与贤相似仍嫌“贤犹未尽”，竟由燕帖木儿亲奉“传国御玺”主动要送往漠北草原以再次“表明心迹”。这回周王和世㻋是被这份“真情实意”深深感动了，再不猜忌和犹疑，遂于天历二年（1329年）春正月“设帝幄于和宁草原”，正式即帝位，史称：元明宗，并重遵“兄终弟及、叔侄相承”之遗制，册立怀王图帖睦尔为“太子”（或应译为：皇储）。由于燕帖木儿也“功不可没”，特封其为太师，仍命其继续担任中书右丞相之要职。综合多种史料来看，和世瑓还是个“颇有追求、颇有想法”之帝王，如果能诸事顺利他很可能成为大元王朝的一位“中兴之主”。比如说，他提出的施政主轴便是“选贤用能，泽民利物”。而且他也确实这样做了！再比如说，在他称帝赴京时恰逢途经之陕甘受旱，他便严禁各地官吏铺张迎送而且是边行进边指挥赈灾。

大元王朝似又重现一线希望。果然，似也真的出现了一片“兄仁弟贤”的和谐景象，就连怀王图帖睦尔也亲自远迎“圣驾”于陕甘旺忽察都草原上。毕竟是“骨肉亲情，相见甚欢”，遂大摆宴席于草原上畅叙久别之情与纵论治国之道。史载，怀王唯唯，尽显为臣为弟之道。至于其间与燕帖木儿是否有过相会或密议，史说不一且又均很朦胧。直至大筵三日之后，即天历二年（1329年）八月六日已近中午却传出这样一个惊天动地的噩耗：明宗皇帝大驾“暴崩”！而皇储怀王竟为之“悲恸泣血，昏厥不起”。

又多了一个寡妇皇后，谁还能再顾得上芭芭罕呢？

元明宗在位仅半年，死时尚不满三十岁，而且还连累着皇储怀王“痛不欲生”半死不活的。朝野顿时陷入一片混乱，文武百官个个人心惶惶。这时，还多亏了燕帖木儿这位“再造功臣”的挺身而出“力挽狂澜”“含悲忍痛”，坐镇指挥，一边为已故的明宗处理丧事，一边将未来的君王急忙护送回上都。真可谓君臣“配合默契”，百官也“劝进有方”，最终才使得怀王似“被逼无奈”又“重登帝位”。仍称文宗，并于次年（1330年）改年号为“至顺”。当然，大位已定必先“论功行赏”，而文武大臣又哪个敢与“当今曹操”抗衡？故元文宗便以“功勋无比，追封三代”为名，将燕帖木儿之曾祖父、祖父、父亲分别追封为溧阳王、升王、扬王等。并命礼部将燕帖木儿之所有“功绩”书写成文，铭刻在巨大的石碑之上“矗峙北郊”。生前便得以如此之“树碑立传”，这在大元王朝可是前所未有的事情。难怪后代史者，同时也就将文宗称为“元代汉献帝”。但他却似乎仍嫌“难以补报”，又特别针对这位“再造功臣”颁诏以示宠眷道——

> 燕帖木儿勋劳唯旧，忠勇多谋，奋大义以成功，致治平于期月，宜专独运以重秉钧，授以开府仪同三司上柱国大师太平王答拉罕中书右丞相，录军国重事，监国史，提调燕王宫相府事，大都督并兼经翊亲军都指挥使司事。凡号令、刑名、选法、钱粮、造作一切中书政务，悉听总裁。诸王公主驸马近侍人员，大小诸生路门官员人等，敢有隔越奏闻，以违制论，特诏！

釉里红玉壶春瓶

听听！这若按现代的话来说，就等于是把“党、政、军、财、文、公安、司法”等大权统统交给燕帖木儿了。除了给自己留下一顶“皇帝”帽子，确实可称之为“完全、彻底、毫不利己、专门利人”了。故史载：“自是燕帖木儿权势日隆，凡所欲为，无不如意，因此宫廷内外，只知有太平王，不知有元文宗！”

正因如此，芭芭罕皇后多舛的命运又突显在议事日程上了。而作为“一代弱主”元文宗也并非是个毫无头脑的君王，只不过行事稍显“阴柔”罢了。他明知燕帖木儿早已

龙泉窑青瓷尊

"功高震主"，但他仍不忘在私下里紧盯住了他的"软肋"，即好色。从元文宗初次登上帝位时，便在这方面尽量"投其所好"以鼓励其为自己"再造江山"。比如说，就曾钦赐其四位美貌的宗室之女（也有史载为四公主）以奖赏其战功，以后更是每逢他取胜就必赏妙龄少女以资激励。最终致使阔大豪华的太平王府不够用了，文宗又钦命为他"藏娇"建起了数座绝不亚于宫殿的王府。史载他如"色中的饿狼"，似乎有点儿病态的性亢奋。有史详载，燕帖木儿穷奢极欲，每宴动辄宰马十数匹。而逢宴必召众妃妾环绕，酒酣则挑选一女"当众裸交"。毫不避讳，只求刺激。而夜间尚需数美女共寝任其纵欲，不然难得安眠。元文宗对他这种"不爱江山爱美人"的生活方式"颇为欣赏"，不但遍寻美女"满足供应"，而且尚趁机对另一宠臣博彦（即去江南迎进他者）加紧了培养。当然，他对燕帖木儿强占泰定后之事也早有所闻，但却仍颇为潇洒地"故作不知"。虽然说芭芭罕算起来当属他的婶母，应当将此事视为皇家的"奇耻大辱"，而他却采用了"能忍者自安"的态度，宁可把自己的婶母也先化作一把"色是刮骨的钢刀"。

有人煽风，有人谄媚，自然燕帖木儿欲火中焚再也坐不住了。

恰在此时他那年老色衰的原配王妃死了，正需要一位恰当的人选"加以弥补"。而其子唐其势早已身为朝中重臣，显然选个年少美貌的难以服众。挑来选去最终还是只相中了芭芭罕，不但"美颜永驻"而且其分量也足以再使王府增辉。要知道！她不仅是弘吉拉名门之后，而且还曾先后身为王妃、皇后、皇太后、当今皇上的婶母！自己如果将她纳为王妃，不但可考验当今这位皇上是真顺服还是假顺服，而且也可以借此提高自己的声威更进而撼动皇室根基！看来，燕帖木儿似乎要比当年的曹孟德胆子更大也更阴险，随之便带领侍从浩浩荡荡地赶往东安州。

一个无辜的女人从此便永落骂名了。随之，在蔡东藩先生的《元史演义》里，便又有了一番"颇为煽情"而又"春意荡漾"的描述，最终把芭芭罕定格于"荡妇淫娃"的历史位置上。谁曾考虑过她的孤苦伶仃？谁曾考虑过她的被贬流放？谁曾考虑过她的凄苦无助？谁曾考虑过她面对的是一个就连皇帝也畏惧三分的权臣奸相？如果摘掉了她头上曾有过的种种“桂冠”，充其量她也只不过是一个丧夫失子任人摆布的可怜小妇人。

那两个同时被放逐的小贵妃，似比她还要无辜……

随之，芭芭罕与两个小皇妃必罕与速哥答里，似也只能听天由命地被抬进了大都。繁华的京师闹市里一时间风传着一大消息：“皇后即将下嫁太平王了！皇后即将下嫁太平王了！”而宗亲贵胄与文武百官大都不理睬其中“弦外之音”，竟纷纷献上奇珍异宝作为彩礼“以资祝贺”。至于说到元文宗，更可谓“镇定自若，处变不惊”，也派重臣携国宝前去太平王府凑这份“热闹”。燕帖木儿对博彦从此放松了警惕而成为“挚友”，竟把枢密院的重差转托于他……是夜，太平王府的喜庆气氛逐步达到了高潮，而芭芭罕也正式由皇太后、皇后、王妃彻底转化为一代枭雄的“压寨夫人”。又是一段蔡东藩先生“春意盎然”的描述，似已从此把她钉死在耻辱柱上了。

任芭芭罕在咒骂声中渐渐淡出历史舞台……

其实，这只是一个不幸女人的另一场不幸的开始。有史可考，燕帖木儿并未因为娶了个皇后而满足，他依然是个喜新厌旧的亢奋型性变态狂。《元史》中就曾讲过他这样一个故事：有一次燕帖木儿又“猎获”了一位绝色少女，最后才在众人的哄笑声中发现此女原来早就是自己的小妾。“依权仗势，阅女无数，奸过即弃，莫辨妻妾”，这好像不仅仅是对这位一代枭雄的写照，而似乎也从另一个角度道出了芭芭罕更可悲的下场。

那个从小就深深眷恋着的梦幻彻底被击碎了，从此她就在亭台楼阁间化成了一只迷途的“鹿”，迷惘地徘徊着。

或许还有更大的苦难在等待着她，但有关她的故事似也只能到此暂告一个段落了。因为，尚有好多只“鹿”已经跃上了大元王朝的历史舞台。

似只能先透露一些芭芭罕最终的情况：其一，她死之后大元王朝对她并未有过封谥，更未让她“升祔泰定庙”。她的地位甚至还不如元明宗偷偷带进宫去的妓女迈来迪。其二，她肯定是死在更大的磨难之中，但死于何时何地却不见于史，好像大元王朝已彻底将她从皇族中除名了。

一头平庸、善良、从未干政、只幻想着绿茵的“鹿”！

一位任人丑化且又饱受屈辱的大皇后！

让后人为她虔诚地祈祷吧……

蒙古汗王夜宴图

昙花一现刚烈正直的八不莎皇后

八不莎（原译八不沙），元成宗铁穆耳之甥寿宁公主的女儿，自幼即生长于驸马之家，当然从小就备受娇宠。史载其“美艳多姿，天性好强”。元武宗时，即于其长子和世瑓订下这门娃娃亲，元仁宗时成婚。虽不属弘吉拉氏，似更属近亲婚姻。按盟约本就随着丈夫即帝位而成为皇后，但谁料却因答吉皇太后的擅权乱政，其夫被放逐于或天南或地北。而她始终追随丈夫颠沛流离，无怨无悔。泰定帝死后，由于种种历史原因和世瑓继承了皇位，史称元明宗。却不料仅仅即位半年便“暴崩”于赴大都途中。随之便是更大的厄运降临在她的头上，很快她便也不明不白地暴死于深宫大内。

没有追谥，没有升祔，就连她那留下的五岁小皇子后来也像个谜一般死去了。

史载，不会屈尊就范，不会阿谀奉承，乃她的死因。

一只性格刚烈的“鹿”……

公主的女儿也愁嫁

按元代的帝王序列来说，泰定帝死后当轮到元明宗。故而在讲述过泰定后芭芭罕屈辱的一生之后，理所当然的是应该补述一下元明宗之皇后八不莎的故事了。虽然说也要比泰定后芭芭罕死得更悲惨、更刚烈，也更早得多，但如不加以补述似乎元代的后妃史上就缺失了重要的一环。

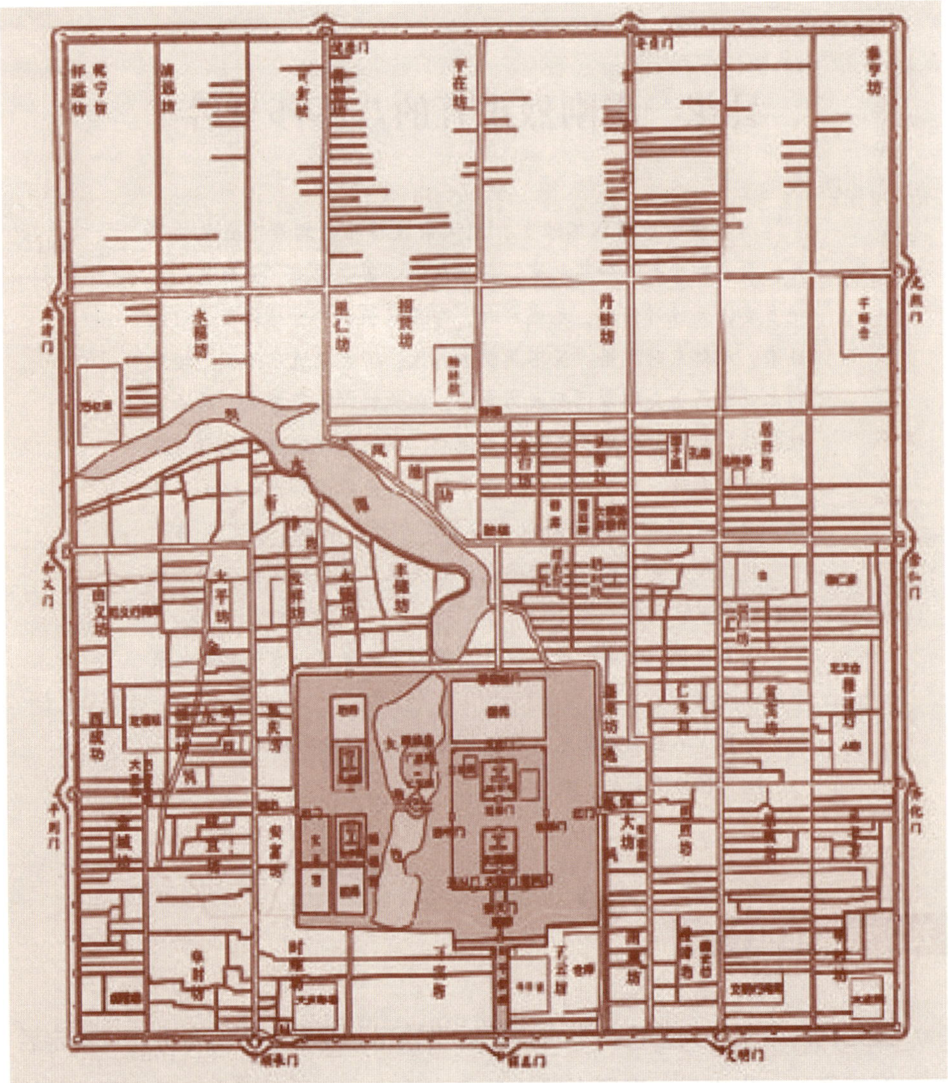

元大都平面示意图

一位自尊心极强，个性也颇为刚烈的大皇后。

她出身高贵，系皇室近亲。《元史·后妃传》中载她是“成宗甥寿宁公主之女也”。而元成宗铁穆耳乃一位“守成”的雄主，当然她也相随在宗亲中的地位相当高了。自幼备受娇宠，且又颇知自爱，故而自尊心极强也就不足为怪了。再加上她又天生丽质，曾受业儒师，似乎从小就是按大皇后的资质加以培养的。

元武宗在世时和世㻋尚小，这段婚姻很可能是在元仁宗时完成的……

但这并不矛盾，这正为她日后成为皇后做了铺垫。因为在元武宗驾崩前早有了“兄终弟及、叔侄相承”之约定，而作为元武宗嫡长子的和世㻋已成为未来皇位的当然继承人。再加之他的叔皇元仁宗天性仁厚，也一贯将他当太子培养。而少年时期的和世㻋似也具备了一代英主的种种潜质。不但长得高大英武，而且在文韬武略等诸多方面已初展才华。难怪时人已有所议及，称在他身上似最具有其先祖忽必烈大帝的某些遗风。更何况！他襟怀坦荡，为人赤诚，行事颇为磊落，故他很快便成了诸多蒙古贵族少女追逐的对象。

但八不莎却为这门令人艳羡的婚事犹疑过。这倒不是因为早在六七百年前就懂得了什么近亲婚姻的危害性，而是风闻这位阳光小王不但在大都逛过妓院，而且还带回个美艳的窑姐儿至今仍养在藩邸。有人甚至还说，这位青楼妓女已经怀上了他的“王种”，或者是尚带来个初出生的“拖油瓶”云云。但这并不说明八不莎妒意大发或反对一夫多妻制，她早就知道，即使将来成了皇后深宫尚蓄有“佳丽三千”呢。只不过因为多受了一点汉地儒文化的熏陶，总觉到哪儿挑几个名门闺秀当小妾不好，为什么挺高贵的一位小王偏偏要去逛那种下流地方呢？据史载，当时的元大都确是世界上最大也最繁华的都城，不仅有来自于全国各地以至于欧亚各国的“富商云集”，而且尚有驻守于京都数万未带家眷的禁卫军铁骑。为解决性饥渴问题，青楼妓院便畸形地繁荣起来，有欧式的、汉式的、中亚式的、蒙古式的种种，多到元廷竟不能不为此“专门立法”。而八不莎虽以公主女儿的身份也早就见过和世㻋这位阳光小王，并对他高大英武的形象也心仪已久，但每想到一过门就要和一位妓女“搭伴儿”共守一个丈夫，就难免有点犹疑起来。

而这位妓女确实详见于史，她的名字叫：迈来迪。

这里必须先放下八不莎而对这位青楼妓女插叙一笔了，因为在多少年后她也曾被追谥为“皇后”，其“政治待遇”甚至要比泰定后芭芭罕与明宗后八不莎还要高。而更重要的还在于，它牵扯出一段类似清乾隆生父是汉人之类的荒唐传说。有关此女的情况如下：迈来迪，蒙古族，身世不详。《元史·后妃传》仅写到“生顺帝而崩”，其他除谥号外均极其隐讳再多无一字。但从其他帝后的相关史料中可以看出，她作为一名青楼妓女还是确凿无疑的。至于在元代她作为“国族”为何还卖身青楼？有一种说法称是因为她长得过于“美艳绝伦”了，老宗王一死作为专宠丫鬟的她即被老王妃咬牙切齿地卖进了妓院。而另一个版本是坊间流传的说法：南宋恭帝赵㬎四岁亡国带到大都请降后，元世祖忽必烈即将他封为瀛国公留在燕京。待遇相当优厚，转眼便在锦衣玉食中进入青年时期。闲极无聊，就难免在大都寻花问柳。一方面可向元廷表明自己绝对胸无大志，另一方面也可借以浇愁追求刺激。寻寻觅觅终于结识了“姿容韶丽”的迈来迪，并两情相悦地在她腹中播下了一颗赵氏的“龙种”。后赵㬎被权臣遣往西藏朝佛不知所终，而她却恰好又遇到了阳光小王和世㻋偶露“风流倜傥”。迈来迪这才算彻底摆脱了困境，最终被收留回藩邸成了和世㻋的贴身侍妾。只可悲刚进门不久即产下一男婴，竟顿时引得王府上下议论纷纷。多亏了阳光小王颇具先祖遗风尚能爱屋及乌，竟将此儿视为“己出”。而这个婴儿即后来的元顺帝妥欢帖睦尔，在元朝晚期糊里糊涂地称帝达三十六年之久。这个传说显然是南宋一些遗老遗少和无聊文人们的一种情绪宣泄，意在说明赵氏的江山最后还是由赵氏的“龙种”来坐定。但这个婴儿到底是谁的孩子确实是个“谜”，《元史》中就有这样的详载：元文宗时因此儿乳母的“揭发”，就曾下旨修改用蒙古文写成的元朝历代帝王的秘史《脱卜赤颜》（也称《国史》），并命制定诏书“播告中外”，并将其贬出皇宫放逐于高丽大青岛。由此可见，这个传说也并非完全是“空穴来风”。

在皇室潜规则的面前，公主之女八不莎的这种略带自尊心的犹疑是毫无作用的。最终她还是乖乖地嫁给了阳光小王和世瑓，一进藩邸便取得了王妃的地位。而更为重要的却还在于，一经投入和世瑓的怀抱她竟为自己曾有过的犹疑感到后怕了，并且从此在他的面前再没有了什么骄纵和自尊，似乎只剩下难割难舍的爱。难怪有人称，一位雄才大略的帝王往往也是一位调弄女人的高手。果然不久之后，在他那特有的男性魅力感染下，昔日的青楼妓女和当今的公主女儿竟“相处甚谐”（有史可考，迈来迪并非“生顺帝而崩”，后来还和那个孩子一起被放逐过）。更何况！和世瑓自从有了这样一位娇美的王妃后竟也从此与“风流”绝缘，似乎更多潜心于习文练武以为日后做准备。

他们那时太年轻了，甚至只能算作少年夫妻。他们对宫廷的秽闻、老祖母的擅权、父辈们的无奈等，均不甚了了。而他们能如此阳光地尽显“郎才女貌”，那更是因为背后有着一位忠厚仁义信守诺言的叔皇元仁宗在暗中庇护着。但有一天这位忧郁的帝王突然驾崩了，随之他们的帝后梦也就彻底被击碎了。

眼前突然展现的是皇宫大内的深不可测……

从颠沛流离到突然成为皇后

显然他们是把那份盟约太当真了！而随着英武的父皇元武宗刚过而立之年便“驾崩”了，仁儒的叔皇元仁宗刚满三十岁也撒手西去了，骤然间那一纸盟约“兄终弟及、叔侄相承”也似乎变得“一文不值”了。

须知，操控皇室的只剩下了那依旧为“迷情所困”的皇祖母。就连八不莎也渐渐看出，儒者们所倡导的“以孝治天下”用在这位皇太后的身上有多么荒唐。就是她利用了这个“孝”字，使两个儿子无法放开手脚施展文韬武略和

“以仁治国”；还是她利用了这个“孝”字，重用情夫、罗织党羽、弄权成瘾、干政误国，使儿孙们“有苦难言”，她却即将“历临三朝”依然对弄权“乐此不疲”……八不莎似乎已渐渐预感到了，和世球虽然是太皇太后的亲孙子，但因为过于杰出和优秀不易操控很可能就要被她抛弃了。权力大于亲情，更何况她为了自己的情夫——权倾朝野的奸相铁木迭儿是可以牺牲一切的。八不莎没有想错，果然那张“兄终弟及、叔侄相承”的盟约还是很快就被这位太皇太后亲手撕毁了。

这就是前面已经说过的答吉皇太后擅权乱政的故事。

事实也确如此，自从仁儒诚信的元仁宗去世之后，阳光小王和世球的皇储地位实际上已经被罢黜了。随着答吉另立了一位十二岁的皇孙为傀儡，八不莎的地位也随之一落千丈了。起先似还给早逝的父皇元武宗留点面子，尚给和世球封了个“周王”，并正式册立八不莎为“周王妃”。但随后就对这位皇长孙毫不留情面了，很快便以“镇边守疆”为名将其一家子放逐于遥远的云南戍边。而对他唯一的同父异母的弟弟图帖睦尔就更为残酷，借口非嫡出（即非皇后生）干脆连个封号也不给便放逐于海南之琼岛。

从此，阳光小王就再不阳光了。也有史载，经寿宁公主替女儿向答吉求情，八不莎本来是可以作为人质留在京都藩邸的。但她拒绝了，坚持要伴随丈夫去“经磨历劫”。难怪至今似有人这样说：蒙古女儿最多情！从此，一位此时本该身为皇后的小王妃，就随丈夫走上了一条颠沛流离、漫漫无绝期的放逐路。但和世球毕竟是一位皇室的宗王，且又才华横溢，故这又引起那位擅权乱政皇祖母的高度警惕。总是不等他在一个地方站稳脚跟干成一件大事，便又立即下诏将他调往他处并声称“另有重用”。似乎就是要在炎热无比之瘴疠之地消磨掉他身上那点锐气，果然不久刚过二十岁的和世球就显得有点老气横秋了。酒越喝越多，但就是从不向老祖母提那个“孝”字。有的家臣提议可改为“效忠”，和世球竟为此“绝笔”。

终于传来了元英宗登基后种种“大有作为”的消息：斩断皇祖母的左膀

右臂，困毙奸相铁木迭儿，幽禁太皇太后至死……和世瑓竟掷杯欢呼曰：“吾弟尚属少年也，竟有如此惊天动地的魄力！此乃天意安排，比吾称帝强！”最后一句，连说数遍。而闻元英宗被弑，却泣不成声曰：“此乃天灭我大元也！天灭我大元也！”直到听说泰定帝诛灭群凶，情绪方有所好转。也有家臣提示他：“晋王一支，立有盟约：‘甘愿为臣，永作藩镇’，岂能毁约称帝乎？”他竟然回答：“毁约者自皇祖母起始，何怨人家？况且是人家代吾家诛灭弑君诸凶，尽除铁木迭儿余党。为大元计，其为君又有何不可？”而泰定帝闻之十分感动，遂命和世瑓北上镇守漠北草原兼管圣祖四大“斡耳朵”并统领鞑靼军马。同时尚将他的庶弟图帖睦尔赦回，封怀王，驻跸于江南富庶之地江陵（也有史载，此乃元英宗所示或和世瑓自己趁乱主动北逃草原），但不管怎样，从这种种别具关爱的安排之中，似也反映了泰定帝这位来自草原的君王“天性善良，颇念亲情”之一面。而对于八不莎来说，也总算结束了在炎热的瘴疠之地那种颠沛流离的生活。茫茫的大草原上屹立着王府的毡帐藩邸，竟使八不莎在这安详宁静的绿色氛围里怀上了孕。也就是在和世瑓满二十六岁那年，他们终于有了一个自己嫡正的小王子。纯而又纯，他们为他起了一个吉祥的名称：懿璘质班（也译为：额林沁巴勒）。

一妻一妾，两个孩子，竟使得雄才大略的和世瑓渐渐安于现状了。但树欲静而风不止，就在他满足地沉浸于这片绿色的梦幻之中时，1238年泰定帝为避天灾祈福竟驾崩于元上都。在位五年，论年龄也只不过虚三十六岁。随之又传来了一个更惊人的消息，父皇元武宗昔日的“怯薛台”燕帖木儿高扬“恢复正统”的旗号，竟迎立自己的庶弟图帖睦尔“权慑帝位”正在与元上都新立的四岁小皇帝抗衡。“权慑帝位”？那就是说庶弟仍尊重自己的嫡正权威，仍尊重自己的皇室地位。权慑，即暂且代为主持也！这等于在远隔千山万水向自己发出了明确的讯号：皇帝的宝座正“虚位以待”……这一切令人眼花缭乱的惊人巨变，顿时又把他那颗久已沉寂的心给激活了。就连八不莎也从旁鼓励他说：“泰定帝虽天性善良，治国却是个典型的庸才。而君却雄才大略，久蓄治国的凌云壮志。为列祖列宗大业计，圣祖子孙应‘当仁不让’！”唯有总是自称“贱妾”的迈来迪面露惶恐，从此竟变得心神不宁起来。本能的预感，却又从不敢多嘴。

大局初安后，燕帖木儿果然亲奉御玺来迎“驾”了。八不莎见之极为高兴，竟以此人曾做过元武宗侍卫长，故其的所作所为可称之为“一代大忠”。但她并不了解什么叫“大奸似忠”？更不了解燕帖木儿此行的真正用意何在？其实，这位老谋深算的权奸此行的主要目的，乃在于实地考察这位未来的新主自己能否有能力操控。果然，与“权慑帝位”其弟之性格截然相反，傲骨铮铮似昔日自己老主子武宗皇帝的翻版。虽待自己还算给足了面子，但总给人一种老主子给家奴“赏脸”的感觉。而令人可畏的还在于，一接过御玺他便以帝王之风完全按他的意志行事。彻底打乱了自己的安排，偏要就在这远离大都的茫茫草原上举行“即位大典”。因而他成为大元王朝的第十一位皇帝，史称：元明宗！并册立自己同甘共苦的正妃八不莎为皇后（册立诏书待进京后颁发）。而在礼毕后的返京途中更是走走停停，时而下令沿途百官不得铺张迎送，时而下令停舆亲往旱区救赈灾民。把自己指挥得团团乱转，但自己却如见了老主子一般似本能地就只剩下了敬畏和顺从……燕帖木儿心里明白得很，如果自己迎回这样一位皇上，别说是自己当曹操了，只要自己不沦落为随时可能被杀的韩信就算万幸了。好在他又按“兄终弟及”立了其庶弟为皇储，好在他还论功封赏任命了自己为中书右丞相，好在他已远离了他那鞑靼兵团未带一兵一卒……随之，一个罪恶的阴谋计划便在这位“一代奸雄”的心目中形成了。

此时，八不莎虽被立为后，尚只看到燕帖木儿的“忠”。随后所发生的一切前面已经讲述过了：离甘进陕，被册立为皇储的庶弟图帖睦尔也不远千里亲自来迎了。毕竟是手足兄弟，历经磨难终于相会自然百感交集。元明宗（得赶紧用一用这个帝号了，不久即将昙花一现）特在一处名为旺忽察都的草原上大摆金帐御宴，把酒言欢，有道不完的别离之情。皇储见皇嫂竟行君臣叩拜大礼，这更给八不莎皇后对这位皇储留下了温文尔雅的感觉。为这次难得的相聚，元明宗的金帐御宴一直大摆了三天。在此期间，燕帖木儿是如何说服这位皇储的史无详载，但的确反映了他曾有过犹疑、动摇，甚至不忍。然而又有几个人能抗拒顶上那皇冠的诱惑力呢?

是八不莎亲眼发现元明宗“暴崩”的。据史载，第四天上午早已过了“日上三竿”之后，却反常地仍久久不见元明宗起身，皇储、丞相、众大臣似也只好坐在一旁的大帐里静静等候。八不莎本以为是皇上连日饮宴太劳累了，也愿他干脆畅畅快快地睡上一上午，但碍于皇储与诸大臣守候太久了，似也只好进得寝帐将这位方登基半年的大皇帝唤醒。但谁料刚进去片刻，守候的皇储、丞相、众大臣便听得大皇后一声声惊天动地的哀号，随之便有内侍出来宣称：皇帝已于昨夜驾崩了……至于有的史书载，元明宗死时“七窍流血，四肢青黑”似有些不实。一方面燕帖木儿等元凶头脑尚不会这么简单而“授人以柄”，另一方面如“证据确凿”以八不莎的性格和大皇后的地位也不会不加追究的。

至今元明宗“暴崩”的内幕仍是个被尘封的历史之谜。

总之，这位大元王朝的第十一位皇帝，登基刚刚六个月就这样不明不白地死了，时年尚不满三十一岁。或许他可为江河日下的大元王朝力挽狂澜，但他却被害了。只留下八不莎承受着未来的恶浪袭击。

同类相残与刚烈地走向末日

元明宗是不明不白地“暴崩”了，但他即位时的一些人事安排却反而被充分利用了。比如说，立庶弟图帖睦尔为皇储，封燕帖木儿为中书右丞相等。元明宗尚尸骨未寒，他们却“迫不及待、雷厉风行”地一一完成了。1329年8月15日，图帖睦尔便在元上都再即帝位，史书仍称其为：元文宗！不久便改年号为：至顺！而燕帖木儿就更不用说了，至此也成了大元王朝历史上最有权势的中书右丞相。权倾朝野，尚兼有太师、太平王等诸多“位极人臣”的封号。

八不莎是从这一系列的巨变中渐渐看清二人真实面目的。但元文宗却仍要阴柔地突现他的“仁厚”，坚持要将皇嫂及皇侄接进宫来“共享亲情”，甚至对迈来迪也不例外，竟将她那“来路不明”的孩子也视如“犹子”对待。除大量的提供财物以满足他们“超度先皇、大办法事”之需，尚且大量的提供财富以保证他们能过上“后妃级”的生活。除此之外，还将元明宗年方五岁的嫡子封为“鄜王”，另一个庶子虽依制未封却也享有“皇子”待遇……如果仅仅把上述的一切看作是元文宗的“假仁假义”似也有点过分，事实上这位“阿斗”式的仁弱皇帝内心也很痛苦似想以此来“赎罪”。

但谁曾想到他还有个悍妇式的皇后卜答失里。

卜答失里，若论门庭似乎要比八不莎更为显赫，为此自幼便养成了“任性放纵、为所欲为”等种种毛病。很可能从小就不屑于“知书识礼”，故成年后并没有什么“政治头脑”。唯一可称道之处便是，她也曾不离不弃地追随元文宗度过了那段绝望的流放岁月。只不该！这竟成了她胁迫丈夫“唯命是从”的

白马宴（布林特古斯提供）

资本，故而就连仁弱的元文宗也惧她三分。尤其在被正式册立为皇后统领深宫大内之后，她就更变得“心胸窄小”绝不允许他人染指自己这份独享尊荣的领地了。多亏了元文宗苦口婆心地开导甚至近于苦苦地哀求才算勉强同意了，但皇宫之内“唯我独尊”的条件却是不可更改的。

好在元代的皇宫是如此豪华巨大，各居一处宫寝甚至长年难见一面。但架不住卜答失里心中总有个“她”！她既嫉妒八不莎的“天生丽质”，又唯恐元文宗按古俗而“兄亡可纳兄嫂”而为之，更怕八不莎以先皇后的身份抢了自己当今大皇后的风头，故而此后经常派出太监监视八不莎的一举一动。其中有一位名叫白柱（原译为拜住，为区别于贤相拜住，特用此音译），乃卜答失里最亲信的贴身太监，为讨好主子竟不惜搬弄是非，致使前后两位皇后的关系日渐紧张起来。如果说，八不莎能真正了解自己现实的处境，并进而能主动卑躬屈膝去觐见这位当今大皇后，多给宦官内侍们一些赏赐，多给太监们一些银两。一句话，多一点奴颜媚骨，她很可能就可以逃过这一“劫”。但由于八不莎的天性刚烈，自尊心又极强，再加上她对元明宗的突然“暴崩”也初步了解了内因，那她当然就更不肯低下高傲的头颅再去做这些低三下四的事情。故而，小太监的众多谣言就传进了卜答失里的耳朵，而卜答失里又添油加醋地从枕上传进了元文宗的耳朵。最终竟化成了一句话：八不莎在天天咒骂皇上是毒杀元明宗的元凶！刹那间，八不莎就像化成了隐没深宫的“定时炸弹”。

而元文宗虽史载“性阴柔”，但毕竟心存愧疚仍保持着几分“仁儒”，似也只好婉转地对卜答失里解释道：“如此之大事，焉能仅凭几句传言就当真了呢？”谁料卜答失里从此开始，就与亲信太监白柱密谋起如何制造“证据”。这一天，八不莎携子于宫中散心，“恰好”便遇见白柱与几个小太监挡道调笑。见她路过不但不尽人臣之礼跪地请安，反而更嬉皮笑脸地挡着道儿喧闹个没完。八不莎终于忍无可忍了，便怒指白柱呵斥道：“狗仗人势，无法无天！先帝虽已暴崩，但我却仍是大皇后！回去告诉尔等的主子：苍天有眼，善恶有报，不是不报，时候未到，让他们等着去吧！”话中有话，怒不择言，骂毕竟率子头也不回地返回了寝宫。只不该她忘了这里除了白柱这几个“狗眼看人低”的太监外，暗中尚有卜答失里布置下的大内执笔文侍。

是夜，所有“罪证”便呈现在了元文宗的眼前。在他的脚下匍匐着几个“面带伤痕”啜泣着的小太监，还有那文侍高举起的笔录呈文。元文宗越看越胆战心惊，却依旧“仁儒”地对卜答失里说：“大皇后是统领后宫的，此事就交由你酌情处理吧！亲情为重，千万不要伤了皇嫂的自尊……”就为了落实这道圣谕，卜答失里可煞费了苦心。最终她火速地将白柱提升为太监总管，并以此换来他一条“使皇上绝不为难”之锦囊妙计，即卜答失里以皇后的身份暗下一道密旨，以“为子谋逆”之罪名将八不莎皇后“赐死”。而对朝野则宣称其乃因追思先帝而“崩”，这样不就既念“亲情为重”而又保住了“皇嫂的自尊”吗?

暗夜的皇宫大内突显着一片阴森森的气氛。而这一晚的八不莎绝不会想到末日即将临头，正安顿独子懿璘质斑睡着准备自己就寝。但就在此时，寝宫的宫门却被蓦地推开了。在幽幽的烛光下，突然闪现了几个幽灵般的人物。为首的便是白柱，带领的便是前日挡道的那几个小太监。他们个个面面狰狞，其中之一还托举着一个上置玉杯的金盘。犹如一个大鬼带领数个小鬼，八不莎一看便知这是前来“索命”了。果然他们很快便把在她身旁的宫女内侍全都赶了出去，紧闭寝宫后便下令八不莎跪下听当今大皇后“诏谕”。而八不莎天性刚烈，又岂肯向这位当今凶悍的毒后屈膝。她似早知那玉杯里盛着什么，随之便一把夺过厉声曰：“既杀我先皇，今又要杀我！苍天有眼，我必化作厉鬼前来一一索命！”说毕，竟端起那杯鸩酒高傲地一饮而尽。只是在倒下之前流下两行泪，向着熟睡的独子凄苦地喊道：“我儿！我儿！你为何偏偏生在帝王家……”言末了，便已七窍流血扑倒在寝宫暴毙了，时年尚不到三十岁。

但由于“保密工作”做得干净彻底，外界似乎只知道八不莎皇后是“悲思先帝忧郁成疾”而突然“驾崩”的。故曾使众多儒者大臣也感动不已，竟纷纷上书要求以“贞节”之名为她树碑立传。

元文宗悲戚地频频颔首，但始终拖着未办。就这样，内幕始终被遮掩着，直到八不莎皇后渐渐被人们彻底遗忘。皇家的事儿很难说清楚，八不莎最终甚至竟没有任何的“追谥”和“升祔”。

只留下她那孤儿懿璘质斑还要“经磨历劫”。

一只死难瞑目个性刚烈的“鹿”……

宫廷宴会

心胸狭窄害人祸己的卜答失里皇后

卜答失里皇后，出身似更为高贵显赫。不但系弘吉拉氏族生人，而且其父为驸马鲁王雕阿不剌，母为鲁国公主桑哥剌吉。史载其“自幼娇宠，自负任性，然终生不知文也”！武宗朝即与其次子图帖睦尔定亲，成婚似在仁宗朝末期。后因太皇太后答吉撕毁盟约，曾不离不弃地随夫被放逐于海南。泰定帝时下诏，封图帖睦尔为怀王，又随夫被赦回迁居江陵等地。泰定帝驾崩后，“一代权奸”燕帖木儿便以“重归正统”为名迎怀王“权慑帝位”，但在其时卜答失里已被正式册立为后。虽后来也曾迎归元明宗为帝，但尚未返回大都便中途“暴崩”，从此怀王名正言顺地成为元文宗，卜答失里也“水涨船高”地成了大皇后。据《元史·后妃传》所载，不久便发生了“后与宦者白柱谋杀明宗后八不莎”的恶性事件（引号内为原文照录）。

一只心胸狭窄、害人祸己的“鹿”……

深宫大内　鬼影幢幢

请一定要细读一下此章开篇时有关卜答失里皇后的简介，因为此后将不再赘述，而只讲她谋害八不莎之后的诸多经历了。

是除去了一块心病，却招来了无休止的噩梦缠身。自古以来，历朝历代的皇宫大内里本来就充斥着许多精灵鬼怪的传说，甚至老太监还能向你一一指出：哪间宫室出没过狐仙，哪间大殿里闪现过冤魂。也难怪！如此巍峨巨大的宫殿群落里就住着皇帝一家子，每当夜晚就更显得冷冷清清、阴阴森森的，就连宫娥侍从不结伴也不敢轻易外出。况且，自八不莎皇后被鸩死之后，深宫大内便一连地刮起了怪风。如咽如泣，专在卜答失里的寝宫外徘徊，还有的宫女似听到了一股幽幽的声音似在呼叫：还命来……还命来……

但一切均严禁外传，当然外头也无从得知了。

应当指出，这一切只不过是一种心理作用，当然也不排除忠于元明宗的原草原王府同来的帝师有意在暗中“作祟”。总之，卜答失里就连夜寝也需几个太监轮值陪侍，而这一夜却又偏偏让总管太监白柱碰上“鬼”了。只见得卜答失里突然从梦魇中坐起，竟直勾勾地睁大着一双惊恐的眼睛好像是对谁喊：“不，不是我！是，是白柱……”而太监白柱也下意识地跟着惊叫了：“不，不是我，是他（指那个端鸩酒杯的小太监）！”据说，第二天这个小太监便被吓死了，而白柱从此也时有爆发神经错乱的症状。后来还多亏了元文宗施舍无数财宝大办驱凶消灾法会，并将八不莎原住寝宫彻底拆除改建为一座座高耸的镇邪塔，至此大都皇宫才总算又重归于祥和宁静。日子久了，卜答失里皇后也渐渐恢复了她往日的自尊、自信、自以为是。

既然金银可为她驱凶辟邪，那再继续干下去又何乐而不为呢?

卜答失里下一个目标，显然是针对八不莎留下的五岁孤儿懿璘质班的。因为燕帖木儿是打着“重归正统”将元文宗扶上台的，如果按“叔侄相承”的盟约未来的皇位当属于这个孩子的。而此时卜答失里已为元文宗先后生下了八岁和两岁的两个儿子，怎么又舍得将皇冠再传到他人的头上呢？如果这个皇侄登上皇位再想到了替母亲复仇，那自己和两个儿子均性命难保啊！故而她“好了伤疤忘了疼”又当即准备将毒手伸向那刚刚死去母亲的五岁孤儿。这回她更和元文宗连商量也不商量了，竟私下和自己的亲信太监白柱密谋起来。却谁料白柱那心头的冤魂鬼影却久久难去，故一听这个他那突发性的神经错乱就差点发作了。但一见大皇后尚如此“镇定”和“从容”，那被阉割后“献媚取宠”的本能还是顿时又被充分激发出来了。但终归“色厉内荏”，生怕厉鬼再次缠身，故又想着法子尽量往后拖延。随之便拐弯抹角地提示道——

嫡子可除，但尚有庶子可“叔侄相承”呢？

卜答失里似突然被提醒了：那个青楼妓女出身的迈来迪尚在宫内，那个来路不明的“皇子”也在宫内。他们又都是八不莎“化为厉鬼”的见证人，只要他们向外吐露一点真相那后果将不堪设想。况且自己的丈夫元文宗也是以“庶子”身份登上帝位的，看来还是先应处理掉这对母子了。总不能在皇宫内接连地死人吧？为此他们竟改变策略采用了“光明正大”的手法。首先买通了这位“庶皇子”从小的乳母，然后命其夫面奏元文宗“揭示其伪”，竟谎称先帝在位时即欲处置，只因中途拖延至今……元文宗本来就早有所闻、早有所疑，遂才有了修改《脱卜赤颜》及“播告中外”之举。最终把迈来迪与其子妥欢帖睦尔逐出皇宫，“东戍高丽，幽居大青岛中，不准与人往来”！以上均详见于史，明显地可看出帝后间的手法略有不同：元文宗似稍偏于“仁儒”，而卜答

蒙古包的架木和插孔式的套脑

失里却仍力主斩草除根。

这回该轮到年仅四五岁的孤儿懿璘质班了。而此时的太监总管白柱因“又立新功”得赏赐颇多，竟又开始有些飘飘然忘乎所以了。但闻大皇后密诏商议要事，还是不由得心头一阵震颤，眼前似又闪现出厉鬼冤魂。然而，一见到卜答失里他那种奴才本性还是禁不住要向外流露，一冲动便向主子进言道：“一个四五岁的小孩子懂得什么？只要在其糕饵中稍置毒药，便可将其鸩死……”谁曾料语未了，白柱就似当头重重挨了一棒，突然便昏厥栽倒在地。卜答失里见之大惊，忙令侍从扶起急救。更出人意料的还在于，白柱一站起便怒目圆睁、脸形扭曲、张口便怒斥道：“谁敢加害于我儿，我必先索取谁命！”声音是白柱的，但口吻却明显像是八不莎皇后的。还怒骂了许多许多，令白柱在一片令人毛骨悚然的氛围中再次栽倒在地。面目痛苦，咬舌而死。只吓得卜答失里面如死灰，在宫女侍从的簇拥下惊慌失措地就往外跑。此事也详见于史，但其实并不奇怪。白柱是毒死八不莎的执行者，并亲历了她临死前厉声的诅咒和死后恐怖的惨状，这要比“超然物外”的皇后的印象深刻千百倍。前面已说过他以前有突发性神经错乱症状，故而死得倒也颇有“科学依据”。

但深宫大内却因总管太监的暴毙乱得比上次还要厉害。史载“自是六院深宫，常带阴气。宫娥彩女常闻夜有鬼泣，昼见鬼迹。即使白天也需结伴方敢外出，夜晚则更是严闭门窗足不出户”。就连强悍的卜答失里皇后目睹了白柱的“咬舌暴毙”之后，似这才知道金银也难为她买来永远的“驱凶辟邪”，竟也由惊生惧，由惧化为日夜惶恐不安，致使皇宫大内眼看就要变为一座“鬼城”。还多亏了元明宗留下的那位帝师（史载其名为：辇真乞喇思）出面高喧佛号，劝皇后接受“灌顶”皈依佛门一心向善（客气了！应当是“改恶从善”），便可消灾免祸使皇宫大内永呈祥和！元文宗早已心虚，闻兄长所遗帝师之言竟欣然接受，遂带皇后卜答失里、两位亲生皇子，以及那孤苦的小懿璘质班，在皇宫大内专设的佛殿里接受了由帝师亲自主持的藏传佛教神秘的“灌顶”仪式。表面看来，从此皇室子孙均被“佛光普照”了，其实这位帝师很可能是只为了替故主保住一线血脉。

或许是因为心理作用，果然不久便再听不到宫中闹鬼了。史载，元文宗“性阴柔”。外忧“超级权相”的一手遮天，内惧“悍妻为后”的为所欲为。内外夹击，能不让人家“性阴柔”吗？唉！朝堂之上有受不完的窝囊气，回宫之后尚有替老婆擦不完的屁股，让别人扶上宝座的皇上实在不好当啊！好在如今后宫又在诵经声中又重归了平静，但愿悍妻皇后从今后再不要为自己招灾惹鬼了。

但卜答失里能吗？

终毁盟约　太子送命

有元一代，元文宗的“惧内”是很有名的，这在蒙古族帝王中也是极其罕见的。而这似又不能仅归咎于卜答失里的魅力四射，好像更多的还应归咎于元文宗自己少年时那可怕的遭遇。

而卜答失里虽生性强悍，却对爱情是无比忠贞的。完全可以这样说，如果没有卜答失里的不离不弃的相伴相随，被皇祖母流放于海南琼岛的元文宗是很难生存下去的。她虽没有什么政治头脑，但抗击打的能力却绝不亚于任何一个蒙古男儿。再加上有她那地位显赫父母的暗中相助，这才使自幼只顾饱读儒家经典的元文宗得以度过这段苦难的时光。因此，他也养成了对她的百依百顺甚至从不敢说个“不”字的性格。

而卜答失里也非常藐视他从儒家经典中得来的那些大道理。比如说，元文宗将八不莎及皇侄等人迎回皇宫大内就不失为一步“高棋”：既可隐去长兄元明宗“暴崩”真相，又可昭示自己“仁德贤君”之名，甚至可借此暗结长兄之余部以牵制一手遮天的燕帖木儿……而虽经自己一再解释卜答失里也曾一度答应了，却谁料随后她竟“因妒生变”公然又开始了我行我素。不但使原计划彻底泡汤，而且反为皇宫大内招来鬼影幢幢。

但愿她从此“一心向佛”别再添乱。而对于卜答失里来说，权欲的诱惑却似乎永远大于佛法的召唤。在她看来，不再加害五岁的遗孤懿璘质班可算作“一心向善”了，但未来的皇位当归属于自己的亲生皇子那还是应“当仁不让”的。为此，她虽然千百次地诅咒那历临三朝的太皇太后答吉，如今却又要学着她撕毁那张“兄终弟及、叔侄相承”之盟约了。但这回还算给元文宗留面子，除吹枕边风之外，尚私下里买通了大批宗亲贵胄、文武百官上书奏请立皇长子阿特纳塔拉（原译为：阿剌忒纳答剌）为太子。其实元文宗早已封这位九岁的嫡长子为燕王，现在似“被迫无奈”也只好从群臣奏请而将其进而册立为皇太子了。

盟约再一次撕毁，终于又招来了“鬼”。说来也巧！就在元文宗命重臣将册立皇太子之事祭告宗庙后不久，新立的九岁皇太子犹如被厉鬼讨债一般突然暴病缠身。高烧三日三夜不退，浑身出满了红疹犹如抓痕一般。元文宗与皇后卜答失里闻之心痛不已，急忙前来探视，谁料此儿已昏厥数日，闻父母到来竟突然睁大了一双仇视的眼睛，犹如白柱暴毙时一般盯着父母开口就骂：“尔等想立汝子为太子吗？先偿命来！”其实这并不奇怪，历朝历代宫中多突发天花或称痘疹，而那恶毒的呓语很可能是从宫娥侍女窃窃私语中听来的，九岁小儿已一知半解并也早已陷入“鬼影幢幢”之中，故高烧之中发出如此惊人诅咒更不足为奇。而对于元文宗来说，经历了深宫大内的一次次闹“鬼”，这回又目睹了发生在挚爱儿子身上的闹“鬼”，尤其当听到由小儿口中发出这种“冤魂索命”之诅咒，竟不由得顿时惊倒在寝宫的地毯之上。还多亏了比他强悍的皇后卜答失里爱子心切尚能支撑得住，忙扑向了狂乱呓语的儿子连呼御医。

乱了！乱了！似因立太子又为皇宫大内招回了“冤魂厉鬼”。但御医也“回天无术”似也只能推称“似有怪祟”，故元文宗与卜答失里皇后为爱子似又只能转而求神祈佛，竟在宫禁内外筑坛八所，由帝师率众为太子祈福祈寿。法号长鸣声传大都各地，但宫禁中最终还是传出了噩耗：皇太子“驾薨”了！元成宗痛失爱子几近悲痛欲绝，而卜答失里也悲伤至极却还能去质问帝师为何作法不灵？谁料帝师竟答曰："天作孽，犹可生。自作孽，不可活。想必大皇子已有所吐露，但愿大皇后当吝惜小皇子。"卜答失里听后不由得倒吸了一口凉气，慌忙跪于帝师脚下谢罪。据史载，果然大儿子临终之前是莫名其妙地曾口吐狂言，似代被害的明宗夫妇说了许多许多狠话。而现在自己确确实实只留下一个小儿子了，那么可爱又那么弱小，只不过才三四岁。从此，她从一个极端走向了另一个极端，似只顾为了保住小儿子诵经念佛了。

又有阿谀之臣奏请立皇幼子为太子。谁曾想又是如此惊人的蹊跷，当此奏请刚刚一经提出皇幼子古纳塔拉（原译：古纳答剌）便也突然染病在身，其症状与其刚死的哥哥完全一样。或许，这只不过是已受了天花痘疹的传染，但在七百多年前却是令人惊恐的不祥之兆。帝与后哪还顾得上再过问国事，似只顾了围着小小的娇儿惶惶不可终日。多亏了另一亲信重臣博彦提出：既然叫天不应，宫中阴气太重，何不把小皇子暂避他地以求"趋吉辟凶"？而当今天下当数燕相大福大贵，避于他家似可"化凶为吉"……原来博彦已欲取燕帖木儿而代之，故其中也不排除有"借刀杀人"之嫌。只可悲元文宗正在斟酌思考，悍后卜答失里却已怀抱娇儿自作主张传旨急召燕相。虽说燕帖木儿明知其中有"诈"，却反以为无论死活均可一试皇上对自己的信任和忠诚。但说来也怪！或许是因为神鬼怕恶人，或许是因为换了环境，权相也敢命医者放手大胆诊治，故小皇子古纳塔拉自避居太平王府之后，竟日渐好了起来。元文宗激动得似更心甘情愿地去做"傀儡"，而卜答失里却从此最忌惮提到什么"皇位"，什么"太子"了。

总之，皇宫大内的一次次闹"鬼"，似只能说明了皇权的日渐式微。

而卜答失里似只顾了抑着小皇子感到庆幸了，却不知道元文宗在激动过后内心有多么痛苦。小儿子是"失而复得"了，随之那"一代奸雄"燕帖木儿的权势也再无法控制了。他不但逼自己由于说出"吾子即朕子，朕子即吾子"之类僭越皇权之语，甚至还公然强娶自己的皇婶（即泰定后芭芭罕）为妃，气焰嚣张，一手遮天。眼下这更是明目张胆地对圣祖子孙公然地亵渎啊！难怪博彦对自己说：“当今天下只知道有太平王，竟不知有皇上！”但又因自己确系由他一手扶植上台的，似也只有“招架之功”，而无一点“还手之力”。愧对祖宗，唯有自谴。遂在痛失皇长子之后不久，自己也幽愤成疾最终“一病不起”。临终时身旁只留下皇后卜答失里和太傅博彦。元文宗对博彦留言道：“我已御守三年，倘有不讳，当把帝位传与鄌王，朕尚可见先皇于地下……”随后又逼视皇后说：“我意已决，你如敢改动，不但先帝后不依，我也死不瞑目！”前所未有的胆敢对老婆训示，这是元文宗平生第一次也是最后一次。说毕，竟溘然与世长辞了。在位三年，死时尚不满二十九周岁，还算个很年轻的皇帝。直到这时，卜答失里才知道这个男人对她有多么重要。

在悔恨悲戚的号啕声中，她似这才感到如大山崩塌一般眼前只剩下了白茫茫的一片。从此再无依无靠了，路在何方？似只有任人摆布……

从“步步高升”到“直坠炼狱”

应当指出，元文宗面对自己的皇后是很软弱的，甚至面对她搅乱了自己的计划引发一系列宫廷横祸也不敢多加指责。但这并不等于他是个甘当傀儡皇帝的人，甘于在权相掌控中度过屈辱一生的人。须知，毕竟他熟读过儒家经典，也熟知历朝历代帝王的掌故。

甚至可以这样说，他也曾是个“胸怀大志”的人。史载他“性阴柔”，那显然也是被逼出来的。比如说，面对以武力起家的“超级权臣”燕帖木儿，毫无一点政治和军事实力的他似乎也只有采取“以柔克刚”的办法。即使自己暂时挨骂，也要充分利用这位“一代奸雄”那“骄奢淫逸”之种种弱点。给其一切可给的官、名、禄，以使其尽量野心膨胀而首先获罪于天下。再针对其“好色纵欲”而源源不断地广为他“提供美女”，甚至就连把皇姊和两位贵妃搭进去也在所不惜。意在用佳丽“毁其心志”并促使其尽快“荒淫而亡”，以使自己早日摆脱傀儡地位真正掌控皇权。同时元文宗尚在私下里培植自己的亲信，如太傅博彦就是最明显的一例。而所采用的“阴柔之术”也颇见成效，竟然用一个皇姊和两个贵妃为亲信博彦换来了主掌枢密院掌控兵权之要职……一位年轻的蒙古族帝王竟深谙历代帝王权谋之术显得是有点旁门左道，但就连唐太宗不经过权谋也很难成为“一代明君”呀！

史载元文宗经常向群臣提到的总是“重归仁政”。但一切均被自以为是的强悍皇后给搅黄了，只留下终生的遗憾令后人叹息。俱往矣！当又有一位新皇登基了。至顺三年（1332年）八月，燕帖木儿奉元文宗遗诏，立其兄元明宗之子懿璘质班为大元王朝第十三任皇帝，年仅七八岁，史称：元宁宗。诏告天下之后，又借七八岁元宁宗之口，尊文宗遗后卜答失里为皇太后，并敕造玉册玉宝，于兴圣殿接受了小皇帝率百官之朝觐。其实，这完全是由“一代奸雄”燕帖木儿幕后操纵完成的：既彻底解除了卜答失里原有的“后顾之忧”，又可使她从此彻彻底底变成了自己手中的“驯服工具”。而卜答失里第一次作为皇太后下诏所办的事情，就又自作聪明颇为荒唐。即为从小能在元宁宗身旁安插自己的“亲信”，竟专门从弘吉拉亲族中也挑选了一位七八岁的小女孩提前加以“培养”。在她的旨令下很快便完成了“大婚”，就这样七八岁的小皇帝竟有了个七八岁的小皇后。这是有元一代的历史奇闻，但也太滑天下之大稽了。只可悲！似乎只要她一插手就会招“鬼”，小皇帝刚刚即位尚不到两个月便又罹患绝症而“驾崩”了。顿时间，卜答失里眼前便又再现鬼影幢幢……

国不可一日无君！权相燕帖木儿又进宫请立小皇子古纳塔拉为帝。而卜答失里一听这个便紧抱娇儿大惊失色，仿佛是要将小皇子往鬼门关里推。燕帖木儿厉声再问：“那当立谁？”卜答失里急不择言竟应道：“妥欢帖睦尔是先皇明宗之种！是先皇明宗之种……”出尔反尔！否定人家的是她，肯定人家的也是她。好在“超级权相”并不在乎是不是“纯种”，只要有个傀儡可供他“挟天子以令诸侯”就成。既然皇太后已“若有所指”，那就只好“遵命而行”了。其时，妥欢帖睦尔已十三岁，其母迈来迪业已在幽禁中身亡。由于又有人指认他确为明宗皇帝之子，现已由高丽大青岛转移幽居于广西静江（今桂林）。

随之便是高调的宣传造势，但迎归大都后又久久不见动静。原因很简单，当二人一见这个孤皇子之后均忧虑顿生。只见得妥欢帖睦尔虽年仅十三岁，但高大已如成人，并且沉默寡言，使人猜不透他怀有什么心思。其实这完全是由于长期幽禁造成的，他也正在疑惧地观察着二人。但二人越看便越心生不安，唯恐他长大之后会借皇权替父母报仇，而二人又均心里明白谁是真正的凶手。对于卜答失里这位皇太后来说，为了小皇子不再遭灾似乎也只有死心塌地投靠这位“超级权相”了。而对于这位“超级权相”来说，为了永远操控这位新皇似也必须继续利用这位皇太后。二人一拍即合，遂达成以下协议：卜答失里提议将册立燕相之女为皇后以便贴身监控新皇；燕帖木儿提议将册立皇太后为太皇太后以便继续执掌皇权……谁料就在“万事皆备，只欠登基”之时，“一代奸雄”燕帖木儿终因日夜鏖战于美色之中“一病不起”。临终除召其子唐其势、塔拉海以及诸弟密嘱后事外，又专召亲信博彦至榻前一再叮咛一切均应以太皇太后旨意办。

就在有元一代最大的权奸“纵淫而亡”不久之后，元统元年（1333年）妥欢帖睦尔

元文宗图帖睦尔

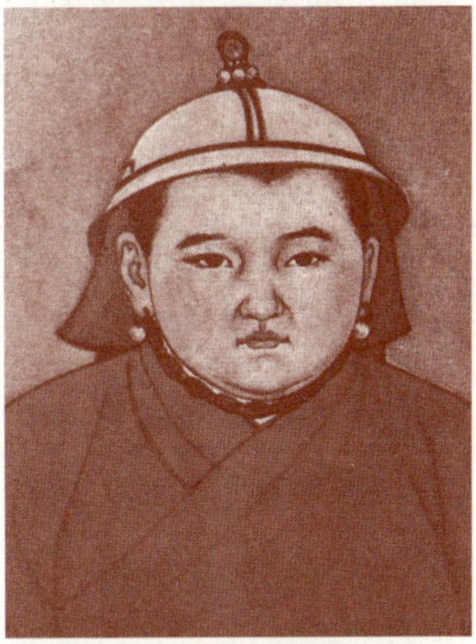

元宁宗懿璘质班

元顺帝妥欢帖睦尔

正式登上皇位，成为大元王朝第十四任君主，史称：元顺帝。虽仍沉默寡言，但倒也听任摆布。果然，尊卜答失里为太皇太后，册立燕相之女为皇后，燕相之子唐其势袭爵太平王，并封博彦为秦王出任中书右丞相……总之，除了追谥自己的生母迈来迪为贞裕徽圣皇后外，一切均听命于太皇太后及权臣们的安排。老实得很，让他往东绝不会往西，足让朝堂之上安稳了好一阵子。

但最独享尊荣的还当数卜答失里太皇太后。

太皇太后？仔细想来是有点颠倒辈分不伦不类，但为能经常受到皇上率群臣的顶礼膜拜也顾不了那么许多了。那种高高在上的感觉真好，但愿这“孙子辈”的新皇能永远为自己“驱鬼辟邪”。只可悲！老天从不随她所愿，元顺帝刚刚即位不久天灾人祸便接踵而来。先是京畿大水、黄河泛滥、两淮亢旱、汴梁血雨、徽州大山崩裂、彰德路雨白毛等，致使百姓中流传有民谚：“天雨线，民起怨；中原地，事必变！”颇主不祥。随后，于元统三年（1335年）又发生了权臣间的血腥内斗。起因乃燕帖木儿之子唐其势早不满丞相博彦的权势已超越了自己的家族，曾愤愤不平曰：“天下本我家之天下，博彦何人？竟敢背主居于我之上！”消息传至博彦耳中，手握兵权早已暗中有所准备却佯装不知。而唐其势也果然中计了，进而又联络不满博彦的诸王和将领，密谋干脆杀进宫去灭掉博彦并另立新帝。结果是可想而知的：皇宫大内血流成河，但唐其势却被砍伤活捉了。其少弟塔拉海见已中了埋伏大势已去，竟仓皇逃入后宫藏匿于皇后宝座之下。终归是姐弟之情，皇后也“牵裙遮蔽”。谁料还是被博彦发现，当即竟亲自动手一剑将其刺死。史称“血溅后衣”。但就连皇后也难幸免，面对着战战兢兢的元顺帝，博彦又公然气焰嚣张地启奏道：“皇后兄弟谋逆，皇后亦应有罪！况且袒蔽首恶，显系同党。为陛下安危计，其罪难赦！”说毕，竟不顾皇后连呼：“陛下救我！陛下救我！”更不顾元顺帝的“垂泪不舍”，便命凶悍的卫士将年仅十六七岁答纳失里皇后拉出宫外以毒酒“鸩死”。身为太皇太后的卜答失里闻之从此便“温顺老实”多了。

而身为权相的博彦也绝不手软，不但将故主燕帖木儿一家“灭门九族”，而且将其党羽以及有牵连的诸王和将领几近斩尽杀绝，致使历临四朝“一代奸雄”打下的江山，一夕之间便在横尸遍野血流成河中灰飞烟灭了。而新起的“一代奸雄”博彦似连前任那点“大奸似忠、大伪似真”也不讲究了，倒好像专要以“凶狠残暴、冷酷无情”突显自己的“绝对权威”。果然“效果奇佳”！不但令闹夜的孩子一闻其名就立即噤声，就连身为太皇太后的卜答失里再见到他也开始“温良恭俭让”起来。

一代权奸比一代权奸更加横行不法，天下必然大乱。如果说，铁木迭儿的崛起是凭借答吉的“历临三朝”，燕帖木儿的崛起是凭借打着“重归正统”的旗号，那到了博彦这一代已是单凭手握兵权操控皇室了。上行下效，致使地方军阀又纷纷出现了。为了竞相扩充自己的实力，早把庶民百姓压榨得无法生存了。忽必烈大帝所推行的“重农桑”的成果被破坏殆尽，随之各地的农民均纷纷被“逼上梁山”了。面对天下大乱，也有的大臣建言“当开科取士，以抒民怒”。虽颇为迂腐且又不着边际，但却仍被博彦断然拒绝。据史载，他进而声称这只不过是“汉人造反”，他将挥师杀尽张、王、李、赵、刘等五大姓人众，天下便会自然太平！荒诞不经，致使民族矛盾更加激化。显然，这才是元文宗与卜答失里招来之真正的鬼。

多亏在危急时刻，一位大义灭亲的忠直大臣挺身而出了，这便是史称的“一代贤良”：脱脱。他本是权相博彦颇为看重的亲子侄，自幼饱读儒家经典，且文韬武略兼备。见伯父独揽朝政后日益藐视皇权恣意妄为，便深知其“多行不义必自毙”。故与父亲早早便和博彦私下拉开了距离，生怕未来受到株连“灭门九族”。几乎与此同时，他还在暗中广为结交坚定支持皇室的文臣和武将，准备随时为忽必烈大帝所开创的历史伟业而献身。而此时权相博彦，野心却膨胀到无以复加的程度。仅仅因为他欲再诛杀诸王和将领的奏章迟迟未见批复，便阴谋以“狩猎为名”将元顺帝诱至郊外围场“除之而另立弱龄幼帝”。在这危难的关键时刻，脱脱大义灭亲地挺身而出了。不但主动揭发，而且持御诏秘密调动对博彦乱政早已不满的将领和兵马。待博彦得知阴谋败露干脆准备率部直接攻占皇宫时，谁料面对的却是坚闭四门岿然不动的外围皇城。皇城上布满了“誓死效忠”的精锐护卫和弓弩手，而挺立城楼坐镇指挥的正是自己的亲子侄：脱脱。博彦见之不由得大吃一惊，回头一看各路“亲王”的将领已率兵马反将自己包围了。进退不得，似也只有“束手就擒”。元顺帝对他还算客气，似尚念他有替己消灭燕帖木儿一族之功，仅将他押解放逐于远在海边的岭南瘴疠之地。也可算得重罪轻罚，却没想到这位“不可一世”的大权相刚刚走到广西就“不明不白”地死了。

卜答失里闻之也极为高兴，竟没想到下一个将轮到她。

而元顺帝在两大权相势力相继消除之后，这时当皇上才总算当出点滋味来了。再加上脱脱虽“居功至伟”，却也能谢辞一切封赏只甘愿做一个“尊君的典范”。按说，元顺帝已获得了极大的空间，足可以大有作为以巩固皇权。却谁料他却放着大事不抓，竟先处理起皇室内部的恩怨了。也难怪！童年时深宫中的饱受歧视，稍长后流放中的幽居凄苦，母亲迈来迪的含恨而死，这一切均使他对一个人有着刻骨铭心的仇恨，这个人便是现仍身为太皇太后的卜答失里。再加之有些庸臣也在不时进言：顶多算个皇婶，怎能僭越自称太皇太后？似以皇祖母自居，有悖伦理……史载，元顺帝“时而明、时而昧”，果然闻之勃然大怒，竟命庸臣起草诏书诏告天下。其文偏长，现仅录相关部分于后：

> ……卜答失里本朕之婶，乃阴构奸臣，弗体朕意，僭越太皇太后之号。迹其闺门之祸，离间骨肉，罪恶尤重，揆之大义，削去鸿名，徙东安州安置。古纳塔拉昔虽幼冲，理应同处以示朕尽孝正名之至意！此诏。

据史载，脱脱闻之“急见君面谏”称：天下初定，万不可皇室再生内讧。谁料元顺帝竟答之曰：“你为了国家，逐去伯父，朕也为了国家，逐去叔婶。为何你可朕不可呢？”纯属胡搅蛮缠，而卜答失里之厄运也就此开始了。不久便被赶出皇宫放逐于东安州（今河北廊坊），尚不到十岁的娇儿古纳塔拉则监押往遥远的关外。母子从未分开过，此时别离之悲凄可想而知。难怪古人云：早知今日，何必当初？果然又过了不久，这位曾经身为皇后、皇太后、太皇太后的女人，便在一间破败小屋的土炕上因思儿之苦备受熬煎而死去了。至于那弱龄的古纳塔拉，因一路上备受临差的折磨随之也死于流放途中。阴雨绵绵，母子俩似均迫不及待地到黄泉之下相会去了。

宫廷内斗，绵延不绝。冤冤相报，何时是了？至此元文宗一支已绝后嗣，“了无孑遗”了。

黄土坯中尽掩了往日的“骄纵凶悍”和“无尽的尊荣”。

一只曾经害人最终祸己的“鹿”……

狩猎图

元代奇闻　年仅七岁之答里也忒迷失皇后

答里也忒迷失，弘吉拉氏族生人。其父母之背景已无法可考。年仅七岁就被册立为同龄的小皇帝之后，很可能与主持这大婚的卜答失里皇太后的家庭有着极为密切的关系。虽然她没有任何业绩可记，但她又的确是元代皇后序列中不可或缺的一环，故而特加补述。

一只孱弱被利用的“幼鹿”……

必要的梳理和回顾

在中国历朝历代的历史上，幼童甚至婴儿登上帝位的史实还是屡见不鲜的，但像这样还要搭配一个同龄的小皇后的怪事却唯独元代才有。总导演便是“一代枭雄”的燕帖木儿，主要帮凶则是“一代悍后”卜答失里。

虽二人均已“恶有恶报”，还有必要回顾一下这段历史……

近代学者曾有多人声称，自答吉皇太后“历临三朝”的擅权乱政以来，元明宗和世㻋曾是大元王朝“重振山河”的唯一希望。但他却在自己的亲弟弟默许下很快便被权奸暗害了。随着“一线曙光”的消逝，元文宗图帖睦尔是登上了帝位，但宫闱深处也突显更加黑暗了。“一代悍后”卜答失里越来越变得更加无法无天，根本不顾丈夫那阴柔的意图更进而“斩尽杀绝”了。先是以“来路不明”为由放逐元明宗的庶子妥欢帖睦尔及其母亲迈来迪，随之便是勾结太监白柱用毒酒鸩杀了元明宗贞烈的皇后八不莎。

最终，矛头又指向年仅四岁的孤儿懿璘质班……

仅仅是为了那句“叔侄相承”，仅仅是为了未来的那皇位，人性竟然完全被泯灭了。始作俑者是“一代悍后”卜答失里，当然“一代枭雄”燕帖木儿是一直从旁“大奸似忠”地“乐观其成”了。眼见得明宗遗孤性命岌岌可危，所幸深宫大内“鬼影幢幢”一系列祸事接踵而至：先是太监白柱因献毒计突然倒毙，随之便是皇长子因被册立为太子暴病与“暴薨”，紧接着便是皇幼子的染疾几乎一命呜呼，最终导致了年仅二十九岁的元文宗因受良心之折磨而“提前驾崩”……也不知是人心里有鬼，还是深宫大内确实闹鬼，总之懿璘质班这条小小的小命总算侥幸保住，而且元文宗尚有遗诏：“叔侄相承”指定他为皇位继承人。

这显然使屁股下有屎的“一代枭雄”感到“后顾有忧”了。他曾一再“大伪似真”地劝说卜答失里当立皇幼子古纳塔拉为帝，以彻底纠先人之偏真正“重归正统”。却谁料卜答失

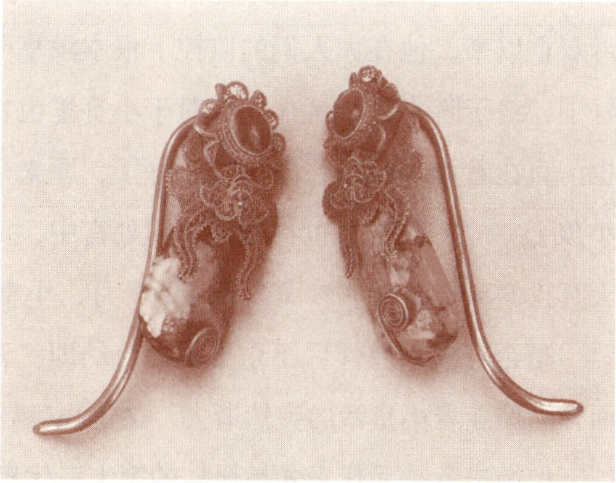

金镶松石耳坠

金镶松石手镯

里皇后早从一个极端走向另一个极端，生怕一沾上“帝位”的边儿再失掉怀中的娇儿。实在没辙了，总得保持“大奸似忠”的形象吧？随之二人也只好密商“万无一失”之对策。由燕帖木儿提出：当借孺子之口先尊卜答失里为“皇太后”，以便“垂帘听政”皇权实掌于文宗皇帝家系。而卜答失里则提出，当尽快从弘吉拉亲族中选一幼女立为后，以便小皇帝身旁从小就有自己培养的监控人。

就这样，小答里也忒迷失竟糊里糊涂地成了小皇后。消息一经传出，顿时成为大都一大奇闻，士人儒者莫不为小皇帝担忧起来。却谁料七岁的懿璘质班一见有这么一位小妞妞来陪伴自己，竟毫无防范“欣喜异常”。也难怪！自父母双亡以来，他在大人们的监控下根本没享受过一天正常的童年生活。这回可好了，终于盼来个小玩伴了！对于小答里也忒迷失也是如此，自从告别了父母也一直在看大人眼色行事。这回好了，原来皇上也只不过是个和自己一般大的小孩子！故有的史书也称他们“同处宫中，两小无猜”，就算二人也曾有过几天真正的童年时光。然而尚不到两个月，小皇帝元宁宗便又“罹疾驾崩”了。

是否与权相及悍后不乐见他们自幼即“青梅竹马、两小无猜”有关？不得而知。但随着小皇帝的突然逝去，这位小皇后从此也绝迹于历代史籍之中了。

但她毕竟是元代正式被册立的第十三代皇后。

讳莫如深简而又简的“传”

为这位七岁就成了寡妇的小皇后立传，似乎是不可或缺的，也是史者难以推脱的。况且她身份特殊，未来也很漫长，她此后复杂的经历也必将能反映元代宫廷的内内外外与方方面面。但“传”是立了，却是如此的“简而又简，讳莫如深”，绝对贯彻了历代史学家那“为尊者讳”的固有传统。真可谓做到了“滴水不漏”，致使后代学者也很难从中捕捉到任何“蛛丝马迹”。故而，似也只能从《元史·后妃传》中抄录有关她的全文以展示她的一生了。其传曰：“宁宗答里也忒迷失皇后，弘吉拉氏，至顺三年十月，立为后。至正二十八年崩，升祔宁宗庙。”

仅此而已！一位七岁即守寡的小皇后也就此被“一笔带过”。

残酷的现实！一只孤独的小“鹿羔”啊……

迁徙后搭建的蒙古包

从卑微侍女到驾驭六宫的高丽女子奇皇后

奇皇后，出身寒微，系高丽国每年所例行进贡于元廷的众多美女奴婢之一。而元末大多宗亲贵胄也多愿以府邸的高丽女婢之多少互比富贵高低，故而就连皇宫大内也多用高丽女侍。史载，高丽庶众对此，深感屈辱，甚至生女宁愿将其溺死。而奇皇后是由徽政院使千挑百选而送入皇宫的，自然容貌更加秀丽也更加“善解人意”。再加上她“聪颖乖巧，温顺知礼”，不久元顺帝就对她特别青睐难离左右了。而此时顺帝继立之皇后伯颜忽都所生一子“二岁而夭”，又却偏偏此时奇皇后竟为悲痛的皇上怀上了“龙种”。不久便为元顺帝又生下一子，即日后的太子：爱猷识理达腊！母因子贵，奇皇后便由皇宫佳丽中“脱颖而出”，竟由出身卑微的侍女一跃而成为驾驭六宫的大皇后。因有祖制遗“非国族（即蒙古族）不得为后”又入籍于弘吉拉一望族门下改名：完者忽都。

元宫唯一的一位非蒙古族的大皇后！

一只混入“鹿群”的似獐似豺的“异类”……

一切还得从元顺帝说起

元顺帝，既可说是有元一代最倒霉的皇帝，又可说是最幸运的皇帝。说到倒霉，那是因为自幼即沾了他那“来路不明”母亲迈来迪的“光”，从小他的皇子身份就颇受质疑。最终，竟然被逐出宫外先后被流放并幽禁于高丽大青岛和广西静江。别说当皇帝了，就连性命也随时难保。说到幸运，那是因为凶悍的卜答失里皇太后因怕自己的小儿子一沾上“皇帝”二字就没了命，显然是想把他推出去当“替死鬼”。但她却绝不会料想到，他不但没死，反而福大命大连“克”两大权相坐稳了现如今这皇位。临了不仅为含恨而逝的生母“正”了名，尚且为解心头之恨也将那悍后母子逐出宫外去饱尝那“流放之苦”。双双死了？他却“暗生惬意”。

在“一代贤良”脱脱的挺身而出“大义灭亲”之后，随着两代“权奸”燕帖木儿与博彦的两股邪恶势力的被消除殆尽，元顺帝本来已有了个他“胸怀大志”的前辈元武宗、元仁宗、元明宗，甚至包括元文宗等“求之不得”的“再现帝威、重振河山”之更大空间。但一开头他就把皇权滥用于皇室，首先竟向已无“还手之力”之皇婶和皇弟施行了残酷的报复。难怪时人就看出了他并非一个“大度之君”，乃一个“庸碌之主”。反为“一代悍后”卜答失里争取来不少同情，尤对小古纳塔拉之死导致的元文宗“一家灭门”更颇多贬词。

好在尚有脱脱等忠贞之臣对他悉心的辅佐，又所幸脱脱因“除逆”而保住了皇上一条小命，此时已被元顺帝倚为“心腹”早被封为执掌中枢大权的右丞相。而史载其“虽体貌伟岸，其颇具儒臣忠君风范”。不仅上得台来与其父马扎尔台坚辞封王封爵，而且恪守“为臣之道”绝不跨越雷池之一步，致使从铁木迭儿、倒拉沙、燕帖木儿，一直到博彦等权臣奸相所掌控的朝堂“为之一清”，大元王朝之“重归仁政”又再现希望。并且确有史可证，这场“宫闱复仇”乃背着脱脱所为，经这位贤相“泣谏”而顺帝也“颇知愧悔”，竟答应不再追究叔皇元文宗之“前嫌”，当以“皇室一心”为重从此“非仁莫行”。

果然，元顺帝还真“仁”了好一阵子，差点成了“一代仁君”。但说到底，也只不过是放手任脱脱等一些贤正之臣收拾历代权奸留下的烂摊子。废除博彦等的“旧政”，推行适应现实的治乱“新政”，史称“更化”。详查《元史》，脱脱的“更化”主要有以下内容：其一，恢复科举取士，大兴国子监，招收蒙古、色目、汉族三监生员多达三千多人。其二，“开马禁（汉人不得养马）、减盐额、蠲负逋”，以减轻对黎民百姓之控制和剥削。奸相博彦曾下令汉人南人不得手有寸铁，禁百姓畜马，脱脱下令“全面罢禁”。其三，以脱脱本人为“都总裁官”，以修辽、金、宋三史。参加的学者除汉族外，尚有畏兀儿、哈喇鲁、唐兀、钦察等族的史学家。仅上一点，便在全部“二十四史”中可谓仅见。而“修史”在历朝历代均为一项艰巨而复杂的大事，似对辽、金、元三朝来说尤为如此。其中仅就上述三朝谁是“正统”的问题，便在时人学者中长期以来争论不休。而脱脱面对这道历史难题，却自有高明而又独到的见解。他力主辽、金、宋三史“分别撰写，各为正统，一律平等对待”。这种见解即使以现代人的眼光来看也是极具“超前意识”的，故而当时也令史学家们心服口服“议者遂息”。历时两年有半，这项影响后世的巨大“文化工程”最终得以完成。元顺帝此时虽已开始“优哉宫闱”，却尚能得到“坐享其成”。

脱脱推行“更化”政策共计三年零七个月，举措大体得当。既舒缓了民怨，又笼络了士人；既缓解了民族矛盾，又再兴了“重农桑”诸策。因此朝政“焕然一新”，蒙臣汉儒均能“知无不言，言无顾及”。故而时人便莫不称脱脱为“更化贤相”，但大多阿谀之臣却归功于“皇上圣明”，连呼万岁！万岁！万万岁！

元顺帝好不得意，竟“圣明”到干脆不理朝政而隐没于后宫“现造”另一个皇太子去了。

这就必须牵到他那两位前任“命运不济”的皇后。

特别是那高丽女婢的“脱颖而出”……

高丽奇皇后传奇式的擢升

在谈及这位曾贱为奴婢的高丽皇后前，似尚须回顾一下元顺帝的两次“大

通惠河漕运图

婚”经历。颇合祖制，皆为蒙古佳丽。

这就说明他曾经已先后有两位皇后。第一位，即“一代枭雄”燕帖木儿之女答纳失里。成婚时虽其父已死，但其兄唐其势仍承袭太平王位在朝中权势极大。而此时的元顺帝也只不过是刚从流放之地召还侥幸称帝的少年，故能娶得这样一位娇美的王级权贵之女为后自然十分心满意足了。再加上均为少男少女，因而婚后那恩爱之情更可想而知了。只不该其兄与权相争权涉及后宫，这位少年皇后仅因以衣裙遮掩其幼弟便被权奸博彦强拉出去“鸩死宫外”。元顺帝当时曾含泪目睹，竟不敢加以阻拦。

第二位，即为“清君侧”，重又册立弘吉拉氏毓德王之女伯颜忽都为皇后。这位少女皇后或因来自茫茫的草原，为人忠厚老实，行事循规蹈矩。不仅从不与后宫佳丽争风吃醋，而且生性还特别节俭。曾为顺帝生一子，不幸两岁即夭亡。此后再未生育。元顺帝对她敬重，却似乎并不喜欢。

终于该说到这位出身卑微的高丽小侍女了：按时间推算，早在元顺帝入主皇宫大内时她已早成为皇宫的女婢。年纪顶多也不过十一二岁，似已懂得了讨人喜欢。元顺帝第一次大婚之后，便被差遣到帝后身旁“端茶递水”。史称“颇合帝意”，但已引起了小皇后对其“狐媚劲儿”之反感，多次令亲信宫女予以责罚并逐出寝宫。一直到小皇后被权相“鸩死”，元顺帝第二次大婚后，才因新皇后“生性忠厚、不嫉不妒”重又被召入寝宫“侍驾”。而她也很快地以她的“容颜秀美，善解人意”独占了“龙心”，致使元顺帝一日不见便“食不甘味，坐不安席”。随之便是忽都皇后所生的小皇子“两岁夭亡”，她却十月怀胎“及时”，又为元顺帝生下一位皇儿：爱猷识理达腊！皇上当然会转悲为喜，元顺帝对这个皇子更加珍惜几近“爱不释手”。为此母因子贵，这位皇上竟有了将这样一个高丽女婢当即立为皇后的念头。谁料想此议一出，便受到了“一代贤相”脱脱以“有悖祖制”为由坚决反对，并引发了皇室诸王对此议的“群起而攻之”。为此，不仅这位高丽女侍对当朝贤相脱脱从此“深为忌恨”，甚至就连元顺帝也认为他“管得太宽”了而视之“越来越不顺眼”。

而那“母因子贵”的高丽秀女也越进谗言越多。史载，元顺帝“活肖一庸柔之主，忽而昧，忽而明，明而又复昧，昧而又复明，优柔寡断，实乃难成大器”。加之脱脱施政也有败笔：下令开大都金口河本意在疏通漕运，却因用人不当反导致劳民伤财。至正四年（1344年）五月，脱脱带病“引咎辞相”。而元顺帝也“顺水推舟”，在高丽奇氏的蛊惑下竟然“欣然恩准”。从此，这位“庸柔之主”便又被一群阿谀奉承之臣包围了，更进而轻信奸佞之臣的弹劾又将脱脱之父马札儿台放逐于甘肃。明知脱脱是个大孝子必请命同行以照顾年迈之老父，但还是照样“恩准”只盼他离朝廷越远越好。从至正五年（1345年）到至正七年（1347年）马札儿台病死甘州（今甘肃张掖），脱脱差不多有三年从未再过问过朝政。最终为高丽奇氏成为大元皇后创造了绝佳的条件。

一般忠直之臣是“哑口无语”了，但必有佞臣“体察圣意”。一位名叫沙拉班的佞臣便连献两策：其一，为不“违背祖制”，可将高丽奇氏先入籍于弘吉拉一名门望族，改称蒙古后裔；其二，既然忽都皇后贤德难以废掉，那便可援引先朝“一帝多后”的祖制另行册立。元顺帝闻之大喜，一一照佞臣建言而行。不久便将高丽奇氏改族立为第二皇后，居兴圣宫（即当年“历临三朝”之答吉皇太后所居宫室），故又号为“兴圣宫皇后”。但仍有忠正大臣上奏，你此举有悖于忽必烈大帝之遗训，谏言当将奇后降为妃子。

谁料竟“无济于事”，元顺帝早“不爱江山爱美人”了！

好在奇皇后此时尚“羽毛未丰”……

从巧扮贤德到野心毕露

也难怪！为了平息宗亲贵胄的反感，更为了取得汉臣儒僚的同情，这位“秀外慧中”的奇皇后的行为举止竟“颇行收敛”。不但从未曾显露出一点张狂的迹象，反倒常摆出一副悲天悯人的样子来收买人心。在兴圣宫内除了悉心照料皇子之外，所余时间便是煞有介事地苦读《孝女经》和《烈女传》，并常对元顺帝“偎怀”宣称：她将效法历朝历代的贤德皇后以“不负圣恩”。事实上她果然也这样做了：各地所进贡的珍肴美馔，她总是先差人敬献给太庙，然后才敢自己食用。京畿发生饥荒时，她又特地命人在大都城外施粥赈济灾民，并派高丽宦官朴不花带人在城郊掩埋饿殍，广召僧道举办水陆法会以超度亡灵。其所作所为一时间得到朝野上下广泛的赞誉，竟渐渐有了“贤德皇后”之名。就在此时第一皇后伯颜忽都却意外“驾崩”了。

无形中奇皇后便成了顺帝一朝唯一的大皇后，这便难免又引发了对她诸多的猜疑。但她却依然摆出一副“身正不怕影子斜”的姿态丝毫不加辩解，似乎仍在继续坚持“让事实说话”。恰好此时，元顺帝和奇皇后所生独子爱猷识理达腊已被册立为皇太子，而脱脱也被召回给予“太傅”封号却仅负责东宫事务。这一天，元顺帝又命其“领端木堂事”，延请儒学大师以教授太子孔孟之道。却谁料宫中的帝师竟唯恐因此失去对太子的掌控，为之便觐见奇皇后进谏曰：“太子一直跟我学习佛法，现在又要教他改学儒家经典，恐怕坏了他的本真和慧根！”没想到奇皇后却能这样回应道：“我虽一妇辈，长年居住深宫，不知多少国之大政，但我听说从古到今治理天下难离孔孟之道。佛法虽可让人精神上得到解脱，却不能治理国家，怎么能不让太子熟读儒家经典呢？”帝师听之无言以对，而脱脱闻之竟也以为其“贤”。

城府极深！其实她仍牢记脱脱不同意她为皇后那笔旧账呢。

至正九年（1349年），历经三位庸相，当政国家越治越乱，币钞日益贬值，通货膨胀不断，流民到处乞讨，天下已呈乱象。出于万般无奈，闰七月元顺帝又“忽而明”地任命脱脱为中书右丞相。事实上除上述诸多乱世祸民的弊端外，脱脱早就发现还有一个直接引发社会动荡的原因，即黄河连年不断地溃堤泛滥。沿黄河数省的郡邑均遭水患，造成了黄泛区百姓“流离失所，背井离乡”，陷入绝境的悲惨局面。饥民们将草根树皮吃尽已开始人食人，似也只能纷纷起来反抗。脱脱亲自沿河视察后发现，黄河水患乃最大的祸源，不及时治理不但其他无从谈起，就连元王朝自身安危也难确保，遂接受“都水监”贾鲁之策，下决心以“治”为中心重现“更化之治”。

却谁料深宫大内却照样歌舞升平。

奇皇后在成为顺帝朝的唯一大皇后的同时，也逐渐感到自己“羽翼已丰”。不仅独享皇上的“专宠”，而且尚有个贴身的高丽宦官朴不花代她拉拢诸多权贵。朴不花乃何许人也？据史载乃奇后的同乡，二人自幼即“青梅竹马，两小无猜”。到奇后得宠之后，遂召他“净身入宫”。史载“相见恨晚，大加爱幸，如胶似漆，常伴左右”。虽仅为太监，却权势日隆。有了这一皇一宦的放纵和协助，奇皇后更逐渐找到了那种贵为“一国之母”的感觉。尤其是随着太子长成大小伙子，她那政治野心也随之越来越膨胀日益原形毕露了。

高丽本是蒙元属国，但在

元人步射图

元人骑射图

元人狩猎图

贯彻忽必烈大帝“和亲睦邻”的固有政策下一直尚能保持相安无事的局面。但随着奇皇后终成大元皇后，她那原本寒微的家庭也日渐在高丽国内暴威暴贵起来。其亲属个个依仗皇后权势，人人皆平步青云而“飞黄腾达”。紫袍玉笏，轻裘肥马，高官厚禄，俱有享不尽的荣华富贵。尤其是她那几位兄长，在高丽国内更恃势骄纵，横行不法，甚至发展到强抢民女，霸占良田，搞得高丽举国一片混乱，朝野上下莫不怨声载道。然高丽国主因慑于奇皇后之淫威，对奇氏家族一再忍让，并好言相劝“适可而止”。但奇氏族人不但不思悔改，反而变本加厉，甚至想取高丽国主而代之。高丽民族自古便是个自尊心极强的民族，而高丽国主最终也忍无可忍了。遂在掌控其谋反的真凭实据后，竟派兵将奇后家族大部分诛灭，仅留一幼子三宝奴因在元宫探亲，侥幸得以逃脱。

而当时，中书右丞相脱脱正与朝廷都水监贾鲁，动员了七十万民工奋战于黄泛区大力治水。“一代贤相”不在朝堂，也使得奇皇后变得更“有恃无恐，肆无忌惮”了。闻全家被灭族之后，竟痛哭流涕地对太子说：“你现在已经长大了，难道不能替母后全家报仇雪恨吗？”太子经此一“激”，便拔剑在手愤然欲亲自统兵去踏平高丽。而既昏又昧的元顺帝因贤相脱脱不在身旁无人敢于谏阻，竟不顾国内天灾人祸迭起而唯恐独子“出师不利”，为讨得奇后的欢心便下诏废除了高丽国主的王位，而改立其留在大都作为人质之弟为新王，并以奇氏家庭之幼子三宝奴为“元子”（即王储），以备将来承继王位。同时还派遣“同知枢密院事”崔帖木儿为丞相，率领一万多蒙古铁骑护送他们回国。而这位被废高丽国主却绝非往日的等闲之辈，在得知元兵即将到来的消息之后决心奋起反击，并得到了高丽民众同仇敌忾的广泛支持，遂精心策划布防埋伏于鸭绿江边，单等成千上万的铁骑自投罗网。骄兵必败！果然元军中了埋伏，一时间被杀得溃不成军。据史载，仅有十七骑生还，其余不是被俘便是做了刀下之鬼。而当脱脱闻讯赶回力图谏阻之时，一切均为时已晚。随之，各种弹劾奏章便猛朝留在京师的左丞相哈麻及其兄弟雪雪，怒斥他们使皇朝蒙羞使铁骑受辱。但奇皇后心里明白，这声声怒斥都是针对她的。好在哈麻兄弟早已被朴不花收买为自己的心腹，尚能替她挨骂挨一阵子的。在她看来，最可恨的还当数这位“自以为是”的右丞相脱脱。当初就是他力阻自己成为大皇后，现在又是他不顾自己几乎全家死绝跑回来“指桑骂槐”藐视皇后权威！

是可忍孰不可忍！至此奇皇后更与脱脱结下了深仇大恨……

陷害贤相与“自毁长城”

但脱脱与众御史却仍在穷追此次“丧师辱国”之祸首！

而元顺帝为了保护皇后与爱子不受牵连，更为了推卸自己纵容之责，竟只许将此事追查到中枢内阁为止，并拿在朝的中书左丞相哈麻“问罪”，仅将其降为宣政院使就算了断了此案。哈麻倒是诚惶诚恐甘愿承担一切“罪责”并在暗中也得到了奇皇后的“百般抚慰”。但毕竟又丢面子又降官，从此这兄弟俩便与脱脱结下不共戴天之仇。就在脱脱重返黄泛区治水时，便在奇皇后唆使下不断向皇上构陷于他。据史载，脱脱和贾鲁仅仅在八个月内就完成了“修筑北堤，使河水复归旧道”的浩大工程。但哈麻等面对元顺帝却造谣说，脱脱挖河竟挖出个独眼石人，致使民间广为流传一段民谚：“石人一只眼，挑动黄河天下反！”这本来是红巾起义军所设计谋，却偏偏要强加在脱脱的头上。更可怕的是，由于地方军阀和各路的“达鲁花赤”（由“国族”担任的各路权力最大的“监临官”）克扣治河粮饷，饿毙无数河工，果然造成了各地农民起义的风起云涌。为此，元顺帝竟听信哈麻等的谗言召回脱脱怒责道：“汝言天下太平无事，今动乱半宇内，丞相以何策待之？”

当然，其间奇皇后之枕边风起了推波助澜的作用。

而作为一种惩罚，元顺帝当即又接受哈麻等奸佞之建言立即命令脱脱去“平乱”。在他们看来，此一举既可“嫁祸”给脱脱，又可使这位文人丞相去“飞蛾扑火，自取灭亡”。但出乎他们意料的是，脱脱竟会“大义凛然”地

“受命而行”，临行前尚调回众多蒙古与色目铁骑以保卫京畿安全。大忠大义情昭日月，致使元顺帝也被感动又“忽而明”，遂诏令诸王兵马、诸省各翼铁骑、西域和吐蕃等各路人马协同征战，皆听从脱脱统一调动。领兵大小官将，另称百万。而脱脱也果不负“天子圣明”，号称“文相”却又骤然突显“统帅武略”。至正十二年（1352年）八月一出师，即大破不可一世的乱军重要人物“芝麻李”，收复重镇徐州“动乱稍平”。至正十四年（1354年）正月，当时乱军中一位“超重量级”人物张世诚又在高邮立国称王。国号大周，年号天祐。随之陈友谅、郭子兴与朱元璋等纷纷“起事”，故张士诚首当其冲地成为元朝之“心腹之患”。灭之则群雄可除，纵之则天下必乱。为此，同年八月元顺帝便封脱脱为“太师”，再命他亲率原有的“百万雄师”出征高邮，彻底消灭这支反元的主要力量。而脱脱也不愧文武兼备又再次展现其卓越的军事指挥才能，连破六合、盐城、兴化等地，到十一月已采用“四面环攻”之法将张士诚围困高邮城内达三月之久，致使其粮草断绝军心大乱，已有献城出降之议。如若元廷能再加上把力，或可天下将从此相安无事若干年。

奸相博彦“面帝鸩后”之噩梦始终萦绕在他的心头，他最为恐惧的便是再被“能力超凡”的权臣操弄。而奇皇后与被降的哈麻等却一再“投其所好”，总在他的耳旁提及脱脱现在无论文治和武功均已超过“一代枭雄”燕帖木儿，似要比其伯父“一代权奸”博彦更要“阴毒”上千百倍。大奸似忠，大伪似真，皇上可要提前加以防范。如果让他此次平乱大功告成，天下又将是“只知有脱脱，而不知有皇上”啊！圣上堪忧，太子更堪忧！好在高邮即日可破，还不如夺其帅权将此“不世大功”赐予皇上的忠顺将领……元顺帝此时似更像个“昏聩之主”，竟越听越觉得“大有道理”，遂决定再不“庸柔”下去，而是“当机立断”地着令“下诏易帅”！

而更可悲的是，乃脱脱那近乎偏执的愚忠。有史可考，脱脱乃一代儒学大师吴直方之“入门弟子”。虽其自幼臂力过人能“挽弓一石”，但仍愿习儒以“仁”治天下。后在吴直方的教导下，不但尽得儒学精髓，而且善画、书学颜体。吴直方后成为脱脱之恩师兼心腹谋士，但在传授“治国之道”的同时也教会了他“愚忠”。故而“易帅之诏”下达到高邮前线，便有诸多将领劝其暂莫打开，且行“将在外，君命有所不受”之古训，等一鼓作气“大获全胜”之后再说。谁料脱脱竟答之曰：“天子下诏我不从，是与天下对抗，君臣之义何在？”说毕，竟拆读诏文，主动将帅印交与那皇上视之为忠顺的将领，随之便告别众将士随钦差返回京师复命。据史载，当时即有一位名叫哈拉达的军中副使见此悲情曰：“丞相此行，我辈必死于他人之手，今日宁死丞相前！”语未了，当即拔剑自刎而亡。

新帅倒也对元顺帝算忠顺，然其才智却极为平庸。既无脱脱那种令全军敬服的威望，又缺少脱脱那种卓越的军事指挥才能。故而这次元顺帝的“临阵易帅”，不久就使高邮城下的百万雄师乱作一团。由于缺少凝聚力，随之元军更进而“不战自溃”。这成为元末农民起义的一个转折点，从此便如火如荼地进入了一个新的高潮。难怪多年后，还有监察御史上书说：“奸邪构害大臣，以致临敌易将，我国家兵机不振从此始，钱粮之耗尽从此始，‘盗贼’之纵横从此始，生民之涂炭从此始！设使脱脱不死，安得天下有今日之乱哉？”

而在当时，奇皇后及哈麻兄弟却因阴谋得逞兴奋不已。正当元顺帝在如何处置这位贤相尚未拿定主意时，奇皇后、太子、哈麻兄弟及宦官朴不花，已买通一些贪赃御使轮番上书弹劾脱脱。他竟以“劳师费财、沽名钓誉、亵渎皇室、图谋不轨”种种罪名，建议法办。而元顺帝本来也生怕他“功高震主”成为其伯父“博彦二世”，遂下诏削去脱脱一切官爵与职衔，先放逐于淮南，不久便又再逐至亦集乃路（今内蒙古额济纳旗黑城东）。至正十五年（1355年）三月，复诏流放于云南大理宣慰司镇西路。其家族其他成员因受株连也被流放于各荒僻之地，籍没了所有家产。而其本人天南地北刚刚被解押到云南贬所，十二月即被哈麻遣爪牙矫旨将其鸩杀。

史载：“元季贤相，莫若脱脱！”而这样一位大忠大孝大义的“治世能臣”竟如此不明不白地含冤抱恨而死了，似只能说明大元王朝“来日无多”。

但奇皇后一伙却自以为得计，仍在加速这个败亡的过程。

阴谋内禅逼元顺帝下台

对于奇皇氏这位元朝皇后的所作所为来说，现代人似乎从不同角度可以做出不同的推测：你可以认为她是最成功的粉色间谍，为报复宗主国的高压政策，有效地摧垮了一个强大的王朝；你也可以反向思维认为她也可算作一个民族的败类，仅仅因为元顺帝迟迟未给她报杀兄灭门之仇，便急欲把儿子推向帝位去血洗自己的故国；你还可以认为她并没那么“高尚”也没那么“复杂”，她同元朝此前那几位“弄权”的皇后并没什么两样：既“权欲熏心”又缺少“政治头脑”，最终皆落下个“机关算尽，反误了卿卿性命”的下场。只不过她似乎比前几位更阴柔，更狡诈，更善于挑拨离间。

关键还要看君王有没有雄心和魄力，而元顺帝从“庸柔”到“昏聩”却偏又给她的“弄权”留下了极大的空间。比如，自从召来了那位高丽宦官朴不花之后，她竟然连“专房独宠”也不追求了，甚至“大度”地纵容元顺帝纳贵妃数十人，所赏赐众妃之珍宝宫缎“用之不竭”，贵妃们便遣太监们到左掖门卖掉。达官富商争相竞购，庶众称之为“绣市”。到后来，她的心腹爪牙哈麻因构害贤相脱脱“有功”，竟在她的提示下被元顺帝擢升为丞相。她更利用他们兄弟俩为皇上引进“妖人异士”专授房中术，又令宫女苦练天魔舞。置天下大乱而不顾，竟仍然穷奢极欲当众宣淫。而这一切恰恰被奇皇后大加利用，趁元顺帝乐此不疲而进一步“蒙蔽圣听”。借大皇后之权势和地位，逐步由“窃权”到公然“操控权柄”。

她野心勃勃，到底想干什么？

这便是此节一开头所提到的现代人会产生的前两种看法。似都有些沾边儿，却又无大量史实可以佐证。倒好像还是第三种看法比较可靠些，确系奇皇后“弄权成瘾”已感到元顺帝成为她“唯我独尊”的绊脚石了。既然“历临三朝”的前辈答吉皇太后为权连儿孙都不顾了，那又有了几十个老婆的丈夫还有什么舍不得？皇室从来无爱情！此时的奇皇后与高丽宦官朴不花密谋的只有一件事，那便是迫使元顺帝禅位于太子爱猷识理达腊！参加此密议者尚有丞相哈麻，以及其位至高官的兄弟雪雪与一批已被收买的御史官。方式便是奇皇后与朴不花均不出面，而由贪赃的御史们联名上书奏谏禅位，而由丞相哈麻率领群臣附议跪劝。谁料此举使苦练房中术的元顺帝罕见地又“忽而明”了，一想自己刚刚四十多岁（元顺帝十三岁登基，执政三十六年，死时尚不到五十岁），朝中竟发生了如此离奇的逼己“禅位事件”。遂不由得想起了脱脱为相之时朝中的尊皇之风，一怒之下便将跪谏内禅的首恶哈麻给杀了。重新任命搠思监代为右丞相，太平为左丞相，难得地从“魔女舞”中挣脱出来“一显皇威”。而他却不想一查到底，生怕伤及了自己那唯一的爱子。

而奇皇后却因此更加“有恃无恐，不屈不挠”了。因搠思监早是自己的“心腹”，故把所有的精力全下在忠直的丞相太平身上了。先是指使高丽太监朴不花前去与太平密议内禅之事，史称“太平置而不答”。随后奇皇后又亲自将太平召至宫中赐宴款待，并亲为其斟酒又议及内禅之事，史称“太平依然不置可否”。此事传在元顺帝耳中，虽仍在“舞女”中大炼房中术，却仍不由得“勃然大怒”。据史载，遂有了疏远之意，“竟两个月不予召见奇后”。但左丞相太平却因此得罪了皇后与太子，不久奇后便指使右丞相搠思监罗织其罪名，先是夺去相位，后在流放途中被“赐死”。

步脱脱后尘，贤相难当啊！太平死后，让搠思监大权独揽，与高丽宦官朴不花内外勾结；仰承奇皇后旨意，把持朝政，同恶相济，顺我者昌，逆我者亡，遂将摇摇欲坠的大元王朝推向了绝境。更可悲的是，元顺帝经两月苦练房中术之后，竟突然想到了应在皇后这儿一显自己的“功力”。而奇皇后一试，也连呼奇妙无比，并声称：“功力数倍于前！若照此练下去，必练成千年不败之金身！”元顺帝闻之大为振奋，随之便“帝后和好如初”。也难怪！其中尚有更深层的原因，即皇太子的背向。依元制，皇子一旦被册立为皇太子，即分领中书省、掌枢密院、兼管御史台等军政及监察要害部门。不经太子过目处理，所有奏章均很难上呈皇帝“御览钦批”。而爱猷识理达腊太子乃坚定的“拥后派”（即唯母命是从），故而“两个月不予召见奇后”就等于两个月疏远了唯一的爱子和朝政。没办法！元顺帝似也只能借测试房中术为名，主动与这位奇皇后重归于好了，并决定为了不使爱子夹在中间再受这种“夹板气”，从今后将“听之任之，顺其自然”了。这就是奇皇后“有恃无恐”的主要原因，也是史载元顺帝“浑然洒脱，懒于问政”的由来。

而且从哈麻到搠思监至皇太子从来就“报喜不报忧”。

从此，实际上奇皇后已逐步掌控了皇权。但也仍有忠直之臣在不断弹劾搠思监和朴不花之流，却被太子爱猷识理达腊听母命将所有奏章一律压下，并命御史大夫劳迪沙（原译：老的沙）重新改组御史台。却谁料新上任御史们却依

元代宫廷乐队

然“照参不误”，致使奇皇后勃然大怒，不仅让太子彻底解散了御史台衙门，并且下令逮捕劳迪沙。而这位御史大夫却不愿“束手就擒”，闻讯后竟逃至故旧大同镇帅孛罗铁木儿（此后简称：孛罗）军中。奸相搠思监得知后先杀了原左丞相太平之子，又遣亲信赴大同索要劳迪沙等人。孛罗作为一方统帅仅替劳迪沙申辩了几句，便被奸相搠思监闻之弹劾其“私匿罪臣，罪不容诛”。奇皇后为了保护自己贴身的宦官朴不花当然不会“袖手旁观”了，太子则配合母亲添油加醋地急忙奏父皇。随之，至正二十四年（1364年）三月元顺帝就在皇儿的奏章上信笔一批，便算“下诏”削去了孛罗统帅之职并解除了其兵权。

长袖善舞！最终“舞”出了一场皇室和军阀的内战总爆发。

引火烧身与国破人亡

元末，农民起义风起云涌，几乎半个南中国均落入义军之手，强大一时的大元王朝早已无力控制全局，但奇皇后与太子、权相与宦奸却仍在“谎报战功”把一个昏聩的皇帝哄得晕头转向。

而更可悲的还在于，眼看着一个个地方军阀的“坐大”。其中，作为镇压农民起义的两支主力军，尤以孛罗和扩廓帖木儿（以下简称：扩廓）二人实力最强。他们均在与起义军作战中不断扩充自己的实力，逐步成为割据一方拥兵自重的军阀。而在此时的南方义军也开始了自相“火拼”，以争得谁先统一南中国谁先“问鼎中原”。这本来是个大好的机会，元军本可以借此分化瓦解各处义军以便“各个击破”。但可悲的是元军竟“反其道而行之”，两大军阀在此间隙期间反而为争夺地盘打得更不可开交。按说，作为皇室当晓以大义，消弭矛盾，但奇皇后却为了分别掌控以促使两大军阀俱都只效忠于自己，竟派出亲信在二人之间挑拨离间，搬弄是非，极尽纵横捭阖之能事，遂更加剧了孛罗和扩廓“势不两立”的恶斗。

奇皇后本来以为孛罗看到"罢帅削权"的诏旨之后，一介武夫肯定会吓得屁颠屁颠地赶来交人献宝以讨好求救于自己。谁料孛罗虽为军阀，却尚具草原遗风颇讲哥们义气，并带兵在外早闻知奇皇后的诸多秽闻，又焉能交人献宝跟着她被世人唾弃？帅印兵权当然不能轻易交出，反而听从劳迪沙之建言以"清君侧"为名率兵挺进大都。元顺帝闻之大惊，忙赐"太尉"头衔以急令另一军阀扩廓前往拦截讨伐。没想到扩廓对这位奇皇后也早不感兴趣，面对圣令竟寻找种种借口迟迟未动。皇权式微到如此地步实在令人寒心，但孛罗的的确确已进入居庸关至清河一带列营。京畿大震，朝野顿时乱作一团。孛罗还算给皇上留面子，"清君侧"尚未提及奇皇后及太子，只声称只要交出权相搠思监和宦奸朴不花便可休兵。出于万般无奈，元顺帝似也只好将二人交出，临走时搠思监和朴不花均眼瞅着奇皇后连呼救命！但高丽奇后则唯有眼泪两行，尤其是对那从小和自己"青梅竹马、两小无猜"的贴身太监更是"恋恋难舍"，但面对逼宫的上万铁骑，为使自己和太子能得到解脱又有什么办法呢？果不其然！孛罗一"收"到搠思监和朴不花，便在大都城外将二人当众立即砍了头。武夫作风，却颇得人心。而随后元顺帝似也只得下诏恢复了孛罗的帅位，并加封其为"太保"，这才使得这位军阀勉强答应撤军。据说，这还是忠于朝廷的劳迪沙相劝的结果，声称"清君侧"既已完成应当"见好就收"。

从此，元廷已毫无威信，似只见军阀逞凶。

但奇皇后却还是丝毫不接受教训，只要一想到自己的贴身太监朴不花做了他人刀下之鬼，便一门心思只想着"报仇雪恨"。而早想逼父禅位的皇太子自然对母后"百依百顺"，竟也立即差遣亲信至另一大军阀扩廓军中，命他调兵遣将急速讨伐围剿孛罗。按说，扩廓见自己的老对手此次"收获颇丰"也很嫉妒，但他虽已答应"立即发兵"但行事风格却相对谨慎。谁料稍一迟缓便被孛罗察知了此事，遂干脆再次统率上万铁骑又以"清君侧"为名进逼大都。至正二十四年（1364年）七月，先锋军已二度进入居庸关，只逼得急于当皇帝的太子爷似也只有亲率禁卫军出城抵御。只不该人心涣散军无斗志，仅几个回合便纷纷败退回城内。太子爱猷识理达腊慌不择路，竟仅带数十骑随从逃往冀宁（今太原市）投奔扩廓。而这回孛罗也干脆亲带侍卫入宫与皇帝“叫板”，吓得元顺帝也只好再加封其为中书左丞相，劳迪沙为中书平章政事。见其仍不满意，八月又进而擢升孛罗为中书右丞相，并节制全国军马。这不等于将军政大权一起交与军阀了吗？皇权再从何谈起呢？奇皇后躲在大内深宫密室里，似也只有暗暗叫苦了。

至正二十五年（1365年），太子爱猷识理达腊为早日当上皇帝已不顾父母死活，竟在冀宁（今太原市）高举起“讨逆”大旗。而老谋深算的扩廓见时机已成熟，也很乐于“挟太子以令诸侯”。号召天下大大小小各路军阀，以讨伐和剿灭孛罗的势力。史载，孛罗闻之大怒，竟“带剑入宫”逼迫元顺帝交出“后台”奇皇后。他倒看得很准，却把元顺帝吓得浑身发抖。随之又命侍卫逼宫女从密室中拉出了奇皇后，派亲信将领看守幽禁于大内总管府，并命人取来了皇后玉玺，令文侍以皇后口吻给太子下旨返京。后因被太子识破，奇皇后遂又被易置于“冷宫”幽禁。她哪受过这份苦啊！为了获释，奇皇后竟将后宫美女和佳丽不断送与孛罗，还亲口答应把公主嫁给他。而孛罗觉得既可成为驸马自己也算成了皇族，一时头脑发热也就把未来的“丈母娘”释放回宫。

谁料奇皇后从此便对他更恨之入骨了。当年六月，大出朝野意料的一件大事又随之发生，即身为中枢首辅兼全军统帅之“不可一世”的军阀孛罗竟意外遇刺身亡了。史载，乃一批忠勇之士受“圣上密旨”而为。但依元顺帝庸柔的性格来看，似乎不大可能。也有史者称，乃孛罗“放虎归山”后，奇皇后“矫旨”利用猛士所为。但奇皇后还宫后仍密受监视，况且也无任何史料可以佐证。故而，还得从孛罗本身去找！一介武夫，两次逼宫，位极人臣，气焰嚣张，藐视皇权，祸乱宫闱等恶行，早已引得诸多忠君将领之义愤填膺。再加上他自己的骄横跋扈和不加防范，为此才招来杀身横祸且遗臭人间。

而元顺帝此时却只顾了“收拾残局”：一边不分青红皂白地就连平章政事劳迪沙“打鱼捎鳖”地也给杀了，一边下诏急召爱子爱猷识理达腊火速回京。

应当指出，与孛罗相比，扩廓乃一位相对尊皇也相对谨慎的军阀。他之坐大似乎也不单凭武略，文韬在他的割据一方中好像更起过一定的作用。然而在接到元顺帝的诏旨后，便亲自毕恭毕敬地率军护送太子返回京城大都。谁料刚走到途中便接到奇皇后的一道密谕，打开一看便令这位久经沙场的大军阀也不由得倒吸一口凉气了。

可怕的皇权之争！竟连夫妻父子之情也全然弃之不顾。原来，高丽奇皇后自从饱受孛罗幽禁等诸多屈辱之后，便对元顺帝的软弱庸柔更看不起了，尤其当想到是他下令亲自交出了自己那贴身太监朴不花，甚至还对他更产生了一种近乎仇恨的莫名情绪。而在此道密旨之中，她竟然是密令扩廓率兵拥太子入都，胁迫当今皇上元顺帝退位，以让太子爱猷识理达腊“取而代之”即日登基！如大功告成，汝将成为天下首富首贵云云。从中不难看出，奇皇后历经两番磨难其“逼皇内禅”之志丝毫未改，似更加坚定了母子俩厌弃元顺帝急欲“取而代之”的决心。更何况，这位“唯从母命”的皇太子在冀宁（今太原市）军中期间之作为，也反映了他将来必定是个“暴戾天子”。丝毫不见列祖列宗之豪迈遗风，反而尽得其母阴柔狡诈之要领。翻手为云，覆手为雨，已秘密在军中私下收买自己的重要将领，并且这位皇子也曾对他有过同样的密示，竟然说出不管死活只要能空出皇位，就将封他为中枢首辅兼天下兵马大元帅。

所幸已有老对头孛罗之死可做“前车之鉴”，况且扩廓生性也相对谨慎。虽系一介武夫，尚知事关重大，弄不好会将身家性命全搭进去的。皇家之事还是少掺和为好，仍是拥兵自重远离是非为上策。遂在进入大都之前即已遣还了部分随军，而尚留部分铁骑也只是扎营于城外，以便接应自己和摆摆样子给太子看。两面均不得罪，随之便仅带数骑护卫太子入朝去觐见皇上。当着满朝文武谦恭得很，更进而在跪辞了高官厚禄等一切封赏之后便告退了。禅位之事不仅只字未提，而且等太子再派人登高一望却只见一片烟尘之中扩廓已率军远去了。这使奇皇后的如意算盘又落空了，太子也因此“恩将仇报”地竟和扩廓结下了深仇大恨。

元顺帝闻知内情后憋了一肚子气，却又对妻儿束手无策。而他越是这样，奇皇后和太子便越加“有恃无恐，为所欲为”。本来，此时能够与农民起义军抗衡作战的也只剩下扩廓这支劲旅了，但奇皇后和太子竟因为内禅被“耍弄”而将其视为死敌。借太子分领中书省、枢密院、御史台等要害部门之机，千方百计地收编孛罗的余部欲将扩廓置于死地。而此时元顺帝似更加心灰意冷又重归魔女群中去修炼房中术，竟听信奇皇后母子“攘外必先安内”而任之胡作非为。至正二十七年（1367年）春，太子爱猷识理达腊更进而亲自带兵去攻打冀宁（今太原市），试图消灭扩廓所统率的精锐部众。因为这对母子已深知，这貌似谦恭的军阀早已成为反对内禅的标志性人物，如果不将其除灭想早做皇帝就连朝中文武大臣也很难通过。当然，扩廓也绝不会为了个“忠”字而“束手就擒”，随之一时间便战马嘶鸣烽烟四起。好在扩廓看在皇帝的面子上总是“见好就收”，而太子却毫不领情地尽逞“赶尽杀绝”之凶悍。表面看来，你来我往太子一方似“略占上风”，但时间一久，便已可看出扩廓之谋略似要比对手“更胜一筹”。历经一年的声东击西早已使得对手只顾了“疲于奔命”，太子越求速胜便越耗尽了手下的铁甲精兵。但“毙敌一千，自损八百”，最终就连扩廓也“元气大伤”。太子无奈似只能带着少数的残兵败将重新龟缩于大都城内“暂避锋芒”，而扩廓虽“名为大胜”却似也只能带着余部疾返冀宁“以求喘息”。近一年的内战也可称“两败俱伤”，只留下了战场上那横尸遍野、血流成河，还有那些在金戈铁马冲击下四处逃窜的无数难民。

唯一获益者，似也只有统一了南中国的朱元璋……

元末的起义军，北方的主要有韩山童、刘福通等，南方的则主要有郭子兴、徐寿辉、张士诚、陈友谅、方国珍等。当时和尚出身的朱元璋尚不算一路豪杰，只不过是郭子兴手下的一员部将而已。但由于他具有杰出的军事才能和天赋的政治头脑，在郭子兴去世接班后便日渐成为“逐鹿中原”的群雄之一。与元顺帝截然相反，他有个极具眼光又颇为善良的“贤内助”（即郭子兴之义女马秀英）。对内她首先建言朱元璋采纳高人朱升之谏言“高筑墙、广积粮、缓称王”之策，以避免在“群雄逐鹿”中率先成为众矢之的。对外她则建言朱元璋充分利用元室的宫廷内乱及皇族与军阀之血腥内战，抓紧时间逐个削平群雄以统一江南建立自己的政权，从而再趁元室内耗已空而取其天下！并在征战之前经常对朱元璋说道：“定天下以不杀人为本！”而朱元璋也“尽从其谏”利用元末之民族矛盾和社会矛盾成功地“广络人心”，最终得以剪除群雄统一南中国定都于应天府（今南京市）。故有后世史者称马皇后：似颇具元朝开国皇后察苾之贤德，恰和奇皇后之所作所为形成鲜明的对比。

冰冻三尺，非一日之寒！但最终似也只有元顺帝承担责任了。

至正二十八年（1368年）春，朱元璋命大将军徐达为统帅突然率军北伐。由于奇皇后和太子挑起的内战早已使皇室权威丧失殆尽，由于各地军阀的无所适从早已使强悍的战斗力丧失殆尽，由于皇亲贵胄们横征暴敛早已使民族矛盾加剧的人心丧失殆尽，由于忽必烈大帝所留下的“重农桑”等诸多“仁政”之破坏殆尽，随之内耗空了，人心乱了，江山就等着散架了。故而，徐达跨江率

作战图

军北伐，一路竟势如破竹，沿途元军方如大梦初醒却似也只能“望风而降”。到同年七月，兵锋已直指大都，徐达率师围攻“破城已指日可待”。

此时，最为恐惧的莫过于奇皇后与太子爱猷识理达腊了。他们此时突然一反常态，最不愿提及的就是这个曾朝思暮想的“皇位”了。天塌下来只盼能有个大个的顶着，生怕元顺帝把自己当作祸国之源抛弃不管了。据史载，在此前“帝已数日难谋其面，仅与亲信蒙臣蒙将相聚于密室”。所做决定竟不令奇皇后母子闻，致使二人均惶惶不可终日。七月下旬的一个晚上似已做出决断，深宫大内已乱作一团。奇皇后凭本能已知大事不好，忙拉太子不顾一切跪倒在元顺帝面前“泣求哀告”不止。帝曰：“朕即回归，汝等尽可留此为所欲为也！”后顿首泣血道：“请念尚为圣上生下太子，今后贱妾只愿做一条随驾之狗！”元顺帝似也只能长叹一声，是夜在众多骁勇护卫下，即带太子及奇皇后“开健德门北去”元上都。八月初二，明将徐达率兵攻陷大都，史称“元亡”。或许按马背民族的说法，这似乎将其称为一次“历史性大游牧的终结”更为恰当。

洪武二年（1369年），朱元璋又命大将常遇春和李文忠率部攻克元上都开平，元顺帝又率众北退应昌（今内蒙古克什克腾旗西北），次年（1370年）“驾崩”。就连朱元璋似也看出他“知顺天命，退避而去”，不愿过多伤及无辜，只愿更好地保存自己的民族。为此就连朱元璋也只能称其为“退避”而讳忌“败亡”二字，并尊谥他为“顺帝”。蒙古族同胞也尊称他为“乌哈噶图皇帝”（也可引申为大彻大悟），可见“大游牧”之说并非没有依据。

看来，他的晚年尚是清醒的，只是奇皇后不知所终了。

洪武四年（1371年），在明军的进逼下，继位的爱猷识理达腊终于明白了皇帝的难当，干脆率部众彻底返回了故乡母地——茫茫的大草原上。致使后妃与其子还有一些宗王均被俘获，就连他的母后奇皇后也在乱军中“不知所终”了。关于她的死因有两种说法：其一，可能死于明军的乱箭之下；其二，也可能是因其“祸国殃族”被众铁骑泄恨而杀了。

总之，若非要提“亡国”，她才是个真正的“亡国之后”。

纵观奇皇后的一生，她以一个卑贱的进贡侍婢为起点，逐步上升为“母仪天下”的大元王朝皇后而终了。她之经历颇具破坏性的传奇色彩，但把一个偌大王朝崩溃之责全部归咎于她似又有点过分。须知，农耕文明与游牧文化的磨合并非一件轻而易举的事情，而各民族间的大融合也绝非一朝一夕能完成的。这只不过是一次尝试，这只不过是一次实验。更何况，她又处于元末各种尖锐矛盾总爆发时期，恰好又碰上了一个童年历经苦难的庸弱皇帝。她禁不住权欲的诱惑是做了许多野心勃勃的蠢事，但“亡国之后”这个罪名加在她的头上似乎还是稍显重了一些。

总之，到此这次历史性的“大游牧”总算告一段落了。

骄傲的马背民族为自己伟大的祖国留下了诸多不朽的历史业绩，诸如：奠定祖国的疆域版图、开辟海上丝绸之路，以及元曲、元历法、元建筑、元水利、元青花瓷、元天象台，尤其是民族交融中的“你中有我，我中有你”等，重又返回了茫茫的大草原。

而更重要的还在于，匈奴、鲜卑、契丹、女真等诸多少数民族均都消融了，而他们却仍然保留着自己的语言、文字，独有的生产和生活方式，至今放歌于祖国辽阔无垠的牧野上。

至于奇皇后，马背民族或许早宽恕了她，或许早把她遗忘了！

一只混入“鹿群”的异类，她并不能代表真正的“鹿图腾”！

姑且把她当作一个王朝的“句号”吧……

附篇

必要的历史回顾与补充说明

用《宫闱秘史——蒙元帝国的后妃轶事》作为书名，初步完成了这部以“蒙古后妃架构的元朝史话”。虽然说也可算作一种尝试，但肯定也会存在着某些不足和缺憾。从古老的“双图腾”的角度来说，缺了重要的一翼似也必然难以展现大元王朝政治、军事、经济、文化等的历史全貌。为此，特选出两位蒙古族最杰出的帝王级人物，作为附篇以弥补缺憾和不足。其中，一位是大元王朝的奠基人元太祖成吉思汗，一位是大元王朝的缔造者元世祖忽必烈大帝。通过对这祖孙二人“武功”和“文治”的扼要介绍，以便使读者对从游牧汗国到大元王朝这段历史能有较全面的了解和认识。

此外，尚有其他一些相关内容，故附篇共分六个部分：

其一，成吉思汗及其不朽的历史功业。其中包括他为儿孙留下的一道难题：如何统一华夏，成功地实现转型。

其二，忽必烈大帝的“鼎新革故”与“一统华夏”。介绍忽必烈大帝“中统建元”后，如何艰难地推行这一转型的过程，以及最终展现的大元王朝之政治生态。

其三，“幼子守灶”与“皇族之内争”。草原古俗“幼子守灶”所引发的系列权位之争。

其四，矮小的蒙古马与高傲的马背民族。

其五，大元王朝帝系表。

其六，大元王朝中心区域图。

当然，这一切的前提是既要尊重历史的真实，又必须引人入胜。

附一　成吉思汗及其不朽的历史功业

完全可以这样说：没有成吉思汗就没有大元王朝！事实也的确如此，假若没有他的适时出现，蒙古高原上四处林立的各部族或许还会自相残杀恶斗上好多年。不但不会有曾经马踏欧亚的前期草原汗国，而且也不可能有一统华夏由少数民族所缔造的第一个中央王朝。难怪“中统建元”后他立即就被追谥为：元太祖。而无论从哪个历史角度来看，他也确实是大元帝国的奠基人。故而为充实这部以“蒙古后妃为架构的元朝史话”，仿佛仍须简要地补述一下他一生不朽之历史功业。

成吉思汗的历史遗产大体分下述几方面：

【成吉思汗遗产之一：一部征服者的不朽史诗】

1227年，贺兰山麓。

一代天骄成吉思汗与世长辞了，享年六十七岁。翌年，遵其遗言葬于内蒙古鄂尔多斯境内，从此便长眠于伊金霍洛茫茫的大草原上。似在永恒的静穆之中，渐渐地化成了一部千古不朽的伟大史诗。

成吉思汗骑马像

成吉思汗坐像

然而，史诗的开头往往承载的是苦难……

只要简单地查阅一下《蒙古秘史》便可得知，成吉思汗从少年时期所经受的种种苦难，绝对是常人难以想象和承受的。尚未成年，作为部族首领的父亲也速该便被塔塔儿人下毒暗害了。但无力复仇，似也只能随母携弱弟幼妹四处避祸。但刚等成年可凭胆识重聚部族时，却又被本族谋篡者偷袭得手而被械枷准备献与仇部以杀之。后来虽经人暗救脱逃又重振了父亲遗留的部族，却谁料新婚不久美丽的妻子孛儿帖又被篾儿乞惕人掳走了……真可谓“福无双至、祸不单行”，仅在二十岁前后，他便历经了“杀父之仇”“夺妻之恨”以及被“安答”（朋友）出卖的种种奇耻大辱。史载他多次死里逃生，要是给一般人早就被吓破胆子沉沦了。

但成吉思汗毕竟是成吉思汗！

似正应了中国那句古话儿：天降大任于斯人也，必先苦其心志，劳其筋骨……这位“蒙古民族的骄傲”果然也历尽磨难百折不挠。

不但磨炼出了胆识，而且磨炼出了谋略。大丈夫韬光养晦、能屈能伸，竟甘愿认最强大的克烈部首领王罕为“义父”，又与札只拉部的首领扎木合结为“兄弟”。联横合纵，不久便向二人借得铁骑三万，大败篾儿乞惕部的首领与部众，不仅夺回了娇妻孛儿帖，而且也初显了他卓越的军事才能和天生的领袖气质。

从此苦难结束，史诗只承载他所创奇迹：

1189年，由于他的“出手不凡”和超群的人格魅力，父亲死后散乱的部落贵族与部众又纷纷向他聚拢，并推举他为统领乞颜部族的“可汗”。

1189—1200年，他已厉兵秣马、吞并附近的一些小部族。史载“归附者日众，势力日渐强大”，终使乞颜部成为蒙古草原最具实力的部族之一。在此期间，还曾借斡里札河战役东攻世仇塔塔儿部族，而且是“败其精锐，掠其民众”。虽未捉住杀父仇人，但“统一蒙古各部”的构想却日渐成熟。

1201年，“义父”王罕与“义弟”扎木合均唯恐他“做大”，竟相继背信弃义与他反目成仇。先是扎木合亲率塔塔儿与泰赤乌等部族联军来攻，成吉思汗率自己的乞颜部族沉着应战。突显统帅才能，一举击溃了数倍于己的来犯之敌。

1202年春，他再次出兵奔袭，彻底消灭了世仇塔塔儿部族，生擒了下毒凶手，终于为父亲也速该报了仇。不仅恢复了乞颜部族的荣誉，而且也向“统一蒙古各部”又迈进了一步。

1203年，他与“义父”王罕彻底决裂，两个最强大的部族先后在合兰真与折折运都山展开激战。雄才大略的成吉思汗率乞颜部越战越勇，而老迈昏聩的王罕却因志大才疏使克烈部彻底败亡。从此，成吉思汗就更加威名远扬，统一全蒙古已变得指日可待。

1204年，他迎战最后一个劲敌——乃蛮部族的太阳汗。不仅在纳忽山一带大败强悍的乃蛮大军，而且彻底灭亡了领土面积最广大、百姓最众多的乃蛮部落。从此，成吉思汗所统率的草原铁骑已变成一股摧枯拉朽的力量，追随他四处征战已成为马背民族最大的骄傲和光荣。

1205年，原宗主国金王朝早因腐朽不堪已无力阻止，似也只能眼睁睁看着他追歼各部族残余反抗势力。到了年底他已经彻底统一了蒙古高原，终于结束了马背民族自古以来部族林立、战乱不断的一盘散沙局面。

1206年春，受万众拥戴，在斡难河源头（今内蒙古海拉尔河一带）的“忽里台”——贵族和勋将的大聚会上——于万千铁骑的欢呼声中他被尊为“成吉思汗”，即普天下之大汗。并无视宗主国金王朝的存在，另立自己的大旗“九脚白旄纛”，建国号为“也客蒙古兀鲁思”。

但这仅仅是史诗的一半，最辉煌的部分还在后面……

纵观上述，由衰败、重振、崛起，直到史无前例地统一全蒙古，电石火光一般，仅仅才用了二十年左右便完成了前人不敢想象的伟业。这不但证明了他是个伟大的军事统帅，而且也是个天才的政治领袖。比如，在统一后他又将下属臣民不分部族一律统称为：蒙古人！这就更产生了一种不可估量的民族凝聚力。从此人人均以蒙古人而自豪，个个皆愿为蒙古民族的荣誉去赴汤蹈火。而与此同时，一个更加深谋远虑的计划也在他的心中形成了。他明白，就此便放马南山重归游牧是多么不现实。死灰还会复燃，故态还会复萌，宗主国金王朝也会乘虚而入。似乎眼前只有继续征战这一条路：必须把战火引向隐匿流窜敌手的邻近诸国，必须把战火引向世仇金王朝所在的中原大地。高举复仇的旗号，欲火才能获得重生。征服者的地位高于一切，权且把它当作一场面向世界的大“游牧”。

随之，震撼欧亚大陆的后半部史诗便算掀开了……

1205年，即在登上“普天下大汗”大位之前夕，他便开始尝试对外用兵了。首个目标便是党项族建立的西夏王朝，并曾多次亲率铁骑攻入西夏境内。总是以曾收留重要的世仇人物为借口，只打得孱弱的西夏国主似也只能称臣、纳贡、献女、听候征调，直至最终被屠城灭国。

1211年，曾杀害先祖俺巴亥的原宗主国金王朝，成了成吉思汗的第二个征服对象。高举复仇的旗号，于1211年到1215年先后四次攻入中原。曾在野狐岭和居庸关两地歼灭金朝精锐数十万，并于1215年攻占金中都燕京，迫使金王朝皇帝匆忙迁都河南汴梁以避之。从此，黄河以北的广袤中原地区继鲜卑、契丹与女真之后，又迎来新一轮少数民族的征服者。

1218年，当听说太阳汗之子屈出律率乃蛮残部投靠“黑契丹”之后，成吉思汗又命大将哲别率数万铁骑前往讨伐之。“黑契丹”史称“西辽”，乃辽王朝覆灭后一支皇室遗族逃往今俄罗斯托克马克以东地区所建立的政权。哲别受命后很快便以迅雷不及掩耳之势打通了今新疆与中亚一带，直插“黑契丹”的境内。而此时的西辽皇权已被太阳汗之子篡夺，哲别便利用了契丹人的不满而里应外合地进行决战。追杀太阳汗之子于巴达哈尚山中，灭西辽而将其纳入大蒙古国版图。这是远离本土西征的一次尝试，从此成吉思汗的征服欲望便超越亚洲大陆了。

1219年，这样的机会终于到来了，蒙古的商队和使者在花剌子模国被掠被杀。成吉思汗又遣四使前去质问，不料其中二人被当即砍头，另二人则以最大的羞辱方式被拔掉胡须逐归。这回成吉思汗勃然大怒了，似忍无可忍竟亲自统率二十万铁骑开始了举世震惊的第一次西征。但花剌子模国也不是毫无防备，陈兵四十万于各要塞并以坚壁清野来迫使蒙古大军不战自退。而此时成吉思汗更突显了他那超凡的军事天才，充分展示了他那无与伦比的指挥艺术。表面上继续命察合台与窝阔台轮番佯攻讹答拉军事要塞以吸引对手的增援兵力，实际上早暗中派术赤率右路军奔袭锡尔河下游诸城；又派出左路军突袭锡尔河中上游诸城；自己则与拖雷亲率主力横穿沙漠、奇袭西南方的不花剌城（今中亚名城布哈拉）。将蒙古铁骑的优势和特点发挥到了极致，人马合一，兵贵神速，继续突显马背民族奔袭、突袭、奇袭之擅长。声东击西，各个击破，势如破竹地很快就连克诸多名城。不仅将花剌子模国彻底灭亡，同时还占领了呼罗珊全境，而且还向南挺进印度河流域，向北攻入了俄罗斯南部广袤地区。仅以忽必烈之父拖雷为例，作为成吉思汗的嫡幼子就更为战功卓著。单独率军，便先后攻陷马鲁（今土库曼斯坦境内）、你沙不儿（今伊朗之尼沙普尔）、也里（今阿富汗赫拉特）等地，一时间竟成为蒙古民族的战争英雄，时年也才不过二十多岁。成吉思汗的军事指挥艺术由此可见一斑，此役也就因此成为世界战争史上的一个“范例”，甚至有人还把它称为“闪电战”之“鼻祖”，难怪后世史书称他“用兵如神，灭国四十”。

马踏欧亚、震撼世界，史诗终于达到顶峰……

1224年，成吉思汗班师回到了草原母地。这次游牧民族史无前例的军事大征服，最终建立了一个地跨欧亚规模空前的游牧大帝国。忽必烈时年刚刚十岁，他曾随长辈亲自去迎接伟大祖父的凯旋。从此他便常伴于成吉思汗膝下，对伟大祖父充满了敬佩之情。但也毋庸讳言，对中原汉地的原始征服攻掠方式，曾产生过一些血腥的副作用。还是当代著名元史专家李治安先生评价较为中肯，现特将相关部分引录于后：

大汗亲征

> 由于蒙古草原游牧文化与汉地农耕文化的隔阂、冲突，由于蒙古父权封建国家对外扩张掠夺的（原始）属性，成吉思汗一方面无愧为杰出的草原帝王和新兴的蒙古族领袖，一方面又不可避免地充当了汉地先进文明的破坏者和毁灭者。

文中提到的“不可避免”显然是指历史局限性，几乎北方少数民族入主中原时都经历过这个过程。况且成吉思汗在任命亲信大将木华黎主持中原大政后，也随即又御批了“兼容并蓄、笼络八极”治理汉地之策。就连李治安先生文中也提到，随后“才逐步有所改变”。

只可惜史诗到最激越时却戛然而止了……

从此，一代天骄成吉思汗便长眠于茫茫的伊金霍洛大草原下，在一片静穆中似只等着儿孙们续写更辉煌的史诗篇章。

但儿孙们却似永远难以逾越他……

须知，仅用二十年就统一了部族林立的蒙古草原，又用二十年马踏欧亚创造了震撼世界的伟业。难怪西方史学家编纂的《世界征服者史》中也称他“前无古人，后无来者”。但也必须指出，他所留下的空前绝后的庞大游牧汗国，对儿孙们来说却又显得如此沉重。似处处潜藏着隐患，似处处暗伏着权力之争。不仅难以逾越，似乎就连维系也困难重重。

路在何方？难道成吉思汗生前就没有留下宏伟的遗愿？

显然是有，后面将逐渐提及。但天不假年，当时似也只能留下一部服务于征服的巨大战争机器。

猛将如云，而汗廷内外却鲜见文臣……

【成吉思汗遗产之二：千户制与权力架构】

必须首先指出：在成吉思汗统一蒙古之前，在普通牧民的脑海中根本没有什么国家的概念，心目中似只有自己所属的那个部落、那个族群以及那个世袭首领。

为此，只要部族存在，内争便永无休日……

成吉思汗乃大智慧者，焉能不知此乃造成蒙古草原千百年来“一盘散沙”的根源所在？为消除这种历史弊端，就势必会打破古老的部族制而以新的体制取而代之——

这就是成吉思汗所推行的千户制。

借着一统草原百战百胜的威慑力量，凭着初登大位至高无上的权威，雷厉风行，说干就干，不久便当众宣布了废除祖传的世袭部族制。也算得一次“鼎新革故”，随之又以极大的魄力重新组合，将麾下的部众划分为九十五个“千户”。而每千户之下又有分属的百户、十户，并分配划定相应的牧场和草原。这是按他那雄心勃勃的规划设计的：“千户”既是军事单位，又是地方行政组织。史载，他要求千户下属的牧众“上马则备战斗，下马则屯聚牧养”。尚必须在划定的“千户”范围内“游牧与应役，不得擅自离去”，并且“严禁重提昔日部族名号”、“凡大汗下属臣民，不论贵贱一律统称蒙古人”。以此来激起马背民族前所未有的民族自豪感，从而扎实“千户制”的基础。

真可谓：天翻地覆慷而慨……

从总体上看，一个“千户”所辖人口和面积，大体和过去的一个氏族部落相等。后人总认为这肯定会“打乱了重来”，以彻底取代旧有的氏族部落制。其实不然，成吉思汗虽气魄宏大，但在处理此事上却相当慎重。奖惩分明，组建有序，以矢忠为最高的衡量标准，分别采用了下列三种不同方式：

其一，对那些始终忠心于自己或后来依附于自己的部族首领，恩准其将本部族众统一改组为若干个“千户”。

其二，对那些始终追随自己打天下之功勋卓著的亲信将领，也被特许收容其他散亡的部落族众组成“千户”。

其三，这是最主要的部分：对那些在统一战争中众多的被覆灭瓦解了的不同氏族，委任心腹重将收容其部众分别混合掺杂而组成若干个“千户”。

以上均可见于《元史·兵志一》……

而各“千户”的首领，汉史称之为“千户长”或“千户台”，蒙古史则统称为“那颜”，也可译为“官人”，后又兼有“贵族”之意。但不论名称如何，均需由大汗亲自任命勋戚和“那可儿”担任。“那可儿”，也可直译为“伴当”“同伴”“亲信心腹”，系指那些追随大汗打天下的亲信功勋将领。但即使如此，似也难让人掉以轻心。故又在各“千户”之上，又分设左右翼两个“万户”之职。代大汗行使监督之权，以节制各自所辖的下属数十个“千户”。

就这样原始的氏族部落制就被彻底瓦解了……

从中不难看出成吉思汗的胆识和雄心，从而破旧立新树立了自己至高无上的绝对权威。“千户制”作为整个民族“军民合一”新的体制，彻底结束了昔日部族林立、仇杀不断的混乱局面。马背民族从此有了命运的主宰者，茫茫的大草原上从此也构建起新的统治秩序。这似乎也只是个基础，对实现宏誓大愿还远远不够。随之，作为千百年来统一蒙古高原的首任大汗，成吉思汗又采取了更高度集权的举措——

那就是充分利用旧有的“怯薛”制……

怯薛，似也可直译为亲兵。源于草原部族首领的护卫，带有浓厚的父权

成吉思汗统一漠北图

或大男子主义色彩。而原部族首领的“怯薛”，大多人数有限且是轮值的。即使到成吉思汗登上大位时，他身边的“怯薛”护卫也只不过五百五十人。而在“千户”改制完成后，成吉思汗发现原有的“怯薛”已难以适应新形势了。为更有利于号令天下威慑四方，随之便又更具魄力地改造起旧的“怯薛”。由五百五十人扩建为上万人，由亲兵轮值改为专职护卫。尽收精锐！其中包括：一千名宿卫、一千名箭筒士、八千名散班。散班，即随时候命矢忠于大汗的骠骑勇士，大多从贵胄勋将及各大“千户”的儿子中挑选。只有弓马娴熟、体魄强悍者方能入选，是带有人质的色彩却又前途无量光荣无比。当然“白身人”——即平民庶众有更出色者——也在入选之列。为此，能成为大汗驾前的近卫军，莫不人人尽献忠诚，个个争比骁勇。很快就使“怯薛”从质上有了根本的转变，不久便成了这游牧帝国中最精锐的核心部队。故而从此“怯薛”又被延伸译为：大中军、御林军或禁卫军。

有了核心的武装，尚需核心的将领……

成吉思汗深谋远虑似早就有所选择了，这就是史称“开国四杰”的博尔忽、木华黎、博儿术、赤老温。这四人皆为成吉思汗深信不疑的“那可儿”，从少年起就跟随他出生入死转战南北以成大业。不但人人都具备统帅资质，而且个个均久经考验忠贞无比。因为“怯薛”的主要职责是：其一，保卫大汗金帐，随从大汗出征和分管汗廷的各类事务。其二，千名“宿卫”轮流负责夜间值班，千名“箭筒士”和八千“散班”轮流负责白天值班，而且是“分四番入值，每番三昼夜”，故而总称“四怯薛”。为此，成吉思汗即把上述“四杰”任命为“四怯薛台”（台，官将之称，即怯薛长或怯薛统领），从而又在大汗周围形成了一个最高的军事参谋总部。

但执政核心也并不乏另类人物……

这又是成吉思汗掌控汗权的又一大特点，即绝不蹈袭原宗主国金王朝所使用的汉地汉法，没有什么“文官组阁，武将守边”之说，而竟起用了一批似文武均不靠边的执事人员。此等人员统称“赤”，也可译为“执事”，乃专门负责大汗金帐某部分事务的世袭官员。用汉文化去思考实在令人难解，这不就是在深宫大内打杂的吗？总之，似乎只是一群贴身的奴仆。比如：

博儿赤：掌烹饪饮食者。

昔宝赤：掌鹰隼者。

阔端赤：掌从马者。

答拉赤：掌酒者。

火儿赤：主弓矢者。

云都赤：带刀者。

札里赤：书写圣旨者。

必阇赤：掌文书者。

速古儿赤：掌内府尚供衣服者。

怯里马赤：译员。

……

看看！一个个职卑位轻，根本不具备被重用的条件。其实不然，这些这个“赤”那个“赤”的执事，不仅绝大多数出身于草原的名门望族，而且是凭着累累的战功一步步提升到大汗身边的。他们才不在乎干这干那的，能常伴于“普天下之大汗”驾前便是他们最大的骄傲和光荣。绝不同于中原地区追求的封王封侯，能得到大汗的信任才是人生最值得自豪的。更何况！成吉思汗既然能把他们选拔到“高层”，也自然会充分发挥这些人各自的潜能。如“火儿赤”与“阔端赤”，后来竟分别被委以“军备”与“后勤”等重任，并得以进入汗廷的核心集团，参与高层的机密议事。

就这样，草原汗国的中央政治架构初步形成了……

一切均以成吉思汗的雄心壮志为出发点，所有进入核心集团的成员均为战争经验丰富者。足可见七百年前，“先军思想”就在茫茫的大草原上产生了。但很可能是没有想到形势会如此迅猛地发展，到后来似乎单靠这种“先军”的架构已经无法应对现实的需要了。好在辽金两代尚留下种种文官名号，实在不行了就抓上几个先顶在头上应付着。总之，混乱极了……而在成吉思汗初期却绝没这种问题，一门心思就为了打仗，怎么有利于战争就怎么来。随之，成吉思汗又下旨规定，“怯薛台”的地位高于在外分布的九十五个“千户台”。再加上那些好战的文职执事（其实原来也多是军事将领）的参与，一部战争机器就这样缓缓启动了。

典型的游牧君主制……

怯薛的扩建，执事的参与，不仅使成吉思汗牢牢控制着一支强大的近卫军，而且也协助他行使了中央的诸多政治职能。成吉思汗是深知如何凝聚民心浴火重生的，最终金戈铁马地冲出了草原，开始了那马踏欧亚震撼世界的军事征服。

攻无不克，战无不胜，战果的辉煌突显于被占领的广袤地域上。

以蒙古草原为中心，东西两翼不断在扩展着……

【成吉思汗遗产之三：分封与战争跳板】

分封，这在中原的历史故事中也不少见。比如汉代的七王之乱、晋代的八王之乱，均是由分封种下的祸根。

但成吉思汗的分封却颇具自己的民族特点……

1214年前后，他就在不违背蒙古民族祖俗“幼子守灶”的情况下，把被征服的广袤无垠的土地当作家产进行了分封。包括下属九十五个“千户”及以蒙古母地为中心的东西两翼，均分封给自己的诸子与诸弟。出手不凡，豪迈大方，自己唯留下了位居大蒙古国中心的草原母地。但绝无后顾之忧，因为在他的心目中从来就没有过“鞭长莫及”这个词儿。

先说对诸弟的分封——

大弟合撒儿的封国在也里古纳河（今内蒙古额尔古纳河）、斡难河（今内蒙古海拉尔河）、阔连海子（今内蒙古的呼伦湖与贝尔湖）等一带。

次弟合赤温的封国在兀鲁灰河（今内蒙古乌珠穆沁旗乌拉根果勒）南北地区。

幼弟斡赤斤的封国在哈勒哈河流域。

另一异母庶弟的封国在怯绿连河（今内蒙古克鲁伦河）中游地带。

以上受封诸弟总称“东道诸王”或“左手诸王”。

然后再说对诸子的分封——

长子术赤的封国在海押立（今内蒙古巴尔喀什湖东南卡帕尔西），到花剌子模地区，并西北延伸至今伏尔加河流域的撒合辛及不里阿耳（均古地名），再加上顺这一方向“蒙古人马蹄所能达到的地方”。将其打发到最偏远之处，含义颇深。

次子察合台的封国包括畏兀儿地区，以及西至中亚的撒麻耳干（原花剌子模国都，今撒马尔罕）、不花剌等繁荣发达地带。

成吉思汗的金马桩

成吉思汗的诞生地

三子窝阔台的封国在额尔齐斯河上游与巴尔喀什湖以东更加富庶的辽阔地域。因已破格被立为“汗储”，故离草原汗廷最近。

幼子拖雷未被立储，也没有封国，但似仍须留在中央汗廷为父母“守灶”尽孝。虽多有遗憾，却也保留有茫茫的吉里吉思（今叶尼塞河中上游）大草原为封地。

以上受封称王者统称“西道诸王”或“右手诸王”。

从此，拥有“分民封地”的诸子和诸弟，便受命开始各自组建起自己的“兀鲁思”。在这里“兀鲁思”已不能单纯以“国家”来译了，似还含有封国之意，再加上“分民”时也必然分得若干“千户”，那些统领众多牧民的“那颜”也就逐步转变为各封国的家臣家将了。这也是个消除隐患的好办法！除了中央核心架构的集权统治外，还有诸子诸弟又一层分地域的严格治理。从此，对诸子诸弟的分封，便与千户制与怯薛制并存成为另一项基本国策。

黄金家族至高无上，大汗权威主宰一切！

分封，把家族利益的分配延伸到了对整个草原汗国的管理，难怪后代史学家将其总结为“大汗直辖与诸子诸弟分领的复合（统治）体系”。雄才大略！绝没有中原古代帝王分封时那种无可奈何，而是意气风发地把目光眺望向更遥远的地方。

征服！征服！战争机器还在他胸中运转着……

很显然，他是想把东西两翼诸子诸弟的封国当作跳板，以利于他向东向西向更遥远的地方扩展。“普天下之大汗”必须名副其实，正在创造的历史辉煌绝不能中断。

的确！分封曾给草原帝国的征服注入了巨大的驱动力……

但也必须指出，分封的同时也给大蒙古国未来的发展与转型带来了重重阻力，也为最终的“合久必分”埋下了隐患。

在他看来，这一切似乎均应“顺应天意”。

重要的是留下民族凝聚力……

【成吉思汗遗产之四：初创文字与制定“札撒”】

凝聚民族的意志，似乎是更艰巨的一项“工程”……

无可否认，成吉思汗能彪炳史册名扬千古，确实主要是靠他那震撼世界的赫赫武功。古今中外，至今尚无人能及。是武功使他曾经改变过世界的格局，是武功曾使他改写过地缘政治，也是武功曾使他跻身20世纪以来二十位伟大历史人物之中。姑且免谈那些破坏性的副作用，13世纪好像就是他的世纪。

但如此骄人的伟业又怎能离开一定的文治“工程”呢?

有史可考，当契丹大儒耶律楚材被召至他的麾下时，就曾在沉浸在战争狂热中的汗廷上下引起一片哗然。一位善制强弓的“火儿赤”当众便进谏说：“国家正当用兵之时，如耶律楚材这般的儒士留之何用?”谁料耶律楚材竟能挺身而出自辩道：“制弓尚需请良匠，难道治天下能不用治天下之人才乎?”众皆错愕，唯成吉思汗颔首“引以为然”。由此可见，这位至高无上的大汗还是颇为认同治国尚需文治的。而事实也确如此，就在耶律楚材到来之前，在文治方面他就做了几件意蕴深远的大事：

其一，初创蒙古文字——

前面已经说过，在13世纪蒙古民族的崛起如核裂变一般，以迅雷不及掩耳之势便建立起如此庞大的地跨欧亚的游牧帝国。其速度是大出人们意料的，什么都来不及准备，当时蒙古民族甚至就连文字也没有。据史载，崛起初期，即使是发布号令、传递讯息以至派遣使者，均也只能用“手指刻记”，实在是影响征服的脚步，而且和奔袭、突袭、奇袭的战术极不相匹配。面对这样一个严重的缺憾，首先给予其高度关注的仍然是统率着千军万马的成吉思汗。戎马倥偬间，他仍无时无刻不在想着如何解决这个亟待解决的问题。一次，在攻灭强敌乃蛮部的大捷声中，他并没有注意缴获的种种令人目眩的奇珍异宝，而唯独把俘获的乃蛮部掌印官塔塔统阿叫到了身边。史载，成吉思汗“捧其部金印反复把玩”，并“审视其上铭文百端问之”。原来乃蛮部已先一步开始用吾畏儿拼音字母拼写记录本氏族语言，盖此金印后即可行文“出纳银谷、委任人才，一切事皆用之，以为信验”。成吉思汗闻之大喜，并为之大受启发。很快便将塔塔统阿纳于麾下，令其也用畏兀儿字母拼音试创统一的蒙古文字。在成吉思汗亲自主持下，历经反复试验最终大获成功。随之，便有了用这种初创蒙古文刻就的大汗御用金印，并下旨传令诸子诸王“皆随塔塔统阿习用之”。传说中的仓颉造字已成中华文明的一大亮点，难道成吉思汗主持初创蒙古文能不算文治吗?

其二，制定“札撒”——

“札撒”，蒙古语，又可直译为“法令”或“法典”。它的制定和出现，似可视为马背民族由战乱向文明社会跨进的一大步。

而“札撒”也是由成吉思汗亲自主持制定的……

就在蒙古草原即将大一统之前，这位“一代天骄”就对这个问题开始深入思索了。似乎他早已深知“没有规矩难成方圆”，要推行他那征服政策，就必须先有一套安内的法则。1203年，就在成吉思汗攻灭最后一个强大对手王罕所率的克烈部后，他已初步订立出一套颇为严峻的“札撒”，并召开大会，当众宣布。1219年，在他已成为功成名就的征服者之后，又几经修订，几经完善，最终在西征前夕的“忽里台”贵族会议上公之于众。史载，这是一部“重新确定了训言、律令和古来体例”，并受命写在羊皮纸卷上更加完善的“大札撒”。有法可依就是时代的一大进步，这难道不算成吉思汗的文治吗?而且是先抓根、先固本，力图使草原母地无后顾之忧。只可惜这部草原法典后来竟逸失了，唯留部分条款尚散见于中外相关史籍之中。

现仅举几例，以一窥“大札撒”之原貌——

例一：“那颜”们（系指官僚或贵族阶层）不得背离君主而投靠他人，不得擅离职守，违者处死!

例二：挑拨是非，构乱皇室者处死!

例三：收匿逃奴而拒不归还原主者处死!

例四：盗窃牲畜者九倍偿还，否则偿以子女！

例五：强盗寇掠者处死，籍没其家赔偿受寇方！

例六：说谎诈骗，以幻术惑人者处死！

例七：禁便溺于水中，禁留余烬于草场，禁……禁……

总之，“大札撒”是成吉思汗为草原汗国制定的最高法典，从而也为统一后的蒙古“兀鲁思”提供了法律依据和法律秩序。尚必须指出，除“札撒”外，还有一种史称“必力克”的条文作为辅助。“必力克”，系记录在册的成吉思汗之训令和训言，似蒙古草原古代的“最高指示”。发展到后来，凡举行议定新汗或征伐等重大事务的“忽里台”贵胄大会，都必须首先奉读“大札撒”或“必力克”以为训。

但西方史学家因历史成见，对“札撒”评价并不高……

谁料，最近由于全球气候变暖，绿色环保运动兴起等种种原因，突然间他们竟又一反常态捧读起这部古代马背民族的大法典。据说，这是因为他们在“札撒”中发现了游牧民族古老的“环保意识”。比如，“禁便溺于水中”“禁留余烬于草场”等众多游牧中的禁忌，而这却说明了成吉思汗绝非仅仅是个狂热的征服者，并且也是个热爱草原深懂保护大自然的先驱者。更须指出，有些国外环保专家竟进而把“札撒”中某些条款统称为：世界上最古老，也是人类第一部“环保法”。姑且存疑，因为还得重归原有主题：文治。

其三，提前设置专职的司法高官——

1206年，刚登大位不久，他即任命自己的养弟失吉忽秃忽为“扎鲁忽赤”，成为汗廷少有的高级文职人员。“扎鲁忽赤”，译为“大断事官”。其职责主要是：“掌管民户分配”与“刑狱辞讼”。据史载，成吉思汗任命后曾对他说：“如有盗贼诈伪之事，你惩戒着，可杀的杀，可罚的罚。百姓们分家财之事，你料断着。凡断了的事，写在青册上，以后不许诸人更改！”而“惩戒”与“料断”均离不开法，因此失吉忽秃忽便成了成吉思汗修订和完善“札撒”的主要助手，功不可没，史称其终生“不辱圣命”。为此，当代著名元史专家李治安先生曾对此评价说：“大断事官是大蒙古汗国的最高司法行政长官，相当于‘国相’。它的问世，意味着草原帝国国家机构逐步正规化。”既有法，又有最高的司法行政长官，这难道能不称之为文治吗?

除此之外，文治之例还有很多……

但为什么成吉思汗在“文治”方面很少有人提及？这很可能是被他那赫赫的征服武功所遮掩了，也算一种“灯下黑”现象。人们似乎只知道他怎么马踏欧亚缔造了空前绝后的庞大草原帝国，而竟将上述文治功绩视为“细枝末节”不予重视。

其实，成吉思汗不但是个超凡的天才军事统帅，而且也是个集大智慧的杰出治国论者。

主要的特点便是：目光锐敏与胸怀开阔！

始终引领着蒙古民族不断向前！

永远立于不败之地……

【成吉思汗遗产之五：海纳百川和与时俱进】

若提到成吉思汗的胸怀，常会联想到两个人的名字：耶律楚材与丘处机。

有相关中外诸多史籍可考，这位前无古人的征服者确实天性坦荡，襟怀如茫茫草原般开阔。早在一统蒙古的部族征战中，就知“不计前嫌，广纳智勇，不分部族，为我所用”，气魄宏大得很！以致奠定了他必成大业的基础。

且放下耶律楚材与丘处机不提，先以蒙古族名将哲别为例……

哲别，原为敌对部族一员智勇双全的猛将，曾于双方激战中射伤成吉思汗的颈部。血流如注，按氏族传统当被视之为“奇耻大辱”。但成吉思汗在灭其部族将哲别俘获后，竟力排“皆欲杀”之众怒而带伤对其“百般抚慰之”。比“诸葛亮收姜维”还做得细致彻底，致使哲别最终成为死心塌地追随他的常胜将军……而由于收哲别，还可引申出成吉思汗在征战中另一个用“文”的故事：1218年，哲别奉命直穿中亚跨南俄罗斯，攻打“黑契丹”（西辽）以追剿太阳汗之子所率残部。因中途所经之处多伊斯兰教信众，故成吉思汗适时点悟他曰：“吾之所崇奉之长生天何其高远阔大，星星或月亮均缀其上。神意如此，何不容之？”这真可谓大征战中之大“文”，怎能不使哲别顿时“大彻大悟”？随之便一路征战一路高声宣示：“每个人均可有自己的信仰，保持自己祖先的宗教规矩！”似可视之为世界上第一部宣示“尊重各民族的宗教信仰”的公报，果然威力无穷，最终大破“黑契丹”而收其国土。但正如翦伯赞先生“后台演兵场”之说，中原大地对成吉思汗似仍有一种宿命似的吸引力。

终于该说到两位中原文化的代表人物了……

耶律楚材（1190—1244），契丹贵族后裔，生于今北京香山且久居汉地。自幼丧父仅靠慈母养大，史载其“饱读经书子集，深谙孔孟之道”。后曾因避战祸入报恩寺“礼佛三年”，故才有日后他那“从政以儒教，修身以佛法”之说。被召入成吉思汗麾下后，不久便因“才识过人”成为驾前亲信重臣。又因他身材伟岸，尤显一脸浓髯，竟被成吉思汗直呼为“吾图撒合里”（蒙古语意为“大胡子”）。耶律楚材来到草原之初，就开始向成吉思汗大讲中原历代王朝兴衰的故事，并也借机在汗廷上下大肆宣扬起“君君、臣臣、父父、子子”等孔孟之道。以现代人的语言说来，这应当属一种“软实力”的乘虚而入。

耶律楚材

但成吉思汗却越听越觉得，大胡子所讲的这种儒家学说似对加强自己的“硬实力”更有所用。随之便海纳百川地采取了“拿来主义”的态度，凡耶律楚材有利汗国的“献策”大多言听计从。据史学家考证，木华黎所奉“兼容并蓄、笼络八极”治理中原之策，源头很可能来自这位契丹大儒之谏言。再如，开国初期，征战频繁，所征服广袤国土当如何管理，尚无制度，确实曾发生过“烧杀掳掠、任意屠城”等血腥暴行。而在伴驾西征途中，耶律楚材便又以“自毁金盆”为喻进行了及时的谏阻。但更难能可贵的还是成吉思汗那超凡的统帅气质，一经踏出草原冲向世界便更加眼界开阔胸怀天下。几经大胡子的暗喻明点，顿时下了一道与时俱进的诏旨：“不是汗廷的命令，不得随意征敛财物，死刑必须上报汗廷，违者处以极刑！”这可以说是翻天覆地的转变，从此耶律楚材的地位就日渐突显。只可惜传统守旧势力是如此顽固，而有历史成见的中外史学家也大多只侧重笔伐早期的攻伐杀掠……史称耶律楚材为“漠北第一儒”，果然由于他的影响追随他而来的各族儒者也越来越多。从此儒家学说便得以渐渐传播于茫茫草原。而成吉思汗也深谙利用儒家的软实力，故而更日益彰显了他的雄才大略。“从政以儒教”绝非妄言，这位契丹老夫子的故事，后面还要继续讲到。

丘处机（1147—1227），汉族，祖籍山东登州栖霞，全教全真派之第二代掌门人。深得老庄哲学的要义，尤对《道德经》更有精深的研究，并且是“儒道同源”的推崇者。自号长春子，信众尊称为长春真人。自幼学道，有关他的神话传说颇多，故到木华黎奉命治理汉地时，他已是闻名中原的“神仙”。史载，乃“骆驼将”扎巴尔向成吉思汗宣传和推荐的他，因而这位老道似也只能奉诏去拜见这位震撼世界的征服者。历时三年，方才追上正在西征途中的成吉思汗。1222年5月15日，二人相见于今撒马尔罕郊外一座大帐里。其实，成吉思汗想要的是那传说中道家长生不老之药，但开口却问的是治国之道，谁料丘处机竟然直言回答道：“欲统一天下者，必在乎不嗜杀人。治国之方，以顺天爱民为本。”与耶律楚材宣扬的一样，成吉思汗似也只能改口坦求“长生之药”。没想到丘处机这次回答得更直白，竟曰：“世上本无长生之药，更无长生之人，只有延年益寿之法，其要以清心寡欲为本！”这曾使成吉思汗大失所望，但又不得不佩服这位道长的正直与坦荡。丘处机老实中显出了一身的仙风道骨，致使成吉思汗想通了之后更想与他畅谈。广纳“天人合一”“顺天爱民”“上善若水”等诸多道家思想，从中似乎理解了丘处机为何仅为给自己讲“清心寡欲”四个字，便可不顾老迈年高跋涉三年而来的目的。从此，再没有听到过成吉思汗提“长生之药”的事，反倒有史可查他开始考虑起对未来的安排……虽然说长春真人的出现并没有耶律楚材影响那么大，但中外史学家对他此行均有很大篇幅记述。这不仅是将他作为一位古代的“和平使者”，而且也是为了突显成吉思汗征服方式的转化。丘处机回到中原不久便于1227年逝世了，享年八十岁，尚留下一篇七言绝句以供后人了解古代的草原，现全诗抄录于后：

极目山川无尽头，风沙不断水长流。
如何造物开天地，到此令人放马牛。
饮血茹毛同上古，峨冠结发异中州。
圣贤不得垂文化，历史纵横只自由。
坡陁折垒路弯环，到处盐场死水湾。
尽日不逢人过往，经年时有马回还。
地无木植唯荒划，天产丘陵没大山。
五谷不成资乳酪，皮裘毡帐也开颜。

此诗出自古籍《长春真人西游记》，姑且不论其中谬误（如饮血茹毛）只供参考用。但成吉思汗确是在丘处机走后不久，便于1224年听耶律楚材之劝谏班师回到草原了。儒道同源的“顺天爱民”之说，确对他产生过很大的影响，而“清心寡欲”之言也确使他从此开始考虑草原帝国的未来走向。上述绝非虚言，细研《元史·太祖本纪》便可尽知其详。

这就是古代马背民族“走出去、请进来”的成果……有史可考，从此成吉思汗竟有两年再没有亲自出征。诸子诸弟都在东西两翼遥远的封国，身旁只留下一文一武帮他出谋划策。文的即契丹大儒耶律楚材，武的即忠诚无比的嫡幼子拖雷，他们已早成为草原汗国权力架构核心中的核心。还有一个人也必须提到，那就是已过十岁的忽必烈。由于伟大祖父对他的特殊钟爱常伴于圣驾身旁，故也常听到大人们议事，而只是没有发言权。再由于父亲拖雷和那“大胡子”志同道合相处得格外亲密，故也有的史学家称“耶律楚材乃忽必烈儒学之启蒙导师”。

海纳百川，与时俱进，草原汗国到底走向何方？……

似乎翦伯赞先生所说的“大后台”与“冲向中原”那种磁石效应更强了，成吉思汗经过近两年的思考后，竟突然起兵要彻底灭掉仍偏安于甘宁一带的西夏王朝。难道这又是“只识弯弓射大雕”吗？非也！此次重新转向中原显然与成吉思汗对未来的安排有关：荡涤北方汉地最后一个残存政权，然后再越黄河灭掉汴梁的后金王朝，统一长江以北的中原大地后，便是直指当时世界上最先进、最富庶的地区——南宋的天下。目标非常明确：他要完成此前匈奴、突厥、鲜卑、契丹、女真等诸多北方少数民族未尽之志：一统华夏！然后，给子孙们留下个更美好、更广阔的生存空间，以利他们再继续“海纳百川，与时俱进”地实现“长治久安”。

以“武功”为子孙的“文治”先奠定扎实的基础……

这一点只要详查《元史》，就可从成吉思汗临终时留下的“战略部署”遗嘱中初见端倪。综观上述，这位前无古人的征服者给后代留下的遗产确实是丰富厚重的。既有地跨欧亚庞大的游牧帝国，又有海纳百川和与时俱进的伟大精神。但也必须指出，过于丰富厚重往往最后也能转化为难以负载的包袱。比如，崛起初期订立的世袭千户制、世袭执事制、世袭怯薛制、世袭的“大汗直辖与诸子诸弟分领复合体系”制等，没有了成吉思汗那种至高无上的绝对权威，最终在转型期也会因利益冲突转化为一道道艰难险阻。

大有大的难处，登上巅峰后眼前往往就是低谷……

因为，除上述之外，成吉思汗的去世还埋下了个“承载着人类共有弱点”的可怕的隐患。这就是法国格鲁塞在其名著《草原帝国》中一针见血所指出来的：“成吉思汗为子孙们留下了地跨欧亚庞大的草原帝国，同时也为子孙们留下了无休无止的权力之争……”这的确也是个难以回避的要害问题。好在伟大祖父逝世时，忽必烈刚刚十二岁。虽然说他非常聪慧，也深知祖父对未来的宏伟愿景，但尚轮不到一个孩子为此忧虑或置喙。

况且早有了既定的继承人，父亲还被公推为“监国”，而且耶律楚材也在汗廷中发挥着越来越大的作用。

少年不知愁滋味，小忽必烈擦干眼泪已在暗下决心！

翘首以望未来，只感到满目辉煌！

心中唯有圣祖遗愿……

骑马勇士

附二　忽必烈大帝的“鼎新革故”与“一统华夏”

前面已经提及，忽必烈自童年起便极受祖父的钟爱，常有机会陪伴于这位世界伟人的身旁。而成吉思汗也曾对这个孙儿有过如此令人惊叹的预言：“彼将有一日据吾之宝座，使汝辈将来获见一种命运，灿烂有如我再生之时……”但命运却又是如此的捉弄人，在伟大的祖父逝世不久之后，他便因皇室的内争历经了一系列常人难以承受的厄运：质兄、丧父、辱母、削权，整个家族几乎被变相吞噬等劫难。多亏他有一个“高过举世妇女之上”的伟大母亲，才使他从未低下过他那高贵的头颅——

即牢记圣祖的遗愿，为马背民族探寻一条全新的出路……

也就从那个时候起，他便在茫茫的吉里吉思大草原上开始了“习儒纳儒”，广招天下名士群议以“仁”治国之道。在伟大母亲极具魄力和远见的策划下最终使长兄蒙哥成为第四任大汗，而他也被派往镇守漠南并更进而学习汉地汉法。他可以说是蒙古诸王中的一个“异类”，不以武功称雄却偏要搞什么由各族高人组成的“金莲川幕府”。1259年，长兄蒙哥大汗在大举伐宋时猝死于四川钓鱼城。1260年，他以“中统”为年号抢先称帝于开平（即以后之元上都）。“中统”取之于汉文古籍中“中华开统”之语，意在说明草原汗国从此将跻身华夏历朝历代之序列。但由于绝大多数宗亲贵胄、勋将功臣长期受游牧文化的熏陶很难一时适应，故而在很长一段时间内忽必烈采用了“内蒙外汉”之策：对内仍保留一些蒙古民族的古风古俗甚至古制，而对外则为了“入继华夏大统”彻底转型大力推行汉地历朝历代的政治体制。

史称：鼎新革故。大体可分下述各方面：

【述祖变通，任人唯贤组中枢】

1260年，忽必烈大帝便在其“即位诏告”中公然承认此前的草原汗国时期“武功迭兴，文治多缺”，显然他是要从“文治”这方面入手了。

正如法国史学家格鲁塞在《草原帝国》中所说：“他想获得的最伟大的名声也许不是‘他是世界上第一位征服全中国的人’，而是‘第一位治理中国的人’。”并又说：“在中国，他企图成为十九个王朝（原文）的忠实延续者，其他任何一位天子都没有像他那样严肃地扮演着自己的角色。”这里的“人”系指我国北方少数民族而言。而“延续者”却确系我国北方少数民族所共有的历史追求。

其中，忽必烈便是最具有代表性的历史人物……

在草原战胜皇位的唯一挑战者幼弟阿里不哥回到开平之后，他的确没有因为成了“皇帝”兼“大汗”而停步不前，而是在中原更加严肃地扮演起“天子”的角色。为了实现其“中统诏书”中之“祖述变通”（也可视之为：与时俱进）与“鼎新革故”（也可视之为：大胆改革）之种种诉求，他解下帅甲便立即以帝王之身尽显雄才大略了。首先针对的便是原游牧汗国的“官无常制，机构混乱，兵庶一体，以武乱政”之种种弊端，决心以儒家学说为核心，兼采历朝历代之所长，建立一套新朝政治架构的文官体制，意在实现未来的南北江山大一统。

这时，他那“金莲川幕府”的幕僚团发挥了极大的作用……

在这些儒臣们的参谋下，忽必烈大帝决定博取中原历朝历代之所长，并优先采用先朝金代的体制。行政、军事、监察三权分立，但名称却有所改变。金之尚书省改为中书省，金之都元帅府改为枢密院，只有御史台名称依旧。

元代“三权分立”的机构职权如下：

中书省建于至元元年（1260年），为中央最高行政机关，总全国政务，类似于今之国务院。其最高长官曰中书令，习惯上由皇太子兼任，典领百官，会决庶务。其实际长官是右丞相、左丞相，右丞相为正长。此外还设平章政事，右丞、左丞，参知政事，上述人员通称为宰执官。试做如此类比：丞相似总理，平章政事似分管各部的副总理，左右丞似今之国务院秘书长，参知政事似今之国务院具体办事官员。除此之外，并设立左三部（吏、户、礼）和右三部（兵、刑、工），各置尚书、侍郎等员。

枢密院秉兵柄，设于中统四年（1263年），除四“怯薛”由皇帝或亲信大臣管辖外，总管“天下兵甲机密之务。凡宫禁宿卫，边庭军翼，征讨戍守，简阅差遣，举功转官，节制调度，无不由之”。最高长官为院使，由皇太子兼任。实际长官为知院，下设同知、副枢密使、佥枢、院判等员。凡有战事，军务由中书省宰相主持，设行院主持前线军务。平时军务交还枢密院主持。

御史台司黜陟，设于至元五年（1268年），最高长官为御史大夫，其下为中丞、侍御史、治书侍御史等员。其所属机构有殿中司和察院。凡大朝会，百官班序，“其失仪失列，则纠罚之”；京师百官任假事项，出三日不报者，则纠罚之；凡大臣入奏，必在场，一切无关人员“则纠避之”。察院掌治安，“司耳目之寄”。

显然，忽必烈大帝对这样有别于游牧体制的政治架构还是十分满意的，难怪他兴奋地对着那些出谋划策的儒僚这样说：“天下国家，譬犹一人之身，中书省是吾之右手，枢密院是吾之左手，御史台是吾用来医治左右两手之疾耳！”（见《元史·世祖本纪二》）

极具魄力！但关键却仍在于如何用人……

这可是一件关系国家走向的大事，当即引发了“万众瞩目”。虽然说历经北魏辽金数百年的统治，长江以北的民族意识已很模糊和淡漠了。但中原的士人们却仍想从这次人事安排上了解，这位“认祖归宗”扬威草原的大汗回来后将如何再当好中国的皇帝？这的确是一件牵动人心的大事：是恢复草原祖制，还是继续实施“儒家仁政”做华夏的“共主”？

引颈等待，终于盼来了结果……

据史载，中统二年（即1261年初春），在忽必烈战胜幼弟凯旋仅两个月之后，即依据察苾皇后与姚枢、许衡等大儒的初步意见，又经自己的反复思考和筛选，最终拿出了一套极具眼力的人事布局方案。重点对中书省——也可称之为内阁——首先宣布了重要阁僚的正式任命：布华、史天泽为右丞相；忽鲁布花、耶律铸为左丞相；塔察儿、王文统、赛典赤·赡思丁、廉希宪为平章政事；张启元为右丞；张文谦为左丞；商挺、杨果为参知政事。（详见《元史》）其中，左丞相、右丞相统领内阁，管辖六部；平章政事乃丞相副手；左丞、右丞各一人，参知政事二人为执行内阁决议之执政官。又因蒙古人以右为上，故右丞相高于左丞相。

切莫小看这份内阁人事任命名单……

这不仅反映了忽必烈入继华夏大统的意愿和决心，而且也反映了他对民情民意的高度重视。从民族成分上来看，其中蒙古族三人，汉族六人，契丹族一人，畏兀儿一人，回族一人。说明忽必烈特别注重起用各民族的精英，排除民族歧视尚能以“任人唯贤”为标准。再从思想倾向来看，其中除个别人外，不分民族大多为儒家学说的忠实门徒。这更说明忽必烈开始已摒弃了“唯崇祖制”，放手推进向中原先进文明的过渡。总之，这一内阁人事任命一经公布影响巨大，中原士人仅看阁僚组成的民族比例便欢呼雀跃不已了。当时他们并不知和谐交融此类词儿，只认为这是忽必烈要继续“行中国事、为中国主”了。一时间为新朝带来一种全新的气象，竟产生了一股前所未有的凝聚力。人心振奋，已开始有人视其为“一代明君”。

似乎成吉思汗对他的预言就要实现了……

【重农桑，彻底由“武功”向“文治”转型】

忽必烈虽是第一位“入继华夏大统”的蒙古族帝王，但若论远见卓识却与中原历代明君毫不逊色。

他有着极其清醒的头脑，有着极其锐敏的目光，更有着超凡的综合判断能力。早年的纳儒习儒，中年的试行汉地汉法，已使他早看清了一点：马背民族若仅靠游牧生产便想再创辉煌已经不合时宜了；若想再用武力攻掠尽取天下财富那更等于“竭泽而渔，杀鸡取卵”；而再想回到游牧生活的原点以求永葆不

忽必烈视察大运河

衰那更等于痴人呓语……为此，当他深刻地认识到绝无回头之路之后，在开平即位后更决定由“武功”向“文治”大胆转型了。更难能可贵的是，继而他很快就参透了儒家学说的实质似可概括为三个字：重农桑。

这就是农耕文明之根、之本……

有史可考，在1260年3月建中统年号称帝后，忽必烈便立刻下旨诏告天下曰：“国以民为本，民以衣食为本，衣食者以农桑为本！”（见《元史·世祖本纪》）好英明的论断！随后便又采取了一系列措施，力图尽快恢复战争创伤所破坏的北方农业生产。从本能地关心草原游牧，转型为劝农桑并政策性地重视发展农业生产。这说明了忽必烈已由经济入手，施政重点已向物产丰富的中原倾斜。

政治智慧，经济眼光，均堪称历代帝王之佼佼者……

1261年夏，即在忽必烈凯旋刚刚完成人事布局不久，即下令在中书省内专门设置劝农机构——劝农司，并派出陈遂、崔斌、成仲宽、粘合从忠等为滨棣、平阳、济南、河间等地劝农使；李士勉、陈天锡、陈膺武、忙古岱等为邢州、河南、东平、涿州等地劝农使。分头行动，立即深入上述各地检查和督促农业生产。

而更重要的还在于一系列配套的政策和措施……

查遍史书，确实未见这位蒙古大皇帝一句“重游牧”之说，而却可见其“严禁蒙古军践踏农田，损害庄稼”之多种诏令。如1262年1月，就曾下令“禁止诸道戍兵及权势之家放纵牲畜侵害桑枣禾稼”。1263年7月，又颁旨“禁止野狐岭行营蒙古人进入南、北口纵牧畜，损践桑稼”。而后更以圣旨形式条划规定：“诸军马营寨及达鲁花赤、管民官、权豪势要人等，不得恣纵马匹，损坏桑枣，践踏田禾，骚扰百姓”等等，并首次规定出“另加治罪，并勒验所损田禾桑果分数赔偿”等惩罚措施。七百多年前就知“损害庄稼要赔”，实属难能可贵。不仅如此，这位蒙古族大皇帝还懂得劝告和鼓励老百姓“开荒垦田，种植桑枣”，还进而推出定期减免开荒者税收的鼓励措施。并且还首次谕令河南蒙古驻军，“除城邑近郊可保留部分马场，其余应听还民耕”。还公开下诏于那些依旧大权在握的勋戚贵胄，命令他们：“不得擅兴不急之役，严禁妨夺农时！”以上所述绝无杜撰，均可详见于《元史·世祖本纪二》。而更难能可贵的还在于，也就在1261年组阁后不久，这位游牧民族出身的蒙古君主，竟命两位汉族能臣王允中与杨端仁，奉旨于孟怀路开凿广济渠。引沁水经过五县直达黄河，全长达六百七十七里，可灌溉农田三千余万顷。如此规模宏大的水利工程，竟出自一位来自草原的大汗之手，这在历代入主华夏的少数民族帝王之中是前无古人的。还值得一提的是，他从中还发现了许多杰出的科技人才，比如“习知水利”，“巧思绝人”的郭守敬，不但后来助其完成了多项更宏大的水利工程，而且还以天文历法上的多项杰出成就而成为闻名后世的伟大科学家。郭守敬系刘秉忠的弟子，似属儒家的“实用主义”派。（以上史料分见于《元史》相关分传及类志）总之，忽必烈在此阶段为一统天下还是抓住了根、找准了本，措施也是颇为得当的。

完全可以这样说，这是忽必烈施行仁政最辉煌的时期……

不分民族，选贤用能，人尽其才，地尽其力，短短的一段时期内，黄河流域恢复农业生产已初见成效。但天有不测之风云，随之便是阿里不哥的诈降复叛，汉世侯李璮的背后插刀。危机四伏，汉臣汉儒顷刻间变得似人人可疑……但即使是在这样的情况下，重农桑之政策他也从未动摇或中断过。总之，在行施汉法治汉时，忽必烈却又表现出游牧民族那种执着和坚韧不拔的性格。在事态平息之后，更进而下诏以重农桑之成效为地方官员奖惩标准。据《元史》载：“高唐州官员因勤于劝课受升秩奖赏”，而“河南陕县尹王仔却以惰于农事被降职”。而更重要的还在于，随后忽必烈又将“劝农司”升格为“大司农司”，并擢升藩邸儒臣张文谦为“司农卿”。位列阁辅，专掌农桑水利。“巡行劝课，察举勤惰”。还有史可考，他还下令大司农司编纂《农桑辑要》一书。史载，此乃“遍求古今所有农家之书，披阅参考，删其繁重，摭其切要”所辑。故才有了元王朝令后世惊叹之举：不仅将《农桑辑要》推而广之，而且取其精要“相风土之宜，以讲究可否”拟定和颁布了‘农桑之制十四条’”（见元代史籍《农桑辑要·王磐序》）。七百多年前就知“科技务农”“因地制宜”“农业多少条”等，而且出自一位蒙古族皇帝之手，确实令人难以置信。

而其令后人惊叹之举尚不仅仅于此……

这位马背民族的大皇帝，总体来说似乎还是受儒家学说拘束较少。度量弘广，干什么总能干出些名堂。就拿兴修水利来说，除前面已说过的开凿怀孟路的广济渠等诸路河渠外，1264年又命张文谦率“习知水利、巧思绝人”的郭守敬，修复疏浚唐来、汉延二渠，可灌溉田地近十万顷。对恢复久经战乱破坏的黄河流域农业生产，可以说是居功至伟。但这仍不算惊人之举，可叹之处乃这位蒙古君王颇喜“新鲜事物”，而且一喜便有大胆发挥。比如陕甘村屯间，秦汉年代即有“社”一说。闹个社火，办个祭祀，农忙时也相互帮个工。这种乡俗被忽必烈听说之后，顿觉如获至宝。与深通农桑的儒臣相商之后，竟下旨曰：“立社是好公事也！”“是随路已立了社呵，便教一体立去者！”（原文照录，见元档案）现在听起来是有些别扭，但这确系七百多年前元代的口语。随之，便因皇长子领中书省事，又将此事交与其处置。而真金自幼即随姚枢与窦默苦学儒学汉法，领旨又经自己儒化，而交丞相史天泽、司农卿张文谦立即各地“广为推行”。据史载：“于乡间村屯，又实行五十家立一社，择年高晓农事者为社长。敦本业，抑游末，设庠序，崇孝悌。”（见《元史·世祖本纪》）史又载，此乃忽必烈“亲自推动立社劝农桑”，遂使七百余年前的中原大地似也走上了一条“农业互助合作化”的道路。后统一江南后又推向全国，“社”最终竟也成为元帝国最基层的行政单位。当然，绝对的今非昔比，但令后人还是叹绝。而这种立社显然是以儒家思想为基础的，故又受到汉臣们的大力推崇和敬服。

潇洒、从容、自信地操控转化着软硬实力……

岁月匆匆而过，忽必烈“重农桑”之政策，“功效大著，民间垦辟种艺之业，增前数倍”，“凡先农之遗功，陂泽之伏利”，总体皆“靡不兴举”，基本上做到了“野无旷土，栽植之利遍天下”，使黄河流域的农业生产得到了较快的恢复和发展，这在前朝历代入主华夏的少数民族帝王中是绝无仅有的。须知，当时全世界尚处于农业社会（有的还未进入），农业经济的迅猛发展也就代表他掌握了世界的先进文明。（以上引言见于《农桑辑要·王磐序》及《秋涧集》卷三十七等）总之，若真的“增前数倍”，那肯定人均“GDP”也增长了不少。黎庶的初步温饱暂时解决了且不说，也为忽必烈“大显祖风”奠定好了物质基础。

这是一次由“武功”到“文治”的成功转型，充分展现了忽必烈的雄才大略。而将“重农桑”作为切入口，更使得大元王朝这条初建成的航船乘风扬帆航向不可逆转！

作为一位志向宏远的少数民族的杰出帝王，他已经成功地向未来迈出了第一步——

重农桑，蓄大志，以图天下……

【兴儒学与重理财赋】

当然，作为一位开创新王朝的新主，也不能说只“重农桑”就算功德圆满可以高枕无忧了。要知道成功的转型是个颇为复杂的系统工程，要想使一个草原的游牧帝国成功跨入农耕文明还必须全方位抓起。比如说，既然已宣称“入继华夏大统”，那就必须承袭历朝历代封建帝王所崇奉的“孔孟之道”。再比如，既然重农桑“所获颇丰”，那就必须一改昔日的横征暴敛重新制定“利国利民”之税赋之策。

好在忽必烈在多方面均是个治国能君……

度量弘广，日理万机，在狠抓“重农桑”的同时已出手不凡也在抓这两件大事了。再加上他为藩王时在这两方面均积累了丰富的经验。比如说，在命廉希宪治理京兆食邑时，就曾任命一代大儒许衡为“提学”赴秦陕一带以儒学“教化黎庶”。再比如，在命张耕与刘肃以汉法治理邢州时，已试行过税赋的改革。故在中统建元后推行起来也是极具魄力的，以下分别从两方面简略概谈：

一、重儒兴教——

有史可查，从汉唐以来入主中原的历代帝王，无论是汉族或少数民族，均视尊孔祭孔为承袭传统。这倒不是说儒家学说是万能的，但在七百多年前的特定历史环境下离开它也确是万万不能的。否则就别想在中原立住脚，更别提天下大一统。据史载，蒙古汗国前四任大汗均对儒家评价不高。虽契丹大儒耶律楚材事蒙后略有改观，但并未曾使儒家思想在游牧帝国中占过统治地位。所幸忽必烈在青少年时期为探索草原汗国的未来，而被史称“主动接触儒学儒法之

元朝科技、农业、商业、手工业大发展

蒙古诸王第一人”。正如前面所说过的，后来便有了“纳儒习儒”之举，并曾被元好问、张文谦、王鹗等尊之为“漠北儒教大宗师”。故他的“先天条件”极好，承袭儒家学说这份传统似乎是水到渠成的。

但忽必烈还是不敢有丝毫大意……

据史载，自中统登基伊始，为尽得中原人心，实现一统天下的宏誓大愿，他始终将这段话放在嘴边：“孔子言三纲五常：人能自治，而后能治人，能齐家，而后能治国！”（见《元史·朵罗台传》）足可见他已把“三纲五常”作为“立国之本”了。为此，他不但下令拨款维修各地文庙，主动承袭了历代所有祭孔之举，而且还下令解除了所有读书人徭役之差和税赋之苦。总之，前期尚可谓对儒者特别客气，比如对亡金状元王鹗竟不直呼其名，而是礼贤下士地称之为“状元公”。而且还将一些闻名中原的大儒和理学大师，如许衡、窦默、王鹗等均加封为“翰林学士”，并设“昭文馆”为翰林学士的议事机构。虽对“科举考试”尚显犹疑并“久议不决”，但立朝初期就能如此，已足以使中原士人认为这完全符合“儒家正统”的要求了。更何况他还在1261年8月即接受了“翰林学士承旨”（即御用头号大笔杆子）王鹗的建言，已特诏各路设立“提举”为学校官，并选取了老儒王万庆与敬铉等三十余人赴各路担任提举使（相当于现在的省教育厅厅长），并钦命“作成人才，以备选用”，这已意味着地方官办儒学的全面恢复和重建。（见元代史籍《庙学典礼·设提举学校官》）随后又专门成立了“国子学”（即国立儒生大学），并特任命许衡为国子学“祭酒”（即校长）。当然，“国子监”（即国家主管教育的最高权力机构）的设立是多年后的事情，但还是可以看出前期的忽必烈虽怠慢科举，却还是颇为热衷于儒学教育的，是已隐伏下“九儒十丐”之种种矛盾，而在立朝之初就能如此尊孔敬孔也颇引人瞩目了。须知，前几任蒙古大汗均没有这么善待过汉人的老祖宗，看来这位蒙古皇帝是要认认真真地当“中国之主”了！

转型的过程之中，在继“重农桑”之后，这确实又是一步高棋！

为求天下大一统，必先求思想大一统！

二、整顿税赋——

忽必烈之雄才大略，尚表现在他及时“收拾残局”的魄力之上。没错！他是于1260年3月抢先一步在开平称汗的，但所面临的中原局面却是个地道的烂摊子。原汗廷和各大封国于汉地根本没有什么固定的税赋政策，而是只顾杀鸡取卵式地层层横征暴敛。致使昔日的“粮仓”和“银库”早已名不副实，大多数地区均沦为“赤旱千里，流民遍野”。况且尚面临着内忧外患、封王的年赏、军队和臣众的巨大开支等等问题，看来加速改变这种“竭泽求渔”所造成的混乱局面已势在必行了。如若不然，即使再提“重农桑”“尊孔孟”也只是两句空话。

而在这方面，忽必烈的高明之处即在于“知人善任”……

被他所选用之人即王文统，一位极为复杂又颇多争议的历史人物。先投靠过李璮后又转投在忽必烈帐下，现在主要展现他如何替忽必烈“理财”而成为一代“治世能臣”的。有史可考，这位蒙古族皇帝果然“独具慧眼”，即位不久便将“整顿财赋”之大权放手交与王文统“见机行事”。信任有加，并且任命他为中书省“平章政事”以便于行施职权。史载：“凡民间差发，宣科盐铁等事，一委文统裁处。”（见《元史·廉希宪传》）而儒臣杨果、张易、刘秉忠等也对忽必烈的“知人善任”颇为叹服，称王文统“才略规模，朝士罕见其比”。而这位蒙古族皇帝还又突现马背民族“襟怀坦荡”的特点：用人不疑，进而还特许他“不必劳于奏请，平时可运筹中书省，遇大事则面陈”。作为大元王朝首任副首相衔的“财政大臣”，他能不为这样的恩宠以肝脑涂地而回报吗？

王文统的理财改赋主要体现于以下三个方面：

其一，整顿户籍和差发。据史载，于中统元年（1260年），即在王文统主持下对中原汉地进行了一次彻底的“户籍普查”。这在前四届大汗时是从未有过的，其时尚只知征服和盘剥，根本不知人口到底有多少。而王文统在全面普查后却还能进而将户口分类和整顿，使中原汉地的百姓“分门别类”地都纳入新朝的户籍。而尤为重要的是，他又根据贫富贵贱的差别将其细分为：成丝银全科户、减半科户、止纳丝户、止纳钞户以至全科系官户等。目的在于，使他们“交纳的丁粮、丝料和包银，又依户别等第而有高下”。故虽已涉及权贵利益，但确实为全国的“理财改赋”打下了“广施仁政”的坚实基础。（见《元史·食货志一·科差》）

其二，食盐榷卖。必须指出，“重农桑”乃一项尚需时日方可见效的“工程”，而迅速增加税收却仍需靠盐铁等“大户”。故中统二年（1261年），忽必烈即依据王文统的申奏：“欲差发办而民不忧，盐课不失常额。”遂颁布诏谕“申严私盐”改由官家掌控。史称“食盐榷卖”。并当即“由每引（计量单位）白银十两减至七两”，这样就“便于官府向盐商批发和推销行盐盐引”了。同时，王文统还置官管理各大盐池盐场，还在各地设立“解盐司”统辖其事。与民与商均有利，从而结束了历届大汗均不懂盐务只顾掠取之混乱局面。其他如铁、茶、酒等均有应对措施，故仅山东一地盐运司的办盐收入就提高至白银两千五百锭（见《元史·食货志二·盐法》），致使国库逐渐充盈。

其三，推行中统宝钞。这更可证实忽必烈用人之道，王文统的确具有一般儒臣难有之“经济头脑”。早在中统元年（1260年），即以中书省名义于全国发行“中统元宝交钞”。面值从“文”到“贯”共十种，钞之一贯相当于白银之一两，显然是以银为本位，并规定全国通行，就连各级官府上缴的盐铁茶酒之诸类岁贡税赋也必须以中统宝钞为主。由此信誉日增，加速了货物的流通，激活了经济的发展，中统宝钞也成为世界上最早的由国家统一发行的纸币，再加上措施得力、规章严密，银本常足不动，故史载，很快便使臣众“视宝钞重于

八思巴文铜钱

金银”。难怪意大利的旅行家马可·波罗也在他那闻名于世的《马可·波罗游记》中这样记叙道：

在汗八里城中有大可汗的造币厂。内部设备非常好，我们可以说大可汗是一个完全的炼金家（冯承钧译作“点金术”）……他采取桑树的皮……和胶一齐捣成糨糊，然后卷成薄片……他把它们切成大小不同的小块，但全是长方形……所有这些大小纸块上，全印着大可汗的图章。你们必须知道，所有那些钱发出去和纯金纯银有一样的势力和威严。有一定的官吏，特别委派在每张纸币上写上他们的名字并盖上各人的印。当钱制好的时候，那些官的领袖，奉大可汗特别委派守印，将官印涂上朱红，盖在纸上，所以纸上留着朱红色官印的痕迹。以后这张纸币就变成有效的了。如有人伪造纸币，必受斩首的死刑。大可汗造出如此多的纸币，能够拿他付换世界上所有的钱币……在他所统治的各省、各国和各地方中，这纸币皆通行使用。没有人敢拒绝，违者处以死刑。我还要切实告诉你们，在他所辖的各国各民族中之臣民，皆愿意接受这纸币，偿付各种款项。因为他们无论到了什么地方，总能用他购买一切东西，如珍珠、宝石和金银等各种货物。

综合上述，不难看出：忽必烈用人是恰当的，王文统的理财也是卓有成效的。与其有政见分歧的姚枢，也不得不承认王文统在中统年间做到了“民安赋役，府库粗实，仓廪粗完，钞法粗行，国用粗足，官吏转换，政事更新”。（见《牧庵集·中书左丞相姚文献公神道碑》）由此可见，继组内阁、重农桑、兴儒学之后，忽必烈在大搞经济上也可称“硕果累累”。当然，也必须指出，尚有一位“幕后英雄”挺身而出！此人即著名的汉世侯、原掩雷家系在中原食邑的守土臣、忽必烈多年来的亲信追随者，也是在汉臣汉世侯中唯一能荣膺内阁首辅的右丞相：史天泽。是他主持中书省定规十条，使政务处理有章可循；是他奏罢色目大臣与贵胄“占役”，实行统一的税赋科差规则；是他在多民族的宰辅间“弥缝协调”，以至自身“委屈论列”；是他在皇帝与大臣之间上传下达，使组阁、重农、尊儒、理财等均能得以顺利推行。故《元史》载：“中统初元之治，史天泽功不可没！”只不过不如王文统那样“才略横溢”，而甘愿隐没于政务之中而不如王文统那样出名罢了。

总之，转型顺利，前景辉煌……

但智者千虑，必有一失！就在忽必烈采用“内蒙外汉”之策，并未触动草原母地的诸多旧制之时，一些守旧的宗亲贵胄已因中原的利益受损而怨气冲天了。他们才不管圣祖的遗愿不遗愿呢，竟联名上书诘难忽必烈：“本朝旧俗（指草原汗国）与汉法异，（你）今留汉地，建都邑城郭，仪文制度。遵用汉法，其故如何？”明摆着是那些仍坚守着游牧汗国古制的遗老遗少要向他发难了。果然，就在组成中书内阁的次年，被他打得逃归吉里吉思与他争位之幼弟又借着这股暗流“死灰复燃”了。

做工精致的蒙古刀

来势汹汹！似只能暂停“鼎新革故”先彻底予以征服……

却谁料，正当他举所有兵力开赴草原北伐之际，一位曾娶蒙古宗王之公主为妻，并统辖着部分蒙古驻军，还曾多次接受过他豪爽封赐的实力颇强的汉世侯（归降蒙元的汉族军阀），竟借中原兵力空虚“趁火打劫”公然率部反叛了。不但逼杀了蒙古公主，屠灭了下属所辖蒙古驻军，而且还暗中广络诸多汉世侯共同造反以成就自己的“霸业”。

这就是史称的李璮之乱。顿时把忽必烈推向了“内外夹攻”与“腹背受敌”之困境。

“述祖变通”之系列新政也开始出现反复。

甚至是倒退或走偏……

【李璮之乱与民族高压政策】

长话短说，由于忽必烈大帝杰出的军事谋略，幼弟之复叛与李璮之乱很快便被先后彻底解决了。但就在中原庶众期待他在胜利后能更进一步推行“新政”时，忽必烈大帝的心头却蒙上了一层浓重的阴影。须知，他不仅饱受着宗亲贵胄蒙臣蒙将的压力，而且他本人就是个极具民族自豪感的君王。李璮之乱使他想了很多很多，面对比自己民族成百倍的汉族竟令他“夜不能寐”了。他绝对不愿步北魏鲜卑人自动汉化的后尘，为此在诛杀确有牵连的能臣王文统父子后，就连对那些跟他打天下的儒僚也开始怀疑了。随之便决定以前制定的“新政”照样推行外，又特别推出了“四等人制”，即蒙古人、色目人、汉人、南人之不平等的民族等级制度，其目的仍在于突出自己本民族的特殊地位。

具体情况如下：

蒙古人在元朝又称“国人”或“国族”，蒙古统治者称之为“自家骨肉”。色目人多系随蒙古征服入居汉地的西域人和西北其他少数民族（其名源于“来自西域各色各目之人”），蒙古统治者把他们作为自己统治的帮手。汉人又称汉儿，指原金统治区和除蒙古、色目以外的北方的各族人民，如北方汉人、契丹人、女真人、渤海人和高丽人。南人又称蛮子、囊家歹、新附民，指原南宋境内各族。汉人、南人都是被统治的民族。

居于统治地位的蒙古人及其帮手色目人与被统治的汉人、南人在政治上、法律上是不平等的。元律规定：蒙古人与汉人相殴，汉人不得还手，只能向官府上诉。如汉人违反此规定，要被严治。蒙古人杀汉人，不须偿命，只缴付烧埋银并罚出征。自李璮之乱以后，像第一届那样多民族和谐共处的内阁已不复存在了。从此，中书省丞相一般只能由蒙古勋臣担任，平章政事也多由蒙古人、色目人担任，各行省丞相、平章的任命也大致如此。掌军兵的枢密院最高长官知院从不让汉人、南人担任。御史台正官“非国姓不授”。地方行政机关汉人不得任达鲁花赤，各道廉访司使只能由蒙古人担任，如蒙古人手不够，可从色目世臣子孙中择人充任。

蒙古人居汉地后，到元仁宗时终于接受了汉族科举取士的办法，但分为两榜，蒙古人、色目人为一榜，汉人、南人为一榜，两者难易程度不同。取仕人数虽然四等人相同，但蒙古、色目人数很少，中举的可能性要大大高于汉人、南人。中举授官时，蒙古人授六品，色目人授正七品，汉人授从七品。

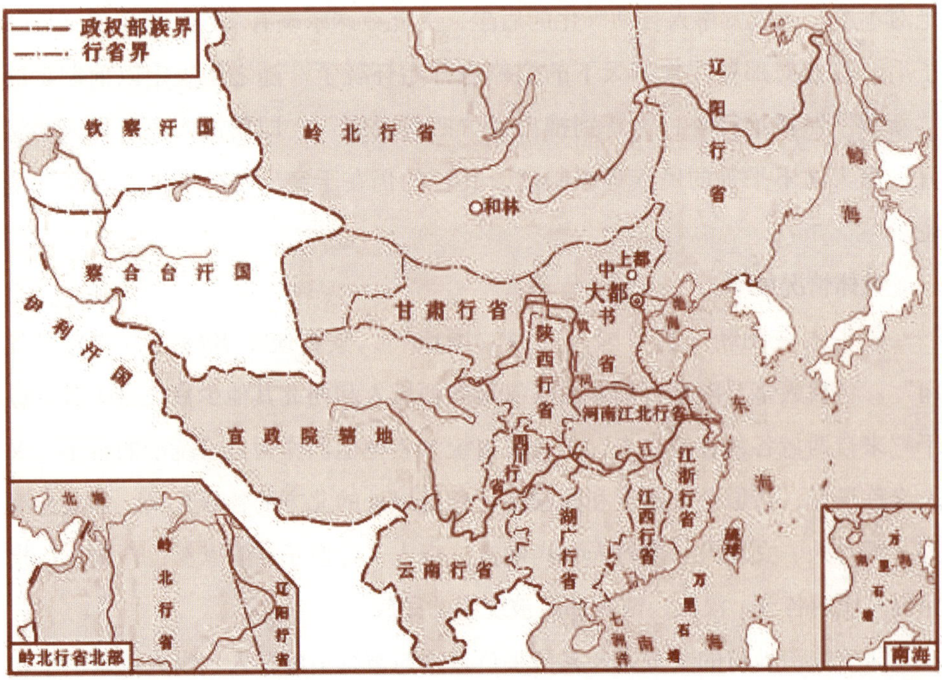

元朝行省图

更值得一提的是，“达鲁花赤”这种官职……

“中统建元”之后，忽必烈大帝将其统治区域划定为十个行省，代表中央监临除中书省直辖地域以外的地区。后来行省逐渐演变成地方最高统治机构，凡钱粮、兵甲、屯种、漕运、军国重事，无不领之。吐蕃地区直属宣政院统辖，不置行省。这样，元朝本土划分为十二个一级政区，即“腹里”（中书省直辖区）、十行省及吐蕃之地。十行省为陕西、四川、甘肃、辽阳、河南、云南、湖广、江浙、江西、岭北。在设立尚书省主持政务期间，行省改称行尚书省，简称“省”。而在各大行省之下又划分为路、府、州、县四级。一般是路领州、县（直辖县），州领县；府或隶于路，或直隶于省，下领州、县，或只领县；州隶于路、府，有些直隶于省，有些无属县。路、府、州、县按人口多寡、地土广狭分为上、中、下三等。路府治所设录事司，掌治所户口。宣政院统吐蕃地区，分置三道宣慰司元帅府。

而从行省到路府州县，均有皇帝特命的达鲁花赤……

达鲁花赤，蒙古语意为“镇守者”或“监临官”，是蒙元所在地方、军队和官衙的最高监治长官。非“国族”莫属，就连色目人也极少被委任。汉人和南人就更不用说了，被“监治”的对象正是他们。蒙古贵族对被征服的民族和地区，采用委命当地人治理，派达鲁花赤监临的办法统治。达鲁花赤并不担任什么具体军政职务，但地位却在当地守臣之上，掌最后裁定权。不由使人浮想联翩，七百多年前忽必烈大帝竟能把“一枝独秀”发挥到如此极致。但副作用也是极为明显的，由于这些达鲁花赤大都为蒙古上层，并不真正了解农耕文明的精髓之所在，故在他们的“监治”下，忽必烈大帝所推行的那一系列“鼎新革故”之“新政”势必会大打折扣，只能使民族矛盾日益加深。

好在忽必烈大帝还是一位“平衡术大师”……

【坚持新政与彻底入继华夏大统】

蒙古族有句谚语说得好：“看准方向撒缰的骏马，是九头犍牛也难以拉回头的！”

忽必烈大帝即是如此……

是曾有过反复，是曾有过败笔，甚至是曾有过倒退。但他既然看清了此时游牧汗国之“武功迭兴、文治多缺”的现实，那他肯定是不会忘记自己所推行的那一系列“述祖变通、鼎新革故”之新政的。目的只有一个：实现圣祖的遗愿从而入继华夏大统。为此，他一方面不惜以宣示蒙古人“至高无上”来安抚本民族受到伤害的心理，另一方面也从未放弃推行重农桑、崇儒学、轻赋税、三权分立的政权架构等以取得彻底转型的成功。是矛盾重重，但他却运用雄才大略力求取得平衡。最终他还是以“大师”的谋略和风范，一步步地实现了“一统华夏”的“宏誓大愿”。

具体步骤简述于后：

1264年，幼弟阿里不哥走投无路前来归降，他即将年号由“中统”改为“至元”。取《易经》“大哉乾元”之意，其雄心壮志已尽显其中。

1271年，又经多年的悉心治国，忽必烈大帝之权威无论在草原或汉地均已无人可以撼动。遂在这年入冬颁告“建大元国号诏书”，以取代游牧汗国旧有的称谓。正式宣告“入继华夏大统”，从而名正言顺地跻身夏、商、周、秦、汉、晋、隋、唐、宋等华夏王朝的序列。

1273年，又毅然抛弃游牧民族的古制“幼子守灶”，而册立皇长子燕王真金为太子。同年，更进而依照中原历朝历代的体例，册立“佐夫终成帝业”的察苾为皇后。表面看来，这是他要彻底与游牧文化“决裂”，而实质上，这是他正在构建对等的宫廷体制早已暗指南宋了。

1274年，在忽必烈大帝坐镇大都指挥下，元军一举攻克了南宋前沿重镇襄阳，已预示着灭宋时机业已成熟。

1276年，平南统帅伯颜受命率水陆两路大军攻克南宋首都临安（今杭州），南宋太皇太后谢道清携四岁幼帝“请降”，遂南宋宣告终结。又经几年肃清反抗势力，至此忽必烈已成为华夏历史上“一统南北”的少数民族第一帝！

至此，《宫闱秘史——蒙元帝国的后妃轶事》一书中留有的缺憾似可补足了……

成吉思汗的“武功赫赫”，忽必烈大帝的“文治斐然”。《宫闱秘史——蒙元帝国的后妃轶事》似乎也不再显得单薄！有了这两位杰出历史人物的介绍，想必更有助于了解大元王朝的历史全貌。

但尚有两点需要在附篇中加以说明……

其一，是蒙古民族的一个古老遗俗，即“幼子守灶”权。千万别小瞧了它，就是这个“幼子守灶”几次差点使大元王朝夭折了。其二，便是“其貌不扬”的矮个子蒙古马。更千万别小瞧了它，如果没有它很可能就没有蒙古民族马踏欧亚震撼世界的征服史！

且听分别慢慢道来……

骑射图

附三　“幼子守灶”与“皇族内争”

蒙古民族，在古代是典型的游牧民族。在茫茫的大草原上保持着自己独特的生产方式，一年四季均赶着畜群过着“逐水草而居”的游牧生活。面对着严酷的大自然，又极少与外界的农耕民族接触。故而历经千百年来的磨砺和积累，肯定会产生一些适应自我生存的独特的民俗和民风。而这一切又蕴藏着极深的游牧文化之内涵，为此附篇中特选其中一项将影响元代历史进程的古老民俗详述于后。

参观成吉思汗的陵寝，有一种现象常常令人难解：

就连长期生活在内蒙古的人也不例外，眼望着这座屹立在伊金霍洛大草原上的巍峨的皇陵，也会发出这样的疑问：这不是成吉思汗和孛儿帖长眠的地宫吗？怎么还会同时祭奉着他们的小儿子拖雷夫妇的遗骨？这和中原历代帝王的陵寝体制差异太大了，就连外地一些学者也曾为此大惑不解。但如果经由元史专家解释，似这才会豁然开朗：这正体现了古代蒙古民族的遗风遗俗——只有幼子方可继承父母全部家业并侍奉老人始终。生当如斯，死后更理应如此——依草原古制，这里展现的正是马背民族传统的“幼子守灶”权的原始场景。

幼子守灶权？似和内地完全不同，甚至截然相反……

据史载，早在两千多年前，虽然尧把大位禅让给了舜，但在家族财产的传承上却首先提出了“长子守业”，以至于尧的家业所在地古称便是“长子”，即今日山西省境内的“长治市”。受其影响，致使大禹将“长子守业”也定位为一种皇位传承的定制。而在古代的茫茫草原上却反其道而行之，偏要另辟蹊径提出什么“幼子守灶”，故被一些儒家史者认为“有悖常理”，颠倒了圣人留下的“长幼有序”之遗规。

那“长子守业”和“幼子守灶”到底孰优孰劣？

其实，以现代人的眼光来看，在这二者之间很难分出优劣。应当说，均为天意！二者均由各自独特的生存环境和生产方式而造成。农耕文明渐渐确立了“孝悌”的传统，当然由早已成人的长子维护整个家族产业更为合适。而游牧民族以不断的迁徙流动为常态，当然也不能拖着越来越大的家族到处游牧吧？面对茫茫的大草原，似也只能长大一个送走一个。让他们独自去闯荡生活，在大自然中接受磨炼再凭本事去“自立门户”。而只把幼子留在身边继承全部财产，等他长大了也正好供养已经年迈的父母。但这并不说明父母对前面的孩子们缺乏感情，须知马背民族疼爱孩子是出了名的。当有了小的后，就会对大的付出更多的心血更多的爱。教他们娴熟弓马，教他们放牧技能，更教他们如何去应对外面的风风雨雨。长大了，该独自去闯荡生活了，父母还会为他牵来最好的马，备最好的衣物，还有那无尽的嘱咐……故蒙古民族虽无“孝悌”之说，却有自己独特的传统。靠着天生的赤诚和豪放，到必要时血缘亲情还是会把整个家族凝聚在一起的。故就在成吉思汗亲自主持制定的大法典《札撒》中，便明确地做出规定：“父业当传于幼子。”这在《蒙古秘史》中是有详细记载的。但也必须指出，成吉思汗却又似是专为他人而定的，他自己反倒颇为超然。

“一代天骄”仿佛还有更深远的思考……

为此，还得再进而说到黄金家族，说到成吉思汗的子孙们。既然如前所说这位极具男性魅力的大汗“阅女无数”“后妃极多”，那他的子女数量也是颇为可观的。多亏也早有祖制规定，儿子的地位是随母亲的地位而定的，一般嫔妃之子的地位必定很一般，故经过层层筛选也就只剩下大哈敦所嫡生的儿子了。而按祖制规定，也只在这几个嫡子中那最小的才最有资格。当然，这也不是绝对的。比如父逝幼子仍太小或者幼子虽已长大却仍难负重任等。总而言之，一般民间家族大多从祖制，而对于黄金家族来说那还是老子说了算。

尤其对一言九鼎的成吉思汗来说，更是如此……

孛儿帖共生下四个儿子：术赤、察合台、窝阔台、拖雷，均可称为嫡子。而其他后妃所生的男孩，却只能称为：庶子。这也就是说，只有属于嫡子的这四个儿子才具有角逐大汗继承人的资格。若按“幼子守灶”的祖制，嫡幼子拖雷理应“当仁不让”地成为头号候选人。不但可以继承成吉思汗的全部家产，而且也应该继承他那至高无上的汗位。但成吉思汗最终做出的决断却让臣众大跌眼镜：既没有学汉制的“长子守业”，又没有从古俗的“幼子守灶”，而是“别有用心”地却偏偏钦定嫡三子窝阔台为汗位继承人。这是为什么？是他不喜欢这位嫡幼子，还是拖雷无所作为令父汗大失所望？

似乎完全不是，正好恰恰相反……

有史为证，成吉思汗是极为喜爱这个小儿子的。不但公开称他为“斡惕赤斤”（灶主），而且还把自己的宫帐、牧场、财产、怯薛卫队及绝大部分部族武装，均提前全权交与拖雷管理和统领，似乎是在依祖制加紧培养自己的接班人，故众臣将也尊称拖雷为“也客那颜”（大官人）。父子俩配合得相当默契，致使成吉思汗后来竟又把拖雷亲昵地称呼为“那可儿”（同伴或伴当）了。况且，在蒙古宗王中，拖雷率军攻略的城邑和疆土最多。在呼罗珊，他曾在三个月内便攻占和征服其全境，极具军事才能，是一位天才的杰出军事统帅。为此，成吉思汗又进而任命他专门负责军事的组织、调动及装备，并曾激动地预言说：“你（指拖雷）将拥有许多军队，你的儿子们将比其他宗王们更为独立和强大！”不过，拖雷也有弱点，但他的弱点似乎也就是他的优点：襟怀坦荡，光明磊落，尊长敬兄，好像从来就不懂什么叫防范。忠直到略显单纯，淳厚到竟不知兄弟间也会有阴谋出现。为此，这位嫡幼子虽在众臣将中有着极高的声望，但成吉思汗却对他爱之愈深也忧之愈深了。

直到一场突发事件的当众发生……

据史载，那还是在成吉思汗统率诸子第一次西征前，有一天偶尔在那流动的宏大宫帐里议及到汗位的继承。不知为什么，嫡次子察合台竟突然向长子术赤“发难”。根本不顾母亲的颜面，抢先表态张口便说，绝不能“让这篾儿乞惕的杂种管辖”。而术赤的性格又是如此暴烈，随之二人便当着父汗之面公然厮打起来。多亏成吉思汗的亲信大将木华黎及时出现，经过艰难的劝阻才算平息了事态。从此，成吉思汗便在尴尬中陷入了深深的思考，似乎对祖制“幼子守灶”也产生了怀疑。对拖雷的单纯和坦荡更加忧虑了，最终似也只能“忍痛割爱”钦定嫡三子窝阔台为汗位继承人了。此事当时即在众臣将中引发了对“圣意”的种种猜测，有些人甚至因为拖雷是幼子却不能“守灶”而暗暗替他鸣冤叫屈了。但拖雷面对父亲的决定却显得更坦然和忠诚，当即对三兄长窝阔台表态说：“兄跟前忘了的提说，睡着时唤醒；差去征战时，即行！”此乃《蒙古秘史》汉译原文照录。意思是说：我在你跟前时如有忘了的指示，即使我睡着了你也可以随时派人唤醒吩咐；如果是命令我统兵前去征战，我肯定也会马上出发……成吉思汗听后对幼子的表态大为满意，而拖雷也因此越发展现了他超凡的人格魅力。这就是多年后拔都为什么还要打出“幼子守灶”旗号的原因，全是因为拖雷的武功和人品足以证明祖制是正确无误的。后来果然在“忽里台”上产生了极大的影响力，在成吉思汗孙子这一辈终于促使汗位重归拖雷家系。

难道当时的成吉思汗就彻底否定了“幼子守灶”吗？

未必！其后所发生的一切，似乎又印证了他对这项祖制依然念念不忘。就在成吉思汗把被征服的欧亚广袤的疆域分封诸子成为“西道诸王”时，他却把四个嫡子中的术赤、察合台甚至就连自己钦定的继承人窝阔台，均远远地分封了出去。而唯独把幼子拖雷留在汗廷中心，和自己一起管领其余的牧户及鄂嫩河至克鲁伦河之间的草原母地。随后又命拖雷统领自己的宫帐四大“斡耳朵”，使其俨然成为大汗的代言人和发号施令者。但这还不算，在分赐军队时似更唯重“幼子守灶”之祖制。据史载，成吉思汗亲自统领的诸部将士共计为十二万九千人。他分赐给术赤、察合台以及汗位继承人窝阔台，均为同样的是四千。除此之外，便是分赐给自己的兄弟合赤温三千、斡赤斤五千、合撒儿四千，自己伟大的母亲诃额仑一千，庶出的幼弟阔列坚四千，而所剩的十万一千，竟全部都分赐给了拖雷。请注意！除嫡子外，上述分赐较多者，似乎均沾了“幼”字的光。由此可见，成吉思汗并非对“幼子守灶”藐视或舍弃之，而从另一个角度似乎对“幼子守灶”更加强了。正如当代著名的蒙古族史学家道润梯步先生所指出：最终的结果便是“窝阔台继承了汗位，拖雷继承了实权”。

成吉思汗祭祀图

南辕北辙，看起来十分矛盾……

但成吉思汗是何等雄才大略，又怎能干出这种糊涂事儿？反倒从他那一贯的高瞻远瞩来看，这肯定又是深谋远虑对未来的安排。时人均不敢妄加猜测，但后人却有着多种推论。有些史学家认为，这是成吉思汗对幼子拖雷尤加钟爱的表现，既不愿让他提前卷入权力矛盾冲突的旋涡中，又要在自己身后为他预设防范。如此变相处理“幼子守灶”权，实乃万不得已的结果。有些学者则认为，这皆源于成吉思汗对四个嫡子的了如指掌。窝阔台虽宽厚包容，却因和察合台过从甚密难免受他挑唆。而拖雷和术赤因同娶了姐妹俩虽关系尚可，却分别因脾气暴烈或过于单纯难以应对叵测。或许也只有一方许予汗位，一方交与实权，变相依祖制而行，似方能既可服众又可在诸子间取得平衡，以求得黄金家族大业永固。众说纷纭，但笔者却只认为另一位当代元史学者之说更符合成吉思汗那宏伟的气魄。他在文中特别指出，当时成吉思汗为报世仇，已挥师进入中原攻占了金都燕京，将后金政权撵到了黄河以南的汴梁一带而从此一蹶不振。这是成吉思汗第一次走出了草原而经略中原，全新的农耕文明当然会给他留下极深的印象。而就在当时他又把一代大儒契丹人耶律楚材招至麾下，这更加速了他对华夏历代明君治国之道的了解。后来他虽又因种种原因转向挥师西征，但他却仍把处于中世纪蒙昧时期的中亚和东欧与华夏文明反复进行了对比。随之，一个雄心勃勃的伟大计划便渐渐形成了，他要纵马飞跨长江征服世界上这片最富裕、最繁荣的疆域。他要一统天下，誓让马背民族入主中华。他那临终的遗嘱句句都证明了此事，拿这个来解释他对“幼子守灶”权的互相矛盾的做法，似乎各种问题均可迎刃而解一通百通了。窝阔台在政治上较为成熟，那就先钦定他为汗位继承人。而拖雷尚需进一步历练，那就让他掌控实权多加历练以待入主华夏。兄弟合力，超越北魏与辽金共建一个前无古人的新王朝。一个为草原的大可汗，一个为一统天下后的大皇帝！面对祖制，似乎这样安排才更能展现子孙的虔诚！

却谁料，到后来“幼子守灶”权竟变成了不祥的梦魇……

但即使是梦魇，却好像也只能暂时留到最后再说。姑且放下皇室子孙，似乎也该讲讲平凡的牧众在“幼子守灶”权下历经的坎坷命运。因为不仅他们是马背民族的主体，而且也可从旁说明为什么在当时对征服战争变得如此狂热。

男孩子们一个个长大了，他们即将依祖制自觉告别父母、幼弟，还有那充满亲情的蒙古包。但他们却毫无怨言，有的只是面对未来足够的男子汉勇气。一般来说，初期大多均会去投奔“那颜”（贵族之家）或“巴音”（富裕户），先当几年不卖身的“牧奴”以求安身立命。或去放马驯马，或去牧羊放牛，风霜雨雪中只企求暂得一时之温饱。却谁料，就连这样的机会也不多，绵延数代的部族之争早已把草原上的游牧经济破坏殆尽了。剩下的唯一生存之途，仿佛也只有跨上战马为“那颜”或部族去充当“战奴”。去杀去攻、去抢去掠，而首领们又是从来重奖“奋勇当先”者。不仅可被赐予少数牛羊（毕竟是“大羊下小羊，三年六个羊”啊），而且在立大功后，首领甚至还可能赏他一个被掳来的妇女为妻……为此，后代史学家点评成吉思汗之说“在统一蒙古各部后，不知恢复生产，却只愿发动战争”，是绝对有欠公允和缺乏历史感的。须知，在当时的草原上牧业凋零，积习已成。如果任士卒“马放南山”，反可能使内乱故态复萌。战争绝非好事！但在那样的历史状况下，为巩固蒙古民族的凝聚力，成吉思汗似也只有把战争引向草原之外一条路。而在民间广为尊奉的“幼子守灶”权，又恰好为他造就了无数马背上无畏的勇士。

“幼子守灶”权啊！造就了无数骁勇铁骑的“脱颖而出”。同时，也埋下权位之争的隐患。比如，元太宗窝阔台即汗位不久，成吉思汗极具统帅天才的幼子拖雷便不明不白死了，他的整个家族也几乎被柔性吞噬。再比如征西统帅拔都为避免汗国分裂，也是打着“幼子守灶”权的旗号将拖雷之子蒙哥推上大汗宝座的。而忽必烈与幼弟争夺帝位，阿里不哥也是以“幼子守灶”的身份曾经占尽先机的。再往后推，一直到“中统建元”十三年之后，忽必烈之嫡三子那木罕还打着“幼子守灶”的旗号与长兄真金争夺太子之位。根本不顾早已“入继华夏大统”，竟因此和父皇彻底闹翻了。

看来这项古俗只适用于民间，并不适用于国家政权。而在这项古俗形成时，马背民族仍是一盘散沙尚未立国。可怕的家天下啊！令古俗变质……

附四　矮小的蒙古马与高傲的马背民族

不了解古代蒙古民族的生活习俗，必然就很难理解什么叫“游牧文化”，从而更无从理解从草原汗国向中央王朝转型的曲折和艰辛，为此附篇中特设了此节以专门讲述古代蒙古民族独特的生活方式。

当然，最后会归结到一个重点上……

遥想当年，古代蒙古民族的吃、喝、穿、住、行以及燃料等都极具民族特色和草原风韵。一切均源于游牧的成果：比如曾经以肉食为主，喝的是奶茶，饮的是马奶酒，戴的是革盔，穿的是皮裘，住的是流动的毡包，烧的是干牛粪以及由羊粪踏制成的“羊砖”……但对于古代的蒙古民族来说，在给他们提供这一切的“六畜”之中却只有一种最受他们的崇尚——

这就是神奇的蒙古马！

也难怪！蒙古民族自古就被称为马背民族，千百年来早形成了一种人与马密不可分的关系。确实！据蒙古学专家考证，古代的蒙古人终其一生几乎都是在马背上度过的。初生的婴儿即把母亲的胸襟当作襁褓，随时准备和父母一起跨马驰骋在茫茫的大草原上。两三岁即可抱骑在父母身后，任桀骜不驯的骏马在蓝天下风驰电掣。四五岁便开始了单骑独行，只需父母抱上马背便敢于纵马飞奔。十岁左右早成了娴熟的骑手，一个个便可在“那达慕”赛马中争雄夺冠。成年后更如焊接在马背上一般，顺理成章地成为彪悍的驯马手和马上骁勇。最后，即使是他们老了死了，也很可能是由骏马搭着他们的遗体默默走向草莽深处的——天葬。来自草原，回归草原。

当然，这一切均是由特殊的生存环境决定的……

就像农耕文明重视牛一样，马背民族与马的生死与共也是自有其道理的。且不说“逐水草而居”那四季的游牧迁徙难以离开骏马，就单论茫茫大草原的无边无垠，离开了它也会使人茫然失措。须知，在草莽深处的一户户畜牧点是如此分散，一座座蒙古包往往相距少则十数里多则甚至数十里。靠什么维系家族间的亲情？靠什么维系部落中的意志和行动？马，只有和主人融合为一体的马！故而没有它，不但很难再提到什么“游牧文化”，而且就连“马踏欧亚”

成吉思汗陵神马

等重大历史事件也无从谈起。

国外的史学家早做出这样的评价了——

法国的史学家格鲁塞在其代表作《草原帝国》中早提醒人们注意："草原上的马上弓箭手们统治着欧亚达13个世纪之久……自从这些弓箭手们不再是世界征服者以来，仅仅才过了3个世纪。"

游牧民族（从匈奴算起）为什么能够统治欧亚大陆13个世纪？

在勒内·格鲁塞看来，在冷兵器时代的古代社会，"马上的弓箭手们射出的利箭是一种不直接交锋的武器，在当时具有战斗力和摧毁敌人士气的作用，几乎与今天枪手们的子弹作用一样"。在游牧民族和农耕民族的冲突中，游牧民族往往占据着明显的军事优势。

很显然，勒内·格鲁塞把这种军事优势集中到了弓箭上，但他忽略了一个更加重要的因素，那就是草原帝国的支柱——马。道理很简单——弓箭固然射杀力强，却并非牧人们独有。农耕民族历来就有使用弓箭的传统，早在春秋战国时期中原的农耕民族就已经发明了比弓箭更精准、更强劲，也更有杀伤力的弩机。如果不是因为缺少战马，农耕民族也不用辛辛苦苦修筑长城来抵御游牧民族了。游牧民族1300多年的辉煌历史，无一例外地都建在他们强健的马背之上。而13世纪勃兴于蒙古高原的蒙古人则一直自称为"马背上的民族"。13世纪中叶，一位欧洲传教士在觐见蒙哥汗后记录下了蒙古骑兵的形象："他们大头、小眼睛，肩膀出奇地宽，吃在马上，睡在马上，开会也在马上，他们大概有几个月没下马，皮革质的衣服已经腐烂并和皮肤粘连在一起。"很难想象，帮助他们征服世界的不是高大威猛的大宛马或阿拉伯马，而是个头小其貌不扬的蒙古马。

显然，这是轻视了神奇的蒙古马……

在今天看来，蒙古马恐怕是马术竞技场上最劣等的马了。它们身材矮小，跑速慢，越障碍能力也远远不及欧洲的高头大马。但它们是世界上耐力最强的马，对环境和食物的要求也最低，无论是在亚洲的高寒荒漠，还是在欧洲平原，蒙古马都可以随时找到食物。蒙古马有超强的耐寒能力，不仅能刨食四十厘米深雪下的牧草，而且能在零下五十摄氏度的极低温下生存，因而被人们赞为“最接近骆驼的马”。蒙古马不仅可以随时胜任骑乘和拉车载重的工作，而且还是蒙古人的食物来源。蒙古骑兵出征时往往带着大量的母马，随时为士兵们提供马奶。这就大大减轻了蒙古军队的后勤压力，使得蒙古军队具有当时任何军队都难以比拟的速度和机动能力。

果不愧是草原帝国的一大支柱……

据《蒙古古代战争史》记载，从长江北岸至保加利亚，部队集结时间不过两至三个月，每天平均行军速度达九十至九十五公里。而它作战时的推进速度同样快得惊人：攻占北俄罗斯，仅用了两个月零五天，每天的平均速度八十五至九十公里；攻占南俄罗斯，用了两个月零十天时间，每天进攻速度五十五至六十公里；攻占匈牙利和波兰，用时三个月，每天进攻速度为五十九至六十二公里。相比之下，二战后期，苏联红军在基本没有阻力的情况下，从波兰的维瓦斯河直扑德国的奥得河，在二十天里也只推进了五百公里，每天只有二十五至三十公里而已。而这次战役曾一度被视为现代战争中推进速度最快的战役。

速度、强悍，渐渐使蒙古马也成为民族性的另一象征……

这似乎不仅仅是蒙古民族，更像是自古以来北方少数民族的一个共同传统，要不然怎么会流传下来“马上得天下”之说呢？只不过轮到蒙古民族蓄势待发之际，随着骏马地位的突显，更进而从驯马、调马、爱马，以至特有的马装备，渐渐形成了一套别具草原魅力的“马文化”。或许正是由于这一点，它也就自然而然地成了华夏各民族交融的重要纽带。是的，农耕民族似乎更看重牛，颇为欣赏它那种“俯首甘为孺子牛”的好脾气。但中原历朝历代的帝王们却似乎更欣赏马，以至把它推向了一个更为崇高的地位。从汉武帝不惜发动战争向西域搜求汗血宝马，到唐太宗即使“驾崩”后也要在他的地宫上雕刻“昭陵六骏”（为其打天下累立战功的六匹骏马）。随着茶马古道以及盐马古道等的悄然兴起，不但加速了华夏各民族间的交流和融合，而且使“马文化”也有了更进一步的发展。历史，这就是历史！但也必须指出：骏马能在冷兵器时代如此大受推崇，似乎除了文化内涵之外还有一定的科技含量。只可叹，太不显眼了，很容易被人忽略——

这就是马镫……

当代科技史学者英国的李约瑟爵士，在他的中国籍妻子鲁桂珍博士的协助和参与下，历经数十年的呕心沥血，终于完成了一部数十卷的学术巨作《中国科技史》。影响深远，令全球均对中国人重新刮目相看。而就在这部学术巨作中，李约瑟爵士却专门独辟章节介绍了这不起眼的马镫。颇令人大感意外，他竟把马镫称为一项“改变历史进程的伟大发明”。在他看来，马镫的出现和逐步完善，最终使人和骏马“焊”接为一体，“使人具有了马的速度和耐力，使马具备了人的智慧和追求”。而事实也确如此，即使到了春秋战国时代马镫的问题似仍未解决。顶多也只做到了在马鞍一侧垂下一皮条，

马镫

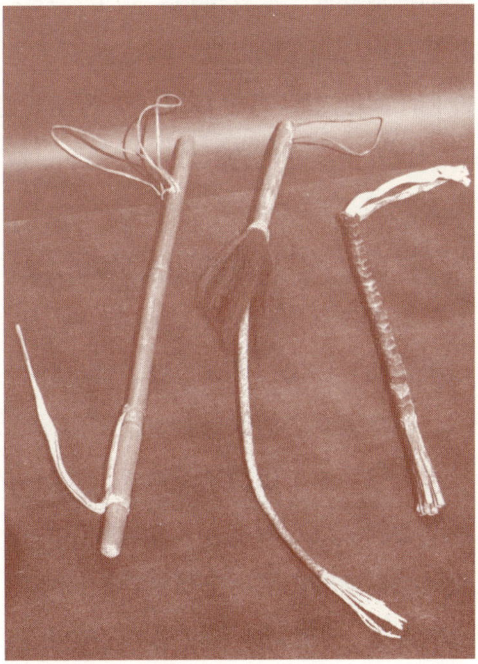

马鞭

环套一大足趾以解双腿长期夹马之疲劳，故即使在秦统一六国时也未充分发挥马的作用，马最大的功能似更多用于驾驭战车。为此，史书上才有了“千乘之君”“万乘之国”等种种说法。这个“乘”是战车的计量单位，似和骑兵没有多大关系。马镫的出现很可能在秦的后期，而完善应当在汉与匈奴争雄期间。北方少数民族的生产力尚未发展到打造千乘、万乘战车的阶段，故早已在战马突袭上开始下功夫。而汉家天子也早发现“乘”多了反而难以应对闪电般的轻骑袭击，也开始了抛战车全力打造骑阵。最后，在双方的一次次冲撞磨砺中，马镫在继前人成果的基础上终于完美地展现了。是北方游牧民族的发明，还是中原农耕民族的创造？搞不清了。或许还是李约瑟爵士的结论最为中肯：中国发明！难道不是吗？中原铁质的马镫、草原革质的马挂，冲撞磨砺后随之便是各民族智慧的交融。而至于说到“改变历史进程的伟大发明”，那更绝非虚幻而有大量史实为证。有了马镫，人和马才会融为一体，马背民族才能在草原史无前例地卷起一股铁旋风。到了一代天骄成吉思汗率领蒙古民族崛起之时，最终更进而挥师马踏欧亚，彻底改变了世界历史的进程。而在华夏大地，成吉思汗的子孙也在纵马改写着汉族帝王轮流坐庄的历史。到他的嫡孙忽必烈称汗后，也终于跃马飞跨长江一统天下，成为“入继华夏大统”之少数民族君主第一人。

时至今日，马蹄声似已沉寂了，但马的传说却仍经久不衰……

蒙古民族太爱马了，至今仍把它当作最亲密的伙伴对待。牧人们甚至会很固执地对你说：马通人性，懂人话，甚至能按主人的眼色行事。就是不会说话，但在沉默中却保持着永恒的忠诚。从古到今有多少可歌可泣的故事啊！骏马可舍身为主人遮挡风矢箭雨，骏马可冒死拖救回身负重伤奄奄一息的主人，骏马会围绕战死的主人久久哀嘶然后不食而死……如果说随着高科技的发展，骏马已逐渐淡出了历史舞台，但在草原上，牧人对骏马的“情有独钟”却丝毫没有改变。听听吧！蒙古族歌王哈扎布那《小黄马》的歌声仍在四处回荡着；卓越的长调歌后宝音德力格尔讴歌骏马的旋律仍不绝于耳；其间顶级马头琴高手齐·宝力高的演奏尤为激动人心，《万马奔腾》似又在激昂的乐声中再现着古代历史的辉煌场景；更值得一提的是，尚有一部有关骏马的长篇史诗流传了下来——这就是《成吉思汗的两匹神驹》（译名颇多，仅选此名）。诗中不但讴歌了成吉思汗对骏马“驾驭有方、收控自如”的博大情怀，也反映了小马驹从调皮、任性到远去、回归的全过程。颇具人情味，令人百“吟”不厌。据说，这部有关骏马的史诗是完全根据历史的真实而吟诵流传下来的，故至今仍可在伊金霍洛成吉思汗陵园前看到它们后代的身影。两匹马已被鄂尔多斯的牧人们奉为“神马”，沾了圣祖成吉思汗的光，年年也跟着享受祭祀。

不信？那你就亲自去成陵瞧瞧……

最后还必须慎重地指出，千万不能因为看了上面有关马的叙述，就以为古代的蒙古民族总是在马背上风驰电掣般度过的。不然！游牧民族向来是遵循自然规律有疾有缓的，通常在“逐水草而居”的过程中更多用的还是车——一种用牛拉的木轮勒勒车。上面尚有用毡围搭的毡篷，也可称为世界上最早出现的

成吉思汗陵

“房车”，悠闲得很，车轮总是引领着边吃边走的畜群缓缓向前滚动着。在到达水草丰美的目的地前，随时都可以停下“房车”在牧野里过夜。若不然，怎么会出现“天苍苍，野茫茫，风吹草低见牛羊”这样静止的画面呢？当然，要搬运所有家当不止是一辆勒勒车，“房车”只不过是专为老人孩子所用罢了。总之，骏马和勒勒车的结合，最终使古代的蒙古民族既能“动若脱兔”，又能“静若处子”；既能保留自己特有的生产方式，又能马踏欧亚谱写历史的辉煌。

就连一代天骄成吉思汗也不例外……

据史载，这位曾改写世界历史的巨人虽拥有当时最珍稀的宝马名驹，但他却严遵游牧民族的祖制，将宫帐设在一辆巨大无比的王车之上。史载，“驾车的牤牛多达五百，车上驭手少说也有三十”。四周被无数马上健儿簇拥着，可称为从古至今宏伟无比的流动宫殿。气魄宏伟，声势浩大，其情其景足以使对手闻风丧胆。但也许有人会问：牤牛牵拉，行动迟缓，哪儿来草原卷起的铁旋风？其实不然！史载，成吉思汗“用兵如神，灭国四十”，只要他站在巨大的王车上用鞭一指，便有众多传令轻骑如飞箭一般驰向四面八方下达他的战争指令。往往流动宫廷还在缓缓行进之中，就早已决胜于千里之外了。车与马的结合，疾与缓的结合，最终创造了世界战争史上的奇迹。

当然，成吉思汗也绝非是因为有了车而舍弃了马……

纵观他的一生，他绝对可称得上是位绝代的马背英雄。一生重马、爱马、善于调驯骏马，并从始至终未尝离开过马鞍。上述流动宫帐中展现的情景，那也只不过是他需要和亲信将领研讨下一步战略部署。而更多的时候，他还是愿与众多的骁勇一起，万马奔腾于茫茫的大草原上。1227年，他已经六十七岁了。这对于在古代严酷大自然里生活的蒙古人来说，绝对已可算作高寿中的高寿了。而他在灭西夏（李元昊所建立的党项族王国）眼看就要大功告成的前夕，却依然老当益壮地跨马张弓要去贺兰山下偷闲狩猎。《蒙古秘史》详细记述了这个过程，译成汉文大意是说：“一天，他骑着一匹青色的豹花马，手握劲弓，率众围猎狂奔的野马。突然，许多惶恐的野马为突围转向他疾驰而来，青色豹花马受惊蓦地一跳竟把年迈的成吉思汗重重摔于马下……”多么悲壮的一种宿命！是骏马助他塑造了一生的辉煌，也是骏马为他画上了人生的句号。但成吉思汗的伟大之处，却更表现在他临终之前的豁达大度和高瞻远瞩上。有史可考，他既未重责护卫之失职，更未杀戮青花豹斑马以泄恨。而是在指令自己死后“秘不发丧”以尽快灭取西夏之后，竟坦然向诸子密嘱起有关整个马背民族的长远战略部署：借道南宋，攻取潼关，直捣汴梁，联宋灭金，尽收中原，以图天下。

难怪西方史学家将成吉思汗称为“战神”，而蒙古民族更把他尊奉为“圣祖”。

似乎他的在天之灵仍挥鞭指引着万马奔腾！

乍马宴

附五　大元王朝帝系表

（1206—1368）

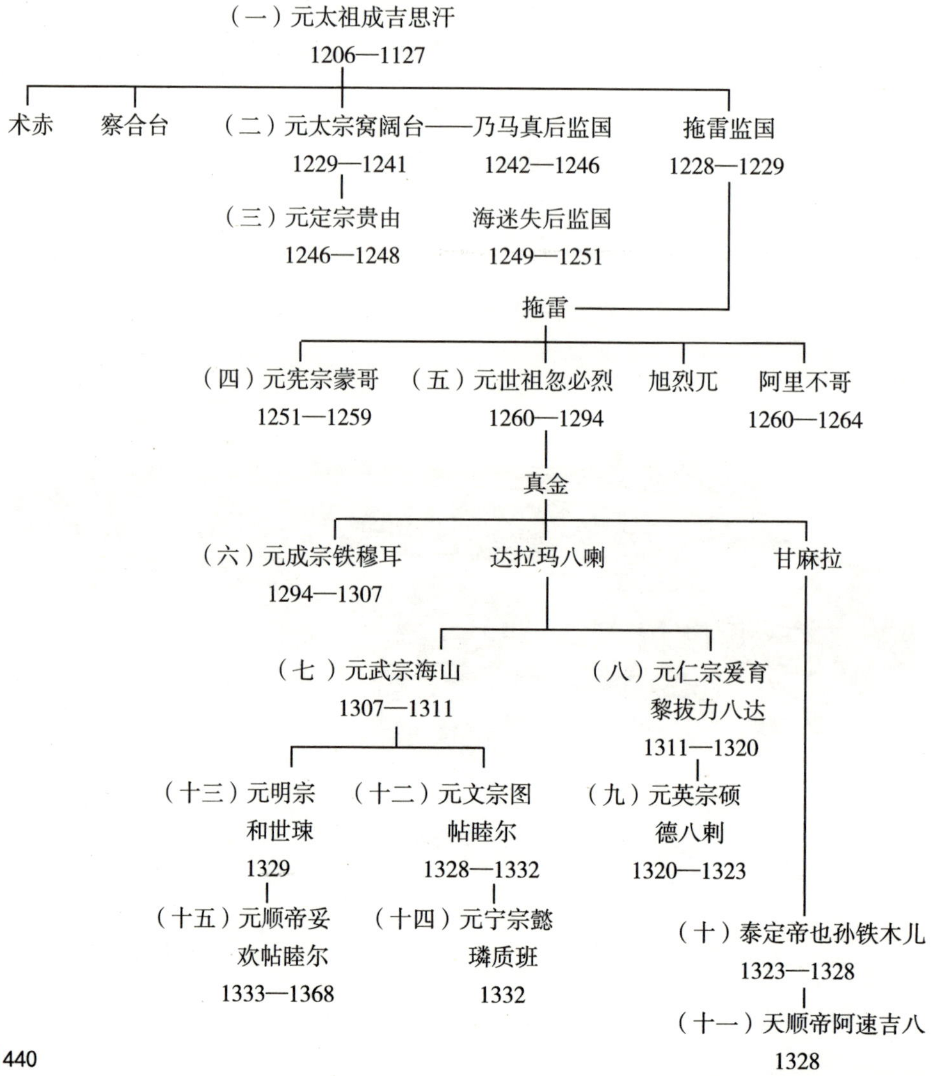

永远的怀念

（代后记）

水有源，树有根！如果要说到这部读史随笔《宫闱秘史——蒙元帝国的后妃轶事》的话，那似乎首先应该感念的便是我自幼的“发小”、从初中一直到大学毕业的“同窗”、历尽磨难终生不渝的挚友、鄂尔多斯著名的学者和教育家赵继志教授。

是如何引发这个话题的呢？那大概是在十年浩劫之后。岁月真不饶人，就连孩子们都快长成了大人，昔日的“寒窗学友”才终于获得解脱又相会了。我曾问他这些年是怎么“熬”过来的？谁料想他竟然顺口而答：“我总算搞清了古代的高车族原来就是现在鄂尔多斯乌审族的牧人！”这使我大感惊讶，没想到他话锋一转又立马向我谈起了鄂尔多斯“奇”姓王爷和成吉思汗的渊源。而且是引经据典，口若悬河，滔滔不绝。我只好哀叹着打断他的话说：得！得！这些都早被扫进历史的垃圾堆了！大叫了：为什么呀？这回他答得倒也简短：生为内蒙古人，当知蒙古史！

生为内蒙古人，当知蒙古史！从此便深深刻在我的心里了……

也难怪！赵继志的言行一致在同学间是有名的，他说过献身于祖国边疆的建设事业那肯定就是“铁板钉钉”的。况且，他从小就为人特别自尊、特别刚毅，很难从他嘴里听到一句牢骚，更难听到一句抱怨。再加上他门门功课几乎全在班里拔尖，故他年龄虽小却在大学同学中也具有极高的威信。或许因为我们的故乡均在雁门关下，又同属“走西口”人的后代，故他常常给予我这个“吊儿郎当、不求上进”的小老乡多种“庇护”。为此，我竟从小养成一种习惯，对他的话言听计从。因而我下意识地立马就问：从什么时候开始？他认真地想了片刻却这样回答：等退休之后。

退休之后？好在那时我们还认为非常遥远……

仿佛也可做这样一种理解，这样的回答或许也是他的个性使然。他从来极少谈及自己，更不愿从中企及什么同情和怜悯。但我也从诸多同学处了解到，他那有关“生为内蒙古人，当知蒙古史”也绝非是一时应对之词。或许是因为大学毕业后他就被分配在成吉思汗长眠之地——伊金霍洛大草原之旁，在那段“经磨历劫”的日子里他的确在默默地收集着有关蒙古民族的相关史料——从牧野的口头传说到浩繁的历史故纸堆。就拿“古代的高车族即今日乌审旗的牧民”一说为例，那就不仅仅是三言两语能说清的。似必须对我国古代的民族变迁史和民族交融史有着独到的研究，而没有深厚的国学基础和传统的考据精神这一切又是很难完成的。但更令我感到意外的是，他这一系列有关蒙古史的积累似乎仍只是他的一种“副业”，围绕着推进的竟会是他对蒙古古典哲学的探索。他认为在古代各民族的哲学思维是相通的，为此他又从一个全新的角度开始研究老子的《道德经》。一下苦功竟长达十数年，对《道德经》的钻研真可谓“另辟蹊径”。比如说，他曾这样说过：古代的蒙古民族崇奉“长生天”绝非仅仅是一种宗教信仰，而也是一种独特的哲学思维……他还曾对我说过，古代游牧民族的“逐水草而居”是落后吗？或许那正是他们在以实际行动体现“顺应自然”……他更曾对我建言道：多在茫茫的大草原上走走，你才会觉得自己的渺小。绝不会有什么“人定胜天”的想法，古代的游牧民族早就发现了要想生存就必须“天人合一”的内涵所在……总之，在他看来，老子说过的话，牧人们早已在实践了……只可惜，我的国学基础远逊于他，所能记住的也仅仅是这些皮毛。而他又是治学精神极为严谨认真的，只要他认为尚未成熟的手稿就绝不会轻易示人。再加之我俩天各一方，追求各异，故始终未得以一窥这部书稿的全貌（可能我也未必能全看懂）。唯有那句话我是牢牢记住了的——生为内蒙古人，当知蒙古史！

随后传来的有关他的消息曾经是那么激动人心，由于他对草原教育事业的杰出贡献，他破天荒地成了鄂尔多斯历史上的第一位教授。由于他高尚的人格和严谨的治学精神，起码在众多同学间公认他是最“当之无愧”的。随后又听说好多大城市的名牌大学都想调他，据说他均以“我早是鄂尔多斯人”而婉拒了……但再后来传到同学们耳中的消息却又是不幸的，由于“深挖洞”等最高指示竟莫名其妙地也要在茫茫的荒原上执行，致使他在地层深处被垮塌的岩石砸坏了腰。而他却抱着知识分子特有的傲骨仍然挣扎着在挖，直到“洞”挖成了他才走进了医院。经过一年多的反复求医和治疗，最终才得知由于拖延太久，他的伤病已恶变为全身性骨癌了。那是一种剧痛令常人绝难忍受的可怕疾病，仅仅翻一个身就需十八九个人齐心合力才能完成，一不小心就可能造成身体某一部分的骨裂或骨折。但他却仍能刚毅地咬紧牙关绝不轻易呻吟一声，甚至绝不允许妻子女儿们告知亲朋好友及远方的同学们。

一个学术界铁骨铮铮的硬汉，竟然又创造了一项医学上的奇迹……

我刚从欧洲访问归来得到他初愈的消息，当即便喜不自禁地赶往鄂尔多斯去看这位自幼的“发小”。但刚一见到他时，还是不由得悲从心底起。我那昔日英俊潇洒的“同窗”哪里去了？眼前出现的是一位个子变小、体态变形的“陌生人”。只有那双眼睛是不变的：刚毅、自尊、熠熠生辉！从旁我才了解到：他所有的肋骨都结成了两片板块，腰椎已经叠压缩短了好些。他之所以能创造如此医学奇迹，好像除了他那不屈不挠的意志之外，他那贤惠能干的妻子和三个“事父至孝”的女儿以及众多热爱他的学生也“功不可没”……他似乎已看出了我那些苍白无力的“慰问”就要出口，竟立马抢先向我发问：你读过

《元史》了吗？我只好老实回答：还没顾上！真没想到他立即不高兴地说：那咱们“生为内蒙古人，当知蒙古史”的约定算是白说了？我绝没想到他竟会把我也拉了进来，似也只好慌不择言地应承道：没白说！没白说！可那也得退休之后呀……真可惜，我当时就为了相逢的喜悦却没理解他话中真正的内涵，一连好些天就只顾了他那病中的侃侃而谈了。现在已无法记全了，只记得谈得最多的还是民族问题。比如说，他认为我们伟大祖国五千年的历史就是一部各民族的磨砺和交融史，早就在历史的长河中体现了“你中有我，我中有你”！汉武帝一生中均在抗击匈奴，但在临终时三位“托孤”的顾命重臣之一却偏偏又是曾为匈奴王子的金日磾。而唐太宗之所以被各民族推崇为“大皇帝”兼“天可汗”也绝非仅仅是因为他的“文治和武功”，已有学者考证出他的妻子长孙皇后的家族就带有极浓的突厥血统，而他们的子孙呢？你能说唐明皇就是纯正的汉族……再比如说，他在随后的几天里，便一直和我谈着“元宫十四帝”的得与失。天哪！据我所知，就连我们的蒙古族朋友除了成吉思汗和忽必烈大帝也大都不甚了了，而他却谈起来头头是道。看得出，他果不愧自愿献身于祖国边疆的建设事业，“生为内蒙古人，当知蒙古史”他已经率先做到了。他还引用史学大师翦伯赞先生1957年视察呼伦贝尔大草原留下的话启迪我说：翦老称，这里曾是中国历史的大后台，北方少数民族一经在这里演练成熟，便纷纷冲向中原大地演出了一幕幕波澜壮阔的历史剧。北魏之鲜卑、辽之契丹、金之女真、元之蒙古、清之满族，莫不如此……他说，翦老的话是在告诉我们，这都是我们中华民族一家子的事儿，各民族都曾为我们伟大的祖国做出过卓越的贡献。尤其是蒙古民族所缔造的第一个由少数民族一统华夏的大元王朝，在中国历代王朝的序列中当更属极为重要的一环。没有他们的“建功立业”，或许至今还有许多事情难以说清楚……这不是一个“只识弯弓射大雕”的民族所能做到的，蒙古民族的卓越成就似乎更在于他的“与时俱进”与“海纳百川”……作为一个在草原上生活了大半辈子的人，我们有责任把历史的真相告诉更多的人！

这次他竟未向我谈到他研究多年的《道德经》……

相聚总是短暂的，最终由于种种原因我又被急召回呼和浩特。我只顾了向同学们告知他战胜骨癌的喜讯，却未能深刻理解他大谈蒙古史的内在含义。始终远离文坛的喧闹在遥远的边缘徘徊着，直到有一天得到了他最终还是不治的噩耗。多亏了我们从小的同学杨书绅找车和组织，我和刘永茂、冀安、陈锡增等人才得以及时地赶往鄂尔多斯。但为时已晚，见到的只是他那静躺在简陋殡仪馆硬板床上的遗体。面容安详而又突显自尊，仿佛已经化成了一尊凝固的沉思者。我在他的遗体旁守候了大半夜，似乎直到此时我才理解到上次他为我议及蒙古史之目的所在。难怪第二天一大早第一个前来吊唁的人竟会是成吉思汗的嫡系后裔、鄂尔多斯最后一位王爷、内蒙古政协的副主席奇忠义先生。他一连说了三个“难得”来评价我这位英年早逝的挚友：一位难得的大好人，一位难得的学问家，一位难得的知蒙者！句句中肯，引发了我对挚友临终嘱托的浮想联翩。明摆着，上次相见时他已知自己来日无多，他那是在委婉地告诫我绝不能忘了茫茫大草原对我们的养育之情啊！

是该知恩图报！但我的学识和功力却又都不够……

一晃就是近二十年，我早已变成了垂垂老矣的退休养老金领取者。纷繁复杂的文坛现状难以应对，似正好躲进历史的故纸堆中去当一个挚友所说的“拾荒者”。但毕竟“隔行如隔山”，我又生怕在学术界给自己招来新的麻烦。仿佛冥冥中总有一股神奇的力量在帮助我，正当我进退两难之际，我竟在天津偶然遇到了他的小女儿赵文嫱。在我的印象中她依然是那个特别受父亲宠爱的读小学的小孩，谁料一转眼她竟女承父业成了一所大学里的现代史教研室主任。不仅学术论文多次获奖，而且年轻轻的就成了一位深受学生欢迎的新生代史学家。当我向她诉说了内心的种种苦恼之后，没想到她竟然对我埋怨地说：“我的好冯叔呀！我老爸多会儿要求您改行当学者或历史学家啦？他只想借助您那作家的笔杆子完成一桩心愿！写一部更通俗、更易懂，也更符合历史真实的元代史话，让人们更多、也更全面地了解这个‘存在短暂且又贡献卓越’的中国历史上第一个由少数民族一统天下缔造的封建王朝！您知道，我老爸首先是个彻底的爱国主义者，他之所以能将毕生奉献于荒漠草原为的就是‘国家的统一、民族的团结’啊！”

得！遇上这么一位忠实于父亲的女儿我终于被“逼上梁山”了……

再加上她从小就是我看着长大的，而她也一直就把我当作亲叔叔，向来说话毫无拘束。她首先建议我面对西方邪恶势力对西藏和新疆的别有用心，一定要写，而且要抓紧时间来写！随后她又鼓励我用“读史随笔”的方式写，尽量摆脱学究式或说教式的束缚当文学作品来写！甚至她还当起了我的小老师，为了使我的视野更加开阔更进而给我讲起了古希腊、古罗马、古日耳曼等的民族史……完全可以这样说，没有赵继志教授父女两代人的鼓励、支持和督促，我这四部有关元史的小说和读史随笔是很难完成的。

现在《宫闱秘史——蒙元帝国的后妃轶事》这部“蒙元史话”总算也初步结稿了，而且我也已经年过七十，今后似乎也很难再动笔墨了。

我只想告诉我的发小、同窗、挚友、同乡赵继志教授：我是照你的话做了，但做得怎么样我却没有一点儿把握。但你留下的两句话我却始终不敢忘——

生为内蒙古人，当知蒙古史！

元史演绎系列

主　编　李治安

副主编　包明德

　　　　苏那嘎

《震撼崛起——成吉思汗及其英武儿孙》

《一统华夏——忽必烈大帝之文韬武略》

《宫闱秘史——蒙元帝国的后妃轶事》

《重振北元——草原传奇皇后满都海》

总 策 划 / 苏那嘎

责任编辑 / 董美鲜

装帧设计 / 晓　乔

韩　芳

冯兄这部以“鹿图腾”为架构的简明元史里，对每个历史人物和历史事件的描述均是严格以“具有中国特色的民族史观”为出发点。故而最终他才有了这样的结论：元王朝是我国历史上极为重要的一环，存在的历史虽相对短暂，但对中华民族这个多民族大家庭所做出的贡献是巨大而不可磨灭的。

——中国社科院研究员、著名文艺评论家 包明德

ISBN 978-7-5555-0589-1

定价：58.80元（全二册）